MATHEBU

MORD UND ANDERE GESCHENKE

Mathebu

Mord und andere Geschenke

Roman

AAVAA
VERLAG

1. Auflage 2017

Umschlaggestaltung: AAVAA Verlag
Coverbild: Matebu „Schmetterlingskind“

Printed in Germany

Taschenbuch: ISBN 978-3-8459-2514-1
Großdruck: ISBN 978-3-8459-2515-8
eBook epub: ISBN 978-3-8459-2516-5
eBook PDF: ISBN 978-3-8459-2517-2
Sonderdruck Mini-Buch ohne ISBN

AAVAA Verlag, Hohen Neuendorf, bei Berlin
www.aavaa-verlag.com

Wer nicht an Wunder glaubt, ist kein Realist!

David Ben Gurion

Kapitel 1

Marie öffnete zitternd ihre bleischweren Lider. Von der Decke strahlte ein gleißendes Licht auf sie herunter. Ein heftiger Schmerz raste durch ihren Schädel. Sofort schloss sie ihre Augen. Aus der Ferne hörte sie, dass jemand einen Namen rief. Für den Hauch einer Sekunde erahnte sie, wen der Rufer meinte, aber die mit Flüstern angefüllte Stimme klang fremd. Ihr Wille, gepaart mit dem verschütteten Restverstand, pulte sich, gleich einer Raupe, ein Loch in ihren Todeskokon. Sie wollte aufwachen, Leben zeigen, herausfinden wo sie sich befand. Es gelang ihr nicht. Erneut dämmerte sie in einen schwarzen Abgrund. Raum und Zeit waren nicht mehr von Belang. Sie schlief ein, tief, traumlos.

*

»Doktor, kommen Sie schnell, Marie hat sich soeben bewegt! Für einen Moment habe ich ihre geöffneten Augen gesehen. Ob sie mich wahrgenommen hat? Glauben Sie, dass sie mich sehen oder hören kann?«

Dr. Pilar blieb kurz an der Tür stehen. Er räusperte sich, bevor er ihr gegenüber trat.

»Liebe Frau Sanders«, sagte er balsamisch, »wenn sie wenigstens eines davon könnte, wären wir einen kleinen Schritt weiter.«

Er ging zu Marie, setzte sich aufs Bett, und hob ihre Augenlider, wie er es oft in den letzten Wochen getan hatte. Mit dem Strahl aus der silbernen, schmalen Metallhülse leuchtete er hinein. Er runzelte die Stirn. Null Reaktion. Auch bei der Überprüfung anderer Reflexe war kein Fortschritt erkennbar. Ihr Zustand verbarg sich in der geschichteten Isolation einer russischen Puppe. Die Zeit der Genesung geriet aus den Fugen, und wieder war dies ein Augenblick, in dem die Gegenwart ihr ein Stück Zukunft raubte. Der ohnehin zarte Körper der jungen Frau schien täglich ein wenig zu schrumpfen. Da lag sie, ein hübsches Mädchen, eingebettet im ununterbrochenen Weiß des Zimmers, mit kalkigem Turban und schneeigem Gesichtchen. Ein durchsichtiges Schmetterlingskind auf dem Flug ins Nirgendwo.

Dr. Pilar hatte die Frage auf den Lippen, ob der Wunsch ihre Tochter wach zu sehen, Frau Sanders einen Streich gespielt hätte, aber das zu sagen, wagte er nicht. Hoffnungslosigkeit ist das Schlimmste für eine Mutter, das war ihm allzu klar. Außerdem hatte er in den vielen Berufsjahren schon mehrmals zugeben müssen, dass auch Ärzte sich irren können. Aus diesem Grund verweigerte er Prognosen jeglicher Art, selbst wenn das der eine oder andere Angehörige, von ihm erwartete. Langsam erhob er sich, drehte sich Frau Sanders zu, bemüht, im faltigen Gesicht nicht die Spuren der eigenen Enttäuschung lesbar zu zeigen. Er ergriff ihre Hand und tätschelte sie geistesabwesend. Während sein Blick ein Stück weit mit dem schwarzen Vogel am Fenster vorbei flog, zerrte ihn Eleonora Sanders harsch am Ärmel seines Kittels. Sie stellte sich vor ihn, aufrecht, ein Soldat auf kleinen Füßen, die Hände, wie Gewehre auf Angriff gerichtet. Ihre Stimme bekam einen finalen Ton. Mit dem Mut der Verzweiflung schrie sie ihn an.

»Sie wird wieder gesund, nicht wahr Herr Doktor! Marie braucht noch eine Weile, um sich zu erholen, aber mein Mädchen kommt zu mir zurück. Ich weiß es!« In ihrer Entschlossenheit ließ sie keine Widerrede zu.

Doktor Pilar wich einen Schritt zurück. Er hatte die ehrlichen Worte satt. In seine Stimme schlich sich ein unsicherer Tremor. Er sagte:«Ja, manchmal geschehen Wunder. Beten Sie, aber bedenken sie auch«, fügte er beschwichtigend hinzu, »Wunder brauchen ihre Zeit.« Mit einem steifen Nicken verließ er das Zimmer. Sie erkannte gerade noch, wie die scheinbare Wärme des Mitgefühls einem ungerührten, klinischen Blick wich, hinein in die alternde Hülle seiner resignierenden Mimik.

Eleonora Sanders setzte sich zu ihrer Tochter. Sie nahm ihre Hand und las mit leiser Stimme das letzte Kapitel aus dem Buch »*Der kleine Prinz*« vor. Damit hatte sie vor fast fünf Wochen begonnen. Heute sprach sie mechanisch, monoton, ohne die ihr eigene Dramaturgie, mit der sie sonst die Zuhörer fesselte. Ihre Familie bewunderte sie für die sicher angeborene Gabe, Worten ihre schwingende Bedeutung zu geben. Und sie liebte es, zu plaudern, von erlebten oder fremden Geschichten. Aber jetzt gelang es ihr nicht. In Dauerschleife bedrängte sie der Gedanke, wenn ich nur wüsste, was meinem Kind zugestoßen ist. Sie legte das

Buch zur Seite, seufzte, und blickte mit trüben, tränenleeren Augen aus dem Fenster.

*

Alles hatte so schön angefangen.

»Hallo Marie, du bist schon zurück?«

»Ja, Mama.« Sie schleuderte ihre Tasche in die Ecke des Wohnzimmers und ließ sich auf das Sofa plumpsen. Linkisch streifte sie ihre Schuhe ab, ohne Hilfe der Hände, erst mit der Spitze an der einen Ferse scharrend, dann umgekehrt. Dazu gestattete sie sich müde, wie sie nun mal war, einige Fehlversuche. So machte sie es immer. Es war ihre erste Amtshandlung, wenn sie nach Hause kam. Danach lümmelte sie sich krächzend, nach allen Seiten hin ihre Glieder dehnend, in die dicke Kissenecke des gewaltigen Sofas mit den derben, braunen Holzstempeln. »Eiche brutal«, sie hasste diesen Stil, aber ihre Eltern waren vernarrt in das Monstrum.

»Es hat viel erlebt mit uns«, schmunzelten sie, und Ihre Augen bildeten eine Brücke, auf der sich Liebe und Verschwörung trafen. Wenn Marie mal wieder vorschlug, es endlich zum Sperrmüll zu stellen, hörte sie stets die gleiche, nervtötende Antwort: »Kommt nicht in Frage!«

»Ich bin in der Küche, Kleines, das Essen ist fast fertig«, schallt es um die Ecke. »Decke du schon mal den Tisch, heute nur für uns beide. Dein Vater kommt später, er hat noch eine Sitzung. Jochen wird nicht da sein, er übernachtet bei seiner Freundin. Ich habe uns Spaghetti »Al Verde« gekocht, die magst du doch?« Das war mehr eine Feststellung, denn eine Frage.

Marie stand auf und schlurfte zum Geschirrschrank. Vor der wuchtigen Standuhr hielt sie einen Moment inne. Sie ließ ihre Augen mit dem goldenen Pendel schwingen.

»Versetze mich in Hypnose, mach schon!«, knurrte sie leise.

»Den Rotwein habe ich bereits entkorkt, füll ihn zum Atmen in die Karaffe«, rief ihre Mutter, die immer noch in der Küche werkelte. Von dort kam auch das Klirren, das Marie aus ihrer Trance riss.

»Mist! Marie, komm bitte mal. Hilf mir! Es ist zum Heulen, aber mir sind die schönen Rotweingläser einfach vom Tablett gerutscht.«

»Ist doch kein Weltuntergang«, moserte Marie. Sie betrat die Besenkammer und schnappte sich Handfeger und Schaufel. In der Küche ging sie in die Hocke und suchte die zerborstenen Teile, bis sie auch das kleinste, blinkende Glasstückchen seiner ursprünglichen Masse zugeführt hatte. Danach entsorgte sie die Scherben im Mülleimer und trottete zurück zum Sofa.

»Wir können es uns jetzt ganz gemütlich machen«, hörte sie ihre Mutter, die den Verlust der teuren Gläser offenbar leichter verschmerzt hatte, als Marie annahm. »Das wird ein schöner Frauenabend. Übrigens, da liegt ein Brief für dich auf dem Sideboard. Hast du an einem Preisausschreiben teilgenommen?«

Marie gähnte ausgiebig, dehnte ihren Mund auf Maximalgröße. Dabei kniff sie ihre Augen so fest zu, dass sie beim wieder Öffnen tränten.

»Ich, nein, nicht dass ich wüsste«, maulte sie unwirsch. Sie war sauer, wenn sie, kaum dass sie das Haus betreten hatte, mit Anordnungen, die dann noch gefälligst sofort zu erledigen waren, zugeschmissen wurde. Oft hatte sie sich erst ihres Mantels entledigt, da prasselten schon die Aufträge wie Fallobst auf sie herab. Ihre Mutter ließ ihr nicht einmal die Zeit, dass ihr ausgefahrener Arm, die kurze Distanz, vom Körper bis zu dem Haken der Garderobe schaffte. »Gib mir fünf Minuten«, dachte sie im Geiste die Hände ringend, »fünf Minuten sind wahrlich nicht zu viel verlangt. Was glauben die Alten, was wir Studenten den Tag über treiben?« Verärgert steuerte sie erneut das Sofa an, legte sich darauf und rollte sich, ihren Kater Berlioz imitierend, wie ein Knäuel zusammen. »Katze müsste man sein«, murmelte sie. »In meinem nächsten Leben will ich eine Katze sein, natürlich nur in einem Haus wie dem unseren.«

»Marie?«

»Ja.«

»Ist alles in Ordnung? Warum gibst du mir keine Antwort?«

»Was willst du nun schon wieder?«

»Na, es geht um diesen Brief, ich wollte wissen ...«

Marie setzte sich auf und kratzte sich nachdenklich am Kopf. Sie käme doch nicht zur Ruhe.

»Oh, ich erinnere mich an eine Aktion an der Uni«, moserte sie. Das ist schon einige Zeit her. Svenja und ich haben aus Jux an einem Preisrätsel teilgenommen. Auch nur ein Schuss in den Ofen, hat Svenja gemeint. Es ging um eine Reise der Superlative, glaube ich. Hast du den Brief etwa geöffnet?«

»Aber nein Marie!«, entrüstete sich ihre Mutter, die gerade um die Ecke bog. Sie blies sich eine Locke aus dem Gesicht und runzelte die sonst glatte Stirn.

»Für wen hältst du mich, willst du mich beleidigen?« Abrupt stellte sie die heiße Schüssel mit den dampfenden Nudeln ab. »Ja was ist das denn?«, fragte sie und stemmte die Hände in die Hüften, »du hast den Tisch ja immer noch nicht gedeckt.« Genervt atmete sie hörbar ein und aus. »Mädchen, Mädchen, bei dir wird ein Mann noch mal verhungern.«

»Oh, bitte Mama, verschone mich mit dieser Leier, ich kann's nicht mehr hören.« Entnervt rollte Marie mit den Augen, stand auf und deckte endlich den Tisch.

»Na, wenn du es nicht für nötig hältst, mit mir zu reden. Da freue ich mich den ganzen Tag auf dich und dann bekomme ich keine Antwort. Ich habe lediglich aus diesem merkwürdigen Absender »Fortuna«, der andeutungsweise mit Glück zu tun hat, und dem aufgedruckten - wichtig - Hinweis geschlossen, dass es sich um einen Gewinn handeln könnte. Es würde mich ehrlich freuen, wenn es so wäre.«

Marie hob entschuldigend die Schultern. Als Wiedergutmachung zog sie ihrer Mutter den Stuhl zurück, damit sie sich bequem hinsetzen konnte.

»Ich schaue ihn mir später an«, sagte sie versöhnlich, »einverstanden? Im Moment möchte ich nur meinem ausgeleierten Magen etwas Gutes tun. Deine Nudeln duften absolut fantastisch.« Marie griff sich den Teller ihrer Mutter und füllte ihn, bis diese ihr Einhalt gebot. Danach schaufelte sie ihren so voll, dass die Nudeln fast über den Rand fielen.

»Bist du mal wieder dem Mensafraß ausgewichen?«, fragte ihre Mutter. Ihr Ton enthielt immer noch eine Spur Ärger. »Na ja, für drei Euro fünfzig kann man kein First-class-Menü verlangen.«

»Hast recht!«, entgegnete Marie mit vollem Mund. »Heute stand Züricher Geschnetzeltes auf der Karte, da könnte ich kotzen.«

Nach dem Essen räumten sie gemeinsam den Tisch ab. Sie brachten das Geschirr in die Küche.

»Lass stehen!«, sagte ihre Mutter, »wir waschen später ab.«

Beide setzten sich wieder an den Küchentisch. Marie nahm den Brief und öffnete ihn. Sie hatte kaum gelesen, da fragte ihre Mutter:

»Nun, was steht da, hast du gewonnen?«

Marie las das Schreiben drei Mal, mit regungsloser Miene.

»Herrgott noch mal, spann mich nicht auf die Folter. Kind, red schon, was steht da drin?«

Wortlos überreichte ihr Marie den Brief. Ihre Mutter murmelte vor sich hin: »Liebe Frau ... Bla Bla Bla ... sind wir sehr erfreut Ihnen mitteilen zu können, dass sie eine Reise gewonnen haben, ... Cluburlaub der Superlative, vierzehntägig, Vollpension, auf der Insel Ibiza. Das Resort in einem Pinienhain, außerhalb der Stadt, ist nur für Frauen zugänglich. Die letzten Zeilen überflog sie großzügig.

»Das ist toll! Meine Intuition war goldrichtig. Ich wusste gleich, dass dieses Kuvert etwas Besonderes enthält.« Enthusiastisch wedelte sie damit vor Maries Nase herum. »Sieh mal Schatz, das Reisedatum fällt genau in deine Semesterferien, besser geht es nicht, oder?«

Beide schwiegen eine Weile. Marie zog vernehmlich die Luft ein. »Aber ich wollte in den Ferien arbeiten«, sagte sie kleinlaut. Irgendwann muss ich Geld verdienen. Ich will dir und Papa nicht ewig auf der Tasche liegen, und wie soll ich das Steffen beibringen? Es ist schließlich ein Urlaub für nur eine Person. Na ja, du kennst ihn, weißt genauso gut wie ich, was er veranstaltet, wenn er hört, dass ich alleine verreise. So ein Mist! Warum ist alles, worüber Andere sich freuen, für mich so anstrengend? Nie kann ich mich spontan entscheiden. Immer, bevor ich mir etwas gönne, schlage ich mich mit Fragen herum, die mir den Aspekt des »Verdient werden müssen«, aufhalsen. Das ist hirnrissig, findest du nicht auch?« Resigniert ließ sie ihre Schultern fallen, saß da wie ein Vogel mit geknickten Schwingen.

»Nichts da, Marie, du fährst!«, polterte ihre Mutter. Sie schlug mit der Faust auf den Tisch. »Wäre doch gelacht, wenn du dir das durch die Lappen gehen lässt. Von uns bekommst du ein angemessenes Taschengeld, mach dir keine Sorgen. Ich regele das mit Papa. Steffen hat nichts zu melden, ihr seid schließlich noch nicht verheiratet, und selbst dann, müsste er dich ... ach ... was rege ich mich auf, freu dich gefälligst, verstanden!« Ihr Tonfall verriet unmissverständlich, dass sie sauer war, sehr sauer sogar. Das sah man ihr auch an, ihre Augenfarbe wurde merklich dunkler. Mit einem Ruck stand sie auf, schnappte sich eine Küchenschürze und band sie um. Sie ließ Wasser in die Spüle laufen und begann das Geschirr zu traktieren. So wie sie die Teller in den Geschirrständer pfefferte, wunderte sich Marie, dass nicht noch mehr zu Bruch ging. Sie nahm sich ein Geschirrhandtuch und trocknete ab.

»Ich freue mich ja«, sagte sie beschwichtigend, »aber zuerst muss ich darüber schlafen, okay?«

»Einverstanden!«

Drei Wochen blieben Marie, um zu überlegen, ob sie die Reise antreten würde, oder nicht. Diese Zeit war vollgepackt mit Stress. Das erst begonnene Hauptfach Psychologie erwies sich als stures Auflisten von Statistiken. Inhaltlich gab es nichts, das ihrer Vorstellung entsprach. Der Mensch mit allen Facetten, der sie so brennend interessierte, spielte bisher keine Rolle. Das Studium zermürbte sie. Es stahl ihr die Motivation. Fakt war, sie hatte gewusst, auf was sie sich einließ, dennoch konnte sie eine gewisse Lustlosigkeit kaum leugnen. Ihr zweites, im Moment bedeutungsvolleres Problem blieb Steffen, ihr Freund. Fast drei Jahre waren sie zusammen. In den letzten Monaten hatte er sich derart zum Macho entwickelt, dass er ihr die Luft zum Atmen nahm. Statt sie zu unterstützen, versuchte er, sie zu kommandieren und immer mehr einzuengen. Nur seine Meinung zählte, so auch die, wie schon erwartet, dass es unverschämt sei, ihn vierzehn Tage sitzen zu lassen, um sich in der Weltgeschichte herum zu treiben. Steffen ließ sie nicht mehr aus den Augen. Mit Liebe hatte das wenig zu tun. Er verfügte über sie, sagte, wo's lang ging. Den Abend mit ihrer Freundin Svenja, »der dummen Pute«, so nannte er sie, redete er ihr kurzerhand aus. Er vertrat die Meinung, Theaterbesuche seien spießig und nur etwas für intellektuelle Arschlöcher. Bücher, die ihr gefielen und über die sie gerne mit ihm geredet hätte, tat er unbesehen als Schundliteratur ab, natürlich ohne auch nur eine einzige Zeile in sein Auge zu lassen. Für ihn zählte, dass Marie, wenn ihn die Manneskraft drängte, zur Verfügung stand. Auf dem Sportplatz zeigte er sie nicht ohne Stolz, um zu hören, was für ein Kerl er sei. Nur die richtigen Kerle hatten so tolle Frauen. Zufrieden war er trotzdem nie mit ihr. Sie hatte ihn so satt. Als er eines Abends wieder mal ihre »grauenhafte, überkandidelte Aufmachung« bemängelte, schmiss sie ihn endlich raus.

»Lass dich hier nie mehr blicken, du Parasit!«, schrie sie ihm, außer sich vor Zorn, nach, bevor die schwere Tür ins Schloss knallte.

Drei Tage danach verabschiedete sie sich von ihren Eltern am Frankfurter Flughafen. Sie trat diese Glücksreise an, die ihr Leben verändern sollte.

Kapitel 2

Sie reiste nicht zum ersten Mal mit einem Flugzeug, aber sie war zum ersten Mal allein, und das, ohne im Geringsten zu ahnen, was sie da erwartete. Auf ihrem Raucherplatz saß sie neben einem schnauzbärtigen, älteren Herrn. Mit seinem unter triefenden Hängebäckchen vergrabenen Mund versuchte er, sie in eine belanglose Konversation zu verwickeln. Bald hatte sie sein Ansinnen durch ihr mürrisches »Ja« und »Nein«, zum Stillstand gebracht. Sie schloss ihre Augen und hing ihren trüben Gedanken nach. War ich zu hart zu Steffen?, überlegte sie. Hätte ich mich fairer trennen sollen? Mein Gott, was habe ich getan? Er hat aber auch derart meine Nerven strapaziert. Trotzdem, ich hätte mich in Freundschaft trennen sollen, dann ginge es mir jetzt besser. Aber was soll's, vorbei ist vorbei. Ich muss ihn mir abschminken ... war eh nichts fürs Leben. Vielleicht war ich es ja, die das miese Verhalten bei ihm herausgefordert hat. Warum habe ich mir alles gefallen lassen, warum habe ich mich nicht gewehrt? Sicher war ich schuld! Er hat mich doch geliebt, ...zu Anfang bestimmt. Und ich, habe ich ihn auch geliebt? Jedenfalls glaube ich das. Und nun ist alles vorbei. Drei Jahre für die Katz. Ich hätte mehr auf ihn eingehen müssen,...noch mehr? Dann wäre aber von mir überhaupt nichts mehr übrig, oder? Seufzend lehnte sie sich in ihren Sitz zurück. Er bot ihr kaum Beinfreiheit. Sie verfluchte heimlich ihren Vordermann. Dessen Rückenlehne war so weit nach hinten geschoben, dass sie mit dem Gedanken spielte, ihn eventuell als Schoßhund zu adoptieren, aber nur, wenn er aus einem guten Wurf stamme und sauber sei. Aus Lethargie sagte sie es nicht. Am Eingang hatte sie routinemäßig Zeitschriften gegriffen, die sie nicht mehr interessierten. Sie legte sie unbesehen in der Netzablage ab. In ihr herrschte statische Leere. Die routinierten Servicearbeiten der Stewardessen, und das unruhige Gequassel der Passagiere, tangierten sie nicht. Schwingende Vorfreude der Mitreisenden auf Sonne, Sand, Meer und wer weiß was noch, schrammten lediglich an ihr vorbei. Sie grenzte sich ab, fühlte sich als winziges Etwas in einer fremden Menge. Den Augenpaaren, die ihr zulächelten, verweigerte sie sich. Sie schaute durch sie hindurch, wollte auch nicht gesehen werden. Und wie die Wolken da draußen sich blähten und Gewicht vortäuschten, so schrie ihr dumpfes, vorgetäuschtes Hiersein schon fast nach einem empirischen Beweis.

»Meine Damen und Herren, wir landen in wenigen Minuten auf der Sonneninsel Ibiza. Bitte stellen Sie ihre Rückenlehnen gerade und schnallen Sie sich an. Danke! Ihr Kapitän Roberto Sanchez und die Besatzung möchten sich verabschieden und wünschen Ihnen einen schönen Urlaub. Wir hoffen, Sie hatten einen guten Flug und würden uns freuen, Sie wieder einmal an Bord begrüßen zu dürfen.«

Nachdem das Flugzeug in Parkposition stand, klatschten alle Passagiere. Sofort ging ein Gerangel los. Die Fächer mit dem Handgepäck wurden aufgerissen, Jacken und Handtaschen wie Diebesgut sichergestellt. Es wurde rücksichtslos gedrängelt und geschoben. Kinder kreischten eingeklemmt zwischen langen Hosen und Rockbeinen. Offenbar wollte jeder als Erster draußen sein. Marie blieb sitzen, bis sich die Heimatflüchtigen zerstreut hatten. Sie betrat als Letzte die Gangway. Eine gewaltige Hitzewelle schlug ihr entgegen, ca. 35 Grad Celsius, normal für Anfang August. Sie schulterte ihren Rucksack und zog eine Sonnenbrille über die geblendeten Augen. Verkrampft, mit einem missmutigen Zug um die Mundwinkel, schlenderte sie in die Abfertigungshalle. Dort wartete sie auf ihr restliches Gepäck. Sie verließ das Gebäude, schaute sich suchend um, und entdeckte ein großes Schild, auf dem ihr Name stand. Ein gut aussehender Mann reckte es in die Höhe. Bin ich die Einzige, die namentlich gesucht wird?, fragte sie sich. Alle anderen Passagiere gruppierten sich um Schilder mit den Namen ihrer Reisegesellschaften. Sie lavierte sich durch die versammelte Schar schnatternder Urlauber auf ihn zu.

»Señorita Sanders?«, begrüßte sie der junge Mann und streckte ihr die Hand entgegen. Er lächelte sie an. »Mein Name ist Carlos.« Sein Händedruck war kraftvoll, die gebräunten Finger schmal und feingliedrig, wie man sie bei einem Künstler erwartet. In dieser Hand verbargen sich spürbar Gegensätze.

»Schön, dass Sie gekommen sind. Ich freue mich, Sie in den Club *»Fortuna Sorpresa«* bringen zu können. Hatten Sie einen guten Flug?«

»Oh ja, danke, es war wunderbar. Diese wattige Stille über den Wolken fasziniert mich immer wieder.« Die Lüge sprang ihr leichtfertig aus dem Mund, aber ihr Blick irrte entlarvend an ihm vorbei. Zurückgewandt, saugte er sich an dem gebräunten Oval fest, das von kecken, schwarzen Locken umrahmt war, von denen wohl jede annahm, sie müsse in eine andere Richtung springen. Sie fühlte sich seltsam angespannt. Was hat dieser Carlos, dass ich so unsicher bin?, überlegte sie. Er ist ein schöner Mann, groß gewachsen, biegsam schlank, mit blitzenden Bernsteinaugen. Ihn umschmeichelt die warme Eleganz eines gebildeten Südländers. Ihre Blicke verfingen sich. In den wenigen Sekunden, in denen sie einander erforschten, kam es zu einem harmonischen Gleichklang, erstaunlich für Beide. Sie fühlten sich überhaupt nicht fremd.

»Setzen Sie sich bitte schon in den Wagen, ich verstaue noch ihr Gepäck«, sagte Carlos. Er hielt ihr galant die Tür auf.

Marie kletterte in den verrosteten Jeep, den augenscheinlich nur Lackfetzen zusammenzuhalten schienen. Nach einem Vehikel, das sie in ein Luxusurlaubscamp bringen sollte, sah das wirklich nicht aus. Na ja, dachte sie, wenigstens ist der Fahrer ansehnlich und nett.

»Ist es weit bis zum Club?«, fragte sie Carlos, der sich mit einem Satz neben sie geschwungen hatte.

»Oh ja, Sie müssen ein bisschen Geduld haben, wir fahren ca. eineinhalb Stunden.«

»Auch gut, dann kann ich etwas von der Insel sehen, ehe es dunkel wird.«

Carlos stimmte ihr zu. Er fuhr nach einigen, schon beinahe vorprogrammierten Fehlstarts los. »Tranquilo«, nuschelte er und schmunzelte.

»Was heißt das?«, fragte Marie.

»Das ist ein Wort, das sie hier mit Sicherheit noch öfter zu hören kriegen. Es entspricht unserer Mentalität und bedeutet, nur kein Stress.«

Sie fuhren eine Weile am türkisfarbenen Meer entlang, und an Stränden, an denen sich viele Touristen tummelten. Hupende Autos, quietschende Reifen, Stimmengewirr und Kinderkreischen schwängerten die laue Luft.

»Sagen Sie Carlos, ist die Insel groß?«

»Nun, so würde ich sie nicht gerade nennen. Sie misst ungefähr 600 Quadratkilometer, aber auf Ibiza gibt es 400 Strände, stellen Sie sich das vor. Im Gegensatz zur flachen Nachbarinsel Formentera haben wir auch einen Berg. Dort bringe ich Sie hin.«

»Hier auf dem Schild steht Eivissa. Ist das der Name, den die Einheimischen ihrer Stadt geben?«

»So ist es!«

Sie schwiegen eine Weile. Carlos musste sich auf den nervigen Straßenverkehr einlassen. Konzentration war lebenswichtig. Nach kurzer Zeit verließen sie die Hauptstraßen. Marie atmete erleichtert auf. Sie war froh, dem Rummel und Gewirr zu entkommen, um endlich das zu entdecken, von dem sie sich vorgestellt hatte, wie es sein würde. Im Innern des Landes faszinierte sie die farbenprächtige Schönheit von Bougainvilleas und herrlichem Hibiskus, der sie mit tellergroßen Blüten beeindruckte. Sie entdeckte Oleander, vor Blütenpracht strotzend, an weiße Bauernhäuser mit flachen Dächern geschmiegt. In den angegliederten Gärten standen Zitronen und Orangenbäume. Es muss herrlich sein, sich eine Frucht vom eigenen Baum zu pflücken. Herz, was willst du mehr, dachte sie. Später fuhren sie an einem Hang mit Mandelbäumen und Weinreben entlang. Kräuterduft von Thymianbüschen, die am Wegesrand wucherten, gemischt mit dem Aroma von Pinienholz, wehte herüber. Nach einer Weile kamen sie an uralten, brüchigen Steinmauern vorbei. Dahinter teilten sich Plantagen mit Orangen und Zitronenbäumen, ebenso Feigenkakteen und Pinienbäume die kräftig rote Erde.

»Hier lohnt es sich, zu leben, Carlos.« Sie warf ihm einen verträumten Blick zu.

»Oh ja, das kann ich bestätigen.« Er schenkte ihr ein umwerfendes Lächeln.

Was sie nach einigen Kilometern zu sehen bekam, fand Marie allerdings weniger schön. Weit außerhalb der Stadt schaukelten sie über schmale, feldwegartige, bucklige Straßen, an deren Rändern dürres Geäst wucherte, das den Eindruck erweckte, die Farbe Grün sei ein Paradoxon. Stellenweise bewuchsen staubige Grasbüschel in schmutzigem Ocker leicht ansteigende, verwilderte Hügel. Ein Highlight bildete eine liegen gelassene, blau verrostete Karre, die weggeworfen am Straßenrand lag.

Müll, als Farbtupfer. Die vorbeihuschende Landschaft verlor jeglichen Reiz. Ausgedörrtes Gras, wohin man schaute. Das Meer war nicht einmal zu riechen. Das entsprach keineswegs ihrer Erwartung. Sie suchte Palmen, fand stattdessen nur erstaunlich viele Pinienhaine. Ihre müden Augen tasteten die Umgebung, nach den für die Insel typischen, weißen Häuser ab. Sie erblickte keine mehr. Ein paar Ziegen trotteten auf steinigem Brachland. Sie wunderte sich, dass die armen Tiere hier überhaupt etwas zum Fressen fanden. Noch bevor sie ihre Frage an den Fahrer richtete, schob sich der Gedanke, ich glaube, jetzt bin ich am Arsch der Welt gelandet, in ihren Sinn. Dennoch wollte sie höflich bleiben. Carlos war nicht verantwortlich für den Zustand dieses gottverlassenen, verwahrlosten Inselabschnitts, auch nicht dafür, dass sie sich eben da, wo sie dachte, am Arsch der Welt, befand. Von der Seite warf sie Ihm einen flüchtigen Blick zu.

»Carlos, entschuldigen Sie bitte meine Frage, ich bin gerade fassungslos. Ist es da, wo Sie mich hinbringen, überall so trostlos? Wir sind endlos weit gefahren, aber ich habe schon lange kein Fitzelchen Meer mehr gesehen.«

Carlos lachte ein kräftiges Lachen, das ihr wie Brocken um die Ohren flog. Sie zuckte unwillkürlich zusammen.

»Señorita Sanders, was bitteschön ist ein Fitzelchen? Ich dachte, dass ich ihre Sprache gut verstehe, auch sprechen kann, aber dieses Wort habe ich noch nie gehört. Ist es etwas Lustiges?«

Marie stimmte in das Gelächter ein. Sie erklärte den Ausspruch. »Sagen Sie Carlos, wo haben Sie so fabelhaft Deutsch gelernt? Sie haben fast keinen Akzent?«

Er freute sich über ihr Kompliment. Mit einem Augenzwinkern erzählte er:«Ich habe fünf Jahre als Oberkellner in der Düsseldorfer Gastronomie gearbeitet. Kennen Sie die längste Theke der Welt?«

»Nur vom Hörensagen, ich war noch nicht da.«

»Mein Arbeitstag begann um zwölf Uhr mittags. Er endete oft erst spät in der Nacht. Ich hatte Glück, fand eine kleine Wohnung gleich neben der Kneipe. Einmal um die Ecke, und ich war zuhause. In den meisten Nächten schleppte ich mich todmüde in mein Zimmer, aß noch eine Kleinigkeit, duschte, und fiel Sekunden später in mein Bett.« Bedauernd hob er die Schultern, seine Miene umschattete sich. »Glauben Sie mir, diese Zeit war nicht leicht für mich. Mir blieben maximal sechs Stunden Schlaf. Viel zu bald rappelte der Wecker, das hieß aufstehen und anziehen, für den Besuch der Schule, in der ich Ihre Sprache lernte. Aber ich hatte einen Traum. Das war der Grund diesen Stress auf mich zu nehmen. Porka Misseria! Fast alles, was ich in dieser Zeit einnahm, legte ich auf den hohen Tisch.«

»Auf was?«

»Auf den hohen Tisch, so heißt das doch, oder?«

»Sie wollten sicher sagen, auf die hohe Kante«.

»Oh Madonna, ich muss noch einiges lernen. Also, ich sparte eisern, gönnte mir nichts, um mein Ziel schnellstens zu erreichen. Ich dachte, ich hätte schon genug verdient, um in der Nähe von San Mateo mein eigenes Restaurant zu eröffnen. Die Enttäuschung war groß, als ich merkte, dass in der Zwischenzeit die Preise in unserem Land rapide gestiegen waren. Hauptsächlich Ihre reichen Landsleute haben die Grundstückspreise mächtig in die Höhe schnellen lassen.« In Carlos Stimme schwang ein sarkastischer Unterton mit.

Marie fühlte sich ein bisschen schuldig.

»Meine Ersparnisse reichen noch nicht«, redete er weiter, »nicht für das, was meiner Vorstellung entspricht. Trotzdem verließ ich Deutschland. Das Heimweh, die Menschen, die Sonne, wissen Sie? Das alles fehlte mir unendlich. Es war die richtige Entscheidung heimzukehren. Hier arbeite ich nachts, ab zwei Uhr in der Disko *Anfora* in Eivissa, in der Dalt Vila. Das ist die einzige schwule Diskothek auf Ibiza, mit verschiedenen Bars, einer Tanzfläche und einem Darkroom. Aber aus diesem Arbeitsverhältnis sollten Sie keineswegs Schlüsse auf meine sexuelle Ausrichtung ziehen, okay?«

»Okay.«

»Am Tag verdiene ich ein paar Euro dazu, indem ich Gäste wie Sie, am Flughafen abhole, und in ihre Hotels bringe. Darf ich Sie auch etwas fragen?«

Marie nickte, beeindruckt von der Offenheit, mit der ihr Carlos von seinem Leben erzählte. Was will er wohl von mir wissen?, überlegte sie.

Er schaltete einen Gang herunter. Das Getriebe krächzte. Auf der miserablen Straße schaukelten sie hin und her, als säßen sie auf einem Kamel, das sie durch die Wüste führte.

»Warum haben Sie sich diesen Club ausgesucht?« Carlos sah sie erwartungsvoll an.

»Das kann ich Ihnen gerne erklären. Ich habe zum ersten Mal in meinem Leben etwas gewonnen, und zwar diese Reise. Warum interessiert sie das? Gibt es ein Problem?«

»Nein, nein, das wollte ich damit nicht andeuten!« Abwehrend hob er beide Hände. Für einen Augenblick überließ er das Steuerrad sich selbst. »Ich meine, ein junges Mädchen wie Sie, ist doch lieber in der Stadt. Das Nachtleben in Ibiza ist berühmt für ausgefallene Aktivitäten. Hier pulsiert das Leben. Es gibt viel Interessantes zu sehen, in den Diskos, oder auf den Promenaden. In den schmalen Gassen der Altstadt treffen Sie die ausgeflipptesten Leute. Sie müssen einmal abends an der heißen Meile sitzen, da wimmelt es von Verrückten. Dabeisein und Auffallen heißt die Devise. Je schriller das Outfit, desto mehr gehört man hier her. Ich nehme an, so haben sie es sich vorgestellt, oder?«

»Ja klar!«

»Dann wissen Sie also nicht?« Er schaute ihr prüfend in die Augen.

»Was?«

»Ihr Camp liegt außerhalb von Allem. Ich meine, dass es eher was für Leute ist, die sich zurückziehen wollen, fern ab von jeder Geselligkeit. Nun ja, für Menschen, die so was mögen, hat die Ruhe wohl auch ihren Reiz.«

»Oh Gott«. Marie stöhnte. »Wenn ich nur wüsste, was mich da erwartet? Hoffentlich wird das kein Reinfall.« Entmutigt ließ sie ihren Kopf auf die Brust sinken. Plötzlich fröstelte sie. Mit unruhigen Fingern zog sie ihre Strickjacke fest um die Schultern. Sie hatte sie mitgenommen für den Fall, dass es abends kühler würde. Diesen Eindruck hatte sie jetzt, was allerdings ihrem Gemütszustand, und keineswegs dem Wetter zuzuschreiben war.

»Ich wollte in den Semesterferien arbeiten, um Geld für mein Studium zu verdienen«, erklärte sie Carlos. »Diese Reise kam sehr überraschend. Zuerst dachte ich daran, den Gewinn auszuschlagen. Von Anfang an schlich sich bei mir ein ungutes Gefühl ein. Ich hatte weder Fotos noch irgendwelche andere, wichtige Details vom Club. Ich weiß ja nicht einmal, wo diese Anlage liegt. Es ist eine skurrile Reise, aber ich bin alt genug. Wenn es mir nicht gefällt, verschwinde ich von hier. Hören Sie, auch wenn das diesen Leuten gegenüber undankbar erscheint, geht mir das, gelinde gesagt, am Allerwertesten vorbei. Sie werden mich wohl kaum halten, wenn ich es nicht will, oder? Aber vielleicht genieße ich auch mal die Ruhe.«

»Ich hoffe, dass es Ihnen gefällt«, murmelte Carlos.

Nachdenklich zog Marie ihre Beine an. Sie stellte die Füße auf den Rand des Sitzes, umschlang ihre Knie mit den Armen. Bedauernd, ein wenig hoffnungslos, ließ sie den Kopf darauf sinken.

»Wir sind gleich da!«

»Wirklich? Na endlich, ich fühle mich schon wie ein Martini, geschüttelt und gerührt.«

»Wenigstens haben Sie ihren Humor nicht verloren,« sagte Carlos und streifte sie mit einem flüchtigen Blick. Er kramte in der Jackentasche. »Hier ist meine Karte für alle Fälle. Es kann ja vorkommen, dass Sie mal, wie sie in Deutschland sagen, so richtig auf den Putz hauen wollen. Rufen Sie an, wenn Sie hier weg möchten, ich zeige Ihnen gerne das exhibitionistische Nachtleben, einverstanden?«

»Oh danke, das ist nett von Ihnen.« Marie seufzte erleichtert. Sie steckte die Karte in das Geheimfach ihrer Handtasche.

Carlos bog in einen Seitenweg ab, der mehr als Scharte, denn als Weg und noch weniger als Straße auszumachen war. Nirgendwo stand ein Haus, geschweige denn ein Hotel. Die Gegend lag gespenstisch ruhig. Ein paar knorrige Bäume schienen ihr Leben schon vor langer Zeit ausgehaucht zu haben. Die Luft stand still und arbeitsscheu, zu faul jetzt noch Gräser oder Blätter zu befächeln. Es dämmerte bereits. Der Mond schob die Sonne aus seinem Revier und schickte ein fahles Licht. Sie fuhren bis zu einem großen, geheimnisvoll verschnörkelten Eisentor, das nach beiden Seiten von einem ungewöhnlich hohen Zaun flankiert, den ehemals schwarzen Anstrich wie Schuppen von sich warf.

»Wer hat denn hier die Wildnis eingefangen?«, fragte Marie kleinlaut.

»Hier ist es!« Carlos schaute sie nicht an. Er bremste scharf. Mit der reaktionsschnellen Abwehrbewegung ihrer rechten Hand verhinderte Marie im letzten Moment den Aufprall ihres Kopfes an der Windschutzscheibe.

»He, Mann, sind sie verrückt? Sie sollen mich an mein Urlaubsziel bringen und nicht ins Krankenhaus.«

Carlos überhörte wohlweislich ihre Empörung. Er sprang aus dem Wagen und eilte nach hinten.

«Ich stelle schon ihren Koffer raus«, rief er stattdessen »und melde sie an.«

Mit einem Mal legte er eine unerklärliche Eile an den Tag. An der Sprechanlage des Tores drückte er einen Knopf. Er redete in schnellem Spanisch. Marie verstand nur die gemurmelten Namen mit den rollenden R's. In ihrer Magengegend herrschte ein ziemlich flaues Gefühl.

»Was heißt das? Wollen Sie mich hier mutterseelenallein absetzten? Carlos, ist das Ihr Ernst?«

»Keine Angst, Fräulein Sanders, letzte Woche brachte ich drei Frauen hierher. Alle wurden abgeholt. Bis dahin warte ich mit Ihnen.«

»Warum bringen Sie mich nicht an Ort und Stelle?«

»Das ist mir leider nicht gestattet, ich habe keine Ahnung warum. Mein Auftrag lautet, die Damen bis zu diesem Tor zu bringen und zu bleiben, bis jemand sich ihrer annimmt. Also keine Panik, Señorita Sanders, ich lasse Sie nicht allein, ich warte mit Ihnen. Möchten Sie eine Zigarette?« Er hielt ihr ein verknautschtes Päckchen Pall Mall hin. Marie lehnte dankend ab.

»Mir ist nicht wohl bei der Sache. Am liebsten würde ich auf der Stelle mit Ihnen zurückfahren und mir selbst eine Unterkunft suchen.«

»Keine bange!« Carlos zwinkerte ihr zu, »jetzt ist es dunkel, aber morgen, Sie werden schon sehen, da sieht alles ganz anders aus. Sie haben ja meine Karte. Wenn es Ihnen absolut nicht gefällt, rufen Sie mich an, ich werde mich um Sie kümmern.«

»Das ist mir im Augenblick der einzige Trost. Gracias Carlos, ich bin froh, dass Sie mich hier her gebracht haben. Danke für ihre Freundlichkeit.«

»Keine Ursache, das ist selbstverständlich.« Er hüstelte verlegen. Sie warteten ein paar Minuten schweigend.

Kapitel 3

Zur gleichen Zeit in der Puente De Mando Clandestino, dem P.M.C., (was so viel bedeutet wie, die geheime Kommandobrücke des Clubs.)

In dem weiß getünchten, abgedunkelten Raum saßen fünf Frauen jeweils vor einem Monitor. Sie beobachteten Frauen, die in unterschiedlichsten Positionen und Tätigkeiten zu sehen waren. Vor einem oval verlaufenden Mischpult saß ein junges Mädchen. Die Kamera am großen Tor zeigte ihr zwei Personen, eine junge Frau und einen Mann. Gerade hatte der Mann sich als Carlos gemeldet und die Ankunft des Gastes avisiert. Das Krächzen der Sprechanlage verzerrte die Worte, demzufolge waren sie schwer verständlich.

»Subo Drei, wer ist angekommen?«, fragte die herrische Stimme hinter ihr.

»Einen Moment bitte, Kommandantin. Ich betätige den Bildvergleich.« Hastig flogen ihre Finger über die Tastatur des Computers.

»Aha, es ist die Deutsche, Señorita Sanders, aus Frankfurt.«

»Gut, sie ist die Letzte. Auf sie habe ich gewartet, jetzt sind wir vollzählig. Schicken Sie einen Wagen los, um sie abzuholen. Subo Fünf, sie fahren. Bringen sie die Frau im Casa Maria unter. Subo Zwei, sie bereiten das Abendessen vor, mit der üblichen Dosis Meskalin. Geschafft, wie die Kleine aussieht, braucht sie nicht viel.«

Die Befehle der Kommandantin kamen schneidend. Sie duldeten keinen Widerspruch. Die Subordindos, ihre Untergebenen, führten sie augenblicklich aus. Mit einer eckigen Bewegung wandte sie sich der Frau am Computer zu.

»Was wissen wir über diese Person, Subo Drei?«

»Wir haben alle wichtigen Daten.«

»Sagen Sie schon, was haben wir?«

In Stenographenstil las Subo Drei vor. »Marie Anna Sanders, geb. am 5.4.1974 in Frankfurt, Abitur 93 an der Wildmosschule, Numerus clausus 1,2. Studentin im zweiten Semester an der Uni Frankfurt für Deutsch, Psychologie und Englisch. Tochter von Walter und Eleonora Sanders, geborene Hartwig. Ein Bruder, Jochen, drei Jahre älter, Medizinstudent an der Uni Homburg. Vater Walter, 48, Innenrevisor der Deutschen Bank in Frankfurt. Mutter Eleonora, 46 Jahre alt, ehemalige Kunsterzieherin an der Westspangschule, möchte, nach zwei Jahren Auszeit, wieder in ihren Beruf einsteigen. Finanzielle Sicherheiten sind geboten.«

»Persönlichkeitsstruktur?«

Subo Drei betätigte ein paar Tasten, überflog die Auflistung. Sie zuckte die Achseln.

»Was ist?«

»Nichts Auffallendes. Marie Sanders und ihr Freund Steffen Petersen haben sich vor kurzem, nach drei Jahren Beziehung, getrennt.«

»Ist das alles?«

Subo Drei errötete. »Nein, natürlich nicht.«

»Dann lassen sie mich endlich hören!«

»Hier steht auch, dass sie kontaktfreudig ist. Sie tanzt, reitet und spielt leidenschaftlich gerne Tennis. Das Verhältnis zu ihrer Familie ist ausgesprochen gut. Sie ist beliebt, temperamentvoll, selbstbewusst, ehrlich, manchmal launig und explosiv, wenn es nicht nach ihrem Kopf geht. Außerdem ist sie Vegetarierin, raucht nicht, trinkt ab und zu ein Gläschen zu viel. Wo sie auftaucht, ist gute Laune garantiert. Was Gelddinge angeht, ist sie eher sparsam, hat eine Marotte für alten Schmuck und gradlinige Mode, Jill Sander zum Beispiel. Zweimal im Jahr kauft sie ein solch, teures Teil, ergänzt damit ihre Kollektion. Verschwenderisch, ist sie nicht, verfügt aber über einen exklusiven Geschmack. Ihr Umfeld ist stabil. Alles, bis auf Kleinigkeiten, läuft bei ihr nach Plan. Sie ist eine gefestigte Persönlichkeit, ausgerichtet auf Erfolg, aber nicht um jeden Preis. Ethische und moralische Werte bestimmen ihr Leben. Bekannt ist, dass sie an der Uni für Frauenrechte eintritt und gegen den Drogenkonsum zu Felde zieht, der bei ihren Kommilitonen rege um sich greift.«

»Wer hat in Deutschland recherchiert?«

»Das Dokument ist von Subo Sechs unterzeichnet.«

»Gute Arbeit!«

Mit ausholendem Schritt verließ die Kommandantin den Raum. Eine exaltierte Kälte ging von ihr aus, die sich fast körperlich auf die Anwesenden auswirkte. Hier herrschte nicht nur Respekt, nein, hier kroch die Angst. Von dieser hageren, alterslosen Frau wusste niemand etwas. Keine der Subos kannte ihren richtigen Namen. Sie war die

Chefin, ihr mussten sie gehorchen. Das war das einzige Wissen, das zählte. In ihrer starren Haltung überwog die androgyne Seite bis nahezu 100 Prozent ihre weibliche Komponente. Ein maskuliner Haarschnitt und das ungeschminkte Gesicht verstärkten den Eindruck. Die hohen, ausgemergelten Wangenknochen, gekrönt von bergkristallgrauen, tiefen Augenseen, ließen dem Betrachter einen leichten Schauer über den Körper rieseln. Ein Alien war der Eindruck der Meisten beim ersten Hinsehen. Sie glich den Aliens aus den Science Fiction Serien.

Die übergroßen Augenhöhlen, der knochige Nasenkamm, und ein unbarmherziger, waagerechter Schnitt, kaum als Mund zu erkennen, vervollständigten das langgezogene Oval. Was die Kleiderordnung betraf, trug sie als Einzige Schwarz. Die Subos Eins bis Fünf, die eine höhere Funktion begleiteten, waren ausschließlich weiß gekleidet. Mit der üblichen, südlichen Bräune wäre damit ein guter Kontrast entstanden. Da diese, zur besonderen Verfügung stehenden Angestellten, auf Grund ihres umfangreichen Arbeitspensums, minimale Sonnenbestrahlung abbekamen, unterstrich das geradezu harte Weiß, die angespannten Gesichter. Sie glichen eher den Nachtschattengewächsen. Das Personal für die niedrigen Arbeiten war an der hellgelben Arbeitskleidung zu erkennen.

Die fünf Subos landeten aus den unterschiedlichsten Gründen im P.M.C. Subo Drei, die Saskia Brenders hieß, stammte aus Dallas, Texas.

Vor etwa zwei Jahren meldete sie sich auf eine Annonce in der Harald Tribune, in der eine Frau gesucht wurde, die diverse Attribute aufweisen konnte. Sie sollte eine Computerfachfrau sein, unabhängig, mehrsprachig, nicht älter als dreißig Jahre, experimentierfreudig, zuverlässig, loyal ihrem Unternehmen gegenüber. Im Gegenzug bot man eine lukrative Bezahlung, für eine wöchentlich maximal 30-stündige Arbeitszeit, in einer exklusiven Anlage am Meer. Saskia erlag dem vom Herausgeber der Annonce erwarteten Denkfehler, in den Zeilen dazwischen, von großzügiger Freizeit und viel Geld für wenig Arbeit, in wunderbarer Umgebung zu lesen. Immer wieder hatte sie ihre innere Unruhe an neue Orte gedrängt. Nie blieb sie mehr als ein paar Monate. Dass sie hier schon zwei Jahre lebte, hatte nicht das Geringste mit ihrem eigenen Willen zu tun.

Am Anfang entsprach der Job durchaus ihrer Vorstellung. Sie arbeitete als Empfangsdame in der exquisiten Ferienanlage, die meditative Urlaubstage für einige sehr betuchte Leute bot. Abgeschieden von Erfolgsstress, aus dem ihre verschwenderischen Tantiemen wuchsen, suchten die Gäste hier ihre innere Mitte. Wie wunderbar normal war diese ruhige Zeit auch für sie. Saskia ließ ihre Sprachkenntnisse blühen, erfüllte Wünsche, sah in vom Rest der Welt geschützte, glückliche Gesichter. Kein Elektrosmog, gleich welcher Art, störte die auf sich besonnen Menschen. Die Arbeit fiel ihr nicht schwer. Tatsächlich entpuppte sie sich als Traumjob. Ihre Chefin bekam sie selten und meistens nur kurz zu sehen. Sie war ihr unsympathisch, aber rigide war sie damals noch nicht. Manchmal schwebte sie wie eine schwarze Krähe vorbei, sprach kaum ein Wort. Nach einem Überblick im P.M.C, verschwand sie in ihrem Heiligtum. So nannten es die Subos hinter vorgehaltener Hand. Die Koordination im P.M.C lief reibungslos. Es gab selten etwas zu beanstanden. So blieb es bis zu jenem Tag vor zwei Monaten, an dem sich alles änderte.

Kapitel 4

Langsam und ächzend öffnete sich das große Tor. Ein Jeep, von einer jungen Frau gesteuert, rollte in beachtlichem Tempo auf Marie und Carlos zu.

»Aha, da kommt sie!«, raunte Carlos. Flüchtig reichte er Marie die Hand und spurtete zum Wagen. Ein letztes Mal schaute er zurück, winkte, und brauste davon.

»Gracias Carlos«, schrie Marie ihm hinterher. Er hörte es nicht mehr. Die Frau aus dem Jeep stieg aus.

»Buenas Noches, herzlich willkommen Señorita Sanders. Schön, dass Sie endlich da sind. Como esta' Usted? Mein Name ist Samira.« Sie entblößte makellos weiße Zähne. »Ich bringe Sie zum Club Sorpresa. Hatten Sie eine gute Anreise?«

»Ja, vielen Dank«, erwiderte Marie, »die Fahrt hierher hat mich sehr ermüdet. Ich möchte jetzt nur noch duschen und ausgiebig schlafen.«

»Das verstehe ich, aber sind Sie nicht hungrig? Wir haben für Sie ein tolles Abendessen vorbereitet. Alex, unsere Köchin, ist zu Tode beleidigt, wenn Sie nicht wenigstens davon kosten.«

»Also gut.« Marie seufzte und stieg in den Geländewagen. »Ich esse eine Kleinigkeit, wirklich nur einen Bissen. So spät am Abend bin ich es nicht gewohnt zu speisen. Es bekommt mir nicht.« Sie lächelte gequält.

Samira packte den Koffer in den Wagen, setzte sich ans Steuer und raste mit erheblichem Tempo los.

»Liegt dieses Feriendomizil am Ende der Welt, oder kommt es mir nur so vor? Ist es noch weit?«

»Wir sind gleich da«, beantwortete Samira ihre Frage. Geheimnisvoll fügte sie hinzu, «dieser Club ist etwas ganz Besonderes. Morgen können Sie sehen, was ich damit meine. Es wird Ihnen hier gefallen, bestimmt!« Ein Sternschnuppenlächeln glitt über ihr Gesicht.

»Das hoffe ich«, sagte Marie kleinlaut.

Ein paar Minuten fuhren sie schweigend durch dschungelartiges Gelände. Der unbefestigte Weg wies Kuhlen und fette Schlaglöcher auf. Für diese Strecke kam nur ein stabiler Geländewagen in Frage. Jetzt verstand Marie, warum Carlos das Risiko scheute, sie bis hinein zu begleiten. Die alte Kiste hätte dem Schrottweg mit Sicherheit nicht standgehalten. Aber ist das ein Grund, davon zu hetzen? Sie fand sein Verhalten seltsam.

Aus dem Nichts tauchten sie auf. Weiße, kleine Bungalows, mit Rundbögen, im maurischen Stil erbaut. Die Fenster schmückten blaue, grüne und gelbe Fensterläden. Auf Maries Gesicht malte sich Verblüffung. Der friedliche Anblick dieser Anlage nahm ihr den Atem. Vor Pracht strotzende Bougainvilleas in allen Farben, vom lichten Rosa, über Orange, Pink, bis dunklem Violett umsäumten den Eingang. Azurblaue und honiggelbe exotische Pflanzen neigten durch das Gewicht ihre Blüten. Die von warmen Kugellichtern angestrahlte, mit hellen Steinchen belegte Auffahrt, erinnerte an das nächtliche Rollfeld eines Flughafens. Dicke Ballonlampen warfen überall ihr heimeliges Licht auf ein Paradies mit federnd wehenden Palmenklecksen.

»Mein Gott, ist das schön!« Marie war überwältigt.

»Habe ich Ihnen zu viel versprochen? Das ist der Club Sorpresa, Ihr Heim für die nächsten zwei Wochen, für Ihren Urlaub der Superlative.« Samira zeigte ein siegessicheres Lächeln. Sie stoppte den Wagen, sprang leichtfüßig heraus, eilte zur anderen Seite und hielt Marie die Hand zum Aussteigen entgegen.

»Danke, geht schon.« Marie griff sich ihrem Rucksack, warf die Strickjacke über, und hopste mit steifen Beinen hinab. Samira brachte sie mit ihrem Gepäck zu einem der Häuser. Auf dem Schild an der Eingangstür stand *»Casa Maria«*.

»Oh, wie passend!« Marie lachte herzhaft, »das Häuschen trägt sogar meinen Namen.«

Samira langte in ihre Jackentasche. Sie zog einen derben Schlüssel heraus. Es knarrte hörbar, beim Aufschließen der schweren Holztür. Sie hielt sie charmant auf, ließ den Gast zuerst eintreten. Maries Müdigkeit überspülte sie wie warmer Tee. Sie erkannte begeistert, wie geschmackvoll das Haus eingerichtet war. Liebend gern hätte sie getanzt. Nach den Strapazen des Tages freute sie sich zum ersten Mal, dass sie diese Reise angetreten hatte.

Samira stellte den Koffer im Flur ab. Mit einem freundlichen »hasta luego« verabschiedet sie sich. Marie ließ sich rücklings auf das mit einer glänzenden, lila Seidendecke überzogene Bett fallen. Ihr schweifender Blick irrte über die meterhohen Grünpflanzen, deren Namen sie nicht kannte, die sie im besten Falle ihrer Gattung, den Wolfsmilchgewächsen zuordnen konnte. Ihr Blick verharrte einen Moment bei der dunklen, metallbeschlagenen Holztruhe. Darüber hing ein schwerer Bleikristallspiegel mit ziselierter Umrandung. Das Interieur war von stilsicherer Hand komponiert. Ohne Zweifel, Geld hatte dabei wohl kaum eine Rolle gespielt. Moderne und alte Möbel ergänzten sich in harmonischer Zweisamkeit, so, dass keines dem Anderen irgendetwas von der eigenen Wirkung stahl. Sofort mit dem Eintreten in dieses Haus hatte Marie die besondere Symbiose des Raumes in Entzücken versetzt.

Es klopfte. Eine Mulattin, mit hüpfenden Rasterlocken, brachte ein Tablett mit köstlich duftenden Speisen herein. Sie stellte es auf dem Mahagonitisch ab.

»Ola, Señorita Sanders.« Ein Strahlen flutete ihr milchkaffeegebräuntes Gesicht. «Mein Name ist Ada. Ich hoffe, Sie haben einen ordentlichen Hunger mitgebracht. Alex, unsere Köchin, hat sich viel Mühe gegeben bei der Zubereitung Ihres Abendessens.« Sie lächelte schelmisch.

«Vielen Dank!«

»Bon Appetit, schön, dass Sie hier sind.« Nach der kurzen Begrüßung drehte sich Ada um, aber nur, um noch einen taxierenden Blick in den Spiegel der gegenüberliegenden Wand zu werfen. Sie straffte ihren Körper herausfordernd. Marie eine gute Nacht wünschend, verließ sie das Zimmer.

Endlich allein. Zu ihrer eigenen Überraschung war es Marie unmöglich, den verlockenden, süßen und feurigen Düften, die ihre Nase kitzelten, zu widerstehen. Sie aß mehr, als sie vorhatte, und trank von dem roten Wein, auf dessen Oberfläche das warme Licht Brokatschatten malte. Schlagartig überfiel sie eine bleierne Müdigkeit. »War wohl doch etwas zu viel«, murmelte sie. Indem sie auf das Bett zusteuerte, streifte sie bedächtig ihre Kleider ab. Kaum hatte sie sich hingelegt, schlief sie ein. Sie dämmerte ihrem ersten Ferientag entgegen.

Sie wurde geweckt von der zarten Musik, die aus ihrem Kopf, zumindest aus der Kopfnähe kam, wunderschön, seltsam in der Intonation, weiche Sphärenklänge, wie sie noch nie ihr Ohr erreicht hatten. Sie baten sie leise und eindringlich sich führen zu lassen, ja, sich hinzugeben. Sie hielt die Augen geschlossen, begab sich in einen Zustand totaler Entspannung. Eine wispernde Stimme forderte sie auf, eine Treppe hinab zu steigen. Willenlos gehorchte sie. So betrat sie verschiedene Räume, zuerst den roten, danach den blauen, den gelben, zuletzt einen schwarzen Raum. Dort angekommen, erfüllte sie jedoch nicht die erwartete Ruhe, nein, sie erkannte eine kalte Hand, die nach ihrem Herzen griff. Sie hielt den Schrecken kaum aus, zuckte zusammen, und fiel beinahe aus dem Bett. Mit aufgerissenen Augen betastete sie ihre schweißige Stirn, überprüfte mit fahrigen Fingern, ob sie fiebere. Mit einem Schlag hell wach, wurde ihr hundeelend und heiß. Das Shirt pappte unangenehm an ihrer Haut. Sie hatte keine Ahnung, wo sie war.

Die Erinnerung an den schrecklichen Traum zerfiel, wie die Blätter einer welken Blume. Was sie sah, war ein strahlender Morgen, vielleicht auch schon Mittag? Die Konturen der Zeit verschwammen allmählich, und die vertikalen Sonnenstrahlen, tänzelten, pulverisierter Fäden gleich, durch den offengelassenen Schlitz der gestreiften Vorhänge. Marie gönnte sich einen Moment der Ruhe, versuchte, Ordnung in ihre Gedanken zu bringen. Sich in Zeitlupentempo drehend, hievte sie ein Bein nach dem anderen aus dem Bett. Das laute, ungewohnte Hämmern in ihrem Kopf verstand sie nicht. Trunken schlurfte sie ins Bad. Immer wieder schrie sie leise auf, während sie sich bückte und ihre Kleider auflas, die sie am Vorabend auf dem Boden verstreut hatte. Sie fühlte sich krank, eindeutig. In der kleinen, dreieckigen Duschkabine ließ sie minutenlang warmes Wasser über ihren zitternden Körper irren.

Erst danach gelang es ihr, ihn einzuseifen und zu waschen. Sie wickelte sich, immer noch fröstelnd, in ein großes, flauschiges Badelaken, zog es fest über der Brust zusammen, um die Gänsehaut zu betäuben, die sich gebildet hatte. Mechanisch drückte sie die clubeigene Zahnpasta auf die Bürste, ohne die Tube zu schließen, was ihr zu Hause schon manchen Ärger mit ihrer Mutter eingebracht hatte. Sie putzte, gurgelte, cremte das bleiche, besorgte Gesicht, das ihr nicht zu gehören schien. Ihre Haare waren kein Problem, dank der Naturwelle, die frottiert und zurechtgezupft, ein bisschen wild, aber nicht unvorteilhaft aussahen. Die willkürlich aus dem Koffer gefischten weißen Bermudas schloss sie mit einem Ratsch, streifte ein knallgelbes T-Shirt über und schlüpfte in ihre Sandalen. Benommen von dem Schmerz in ihrem Kopf verließ sie das Zimmer, um frühstücken zu gehen. Bevor sie aus dem Haus trat, schweifte ihr Blick über das Chaos, für das sie nur eine Nacht und einen angebrochenen Morgen gebraucht hatte. Nun ja, sie gehörte noch nie zu den super Ordentlichen, was sie hier demonstrativ bewies. Die Farben in ihrem Apartment schienen an Intensität verloren zu haben, vielleicht bildete sie sich das auch nur ein.

Draußen katapultierte die Sonne ihre Strahlen wie Blitze. Sie zuckte zusammen, hielt für einen kurzen Moment ihre Augen zu. Gesenkten Hauptes fischte sie die Sonnenbrille aus der Tasche, werkelte sie unbeholfen mittig, suchte, immer noch den Kopf geneigt, das Zentrum des Clubs. Nach einem groben Überblick sah sie, dass die Anlage recht klein und extravagant angelegt war. So zählte sie lediglich zehn Häuser, geschnitten wie das, in dem sie wohnte, und drei größere Blöcke, in denen wohl die logistischen Arbeiten vonstattengingen. Wo muss ich hin?, überlegte sie, und sah noch im gleichen Augenblick, nicht weit von ihr, die breite, geschwungene Treppe mit dem Hinweisschild, das hinauf zeigte, in die Hallen des leiblichen Genusses. Mit Genugtuung stellte sie bei ihrem Eintreten fest, dass wenigstens dieser Raum sich dem schmerzenden Licht entrückt, darbot. Nachdem sich ihre Augen an die fahle Helle gewöhnten, betrat sie einen Frühstücksraum, der nicht wie üblich in Nischen mit einzelnen Tischen unterteilt war. In der Mitte befand sich ein derber, für viele Personen geeigneter, ovaler Tisch, umlagert von Frauen, die in gespenstischer Ruhe speisten. Überall standen exotische Pflanzen in riesigen Kübeln, die jedoch die hier gewollte Schlichtheit lediglich um ein Minimum milderten. Das Essensbuffet bot seine Fülle auf der rechten Seite an, Getränke fand Marie linker Hand. Sie begutachtete die Anordnung des Raumes, suchte einen Platz, an dem sie sich niederlassen konnte. Mit gezwungenem Lächeln grüßte sie in die Runde. Gerade wollte sie sich setzen, da erhob sich die hagere Frau am Tischende, um den anwesenden Frauen den neuen Gast, nämlich sie, vorzustellen.

»Wir sind hier eine große Familie«, bellte sie, »wir freuen uns über jeden Neuzugang.« Die Frauen schauten zu Marie, der das sichtlich peinlich war, lächelten schmallippig Willkommen, und aßen unbeirrt fort. Ada, die sie bereits kannte, forderte sie mit breitem Grinsen auf, sich nach Herzenslust zu bedienen. »Es ist genug vorhanden«, schmunzelte sie. Also nahm sie einen Fruchtsaft, ein Schälchen Müsli, zwei Scheiben Brot, etwas Käse und Butter, und ein drei Minuten Ei. Sie hoffte, dass sich ihr Zustand nach einem ausgiebigen Frühstück verbessere. Sofort steuerte sie erneut auf den einzigen, freien Platz zu und ließ sich nieder. In widersprüchliche Gedanken vertieft, kaute sie, Konversation schien hier eh nicht gefragt, fast zu Ende, schenkte noch eine Tasse Muntermacher, den starken, schwarzen Kaffee nach, als sich die Hagere wiederum erhob und ihre Worte an die Anwesenden richtete.

»Meine Damen«, sagte sie in kratzigem Alt, »wir treffen uns in zehn Minuten in der gelben Halle. Sie wissen ja, Pünktlichkeit ist eine Zier.« Ihr angedeutetes Lächeln kam einer verunglückten Grimasse gleich. Bevor sie den Raum verließ, winkte sie Alex, die mit einem Tablett vitaminreicher Cocktails in der Ecke stand, zu sich. Mit harten Augen und ausholender Geste, befahl sie ihr, die Gläser zu verteilen. Alex balancierte die Getränke zu den einzelnen Frauen und überreichte sie ihnen mit gönnerhafter Miene. Alle tranken.

»Ich bin Frauke«, sagte das pummelige Mädchen, das sich, wie alle anderen, erhob. Dabei streckte sie Marie die Hand entgegen. »Ich bin auch Deutsche wie du, kommst du mit?«

»Wüsste nicht, was ich lieber täte«, antwortete Marie mit zynischem Unterton. Sie wischte sich mit der Serviette den Mund ab und warf sie achtlos auf den Tisch. Den Ärger, der in ihr trampelte, bremste sie notdürftig, sie wollte ihn nicht an der falschen Person auslassen. »Was soll das Ganze hier?, wollte sie Frauke fragen, aber die zupfte sie gerade am Ärmel und zog sie mit hinaus ins Freie.

»Mir ist schwindlig«, sagte sie stattdessen.

»Ach das gibt sich, komm mit, dir wird gleich wohler. Du musst dich zuerst einmal akklimatisieren.« Frauke lächelte aufmunternd. Verständnislos schüttelte Marie den Kopf. Sie schlich als letzte hinter ihr her, die Treppe hinunter, nach rechts, einen schmalen Gang entlang. Alle Frauen liefen im Gänsemarsch, in einer ohne Anweisung sich ergebenden Formation. Der Abstand zwischen den zu durchlaufenden Gebäuden verjüngte sich immer mehr, was den Umstand erzwang, hintereinanderzugehen. Plötzlich verspürte Marie so etwas wie Feuchtigkeit auf ihrem Gesicht. Sie wischte mit der Hand darüber.

Tatsächlich, ein feiner Nebelhauch legte sich auf ihre Haut. Sie hatte mit allem gerechnet, aber bei 30 Grad im Schatten war um diese Zeit Regen unmöglich, ebenso Tau. Von oben, kam dieser Sprühregen, aber machte das Sinn? Sie fand keine Erklärung, für die Notwendigkeit dieser Berieselungsvorrichtung. An diesem Ort wuchsen keinerlei Pflanzen. Außer den kleinen, weißen Steinchen sah sie nichts, nichts was einer Flüssigkeit bedurfte. Sie schluckte ihre drängende Frage hinunter. Nach einigen Schritten stand sie wie angewurzelt in einem Raum, der mit Matten ausgelegt, stechenden Purismus zeigte. Winzige Lämpchen, eingelassen in der hohen Decke, verbreiteten eine Atmosphäre, die Marie in einer Meditationsstunde vermutete.

»Komm mit!«, forderte sie eine junge Frau auf, »wir müssen uns noch umziehen.«

»Aber ...«

»Komm schon, keine Angst, ein großes Erlebnis steht dir bevor.«

»Aber ...«

»Frag nicht so viel«, sagte die junge Frau und schaute sie herausfordernd an.

Marie verstummte. Alle Frauen entkleideten sich in einem Nebenraum. Sie bündelten sorgfältig ihre Sachen und zogen ein hauchdünnes, in verschiedenen Pastellfarben gewirktes, formloses Tuch über, das lediglich einen Ausschnitt für den Kopf und zwei Schlitze für die Arme bot. Marie tat es ihnen gleich. Zurück im gelben Raum ließ sie sich, wie alle anderen, auf einer Matte nieder. Sie hörte eine Stimme, die sie aufforderte, die Augen zu schließen und zu entspannen. Die üblichen Sprüche, die eine Meditation begleiten, folgten monoton. Deine Arme werden schwer, deine Beine sinken bis in den Boden, dein Atem ist ganz ruhig und regelmäßig. Du bist vollkommen entspannt.

Marie war erst gar nicht in der Lage sich dem zu widersetzen. Der Schmerz in ihrem Kopf klatschte immer noch mit Wucht an ihre Schädeldecke. Obwohl äußerst frustriert, beugte sie sich der Suggestion, sank tiefer und tiefer, ließ sich fallen, fühlte sich fremd und eigenartig, wie eine Kontur ihrer Selbst. Nie hätte sie so etwas für möglich gehalten, aber nach einiger Zeit glaubte sie, sich außerhalb ihres Körpers zu befinden. Aus dieser ungeheuren Position sah sie ohne Anteilnahme zu, was nun geschah. Zuerst spürte sie die zarte Berührung einer Hand, leicht wie den Flügelschlag eines Schmetterlings, die unter dem Hauch von Gaze, die Brüste dieser vor ihr liegenden - Ich - Gestalt mit viel Gefühl streichelte und liebkoste. Ätherische Musik nahm alles Beängstigende und Irrationale. Marie genoss ihre Voyeurstellung ohne moralische Wertung, erlaubte den fremden Händen, die sich zu der einen gesellten, diese Hülle von ihr zu berühren. Mit großem Staunen beobachtete sie, welche Windungen das eine oder andere »Begreifen« auslöste. Alles war wunderbar, seelenstark und gut, wohlig aufgelöst, himmelsnah. Aber der Zeitpunkt kam, da waren die Hände zudringlicher, männlicher in ihrer Dominanz. Sie schreckten vor nichts zurück, selbst dann nicht, als klar zu erkennen war, dass sie nur noch Pein verursachten. Roh drangen sie in sie ein, die eine oder andere Hand zerrte sie auseinander. Die Gesichter lachten tonlos in vulgärer Schärfe, drohten, schlugen zu mit ihren Mündern, schienen besessen, zerbrechen zu wollen, was sich unter ihnen, mit lautlosen Schreien, wand. Und das ausgelöste - *Ich* - sah zu und tat nichts, was ihr hätte helfen können. Irgendwann erkannte die Liegende einen dunklen Raum, der sie diesmal gnädig aufnahm. Eine Hand strich ihr die Nässe von den Wangen, eine gütige Hand, an der etwas Kaltes hing. Das war das Letzte, was sie wahrnahm, bevor sie sich in der samtenen Schwärze jenes Raumes verlor.

»Marie!«, rief es durch den Nebel in ihrem Kopf, »nun trink schon!«

Marie öffnete die Augen. Sie sah in ein strahlendes Gesicht, über das sich Sommersprossen wie ein pompöses Feuerwerk ausgebreitet hatten. Mit gespielter Lässigkeit blies die junge Frau eine dicke, rotgoldene Haarsträhne beiseite, hob Maries Kopf an, versuchte, ihr eine trübblasse Flüssigkeit einzuflößen. Unwillig schüttelte sie sich.

»Nein, ich will nicht!«, wehrte sie ab und ließ sich augenblicklich ächzend zurücksinken.

»Was ist das?«, fragte sie kaum vernehmbar.

»Koste mal, es schmeckt exquisit, gleich wird es dir fantastisch gehen«, sagte die Rote mit einem französischen Akzent. Sie drückte Marie das Glas in die Hand und sah sie gespannt an. Ihre exakt gezupften Augenbrauen tanzten eine Aufwärtsbewegung. Marie setzte sich benommen auf und überschattete ihre Augen mit der einen Hand. In der anderen hielt sie das Glas. Es fiel ihr wahnsinnig schwer, den Kopf aufrecht zu halten. Ein Wackelkontakt schickte Stromstöße durch ihren Schädel, sie stöhnte laut. Schweiß zog glänzende Linien über ihren Körper, sie fühlte sich miserabel. Sich in der Vertikalen zu halten machte ihren Zustand nicht besser, nur minimal erträglicher. Die stickige, schwüle Luft lag wie ein Tuch auf ihr. Sie hielt das Glas krampfhaft fest und ließ den Cocktail nachdenklich kreisen.

»Cherie, allez, allez, trink schon, es schmeckt sehr gut, und wir wollen doch schwimmen gehen. Sieh mal, die anderen sind alle schon im Pool.«

»Wer bist du?«

»Je suis Denise, ich komme aus Metz, kann dich gut verstehen, trink endlich!«

»Ich fühle mich beschissen.«

»Eben, trink das!«

Mit Verachtung kippte Marie das seltsame Gebräu in sich hinein. Dieser Saft bahnte sich augenblicklich nicht nur den Weg zu ihrem Magen, nein, er fühlte sich für sie an, als würde das olympische Feuer durch ihren Körper getragen. Mit der Wärme, die sich in ihr ausbreitete, schmolzen die Schmerzen dahin. Sie brachte eine Gemütsaufhellung, die selbst einen Sterbenden euphorisch gemacht hätte. Denise hatte ihre Reaktion beobachtet. Sie reichte ihr die Hand, und zog sie lächelnd auf die Beine.

«Zieh den Fummel aus«, sagte sie. Erst da fiel Marie auf, dass Denise nackt war. Mit einer Selbstverständlichkeit streifte sie das Kleidungsstück ab, ließ es achtlos auf den Boden gleiten. Hüpfend folgte sie Denise durch die schmale Klapptür hinaus ins Freie. Im achteckigen Pool tummelten sich die anderen Frauen prustend, schreiend und ausgelassen, wie man das bei Kindern oft, aber äußerst selten bei Erwachsenen findet. Glücklich, ach ja, überglücklich tobten sie im kalten Wasser. Denise stürzte, ohne sich vorher abzukühlen, kopfüber in das glitzernde Nass. Marie sprang bedenkenlos nach. Als ihr Unterkörper mit dem Wasser in Berührung kam, blitzte der Schmerz erneut auf, zuckend, grell. Sie hatte keine Zeit um festzustellen oder nachzugrübeln, was der Grund dafür war. Die Mädchen zogen sie zur Mitte, schwammen um sie herum, drückten sie kreischend unter Wasser. Sie hatten einen Höllenspaß mit ihrem Spiel. Außer Atem vergaß Marie ihre

Pein, und begann sich, für die »Gaudi«, zu revanchieren. Gleichzeitig kämpfte sie an zwei Fronten. Einerseits musste sie bei dieser Wasserschlacht alle körperlichen Kräfte aufbieten, andererseits versuchte sie die Sprachbrocken, die wie aufgescheuchte Vögel um sie herumflatterten, zu verstehen. Es gelang ihr nicht. Ein paar englische, französische, spanische, vielleicht auch italienische Sprachfetzen ließen sich einordnen.

Die Frauen amüsierten sich prächtig. Es war herrlich. Alle waren sich einig. Zeit spielte keine Rolle, für Körper gab es kein Maß, Intellekt schien ausgeschlossen. Alles in allem waren sie eine Masse Mensch, verschiedene humane Merkmale von fremder Hand ausgeklinkt, beherrscht von einem System, dessen Realität und Machtpotential ihnen weder bewusst, noch zugänglich war.

Plötzlich, ohne ein äußeres Zeichen, verstummten die Frauen, kletterten nach und nach aus dem Wasser, legten sich auf die um den Pool stehenden Liegestühle. Sie ließen zu, dass die Sonne die glitzernden Perlen auf ihrer Haut aufleckte. Als hätte man den Stecker aus der Dose gezogen, kroch eine unheimliche Stille über den Rasen. Tiefer Schlaf übermannte die Frauen. Eine war nicht mehr dabei, aber das bemerkte niemand.

Kapitel 5

Zur gleichen Zeit herrschte die Kommandantin eine der weiß gekleideten Subos, rasend vor Wut an. »Was ist los mit dir?«

Mit der geballten Faust schlug sie an die Wand. Der kräftige Schlag schien sie keineswegs zu verletzen. Im Gegensatz zu den Umstehenden zuckte sie nicht einmal.

Yvonne fühlte sich in dieser grotesken Situation wie ein Schatten. Mit einem Mal hatte die Wirklichkeit ihr Licht verloren. Vergebens kämpfte sie gegen das anrollende Wasser in ihren Augen an. Den Kopf gesenkt, blinzelte sie den herabfallenden Tropfen nach.

»Wie konnte das passieren?«, schrie die Kommandantin. »Sie blutet, verdammt! Habe ich nicht ausdrücklich angeordnet, dass es keine Auffälligkeiten geben darf? Wer hat dir erlaubt, über diese Frau wie ein Berserker herzufallen. Nennst du das moralisch ausloten? Konntest du dich nicht beherrschen? Du kennst die Regeln, bist lange genug dabei. Keine Gegenstände, die Spuren hinterlassen, sagte ich das nicht ausdrücklich?« Im Stechschritt durchkreuzte sie den Raum. Ihre Absätze klackerten hart auf dem gefliesten Boden. Eine Weile lief sie hin und her, brütete darüber, wie sie diese Situation bewerten, ja, bestrafen sollte.

Yvonne, zitterte wie unter Strom. Ihr Gesicht glühte, die eisigen Finger verknoteten sich wie ein Bündel Aale. Mit Willenskraft versuchte sie, die drohende Eskalation ihrer Angst zu vermeiden, aber ihre Gedanken liefen an langer Leine davon. Jetzt verliere ich sicher meine Arbeit, schwirrte es durch ihren Kopf. Nach diesem Fauxpas darf ich bestimmt nicht mehr hierbleiben. Oh Gott, wo soll ich hin, ich habe doch niemand da draußen. Was wird aus mir, ohne Arbeit, ohne Geld, ohne Drogen. Hier ist alles für mich geregelt. Klar, es ist streng reglementiert, aber ich lebe unter Meinesgleichen. Hier geht es mir gut. Ich liebe meine Arbeit, habe sie immer als großzügiges, sicher unverdientes Geschenk betrachtet, bin dankbar für das Vertrauen, das man mir entgegenbringt. Ich trage als Ausbilderin Verantwortung für das Reinigungspersonal, bin sogar Chefin für das Housekeeping, darf meiner Lieblingstätigkeit, der Dekoration, der Gästehäuser nachgehen. Die Kommandantin ließ mir immer freie Hand. Ist jetzt alles vorbei? Ich brauche die Drogen, ohne sie kann ich nicht leben. Was heute passierte, ist eine Katastrophe. Es ist mir unbegreiflich, wie ich mich an Marie vergreifen konnte. Ich wollte sie bestimmt nicht verletzen. Alex ist schuld. Was hat sie heute in den Cocktail gemischt? Wieso bin ich so ausgetickt? Und warum habe ich vergessen, den Schmuck abzulegen. Ich weiß doch, dass Schmuck zu tragen nicht erlaubt ist. Mein Gott, ich war doch nicht zum ersten Mal im gelben Raum. Ich habe immer aufgepasst. Niemals zuvor bin ich derart aus dem Gleichgewicht geraten, nie zuvor habe ich mich gehen lassen. Diese ganze Meditation ist aus dem Ruder gelaufen. Ich habe stets darauf geachtet, dass es den Frauen gut ging. Wie konnte ich vergessen, den Ring und das Armband abzulegen? Ich trage diese Stücke, seit ich hier bin höchstens zum dritten Mal. Das tue ich auch nur, weil ich Heimweh habe, weil sie ein Geschenk meiner Mutter sind. Der Widder und der Krebs am Armband ist unsere Verbindung zueinander. Ich höre heute noch Mutters Worte, als sie mir den Ring schenkte. Sie sagte: «Lass dich nicht unterkriegen, Kind. Kopf hoch, egal was in deinem Leben passiert, denke immer daran, es gibt eine Macht, die dich hält.

Nun stand sie hier mit dem verbotenen Schmuck, den einzig verbliebenen Verbindungsstücken zu ihrer Vergangenheit, der eine Zukunft voraneilte, in die sie blind hineingestolpert war.

»Wieso trägst du ein Armband? Zieh es aus, sofort, das Armband ist konfisziert!« Die Worte der Kommandantin knallten wie Peitschenhiebe. Sie rissen Yvonne aus ihrem Gedankenkarussell. Immer wieder glitten ihre Finger, bei dem Versuch den Verschluss zu öffnen, ab. Es dauerte eine Weile, die ihr unendlich vor kam, bis sie es schaffte, und das Armband klirrend zu Boden fiel. Über den Ring sagte die Kommandantin nichts.

Yvonne krümmte sich bei jedem Wort. Ihre Knie sackten ein, der Magen krampfte. Sie glaubte, dem nächsten Angriff nicht mehr standzuhalten. Sie wusste, was es bedeutete, wenn sie nun entlassen würde. Sie käme nicht mehr an die Drogen. Ein grandioser, kalter Entzug wäre die Folge. Sie brauchte den Stoff, als Krücke mit dem Leben klar zu kommen. Damit schlug sie ihre Angst zurück. Trotz der enervierenden Überwachung im Club gelang es ihr stets, sich möglichst unauffällig zu verhalten. Für diese Fähigkeit war sie dankbar. Was sich zwischen ihr und Marie abgespielt hatte, begriff sie einfach nicht.

Irgendetwas an dieser Frau nahm ihr die Kontrolle. Zum ersten Mal drückten sich bei ihr bisexuelle Tendenzen durch ein Muster, das von Anfang an brüchig war. Von jeher hatte sie der Liebe nicht viel abgewinnen können. Diese Einstellung fußte aus ihren Erfahrungen mit den wenigen, unqualifizierten Machoaffen, mit denen sie das Paradox erlebte, die Matratze zu teilen. Wie oft fiel sie auf kriminelle Idioten herein, die ihr die große Liebe vorgaukelten, aber wenn es darauf ankam zu ihr zu stehen, doch nur den Schwanz einzogen. Sie benutzten sie, brachten sie an Drogen, schickten sie auf den Strich und nahmen ihr das Geld ab. Es hat Jahre gedauert, bis sie sich aus dem Sumpf befreien konnte. Diese Ferienanlage bot ihr ein neues Leben. Ihre Arbeit erledigte sie mit Bravour. Die schlechten Männer verblassten mit der Zeit, aber die Sucht blieb. Alex, die ihr Drogenproblem sofort erkannte, versorgte sie weiterhin mit Stoff, und die Kommandantin drückte ein Auge zu. Warum das so war, ließ einige Spekulationen aufkommen.

Heute kam bei Yvonne ans Licht, was voller Sehnsucht in ihr begraben lag, über lange Zeit. Mit dreißig Jahren war sie in einem Alter, in dem viele Frauen ein geregeltes Familienleben mit Kindern vorweisen konnten. Heimlich hegte sie den gleichen Traum. Aber wie hätte sie sich so etwas aufbauen können? Ihre männlichen Fehlgriffe und die Drogenexzesse boten keine gute Basis. Fast drei Jahre arbeitete sie nun in diesem Ferienclub und ahnte, dass der wahre Mensch, sollte er sich wünschen alt zu werden, auch hier niemals an die Oberfläche durfte.

Was seit ein paar Monaten in der Kommandantin vorging, verstand keine der Subos. Die Kameras in den Häusern waren für sie Horror, weil sie alles und jeden überwachten. Dann blieben auch noch die Gäste aus. Nur eine Hand voll Frauen kamen, alle speziell ausgesucht, hatte Saskia erzählt. Aber von wem und wozu, wusste sie nicht. Alex ließ verlauten, dass die Kommandantin ständig bei ihr in der Küche herumstand und sie auffordere, diesen seltsamen Cocktail für alle Frauen zu mixen und zu verabreichen. Unter Androhung von Strafe verpflichtete sie sich, die Inhaltsstoffe niemals preiszugeben. Was zur Herstellung benötigt wurde, erhielt sie problemlos. Der Grund für die Experimente, die später auch das Essen betrafen, erschloss sich niemand. Keine der Subos brachte den Mut auf, danach zu fragen. Trinken und essen war Pflicht, eine Verweigerung indiskutabel. Am Anfang fühlten sich alle happy, denn die Drogen entpuppten sich als eine Art Lebenskrücke. Sie erleichterten durch die enorme Verschleierungstaktik die ständige Bespitzelung und das Denken. Wer einmal hier im P.M.C gelandet war, dessen Leben wurde nun zu 100 Prozent fremdbestimmt. Nach geraumer Zeit blieb die Funktion eines warmblütigen Roboters übrig. Mehr wurde auch nicht geduldet.

Yvonnes Schwäche brachte sie vor Gericht, weil trotz aller Vorsicht, ein paar menschliche Bytes diesen Roboter störanfällig zeichneten. Sie erkannte, dass sie Gelegenheit haben würde, über ihr Verhalten nachzudenken. Aber damit war es nicht getan. An ihr wurde ein Exempel statuiert. Die teuflischen Gene der Kommandantin spielten verrückt. Sie demonstrierte ihren klar strukturierten Hass, der so gewaltig ausfiel, weil sie gerade Yvonne zu ihrem Protegé gemacht hatte. Das, was Yvonne für Geschicklichkeit hielt, war einzig und allein aufrecht zu erhalten, durch das Wohlwollen ihrer Chefin. Die mochte sie tatsächlich, was einem unmöglichen Zustand gleichkam, der, wenn der Teufel in ihr besänftigt war, ihre zerstörte Seelenstruktur wie ein Sommerwind streichelte. Und so sprengte das, was dann geschah, nicht nur Yvonnes Vorstellungskraft.

»Schnalle Ihre rechte Hand fest, Subo Vier!«, kam der knallharte Befehl. »Binde den Finger mit dem Ring ab, sofort!«

Mit steinerner Miene und einer Kühle, die durch das Opfer hindurch ging, absolut ohne sich die leiseste, verräterische Spur einer Regung anmerken zu lassen, tat Angelina, die Angesprochene, wie ihr befohlen wurde. Die leichte Grünfärbung ihres Gesichts, war kurz erkennbar, als ein Lichtkegel über sie geschwenkt, auf die zierliche, bleiche Hand gerichtet wurde. Krampfhaft bemühte sie sich um Haltung. Sie wollte nicht auch noch in Ungnade fallen.

»Skalpell!«, forderte die Kommandantin fast leise, aber so frostig, dass dieses Wort, hätte man es fallen lassen können, klirrend wie Eisstücke zerborsten wäre. Yvonne keuchte mit offenem Mund und vor Schreck geweiteten Augen. Ein »Bitte« entrang sich ihr gleichzeitig mit dem Schließen der kalt ledernen Schlaufe, die aus der Unterseite des schwarzen Tisches hervorgezurrt wurde, auf den man ihre Hand, fast ohne Gegenwehr, platziert, festschnallte.

»Trenne den Ringfinger ab, tu es! Auf was wartest du?«

Schockstarre! Angelina hielt den Atem an.

Eine Frau, die hinter ihr stand, legte ihr das metallene Instrument in die hohle, ausgestreckte Hand. Sie wagte nicht, sich umzudrehen. Obwohl es sich leicht und kalt anfühlte, schien es ihre Handfläche zu verbrennen. Mit Wucht überfiel sie das morbide Verlangen, es einfach in die Ecke zu schmeißen. Sie wollte losschreien, ein Adagio gegen das Surreale, aber das Entsetzen blockierte sie.

»Tu es, sofort!«, hörte sie erneut die Unheil bringende Stimme. Erst jetzt merkte sie, dass sie für Sekundenbruchteile geistig weggetreten war. Die Hexe fixierte sie mit eiskalten Augen. Voller Verachtung für sich selbst, trennte Angelina mit einem einzigen, harten Ruck den Finger von Yvonnes Hand. Mit dem noch daran befindlichen Ring fiel er zu Boden. Das Poltern, das der Ring mit dem hüpfenden Finger auf den Fliesen verursachte, sträubte nicht nur ihr die Nackenhaare. Noch ehe das Blut sprudelte, legte sie den ihr zugereichten Druckverband an. Sie sah der gepeinigten Gestalt nicht mehr in die Augen. Dem mühsam unterdrückten, aufkeimenden Urschrei ihrer vergewaltigten Seele, entging sie nur äußerst knapp. Ihre flatternden Gesichtszüge sprachen Bände.

»Warum ich, warum bin ich diejenige, die die Drecksarbeit machen muss? Ist das mein neues Leben? Wie eine giftige Schlange kroch die Erinnerung in ihr hoch. Bei ihrem Vorstellungsgespräch vor fast drei Jahren gab sie sich die größte Mühe, der unnahbaren Frau, die ihr argwöhnisch gegenüber saß, einen intelligenten, angenehmen Eindruck von sich zu vermitteln. Sie erzählte bruchstückhaft, vorsichtig im Allgemeinen, von ihrem Leben, unterließ aber wohlweislich, den wahren Grund anzugeben, weshalb sie unbedingt hier arbeiten wollte. Das war auch nicht nötig, denn die Kommandantin sah die Kälte in ihren Augen und las darin, wie in einem längst bekannten Buch.

Kapitel 6

Die fünf im Club arbeitenden Subos litten alle an einem sozialen Defekt. Angelinas Ausflug in die Welt begann sehr früh. Niemand sollte je den Grund dafür erfahren. Mit einem Werdegang, wie sie ihn erlebt hatte, hausierte man nicht. In der Anfangszeit ging sie jedem persönlichen Kontakt aus dem Weg. Es gelang ihr nicht, Vertrauen zu anderen Menschen aufzubauen. Sie hatte schlimme Zeiten hinter sich. Das Entsetzliche war die Tatsache, dass die Täter immer wieder Auswege fanden, ihrer gerechten Strafe zu entgehen. Der Club Sorpresa offerierte ihr einen Ort, der sich idyllisch, ausgehebelt aus der grässlichen Zivilisation, die sie bis dato kannte, fast wie eine Heimat anbot. Ihr Hass schwächte sich mit der Zeit ab, aber die Erinnerung giftete weiter.

Angelina Kolbert, so lautete ihr vollständiger Name, lief mit dreizehn Jahren von Zuhause fort, weil es ihr nicht mehr gelang, ihren Ekel auszukotzen. Sie flüchtete, Kopf über Herz, vor dem schlaffen Körper des Vaters, der nicht abließ, sie mit nach Alkohol stinkendem Atem und schwieligen Pranken, in die Kissen zu zwingen. Bei diesem Scheusal, das ihr bereits mit sechs Jahren, sein runzeliges Gemächt in den Mund stopfte, um sie am Schreien zu hindern, konnte sie es nicht mehr aushalten. Er schlug sie brutal zusammen, wenn es ihr, dieser unnützen, Brot fressenden Schlampe, so beschimpfte er sie, nicht gelang, ihm seine wohlverdiente Erleichterung zu verschaffen. Mit dreizehn schwängerte er sie. Das Jugendamt kam ins Haus. Und was erzählte dieser Kretin? Sie sei ein frühreifes Früchtchen, das sich immer nur herum trieb. Was hätten er und Muttchen schon alles probiert, um ihr Manieren beizubringen. Aber dieser läufigen Katze wäre ja nicht beizukommen.

»Ja, ja«, hatte Muttchen damals geschnorrt, »all unsere Liebe kommt einem Wurf vor die Säue gleich. Von jetzt an müssen wir sie erst recht im Auge behalten. Wir können ja auch mal den Schlüssel an ihrer Zimmertür umdrehen, von außen, klar,« lächelte sie honigsüß, obwohl ihre Stimme vor Säure nur so troff.

»Natürlich kommt das Kind auf die Welt«, ergänzte sie. »Eine Abtreibung ist keine Option, schließlich sind wir doch katholisch. Das

Balg geben wir zur Adoption frei. Gewiss finden sich liebevolle Eltern«, warf sie mit falschen Worten nach. »Dabei ist bestimmt für uns finanziell noch etwas zu holen, wenn man bedenkt, dass ein kleiner Rassenhund schon 800 Euro bringt.« Den letzten Satz sagte sie selbstverständlich erst, als die »Bagage« vom Jugendamt weg war.

»Für deinen Bankert wird schon gesorgt«, betonte der Vater, und vergewaltigte sie weiterhin, bis sie endlich so rund war, dass die *»Alte«* wieder die bessere Figur hatte. Und die war auch noch stolz, dass der fiese Stinkbock sie noch mal zur Brust nahm. Während Angelina ihn im Nebenzimmer grunzen hörte, war sie fast dankbar, für das in ihr wachsende Etwas. Ihren Umstand verbarg sie unter schlotternden Kleidern. Unmodisch wie sie war, fiel keinem ihrer Mitschüler etwas auf. Da sie kaum aß, nahm sie in den ersten fünf Monaten sogar acht Kilo ab. Insgeheim hegte sie die Hoffnung, das Kind würde sich mangels Nahrung, von selbst aus ihr befreien, und sich in Nichts auflösen. Aber das war leider ein Trugschluss. Wäre ihr Geheimnis in die Öffentlichkeit gesickert, hätte ihr Vater sie ganz sicher totgeschlagen, so wie die Nachbarkatze, die ihm zutraulich um die Beine schlich.

Angelina schwieg, die entsetzliche Scham verschnürte ihren Mund. Lächelnd übertünchte sie die Niedergeschlagenheit, die an ihrem Herzen bereits Blasen warf. Aber dieses Lächeln war nicht tragfähig, es prallte an allem ab, wurde zurückkatapultiert, von unsichtbaren Scheiben. Ab dem siebten Monat schwänzte sie die Schule und tauchte ab. Nur noch nachts, wenn der Ruheschleier die Welt überdeckte, traute sie sich für Momente ins Freie. Mit der Geburt des Kindes, schrie sie sich vor Schmerz zurück in ihre grausame, reale Welt. Das klebrige Bündel, das Muttchen und der Erzeuger aus ihr herauszogen, zeigten sie ihr nicht. Eingewickelt in ein formloses Tuch schafften sie es aus ihrem Blickfeld. Wie ein Sturm des Schicksals löste es sich auf und ward nie mehr gesehen. Angelina überließen sie ihrem Schmerz. Sie krümmte sich und weinte alle Tränen aus sich heraus, bis ihre Seele einem trockengelegten Ozean gleichkam. Nach ein paar Tagen packte sie klammheimlich ihre Habseligkeiten und verschwand aus dieser Familienhölle. Per Anhalter flüchtete sie ins Ungewisse. Sie sah nicht aus wie ein dreizehnjähriges Mädchen, die kindliche Weichheit war längst verloren. Es fiel ihr nicht schwer, sich älter zu lügen. Dass sie zuhause alle anfallenden Arbeiten bereits sehr früh erlernt hatte, kam ihr in der neuen Situation so richtig zupass. Sie bewarb sich in berüchtigten Kneipen als Kellnerin, die brauchte man immer. Papiere wurden nie verlangt. Die erste Zeit hauste sie in einem leer stehenden Gartenhäuschen. Sie bettelte nie, ging auch mit keinem Mann mit. Als sie genug Geld gespart hatte, mietete sie sich ein billiges Zimmer. Zum ersten Mal fühlte sie sich frei, aber die innere Freiheit war unwiederbringlich verloren.

Sieben Jahre danach las sie die viel versprechende Annonce in der Zeitung. Sie bewarb sich und landete im Club Sorpresa. Am Anfang gefiel es ihr sehr gut. Allein die Tatsache, dass sie hier kaum jemand suchen, geschweige denn finden könnte, entpuppte sich als Glücksgriff. Die Aussicht, nur mit Frauen zu leben, reizte sie zusätzlich. Trotzdem blieb sie introvertiert, tat, was man ihr auftrug mit einer gewissen Scheu, scheinbar, ohne jedes Gefühl. Kaltblütig, so hatte es den Anschein. Mit der Zeit der Zugehörigkeit im P.M.C schlich sich ein überraschendes Phänomen ein, das sie insgeheim freute, aber auch verunsicherte. Zwischen den arbeitenden Frauen entwickelte sich ein Zusammengehörigkeitsgefühl, das man ohne Bedenken auch als Freundschaft definieren konnte. Umso unbegreiflicher erlebte sie die Tatsache, nicht nur am Rande zu stehen, sondern dazu zu gehören. Sie hatte es immer gewusst, leidende Menschen rücken eben gerne zusammen. Das Unglück webt feine Fäden, und jede der fünf Subos hatte eine einschneidende Vita vorzuweisen. Aber das, was man jetzt von ihr verlangt hatte, sprengte ihre harte Schale. Die Delinquentin war eine von ihnen, und da griff der Schrecken erneut nach ihr.

»Was glotzt ihr so, bringt sie hier weg!«, donnerte die dämonische Stimme der Kommandantin. »Bunker, zwei Wochen!«

Yvonne war fast ohnmächtig, doch sie hätte selbst gehen können, obwohl ihre Beine kaum noch Stütze waren. Geschunden und zutiefst gedemütigt wurde sie hinaus gebracht.

Denise rüttelte sie auf. »He, Marie, aufwachen! Du holst dir gleich am ersten Tag einen fürchterlichen Sonnenbrand. Komm mit in den Schatten!«

»Was ist, wie spät ist es? Mein Gott, habe ich geschlafen? Ich fühle mich, als hätte ich tagelang gepennt, dabei will ich doch im Urlaub was erleben.«

Denise schmunzelte und streckte ihr die Hand entgegen.

»Wo sind denn die Anderen?« Marie suchte den Pool ab, aber außer Denise und ihr sah sie niemand mehr.

»Die sind schon weg. Es ist Zeit zum Abendessen, hast du keinen Hunger?«

»Eigentlich nicht.«

Sie stand auf und fühlte ein mattes Brennen zwischen ihren Beinen. Auf das Handtuch tropfte Blut. Peinlich berührt tupfte sie es ab.

«Sag mal, Denise, ist dieses Wasser sehr stark gechlort? Ich leide an einer Chlorallergie, solche Gewässer sollte ich tunlichst meiden. Meine Haut juckt und brennt ganz fürchterlich.«

»Wie viel Chemie in diesem Pool ist, kann ich dir nicht sagen, aber ich habe eine gute Salbe gegen Allergien, die kann ich dir gerne geben. Komm mit, ich hole sie dir. Ich wohne gleich da drüben, siehst du, in dem Häuschen mit dem Namen, *Casa Denia*.«

»Das ist ja lustig, der Name passt zu dir genauso gut, wie der von meinem Häuschen zu mir.« Marie lachte kehlig.

Da Denise sie nicht hinein bat, setzte sie sich derweil auf die niedrige, weiße Mauer davor. Es wehte ein leichtes, wohltuendes Lüftchen. Graue, wuchtige Wolken versperrten dem Himmel die Möglichkeit, das schreiende Azurblau zu zeigen. Sie vermisste immer noch den salzigen Meeresduft, den sie so gern mochte. Die sengende Hitze des Tages setzte ihr gewaltig zu. Seltsam, dachte sie, und befühlte tastend ihren glühenden Kopf. Mir ist immer noch schwindlig. Es fällt mir schwer, mich auf den Beinen zu halten, was ist los mit mir? So habe ich mich mein Lebtag noch nicht gefühlt.

Denise ließ mit einem lauten Knall die Tür ins Schloss fallen.

»Was ist? Du siehst besorgt aus, geht es dir nicht gut?« Sie kam schlurfend näher.

»Ach, ich weiß auch nicht«, antwortete Marie gedehnt. »Seit ich hier angekommen bin, fühle ich mich krank. Mir ist zum Erbrechen schlecht. Beim Aufwachen heute Morgen hatte ich fürchterliche Kopfschmerzen und Schwindel. Meine Haut brennt, und ich blute. Vielleicht habe ich durch die Klimaumstellung verfrüht meine Tage bekommen.« Sie rechnete nach. »Ich bin erst in zwei Wochen dran. Es ist seltsam, ich fühle mich verletzt. Darf ich dich was fragen?«

»Später«, wehrte Denise ab, und schaute ungeachtet dessen, was Marie gerade zu erfragen versuchte, über sie hinweg in Richtung Speisesaal. Sie drückte ihr eine Tube in die Hand.

»Geh erst mal duschen, beeil dich!«, schnorrte sie, und schubste Marie weg. »Die Anderen sind schon alle im Speisesaal. Sie warten nicht gern!« Der unangebrachte Vorwurf war nicht zu überhören. Mit direkter Kehrtwendung schoss sie davon.

Wie eine alte Frau schlich Marie über den steinigen Weg zu ihrem Haus. Bei der kleinsten Bewegung fühlte sie ein unterschwelliges Weh. Schweiß rann ihr aus allen Poren, obwohl es schon merklich kühler wurde. Sie wollte denken, überlegen, was in Gottes Namen hier ablief, aber jeder von ihr angegangene Gedanke wurde von einer Art Kurzschluss unterbrochen. Ein wirres Wörterknäuel trieb sein Unwesen in ihrem Hirn. Es gelang ihr nicht, dieses zu entflechten und Sätze mit Sinn zu formen.

Kapitel 7

»Dr. Pilar, wie lange wird Marie noch in diesem Koma bleiben? Ich zweifle ja nicht an Ihrer Kompetenz, aber ich mache mir große Sorgen, ob sie überhaupt noch einmal aufwacht und vor allem, wie sie dann sein wird. Sagen Sie mir bitte die Wahrheit, ich kann sie ertragen. Wird sie wieder gesund? Meine Frau, müssen Sie wissen, glaubt felsenfest daran, aber ich...Er blickte fast schuldig zu Boden.«Ich fürchte, ich bin zu sehr Realist, allein schon von Berufswegen. Dabei beneide ich meine Frau um ihren Optimismus. Dieses Öffnen der Augen, das sie gesehen haben will, war das wirklich, oder glauben Sie, dass es sich dabei lediglich um einen Reflex, oder Einbildung gehandelt hat?«

Herr Sanders lief rastlos im Arztzimmer auf und ab. Er hielt die Hände krampfhaft verschlungen. In den letzten Wochen war er um Jahre gealtert. Die Falten in seinem Gesicht gruben sich wie die Linien von Nasca, täglich tiefer. Sein sonores Lachen war schweren Seufzern gewichen. Natürlich erwartete alle Welt, dass er stark sein würde, schließlich musste er für die Familie ein Halt sein. Bei ihm weinten sie sich aus, bei ihm suchten sie Trost, wenn ihre mühsam aufrecht erhaltene Hoffnungsmauer bröckelte. Obwohl ihn dieser Fels, der Mutlosigkeit hieß, fast erdrückte, war er gezwungen, weiter zu arbeiten, die mitleidigen Blicke der Kollegen wohl wahrnehmend. Er versuchte Gelassenheit auszustrahlen, eben, weil er glaubte, das den Mitarbeitern und nicht zuletzt auch seinen Kunden, schuldig zu sein. Wer ihn mochte, sah jedoch die leeren Augen, die nur noch durch die längst eingegrabenen Fältchen lächelten.

»Nehmen Sie bitte Platz«, forderte ihn der Arzt auf. »Ich erläutere Ihnen, so gut ich kann, die jetzige Situation. Aber wie ich bereits sagte, bin nicht ich derjenige, der unsere Zeit auf den Planeten einteilt. Ich bin auch kein Halbgott in Weiß. Ich sehe mich lediglich in einer Handlangertätigkeit, durch die ich befugt bin, alles in meiner Macht Stehende zu tun, damit unser oberster Chef, (er deutete gen Himmel) seine Pläne einhalten kann. Was Marie betrifft«, er legte eine Sprechpause ein, «ist dieses Koma wichtig und gewollt. Nur so können wir ihr die enormen, wirklich unerträglichen Schmerzen, die die

Schwellung in ihrem Gehirn hervorruft, ersparen. Das neue C.T. zeigt uns, dass die Schwellung immer noch erheblich ist. Zum Glück gibt es keine Einblutungen. Die Rippenbrüche, die ihr die normale Atmung, ebenfalls zur Qual machen würden, und die Knochenbrüche der Beine, können gleichfalls heilen. In ein paar Tagen sehen wir, ob Marie ohne Tubus atmen kann. Wenn ja, sind wir schon ein kleines Stück weiter. Wir fahren die Beatmungsmaschine langsam zurück und hoffen, dass ihre Lungen nicht kollabieren. Wir holen ihre Tochter Schritt für Schritt zurück. Glauben Sie mir, das braucht Zeit. Komplikationen können wir leider immer noch nicht ausschließen. Wichtig ist, dass ihre Familie stark ist und Marie auf keinen Fall alleine lässt. Wir wissen nicht mit Bestimmtheit, was von einem leblos wirkenden Körper erfasst wird, aber ich bin davon überzeugt, dass Liebe Berge versetzt. Um zu Ihrer Frage, nach dem danach zu kommen, gebe ich zu, dass auch dann, noch sehr viel aufzuarbeiten bleibt. Hinter Maries Zukunft steht noch ein großes Fragezeichen.«

»Oh ja, das ist mir schon klar«, flüsterte Herr Sanders und nestelte selbstvergessen an seiner Krawatte. »Ach, wir können uns von diesem abstrusen Unfall immer noch kein Bild machen«, sagte er. »Was glauben Sie, wie man sich fühlt, wenn einem das geliebte Kind aus dem Leben gerissen wird? Wie sollen wir jemals ertragen, dass ihre Zukunft wie Butter in der Sonne zerfließt? Wir fühlen uns wie Zuschauer einer Tragödie, die man in einen Strudel Unfassbarkeit hineingeworfen hat. Was, fragen wir uns, bleibt von Marie übrig, nur noch Fragmente ihrer Person, oder steigt sie hervor wie Phönix aus der Asche?« Herr Sanders beobachtete den Arzt genau. Dessen Reaktion war weit von einer Beschwichtigung entfernt. Für ihn schien alles Routine.

»Vielleicht haben wir alles falsch gemacht, aber eigentlich mag ich an so etwas nicht einmal denken. Und da ist noch etwas.« Er rieb sich verlegen die Augen. »Nach den ersten Untersuchungen sprachen Sie von Drogen, die Sie in Maries Blut fanden. Für uns ist das ein absolutes Rätsel. Wieso Drogenspuren in ihrem Blut? Das kann doch nicht wahr sein! Immer, das müssen Sie mir glauben, hat sie gegen jede Art von Drogen gekämpft. Selbst Zigaretten waren ihr zuwider, sie hat nie geraucht. An der Uni hielt sie Referate gegen den Drogenmissbrauch, sprach sich vehement dagegen aus, und jetzt das. Das passt doch nicht.

Sicher steht alles mit diesem Urlaub in Zusammenhang, anders ist es, nicht zu erklären. Ich werde noch verrückt, weil ich so hilflos bin. Dieses passive Zugucken macht mich fix und fertig. Die Polizei«, er redete mit hochrotem Kopf weiter, »die sagen lakonisch, ja, sie sagen einem fast süffisant ins Gesicht, dass sie nichts unternehmen können. Sie haben uns erklärt, viele Eltern hätten keine Ahnung, würden es auch nie für möglich halten, dass ihre Sprösslinge Drogen einwerfen. Wenn es nicht so entsetzlich traurig wäre, würde ich die Beamten auslachen. Ich bin felsenfest davon überzeugt, dass unsere Tochter niemals Drogen nehmen würde, jedenfalls nicht freiwillig!«, sagte er scharf.

»Ich verstehe Ihre Not, Herr Sanders«, unterbrach Dr. Pilar den Sorgenschwall. »Aber erst einmal müssen wir uns in Geduld üben, wie schwer das auch für Sie ist. Dem Zustand ihrer Tochter liegt ein schweres Trauma zugrunde. Ich weiß, wenn die Brüche verheilt sind und die Schwellung in ihrem Kopf zurückgegangen ist, werden wir, so Gott will, Mittel und Wege finden, sie zurückzuholen. Aber wir spielen auf Zeit. Nur wenn wir Glück haben, erfahren wir, was wirklich geschehen ist.« Fast zaghaft fügte er hinzu, »eigentlich wollte ich meine Neuigkeit ja noch zurückhalten, aber ich fühle, wie verzweifelt Sie sind.« Er beugte sich über seinen Schreibtisch. Der lag vollgepackt mit Akten, Schreibutensilien, einer aufgeklappten Schachtel Zigaretten und dem obligatorisch passenden, halb vollen Aschenbecher daneben. Darin tummelten sich die gerauchten Sargnägel, alle nach gleichem Ritual ausgedrückt. Haufenweise lose Blätter, kreuz und quer auf dem Tisch verstreut, wirkten chaotisch, aber nicht wirklich, scheinbar nur für den Außenstehenden. Der Doktor fischte mit behänder Leichtigkeit aus diesem Desaster von Unordnung ein Schreiben heraus. Umständlich fingerte er in der Westentasche, beförderte ein Brillenputztuch zu Tage. Er begann mit kreisenden Bewegungen die Gläser zu reinigen, bevor er die Brille aufsetzte. Sekunden, die Herrn Sanders wie Ewigkeiten vorkamen, tickten vorüber, bis der Arzt endlich mit seinen Erklärungen begann.

»Vor Kurzem las ich einen interessanten Artikel über einen kleinen Jungen, der einen schweren Unfall hatte. Von einem Auto angefahren, erlitt er schlimme Verletzungen, neben zahlreichen Brüchen auch einen Schädelbasisbruch. Die Augen hielt er zwar geöffnet, aber er erkannte niemand. Er war in ein Wachkoma gefallen. So nennen wir Ärzte einen Zustand, in dem ein Patient nicht mehr in der Lage ist, zu essen, zu trinken oder zu kommunizieren. Wir sprechen auch von einem apallischen Syndrom, ausgelöst durch eine Verletzung am Gehirn. Der Kontakt zur Außenwelt ist dadurch vollkommen unterbrochen. Es kommt vor, dass ein Patient nach einem Koma auch noch in ein Wachkoma fällt. Ich möchte Sie nicht ängstigen, aber es ist nicht auszuschließen, dass es bei Marie, wenn wir sie zurückholen, zu einem Wachkoma, oder zu einer Amnesie kommt.« Er zündete sich eine Zigarette an und blies den grauen Dunst in kleinen Kringeln spielerisch in Richtung Zimmerdecke. »Wir könnten die Behandlung, die dieser Junge erfahren hat, in Betracht ziehen. Später, wenn Maries Zustand sich stabilisiert hat. Aber dann ...«

»Nun sagen Sie schon, was ist mit diesem Kind?«

»Wie wir bei Marie, so stellten die behandelnden Kollegen bei dem verletzten Kind eine Blockade der Hirnrinde fest. Bei traumatischen Unfällen ist das leider keine Seltenheit. Ist Ihnen bekannt, dass in der Hirnrinde das emotionale Zentrum des Menschen sitzt?«

»Nein.«

»Normalerweise gibt es bei einer solchen Diagnose kaum eine Chance auf Heilung.«

»Oh Gott.«

»Aber passen Sie auf. Die Eltern dieses kleinen Jungen gaben nicht auf. Sie hörten von einer neuartigen Therapie in Florida. Dort, so hatte man ihnen berichtet, gibt es eine Klinik, in der Studien zeigen, wie Delphine Menschen helfen können. Sie sind sogar in der Lage, Kranke aus dem Koma zu erwecken.«

»Unglaublich!« Herr Sanders befreite sich endgültig von der einengenden Krawatte, die ihm plötzlich den Hals zuschnürte. Aufgeregt beugte er sich nach vorne und faltete die Hände wie zum Gebet. »Reden Sie weiter!«, bedrängte er den Arzt. »Was geschah dann?«

»Nun, die Eltern schöpften wieder Hoffnung und kamen überein, es mit dieser außergewöhnlichen Therapieform zu versuchen. Vielleicht gäben die Delphine den entscheidenden Impuls zur Heilung ihres Sohnes. Auf eigene Kosten flogen sie nach Florida. Die Kassen zahlen die Art der Behandlung leider nicht. Mit Hilfe von zwei Therapeutinnen wurde der Junge täglich zu den Delphinen ins Wasser gebracht. Torri, das eine Tier, tanzte jeden Tag circa vierzig Minuten um das Kind herum, so als wollte er sagen, »wach endlich auf, kleiner Mann!« Nach ca. drei Wochen geschah tatsächlich das ersehnte Wunder. Der Knabe gab erstmals wieder Laute von sich. Auch die Verkrampfung seiner Arme löste sich langsam. Am Ende schwamm er ohne fremde Hilfe an der Rückenflosse des Delfins mit. Großartig, nicht wahr?«

»Wie funktioniert denn diese Therapie, können Sie mir das näher erklären?«

»Dr. David Natanson, Leiter des Zentrums in Florida erklärte, diese sensiblen Meeressäuger hätten die Gabe zu spüren, wenn mit den Menschen etwas nicht stimmt. Sie versuchen deshalb immer wieder, den kranken Partner zu motivieren. Dazu senden sie spezielle Ultraschallwellen aus. Bei dem kleinen Jungen war diese Therapie sehr erfolgreich. Nach vier Wochen der intensiven Behandlung fuhr die Familie nach Hause. Dort erkannte das Kind sogar, dass sein Großvater den Flur neu gestrichen hatte. Dr. Schommers, der Hirnspezialist, der das Kind heute noch behandelt, ist optimistisch. Ich habe mich mit ihm in Verbindung gesetzt. Er berichtet über die Fortschritte des Kindes und schreibt mir, dass jetzt das Tor zum Gehirn des Patienten geöffnet ist. Seine Heilung liegt bei über fünfzig Prozent.« Zum ersten Mal, seit Dr. Pilar Herrn Sanders gegenüber saß, huschte ein verbrüderndes Lächeln über sein Gesicht.

»Und Sie glauben, bei unserer Tochter ist das auch möglich?«

»Warum nicht, auf jeden Fall ist es eine Chance, die wir im Notfall nutzen können. Es kommt auf ihren Zustand an, wenn sie aus dem Koma erwacht. Hat sie Blockaden, oder eventuell eine Amnesie, was wir ja nicht ausschließen können, sehe ich gute Gründe, diese spezielle, erfolgversprechende Behandlung folgen zu lassen.«

»Sicher, aber bis dahin ...«

»Stehen noch einige Funktionstests an. Ich halte Sie selbstverständlich auf dem Laufenden. Sie können mich jederzeit sprechen, wenn Ihnen danach ist.« Mit Akribie drückte er die bis zum Filter gerauchte Zigarette aus, erhob sich und streckte seinem Gegenüber freundlich die Hand entgegen. »Also dann«, beendete er den Dialog und komplimentierte Herrn Sanders mit leichtem Schub zur Tür.

»Danke, vielen Dank Herr Doktor«, sagte dieser, »jetzt ist mir wirklich leichter ums Herz.« Mit fliegenden Schritten eilte er aus dem Krankenhaus, um seiner Frau von diesem guten Gespräch zu berichten.

Kapitel 8

Was soll's, ich hab doch Urlaub, dachte sich Marie. Ich spüre keinen Hunger, ich will nur schlafen. Soll ich mich hier etwa zum Affen machen, antanzen auf Befehl?, das wäre ja noch schöner. Ich lege mich hin, die können mich alle mal, kreuzweise! Abendveranstaltungen gibt es hier eh nicht, die Spezies Männer scheint ausgestorben, auf diesen undefinierbaren Frauenkram habe ich einfach keinen Bock, das langweilt mich nur. Mürrisch schlug sie die Bettdecke auf, entledigte sich ihrer Kleidung, schmiss sie auf den Boden und kroch zurück ins Bett. Das Wischi-Waschi-Gefühl in ihrem Kopf war ständig da. Dazu kamen heute noch Brechreiz, bleierne Müdigkeit und tonnenweise Frust.

Ich muss hier raus, bevor ich verrückt werde, dachte sie. Hier stimmt was nicht. Wenn ich doch nur wüsste, was? Morgen rufe ich Carlos an, der soll mich hier wegbringen, mir geht es nicht gut. Sie griff ihre Handtasche, die auf dem Nachttisch lag und wühlte darin. »Wo ist das Handy, das verdammte Handy?«, fluchte sie, »es muss doch hier sein! Ich hatte es im Seitenfach versteckt, die Karte von Carlos ist jedenfalls noch da. Wie spät ist es eigentlich?« Sie sah auf ihre Armbanduhr, die ebenfalls auf der Nachtkonsole lag. Ein paar Mal hatte sie vergessen, sie im Swimmingpool abzulegen, was sie ihr übel nahm. Mangels fehlender Wasserdichte war sie stehengeblieben. Alle Manipulationen, sie zum Laufen zu bringen, blieben erfolglos. Seufzend schloss sie die Augen. Das Bett war ihre einzig sichere Insel. Die Kameras in ihrem Apartment fielen ihr nicht auf. Nie wäre ihr der Gedanke gekommen, dass sie unter Beobachtung stehen könnte. Immer wieder rätselte sie, was hier falsch lief. Selbst die wildeste Fantasie reichte nicht aus, ihr zu offenbaren, was tatsächlich gespielt wurde. Unglücklich und schrecklich müde schloss sie ihre Augen.

Rauchfarbene Schwere erlahmte sie, zog sie mit pulsierenden Kreisen in uferlose Gestaden. Vom Tiefschlaf übermannt, veränderte sich ihr Raum- und Zeitbewusstsein. Halluzinationen und Illusionen traten auf. Auf einer anderen Ebene spulte sich ein Film ab. Ihre latenten Traumgedanken versetzten sie dabei zugleich in die Rolle des Betrachters, ebenso in die der Hauptperson.

Marie beobachtete sich aus einer Art Vogelperspektive. Sie sieht sich in der Clubanlage, der prallen Mittagssonne ausgesetzt. Sie geht, so scheint es, auf den Swimmingpool zu. Das Geräusch eines fahrenden Autos zwingt ihren Blick in Richtung Auffahrt, zum Toreingang. Das Auto bremst scharf und sie erkennt, wie eine Neue, ein blasses, dunkelhaariges Mädchen aus dem Jeep aussteigt. Marie bleibt abrupt stehen. Wie ein Blitz durchfährt sie der Gedanke an Gefahr für dieses Mädchen, er elektrisiert sie geradezu. Ich muss sie retten, pocht er, wegschaffen, bevor es zu spät ist. Im gleichen Augenblick, in dem sich der Fahrer, der sie hergebracht hat, von dem Mädchen abwendet, Papiere in der Hand, die erledigt werden müssen, reagiert sie blitzschnell. Sie rennt zu der erstaunten Frau, zieht sie mit festem Griff, ohne sich zu erklären, zwischen zwei Häusern auf die Seite, auf der sich der Komplex mit dem gelben Raum befindet. Sie sind jetzt dort, wohin man Marie am ersten Tag ihres Urlaubs gebracht hatte. Hier, in der Nähe, so vermutet sie, muss es einen zweiten Ausgang geben. Diese Vorstellung erlaubt ihr, der verdutzten Person zu helfen, und natürlich auch sich selbst.

»Raus, nur weg hier«, raunt sie, und drückt das Mädchen in den schmalen Gang, den sie selbst erst einmal gegangen ist. »Uns droht Gefahr, ich rieche sie, wir müssen hier weg!«, flüstert sie mit heißem Atem. Das Sträuben des Mädchens duldet sie nicht, sie zerrt und schiebt sie energisch vor sich her, den schlauchartigen Korridor hindurch. Ihre Wahrnehmung verwischt, die Realität versinkt im Chaos. Selbst im Traum begreift sie nicht, wie das Surreale die Oberhand gewinnt. Der vormals gerade Flur wird schiefer und steiler, er verjüngt sich konisch in die Höhe. Sie drückt das Mädchen, dem jetzt die Angst ins weiße Oval geschrieben steht, schwitzend vor Anstrengung, immer höher. Plötzlich stöhnt diese auf wie eine Ertrinkende. Ihre Füße verlieren den Halt. Mit aller Kraft stemmt sich Marie gegen sie, versucht, sie zitternd vor Anstrengung festzuhalten, krallt sich in ihre Schultern. Aber sie kann es nicht verhindern. Das Mädchen glitscht ihr aus den Händen, rutscht zurück, nicht in freiem Fall, aber so, dass Marie, der zunehmenden Schnelligkeit wegen annimmt, sie müsste gleich auf irgendetwas Hartes knallen. Sie schaut sich um, ihr nach, und sieht mit abgrundtiefer Trauer, dass der Körper einfach verschwindet, ohne Echo, geschluckt wird von nebelhaftem Nichts. Marie hat keine Zeit ihr Entsetzen zu relativieren, denn der ominöse Gang ist inzwischen sehr steil. Sie kann sich selbst nur mit äußerster Kraftanstrengung auf eine Seite schieben und sich in wilder Hoffnung an eine Holzleiste, die in Brusthöhe an der Wand angebracht ist, klammern. Der Gang hat nun eine Neigung von fast 80 Grad. Plötzlich beginnt die krampfhaft gekrallte Leiste unter ihren Fingern zu schmelzen. Ihr hysterischer Fall ist unausweichlich, die blutenden Glieder können ihr Gewicht nicht mehr halten. Sie muss zusehen, wie sie in breiter Phalanx fällt und fällt.

»Wieso?«, schreit sie, auf dem Boden liegend, und betrachtet ihre blutenden, schmerzenden Finger. Ihr ganzer Körper schmerzt, als hätte man versucht sie in Stücke zu reißen. Anstelle einer Erkenntnis herrscht ein großes Vakuum in ihrem Kopf. Jemand ruft nach ihr. Sie erkennt den tauben Rhythmus ihres Namens. Freundlich, ja lächelnd kommt eine Gestalt auf sie zu, neigt sich amorph hinunter zu ihr, ergreift ihre Hände und betrachtet sie kopfschüttelnd.

»Oh mein Gott!«, ruft dieses transzendente Wesen, »was hast du nur gemacht? Komm«, sagt sie einschmeichelnd, »ich werde dich verarzten.« Geschickt hilft sie, Marie aufzustehen, schiebt ihr einen Arm um die Taille, und führt sie behutsam in einen Raum, der ihr völlig fremd ist. Ein weiteres, durchscheinendes Wesen bringt eine dickbauchige Flasche mit einer froschgrünen Tinktur.

»Leg deine Hände auf den Tisch!«, kommt die Anweisung von der Zweiten. Marie sieht zu, wie Lederriemen aus einer kleinen Klappe des schwarzen Untergrunds hervor gezaubert werden, die sich wie Schlangen um ihre Gelenke schmiegen. Sie wehrt sich, will nicht angeschnallt werden, aber jeder einzelne Finger wird verbarrikadiert. Dann betupfen beide Wesen sehr vorsichtig mit großen, getränkten Wattebäuschen ihre Finger. Es tut kein bisschen weh. Ihr Unmut verpufft in dem Moment, als sie in diese Augen schaut, die den einzigen Anhaltspunkt für ein Gesicht geben. Zuerst sind es nur schwarze, seelenlose Löcher, aber dann beginnen diese zu phosphoreszieren. Sie kristallisieren sich, senden ihr geisterhaftes Licht aus, bringen sie mit unbeschreiblicher Schönheit zum Schweigen. Atemlos gehorcht sie, tut alles wie ihr geheißen, den Blick starr auf diese interstellaren Irrlichter geheftet, die ihr unglaubliche Bilder suggerieren. Es ist wie ein Eintauchen in halsbrecherische Wellen, von strahlendem Blau, an deren Spitzen sich weiße, dicke Schaumkronen kräuseln, begleitet von symphonischem Rauschen, ihrem Kommen und Gehen, betörend und beruhigend. Sie riecht den salzigen Atem des Meeres. Noch nie hat sie in so schöne Augen gesehen. Sie machen sie schwach, willenlos eben. Sie spürt auch die Sonne, die unablässig intensiver wird, dass sie bald nass ist von Schweiß. Zum ersten Mal in ihrem kurzen Leben befindet sie sich in einem absoluten Wohlfühlstadium, möchte liebend gern darin verharren, sei es für Stunden oder Tage.

»Fertig«, hört sie eine Stimme sagen, und die fiktiven Bilder verschwinden, ebenso wie sie gekommen sind.

Kapitel 9

Marie saß aufrecht in ihrem Bett. Sie betrachtete ihre Hände, die zwei geöffneten Phiolen gleich, vor ihr auf der Bettdecke lagen. In ihrem Kopf flatterten Wortfetzen, die ihr aus unverständlichem Grund Angst einflößten. »Fesseln«, war das eine Wort, das da herumwirbelte. Sie starrte lange auf ihre Hände. Warum schaue ich mir so gebannt meine Hände an, überlegte sie, was ist damit? Sie drehte sie von innen nach außen, und von außen nach innen, stellte nach abgeschlossener Begutachtung fest, dass sie wie immer aussahen. Sie fand weder Kratzspuren, noch sonstige Anomalitäten, merkte lediglich, dass sie sich sehr zart, wie mit Wachs überzogen, aber in den Fingerspitzen ungewöhnlich empfindlich anfühlten.

»Wie lange habe ich geschlafen?«, fragte sie laut, und suchte nach einer Uhr, die jedoch, das hatte sie wieder vergessen, nicht vorhanden war. »Ach ja«, seufzte sie, »hier gibt es keine Uhren, die Zeit ist nicht das Maß der Dinge, in diesem Club der Superlative.« Sie stand auf, ging zum Fenster, schob den schweren Vorhang zuckend, bei dessen Berührung zur Seite, erkannte, dass es graufrüher Morgen war. Sie raffte ihre Kleider zusammen, schlurfte ins Bad und drehte die Brause auf, um sich darunter zu verkriechen. Das wehe Gefühl in ihren Fingerspitzen erlaubte ihr nur ein gemäßigtes, leichtes Einseifen. Das Haarwaschen fiel deshalb recht dürftig aus. Aber das warme Fließen über ihren Körper tat ihr gut, im Wasser fühlte sie sich wohl. Wasser war schon immer ihr Element. Sie ließ viele Liter über sich rinnen. Man hätte sicherlich drei Vollbäder damit füllen können. Das Brausen der nassen Wärme übertönte das inzwischen massive Donnern an ihrer Tür.

»Marie, um Himmels Willen, was ist mit dir? Mach endlich auf!«, schrie Denise mit aufgebrachter Stimme, in die sich aber auch Sorge mischte. Erst nachdem Marie die Dusche abgedreht hatte, hörte sie das harte Pochen an ihrer Tür und das laute Rufen. Sie schmiegte sich in ein Badetuch, eilte hin, öffnete.

»Wo warst du, was hast du gemacht?«, empfing sie Denise mit einer sich überschlagenden Stimme. Marie stand töricht grinsend vor ihr, mit offenem Mund.

»Nun red schon, ich habe mir echt Sorgen gemacht, was ist passiert?«

»Was soll denn passiert sein?«, fragte Marie mit Unschuldsblick, »wieso bist du so aufgebracht?«

»Na weißt du, ich habe dich seit vorgestern Abend nicht mehr zu Gesicht bekommen, da darf man sich doch mal Sorgen machen. Außerdem bin ich schon zum dritten Mal hier. Wenn du jetzt nicht geöffnet hättest, wäre ich nicht mehr umhingekommen, dein Apartment öffnen zu lassen.«

Sie bugsierte Marie, die immer noch nicht kapierte, um was es eigentlich ging, zurück ins Zimmer und fügte schmollend wie ein Kind hinzu: »Ich habe auf dich gewartet, dachte, wir essen zusammen, aber du bist nicht gekommen. Na ja, zuerst nahm ich an, du müsstest mal richtig ausschlafen. Dir ging es ja nicht besonders gut, das wusste ich wohl. Aber dann bist auch nicht zum Frühstück erschienen. Gib es zu, das war schon sehr merkwürdig. Ich schloss mich den anderen Mädchen an. Wir gingen zum ersten Mal hinunter ans Meer. Am Abend wollte ich dir unbedingt erzählen, wie schön es war. Nachdem du wieder nicht erschienen bist, bin ich fast durchgedreht. Ich hatte fürchterliche Visionen. Natürlich mache ich mir Vorwürfe, weil ich dir nicht besser zugehört habe. Wie ich schon sagte, dreimal habe ich an deine Tür geklopft, aber du hast nicht aufgemacht. Du bist mir böse, hab ich angenommen, sicher bist du sauer. Auch mit meinem Ohr an deiner Tür konnte ich keinen Laut von dir hören. Mon Dieux, heute Morgen ist meine Geduld am Ende. Wenn du jetzt wieder nicht geöffnet hättest...«

»Nun beruhige dich doch«, unterbrach Marie ihren Gefühlsausbruch, »mir ist nichts passiert, wie du siehst, aber verstehe ich dich recht, habe ich wirklich so lange geschlafen?«

»Musst du wohl«, entgegnete Denise. Sie packte Marie energisch an den Schultern und schüttelte sie. »Das tust du mir nicht noch mal an, verstanden? Du bist hier meine einzige Freundin. Zieh dich an, sicher bist du kurz davor zu Verhungern.«

»Hast recht!« Marie befreite sich aus dem Griff von Denise. »Setz dich, ich bin gleich fertig. Mein Magen rebelliert, könnte tatsächlich Hunger sein.«

Sie zog sich rasch an, kämmte ihr nasses Haar straff zurück, überlegte kurz, ob sie Lippenstift auflegen sollte, ließ aber, beim Blick in Denises hektische Augen, davon ab. Untergehakt, wie alte Freundinnen verließen beide das Haus. Im Speisesaal angekommen, steuerten sie auf ihre Plätze zu, welche die anderen Mädchen wohlweislich für sie freihielten. Der Tisch war, wie stets, voll besetzt. Bleiche Gesichter aßen wortlos die herbeigeholten Speisen. Marie und Denise bedienten sich ausgiebig.

»Hm, hier ist eine Stimmung wie bei einer Beerdigung«, raunte Marie ihrer Nachbarin zu. Die schaute sie gelangweilt, mit aufgerissenen Glubschaugen, an. Alle Frauen blickten auf. Eine der Subos war eingetreten und hielt ein großes Tablett mit Cocktails in den Händen. Sie stellte es vorsichtig vor der Kommandantin ab. Mit einer wegwerfenden Geste gab diese ihr zu verstehen, sie möge die Drinks weiterreichen. Nachdem alle Frauen ein Glas vor sich stehen hatten, erhob sie sich. Sie schwenkte das ihre wie eine Trophäe.

»Meine Damen«, eröffnete sie ihre Ansprache in klarem Alt. Ihre knochige, starre Haltung verlieh ihr dabei eine gewisse Würde. »Wir haben heute etwas zu feiern. Wir trinken auf das Wohl von Marie. Bitte Marie, kommen Sie an meine Seite.«

Die frostigen, fordernden Augen ließen Marie erstarren. Widerwillig erhob sie sich und ging nach vorne. Ängstlich versuchte sie, in den Gesichtern der sie anstarrenden Frauen zu lesen, was um Himmelswillen geschehen ist, woran sie sich nicht erinnerte. Wenn es etwas zu feiern gibt, überlegte sie, muss wohl etwas Positives vorausgegangen sein. Also kann es so schlimm nicht werden. Sie ärgerte sich, dachte, warum bin ich immer diejenige, die nicht weiß, um was es geht. Wissen denn alle anderen mehr wie ich?

Sie glotzte die Kommandantin ungläubig an, forschte in deren Janusgesicht nach einer Offenbarung. Sie entdeckte nichts, nicht die leiseste Regung. Sie sah kein freudiges Beben der Nasenflügel oder ein seitliches Entwischen der Mundwinkel, geschweige denn ein, in freudigen Situationen angebrachtes, vielleicht zögerndes, gegebenenfalls herzhaftes Entblößen weißer Zähne. Den eisgrauen Blick durchbohrend scharf auf Marie fixiert, hielt sie ihre kurze, schnörkellose Rede, konträr zum Ausdruck ihrer Aura, wie auch dem Gesagten. Marie stand still, wahrte instinktiv eine unsichtbare Distanz. Die Kommandantin mutete ihren Rückenwirbeln eine viertel Drehung zu und schaute sie an.

»Sie haben uns vorgestern mit Ihrer ausgezeichneten Leistung viel Freude bereitet, ist Ihnen das klar?« Diese Frage war rein rhetorischer Natur. »Wie wir alle erleben konnten«, sie wandte sich den Übrigen wieder zu, drehte den Rumpf, ohne das zu erwartende Knarren, in die vorherige Position zurück, »war Marie als Einzige unserer Truppe, in der Lage, den roten Felsen zu erklettern. Was das heißt, wissen jene, die dieses Ziel nicht erreicht haben, was ich Ihnen aber, in Anbetracht des enormen Schwierigkeitsgrades, keineswegs vorwerfe. Erheben Sie mit mir Ihr Glas und beglückwünschen wir Marie gemeinsam. Salute!«

»Salute!«, ertönte es unisono. Die Frauen leerten ihr Glas in einem Zug. So wie es aussah, entstand der Eindruck, dieses Ex und Hopp stünde auf der Tagesordnung. Kaum verstrich eine Minute, begannen sie, wie auf Kommando, zu johlen und zu klatschen. Marie hielt noch das Glas mit der lohfarbenen Flüssigkeit in der Hand. Wie ein Vögelchen nippte sie daran. Verlegen huschte sie längs des Tisches, dessen Belastbarkeit bis zum Äußersten ausgereizt stand, vorbei an Frauen, deren urplötzliche Heiterkeit ihr ebenso fremd, wie unergründlich vor kam. Keine ahnte auch nur im Entferntesten, was sie da tranken. Dem süßen Gebräu hatte Alex, die Köchin, auf Befehl der Kommandantin, eine ausgewogene Dosis Amanita Muskaria beigemischt.

Die Rauschdroge, gewonnen aus dem Fliegenpilz, den man umgangssprachlich auch als Narrenschwamm bezeichnet, hatte sie mit Wodka angesetzt. Diese Kombination, ein altes Rezept, führte zu der künstlichen Euphorie. Um zu verschleiern, überlagerten ausgepresste Südfrüchte und intensive Minze das drogistische Bukett. In den Köpfen der Mädchen wurde fast augenblicklich ein Schalter umgelegt. Die Droge veränderte ihre Raum und Zeitvorstellung, und die Wahrnehmung dessen, was um sie herum geschah. Alles schmolz auseinander wie Schnee in der Sonne. Die Worte folgten keinem gültigen Muster mehr. Als wäre der Mund ein Würfelbecher, spukte er unregelmäßige Wortbrocken aus. Die Wirklichkeit schuf Platz für Illusionen. Dieser Zustand hielt bis zu etwa drei Stunden an. Marie hatte keinen blassen Schimmer, von was die Kommandantin gesprochen hatte. Auf dem Weg zu ihrem Platz trottete sie, gebeugt und innerlich stumpf, trotz des großen Jubels, vorbei an lachenden Grimassen.

»Mein Gedächtnis, was ist mit meinen grauen Zellen los, warum fehlt mir jegliche Erinnerung?«, überlegte sie nicht zum ersten Mal. Noch im Weiterschlendern trank sie ihren Cocktail aus. Sie verstand nicht, was hier ablief, wie auch? Wie konnte sie etwas verstehen, das jeder erlebten Form widersprach. Das heftige Dröhnen in ihrem Schädel blieb konstant. Es stellte sich sofort ein, wenn sie irgendeiner Sache auf den Grund gehen wollte. Ein Mädchen mit strahlend blauen Augen blockierte ihren Weg. Sie hielt sie fest, um ihr zu gratulieren. Noch während Marie darüber grübelte, woher kenne ich sie, habe ich sie überhaupt schon einmal hier gesehen?, ergriff sie spontan deren hingestreckte Hand. Sie ließ zu, dass diese sie vielleicht fünf Sekunden lang drückte. Durch diesen Händedruck und den Cocktail erfuhr sie eine unvorstellbare Dosis Energie, die sich augenblicklich in ihrer Haltung widerspiegelte. Auf einmal fühlte sie sich sehr lebendig. Maliziös lächelnd tänzelte sie mit federnden Schritten an ihren Platz.

»Entschuldige, aber du bist wirklich eine Idiotin«, wisperte Denise ihr ins Ohr. Ihr Glas stand noch unangetastet vor ihr. »Warum hast du mir das nicht erzählt?«

»Sorry, ich kann mich an nichts erinnern«, entgegnete Marie und lächelte debil. »Ich weiß nicht wann und wo das gewesen sein soll. Ich habe doch geschlafen. Es ist mir unmöglich zu erklären, wie sie hier auf so etwas Kurioses kommen.« Und wieder besah sie sich ungläubig ihre Hände. Kommt dieses seltsame Gefühl etwa von einer Kletterpartie? Warum zum Donnerwetter kann ich mich nicht daran erinnern. Bin ich verrückt?

»Merde!«, war der einzige Kommentar, den Denise von sich gab.

»Ich glaub es nicht«, sagte Marie kleinlaut, »aber wenn das alle Anderen gesehen haben, frage ich mich allen Ernstes, was mit mir los ist. Wenn alle dabei waren, wieso weißt du es nicht, Denise?«

»Ich sagte es dir, ich war doch am Strand!«

Im Speisesaal ging es jetzt auffallend munter zu. Eine rege Konversation kam in Gang. Urplötzlich wussten alle etwas zu sagen. Die Mädchen gestikulierten wild, sie kicherten und lachten. Aber es war Marie unmöglich, zu verstehen, wer mit wem redete, und was sie sagten. Silben schwirrten durch die Luft. Wattige Töne huschten an ihrem Ohr vorbei. Sie öffnete den Mund, wollte auch Dialog beisteuern, versuchte, aus welchem Grund auch immer, endlich dazu zu gehören, klappte ihn aber genauso schnell wieder zu. Ihr Kopf ratterte gegensteuernde Fragen, die sie hier nicht äußern konnte.

»Heute gehen wir zum Parasailing, das ist geil« sagte Assunta, die Animateurin. Sie zupfte Denise am Arm.

»Kommst du mit?« Obwohl sie sich nur an Denise wandte, sah sie Marie unentwegt an.

»Ja gerne«, nahm Marie ihrer Freundin die Antwort ab, »wir freuen uns!«

Denise beäugte sie feindselig von der Seite, aber das tat ihrer Hochstimmung keinen Abbruch.

»Oui«, ergänzte sie flach, »wir kommen mit, dann kann ich wenigstens achtgeben, dass Marie keine Dummheiten macht.« Gemeinsam verließen sie den Frühstücksraum.

»Hast du gesehen wie enthusiastisch sie mich gefeiert haben?« Enerviert rollte Denise mit den Augen. Marie schritt mit großen, langsamen Schritten als letzte zum Ausgang. Kurz davor drehte sie sich noch einmal um. Starr vor Schreck blieb sie stehen. Unwillkürlich stockte ihr der Atem, ihre Augen weiteten sich. Das Bild, das sich ihr entgegen zwängte, erschien ebenso unrealistisch, wie die vielen anderen ungereimten Dinge, von denen sie sich dauernd provoziert, ja, zur Lächerlichkeit verdammt, fühlte. Eben noch, vor wenigen Sekunden, die nicht einmal eine gefühlte Minute hätten füllen können, war der braune, derbe Tisch noch regelrecht zugesaut. Er stand überhäuft mit Tellern, Gläsern, Bestecken und Essensresten, war übersät von heraus katapultierten Brotkrumen, mit denen man ganze Vogelscharen zum Kichern bringen konnte. Achtlos zerknüllte Servietten, einzelne, angebissene Obststücke, zuvor aus einem riesigen Korb gefischt, und dann doch als Speise verwehrt, füllten das miserable Stillleben. Er war ein Objekt, auf dem Vandalen gehaust hatten. Das matte Holz zeigte obskure Glanzlichter, die auf der Oberfläche zuckrige, weiße Ränder zurückließen, von tropfenden Flaschen und Gläsern. Was für eine Verschwendung und, dass sich Frauen so schlecht benehmen, hatte sie eben noch gedacht, bevor sie die vier oder fünf Meter zur Tür gegangen war. Und jetzt, im Zurückschauen, war der Tisch leer gefegt, gesäubert wie von Geisterhand. Nur das überdimensionale Tischbukett stand an gleicher Stelle. Es protzte unberührt weiter mit herrlichen Blüten, dessen süßlicher Duftwirbel der, saß man direkt davor, so wie Marie und Denise es taten, leichten Schwindel hervorrief.

»Wie ist das möglich?«, faselte sie, »ich habe weder Putzpersonal gesehen, noch gehört. Was geht hier vor?« Hier passierten Dinge, die unerklärbar schienen. Räume waren nicht wirklich, Zeit verlor ihre Wertigkeit. Ihre Gedanken matschten wie Schäume in der Hirnschale. Sie konnten unmöglich zu Ende gedacht werden, denn immer, wenn sie nach Erleuchtung fieberte, wurde ihre geistige Frequenz gestört. Stumm fragte sie sich, was geschieht hier mit uns, sind wir Opfer einer Gehirnwäsche? Ab und zu blitzt so etwas wie Normalität auf, die aber sofort unterbrochen wird. Sie rufen mich, beschäftigen mich mit Dingen, die ich eigentlich nicht will. Wieso wehre ich mich nicht? Wo verbirgt sich die Lösung all dieser Rätsel? Mit wem kann ich darüber reden, wem vertrauen, Denise vielleicht? Aber nein, ich habe es ein paar Mal versucht, vergebens. Eines ist glasklar, ich will hier raus. Keine Ahnung, wie viele Tage ich hier bin? Ich versuche, Carlos zu erreichen, bevor es zu spät ist.

»Nun komm schon!«, blaffte Denise. »Was ist denn mit dir, schläfst du jetzt im Stehen ein? Du bist wie ein Baby, ständig muss man auf dich aufpassen.«

»Sag mal Denise?«, Marie fragte mit geistesabwesendem Blick, bemüht, Zeit zu scheffeln, um sich von dem soeben erlebten Schock zu erholen, »wann hast du Yvonne in der letzten Zeit gesehen? Ich vermisse sie, sie ist immer nett zu mir.«

»Was willst du damit sagen, Mon Amie, netter als ich?«

»Quatsch, du bist meine Freundin, aber ich kann Yvonne seit Tagen nicht mehr finden. Heute ist sie auch nicht da. Ist dir das nicht auch aufgefallen?«

»Hm, jetzt wo du das sagst, aber ich habe keine Ahnung, wo sie sich aufhält. Vielleicht ist sie abgereist. Schade, wir hätten uns von ihr verabschieden können. Ich mochte sie sehr.«

»Ich auch, wir können ja mal nachfragen.«

»Okay, bei Gelegenheit tun wir das.«

»Denise, da wäre noch etwas. Ist gestern oder vorgestern eine Neue angekommen?«

»Keine Ahnung. Alle, die ich gesehen habe, sind schon länger hier. Warum fragst du?«

»Ach, nur so.«

Die Gruppe hatte sich getrennt.

»Wer mit zum Parasailing möchte, bitte mir nach«, rief Assunta. Sie schubste die lästigen Kringel, die aus dem zusammengefassten schwarzen, taillenlangen Haar heraus spitzten, mit einer brüsken Geste aus dem Gesicht. Die Italienerin mit ihrem olivfarbenen Teint, verstand sich darauf, ihre attraktive Persönlichkeit in den Focus zu stellen. Wenn sie lasziv den Nacken streckte, und unbewusst, als herausfordernde Mystifikation die geschwungene Kehle darbot, faszinierte sie nicht nur die Männer. Mit feingliedrigen Händen dirigierte sie die Anwesenden. Ihre erhabene, aufrechte Körperhaltung und der stolze Gang, ließen sie größer erscheinen, als die 1,60 cm ihrer wahren Länge. Von ihren resedagrünen Augen, umrandet mit samtschwarzem Wimpernflor, ging eine bestechende Faszination aus. Die feminin sanften Augenbrauen glänzten durch die exakte Aneinanderreihung dunkler Härchen. Sie bildeten, einer Parade gleich, eine satte Linie, ein perfekter Gegenspieler zu der griechischen Nase und dem geschwungenen, vollen Mund. Nur ihre forsche, rostige Stimme, tönte wie ein Fremdkörper. Diese gutturalen Laute führten Marie auf den Boden der Tatsachen zurück.

»Alora«, bellte sie gerade, »wir gehen!«

Drei Frauen folgten ihr, Sylvie, Marie und Denise.

»Endlich sehe ich das Meer«, strahlte Marie. »Ich kann nicht sagen, wie viele Tage ich nun schon hier bin. Mein Zeitgefühl ist mir völlig abhanden gekommen. Jedenfalls gab es das noch nie zuvor, dass ich im Urlaub am Wasser war und nicht gleich am ersten Tag hineingesprungen bin. Weißt du«, sagte sie an Denise gewandt, »für mich ist das mittlerweile ein Ritual. Es ist das Begrüßen des unbekannten Ortes, ein Ankommen in einer neuen Galaxis, dem endgültigen, wenn auch zeitlich fixierten Bruch mit dem Alltag. Für vierzehn Tage dem Stress entfliehen. Herrlich! Keine Hektik, keine Sorgen. Ballast dieser Art lasse ich immer am Abflughafen zurück. Nur Sonne, Meer, kulinarische Genüsse. Ein kleiner Flirt gehört dazu, aus dem sich, je nach Mann und Lust, ein erotisches Abenteuer ergibt, das dir deinen Marktwert als Frau offenbart.« Sie lachte herzhaft über ihre Rede. »So mag ich meinen Urlaub, sportlich, entspannend, aufregend, beruhigend, romantisch, geil, sonnig, mit langen, glitzernden Sternennächten. Perfekt!«

»Ob wir am Strand Männer treffen, weiß ich nicht«, sagte Denise. »Das letzte Mal war jedenfalls keiner zu sehen, weit und breit keiner. Und soll ich dir was sagen, ich habe auch keinen vermisst. Seit ich mich von Pascal, meinem langjährigen Freund, in Zeitlupe schmerzhaft entliebt habe, ist die Spezies Mann für mich belanglos. Männer haben sich aus meinem Leben hinausgeblichen.«

»Oh, da spricht aber eine verletzte Seele«, mischte sich Sylvie in das Gespräch.

»Ging mir genauso. Meine Liebe zu Ole hat sich zu einem Horrortrip entwickelt. Wisst ihr, was ich glaube? Männer und Frauen passen einfach nicht zusammen.«

»Na, das ist ja nichts Neues«, konterte Denise.

»Ich bin auch nur hier gelandet, weil ich den Stress mit meinem Freund nicht mehr aushalten konnte«, seufzte Marie. »Wenn ich ehrlich bin, muss ich zugeben, dass ich ihn doch vermisse. Manchmal. Aber das ist selten. Man lässt uns ja gar keine Zeit zum Grübeln. Vielleicht ist das aber auch gut so.« Wie aufs Stichwort unterbrach Assunta das Gespräch. Sie beäugte die Füße der Frauen. »Zieht Wanderschuhe, oder zumindest gute Turnschuhe an, der Weg, den wir gehen, ist mühsam und steinig«, gurrte sie. »Nehmt euch genügend Wasser mit, heute wird es sehr heiß. Wer keine Bergschuhe hat, kann sich an der Rezeption ein Paar ausleihen.«

Schnell huschten die Mädchen zu ihren Appartements. Gleich darauf kamen sie mit trittsicherem Schuhwerk und Trinkflaschen zurück. Sie freuten sich und kicherten.

»Kommt Leute, genug getratscht, wir gehen den schmalen Weg, hinter dem großen Tor, hinunter ans Meer. Seid vorsichtig, der Abhang ist steil und gefährlich. Bleibt dicht hinter mir. Passt auf, dass keine abrutscht.«

»Ist das der einzige Weg nach unten?«, wollte Marie wissen.

»Ja«, sagte Denise, »den sind wir schon einmal gegangen.«

Sylvie meinte, »ich gehe zuletzt. Wenn ich euch auf dem Allerwertesten überholen will, dürft ihr mich bremsen.«

»Okay!« Marie grinste. »Marschieren wir los.«

Sie tasteten sich steil bergab, immer mit Blick auf das, den Weg erschwerende Geröll vor ihnen gerichtet, durch dichtes Krüppelgestrüpp, hinab zum ersehnten Meer. Trotz der frühen Morgenstunde flirrte Hitze in der Luft. Sie schlängelten sich vorbei an knorrigen, toten, ausgezehrten Bäumen, deren Zukunft vielleicht schon hundert Jahre zurücklag. Zweige hieben ihnen ins Gesicht, zerrten an der zarten Haut. Die nervös um sie sirrenden Mücken brachten sie aus dem Gleichgewicht, wenn sie nach ihnen schlugen.

»Scheiße, ich bin gestochen worden«, rief Sylvie. »Schau mal Marie, blute ich?«

Marie drehte sich auf dem engen, stark abfallenden Weg, der an einer senkrechten, tiefen Schlucht vorbeiführte, vorsichtig um. Ihre Füße stellte sie hintereinander. Jetzt nur nicht nach unten schauen, dachte sie und bemerkte, dass allein der Gedanke sie schwanken ließ. Warum gingen sie an einer so gefährlichen Stelle entlang? Ein einziger Fehltritt, ein winziges Abrutschen, bedeutete hier das Aus. Nirgends hing ein Halteseil oder etwas, das auf dem maroden Stück Weg Sicherheit bot.

»Du blutest nicht«, sagte sie zu Sylvie, »aber ich kann zusehen, wie deine Backe anschwillt. Gib ein bisschen Spuke drauf, dann lässt der Juckreiz gleich nach. So habe ich es von meiner Großmutter gelernt.«

»Igitt!« Sylvie rümpfte die Nase, »meine Hände stehen vor Dreck. Wenn ich auf dich höre, fange ich mir noch eine Blutvergiftung ein.«

»Du hast mich gefragt, und ich habe es gut gemeint. Tu es, oder lass es.«

»Kennt ihr die Steigerung von, ich hab's doch nur gut gemeint?« Denise tippte Marie, die unmittelbar hinter Assunta stand, an die Schulter.

»Du wirst es uns gleich sagen.«

»Die Steigerung von, ich hab's doch nur gut gemeint, ist Merde!«

»Du hast recht«, spöttelte Sylvie.

»Quatscht nicht so viel! Passt lieber auf, wo ihr hintretet.« Assunta schaute angestrengt und seufzte. Sie trug schließlich die alleinige Verantwortung für die Frauen. Nachdem sie den tückischen Part heil überwunden hatten, löste das allgemeine, keuchende Atmen einen Teil der Anspannung. Sie kamen an eine kratzige, dürre, kackfade Wiese, auf die sie sich rücklings fallen ließen. Assunta stand mit zusammengezogenen Augenbrauen, die Hände in die Hüften gestemmt, mit mürrischem Gesichtsausdruck vor ihnen.

»Ihr werdet sehen, gleich bellt sie wieder«, flüsterte Marie den Anderen zu.

»Seid ihr jetzt schon kaputt?« Die strengen Linien in Assuntas Gesicht lösten sich wie von Geisterhand auf. Ein breites Lächeln flutete ihr Gesicht.

»Willst du uns weismachen, dass das der einzige Weg zum Meer ist?«, fragte Sylvie.

»Wir haben alle Möglichkeiten getestet. Hier fanden wir den kürzesten, wenn auch, das gebe ich zu, nicht unbedingt den leichtesten Weg. Mit Kindern zu gehen ist zu gefährlich, die Erwachsenen können aufpassen. Kommt schon, steht auf, wenn wir heute alle fliegen wollen, sollten wir nicht lange faul herumliegen.«

»Wie weit noch?« Marie dehnte ihren schmerzenden, verkrampften Rücken.

Assunta blieb ihr die Antwort schuldig. Sie schritt zielsicher voraus. Nach etwa einer Stunde schwierigstem Abgangs schrie Sylvie, die dicht hinter ihr kletterte, begeistert:

«Ich kann es riechen, ich rieche das Meer. Oh ist das schön, bald stürze ich mich in die Fluten.«

Alle kreischten. Endlich stellte sich bei den Frauen das ersehnte Urlaubsfeeling ein. Augenblicke später entdeckten sie eine weiße Bucht. Klein und feinsandig erschloss sich ihnen ein Paradies von wild natürlicher Schönheit. Das Meer atmete laut und hinterließ, mit rauschenden Wasserzungen, Gemälde von bizarrer Ausdruckskraft im Sand. Die Frauen rannten der pulsierenden Gischt entgegen, ließen sich samt Kleidern von dem kräuselnden Nass umarmen. Sie jauchzten und planschten unbändig. Das am Rande der Bucht vertäute, kleine Boot nahmen sie erst durch Assuntas Ausruf wahr.

»Da!«, rief sie, »da ist unser Boot. Manuel, der Steuermann, wird uns zeigen, wie wir uns verhalten müssen. Meine Damen, gleich fliegen wir wie die Vögel. Wer ist schon einmal geflogen?«

»Ich nicht!«, rief Sylvie, »aber ich bin heiß darauf.«

»In Griechenland habe ich zugesehen. Mir fehlte der Mut, es zu versuchen«, sagte Marie.

»Ich bin ein bisschen ängstlich. Wenn ihr zuerst fliegt und heil wieder hier ankommt, kann ich es bestimmt auch«, unkte Denise.

Sie gingen auf das Boot zu, begrüßten Manuel und den zweiten Mann, der sich als Benito vorstellte. Die beiden Männer waren altersmäßig kaum einzuschätzen. Ihre wettergegerbte Haut zeigte, dass sie sich hauptsächlich auf dem Wasser aufhielten. Sie verfügten über das typische Aussehen von Fischern, gezeichnet von schwerer, körperlicher Arbeit, mit verhornten Schwielen an den Händen, vom Einholen der Netze, beim Fischfang, dem sie zum Broterwerb nachgingen. Das Parasailing erlaubte ihnen eine zusätzliche Einnahmequelle. Da sie vorwiegend nachts fischten, nutzten sie die Gelegenheit, mit dieser Sportart am Tage, ein oder zweimal im Monat, ein Zubrot einzuheimsen. Das verschaffte ihnen finanziell ein wenig Luft.

»Hierher kommen wir erst zum dritten Mal«, erklärte Manuel. »Das liegt daran, dass die Bucht fast dramatisch versteckt ist. Wir können uns nicht erklären, wie man sie vom Land aus finden kann. Also neugierig sind wir schon, aber die Frauen verraten es nicht. Wir haben es aufgegeben nachzufragen. Hauptsache die Kasse stimmt.«

»Genug geplaudert!« Assunta unterbrach das Gespräch, ihr Ton klang giftig.

»Das ist hier keine Märchenstunde. Erklären Sie uns lieber, wie dieser Sport vonstattengeht. Die Mädchen sind alle unerfahren auf diesem Gebiet.«

Benito schleppte den Gleitschirm heran und breitete ihn auf dem Sand aus.

»Wer fliegt zuerst?« Er schaute erwartungsvoll in die Runde.

Sie entschieden, dass Assunta zuerst fliegen sollte.

Benito brachte einen Hosengurt und half ihr, hinein zu schlüpfen. Er steckte verschiedene Karabinerhaken zusammen, überprüfte die Gurte, um zu sehen, dass alle korrekt saßen. Inzwischen hatte Manuel das Boot in Position gebracht. Benito befestigte ein langes Seil, an dem Assunta mit dem Schirm verbunden war. Er erklärte ihnen die Funktion der beiden Zugseile, die sich am Fallschirm befanden.

»Zieht das rote Seil, wenn ihr eine Rechtskurve fliegen wollt. Das gegenüberliegende Blaue, ist für die zu fliegende Linkskurve. Diese Leinen sind wichtig für eure Landung. Also passt gut auf, ich signalisiere euch, von hier unten, welches Seil ihr ziehen müsst, um in die passende Richtung für den Landeanflug zu kommen.«

»Hört sich gefährlich an«, meinte Denise.

»Keine Angst«, beruhigte sie Benito, »das schafft ihr schon. Schaut nach unten und achtet auf die Flagge, die ich euch zeige. Das ist alles, auf was ihr achten müsst. Noch Fragen?« Die Frauen schüttelten den Kopf.

»Oh, noch einen Moment bitte, wir haben auch eine Überraschung für Sie.« Benito rannte zum Boot. Er kam mit einem viereckigen, schwarzen Tuch zurück.

»Was wird das denn?« Marie schaute den Fischer ungläubig an. »Ist das etwa schon das Leichentuch für diejenige, die abstürzt?«

»Ich bitte Sie!, das hier ist ein Anreiz für Sie. Wer es schafft, auf diesem Tuch eine saubere Landung hinzulegen, bekommt von uns eine Flasche Champagner. Na, hört sich das gut an?«

»Ich weiß nicht«, maulte Sylvie, »hat das schon mal jemand geschafft?«

»Aber natürlich! In unserer Champagnerkiste sind nur noch wenige Flaschen.«

»Kann es endlich losgehen?« Assunta kam sich vor wie ein bepackter Esel, scharrte leicht genervt und widererwarten ängstlich mit den Zehen im weichen Sand.

»Klar doch! Gleich fordere ich Sie auf, zu rennen. Laufen sie augenblicklich los, als ob der Teufel hinter Ihnen her wäre, verstanden? Ich verspreche, dass Sie abheben, noch ehe Sie das Wasser erreichen.«

»Versprochen?«

»Seefahrerehrenwort!«

Benito gab Manuel ein Zeichen. Das Boot zog an. »Rennen, rennen, rennen!«, schrie er Assunta zu. Er spurtete an ihrer Seite los. Bevor sie das Meer erreichte, hob sie ab, aber Ihre Füße schleiften durch die spritzende Gischt. In Windeseile zog sie der Gleitschirm in die Höhe. Die Anderen hüpften wild herum und freuten sich. Sie hörten Schreie aus der Luft. Erst klangen sie entsetzt, dann vernahmen sie ein herzhaftes Jubeln.

»Das ist toll!«, kreischte Denise. »Seht, sie fliegt wie ein Vogel. Von hier unten ist das Seil gar nicht mehr zu erkennen. Ich will auch fliegen, darf ich die Nächste sein?«

»Von mir aus gern, ich bin ein großzügiges Mädchen.« Sylvie kicherte. »Was meinst du Marie, lassen wir ihr den Vortritt?«

»Okay, ich bin gespannt auf Assuntas Landung.«

»Kann Assunta nur hier landen, oder gibt es noch andere Möglichkeiten?, fragte Marie Benito, der sich schweratmend neben sie stellte. Sie fühlte sich heute ein wenig klarer in ihrem Kopf. Ihr kam der Gedanke, sollte sie irgendwer daran hindern, den Club zu verlassen, wäre hier vielleicht ein Ort, der sich zur Flucht eignete. Den Weg zur Bucht würde sie auch allein schaffen. Andererseits, wer sollte sie aufhalten, wenn sie aus dem Club verschwinden wollte? Sie verwarf den Fluchtgedanken so schnell, wie er sich ihr aufgedrängt hatte. Es gefiel ihr nicht sonderlich in diesem Ferienparadies, obwohl die Landschaft und das Ambiente wirklich außergewöhnlich schön waren. Aber die vielen Ungereimtheiten, die sonderbaren Frauen und das furchteinflößende Wesen, das sich Chefin nannte, ließen bei ihr kein echtes Urlaubsgefühl aufkommen. Die ständige Übelkeit, die sie so nicht kannte, ebenso das Wegtauchen der Zeit und die Abfolge aus Intimität und Isolation, brachten sie aus dem Gleichgewicht. Das Getue, sie hätte den roten Felsen erklettert, von dem sie nichts, aber auch gar nichts wusste, setzte dem Ganzen sprichwörtlich die Krone auf. Alles hier war sonderbar. Zum ersten Mal beschlich sie ein klares Gefühl für diese trügerische Situation, in der sie sich befand.

»Hörst du eigentlich zu, was zum Donnerwetter ist mit dir los? Benito hat dich schon dreimal gefragt.« Sylvie fixierte Maries abwesende Augen.

»Eh, was? Entschuldige«, stotterte Marie. »Wie ist deine Frage Benito, was willst du von mir wissen?«

»Oh, ich habe versucht, Ihnen zu erklären, wie diese Bucht gelegen ist. Sie sehen ja selbst, dass wir ringsum von schroffen Felswänden umgeben sind. Nirgendwo sonst gibt es eine geeignete Einflugschneise, es sei denn, Sie wollen sich an die Felsen klatschen lassen, aber das glaube ich nun wirklich nicht. Abgesehen davon, wäre das für unser Geschäft kaum förderlich. Beantwortet das ihre Frage, oder habe ich vielleicht noch etwas anderes herausgehört?«

»Oh ja, vielen Dank, das wollte ich wissen.«

Benito schaute sie gebannt an. Er wartete auf das Wesentliche, das unausgesprochen zwischen ihnen stand. Marie fing an, unruhig hin und her zu laufen.

»Da kommt sie!« Denise gestikulierte aufgeregt, »das Boot hat gedreht.«

Benito packte die beiden Fahnen und schwang sie abwechselnd, aber Assunta reagierte nicht darauf. Er rannte zu seinem Rucksack und kam mit einer Trillerpfeife zurück. Ein scharfer Pfiff ertönte. Mit ausgestrecktem Arm schwenkte er heftig die blaue Fahne. Die Mädchen sahen fasziniert zu, wie Assunta einen Bogen flog. Mit Blick auf die rote Fahne brachte sich sie sich in die richtige Landeposition. Manuel drosselte die Fahrt des Bootes, der Gleitschirm sank langsam tiefer. Assunta schwebte elfengleich über den Boden. Sie landete leichtfüßig in der Nähe des schwarzen Tuches. Obwohl ihre Hände zitterten, lachte sie grollend. Ihre Augen sprühten Glücksblitze. Sie sah glücklich aus.

»Mädels, das ist unglaublich, absolute Spitze!«, rief sie übermütig. »Das müsst ihr erleben. Ich habe mich noch nie so frei gefühlt.«

»Ich bin die Nächste, jetzt fliege ich!« Denise brachte sich sofort in Stellung. Schon während sie rannte, schrie sie.

Benito gab Manuel das Zeichen loszufahren. Nach ihrem Aufschwung in die Luft jubelte Denise vor Begeisterung. Die Anderen freuten sich mit ihr. Assunta ließ sich rücklings in den Sand fallen. Sie schwärmte von ihrem Erlebnis. »Aber ich habe zweimal kurz Angst gehabt«, gab sie zu. »Zuerst, als meine Füße durch das Wasser schleiften, und ich fürchtete, nicht abheben zu können, das zweite Mal bei der Landung. In dieser unglaublichen Höhe habe ich völlig die Orientierung verloren. Alles sah fremd aus, ich konnte euch nicht mehr sehen. Erst als ich die Trillerpfeife hörte, wusste ich, wohin ich mich wenden sollte. Für einen winzigen Moment habe ich die blaue Fahne entdeckt. Ich erinnerte mich, dass ich dieses Seil ziehen muss. Das kostet übrigens mehr Kraft, als ihr denkt. Ich zog aus Leibeskräften an dem Ding, und habe erkannt, dass ich einen Bogen fliege. Das hat mich beruhigt. Endlich sah ich auch die winkenden Punkte im Sand. Weiter unten fiel es mir leichter, die rote Leine zu ziehen.«

»Deine Landung war ordentlich«, lobte Sylvie, »aber den Champagner bekommst du nicht.«

»Ich gönne ihn euch von Herzen, aber zuerst müsst ihr es besser machen.«

Auch Denise landete außerhalb des schwarzen Tuches. Sie war zum Erstaunen der anderen bei ihrer Rückkehr ganz ruhig. »Gebt mir Zeit«, flötete sie, und streifte die Ausrüstung ab. »Ich muss dieses gigantische Erlebnis erst einmal verdauen.«

Sylvie flog als Dritte. Sie segelte elegant, unter dem Jubel der Mädchen, auf das schwarze Tuch. Begeistert von ihrem Flug rief sie nach Benito: «He Benito, bring die versprochene Flasche, es gibt etwas zu feiern!« In Siegerlaune umarmte sie den strahlenden Mann.

Marie beschlich ein mulmiges Gefühl. Was die anderen fertig bringen, das kann ich schon lange, sagte sie sich. Sie war gespannt, wie diese Landschaft aus der Luft, aussehen würde. Vielleicht könnte sie eine Stadt oder andere Strände entdecken. Sie wurde enttäuscht. Im Radius, in dem Manuel das Boot steuerte, sah sie ringsherum nur steile Felswände, undurchdringliches Gestrüpp und Bäume. Es war genauso, wie es Benito beschrieben hatte. Ich bin am Arsch der Welt, dachte sie wieder einmal. Dennoch genoss sie das Gefühl des Fliegens, einer gelösten Freiheit, die ebenso unfrei war, wie alles, was sie bisher in diesem Urlaub erlebt hatte. Auf einmal wurde sie sehr traurig. Trotzdem nahm sie sich vor, sich vor den anderen nichts anmerken zu lassen. Bei ihrer Landung hatte sie sich offensichtlich verspekuliert, das lag daran, dass sie die Leinen nicht fest genug ziehen konnte. Sie schwebte viel zu hoch in die Bucht. Kurz, bevor sie nach ihrer halbherzigen Kurve zurück aufs Meer gezogen wurde, schnappte sich Benito ihre Beine und zog sie auf den Boden herunter.

»Das war aber knapp«, schimpfte Denise. »Hast du nicht aufgepasst, wie man landet? Marie, Marie, du bist und bleibst eine Träumerin. Auf dich muss man immer achtgeben, du bist mit deinen Gedanken nie bei der Sache. Hättest absaufen können, wenn Benito nicht so schnell gewesen wäre, ist dir das klar?«

»Ja, Mama. Tut mir leid. Mir fehlte die Kraft in den Armen. Ich dachte nicht, dass es so schwer sei, diese Leinen zu ziehen.«

»Ist ja gut«, schaltete Assunta sich ein. »Hauptsache du hattest deinen Spaß.«

»Ja, den hatte ich. Danke Benito.«

»Wofür? Es ist mein Job. Sie sind nicht die Erste und sicher auch nicht die Letzte, die ich einfangen werde.« Er verzog sein Gesicht zu einem runzeligen Lächeln.

»So Mädels, während ich unsere beiden Helden entlohne, könnt ihr noch eine Runde schwimmen. Packt danach eure Sachen zusammen. In einer halben Stunde brechen wir auf.«

»Oh, schon so bald«, seufzte Sylvie, »ich möchte noch hierbleiben. Was ist jetzt mit dem Champagner?«

»Habt ihr den weiten, gefährlichen Weg vergessen? Wir müssen oben sein, bevor es dunkel wird, sonst Gnade uns Gott!«, (oder die Kommandantin, dachte Assunta im Stillen.) »Die Prickelbrause trinken wir im Club. Sie hier in der prallen Sonne zu verkosten, hätte sicher böse Auswirkungen. Betrunken können wir den Heimweg mit Sicherheit nicht schaffen.«

Noch einmal warfen sich die Frauen in die rhythmische Gischt. Nacheinander stiegen sie aus dem Wasser, trockneten sich ab und packten ihre Sachen. Sie begannen mit dem Aufstieg.

Kapitel 10

»Was macht sie?«

Subo Drei wusste natürlich sofort, wer gemeint war. Sie betätigte das Zoom und regulierte die Schärfe des Bildschirms, der mit der Zelle, in der sich Yvonne befand, gekoppelt war.

»Sieht nicht gut aus«, monierte sie. »Yvonne ist mitten im Entzug.«

»Schalte den Ton ein, ich will hören, was sie von sich gibt. In ihrem Zustand kotzt man die Wahrheit aus.«

»Sehr angenehm ist das aber nicht.« Sie tobt und schreit scheinbar schon lange, sie hat fast keine Stimme mehr.«

Mit Argusaugen verfolgte die Kommandantin die abartige Szene, die sich ihnen bot. Yvonne rutschte auf Knien durch ihre kleine, dunkle Zelle, deren minimale, gespenstische Helligkeit von einer einzigen, nackten Glühbirne zehrte. Sie sah verwahrlost aus, ausgemergelt von der Kost, die lediglich aus Wassersuppe und Brot bestand. Mit eingefallenen Wangen und blutunterlaufenen Augen stierte sie in die Kamera. Ihre Kleidung, ein blauer Baumwolloverall hing teilweise in Fetzen herab, rot von Blut und Kotze beschmiert. Um den verbundenen Fingerrest baumelte haltlos ein krustiger Lappen. Strotzend vor Dreck standen ihre Haare vom Kopf ab, glanzlos, ungebändigt, ein streunender Kater in Menschengestalt. Ihr Anblick zeigte nacktes Elend, das Gesicht eine Persiflage auf Eduards Munchs Bildnis »Der Schrei«.

Acht Tage vegetierte sie schon in diesem in den Felsen gebrochenen Loch. Jedem Menschen, den ein humanistischer Hauch die Eingeweide durchströmte, gebot das bloße Mitleid hier Einhalt. Subo drei drehte sich der Magen bei dem, was sie sah. Was dem dargebotenen Drama noch an Schärfe verlieh, waren die gutturalen Laute, die sie hörten. Yvonne schrie krächzend, trommelte mit dem verbliebenen, blutenden Stumpf auf den Boden. Sie schlug mit dem Kopf gegen die Wand, tobte irre, gab grauenhafte Töne von sich. Gekrümmt vor Pein, zog sie ihre Beine embryonal an den ausgezehrten Körper. Dabei verdrehte sie die Augen, dass nur noch das Weiße sichtbar, sie in einen Zombie verwandelte. Sie spuckte, obwohl es aus dem geschundenen Leib nichts mehr zu veräußern gab. Mühsam, ruckartig, robbte sie auf die zerfledderte

Matratze zu, die neben einem Notdurft Eimer lag. Stakkato brach sie in ein von Buchstabenbrocken zerrissenes, schauderhaftes Geheul aus. Ob das heftige Zucken durch Weinkrämpfe, oder Schüttelfrost ausgelöst wurde, ließ sich vom P.M.C aus nicht feststellen. Ein kalter Entzug ist wahrlich eine fürchterliche Angelegenheit. Gut, dachte Subo drei, dass wir dieses Drama nicht riechen müssen.

Die Kommandantin sah teilnahmslos zu. »Noch zwei Tage geben wir ihr, dann bekommt sie wieder ihre Medizin. Ich schwöre«, fügte sie süffisant lächelnd hinzu, »danach ist sie meine treueste Untergebene.« Sie verließ den Raum.

Kapitel 11

Endlich war es soweit. Dr. Pilar hatte in den letzten Tagen Maries Sauerstoffzufuhr immer weiter reduziert. Augenflimmern, ein typisches Zeichen für ein Zurückkehrenwollen in die Gegenwart, erlaubte dem Arzt, nun auch den Tubus aus ihrer Lunge zu entfernen. Gebannt schaute er, ob sie in der Lage sei, selbstständig zu atmen. Gott sei Dank hatte sie kein Problem damit. Die Erleichterung darüber ließ den sonst so förmlichen Arzt strahlen.

»Gut, eine Hürde haben wir genommen«, sagte er zu seinem Kollegen, der gerade das Zimmer betrat. »Jetzt geht es aufwärts.« Er tätschelte Maries Hand. »Bitte lösen Sie den Kopfverband«, wies er den Assistenzarzt an. Sie nahmen die Wunde in Augenschein, die über den rasierten Schädel wie ein roter Wurm kroch. Dr. Pilar nickte zufrieden. Erste Härchen sprossen schon. Der Sinead O`Connor Look und die Blässe einer Calla, schenkten Marie ein engelsgleiches Aussehen.

»Es wäre auch zu schade, wenn wir diesem hübschen Geschöpf nicht helfen könnten«, sagte Dr. Kurdes, der Assistenzarzt.

»Wollen Sie damit andeuten, dass das Aussehen ausschlaggebend ist, für eine umfassende Behandlung?« Der Chefarzt schmunzelte.

»Auf keinen Fall!«, erwiderte Dr. Kurdes beflissen.

»Ja, ja«, lächelte Dr. Pilar. »Wir Weißkittel sind auch nur Menschen. Was uns unser hippokratischer Eid abverlangt, ist nicht immer die reine Freude. Aber die Eltern der Kleinen werden glücklich sein, wenn sie kommen, das kann ich Ihnen versichern. Übrigens, ich vermisse diesen jungen Mann«. Er schaute auf die Armbanduhr: »Hat er ausgerechnet heute Verspätung?«

»Er wird sicher bald erscheinen«, sagte Dr. Kurdes. »Nach ihm können Sie unbesehen ihren Wecker stellen. Es bleiben ihm noch genau drei Minuten. Bisher kam er jeden Tag um die gleiche Zeit. Ausdauernd ist er.« Kaum hatte der Arzt ausgesprochen, hörten sie eilige Schritte auf dem Flur.

»Nun, was habe ich gesagt?« Dr. Kurdes grinste. »Da ist er.«

»Guten Morgen«, grüßte Steffen. Er zupfte unsicher an einem Ohrläppchen. »Gibt es etwas Neues?«

Die beiden Ärzte wichen wortlos zur Seite. Da sah er sie, ohne Tubus, ohne Kopfverband, zart wie ein Kind. In Steffens Augen stahlen sich Tränen. Unfähig einen weiteren Schritt zu gehen, stand er da. Er rang um Fassung.

»Gott sei Dank, und Ihnen natürlich auch«, schob er verlegen hinterher, nachdem er sich einigermaßen von dem süßen Schock erholt hatte. Die Doktoren verzogen sich diskret.

Steffen schloss hinter ihnen die Tür. Fast andächtig, mit langsamen Schritten, ängstlich, um nicht dieses hoffnungsvolle Bild zu zerstören, schlich er auf Marie zu. Vorsichtig setzte er sich auf den Bettrand. Liebevoll streichelte er ihre Hand. Dann sprach er mit ihr, wie jeden Tag. In dieser schweren Zeit des Bangens gelang es ihm endlich, ihr Zärtlichkeiten zuzuflüstern. Früher hatte er gedacht, dass so etwas unmännlich sei. Nach dem Weggang Maries, und ihrem tragischen Unfall, war viel Zeit vergangen. Vielleicht war genau jetzt ein neuer Anfang möglich. Er entschuldigte sich bei ihr, wohl wissend, dass sie ihn nicht hören konnte, aber es war ihm ein großes Bedürfnis. Nie wieder, versprach er sich im Geheimen, werde ich solche gravierenden Fehler machen. Alles wird anders, besser, wenn sie erst einmal gesund ist, wenn sie mich noch will. Ich werde an ihrer Seite sein und den schweren Weg mit ihr gehen. Sie kann sich auf mich verlassen. Ich bin nicht mehr der treulose Idiot, der ich war. Der Unfall hat mir die Augen geöffnet und gezeigt, was im Leben wirklich wichtig ist. Und ist sie. Die Erkenntnis, wie sehr ich dich liebe, kommt spät, ich hoffe nicht zu spät.

Steffen kam täglich, immer gleich nach der Visite. Er hatte herausgefunden, dass um diese Zeit keine Gefahr bestand, Maries Eltern über den Weg zu laufen. Das schlechte Gewissen drückte ihn zu arg. Noch war er nicht im Stande, ihnen Rede und Antwort zu stehen. Einer Auseinandersetzung fühlte er sich nicht gewachsen. Er hatte Marie schlecht behandelt, wie sollte er sich verteidigen. Maries Bruder Jochen hatte ihn benachrichtigt, dafür war er dankbar. In kurzen Sätzen teilte er ihm telefonisch mit, was geschehen war. Nach einigen Bedenken war er losgefahren, um Marie zu besuchen. Er musste sie sehen, unbedingt. Zuerst wollte Dr. Pilar ihn nicht zu ihr lassen, er war schließlich kein direkter Verwandter. Als er merkte, dass Steffen jeden Tag im Krankenhaus wie die personifizierte Trauerweide saß, hatte er Mitleid mit ihm. Er setze sich zu ihm, hörte sich die Geschichte an, mit all der Selbstzerfleischung und unverkennbaren Liebe. Nach drei Wochen, in denen er ihn täglich über Stagnation und minimale Fortschritte unterrichtet hatte, gab er dem flehenden Blick Steffens nach. Er führte ihn zu Marie. Steffen zog den grünen Kittel über, die Haube, den Mundschutz und die Plastiküberschuhe.

Hinter Dr. Pilar betrat er die Intensivstation. Er wusste nicht, was auf ihn zukommen würde. Was er erblickte, griff so sehr nach seinem Herzen, dass er es nur Dr. Pilar zu verdanken hatte, nicht der Länge nach hinzuschlagen. Marie lag reglos in einem kalkigen Zimmer, in einem weißen Bett. Von verschiedenen Apparaten sah er durchsichtige Plastikschläuche, so viele, wie Amerikaner normalerweise Lichterketten an Weihnachten gebrauchen, um ein Haus zu schmücken, die alle irgendwie in Maries Körper endeten. Kein Teil blieb verschont, selbst in ihrem Hals steckte so ein Plastikwurm. Die Maschinen, an die sie angeschlossen war, blinkten mit verschiedenfarbigen Lichtern. Sie gaben phlegmatisch seltsame Töne von sich. Steffen beobachtete, wie eine Krankenschwester eine Spritze nahm, damit eine Flüssigkeit aufzog und sie in eine der vielen Kanülen injizierte.

Ein Ton verstummte. Leichenhaft, aufgedunsen von den Medikamenten, durch den Tubus entstellt, sah Steffen eine fremde Frau liegen. Der dicke Kopfverband verschlimmerte das Maskenhafte. Er wollte eine Frage stellen, aber er brachte keinen Ton heraus. Kopfschüttelnd stand er da. Der See in seinen Augen verzerrte das grauenhafte Bild. Es dauerte eine Weile, bis er sich der Gestalt nähern konnte, die einmal seine schöne Geliebte war, die sanfte, närrische, tobende und verschmuste Person, mit der er die letzten Jahre verbracht hatte. Mit Staunen stellte er fest, dass gerade dieser unfassbare Anblick ein Gefühl der Zusammengehörigkeit und tiefsten Liebe hervorrief.«Ich liebe dich«, murmelte er kaum hörbar immer wieder. »Ich liebe Dich.« Nichts anderes hatte er damals denken können.

Nun lag sie vor ihm ohne Tubus, ohne Kopfverband, mit einem Bruchteil an Schläuchen, die bis zur vollständigen Genesung notwendig waren.

Kapitel 12

»Kommandantin, kommen Sie schnell, hier stimmt etwas nicht!«

»Was ist los?«

»Alex, ich meine Subo Zwei, hat vor einer halben Stunde Yvonne das von Ihnen verordnete Polamidon gegeben, aber Yvonne ist schon seit ein paar Minuten schrecklich still. Was ist mit ihr? Sie sieht aus, als wäre sie ...«

»Schweig!«

»Sollten wir nicht einen Arzt ...?«

Die Kommandantin beugte sich über den Computer von Subo Drei. Ihre Augen verengten sich drohend.

»Dieses Aas«, krächzte sie, »hat sie sich etwa aus dem Staub gemacht? Schalte den Monitor ab, ich kümmere mich selbst um sie.« Sie warf einen letzten, langen Blick auf den Bildschirm.

Saskia, Subo Drei, fuhr den Computer herunter. Das Entsetzen und die Wut, die in ihr hochkrochen, durfte sie nicht zeigen. Zu deutlich erkannte sie, wohin es führte, wenn man sich »Madame Grausam« widersetzte. Voller Abscheu sah sie, wie diese sich umdrehte und aus dem Raum ging. Ein Raunen ging durch das P.M.C., die Augen sagten einander, was ihr Mund verschwieg. Kerzengerade, mit erhobenem Haupt, verließ die Kommandantin die Zentrale. Sie begab sich in ihre Wohnung, die keine der Anwesenden von innen gesehen hatte. Unter Androhung schärfster Maßregelung war es den Subos verboten, dort einzudringen. Die Frauen hielten sich daran, obwohl sie schon gerne gewusst hätten, was für ein Geheimnis dieser Ort bergen würde, aber die Aussicht einer Strafe grenzte das Interesse ein.

Aus einer Vitrine des wuchtigen Mahagonischranks griff sich die Kommandantin eine Flasche Wodka und ein Glas. Sie schenkte den bernsteinfarbenen Alkohol randvoll ein, setzte das Glas an ihre spröden Lippen, nahm einen kräftigen Schluck. Mit der freien Hand drehte sie den massiven Ledersessel in Richtung des Fernsehers, der sich, verborgen, hinter einer extra dafür gebauten Schrankwand versteckte. Rechts davon irritierte ein Bild, das so gar nicht zu der maurischen

Einrichtung passte. Es zeigte eine Winterlandschaft in einem schweren Rahmen. Die russische Seele darauf war unverkennbar.

Sie schob es zur Seite, eine Tür kam zum Vorschein. Sie öffnete und blickte auf den Safe. Fast zaghaft drückte sie eine Zahlenkombination. Lautlos sprang er auf. Geldbündel, Papiere und ein Videoband lagen darin. Sie nahm die Kassette, schloss den Safe, platzierte das Bild an alter Stelle. Nachdenklich schaute sie auf das Band, behielt es abwägend in der Hand. Nach einer Weile schob sie es in den auf dem Fernseher stehenden Rekorder. Im Sessel gegenüber nahm sie Platz. Die Beine wie ein Embryo angezogen, den Kopf an das weiche Leder geschmiegt, absorbierte das Möbelstück eine zutiefst verunsicherte Frau. Sie drückte die erforderlichen Tasten der Fernbedienung, nippte erneut an ihrem Getränk. Während der Bildschirm flimmerte, entrang sich ihrer flachen Brust ein tiefer Seufzer. Immer, wenn ein schwarzer Riss durch ihr Leben zog, wiederholte sie dieses Ritual. Sie schaute zurück, zum Ursprung allen Übels, als Rechtfertigung für ihr Tun.

Kapitel 13

»Was ist passiert?« Frau Sanders versuchte das Blitzen in Dr. Pilars Lächeln sofort zu deuten. »Ist sie wach?«

»Leider noch nicht, gnädige Frau, aber wir sind heute ein kleines Stück weiter gekommen, ein viel versprechendes kleines Stück. Wir konnten ihr den Tubus entfernen. Marie atmet wieder selbstständig, ist das nicht wunderbar?« Er drückte Frau Sanders beherzt die Hand. Anschließend brachten wir sie zur Computertomographie. Mit großer Freude sahen wir, dass die Schwellung in ihrem Gehirn weitestgehend zurückgegangen ist. Bald werden wir sehen, ob ihr Gehirn geschädigt ist. Wenn wir Glück haben, kehrt sie langsam in die Gegenwart zurück. Wird alles gut, davon gehe ich aus, können wir endlich herausfinden, wie es zu dem schrecklichen Unfall gekommen ist. Ich bin genauso gespannt wie Sie.«

»Darf ich sie sehen, jetzt gleich?«

»Selbstverständlich, gehen Sie zu ihr, ich komme gleich nach. Ich muss nur noch ein Telefonat erledigen.«

Maries Mutter hörte nur die Worte: »Gehen Sie«, und schon rannte sie den Gang entlang zu Marie. Die grüßenden Krankenschwestern, die ihr entgegenkamen, bemerkte sie nicht. An Maries Zimmertür stockte sie. Sie atmete tief durch, bevor sie leise öffnete. Heute war sie früher da, als sonst. Irgendwie hatte sie es nicht ausgehalten, bis ihr Mann nach Hause kam. Die Nervosität, die sie den ganzen Morgen nicht zu bannen vermochte, brachte sie dazu, ihrem Gatten einen Zettel zu schreiben. Darauf stand: »Bin schon bei Marie. Schatz, komm sobald du kannst, nach.« Hektische Flecken zeigten sich an ihrem Hals, Vorboten in Erwartung einer großen Sache, von der sie jedoch nur ahnte, dass sie passieren könnte. Mutterinstinkt hieß der passende Begriff. Ein Schauer rieselte über ihren Körper, nachdem sie die Person erkannte, die Maries Hand in der ihren hielt. Der breite Rücken versperrte ihr den Blick auf ihr Kind. Die gemurmelten Worte, die sie hörte, erstaunten sie sehr. Sie fühlte sich wie ein Voyeur.

»Es tut mir so leid, Marie«, hörte sie ihn sagen. »Ich war ein Narr. Spät habe ich begriffen, dass du die Liebe meines Lebens bist, aber du wirst sehen, alles wird gut.« Durch ihr Räuspern, bemerkte Steffen, dass noch jemand anderes im Zimmer stand. Ertappt zog er die Hand zurück und drehte sich um. Skepsis und Scheu spiegelte sich in seinem Gesicht, als er Maries Mutter erkannte.

»Es tut mir unendlich leid«, stotterte er und strich sich fast panisch über den kleinen Schnurrbart, den er sich inzwischen stehen ließ. Er erhob sich und trat einen Schritt zurück. Die »Beinahe Schwiegermutter« lief auf ihn zu und hielt ihm die Hand entgegen. Sie lächelte ihn an. Einem Impuls nachgebend umarmte sie ihn. Diese Vertrautheit berührte sie beide peinlich, tat aber auch gut.

»Wartest du bitte draußen auf mich?«, fragte sie. »Ich möchte gerne mit dir sprechen.«

Steffens Hals schien ausgetrocknet, er nickte und ließ die Beiden allein. Frau Sanders konnte nicht fassen, welche Gefühle sie beim Anblick ihrer Tochter überschwemmten. Hoffnung breitete ihre Schwingen aus, Schwingen, die keinen Schatten warfen. So viel Ballast und Sorgen hatten an ihr genagt, aber bei diesem Anblick war alles weggewischt. Unendliche Glücksgefühle überwältigten sie. So oft hatte sie gebetet: »Gott, bitte gib mir mein Kind zurück«, unterminiert von einem leisen Zweifel, dass er ein grausamer Gott sein könnte, zu dem sie sich in ihrer Not flüchtete. Aber er war nicht grausam, er spielte nur, dieser unberechenbare, gütige Gott. Nun glaubte sie wieder, dass sie eine Chance haben würde, um alles ins Lot zu bringen.

Marie wird leben, dafür dankte sie ihm still und überschwänglich. Was kann ich ihr sagen, wenn sie aufwacht, hatte sie schon oft überlegt. Und stets verwarf sie die erdachten Worte. Es gab keinen rechten Ausdruck für das, was sie fühlen würde. Solange sie glaubte, Marie könnte sie nicht hören, fiel es ihr leicht, mit ihr zu sprechen, ihr Gedichte vorzulesen oder Geschichten zu erzählen. Aber im Moment fand sie keine Worte. Sturzbäche liefen aus ihren Augen, sie blieb stumm. Sie streichelte das kindliche, zarte Gesicht, hielt die matte Hand und starrte ungläubig auf die große Narbe. Lange saß sie so da, völlig in sich versunken. Sie vergaß, dass Steffen auf sie wartete. Als sie endlich aufstand, huschte ein verklärter Ausdruck über ihr Gesicht. Marie war zwar noch nicht aufgewacht, jedoch die

Erleichterung, sie selbständig atmen zu sehen, versöhnte sie mit der ganzen Welt. Bis zu ihrer völligen Genesung würde noch viel Zeit vergehen, die würden sie haben, alle Zeit der Welt.

Kapitel 14

Die Kassette lief mit einem leisen Knistern an. Sie zeigte die Geschichte der Elena Sukerowa.

Das 17-jährige Mädchen auf dem Bildschirm wirbelt wie der Wind über die grünen Schaumgummimatten. Sie biegt sich wie eine Feder und macht Sprünge in einer für ihren zarten Körper unglaublichen Höhe. Die Bewegungen sind die einer Akrobatin, gefährlich, mit traumtänzerischer Sicherheit, elegant und schnell, rhythmisch zur Musik, kindlich und doch feminin. Ihre Ausstrahlung und das gezeigte Können bringen die Zuschauer in dieser großen Halle erst zum Verstummen, um sie dann nach Beendigung der Darbietung in Jubelstürme ausbrechen zu lassen.

Ja, das war ihr großer Tag, ihr größter Triumph. Damals in Amerika. Selbst ihr Trainer Michail Batinka zollte ihr Respekt und Anerkennung. Und ihre Mitturnerinnen unterschiedlichster Nationen kamen, um sie zu beglückwünschen. Obwohl noch einige Mädchen turnen mussten, war klar, dass sie heute keine mehr überbieten würde. Sie war einfach überirdisch gut. Kein Patzer, Sicherheit und Esprit in ihrer Übung machten aus ihr die Siegerin des Tages. Endlich hatte sich die jahrelange Schufterei gelohnt. Endlich konnte sie einmal stolz auf sich sein.

Elena Sukerowa stand mit Tränen in den Augen auf dem Siegerpodest und empfing die Goldmedaille aus den Händen des amerikanischen IOC Präsidenten. Während die russische Flagge gehisst und die Nationalhymne gespielt wurde, war sie sich bewusst, dass dies ihr letzter großer Triumph sein würde. Schlagartig wurde ihr klar, dass sie mit ihren fast achtzehn Jahren den gymnastischen, landesüblichen Zenit schon fast überschritten hatte. Bei der nächsten Olympiade wäre sie zweiundzwanzig, ein Oldie ohne Chance. Und so waren ihre Tränen, die sie zum Blinzeln zwangen, nicht nur die der Freude, sondern auch die einer nun folgenden, unsicheren Zukunft. Was sollte aus ihr werden, wenn sie danach aussortiert würde. Was erwartete einen jungen Menschen, der keinerlei Rückendeckung hatte, weder beruflich noch privat. Ihre Verletzungen häuften sich in den letzten Jahren. Die Knochen, Bänder und Sehnen vertrugen und vor allem verziehen den jahrelangen Raubbau nicht mehr. Selbst für diesen Wettkampf wurde sie fit gespritzt, mit dopingfreien Mitteln, wohlgemerkt. Wenigstens glaubte sie das. Epo war ihr kein Begriff. Noch einmal hatte sie es allen gezeigt, all denen, die sie schon auf der Abschussliste sahen. Hier stand sie mit der Goldmedaille um den Hals, einem Preis, der nicht härter hätte errungen werden können.

Elenas Eltern gaben sie fünfjährig in einer der berühmtesten Turnschulen Moskaus ab. Schon im Kindergarten fiel sie durch ihre schlangenartigen Bewegungen auf.

»Aus der ist was zu machen«, sagte der Trainer nach einem Eignungstest zu ihren Eltern. »Wenn Sie möchten, dass wir sie ausbilden, müssen Sie sich verpflichten, uns allein die Erziehungsgewalt zu überlassen. Außerdem bestehen wir darauf, dass Sie ihr Kind das erste Jahr nicht besuchen. Wir werden das Mädchen vollkommen abnabeln, damit sie die Leistung bringt, die wir erwarten. Unsere und Ihre Investitionen sollen sich schließlich lohnen. Wir verpflichten uns, Elena schulisch zu unterweisen und körperlich so zu trainieren, damit sie Väterchen Russland einmal würdig vertreten kann.«

Ihre Eltern hatten dem Deal ohne weitere Fragen zugestimmt und sie weggegeben wie ein Paket. Gewissensbisse kannten sie nicht. Sie drehten sich um und überließen sie fremden Leuten, von denen sie lediglich wussten, dass sie imstande waren, große Talente einzigartig zu fördern. Wie man dabei vorgehen würde, entzog sich ihrem Interesse. Und so wurde Elena und ihre Mitstreiterinnen in diesem Turninternat für Mädchen über Jahre gedrillt, geschlagen, gequält, systematisch abgerichtet und geschunden. Wenn sie die verlangten Leistungen nicht erbrachten, strafte man sie mit Essensentzug, Sprechverbot und Arrest. Die kleinsten Vergehen wurden sofort drastisch geahndet. Nur einmal hatte es Elena gewagt, zu widersprechen. Sie wollte nicht mehr trainieren, ihr zarter Körper konnte nicht mehr. Die Schmerzen ihrer überbelasteten Gelenke waren kaum noch zu ertragen. Ihre Verweigerung wurde teuflisch zur Kenntnis genommen. Drei Tage sperrten sie sie zwecks Auskurierung ihrer offensichtlichen Faulheit ohne Licht in eine winzige Kammer ein. Damals war sie gerade mal sieben Jahre alt. Ihre seelische Not, die heißen Tränen und die ständige Angst zu versagen, machte sie mit sich selbst aus. Die wenigen Briefe, die sie Jahre später nach Hause schicken durfte, wurden zensiert. So fehlte ihr die Möglichkeit, den Eltern zu berichten, welchem Horror sie ständig ausgesetzt war.

Ein einziges Mal nach zehn Jahren kam ihr Vater zu Besuch. Er brachte die schreckliche Nachricht vom Krebstod ihrer Mutter und sagte, dass er nun nicht mehr kommen würde. Er war gezwungen, das Haus zu verkaufen, eine neue Wohnung und Arbeit zu suchen. Die Kosten der Behandlung der Mutter waren ins Uferlose gestiegen, erklärte er mit Bitternis, alle Ersparnisse seien gänzlich aufgebraucht. Ja, er hätte nun massive Schulden. Auch ihre Ausbildung, die nun langsam Früchte trage, sei von ihm nicht mehr zu finanzieren. Er wolle sehen, was er jetzt noch für sie abzweigen könne. Vielleicht käme man ihm ja auch entgegen, meinte er, da sie nun schon zu den begnadeten Leistungsträgerinnen zähle. Bei seiner Rede blickte er schuldig auf den Boden. Immerhin bemühe er sich, mit dem zuständigen Direktor eine Einigung zu erlangen, schob er nach, damit sie bleiben könnte, bis sich ihr Talent ausgezahlt hätte. Wie gern hätte sie geantwortet: «Nimm mich mit Papa, ich kann auch arbeiten, auch wenn es harte Arbeit ist, ich will nur hier raus. Aber wie immer fand das Gespräch in Anwesenheit ihres Trainers und dessen Frau statt. Sie traute sich einfach nicht. Den Tod ihrer Mutter verwandt sie ohne Tränen, sie war schließlich keine Mutter, sie hatte ihr außer ihrer Existenz nichts gegeben.

Mit den Jahren in dieser Knochenmühle stumpfte Elena ab. Sie ließ keine Gefühle mehr zu. Nur der Hass breitete sich in ihr aus wie Öl aus einem leckgeschlagenen Tanker. Sie hatten ihr die Kindheit gestohlen, Liebe konsequent verweigert. Gute Worte gab es nicht, auch dann nicht, wenn sie wie ein Berserker schuftete. Allen Kindern und Jugendlichen in dieser Schule erging es so. Alle litten. Freundschaften, die sich zart bilden wollten, wurden sofort unterbunden. Jedes Mädchen war allein. Aber einige von ihnen wurden in größeren Abständen von ihren Eltern besucht. Elena war grün vor Neid.

Zweimal kam es bei ihren Mitstreiterinnen, besser hätte man sagen können bei ihren Mitgefangenen, zu Suizidversuchen und dramatischen Unfällen, die den Angehörigen zuerst einmal verschwiegen wurden. Danach wurde aussortiert. Die beschämenden Schwachen schickten sie zurück. Die brauchte man nicht. Deren Eltern mussten, sofern sie ihre Kinder liebten, jahrelange Aufbauarbeit leisten, um sie die schreckliche

Quälerei vergessen zu lassen. Keiner von diesen erfolgshechelnden Eltern machte jemals den Versuch, dieses wahnsinnige System anzuprangern. Die Quote der Sieger gab den Leitern Recht. Elena war auf Gedeih und Verderb ihren Peinigern ausgeliefert. Sie verschwieg ihre immer häufiger auftretenden Schmerzen, machte verbissen weiter. Sie wollte ganz vorne stehen, das war das einzig adäquate Ziel.

Alles was sie hier erlebte, war viel mehr, als ein Kind ertragen konnte. Eine Steigerung schien unmöglich. Vom ersten Tag an wurde das Essen so portioniert, dass die Körper der Mädchen möglichst lange kindlich, fast schwindsüchtig blieben. Die Hungergefühle wichen mit der Zeit, das Zittern hörte irgendwann auf. Durch stundenlanges Training wurde jedes Gramm Fett ausgebrannt. Übrig blieben Knochen, Sehnen, Muskeln und ein Hautkondom, das diese fragilen Körper zusammenhielt. Für die Seelen der Kinder blieb kaum noch Platz in diesem Konstrukt. Sie waren genauso unterernährt wie der Rest.

Mit 16 bekam Elena ihre erste Periode. Bis zur russischen Meisterschaft, für die sie bis zur Erschöpfung trainierte, blieben noch sechs Monate. Die Hölle tat sich auf, als ihr Trainer, der dreiundvierzig Jahre alte Michail eines Abends in ihr Zimmer trat, und über sie herfiel, wie ein brüllender Tornado. Seine Frau stand stumm als Aufpasser in der Ecke. Er vergewaltigte sie brutal, scherte sich nicht um ihre Bitten und Schreie, raubte ihr die Unschuld und ließ sie schuldig zurück. Sie nahmen ihr auch noch das letzte Stückchen Würde.

Hätte sie sterben, sich einfach aus diesem Drama, das in ihre Haut gerammt wurde hinausbleichen können, wäre es vielleicht die Rettung für sie gewesen. Aber das konnte sie nicht. Sie konnte nicht fliehen vor diesem Scheusal. Sie entkam nicht seiner Gewalt, die auch noch, mit Desinteresse seiner Frau, als Sieg gefeiert wurde. Wo sollte sie hin, sie hatte niemand, niemand der ihren Körper beschützte, ihre Seele schon gar nicht.

Mit ihrer Unterbringung in dieser Institution gaben ihre Eltern die Verantwortung für sie ab. Was sie auf dem Papier in schwarzen Buchstaben signierten, war gleichzeitig die Erlaubnis, alles mit ihr zu tun, was Erfolg und Anerkennung bringen würde. Damit gaben sie automatisch ihr Einverständnis sie zu brechen, ob ihnen das bewusst war oder nicht. Sie lieferten sie einem fragwürdigen System aus.

Michail vergewaltigte Elena an jedem zweiten Tag und ergoss sich grunzend wie ein Schwein in ihr. Sie blockte nicht mehr ab wie beim ersten Mal, lag vor Schock steif da und ließ ihn gewähren, dieses Tier, das eigentlich ein Vorbild sein sollte, von dem sie sich Schutz erhofft hatte. Er rechtfertigte sein Vorgehen als taktischen Schachzug, um so ihre Leistung noch drastisch steigern zu können. Als sich die Schwangerschaft herausstellte, erklärte er in gleichem Atemzug, dass sie sich über das Balg keine Sorgen zu machen brauche, da es ohnehin nach dem Wettkampf abgetrieben würde. Aber durch die Schwangerschaft wäre ihre Blutzufuhr gesteigert. Sie sei um einiges leistungsfähiger und könnte so ihrem Land die Ehre erweisen, eine Medaille zu erringen, was ihr ja auch zugutekäme. *Er* befördere sie auf diese Weise aus der Menge der Unwichtigen. *Er* mache sie durch *Seinen* absoluten Einsatz zu einem turnerischen Begriff für alle Zeiten. Seine Frau Babuschka werde sich um den Abort kümmern. Wenn sie den Wettkampf in Russland gewänne, könne sie mit nach Atlanta fliegen, um dem Kapitalismus eine Schlappe zu erteilen.

Sie gewann den Ausscheidungskampf. Die Aussicht, in einem dreiviertel Jahr nach Amerika zu kommen, war ein großer Anreiz. Als Dank für ihren Sieg spendete man ihr die bittere Pille der Abtreibung. Die Schmerzen und Bauchkrämpfe der nächsten Tage waren mörderisch, der Verlust des Kindes erleichterte sie dennoch. Eine Beziehung zu diesem Fötus hatte sie nicht, wie sollte es auch möglich sein, nach so einer furchtbaren Empfängnis. Außerdem war sie noch so jung. Ihr fehlte einfach die Vorstellungskraft, dass da etwas so Einschneidendes in ihr wachsen würde. Nachdem sie sich körperlich erholt hatte, trainierte sie noch extremer. Sie gab alles, weil sie glaubte, sich dadurch Michail vom Leib zu halten. Drei Monate vor den Olympischen Spielen versuchte er wieder, sie mit roher Gewalt zu schwängern, nur diesmal gelang es ihm nicht. Ihr Körper widersetzte sich diesem Horror.

In den Wochen in Amerika eröffnete sich ihr eine neue Welt. Sie verstand die Sprache und lebte unter Ihresgleichen. Zum ersten Mal fühlte sie sich frei, denn die Überwachung war nicht so nervtötend wie zu Hause. Die Trainer hatten zu viel zu regeln. So kam es, dass sie während eines Trainings Dean begegnete, einem amerikanischen Turner.

Er brachte ihr Sympathie und Anerkennung entgegen, einfach so, ohne Druck. Es zerriss ihr fast das Herz, so ungewohnt war diese Erfahrung. Seine unvoreingenommene Herzlichkeit holte sie aus ihrem Stummfilm, sie wusste nicht, wie ihr geschah. Dean setzte sich zu ihr auf die Matte und erzählte in einer für Elena ungeahnten Bandbreite von seinem Leben und seinen Träumen. Und plötzlich war ihre Sprache wieder da. Sie berichtete, in Watte gepackt, um sich ja nicht an der eigentlichen Tragödie ihres Lebens zu schneiden, von ihrem Werdegang und ihrem Wunsch an die Zukunft. Von den schrecklichen Details, die ihren Weg bestimmten, sagte sie nichts. Die hatte sie vergraben ganz tief unten, auf Nimmerwiederfühlen.

Nach Michails Vergewaltigungen, die sie in tiefste Verzweiflung stürzten, konnte sie wochenlang nicht sprechen. Die Töne, die den Worten Fülle geben, hingen irgendwo in diesem geschundenen Körper fest und wagten sich nicht an die Oberfläche. So wie man ihr den Boden unter den Füßen weggezogen hatte, so raubte ihr das Entsetzen die Sprache und machte einem stillen Chaos Platz.

Aber hier, bei Dean schlich sich ein eigenartiges Gefühl bei ihr ein. Sie fand ihre Worte wieder, musste nur darauf achten, nicht zu sehr an ihrer Erinnerung zu kleben. So sollte es sein, wenn man sich verliebte. Dean, der schon zweiundzwanzig Jahre alt war, erwiderte erstaunlicherweise dieses Gefühl. Er machte keinen Hehl daraus. Nach ein paar Tagen verdrückten sie sich klammheimlich in eine Garderobe. Elena bekam ihren ersten, liebevollen Kuss. So oft es ihre Zeit zuließ, trafen sie sich heimlich, aber es blieb nicht aus, auch von ihrer Trennung zu sprechen, die unausweichlich kommen musste. Elenas Körper krampfte bei dem Gedanken an die Rückkehr in ihre grausame Welt, von der sie ohnehin nicht mehr viel zu erwarten hatte.

»Du musst untertauchen«, riet Dean ihr eines Abends. »Ich weiß auch schon, wie es gehen könnte. Mach dir keine Sorgen, ich habe gute Kontakte. Ich kann alles besorgen, was notwendig ist, damit du hierbleiben kannst. Verlass dich auf mich. Auf der Farm meiner Tante Augusta in Texas kannst du unterschlüpfen. Für einen neuen Pass kontaktiere ich einen guten Freund, das ist keine große Sache. Aber wir müssen beide sehr vorsichtig sein, unser Risiko ertappt zu werden ist hoch. Nach dem Wettkampf werden wir uns möglichst schnell verdrücken, damit ich dich aus dem olympischen Dorf hinaus schmuggeln kann. Ich überlege schon, ob ich nicht ein paar Sportsfreunde mit einbeziehen soll, damit sie uns abschirmen. Was meinst du?«

»Bitte, tu es nicht, es muss ein Geheimnis zwischen uns beiden bleiben. Versprich mir das, versprich es!« Er nahm sie fest in die Arme und küsste sie leidenschaftlich, wobei er durch die Zähne ein »Okay« nuschelte.

Sie hatten es alleine durchgezogen, Elena mit einem Knäuel aus Angst in ihrem Magen und Dean, als todesmutiger Held, mit offenem Visier. Ihre Flucht gelang. Bei Tante Augusta angekommen, fühlte sie sich zum ersten Mal als vollwertiger Mensch. Um nicht erkannt zu werden, immerhin war ihr Bild in einigen amerikanischen Zeitungen, veränderte sie ihr Aussehen radikal. Sie schnitt sich ihre braunen, langen Haare streichholzkurz, färbte sie strohblond, rasierte die dichten Augenbrauen zu einem schmalen Strich, begann sich zu schminken und landesüblich zu kleiden.

Der liebe Dean hatte für alles, was sie benötigte, gesorgt. Auf den ersten Blick war sie nach dieser Verwandlung nicht wiederzuerkennen. In ihrem neuen Pass stand der Name Mary Donald, das Geburtsdatum war ebenso falsch wie die gesamte Adresse. Auf einen Schlag war sie drei Jahre älter, was sie keineswegs störte. Der Ausweis war eine gute Fälschung. Er gab ihrer Person einen reellen Rahmen. Sie half im Haushalt und auf der Farm kräftig mit und bemühte sich, ihren russischen Akzent, so gut es ging, auszumerzen. In den Zeitungen stand nichts davon, dass sie sich abgesetzt hatte. Wie ihre Landsleute das verschweigen konnten, entzog sich ihrer Kenntnis. Dass Michail, der sich in Russland rechtfertigen musste, bestraft würde, war ihr nur recht. Von ihr aus hätten sie ihn am nächsten Baum aufknüpfen können, und sein Teufelsweib gleich daneben.

Sie lebte drei Jahre bei Deans Tante und war zufrieden. Durch das fehlende Training und die seelische Ruhe war sie etwas runder geworden. Ihr Körper holte die Entwicklung nach, die zuvor vorsorglich unterdrückt worden war. Tante Augusta, wie sie sie inzwischen nannte, war nett zu ihr. Sie behandelte sie fast wie eine Tochter. Und Dean war immer noch rasend verliebt in sie. Durch seine Liebesbrille bemerkte er nicht die Veränderung, die sich bei Mary langsam aber stetig vollzog. Wie die russischen Zwiebelpüppchen pulte sie sich aus den Schalen, nur dass sie, im Gegensatz zu diesen Figuren immer größer wurde. Sie erkannte die ersehnte Unabhängigkeit, die zu leben sie endlich imstande war, und entglitt ihrem Gönner Stück für Stück. Fieberhaft suchte sie nach der Wurzel ihrer Bedürfnisse. Dean hatte seinen Zweck erfüllt, so einfach war das. Mary tat so, als ob sie seine Gefühle erwidere, aber es war keine Liebe in ihr, höchstens Dankbarkeit. Wenn er sie sexuell begehrte, ließ sie sich nichts anmerken. Die wahre Liebesfähigkeit hatte Michail gründlich ausgelöscht. Die schlechten, prägenden Erfahrungen, hatten ihr schon als Kind die Seele geraubt. Für Empathie gab es da keinen Platz. Nur der Hass auf dieses unrühmliche System trieb schillernde Blüten. Auch die errungene Freiheit und die Liebe Deans konnten ihr da nicht helfen. Sie fühlte sich verflucht, und dieses Gefühl war wahrhaftig. Sie nährte es täglich.

Es kam der Abend, der ihrem Leben einen neuen Aufschwung bescherte. Auf einem Ball, den sie mit ihrem Freund besuchte, lernte sie Senator Blackwell kennen. Er war ein 56-jähriger, geschiedener, reicher Mann, sah nicht gerade unattraktiv aus und war, als Dean sie ihm vorstellte, ihr gegenüber äußerst charmant.

Vom ersten Augenblick an war der Senator von der grazilen Mary derart fasziniert, dass er sie noch am gleichen Abend auf seine Ranch einlud. Sie nahm die Einladung begeistert an, natürlich ohne Dean davon in Kenntnis zu setzten, einfach ihrer weiblichen Intuition folgend. Auf dieser prunkvollen Ranch sah sie, was Luxus sein konnte. Das gefiel ihr sehr. Sie traf den neuen Mann heimlich und häufig. Senator Blackwell war ihr bald hörig, obwohl sie ihn mehr schlecht als recht behandelte. Sie hatte schon bald seine Schwäche erkannt und setzte diese gewinnbringend für sich ein. Es verstrich relativ wenig Zeit, bis er sie offiziell zu seiner Frau machte. Dean war entsetzt, enttäuscht, er fühlte sich verraten. Aber sie besänftigte ihn mit ihrem eisgrauen Blick, beschwichtigte ihn streichelnd, erklärte, dass sie immer nur ihn lieben würde. Diese Heirat käme für sie nur deshalb in Frage, weil sie sich dadurch endlich einen Status schaffen könnte, der ihr von Rechtswegen zustünde. Der Senator sei ja auch schon alt und kränklich sei er auch. Dean bräuchte doch nur etwas Geduld, bis sich für sie beide das Leben von einer besseren Seite zeigen würde. In Wahrheit verachtete sie alle Männer, die einen, wegen ihrer vermeintlichen Stärke, die anderen wegen ihrer offensichtlichen Schwäche. Aber sie verachtete auch alle Frauen, die sich dieser Männer bedienten, um ja doch nur ihren selbstgefälligen Trieben und Bedürfnissen, in erster Linie materieller Art, Ausdruck zu geben. Dass zwei Menschen aus Liebe zusammenleben konnten, kam ihr nicht in den Sinn. So etwas kannte sie nicht.

Ihr Mann gab ihr alles. Sie dankte es ihm, indem sie nach einigen Monaten dieser zweifelhaften Ehe anfing Pläne zu schmieden, ihn um die Ecke zu bringen. Dass sie dadurch keinen Deut besser war als die von ihr geschmähten Frauen, ja, dass gerade sie diese perverse Spielweise auf die Spitze trieb, nahm sie mit Genugtuung zur Kenntnis. Genosse Zufall half ihr dabei. Mary bestand darauf, in die sogenannte feine Gesellschaft eingeführt zu werden. Sie wollte sich in ihren teuren Roben und Pelzen zur Schau stellen, um ihrem Mann durch sie, dem Juwel an seiner Seite, noch mehr Prestige zu geben. Sie nutze seinen Sprachfehler gnadenlos aus. Er konnte ihr nichts abschlagen. Das Wort »No« existierte nicht für sie. Bald schon hatte sie diese dekadente, feine Gesellschaft durchschaut. Obwohl sie ihr ein Gräuel waren, brauchte sie diese nichtsnutzigen Paradiesvögel für ihr Vorhaben.

Fast täglich, bis in die frühen Morgenstunden feierten sie und ihr Mann mit diesen »very important Persons«. Um sich in Laune zu bringen, bewegte sie ihren Göttergatten dazu, ein paar Gramm Kokain zu schnupfen, ein Privileg der Reichen und Schönen, um noch besser zu flattern und zu glitzern. Mit vernebeltem, zugeschneitem Gehirn ließ es sich auch ausgedehnter vögeln. Der taube Rhythmus störte sie nicht. Eine Party jagte die nächste. Mit Genuss sah sie, wie die Kräfte des ungeliebten Gatten schwanden. Er war ihr restlos verfallen. Sie nahm ihn sich zur Brust, bis er kaum noch atmen konnte. Sein schwaches Herz hielt den Exzessen nicht sehr lange stand. Ein Kollaps jagte den nächsten. Darauf konnte sie selbstverständlich keine Rücksicht nehmen. Immer dann, wenn er sich fast erholt hatte, gab sie ihm von ihrer besessenen Liebe. Es war nur eine Frage der Zeit, bis er während eines solchen Spinnenaktes keuchend über ihr zusammenbrach. Immerhin hatte er das Glück, dass sie ihr Männchen nicht auffraß. Erst nach Stunden, als sie sicher sein konnte, dass er dieses Mal nicht durchkommen würde, rief sie einen Arzt. Bis der Doktor eintraf, war der Senator so gut wie tot. Er wurde zwar noch ins Krankenhaus gebracht, aber alle Hilfe kam zu spät.

Ihre neuen Freunde bedauerten die junge Witwe außerordentlich. Hinter vorgehaltener Hand schmunzelten sie über das plötzliche, leidenschaftliche Ableben des Verblichenen. Mary hatte ihr Ziel erreicht, sie erbte viele Millionen. Natürlich wollte sie nicht in diesem Umfeld bleiben, wo ihr die falschen Mitleidsbekundungen bald auf die Nerven gingen. Zuerst suchte sie einen Käufer für die Ranch und die Grundstücke. In der Hauptstadt hatte sie einen Makler aufgetan, dem ein sehr guter Ruf vorauseilte. Sie besprach mit ihm alle Details, so auch, dass sie nicht nur gedachte die Gebäude zu veräußern, sondern auch das Inventar. Zusätzlich bestand sie darauf, dass sämtliche Bediensteten von dem nachfolgenden Käufer erstmals übernommen werden mussten. Alles sollte ohne großes Aufsehen über die Bühne gehen. Der Makler wollte sich erst dann wieder melden, wenn er einen geeigneten Käufer gefunden hätte. Einfach war diese Aufgabe sicher nicht. Sie blieben über die Neuen Medien in Verbindung.

Mary gedachte die Kunstsammlung des Senators Dean zu schenken, dem sie ihr neues Leben gewissermaßen zu verdanken hatte. Dazu gehörte auch das Lieblingsbild ihres Mannes, das Gemälde von Velazquez »Der Trinker«. Ursprünglich lautete der Titel in den früheren Inventaren der Sammlungsbestände »Der Triumph des Bacchus.« Vor diesem Bild fand sie ihren Mann, die ein oder andere Stunde fast andächtig, zumindest aber ergriffen und nicht ansprechbar, sitzen. Velazquez zeigt darauf, als mythologisches Thema eine Szene, in der Bauern den Gott Bacchus bitten, sie die Sorgen des Alltags vergessen zu lassen. Der Senator fühlte sich angesprochen, im Wein fand er einen Freund. Er erzählte Mary, die ein geheucheltes Interesse an der Kunst zeigte, die Hintergrundgeschichten seiner Sammlung. So wusste sie auch, dass Goya, also Francisco de Goya y Lucientes, bei Saragossa geboren, aus einer verarmten Landadelsfamilie stammte. Der Maler, der mit der Familie des Grafen Osorio de Altamira befreundet war, erhielt den Auftrag, dessen Frau und Kinder in Öl zu verewigen. Senator Blackwell hatte das Bild des kleinen Manuel Osorio erstanden. Ihm gefiel die von Goya komponierte ruhige, fast romantische Szene mit den spielerischen Attributen, die eine glückliche Kindheit und heitere Geborgenheit vermitteln sollte, die der ängstliche Blick des Kindes jedoch Lügen strafte. Der ganz in Rot gekleidete Junge hält eine Elster an einer Schnur. Das Bild wirkt genau kalkuliert, aber in seiner eingefrorenen Haltung und dem starren Blick, sieht das Kind unglücklich aus. Auch das feurigste Rot seines Gewandes kann nicht darüber hinweg täuschen. Der Meister Goya ließ sich einmal zu einem, wie Mary fand, sehr treffenden Ausspruch hinreißen, den sie bedingungslos unterschreiben konnte. Er sagte:

»Die Welt ist ein Maskenspiel, das Gesicht, die Haltung, der Gang und die Stimme, alles Trug. Jeder möchte scheinen, was er nicht ist, alle lügen sie, und niemand kennt sich selbst! Wie wahr!.

Von Renoir, dem französischen Impressionisten besaß der Senator das Bild von dessen zweitem Sohn Jean, der als Pierrot verkleidet auf einem Stühlchen sitzend in die Weite schaut. Vielleicht trieb die Sehnsucht nach einem eigenen Kind den Senator dazu, sich für diese Jungenporträts zu begeistern. Mary ließen sie kalt. Die Kinderfrage hatte sich für sie seit damals, seit der Zeit des Grauens, ein für alle Mal erledigt. Für sie galt es, nachdem ihr Mann verstorben war, wieder einmal, sich neu zu orientieren, mit allem, was dazugehörte.

Sie fuhr nach Dallas und suchte einen noblen Beautytempel auf. Der Stylistin erklärte sie ihren Wunsch, sich in eine völlig neue Person verwandeln zu wollen. Sie begründete ihr Vorhaben unter dem Siegel der Verschwiegenheit, damit, dass sie ihren Geliebten beschatten möchte, da sich ihr der Verdacht seiner Untreue geradezu aufdränge. Die Stylistin seufzte ergriffen, verständnisvoll, denn wer wäre sie, hätte sie nicht auch schon so manches Mal in den gleichen Schuhen gestanden. Also entschieden sie, fast Verbündete, dass die blonde Matte einem tizianroten Raspelschnitt weichen sollte. Die dunklen Augenbrauen hellten sie auf und passten sie dem Rot des Schopfes an. Die Wirkung war gigantisch.

»Wir haben auch eine wunderbare Tuina Massage im Angebot. Unsere Philosophie geht dahin, nicht nur das Äußere des Körpers zu verschönern, nein, wir sind der Meinung, dass der ganze Mensch in den Genuss kommen sollte, verwöhnt zu werden. Wenn Sie danach unser

Institut mit einem Lächeln verlassen, haben wir diese Mission erfüllt. Dann sind wir glücklich.« Sie zwinkerte Mary zu.

»Das ist eine ausgezeichnete Idee«, sagte Mary. »Meinem Rücken würde eine Massage mit Sicherheit guttun. Jetzt bin ich hier, also bitte, schreiten Sie zur Tat.«

Mit einem maliziösen Lächeln empfing sie eine junge Frau, die sich ihr als Physiotherapeutin vorstellte.

»Toll«, meinte Mary, »einen Schönheitstempel einzurichten, der eine Ganzheitsbehandlung anbietet. Das Innere und das Äußere in Gleichklang zu bringen, hat man hier wahrlich verstanden.« Mary genoss die Massage sehr. Sie fühlte sich wunderbar. Es hatte nicht viel gefehlt, und sie wäre auf der Liege eingeschlafen. Aber noch war sie nicht fertig mit ihrer Verwandlung. Das Make-up fehlte noch.

»Ich möchte Ihr gebräuntes Gesicht etwas heller mattieren«, erklärte die Visagistin. »Anschließend schattiere ich Ihre Augen mit einem irisierenden Grün und tusche die schönen, langen Wimpern mit schwarzer Mascara. Das passt wunderbar zu Ihrer neuen Haarfarbe. Sind Sie damit einverstanden?«

»Ich überlasse mich Ihrer Fachkompetenz. Ach ja, mir ist gerade ein Gedanke gekommen. Würden grüne Kontaktlinsen den neuen Look nicht noch optimieren?«

»Aber ja doch, das ist mir nicht eingefallen, aber ich kann es mir sehr gut vorstellen. Wir haben einen Optiker gleich in der Nähe. Soll ich eine Angestellte vorbeischicken? Wie sieht es mit Ihrer Sehstärke aus?«

»Das ist kein Problem, meine Augen arbeiten fehlerfrei. Ich brauche ich die Linsen nur zur Dekoration. Mit Katzenaugen wird es mein Partner schwer haben, mich zu erkennen.«

»Das denke ich auch.« Beide schmunzelten.

Während sich eine Angestellte aufmachte, die gewünschten Kontaktlinsen zu beschaffen, überzeichnete die Visagistin Marys schmale Lippen mit einem rostroten Stift, um ihnen mehr Fülle zu geben. Sie trug den passenden Lippenstift mit einem kleinen Pinsel auf. Das Rouge hochplatziert, zauberte Frische auf die Wangen, dadurch wirkte ihr Gesicht voller. Tatsächlich strahlte sie eine neue Persönlichkeit aus, ihr Alter Ego ließ sich höchstens noch erahnen.

»Was glauben Sie«, fragte sie die Fachfrau, »müsste ich jetzt, nach dieser grandiosen Typveränderung nicht auch andere Kleidung tragen? Ich finde, dass mein jetziger Stil unmöglich dazu passt.«

»Das ist eine gute Idee. Wenn Sie möchten, begleite ich Sie in den zweiten Stock. Wir haben oben eine exklusive Boutique. Da findet sich bestimmt auch das passende Outfit.« Die Visagistin lächelte begeistert.

»Ich muss schon sagen, bei Ihnen wird wirklich an alles gedacht.« Marys Augen leuchteten. Die Markenvielfalt in der Modeabteilung beeindruckte sie. Sie deckte sich großzügig ein. Feminine Kleidung komplettierte den neuen Look, die ehemals sportlichen Sachen, in denen sie sich immer sehr wohl gefühlt hatte, passten nicht mehr zu ihrer jetzigen Erscheinung.

»Wir hätten Vorher- Nachher-Bilder schießen sollen«, murmelte sie. Voller Stolz drehte sie sich vor dem großen Spiegel, begutachtete sich im neuen Outfit von allen Seiten und fand sich toll.

»Mit Ihrer Erlaubnis können wir immer noch Fotos machen, wenn Sie das möchten«, sagte die Visagistin, die ihre Worte vernommen hatte.

»Zu spät!« Mary lehnte dankend ab. Sie kaufte zwei Kostüme mit dazu passenden Seidenblusen, vier Etuikleider in verschiedenen Farben, vier Paar hochhackige Schuhe, mit Absätzen in unterschiedlicher Höhe, sechs paar Strumpfhosen und zwei Handtaschen. Das sollte für den Anfang reichen. Tatsächlich bekam sie die gewünschten grünen Kontaktlinsen, die sie sofort einsetzen ließ. Das Prozedere war wahrlich gewöhnungsbedürftig, aber, dachte sie, mit ein bisschen Übung werde ich das auch schaffen.

So wundervoll neu gestaltet und ausgestattet, zeigte sie ihre Dankbarkeit in einem großzügig bemessenen Trinkgeld. Sie gab den Namen des Hotels an, wohin man ihr die Sachen bringen sollte und verließ die strahlenden Frauen mit einem kurzen Gruß. Zufrieden trat sie auf die Straße und atmete den kalten, abgasreichen Geruch der Stadt ein. Gelangweilt blickte sie in das abstruse Gewimmel von Menschenmassen, die wie auf der Flucht, in diverse Richtungen strömten. Nach dem geruhsamen Tag, in diesem Schönheitstempel, kam ihr dieses Hetzen absurd vor. Zuerst hatte sie geglaubt, jeder, der an ihr vorbeieilenden Menschen würde sie anstarren. Falsch gedacht, die Leute rannten selbstvergessen oder mit Blick auf ihr Handy an ihr vorbei. Von der

Welt, in der sie lebten, nahmen sie überhaupt nichts mehr wahr. Wie Roboter strebten sie ihrem gewählten Objekt zu.

Was ist das für ein Leben?, fragte sich Mary. In Russland war sie ein Roboter, fremdbestimmt und ausgeliefert. Sie hatte keine Möglichkeit auszubrechen. Aber diese Menschen taten sich das offensichtlich selbst an. Sie waren ihre eigenen Gefangenen. Die Außenwelt huschte an ihnen vorbei, sie nahmen sie kaum noch wahr. Ein paar Mal wich sie im letzten Moment zur Seite, um nicht angerempelt zu werden. Der Fluss der entgegenkommenden Leute war unberechenbar. Sie musste auf der Hut sein. Ihr Gang stoppte vor einem Fotoladen. »Passbilder zum Mitnehmen!«, stand auf einem Schild am Fenster. Sie trat in das Geschäft. Der Fotograf bat sie in einen Nebenraum und ließ sie auf einem höhenverstellbaren Hocker Platz nehmen. Er korrigierte unfreundlich ihre Sitzposition, gab Anweisungen, wie sie sich drehen und den Kopf halten sollte. Binnen weniger Minuten hatte er alles, was er brauchte. Er schickte Mary in den Verkaufsraum zurück, bat sie um einige Minuten Geduld. Kurz darauf waren die Fotos fertig. Das Ergebnis überraschte und freute sie. Sie hätte sich selbst nicht wiedererkannt auf diesen Bildern. Noch am gleichen Abend sandte sie dem Fälscher die Passbilder zu. Sie hatte ihn vor ihrer geplanten Metamorphose, bereits kontaktiert. Damals bei Dean hatte er ihr zu ihrem amerikanischen, amtlichen Leben verholfen. Gott sei Dank war er noch nicht aufgeflogen mit seiner kriminellen Tätigkeit. Dieses Mal verlangte er allerdings den doppelten Preis. Im Gegenzug versicherte er ihr die absolute Verschwiegenheit, auch Dean gegenüber, sollte der auf die Idee kommen, sie irgendwann zu suchen. Für die Nacht hatte sie sich im Mittelklassehotel Mayflower vorsorglich ein Zimmer gebucht.

»Wie lange gedenken Sie zu bleiben?«, fragte die Rezeptionistin mit spitzem Ton.

»Drei oder vier Tage«, sagte Mary, zückte die Brieftasche, bezahlte vier Tage im Voraus, bar.

»Kann ich bitte Ihren Ausweis sehen?«

Mary schob der verdutzten Frau einen Hundertdollarschein zu. »Bedaure«, sagte sie, »ich habe meinen Pass verloren, aber der Neue ist bereits in Arbeit.«

Die Rezeptionistin sah sie lange prüfend an. Sie ließ ihre Augen durch den Raum schweifen. Erst nachdem sie sicher war, dass niemand sie beobachtete, steckte sie den Schein in ihre Tasche, drehte sich um und griff nach einer Keycard.

»Ralph«, rief sie den Pagen, »kommst du bitte und bringst das Gepäck dieser Dame nach oben?«

»Nicht nötig«, antwortete Mary mit einem ausgesuchten Lächeln, »ich habe nur ein paar Kleinigkeiten hier, das eigentliche Gepäck wird morgen gebracht. Vielen Dank.«

Der Page nahm die Karte und führte sie zu ihrem Zimmer. Mit einer erwartungsvollen Geste blieb er noch einen Moment stehen. Sie drückte auch ihm einen Schein in die Hand und schloss die Tür. Er schaute auf das Geld, staunte, schlug die Hacken zusammen und freute sich, dass er fürs Nichtstun so belohnt wurde.

»Solche Gäste dürfen öfter kommen«, schnorrte er, und verkniff sich ein lautes Lachen.

Im Badezimmer ließ Mary Wasser in die Wanne laufen. Sie roch an dem vom Hotel gestellten Badezusatz, rümpfte die Nase, goss aber dennoch eine halbe Flasche davon hinein. Vor ihr blähte sich der Schaum, in Windeseile, zu dicken Schaumwolken auf. »Billigschaum«, murrte sie, zog sich aus, regulierte noch einmal die Temperatur des Wassers, und ließ sich vorsichtig hineingleiten. »Endlich frei!«, seufzte sie und tauchte ab.

Neu gerüstet sollte ihrem Leben nichts mehr im Wege stehen. Zuhause, bei Augusta und Dean hatte sie sich abgemeldet. »Ich kann nicht hierbleiben, muss möglichst weit weg von der Katastrophe«, erklärte sie Dean. Zur Bekräftigung ihrer Worte ließ sie ein paar Krokodilstränen fließen. »Ich verreise allein, m endlich zu mir zu finden, versteh doch Schatz!«, sagte sie zum Abschied. Dean quittierte ihr Vorhaben keineswegs mit Wohlwollen. Er war bitter enttäuscht.

Für Mary hatte die gewonnene Freiheit ein besonderes Gewicht. Vielleicht, überlegte sie, lässt es sich trotz der blinden Flecken in meiner Biographie mit ein wenig Glück auch gut leben.

Paul Cohen, ihr Verwalter, ein fähiger Mann, bewirtschaftete in ihrer Abwesenheit die Ranch. Frank Kastner, der langjährige, absolut integere

Steuerberater, kümmerte sich um alle finanziellen Belange. Sie bezahlte beide Männer für ihre aufreibenden Dienste äußerst großzügig. Über die neuen Medien blieben sie in Verbindung.

Gegen Mittag des nächsten Tages klopfte es an Marys Tür.

»Gnädige Frau, ich bringe Ihre Pakete. Es wurde auch ein Kuvert für Sie abgegeben!«, rief der Page, der sie tags zuvor nach oben begleitet hatte. Er riss sich förmlich darum, ihr die Sachen bringen zu dürfen. Mary lag nackt auf dem Bett und döste vor sich hin. Sie stand auf, rieb sich die Augen, schlüpfte in den Hotelbademantel und öffnete die Tür. Die kurzen Haare standen in alle Richtungen, sie sah verknittert aus. Beim Blickkontakt mit dem Pagen erschrak sie. War ihm aufgefallen, dass er gestern in grüne Augen geschaut hatte? Ihre Kontaktlinsen schwammen noch in einem Döschen im Bad. Der junge Mann zeigte keine Reaktion, die darauf schließen ließ. Er stellte alle Pakete ab und blieb, wie am Abend zuvor, an der Tür stehen.

»Ist alles zu Ihrer Zufriedenheit?«, fragte er beflissen und grinste sie an.

Mary gab keine Antwort. Sie nahm einen weiteren Schein aus ihrer Börse und legte ihn in die aufgehaltene Hand. Diesmal schaute er ihn gleich an. Noch bevor er »Danke« sagen konnte, hatte sie ihn hinaus bugsiert und die Tür geschlossen. Sie ließ die gebrachten Sachen in den Tüten, kleidete sich wie am Vortag an, legte Make-up auf, und werkelte, nicht ohne Mühe, die Kontaktlinsen in die Augen. Mit etwas Haargel und Fingerkunst ordnete sie die neue Frisur. Aus dem Kuvert entnahm sie ihre dritte Identität. Aus Elena Sukerowa und Mary Blackwell wurde über Nacht Susanna Inocente. Sie verließ das Hotel, lief die Straße hinunter in eine Mall, wo sie sich ein ausgiebiges Frühstück gönnte. Sie kaufte zwei ofenfrische, noch warme Croissants, bestrich sie mit Butter und Marmelade und trank drei Tassen schwarzen Kaffee. Genussvoll räkelte sie sich in der Sonne, die sie durch das Glasdach wärmte. Nur für einen Moment erfasste sie eine Leichtigkeit, die rasant ihre Hemisphäre streifte, kurz und heftig, bis der prekäre Sachverhalt der momentanen Lage aus den Spalten ihres Gedächtnisses nach oben waberte. Dennoch versuchte sie, den Tag zu genießen.

Am nächsten Morgen fragte sie die Rezeptionistin nach einem guten Reisebüro. Sie orderte ein Taxi, das sie zur empfohlenen Adresse brachte. Eine kompetente Reisekauffrau unterbreitete ihr Traumziele auf der Welt, die man unbedingt gesehen haben sollte. Susanna, an den neuen Namen hatte sie sich noch nicht gewöhnt, war begeistert. Die Welt kennen lernen, zumindest vier Kontinente, erschien ihr ein adäquates Ziel. Sie kamen überein, dass ihre Weltreise in Asien, in Nusa Dua, einem Luxusresort auf der Insel Bali, ihren Anfang nehmen sollte. Die Reisekauffrau informierte sie, dass die Meeresstraße zwischen Bali und Lombok die Grenze zwischen dem asiatischen und australischen Festlandsockel bildet. Daher bot es sich an, die Reise nach Australien fortzusetzen, und so gleich zwei Kontinente, die nur 2700 km Luftlinie auseinander lagen, kennenzulernen. Danach wollte Susanna Afrika und zum Schluss auch Europa bereisen. London, Paris, Rom, Barcelona und ein paar Baleareninseln interessierten sie besonders. Gut gelaunt ging sie zurück in ihr Hotel und verlängerte ihre Buchung um 14 Tage, bis sie den Flieger in ihr großes Abenteuer besteigen konnte. In der Zwischenzeit kaufte sie alle Utensilien, die für den großen Trip notwendig waren. Was jetzt noch fehlte, konnte sie unterwegs besorgen.

Kapitel 15

Die Trockenzeit auf Bali reicht etwa von Anfang April bis in den Oktober. Susanna trat ihre Reise Mitte April an. Auf Bali erschloss sich ihr eine Welt der Götter, Geister und Dämonen. Überall sah sie Tempel, die sich durch detaillierte Formensprache und hohe Kunstfertigkeiten der Inselbewohner auszeichneten. Kaum eine andere Insel im indonesischen Archipel, so erfuhr sie, wird landschaftlich so intensiv genutzt wie Bali. Wohin sie schaute, sah sie Reisfelder, jedes noch so kleine Fleckchen Erde wurde hier bepflanzt. Auf diese Weise ernteten die Balinesen zwei Mal pro Jahr. Vor fast jedem Haus stand ein Altar, um mit Opfergaben die Götter wohlgesinnt zu stimmen. Im Gegensatz zu anderen Teilen Indonesiens leben auf Bali 95% Hindus. Susanna, geprägt durch Sozialismus und Kapitalismus, fühlte sich hilflos in dieser fremden Welt. So sehr Flora und Fauna sie auch beeindruckten, die religiöse Ergebenheit dieser Menschen war ihr ein Dorn im Auge. Auf dieser Insel hätte sie nicht leben können.

Der Weiterflug nach Australien war kurz. In Sydney angekommen, stieg sie im noblen »Hilton« Hotel ab. Einen Tag lang genoss sie die Annehmlichkeiten ihrer Suite, lümmelte faul im Bett, nutzte den fürstlichen Service voll aus. Erholung war bei ihr angesagt, bevor sie den neuen Kontinent erobern wollte. Vierzehn Tage hatte sie für eine Vielfalt herrlicher Eindrücke eingeplant. Mit einer Sightseeing-Tour startete sie am nächsten Morgen. Susanna nahm, wie die meisten Touristen, die sich der Millionenstadt Sydney von der Seeseite aus näherten, als erstes die vielberühmte Halbmuschelformation der Opera in Augenschein. Die Australier selbst waren lange Zeit skeptisch, wussten den Wert dieses merkwürdigen Bauwerkes nicht so recht einzuschätzen. Heute ist das anders. Die Opera symbolisiert die Weltoffenheit Australiens und wird auch von den Einheimischen nun sehr geschätzt. Auch Susanna konnte sich der Faszination dieses Bauwerkes nicht entziehen. Überhaupt wurde Australien für sie ein wahrhaft aufregender Kontinent, aber die eingeplante Zeit reichte hinten und vorne nicht aus, die vielen Sehenswürdigkeiten zu besuchen. Sie entschied sich, der Nähe zu Sydney wegen, am darauffolgenden Tag den Royal Botanic Gardens, die einstige Gartenanlage eines ehemaligen Gouverneurs, anzuschauen. Bewundernd durchstreifte sie die Farngärten, das Rosarium und das in Pyramidenform erbaute tropische Gewächshaus.

Ihr nächstes Ziel, zwei Tage später, war der heilige Berg Uluru mit dem 350 Meter hohen Ayers Rock, dem gewaltigen Monolith, südwestlich von Alice Springs. Für die Entfernung von 2156 Kilometern bestieg sie wieder mal ein Flugzeug. Zu dem wuchtigen Felsmassiv gehört der 1300 Quadratkilometer große Uluru-Kata-Tjuta Nationalpark, von dem sie leider nur einen Bruchteil besichtigen konnte. Hätte sie mehr Zeit gehabt, Zeit für eine große Wanderung, um das beeindruckende Monument herum, wäre sie der Lebensweise der Aborigines nähergekommen. Zurück in Sydney gönnte sie sich ein paar ruhige Tage. Schließlich brauchte sie keinen Marathon zu absolvieren, wollte lediglich ihren Horizont erweitern und die Gunst der freien Bewegung nutzen. Sie erschloss die Stadt mit Taxis und zu Fuß, auch wenn sich dadurch der Radius des Kennenlernens sehr eingeschränkt hatte.

Natürlich wollte sie das Great Barrier Reef sehen, was bedeutete, dass für die 1850 Kilometer Entfernung wieder ein Flug unumgänglich wurde. Dass sie die faszinierende Unterwasserwelt lediglich an der Oberfläche, schnorchelnd, erleben konnte, Taucherfahrungen fehlten ihr gänzlich, nahm sie in Kauf. Auch so begeisterte sie die einzigartige Vielfalt bunter Fische, in glitzernd leuchtenden Farben, die sich durch das traumhafte Blau unter Wasser schlängelten. Die Zeit in Australien war einfach zu kurz bemessen, um all die großartigen Eindrücke aufzusaugen. Abends, wenn sie müde von ihren Erkundungen ins Hotel kam, nahm sie noch einen Absacker in der stylischen Hotelbar, bevor sie alleine oder auch mal in Begleitung zu Bett ging.

Die nächste Station ihrer zu kurzen Weltreise, die bereits jetzt schon sehr an ihren Kräften zehrte, führte sie nach Afrika. Sie hatte sich für Namibia entschieden. Sie landete in der Hauptstadt Windhoek, der Stadt auf einem Hochplateau im Landesinneren, dem Hauptknotenpunkt eines der touristischen Zentren des Landes. Sie hatte sich viel vorgenommen. Schon bald merkte sie, dass das durch die relativ großen Entfernungen zwischen den ausgesuchten Sehenswürdigkeiten und dem daraus entstehenden Zeitaufwand, sich unmöglich stemmen ließ. Das hätte ihre

Reisekauffrau sagen müssen. Susanna ärgerte sich, weil sie immer wieder geplante Ziele streichen musste, und dadurch gezwungen war, sich umzuentscheiden. An einem Tag mietete sie sich ein Auto mit ortskundigem Fahrer, mit dem sie das 262 km entfernte Swakopmund erkundete. Swakopmund ist die Regionalhauptstadt der Region Erongo. Die bunten Fachwerkhäuser der Promenade, im Kolonialstil erbaut, am Rande der Namibwüste, begeisterten sie. Die Zeit reichte für einen kurzen Marktbesuch und eine drei Kilometer weite Wanderung zum Living Museum. Einen Tag und eine Nacht blieben sie in der Stadt. Am nächsten Morgen setzten sie die Reise fort. Von Swakopmund, das an der Atlantikküste liegt, bis nach Wallis Bay legten sie die kurze Distanz flott zurück, taten diesmal einen Hüpfer, gemessen an den sonstigen Entfernungen von einer Sehenswürdigkeit zur nächsten.

In Wallis Bay schlugen sie sich mit herrlich frischen Austern den Bauch voll. Am späten Abend brachte sie ihr Fahrer in ihr Hotel zurück. Sie gönnte sich zwei Tage Ruhe, bevor sie das Highlight ihrer Namibia Reise, das Namib Rand Nature Reserve, ein privates Naturschutzgebiet, aufsuchte. Sie hatte sich kundig gemacht, wusste, dass in 30-jähriger Fehlwirtschaft Farmer, die das Land beweideten, den ehemals darin lebenden Tieren ihren Lebensraum so sehr beschnitten, dass sie abwanderten.

Vor 21 Jahren kam es endlich zu einem Umdenken und damit zur Rettung von Wildtieren und Fauna. Naturliebende Menschen kauften die heruntergekommenen, inzwischen unwirtschaftlichen Farmen auf, rissen 1000 km. Weidenzäune ab, besiedelten das Land erneut mit den früher dort frei lebenden Tieren. Durch Touristen, die ihre Lodges, Camps und Guestfarmen besuchten, finanzierten sie sich zum großen Teil. Susanna hatte eine Geländewagensafari durch das Reservat gebucht. Zu ihrer großen Freude sah sie eine einzigartige Vielfalt von Springböcken, Oryxantilopen und Zebras. Leoparden und Geparden hielten sich versteckt. Die herrliche Natur und die wilden Tiere, die farbenprächtige Wüste mit wechselnden Rot, Gelb und Brauntönen und die freundlichen Menschen, hinterließen ihre Spuren in ihrem Herzen. Aber sie hatte leider nur einen Bruchteil dieses einmaligen Kontinentes sehen können. Die Kalahariwüste und Sossusvlei, den Fish River Canyon, Lüderitz, ehemals von dem deutschen Kaufmann mit Namen Lüderitz auf zwielichtige Weise als erste deutsche Kolonie aufgekauft, waren einige Stationen, die sie gerne noch besucht hätte. Hierher komme ich bestimmt noch einmal, versprach sie sich, aber dann bleibe ich für einige Wochen oder Monate.

Ihr gebuchtes Kontrastprogramm führte sie anschließend in die europäischen Metropolen. Nach den vorherigen Erlebnissen kam das einem Kulturschock der besten Art entgegen. Sie fühlte sich nach der Asienreise, nach Australien und Afrika, aus einem fantastischen, animalischen Märchen gerissen. Durch ihren Kunstbeflissenen Gemahl war die westliche Kultur auch in ihr Spektrum gerückt, zuletzt tatsächlich aufgenommen mit Begeisterung und Staunen.

Auf ihrer Reise durch Europa besuchte sie die großen Museen und ließ sich hinreißen von so viel Schönheit. Zu ihrer Verwunderung stand sie eines Tages im Prado, im Museo Lazara Galdiano in Madrid, dem Gemälde »*Der Trinker*« von Velazquez gegenüber. Es war wirklich nicht anzunehmen, dass ausgerechnet das Museum einen falschen Velazquez ausgestellt hätte. Auf ihre Nachfrage erntete sie Entsetzen und Hohn. Sie schärfte ihren Blick und hielt nun bewusst Ausschau nach den anderen Bildern, die ihr Mann wie den größten Schatz hütete. Den kleinen Jean von Renoir entdeckte sie nicht, erfuhr aber auf Nachfrage im Louvre, dass er sich in Paris in einer Privatsammlung befände. Im Metropoliten Museum of Art sah sie sich dem kleinen rotgekleideten Juan Mario Osorio, von Goya gemalt, gegenüber. Wurde sie von ihrem verblichenen Ehemann belogen, was den Wert der Kunstsammlung betraf, oder war er selbst auf Gauner hereingefallen? Die im Hause so hoch geschätzten Kunstwerke entpuppten sich allesamt als Fälschungen.

Kapitel 16

In der Zeit des Entdeckens lugte das verschmähte innere Kind so manches Mal enttäuscht um die Ecke. All die Schönheit, die sie nun so sehr verwirrte, zeigte ihr, was für ein mögliches Leben man ihr so lange verweigert hatte. Monatelang unterwegs, ließ sie sich von den mannigfaltigen Eindrücken überschwemmen. Jeder Kontinent trug seine eigene Maske, jeder hatte sie auf die beste Art abgeschreckt oder begeistert. Und doch kam der Tag, an dem sie das Reisen nicht mehr mit vollem Herzen genoss. Je mehr Fremde sie in sich aufnahm, umso mehr schrumpfte sie. Die großartigen, neuen Erfahrungen beschwerten sie. Irgendwann waren sie ihr tatsächlich Last. Vieles, was sie gesehen hatte, glich dem Umblättern in einem Buch. Wie der Sand der Namibwüste stoben die Erlebnisse dahin. Wider Erwarten sah sie sich nicht in der Lage, sie festzuhalten. Vielleicht lag es daran, dass ihr für das jeweilige Einfühlen in das Leben und die Kulturen der verschiedenen Kontinente einfach die Zeit fehlte. Oberflächlich blieb es beim Schauen und Weitergehen.

Aber eines Tages kristallisierte sich heraus, wonach sie sich wirklich sehnte, wonach sie von Kindesbeinen an lechzte. Wie jeder Mensch brauchte auch sie ein Nest, einen Platz, wo es sich zu leben lohnte. Sie suchte nach einem Ort, an dem die Luft ihr die Seele streichelt, an dem die Augen sich heimisch fühlen, auch wenn sie geschlossen sind. Das war ihr dringendstes Bedürfnis. Zur Ruhe kommen, durchatmen, das musste schließlich auch der ruheloseste Geselle.

Auf der Suche nach einem geeigneten Domizil reiste sie quer durch Europa. In Spanien traf sie auf Juan Carlos Garcia. Er war lustig, sah gut aus und hatte eine katzenhafte Geschmeidigkeit in seinen Bewegungen. Wenn er erzählte, tat er es mit Händen und Augen. Er strahlte etwas aus, was ihr noch nie bei einem Mann so deutlich aufgefallen war, er hatte Sex-Appeal. Juan sprach verschiedene Sprachen, Deutsch, Russisch, Englisch und natürlich Spanisch, was ihr sehr entgegenkam. Bei ihm fühlte sie eine Art Gleichklang, die sie nicht benennen konnte. So ähnlich war es damals bei Dean, aber dies Mal, nicht aus der Not geboren.

Mit Juans Hilfe fand sie in den unwegsamen Hügeln Ibizas, abseits von jeglichem Trubel, jenes Fleckchen Erde, auf das sie sich später von dem australischen Architekten John Murphy ihre Ferienanlage bauen ließ. Dass kein Einheimischer bis dato dieses Stück Land für bebauungswürdig gehalten hatte, erhöhte für sie nur den Reiz. Nach all dem Jet Set Geplänkel, einschließlich ihrer Non-Stopp Ehebeendigung, durch die sie der geerbte Dollarsegen geradezu überschwemmte, zog es sie nun an einen unberührten, warmen Ort.

So wie man als Kind alles zum ersten Mal wahrnimmt, stand sie mit Juan staunend auf einem schwer erreichbaren Hügel, in einer grünen, wilden Einöde im gleißenden Sonnenschein. Mit den Augen weitete sich ihr Herz. Die Gravur ihrer unliebsamen Vergangenheit begann zu schmelzen und bahnte dem Irrlicht einer reinen Zukunft einen Pfad. Sie sog die wunderbare, nach Wildkräutern duftende, klare Luft ein. Honigsäuselnder, gelber dorniger Ginster, Thymian, Rosmarin und Heidekraut gingen hier unverfälscht eine narkotische Symbiose ein. Auf den felsigen Böden einiger Abschnitte, die sie nur zu Fuß erreichten, quälten sie sich durch Garrigue, eine heideähnliche, hartlaubige Strauchart, zwangen sich durch Zwergsträucher hindurch und liefen über Polstergewächse. Es gab so viel zu entdecken. Buschzitrosen, die im Frühling rosafarbene Blüten tragen, so erläuterte es ihr Juan, nahmen das unbestellte Kulturland großflächig in Beschlag. Oliven wuchsen massig auf den knorrigen Ölbäumen.

»Einst haben sie die Römer auf unserer Insel gepflanzt«, erzählte ihr Juan. Er kannte sich aus mit der Vegetation seiner Heimat und schwärmte ihr von der Vielfalt der Flora in den verschiedenen Jahreszeiten vor.

»Im Frühling«, sagte er, »also ab Februar, da beginnt bei den Pityusen der Vorfrühling. Dann taucht die berühmte Mandelblüte vor allem den Nordwesten Ibizas in ein weißes Blütenmeer. Das ist absolut sehenswert. Ab März folgt die Pfirsichblüte, anschließend haben wir Orangen und Zitronenernte. Ich sage dir, in der Zeit zwischen Januar und Juni findet man überall die schönsten Blumen. Stell dir vor, es gibt hier allein zwanzig Orchideenarten. Die Wiesen liegen wie ein sattgrüner Teppich. Aber wenn im Juni bei uns die Trockenheit beginnt, verblassen die Farben, bis nur noch braunrote Erde zurückbleibt. Dann, Ende

September, beginnt die Regenzeit. Mit ihr, besser gesagt durch sie, erwacht die Natur wieder und bringt das Grün zurück.«

»Aber wo ist das Meer?«, fiel Susanna ihm ins Wort.

»Das Meer ist von hier aus nicht zu sehen oder zu hören. Fakt ist, dass es ca. hundert Meter unterhalb dieser Stelle in einer kleinen, feinsandigen Bucht, seine Wellen branden lässt.«

»Wunderbar«, hauchte Susanna. »Hier möchte ich bauen. Glaubst du, dass das möglich ist?«

»Ich versuche, es zu ermöglichen, über Beziehungen«, entgegnete Juan und schmunzelte. Er nahm sie in die Arme. Susanna hielt ganz still. Ihr ging einiges durch den Kopf. Sie sah sich bereits oben auf dem Berg in einer kleinen, luxuriösen Ferienanlage. Hier entdeckte sie den Ort, um zu vergessen, hier wollte sie leben. Mit der Biegung ihrer Biographie sollte alles gut werden. Jetzt, als Susanna Inocente, bot sich ihr noch einmal eine Möglichkeit, neu anzufangen. Die geschenkte Zeit galt es zu nutzen. Bis ihre seelischen Wunden verschorfen würden, wollte sie zuerst allein mit wenig Personal verbringen. Danach, wenn der Zeitpunkt für sie der Richtige wäre, gedachte sie ihr Leben mit Juan zweckgebunden und anderen Menschen zur allgemeinen Freude teilen. Diesen Plan legte sie sich schweigend zurecht.

Nach mühseligem Abstieg kehrten sie, vollkommen erledigt, in ihr Hotelzimmer zurück. Juan griff zum Hörer, bestellte ein vorzügliches Menü für zwei und eine Flasche Champagner.

»Stoßen wir an auf ein kleines Paradies, das uns hoffentlich bald gehört«, flüsterte Susanna und lächelte mädchenhaft. Sie hatte »uns« gesagt. Juan registrierte es mit Begeisterung. Hundemüde besprachen sie die ganze Nacht, wie sie das Vorhaben am besten realisieren könnten. Schon am nächsten Tag begann Juan systematisch, mit außerordentlichem Geschick, die einzelnen Arbeitsschritte anzugehen. In den kommenden Monaten erledigte er alle bürokratischen Erfordernisse. Er besorgte die dafür nötigen Dokumente, als Susannas Strohmann, unter seinem Namen. Das hatten sie so besprochen. Er musste nicht gerade wenig finanzielle Überredungskunst aufwenden, um an die erforderlichen Papiere zu gelangen. Aber Geld spielte keine Rolle. Susanna gab ihm, was gebraucht wurde. Juan erwies sich als vortrefflicher Taktiker. Dem Bau der Ferienanlage stand nichts mehr im Wege.

Für die Umsetzung ihres Traumes brauchten sie einen fähigen Unternehmer, einen Baumeister mit Stil und handwerklichem Können. Aber diese Attribute allein nutzten nichts. Dessen Verschwiegenheit und Loyalität lag Susanna ganz besonders am Herzen. Sie kontaktierte einen Australier namens John Murphy, der sich mit Bauprojekten in seinem Land hervorgetan hatte. Sie hatte ihn an einer Hotelbar auf ihrer Australienreise kennengelernt. Er war Single wie sie. Mit ihm verbrachte sie ein paar Tage, auch Nächte, nach denen sie den Beischlaf lediglich in die Kategorie »Blümchensex« einordnete. John befriedigte sie keineswegs, aber sie wollte den sensiblen, vorsichtigen Mann nicht verschrecken. Sein Körper war warm, seine Lust wie Seifenblasen, leicht und von kurzer Dauer. Aber mit ihnen zerplatzte damals für wenige Stunden ihre Einsamkeit. Zu ihrer Freude sagte er zu. Zusammen mit Juan besprachen sie das Projekt. Überzeugt von seinen guten Ideen ließ Susanna ihm sehr viel kreative Freiheit.

John und Juan Carlos arbeiteten ausschließlich mit kleineren Firmen von den benachbarten Inseln. Auch das kam Susanna zugute. Vom Bau der Ferienanlage wurde kaum Aufsehens gemacht. Ihre beiden Männer waren geradezu ein Glücksfall, besser hätte es nicht sein können. Juan wickelte auch weiterhin alle nötigen Formalitäten unter seinem Namen ab. Susanna agierte nur als dollarspendender, unsichtbarer Geist im Hintergrund. Ihr Name, sowie ihre Person, tauchten nirgendwo auf. Das war ihre einzige Bedingung. Nach Absprache transferierte ihr Vermögensverwalter die benötigten Geldsummen von Amerika auf das Konto einer Bank in Palma de Mallorca. Susanna stellte, um die Arbeitsverläufe zu optimieren, auch John eine Vollmacht aus, damit er jederzeit über die Mittel verfügen konnte, die er brauchte. Einmal in der Woche setzte sie sich mit den Beiden zusammen. Es wurde akribisch abgerechnet. Mit dem Vertrauen war das so eine Sache, da befand sie sich auf unbekanntem Terrain, Kontrolle beherrschte sie. Wie sich herausstellte, gab es keinen Grund zur Beanstandung. Die Männer waren sehr integer.

Die Ferienanlage bestand aus zehn Fincas, einem Haupthaus, in dem sie selbst residierte und zwei Nebengebäuden, jeweils drei Stockwerke hoch, groß genug, den anfallenden, logistischen Herausforderungen gerecht zu werden. In einem der größeren Häuser befanden sich Parterre die Vorratskammern und eine große Kühlkammer für Lebensmittel. Im zweiten Stock war die Hotelküche untergebracht. Durch eine breite Wendeltreppe kam man ganz oben von außen in den Speisesaal. Im ersten Stock des zweiten Nebengebäudes befanden sich eine Wäscherei und ein Raum mit Werkzeug aller Art. Eine Treppe höher schliefen in kleinen Zimmern die Reinigungskräfte von Montag bis Samstag, und sonntags in kleiner Besetzung. Über ihnen logierten die Subos. Ihre Apartments waren etwas größer, stilvoll und funktional eingerichtet. Die Zimmer spielten ineinander. Durch eine Schiebewand trennte man Wohn- und Essbereich. Ein Bad mit einer kleinen Dusche, sowie ein Minischlafzimmer komplettierten die Appartements.

In der Bauphase behandelte Susanna beide Männer mit Respekt. Keiner ahnte, dass sie für den anderen nicht nur eine Auftraggeberin war.

»Hast du keine Angst, dass ich dich, wenn alles fertig ist, abserviere?«, hatte John sie eines Tages gefragt. Ihre Antwort war sehr jovial. Sie sagte nur vier Worte: »Vertrauen, Geld oder Leben!« John lachte. Er hatte sehr sorgsam an diesem Ferienclub gearbeitet. Nach Beendigung seines Schaffens verlangte sie alle Unterlagen von ihm.

Susanna Inocente (Susanna Unschuldig, ihr Neues Synonym), erklärte ihm, sie wolle zuerst einmal allein hier leben, nur mit einer Handvoll Angestellten. So könnte sie abgeschottet von aller Welt, ihren schweren Schicksalsschlag, den Tod des geliebten Gatten, besser verarbeiten.

Sie sagte: »Später, wann genau weiß ich noch nicht, werde ich die Anlage Menschen anbieten, die eine Erholung dringend nötig haben. Nur ausgesuchte Klientel und dementsprechendes Personal sollen mit mir in den Genuss kommen, diese Einsiedelei zu teilen.«

Murphy verstand sie nicht, aber er war übermäßig für seine hervorragende Arbeit entlohnt worden. Das materialistische Argument genügte ihm. Bei der Rückfahrt zum Flughafen, über Serpentinenabhänge, hatte er leider einen tödlichen Unfall, an dem

Susanna, trotz ihres neuen Namens, keineswegs unschuldig war. Sie hatte nachts die Bremsleitung des Wagens manipuliert. Reine Notwehr. Da niemand wusste, woher Murphy kam und er keinerlei erhellende Papiere bei sich trug, blieben die polizeilichen Untersuchungen erst einmal fruchtlos. Der Unfall war fragwürdig, aber auf Susanna fiel kein Schatten.

Ein Jahr nach der inoffiziellen Eröffnung ließ Susanna eine mit allen Häusern gekoppelte Videoüberwachung installieren, wodurch sie gedachte, ihre inzwischen aufgetretene Langeweile in Grenzen zu verweisen. Der Spagat vom quirligen zum ruhigen Leben, gelang ihr wieder einmal nur zeitweise. Ihre Unbeständigkeit kontaminierte mit einem abenteuerlichen Kribbeln die eingetretene Öde. Ein geradezu zwittriges Gefühl beherrschte sie, wenn sie daran dachte, nur noch von fremden Menschen umgeben zu sein. Aber die Anlage sollte sich auf jeden Fall amortisieren, wobei es ihr in erster Linie noch nicht einmal ums Geld ging. Davon hatte sie wahrlich noch genug.

Die neue Erfahrung einer Hintergrundüberwachung reizte sie ebenso wie die Möglichkeit, menschliches Verhalten zu beobachten. Die Korrekturen dieser Spezies, die sie später vornahm, schliefen in dieser Zeit noch in den Untiefen ihres Bewusstseins.

John Murphy war weg. Endlich konnte Susanna Juan Carlos aus seinem Schatten treten lassen. Sie fühlte sich wie eine Puppenspielerin, die ihre Männer nach Bedarf aus ihrer Kiste holte und sie für sich tanzen ließ. Wenn Juan sprach, glaubte sie eine gewisse Skrupellosigkeit, zumindest jedoch ein großes Durchsetzungsvermögen herauszuhören. Er ist der richtige Partner, dachte sie. Mit ihm lohnt es sich die Zukunft zu planen. Außerdem sieht er sehr gut und vertrauenswürdig aus. Als alter Hase in der Hotelbranche kennt er sich mit allen anfallenden Eventualitäten eines Gastronomiebetriebes recht gut aus. Also, gehen wir es gemeinsam an.

Juan erwies sich als ausgebuffter Geschäftsmann, als echter Glückstreffer. Zusammen richteten sie die Häuser, die Murphy gebaut hatte, geschmackvoll im maurischen Stil ein. Er beschaffte Susanna das Personal für die »niedrigen Arbeiten«, wie sie es nannte. Er wusste, wo sie erstklassige Nahrungsmittel ordern konnten, handelte mit den

Geschäftsleuten einen guten Preis aus. Sein Zuständigkeitsbereich umfasste vorerst alles, was gebraucht wurde. Er verpflichtete Frauen ohne familiäre Bindungen, die niemand so schnell vermissen würde, sollten sie eines Tages, aus welchem Grund auch immer, von der Bildfläche verschwinden. Seine Recherchen waren gründlich, die finanziellen Angebote außergewöhnlich hoch. Geld lockte die Frauen an. Schon immer hatte es Suchtpotenzial und, wenn Armut das Leben bestimmte, wurde es zur »Frohen Botschaft.« Die Frauen für das P.M.C fand er durch Anzeigen in internationalen Zeitschriften. Hier entschied Susanna letztlich ohne seine Einmischung, wer den Job bekam.

Nachdem das Konzept stand, trat Juan für die Frauen nicht mehr in Erscheinung. Er lebte auch nicht mit Susanna zusammen. Seine Aktivitäten verrichtete er alle nachts. Je mehr Zeit er mit Susanna verbrachte und je mehr er ihre Andersartigkeit und seltsamen Wünsche erspürte, umso mehr fesselte ihn diese Frau. Mit der Zeit wusste er auch, dass Susanna verrückte Spielchen liebte. So besuchte er sie nachts immer mal wieder verkleidet, in den groteskesten Aufmachungen, als Don Quichotte zum Beispiel, oder als griechischer Götterbote Hermes. Einmal stand er auch als Helote, als spartanischer Staatssklave vor ihr.

Er brachte ihr auch immer ein kleines Geschenk mit. Sie rauchten gemeinsam Haschisch, schnüffelten Kokain, machten köchelnde Versuche mit diversen Pilzen. Sie lebten in diesen Nächten die Auslöschung perfektionierter Normvorstellungen. Mit den Drogen betraten sie ihre eigene Ekstase Welt, und entflohen so der Langeweile. Für Susanna, die bis dahin mit ihrem verblichenen Gatten nur wenig drogistische Versuche gemacht hatte, eine spektakuläre Erfahrung. Durch die verführerische Potenz der Rauschmittel warf sie ihre Mimikryhaltung teilweise ab. Aber mit der Zeit steigerte sie sich in einen regelrechten Allmachtswahn. In ihrer stoffgebundenen Reaktion glaubte sie, durch Manipulation und Kontrolle sogar Krankheiten und Tod beherrschen zu können. Mit Hilfe von Alex, Subo Zwei, deren vorherige Dealertätigkeit und Drogenerfahrung ihr sehr entgegenkam, machte sie heimliche Experimente, um herauszufinden, was nötig sei, Menschen in Abhängigkeit zu bringen. Die Subos aus dem P.M.C kamen für erste Versuche in Frage. Alex aus der Küche hatte damit keine Probleme. Sie kannte diese Leute nicht, traf höchst selten mit ihnen zusammen.

Trotzdem hielt sie sich zurück, gab von ihrem Wissen nur so viel preis, dass sie davon ausgehen konnte, dass keine der Frauen in ernsthafte Schwierigkeiten geriet. Die Wirkung ihres Cocktails zum Beispiel hielt lediglich ein paar Stunden an und sorgte für ein absolutes Hochgefühl. Es war so einfach. Nur wenn Angst ins Spiel kam, war der Hörigkeit Tür und Tor geöffnet. Susanna genoss ihre autoritäre Stellung. In Russland ein Nichts, aber hier war sie Königin. Sie hatte alles erreicht, wovon sie schon immer geträumt hatte. Seltsamerweise fühlte sie sich immer noch nicht besser. Sie war krank, eindeutig, aber das ignorierte sie. Die Krankheit, an der sie litt, hieß Monomanie. Von einer Geistesstörung beeinträchtigt, verfolgte sie nur noch diesen bestimmten, widersinnigen, zerstörenden Gedanken an Rache. Nach außen wirkte sie völlig normal. Zwei Frauen hatten ihr Leben für immer zerstört. Die eine war ihre Mutter, die zweite die Frau des Trainers, und alle, die noch in irgendeiner Form näher in ihr Leben treten sollten, mussten dafür büßen. Die Stimme ihrer Vernunft wisperte immer leiser und machte keinerlei Anstalten, sich durchzusetzen.

Doch in Situationen wie dieser, wenn ein Mensch die Strapazen ihrer Versuche nicht überstand, tauchten Erinnerungen auf, die sie so gerne für immer verbannt hätte. Sie saß in ihrem Sessel und ergab sich dieser Gefühlsduselei, besah ihre eigenen Katastrophen als Rechtfertigung für ihr Tun. Jetzt war auch noch Yvonne tot. Soweit hatte sie es wirklich nicht kommen lassen wollen. Sie wollte sie strafen, ja, aber sie hätte sie aus dem Entzug geholt, am nächsten Tag, ganz bestimmt. Dass Yvonne vorher starb, konnte doch wirklich nicht ihre Schuld sein, oder? Der Senator, John Murphy, und nun auch noch Yvonne, verloren durch sie ihr Leben. In diesem Moment spürte sie deutlich, wie die Macht über Andere ihren Zauber eingebüßt hatte und das Glück, immer wieder davon zu kommen, mehr als ausgereizt war.

Kapitel 17

Bereits in Amerika, bei Dean, hatte sie eine Idee gestreift, die sie immer wieder zurückdrängte, deren Kontur sich dennoch nach und nach schärfte. Sie musste wissen, ob das Gute wirklich gut bleibt, auch wenn man es manipuliert? Um hinter diese Frage zu schauen, sollten drei Frauen genügen, drei aus unterschiedlichen sozialen Schichten. Dafür bekam Subo Sechs einen Auftrag.

Subo Sechs, Luzia Petsko, lockte die Frauen durch ein gefaktes Preisausschreiben für Susanna auf die Insel. Dabei hielt sie sich streng an die vorgegebenen Kriterien. Sie suchte an Gemeinplätzen, wie zum Beispiel an der Uni in Frankfurt, wo sie zum ersten Mal fündig wurde. Zwei Frauen fielen ihr dort auf. Eine Zeitlang folgte sie ihnen, bis sie glaubte, einschätzen zu können, ob eine davon für die Kommandantin in Frage käme.

Sie beobachtete sie aus nächster Distanz. Marie und Swenja, die Namen fielen bei ihrer Unterhaltung, schlenderten lachend über den Campus. Immer wieder sprachen entgegenkommende Kommilitonen sie an. Alles, was mit freundlichen Gesten unterstrichen, geredet wurde, verstand Luzia nicht, aber sie erkannte, dass es hilfreich war. Die Studenten dankten vor allem Marie. Sie ist die Erste, die ich auf die Insel bringen möchte, sagte sich Luzia und, es ist sicher klug, wenn ich mich an ihre Freundin halte. Vielleicht hilft sie mir, Marie zu überreden, an dem Preisausschreiben teilzunehmen. Mir scheint, Svenja ist die kleinere Hürde. Bei Marie rechne ich eher mit einer Abfuhr, aber wenn Swenja dabei ist, wird sie sich nicht verweigern. Wir Mädels agieren doch bekanntermaßen viel lieber gemeinsam.

Marie sträubte sich zuerst, aber wie schon vermutet, konnte Swenja sie überreden. Beide füllten das Preisrätsel aus. Die Aussicht auf einen Urlaub der Superlative ließ sie alle Vorsicht vergessen. Mit den persönlichen Daten in der Hand fiel es Luzia leicht, die Mädels auszuspionieren. Marie entsprach haargenau den Vorgaben der Kommandantin. Damit hatte sie die erste Probandin gefunden.

Schleierwolken begrüßten den kommenden Tag. Luzia fuhr nach Lothringen. Sie achtete auf einen großen, wohnlichen Abstand zwischen den Frauen, und schloss so ein familiäres Verbandeltsein von vorneherein aus. Im Verlauf des Vormittags suchte sie sich in einem Einkaufszentrum in der hintersten Ecke eines Bistros einen Platz und beobachtete Menschen, die vollgepackt an ihr vorbei rauschten.

Ein lautes »Stell dir vor!« weckte schlagartig ihre Aufmerksamkeit. Zwei Frauen, Verkäuferinnen, wie sie den Firmenschildern an den Revers entnahm, zelebrierten gerade ihre Mittagspause. Sie redeten mit erhobenen Stimmen. Es machte ihnen nichts aus, dass fremde Ohren ihrem Gespräch lauschten.

»Stell dir vor«, entrüstete sich die eine Frau. »Dieser Arsch hat uns verlassen, da war ich noch nicht einmal auf der Welt!«

»Und deine Mutter, wie hat sie reagiert?«

»Meine Mutter? Was glaubst Du denn! Dieses Miststück, hat mich behandelt wie Scheiße, von Anfang an. Ich stand ihr im Weg, sie gab mir die Schuld, dass dieser Idiot sie sitzen gelassen hat. In ihren Augen bin ich auch heute noch ein ständiges Brechmittel. »Hätte ich dich doch nur abgetrieben«, schrie sie mich an, da war ich höchstens sechs oder sieben Jahre alt. Und dann schlug sie zu. Hast Du eine Vorstellung, wie man sich da fühlt?«

»Du Arme!«

»Wie eine Schachfigur schob sie mich hin und her. Ständig besoffen brachte sie fremde Männer mit heim. Die verlausten Typen, die sie in irgendeiner Gosse aufgetan hatte, schubsten mich in mein Zimmer und die Alte drehte den Schlüssel um. Sie sagte, es diene nur meiner Sicherheit, dabei ging es darum, ihnen bei ihrer Fickerei nicht in die Quere zu kommen. Ich habe die Bettdecke über den Kopf gezogen, damit ich ihre Schreie nicht mit anhören musste. Manchmal hatte ich Angst, die Freier würden die Alte umbringen. Viel ausgemacht hätte es mir nicht. Was sie trieben, verstand ich nicht. Es hörte sich jedenfalls gefährlich an. Für meine Mutter war nur wichtig, dass ich aus dem Weg war und sie keine Arbeit mit mir hatte. Immer wieder gab sie mich zu Leuten, denen ich, genauso wie ihr, am Arsch vorbeigegangen bin. Ein Scheißgefühl ist das für ein kleines Kind, das kann ich dir sagen. Merde, Merde, Merde!« Sie atmete tief durch, sackte, wie nach einer großen Anstrengung, auf ihrem Stuhl zusammen.

»Aber guck doch mal, vielleicht hat dir gerade diese schlechte Erfahrung eine gewisse Stärke verliehen. Immerhin hast du einen guten Job ...«

»Na ja, die Bezahlung könnte besser sein.«

»Aber Denise, maul doch nicht so blöd herum. Du kannst dir eine kleine Wohnung leisten und bist frei. Du kannst hingehen, wohin du willst, tun und lassen, was du willst, du brauchst keinen Arsch, dem du nachheulen musst. Warum beschwerst du dich?«

»Hm ja, hast ja recht, mein letzter Freund war auch ein Fehlgriff.« Denise, die sich soeben noch heftig beklagte, ließ ein verhuschtes Lächeln aufblitzen.

Sie wird meine zweite Kandidatin, dachte Luzia. Sicher ist es purer Zufall, aber genau so eine Frau mit einer miserablen Kindheit suche ich. Wenn sie ja sagt, fehlt mir nur noch eine mit einer mäßigen Bildung und mein Auftrag ist erledigt. Sie ging auf die beiden immer noch laut schnatternden Frauen zu und sprach sie auf das Preisausschreiben an. Nach kurzem Zureden füllten sie das Formular bereitwillig aus. Die Aussicht auf den Gewinn einer Reise besänftigte die aufgebrachten Gemüter. Der Blick auf die Armbanduhr zeigte ihnen, dass es Zeit war, wieder an die Arbeit zurückzugehen.

»Wir müssen«, sagte Denise, »unsere Mittagspause ist vorbei.«

Die Frauen trollten sich, jede lief in eine andere Richtung.

»Viel Glück!«, rief Luzia ihnen hinterher. Den nächsten Tag verbrachte sie in Thionville. Bisher hatte sie zwei Frauen gefunden, Marie, die aus einem gehobenen, stabilen Umfeld stammte, und Denise, deren Werdegang lieblos und schwierig war. Die Dritte zu finden war ein Kinderspiel, denn mittelmäßig intelligente Menschen waren weitverbreitet in der Welt. Nach mehreren Fehlversuchen, mit jungen Frauen ins Gespräch zu kommen, traf Subo Sechs auf Sylvie. Ohne zu zögern, sprach sie sie auf der Straße an.

»Hallo, haben Sie ein paar Minuten Zeit für mich?« Sie schenkte ihr das charmanteste Lächeln, erwähnte natürlich nicht, dass sie sie schon eine Weile beobachtete. Sylvie schaute sie skeptisch an.

»Was wollen Sie von mir?«

»Ich möchte Sie einladen an einem Preisausschreiben teilzunehmen. Es wird sich sicher für Sie lohnen.«

Sylvie, das langbeinige, dünne Mädchen mit den himmelblauen Augen und der Stupsnase, wirkte ein wenig verloren. Immer wieder strich sie sich fast linkisch ihre fusseligen, langen Haare aus dem Gesicht. »Wie kommen Sie dazu, anzunehmen, dass ich da mitmachen möchte?«

»Entschuldigen Sie, ich will nicht indiskret erscheinen, aber Ihre kleinen Seufzer, wenn Sie sich schöne Dinge in den Schaufenstern angesehen haben, waren unüberhörbar. Das Angebot, das ich Ihnen unterbreiten möchte, ist nicht uninteressant. Vielleicht ...«

»Ich kann mir all die schönen Sachen nicht leisten«, unterbrach sie Sylvie, die gar nicht richtig zugehört hatte. »Zurzeit bin ich arbeitslos. Niemand will mich einstellen, dabei habe ich einen guten Hauptschulabschluss. Inzwischen bin ich schon so weit, dass ich alles annehmen würde, jede Arbeit, verstehen Sie? Meinen Traumjob als Tierpflegerin kann ich mir jedenfalls abschminken. Ist es zu fassen, mittlerweile sind wir eine Gesellschaft, in der nur Leute mit Abitur etwas zu melden haben. Haben Sie vielleicht eine Arbeit für mich?«

»Ich kann ihren Frust verstehen. Wo kämen wir hin, wenn es keine Handwerker gäbe? Aber Gott sei Dank, gibt es noch Berufe, da ist es kaum von Belang, ob man eine mathematische Gleichung anwenden kann, das große Latinum hat oder drei Fremdsprachen beherrscht.«

Sylvie nickte. »Aber sie haben mich alle nicht genommen.«

Luzia sah sie mitleidig an. Sie beobachtete die Mundwinkel des Mädchens, die sich wie flüssiges Wachs nach unten zogen. Die fehlende Spannung ließ sie alt aussehen.

»Vielleicht bin ich Ihnen genau heute begegnet, um Ihren Alltag freudiger zu gestalten, wie finden Sie das?«

»Und wie soll das gehen?«

»Ich lade Sie ein, an unserem Preisausschreiben teilzunehmen. Haben Sie Lust? Es ist gut möglich, dass Sie schon in der nächsten Woche zu den Gewinnern einer traumhaften Reise, einem Urlaub der Superlative gehören. Na, ist das ein Angebot?«

»Okay, ich habe zwar noch nie etwas gewonnen, aber was nicht ist ... Was muss ich wissen?«

»Schreiben Sie in das Kästchen den Begriff »Superlative« und geben sie ihren Namen und die Adresse an, wo man Sie im Falle eines Gewinns erreichen kann.«

Sylvie nahm den Stift, den Luzia ihr hinhielt und füllte den Coupon aus.

»Viel Glück!« Luzia schenkte ihr ein ausgesuchtes Lächeln und steckte den Schein in ihre Tasche.

»Danke, Glück kann ich gebrauchen«, seufzte Sylvie.

Die Frauen verabschiedeten sich. »Die wird Augen machen, wenn wir ihr nächste Woche den Preis zukommen lassen«, flüsterte Luzia kaum, dass sie ihr den Rücken zugekehrt hatte. Sie hatte eine gute Wahl getroffen, davon war sie überzeugt. Was die Kommandantin im Schilde führte, interessierte sie nicht, das ging sie auch wirklich nichts an.

Kapitel 18

Susanna legte sich einen perfiden Plan zurecht. Die Frage, ob manipulatives Eingreifen in das Leben der drei ausgesuchten Frauen in irgendeiner Form repräsentativ sei oder nicht, spielte dabei keine Rolle. Sie benutzte sie für einen letzten Versuch, die eigene Schwäche oder Stärke vergleichend zu messen.

Die Frauen enttäuschten sie. Ebenso schwach wie sie es damals war, bemerkten sie bis zu dem Punkt, an dem sie die Cocktails und die anderen Leckereien schon sehnsüchtig herbeisehnten, nicht einmal, dass sie unter Drogen standen.

Alex aus der Küche nahm keine halluzinogenen Substanzen zu sich. Sie kreierte die Geschenke, versteckte sie in Essen und Getränken. Freiwillig tat sie das keinesfalls. Juan hatte Susanna vor ihrer Einstellung über ihre Drogenkarriere informiert. Er kannte sie lange, bevor er Susanna traf. Er unterbreitete ihr ein Angebot, gefahrloser ihr Geld zu verdienen, wenn sie in diesem schönen Club als Köchin arbeiten würde. Von so einem Job hatte sie immer geträumt.

»Kannst du dir vorstellen, für gut situierte Gäste zu kochen, ich meine, kulinarisch wertvoll, zu kochen?«, fragte Juan sie eines Tages.

»Ich, wie soll das gehen? Wer wird mich schon einstellen?«

»Lass mich mal machen. Ich habe Kontakte.«

»Und was müsste ich tun?«

»Vorerst einmal probekochen.«

»Okay, und wo?«

»Natürlich bei mir.«

»Hast du inzwischen das Restaurant, von dem du immer gesprochen hast?«

»Noch nicht, aber ich kenne eine Frau mit einer wunderschönen Anlage, die in etwa zwei Monaten eröffnet wird. Ihr fehlt eine gute Köchin. Ich dachte dabei an dich. Traust du dir das zu?«

»Kommt darauf an, für wie viele Gäste ich kochen müsste.«

»Das wird sich zeigen. Jedenfalls, sollte diese Dame mit deinem Probeessen zufrieden sein, bleibt noch genug Zeit, dich einzugewöhnen.«

»Klingt verlockend, wo ist der Haken?«

»Es gibt keinen.«

»Hm, kann ich das glauben?«

»Wie lange kennen wir uns? Du traust mir nicht, das ist dein gutes Recht. Aber eigentlich will ich dir helfen. Ein Vöglein hat mir gezwitschert, dass man dich schon eine Weile im Visier hat. Wirst sehen, eines Tages kommt ein verdeckter Ermittler, um bei dir einzukaufen. Muss ich dir erklären, was passiert, wenn du ihm gibst, was er verlangt?«

Alex schüttelte ihre braunen Locken. »Ich passe auf, immer! Meine Klienten kenne ich. Also lenke jetzt nicht vom Thema ab. Wann und wo soll ich für dich kochen?«

»Hast du morgen Abend schon etwas vor? Ich hole dich gegen 19 Uhr ab. Überlege dir ein Menü. Ruf an, damit ich die Zutaten besorgen kann. Meine Handynummer hast du?«

»Klar.«

»Also dann ...«

Das Probeessen war fulminant, viel besser, als Juan es erwartet hatte. Er wiederholte das Angebot. Alex sagte begeistert zu. Dass die Nummer mit den Drogen trotzdem nicht ausgestanden war, merkte sie erst Wochen später.

Mit der Zeit kannten die Frauen im P.M.C kaum noch Abwehr. Für den wichtigen, wohldosierten Stoff taten sie mittlerweile alles. Das Einzige, was ihnen blieb, hieß Angst und die Gewissheit, dass das Weiterleben ohne Stoff unerträglich würde. Susannas Hintergrundrecherche war ausreichend, die fünf Frauen in den Knast zu bringen. Alle trugen sie ihr schwarzes Geheimnis. Sie waren dankbar, sich außerhalb der Reichweite der Justiz aufzuhalten. Mit der Zeit funktionierten sie wie technikfreie Roboter, aber ohne Reibung verlor Susanna jegliches Interesse an ihnen.

Von den drei Gewinnerinnen interessierte sie nur Marie. Sie wies die stärkste Persönlichkeitsstruktur auf. Aber gegen unmoralische Angriffe und Kontrollverlust war sie auch nicht gefeit. Von ihr hatte sie eine massive Gegenwehr erwartet, aber auch sie erkannte nicht, was hier ablief. Schade eigentlich.

Der Film hatte schon lange geendet und sich zurückgespult. Susanna erhob sich, in Trance, von der Rückschau der bösen Anfänge, erneut vergiftet. Sie stellte das leere Glas beiseite, nahm die Kassette und beförderte sie in ihren Tabernakel. Eine verirrte Träne lief ihr über die Wange. »Was ist aus mir geworden?«, flüsterte sie, und hielt in ihrem Schritt inne. »Warum haben sie mich nicht geliebt?«

Sie ging zum Telefon und wählte eine Nummer. »Ich brauche Dich heute Nacht«, hauchte sie kaum hörbar hinein und legte auf. Danach schlurfte sie ins Badezimmer und ließ Wasser in die Wanne einlaufen. Sie nahm eine kostbare Essenz und tröpfelte sie hinein. Gedankenverloren setzte sie sich auf den Rand und ließ ihre Hand wie ein Schiff durch das Wasser gleiten. Nach einer Weile drehte sie den Hahn zu, erhob sich und zog ihre Kleider aus. Träge stieg sie in das wohltemperierte Nass. Mit einem weichen Schwamm wusch sie sich. Heute brauchte sie Juan und seine Umarmung ganz besonders. Sie stieg aus der Wanne und stellte sich tropfend vor ihren großen Spiegel. Lange betrachtete sie sich und war zufrieden. Ihre Figur war tadellos.

»Susanna«, sagte sie zu sich selbst, »die jahrelange Schinderei hat sich wenigstens in diesem Punkt gelohnt.« Mit großer Sorgfalt trocknete sie sich ab und ließ sich auf dem gepolsterten Stuhl vor ihrem Schminktisch nieder. Aus einem Elfenbeintiegel entnahm sie eine schimmernde Creme, die sie mit Akribie und auch, um die Zeit einzufangen, bis ihr Geliebter kam, auf ihrer sibirisch weißen Haut kredenzte. Mit einem Pinselchen umschattete sie ihre Lider in irisierendem Rauchblau, verwischte den schwarzen Kajalstrich gekonnt zu smokey eyes. Die grünen Kontaktlinsen und die roten Haare lagen in einer Schublade, weggesperrt, als Relikt vor ihrer letzten Metamorphose. Sie überlegte kurz, ob sie einen Hauch Rouge auf die Wangen legen sollte, entschied sich letztlich aber dagegen. Den Mund schminkte sie sehr rot, was ihr einen vulgären Schneewittchentouch verlieh. Spitze und Hof der Brüste färbte sie in einem dunklen rosenrot. Alle überflüssigen Haare, die unter den Achseln und die des Schoßes hatte sie schon lange entfernt. Sie waren ihr lästig. Ihr Geliebter, sofern das Wort Liebe hier relevant war, bestand auf kindlicher Schönheit. Er wollte sie nackt, ganz nackt. Danach parfümierte sie lange ihre Achselhöhle, den Hals, die Furche unter den Brüsten, die beiden Handgelenke und Armbeugen. Aus einer Schachtel beförderte sie eine aufwendig gearbeitete schwarze Pagenkopfperücke, aus echtem europäischem Schnitthaar gefertigt, und setzte sie auf. Sie kämmte sie sorgfältig in Form und warf diesem fremden Spiegelbild ein kaum sichtbares Lächeln zu.

Sie erhob sich, ging zu ihrem Wandschrank und griff nach ihrem kostbaren chinesischen Kimono. Ihr Gemahl hatte ihn einst aus Tokio mitgebracht. Einem Geheimtipp folgend, fand er ihn in einem sündhaft teuren Laden, einem Geschäft, in dem für hochherrschaftliche Kunden noch traditionell gearbeitet wurde. Dieses Kleidungsstück, in das sie sich augenblicklich verliebte, kostete ihn ein kleines Vermögen. Sie streifte das Gewand über und begutachtete sich kritisch in ihrem Spiegel. Vor ihr stand ein äußerlich neuer Mensch. Niemand außer Juan hätte sie in dieser Aufmachung erkannt.

Kapitel 19

»Steffen Petersen!«

»Hallo Steffen, hier ist Eleonora Sanders.«

»Oh Hallo, gibt es etwas Neues von Marie?«

»Nein, leider, aber deswegen rufe ich nicht an. Ich wollte mich bei dir entschuldigen, dass ich dich im Krankenhaus vergessen habe. Sorry.«

»Aber das ist doch nicht ...«

»Warte! Ich war so fasziniert vom Anblick meiner Tochter, da wurde alles andere nebensächlich.«

»Das verstehe ich. Ging mir genauso.«

»Hör mal, hast du heute Abend was vor?«

»Eigentlich nicht, ich wollte lernen, wie üblich. Warum fragen Sie?«

»Jochen kommt nach Hause, ich dachte, wir sollten alle mal miteinander reden. Kommst du? Hast du Lust? Ich koche uns auch was Schönes. Sag bitte ja!«

»Ich komme gern«, sagte Steffen und merkte, wie sich sein Magen zusammenzog.

»Also dann bis heute Abend um 19 Uhr. Mach`s gut Steffen.«

»Danke für die Einladung. Bis heute Abend.«

Auf was habe ich mich eingelassen? Jochen wird mir kaum Vorhaltungen machen, aber Maries Eltern? Ich weiß nicht, ob ich das Richtige tue. Im Krankenhaus war Eleonora nett, ob sie das noch ist, wenn sie mich in ihrer eigenen Höhle empfängt? Steffens Entschluss, zu den Sanders zu gehen, geriet ins Wanken. Aber pünktlich fünf Minuten vor der Zeit stand er vor ihrer Tür. Er drückte die Klingel. An der Tankstelle hatte er einen der letzten Blumensträuße erstanden. Natürlich sah man, dass es nicht das Kunstgebilde eines begabten Floristen war, dennoch sah er schön aus, schlicht, mit frischen Schnittblumen, und farblich passte er zum Esszimmer. Sein monatliches Budget ließ nur diese Billigvariante zu. Er zerrte die Krawatte zurecht, trat wie ein Pennäler von einem Fuß auf den anderen. Ob ich noch mal klingeln soll? Vielleicht haben sie es überhört, überlegte er. Mit einem Ruck öffnete sich die Tür und Jochen stand vor ihm.

»He Alter, Du hast dich aber schick gemacht. Den feinen Zwirn kenne ich gar nicht an Dir. Sieht gut aus, aber ein bisschen overdressed, meinst du nicht?« Ein breites Grinsen huschte über sein Gesicht.

»Scheiße«, murmelte Steffen, »ich hätte es wissen müssen. Diese Aufmachung taugt vielleicht dazu, Maries Eltern, um die Hand ihrer Tochter zu bitten, aber dafür ist jetzt sicher nicht der rechte Zeitpunkt.« Über sein Gesicht huschte ein gequälter Ausdruck. Jochen grinste dämlich.

»Ist das Steffen?«

»Ja, Mama.«

»Bring ihn bitte ins Esszimmer, ich komme auch gleich. Frag ihn, was er trinken möchte, ja?«

»Ja, Mama, mach ich. Steffen, du hast meine Mutter gehört, komm herein und setz dich.«

Steffen nahm am Esstisch Platz.

»Willst 'nen Roten, oder lieber ein Bier?«, fragte Jochen aus dem Hintergrund.

»Lieber ein Bier, du weißt doch, ich bin ein Freund des Gerstensaftes.«

»Hat sich also nichts geändert.« Jochen griff sich zwei Flaschen Pils aus dem Kühlschrank und stellte sie vor Steffen auf den Tisch. Einen Öffner legte er dazu.

»Mach schon mal auf« sagte er, »ich hole die Gläser. Mama, was möchtest du trinken, Bier oder Wein, weiß oder rot?«

»Ich möchte Rotwein, Schatz!«, rief sie aus der Küche.

»Mann, wir haben uns verdammt lange nicht gesehen«, sagte Jochen und setzte sich an den Tisch. »Sollten mal wieder einen trinken gehen, so wie früher.« Er sah Steffen an. Der fühlte sich sichtlich fehl am Platz.

»Ja, das wäre schön«, sagte er gedehnt, »aber ich habe im Augenblick wenig Spielraum, du weißt doch, die Prüfungen stehen bevor. Die Zeit, die ich abknapsen kann, verbringe ich lieber bei Marie.«

»Ah, verstehe. Mama hat mir erzählt, dass sie dich im Krankenhaus angetroffen hat. Sie war sehr beeindruckt.«

»Ehrlich? Dann ist sie nicht sauer auf mich?«

»Warum sollte sie? Du hast doch mit dem Unfall nichts zu tun.«

»Vielleicht doch. Wenn wir uns damals nicht gestritten hätten, wäre sie vielleicht nicht gefahren.«

»Vielleicht, du sagst es. Mach dir keine Vorwürfe, alles hat seine Bestimmung, wenn wir auch nicht verstehen, weshalb so schreckliche Dinge passieren. Ich rede wie ein Billigphilosoph«, lachte Jochen. »Verzeih, aber ich glaube, so funktioniert unser Schicksal nun mal.«

»Hallo Jungs, macht euch bereit für ein schmackhaftes Essen. Hier kommt die Vorspeise, Tomaten- Mozzarella nach mediterraner Art mit frischem Basilikum. Ich freue mich, dass du da bist, Steffen.« Sie warf ihm ein mütterliches Lächeln zu. »Weißt du, heute hatte ich zum ersten Mal seit dem schrecklichen Unfall, Lust aufs Kochen verspürt. Greift zu, Jungs. Geniere dich nicht, Steffen. Guten Appetit!«

»Danke, das sieht lecker aus.«

»Hast du gesehen, Mama, Steffen hat dir Blumen mitgebracht. Ich habe sie auf das Sideboard gestellt.«

»Ach, sind die schön«, schmeichelte Eleonora, und dann folgte der Satz, der schon ganz abgegriffen ist, »das wäre aber nicht nötig gewesen.«

Sie aßen die Vorspeise, ohne viel zu reden, dafür flogen taxierende Blicke hin und her.

»Wann kommt Papa nach Hause, muss er nachsitzen?«, spöttelte Jochen, um das Schweigen zu brechen. Eleonora schob den Ärmel ihrer Bluse ein Stück zurück. Sie hielt den Arm mit der Uhr ein wenig höher, dem Licht entgegen.

«In einer viertel Stunde wird er da sein«, sagte sie.

»Wir hätten doch mit dem Essen auf ihn warten können«, insistierte Steffen.

»Aber nein, Walter macht sich nichts aus Vorspeisen, er liebt warmes Essen. Wenn er sieht, dass ich sein Leibgericht gekocht habe, ist er glücklich«, erwiderte Eleonora.

»Haben Sie ihm gesagt, dass ich komme, war er damit einverstanden?«

»Ja natürlich, Steffen, er freut sich auf dich.« Ganz ehrlich war diese Antwort nicht. Eleonora wusste, dass ihr Mann Steffen immer noch für einen Hallodri hielt, aber sie wischte die Bedenken mit weiblichem Charme weg. Männer sind eben einfach gestrickt. Der Schlüssel der Haustür wurde umgedreht, gleich darauf stand Herr Sanders im Esszimmer.

»Hallo Schatz«, begrüßte er ein wenig müde seine Frau und drückte ihr ein flüchtiges Küsschen auf die Wange. »Hallo Jochen. Steffen, lange nicht gesehen, geht's gut?« Er hielt ihm die Hand hin, die Steffen linkisch ergriff und drückte.

»Ging schon mal besser«, murmelte er, wie zu sich selbst. »Irgendwann geht es uns allen sicher wieder gut. So kann es ja nicht bleiben, oder?«

Herr Sanders entledigte sich seines Mantels und setzte sich zu ihnen. Eleonora brachte das Hauptgericht aus der Küche. Sie servierte Schweinefilet in Gorgonzolasoße und Nudeln. Alle langten kräftig zu. Nach dem Essen brühte sie, mit Hilfe der erst vor ein paar Tagen erstandenen Maschine, noch einen herrlich sämigen Espresso auf. Sichtlich zufrieden registrierte sie das Wohlbehagen in den Gesichtern der Männer.

»Ich glaube, wir sollten mal über den Unfall reden, was meint ihr?« Herr Sanders nutzte die nach dem Essen gelöste Atmosphäre. Er blickte erwartungsvoll in die Runde. Ein zustimmendes Nicken war die Antwort.

Kapitel 20

Kurz nach Mitternacht traf Juan bei Susanna ein. Er kam durch den Lieferanteneingang, von niemand gesehen, ein Gast wie ein Geist, geleitet von der Pracht der Sterne. Barfuß betrat er Susannas Reich, das er als Einziger aufsuchen durfte. Er fand sie ausgestreckt, mit geschlossenen Augen, lasziv auf dem dicken Teppich liegend. Im ersten Augenblick erschrak er, wie sie so dalag, bleich schimmernd, wie eine Schaufensterpuppe, eisiger als eine Schneefläche. Dann bemerkte er das leichte Beben, als er sich zu ihr hinunter beugte, sie leicht an der Schulter berührte, die sich, vielleicht unabsichtlich entblößt, seinem Blick darbot. Im gleichen Moment schlug sie ihre Augen auf und schaute, als sei sie aus weiter Ferne heimgekehrt, in das erwartete Gesicht.

»Endlich«, säuselte sie und schlang ihm die Arme um den Hals. Juan beugte sich tiefer zu ihr hinunter. Im letzten Moment widerstand er dem Verlangen, sie zu küssen. Es wäre einem Sakrileg gleichgekommen. Sie hätte ihn geohrfeigt und hinausgeworfen mit schroffen, wütenden Worten. Ein normales Liebespaar waren sie nicht, nein, sie glichen eher Mensch und Hund, fast auf gleicher Höhe, Handlanger des Teufels. Aber wie sich ihm Susanna in diesem Augenblick darbot, mit einem Hauch devoter Verzweiflung, keimte in Juan der Verdacht, dass irgendetwas vorgefallen sein musste, was in unbegreiflicher Weise ihren inneren Kern geschrammt hatte. Eine Sternschnuppe des Herzens, war das überhaupt noch möglich? Das Flackern der Kerzen brach sich in ihrer Iris.

Juan glaubte sich in einem Kaleidoskop gefangen. Der rote Mund bot sich ihm wie eine aufgebrochene Frucht dar, eine verbotene Frucht aus dem Garten Eden. Es fiel ihm schwer, dieser Verlockung zu widerstehen. Er leckte ihren weißen Hals, umspielte mit der Zunge das Ohr und entlockte ihr damit ein zartes Gurren. Er wusste, dass ihre Ohren die eigentlichen erogenen Zonen waren. Sie vibrierte am ganzen Körper, während er sie so liebkoste. Als er den Gürtel ihres Kimonos lösen wollte, hinderte sie ihn. Bisher hatte sie nur dieses eine Wort gesagt: »Endlich!«. Susanna richtete sich auf und begann Juan zu entkleiden, langsam, so, wie man ein Geschenk auspackt, von dessen Wert man überzeugt ist. Juan überließ sich ihren schlanken Händen, genoss, in ihren warmen, sinnlichen Duft gehüllt, den passiven Part. Als er nackt vor ihr lag, bewunderte sie voller Verlangen die steigende Männlichkeit, die sich wie die Schlange des flötenden Inders aus dem Korb erhob, hypnotisiert durch Begehren, nicht durch Töne. Sie hatte ihn nicht einmal angefasst. Über ihm kniend löste sie ihren Gürtel und ließ den Mantel zu Boden gleiten. Wie ein Sommerwind, der den feinen Meeressand streift, millimeterweise, mit der zartesten Berührung, bei der sich seine Körperhärchen wie kleine Stacheln aufstellten, glitt sie über ihn. Mit diesem Hauch Kontakt bot sie sich ihm ohne Scham in ihrer ganzen Pracht, bis er es nicht mehr aushielt, sie bei den Schultern packte und zu sich hinunterzog. Sie konnte ihn nicht mehr daran hindern, die Hände, die wie Kraken jede Höhle erkundeten, aufzuhalten, sie wollte es auch nicht mehr.

Er küsste jeden Zentimeter ihrer heißen Haut, außer ihrem Mund, bevor er sie nahm. Auf gleicher Höhe bewegten sie sich, positionierten ihr Drehen und Wenden im Rhythmus von Meereswellen, die immer höher brandeten, bis Juan den höchsten Punkt erreichte. Er brach über ihr zusammen mit einem lauten Stöhnen. Schwer lag er auf Susanna, die es wieder nicht geschafft hatte, den ersehnten Olymp zu erklimmen, obwohl sie sich sehr bemühte, oder vielleicht gerade deswegen. Sie schob ihn herunter wie eine lästige Kröte.

Schuldbewusst fragte Juan, ob sie mit ihm gekommen sei. Die Veränderung auf ihrem Gesicht und der betäubende Blick, in den sich winterliche Schärfe mischte, zeigten ihm unmissverständlich, dass diese Frage unangebracht war. Nun wollte er das Unerreichte erzwingen, indem er sie wie ein Tölpel begrabschte. Ein paar Sekunden lang schaute sie ihm zu, dann hielt sie seine Hände fest. Sie war sauer, er gekränkt. Mit Liebe hatte das alles nichts zu tun. Als sie aufstand und nach ihrem Kimono griff, schenkte sie Juan einen vor Verachtung triefenden Blick. Mit diesem wirkungsvollen, narrativen Kunstgriff zerstörte sie augenblicklich die fast sakrale Stimmung, die er beim Eintritt in den Raum vorgefunden hatte. Die totalitäre Wertigkeit war wieder hergestellt.

»Hast du die Medizin mitgebracht?«

Wie ein geprügelter Hund lief Juan durch das Zimmer. Er raffte die Kleidung zusammen und zog sie an.

»Selbstverständlich!«, murrte er, »ich brauche jetzt auch was. Möchtest du rauchen oder lieber etwas Stärkeres?«

»Wir hätten es vorher tun sollen.«

»Was?«

»Eine Linie ziehen«, meckerte Susanna.

»Du hättest dir leichter getan, aber ...« Juan verstummte, als er ihre Augen sah. Sollte er die Frechheit besitzen, ihr nun auch noch die Schuld zuzuweisen, dass sie wieder nicht gekommen ist, dann Gnade ihm Gott. Das war ihm schlagartig klar.

Einmal, nur ein einziges Mal, hatte Susanna das erleben wollen, von dem alle Welt schwärmte, von der Mystifikation des allumfassenden Gefühls, das durch seine Macht Kriege auslösen konnte. Nur einmal wollte sie erleben, wie es ist, einen Orgasmus zu haben. Scheinbar hatten es alle Frauen schon erlebt, nur sie nicht, und das mit beinahe 40 Jahren. Auch auf ihrem Gesicht sollte sich Verklärung zeigen, aber ohne den drogistischen Verschleierungstrick. Einmal einen Orgasmus zu haben, pur, echt, ohne dieses trügerische Gleichgewicht und ohne emotionale Distanz, zählte zu ihren größten Wünschen. Sie zog sich rasch an. Währenddessen wollte Juan, der wie immer an alles gedacht hatte, für sie beide einen Kondensstreifen des weißen Pulvers anrichten. Sie gebot ihm mit harter Hand Einhalt.

»Jetzt nicht!«, ermahnte sie ihn, »wir müssen noch etwas erledigen.«

Er hatte es gewusst, gleich, als er sie so liegen sah, hatte er gespürt, dass heute alles anders war. Sie war nicht wie sonst. Ihr prinzipieller Argwohn schien von einer tiefen Hilflosigkeit überdeckt. Wie sie so dalag, das war schon eine Überraschung. Sie wollte mehr als Sex und Drogen.

»Was ist passiert?«

»Ein Unfall, es war wirklich nur ein blöder Unfall«, sagte sie lapidar. Allein diese Antwort transportierte schon die verdeckte Lüge.

»Erzähl schon, was ist passiert?«

Sie schilderte ihm keineswegs den eigentlichen Sachverhalt. Sie verdrehte diese furchtbare Angelegenheit so, dass er glauben musste, Yvonne wäre an einer sich selbst verabreichten Überdosis Heroin gestorben. Nun hätte sie die Scherereien.

»Woher hatte sie den Stoff?«

»Diese Frage musst du mir wirklich nicht mehr stellen. Sie hat ihn gestohlen, was sonst.«

Beinahe hätte Juan laut gelacht. Er möchte den oder die sehen, die es fertig bringt, Susanna zu bestehlen. Was für eine Farce tischte sie ihm auf. Die Vorsicht gebot ihm, nicht zu äußern, was er dachte. Damals, als ihr Architekt Murphy den mysteriösen Unfall hatte, kam Juan nicht nur einmal der Gedanke, dass die unschuldige Susanna vielleicht doch nicht so unschuldig daran wäre, wie es ihrem Namen entsprach.

»Wo ist sie und, was machen wir jetzt mit ihr?«

»Das liegt doch auf der Hand«, antwortete Susanna. »Sie liegt im Bunker und da kann sie nicht bleiben. Auf keinen Fall darf man sie hier finden.«

»Und das muss noch heute Nacht geschehen?«

»Wann sonst? Soll sie vielleicht erst verschimmeln? Nachts sind alle Computer aus, nichts wird aufgezeichnet, die Mädchen schlafen. Es ist die Zeit der Reinigung, das weißt du doch, schnaubte Susanna.«

»Oh Gott, oh Gott, Susanna, was hast du getan?«

»Lass ihn aus dem Spiel, und mich auch. Komm endlich!« Ihre Augen sprühten Blitze.

»Dein Willkommen *Endlich* hörte sich wesentlich besser an.« Juan seufzte gequält.

»Wir müssen zuerst die Festplatte des Computers von Subo Drei austauschen.«

»Warum?«

»Weil dort alles gespeichert ist, du Einfaltspinsel. Spuren verwischen, schon mal gehört?«

»Okay, aber wo bringen wir die Leiche hin?«

»Nun, ich bin für das andere Ende der Insel. Mit deinem Geländewagen finden wir sicher ein nettes, unübersichtliches Plätzchen, wo sie in Ruhe die nächsten hundert Jahre schlafen kann, wie Dornröschen, nur ohne Prinz.«

»Also gut, lass uns gehen.«

Juan tauschte die Festplatte aus, bevor er mit Susanna die Höhle betrat, in der Yvonne mit merkwürdig verdrehtem Körper wie schockgefroren, auf dem felsigen Boden lag. Beim Öffnen der schweren Balkentür schlug ihnen ein faulig, nasser Modergeruch, mit süßlichen Leichendunst durchzogen, entgegen. Wie nach einem Schlag in die Magengrube raubte er ihnen den Atem. Augenblicklich traten beide zurück, liefen in entgegengesetzte Richtungen. Jeder vernahm das trockene Würgen des anderen.

»Ich kann da nicht hinein«, quengelte Susanna mit mondbleichem Gesicht.

»Ach, und ich soll!«, beschwerte sich Juan.

»Klar, einer muss, wir können sie nicht liegen lassen.«

»Warum zum Teufel liegt sie denn hier drin?«

Susanna schnaubte verächtlich.

»Ich brauche etwas, das ich um die Nase binden kann. Gib mir deine Bluse.«

Ohne etwas zu entgegnen, zog Susanna ihre Bluse aus und band sie Juan um Nase und Mund. Sie trug keinen BH.

»Schöner Anblick«, nuschelte er.

»Lass den Blödsinn, geh lieber da rein und schaff sie weg. Ich bringe in der Zwischenzeit den Wagen und eine Decke. Glaubst du, ich kann bis zu den Olivenbäumen fahren? Dann sind es nur ein paar Meter, die du sie schleppen musst. Ich kann dir aber auch beim Tragen helfen, wenn das Päckchen erst mal 'ne Schleife hat.«

»Schön, dass dein Sarkasmus noch funktioniert«, spottete Juan. Auf ihre Frage antwortete er, »das kann klappen. Pass aber auf, dass der Wagen nicht zu sehr in Schräglage kommt.«

Susanna eilte davon.

Die Anlage lag in schmeichelndes, silbernes Mondlicht getaucht, friedlich da. Nur hie und da gab der Himmel ein paar Fetzen Helligkeit preis. Es schien unmöglich, dass genau hier zu diesem Zeitpunkt etwas Ungesetzliches seinen Lauf nahm.

Kapitel 21

Erneut hörte Marie diese seltsame Musik, von der sie nicht sofort wusste, wo sie herkam. Sie flutete über sie hinweg, leise und schwer, klassisch, beängstigend und beeindruckend. Mit Pochen in ihrem Kopf schwoll sie an, verlor sich mit dem Abebben des anrollenden Schmerzes, und zerrte ein Bild aus der Tiefe.

Einmal, in der Neunten auf dem Gymnasium, sang sie mit ihrer Klasse die Krönungsmesse von Händel. Zuvor spielte ihr Musiklehrer auf der gewaltigen Kirchenorgel ein Stück von Poulain. Damals, bei einer Probe in der Basilika, verzog sie sich heimlich in eine Ecke, schloss ihre Augen und gab sich dieser unglaublichen Musik hin. Von der Symphonie durchglüht, fühlte sie sich, in einen regelrechten Krimi hineinversetzt, mit Anschleichen und Verfolgung, mit befreitem Lauf, mit Bildern, die sie fasziniert aufsog. Sie schwamm einfach in den Tönen mit. Aber jetzt spürte sie deutlich eine angsteinflößende Dissonanz. Die musikalischen Intervalle verschwanden, nachdem es ihr endlich gelang, ihre Augen zu entpuppen und der Nacht entgegen zu schauen. Sie überzeugte ihre Glieder von der Notwendigkeit, aufzustehen, schlurfte zur Tür, öffnete sie.

Ein pompöser Sternenhimmel auf schwarzem Samt schmachtete ihr entgegen. Sie trat hinaus und sog die wunderbar, weiche, Blütenduft geschwängerte Luft ein. Es herrschte eine unheimliche Stille, in die sie barfuß hineinlief. Die Anlage entzückte sie wie noch nie, vielleicht weil sie sich diesmal jungfräulich, ohne Gezeter und Geschnatter, wahrhaftig zeigte. Wenn nicht ständig diese Kopfschmerzen und das seltsame Unwohlsein sie beeinträchtigten, könnte sie diesen Urlaub als den außergewöhnlichsten, ultimativsten und erholsamsten ansehen, allein schon, weil keine Männer nervten. Sie lief durch die Häusergassen und las die Namen an den Türen. Dabei stellte sie fest, dass man die der Gäste, die sie inzwischen alle kannte, wie bei ihr an der Hausfront angebracht hatte. Es geschah aus Kalkül und nicht zufällig, wie es Denise und sie annahmen. Der Zweck verbarg sich ihrer Logik. Immer wieder setzte sie sich auf eine Mauer, genoss die ausgeprägte Stille, führte lediglich ihre Gedanken an der langen Leine spazieren. Kein Vogel zwitscherte, kein Windhauch bewegte die Bilder in ihrer Netzhaut.

Ein ruhendes, wunderbares Nichts zerplatzte mit dem Motorengeräusch von einem Auto, das zwar ein Stück weit von der Anlage entfernt, aber sich dennoch an ihrer Peripherie befinden musste. Was machte ein Auto mitten in der Nacht an diesem außergewöhnlichen Platz? Sie lief in die Richtung, aus der sie das Brummen vernahm, verbarg sich hinter Sträuchern und Bäumen, bis sie sich in unmittelbarer Nähe wähnte. So weit weg von den Häusern war sie noch nie, wie auch, wenn der ganze Tag reglementiert wurde. Ihre Augen gewöhnten sich langsam an das Dämmerlicht. Was sie sah, rüttelte an ihrer Vorstellungskraft.

»Ist das nicht Carlos, der hier mit einem großen, schweren Paket unbeholfen, offensichtlich schweißtreibend, hantiert? Und wer ist die schwarzhaarige Frau, die ihm gerade zu Hilfe eilt? Was machen sie hier, mitten in der Nacht?«, flüsterte Marie.

»Oh mein Gott!« Sie schlug die Hand vor den Mund, beinahe hätte sie zu laut gesprochen, »das sieht ja aus, als transportierten sie eine Leiche.« Fassungslos beobachtete sie, wie die Beiden einen in eine dicke Decke gewickelten Gegenstand, oder Menschen, an beiden Enden anhoben und aus ihrem Gesichtsfeld schafften. Sie beförderten das gewisse Etwas in den Wagen. Noch einmal hörte sie Motorengeräusche, die sich in die Dunkelheit hinausblichen. Sie duckte sich noch eine Weile hinter einen dichten Strauch, bis sie sich erheben konnte. Die Neugier trieb sie vorwärts, bis sie vor einer dicken, von der Sonne malträtierten Balkentür, die in einen Felsen gehauen war, stand. Hier also befand sich das Corpus Delicti. Hier war soeben etwas Ungeheuerliches geschehen, was sie zwar nicht erklären konnte, was ihr aber dennoch die Haare sträubte. Systematisch suchte sie die Gegend, rund um den mysteriösen Ort ab. Sie fand nichts weiter als zwei Stellen mit frischer Kotze, ein Indiz, dass es den beiden Verbrechern nicht gerade gut ging bei ihrer nächtlichen Aktion. Zuerst versuchte sie zaghaft und leise, die monströse Tür zu öffnen, aber auch nach etlichen Versuchen gelang es ihr nicht. Mehrere Male atmete sie tief ein. Außer dem unentwegten Knurren ihres Magens konnte sie keinen Laut vernehmen. Sie war allein. Mit aller Kraft warf sie sich gegen die Tür, aber der Koloss weigerte sich, nachzugeben.

Strategisch befühlte sie jede Ritze, auch die Kanten des Felsens, in der Hoffnung, doch noch den Schlüssel zu finden, aber da war nichts. Sie wusste, dass sich hinter dieser Tür ein Geheimnis verbarg, aber wie sollte sie es ergründen? Ihr Kopf weigerte sich immer noch, das Geschehene zu begreiflicher Form zu glätten. War das wirklich Carlos, der nette Mann, mit dem sie vor einer Zeit, die ihre Uhr nicht mehr hatte festhalten können, hier her gekommen war?

Spätestens ab jetzt musste sie sich eingestehen, dass es illusorisch ist, anzunehmen, dass er sie nach Beendigung ihres Urlaubs aus diesem Club abholen und zum Flughafen bringen würde. Der Zeitpunkt dafür war klar, nur hatte sie jegliches Zeitgefühl eingebüßt. Die 14 Tage hätten durchaus vorüber sein können. Die Fehlzeiten in ihrem Gedächtnis summierten sich. Mit dem Handy anzurufen hatte keinen Zweck, da sie sich in einer netzfreien Zone aufhielt. Ihre Armbanduhr stellte schon nach wenigen Tagen ihre Funktion ein und ließ sich durch keinerlei Manipulation dazu bewegen, ihr die Zeit zu verraten. Andere Uhren gab es nicht. Ihre Frustration wurde so keineswegs zeitlich begrenzt. Sie schrieb einige idyllische Postkarten, schickte sie nach Hause und an Freunde. Dass sie nie ankommen würden, ahnte sie nicht. Plötzlich kam ihr eine furchtbare Idee. Was wäre, wenn sie soeben den Abtransport von Yvonnes Leiche mit angesehen hätte? Allein der Gedanke setzte sofort eine Verdrängungsdynamik in Gang. Das konnte nicht sein, das durfte nicht sein, nein, Yvonne war sicherlich schon vor Tagen abgereist. Aber seltsam war es schon, dass sie sich nicht einmal verabschiedet hatte. Denise registrierte das auch. Aber dafür gab es sicherlich Gründe. Gerade als Marie sich umwandte, um zurück zu ihrem Häuschen zu schleichen, sah sie etwas Silbriges in der narbigen Erde aufblitzen. Sie bückte sich und fand ein halb eingetretenes kleines, schmutziges Schmuckstück. Nachdem sie es an ihren Shorts abgewischt hatte, staunte sie nicht schlecht. In ihrer Hand lag ein silberner Krebs, der an eine Kette oder ein Armband gehörte. Sie betrachtete ihn lange. Vielleicht wollte er ihr etwas sagen, sie verstand es nur nicht.

Ein kühler Windhauch überzog ihren Körper mit Gänsehaut. Fröstelnd steckte sie ihren Fund in die Hosentasche. Soll ich in die Richtung gehen, von wo die Motorengeräusche zu hören waren? Sie entschied sich sofort dagegen. Die Nacht entwich langsam wie die Luft aus einem Loch in einem Luftballon und gab dem Himmel zäh die morgendliche Blässe zurück. Zeit zurückzugehen, bevor die Anlage zu neuem Leben erwachte. Zum letzten Mal ließ sie ihre Augen über das Terrain schweifen.

Kapitel 22

»Was habt ihr unternommen, als Marie nach 14 Tagen nicht nach Hause gekommen ist und wann ist sie wieder aufgetaucht?« Steffens angedeutetes Lächeln übertünchte lediglich, die in den Fragen enthaltene leise Kritik.

»Wir wollten sie am Flughafen abholen, das ist doch klar. Mama und ich sind jeden Tag dahin gefahren. Wir haben in der folgenden Zeit bei jedem aus Ibiza ankommenden Flugzeug gehofft, sie wäre dabei.« Jochens Antwort hatte einen schnippischen, beleidigten Unterton.

»Danach haben wir die Polizei aufgesucht«, mischte sich Herr Sanders ins Gespräch, »aber wir standen tatsächlich einigermaßen blöd da. Wir konnten keine nennenswerten Angaben machen, wussten nicht einmal genau, wo Marie abgestiegen war.«

»Ibiza, das war klar, aber eine Hoteladresse gab es nicht«, sagte Frau Sanders. »Ich erinnerte mich flüchtig an das, was ich vor Wochen auf diesem ominösen Kuvert und dem Brief, mit der Gewinnbenachrichtigung gelesen hatte.«

»Und was stand da?«

»Recht kryptische Angaben, wenn ich jetzt darüber nachdenke. Ich freute mich, dass Marie eine Reise der Superlative gewonnen hat, für 14 Tage, mit allem Drum und Dran, im Club Fortuna Irgendwas, einer Ferienanlage, außerhalb der Stadt gelegen. Ich fand erstaunlich, dass es sich um einen Urlaub nur für Frauen handelte.«

Steffen senkte beschämt den Blick. »Für Marie muss das ja wie ein Wink des Himmels geklungen haben nach dem Stress, den sie mit mir hatte. Von mir und den Männern hatte sie die Nase gestrichen voll.«

»Das ist schon möglich, aber du kannst mir glauben, ich mache mir auch die bittersten Vorwürfe. Marie war alles andere als begeistert von diesem Gewinn. Eigentlich wollte sie gar nicht weg, hätte ich sie doch nur nicht so bedrängt«, seufzte Eleonora. »Schuldzuweisungen bringen uns keinen Schritt weiter«, sagte Herr Sanders. Jochen stimmte ihm zu.

»Und was hat die Polizei bisher unternommen?«

»Die hielten es nicht für nötig, irgendetwas zu unternehmen. In Anbetracht des Alters von Marie beschwichtigten sie uns, sollten wir uns in Geduld üben. Sie hätte sicher Spaß im Urlaub und würde noch ein paar Tage dranhängen. Sicher dachten sie, wir seien Helikoptereltern bis ins hohe Alter. Sie nahmen unsere Sorgen einfach nicht ernst. Aber weißt du, Steffen, wir fanden es seltsam, dass Marie uns nach der Ankunft im Club nicht angerufen hat. Sie schrieb uns weder eine E-Mail noch eine Karte. Über ihr Handy war sie auch nicht erreichbar. Das ist so untypisch.« Ein kollektives Seufzen bejahte das Gesagte.

»Nach 25 Tagen ist sie endlich wieder aufgetaucht, mehr tot als lebendig. Dieser schreckliche Unfall ...« Jochen schluckte hart. »Das muss mit dieser Reise zu tun haben, ich kann es mir nicht anders erklären.«

Steffen wägte seine Worte ab, bevor er sprach. Dabei nickte er undeutlich.

»Was weiß man denn über diesen Club, konntet ihr bisher Näheres in Erfahrung bringen?«

Eleonora zögerte einen Moment. »Den Club gibt es nicht«, sagte sie und begann zu husten, als wollte sie die Worte mit ihrer Fassungslosigkeit aus sich hinausschleudern.

»Wie ist das möglich? Die Ibizenker müssen doch wissen, was auf ihrer Insel gebaut ist oder nicht.« Steffen traute seinen Ohren nicht. »Und jetzt?«, fragte er schließlich.

»Vielleicht sollte man da selbst mal hinfliegen und nachschauen, wenn die Deutschen überfordert sind, und es den Spaniern zu viel ist, ihre Maschinerie in Gang zu setzen.« Jochen wandte sich an Steffen. »Was meinst du, mein Freund. Bist du dabei?«

Steffen nickte. »Klar komme ich mit, aber zuerst muss ich noch eine Prüfung absolvieren. Ich kann sie nicht verschieben, aber dann, einverstanden!«

»Jungs, das ist das Beste, was ich heute gehört habe«, sagte Herr Sanders. »Ich habe schon geglaubt, ihr kämt nie auf die Idee.«

»Aber das ist sicherlich nicht ungefährlich«, insistierte Eleonora. »Ich will nicht, dass euch auch noch was passiert. Ein todkrankes Kind ist schon schlimm genug.« Eleonora war nicht gerade begeistert von dem Vorschlag ihres Sohnes. Sie räumte den Tisch ab, die Männer halfen ihr dabei. Die Geschirrspülmaschine lief noch, also stellten sie das Porzellan erst mal zur Seite. Steffen bedankte sich für das gute Essen und verabschiedete sich. Jochen brachte ihn zur Tür.

»Wann bist du denn mit deiner Prüfung durch?«, fragte er, »ich könnte inzwischen das Internet checken, wann und wie günstig wir unsere Rechercheresise antreten können. Fährst du wirklich mit? Ich verlasse mich auf dich.«

»Alter, das ist doch klar, sowie ich fertig bin, können wir los. Da du im Augenblick mehr Zeit hast als ich, schlage ich vor, dass du dir eine Karte von der Insel besorgst. Kannst schon mal überlegen, wo wir mit der Suche nach diesem seltsamen Frauenclub beginnen. Vergiss bei der Buchung nicht, einen Geländewagen zu ordern, wir müssen schließlich beweglich sein.«

»Du elender Stratege, glaubst du wirklich, ich hätte das nicht bedacht? Ich grübele schon seit einigen Tagen, wie ich das bewerkstelligen kann. Lass mich mal machen.«

Aus dem Krankenhaus gab es nichts Neues zu berichten. Maries Zustand stagnierte, was weder gut noch schlecht zu bewerten war. Sie atmete selbstständig in ihrem Kokon, pulste weiter isoliert in einer unerreichbaren Sphäre. Dieser Zustand enthob sie, perfide ruhig, über alle Tragik und Komik des Weltgeschehens.

Kapitel 23

Marie erhob sich resigniert von ihrem Bett, schob den schweren Vorhang ein wenig zur Seite und blickte einem weiteren, grellen Sonnentag entgegen. Sofort ließ sie den Vorhang wieder los. Sie schlurfte ins Badezimmer und begann mit dem morgendlichen Ritual, pinkeln, duschen, cremen, Zähne putzen, frisieren, anziehen. Mechanisch spulte ihr Körper das eingespeicherte Programm ab. Sie zog ihren schwarzen Bikini von »Fürstenberg« an. Habe ich etwa abgenommen?, überlegte sie und betrachtete kritisch ihr Spiegelbild. Sie zog ihre farbenprächtige, hauchfein gewebte Seidentunika darüber und begutachtete sich erneut.

»Nein«, sagte sie, »das geht nicht! Wenn ich mit Denise durch das Gestrüpp klettern will, zerreiße ich dieses wunderschöne, teure Stück. Ich könnte es mir nie verzeihen.« Sie zog es sofort wieder aus und legte es zur Seite. Die Shorts und das T-Shirt waren eindeutig die bessere Wahl für ihr Vorhaben. Mit der Sonnenbrille auf der Nase betrat sie nach wenigen Minuten den Frühstücksraum. Sie verspürte einen Nachholbedarf an Essen und Schlaf. Nachdem sie die Brille abgesetzt hatte, setzte sie sich neben Denise und raunte ihr ins Ohr:

»Ich muss dich sprechen, nachher, dringend!«

Denise schaute sie an, gab mit einem kurzen Blinzeln ihr Einverständnis, sagte kein Wort. Alle Frauen speisten wieder in dieser gespenstigen, unwirklichen Ruhe. Marie dachte an das Szenario, das ihr bei ihren seltenen Arztbesuchen auffiel und immer wieder Unbehagen bescherte. Sie beobachtete im Wartezimmer Patienten, die in eine vergriffene, alte Zeitschrift schauten und so den Kontakt zu den Anderen mieden. Durch ihre Abgrenzung und die unangenehme Sprachsperre verdichtete sich die ohnehin bedrückende Atmosphäre. So ähnlich war es hier auch.

Marie stand auf, schlurfte zur Anrichte und füllte ihren Teller ausgiebig. Mit einer großen Tasse Kaffee und dem vollen Teller balancierte sie ihr Frühstück an ihren Platz. Inzwischen war sie daran gewöhnt, im Speisesaal zuerst die scharrenden Geräusche von Essensutensilien wie Teller, Tassen, Gläser und Bestecken zu vernehmen. Niemand schmatzte, niemand sprach. Woher kam diese humorlose

Eintönigkeit? Was veranlasste die Frauen zu den katastrophalen Gegensätzlichkeiten zwischen gespenstigem Nichtvorhandensein und den ausufernden Lachanfällen. Hatte das mit dem Essen zu tun? War es möglich, dass man ihnen in irgendeiner Form Drogen unterjubelte? Lag hier etwa die Ursache für ihr Unwohlsein und die verrückten Aktionen, von denen sie selbst nichts mitbekam? War sie in einer Versuchsanstalt gelandet, ein gesponserter Proband ins Mäuseschema gedrückt? Sie kannte Drogen auf dem Papier, hatte sie nie selbst genommen. Sie rauchte ja noch nicht einmal Zigaretten. Trotzdem hielt sie vor gar nicht langer Zeit einen Vortrag an der Uni. Für ihr angelesenes Wissen wurde sie milde belächelt. Dabei hatte sie tatsächlich nicht die leiseste Ahnung, wie viele verschiedene Sorten auch in ihrem engsten Umfeld gehandelt wurden, und erst recht nicht, wie sie sich auswirkten. Sie wusste, für manche Kommilitonen erwiesen sich die Drogen als Krückstock, der angeblich ihr Hirn befähigte, das letzte Wissen auszupressen. Ihr Unrechtsbewusstsein hielt dabei schön die Klappe. Schließlich konnte jeder nachlesen, dass ein Superhirn wie Hermann Hesse den Steppenwolf schrieb, indem er mittels einer »Zigarette« in ein »magisches Theater« eintrat.

Wurde hier mit den Gästen experimentiert? Augenscheinlich benahmen sich alle Frauen seltsam irrational daneben, sie auch. Mit einem gewöhnlichen Urlaub hatte das sicher nichts zu tun. Nachdem Marie den letzten Bissen verschlungen, den letzten Tropfen Kaffee getrunken und sich mit der Serviette den Mund abgewischt hatte, schaute sie zu Denise. Die saß mit eingesunkenen Schultern still neben ihr und zog eine Schnute wie ein Kleinkind. Marie beobachtete auch die anderen Frauen im Raum. Sie kamen ihr in diesem Moment wie weiße, unbeschriebene Blätter vor. Assunta trat ein. In ihren Händen hielt sie ein Tablett. Sie überreichte die darauf stehenden Gläser mit der schimmernden Flüssigkeit gefüllt den Frauen mit gönnerhafter Geste. Noch rührte sie niemand an, alle warteten. Erst als die Chefin am Ende des Tisches aufstand, ihr eigenes Glas erhob und ein krächzendes »Salute« rief, leerten alle ihr Glas in einem Zug. Kurz darauf kam Leben in die Bude. Es wurde wieder laut gelacht und geredet, ein tägliches Zurückspulen, gleich einer Hommage an den Film »Und täglich grüßt das Murmeltier.«

»Willst du nicht trinken?«, fragte Denise, die ebenso wie die anderen Frauen aus scheinbarer Lethargie erwachte, »trink deinen Vitamincocktail, mach schon, wir gehen heute zum Klettern.«

Die Erkenntnis traf Marie wie ein Blitz. Das merkwürdige Verhalten der Frauen muss mit diesem Gebräu zusammen hängen. Ich möchte wissen, welche Ingredienzien diesem Cocktail beigemischt sind, die diese gigantische Wirkung auf uns Frauen ausübt. Sicher wäre es besser, das Zeug nicht zu trinken. Die Chefin beobachtete sie mit Argusaugen.

»Salute Marie«, rief sie, »trinken Sie, die Vitamine werden Ihnen guttun.«

Marie fühlte sich festgenagelt von diesen eisgrauen Augen, die keinen Widerspruch duldeten. Sie setzte das Glas an ihre Lippen, tat, als würde sie es in einem Zug austrinken. Unter dem Tisch hielt sie ein Taschentuch bereit, in das sie mit einer Wischbewegung, die Flüssigkeit hinein spukte. Sekunden später wurden Stühle gerückt. Die Frauen verließen gemeinsam das Gebäude. Marie, wie meistens, als Letzte. Am Ausgang angekommen, wollte sie noch einen Blick zurückzuwerfen, traute sich aber nicht. Sie rannte Denise hinterher, schubste sie unsanft.

»Du sollst doch auf mich warten!«, rief sie, »warum hast du es so eilig, wo willst du hin?«

»Ich muss mich umziehen, du übrigens auch. Zieh ein paar feste Schuhe an«, sagte sie mit Blick auf Maries Flip-Flops, »wir gehen doch zum Klettern. Hast du wieder nichts mitbekommen? Vielleicht schaffe ja ich heute den großen Felsen.«

»Den Roten?«

»Woher soll ich das wissen?«, entgegnete Denise. »Letztes Mal war ich ja nicht dabei.« Sie hatte wieder den genervten Blick, versuchte, sich mit flatternden Händen imaginäre Käfer aus dem Gesicht zu wischen. Ich auch nicht, dachte Marie, auch wenn das alle anderen angeblich gesehen haben. Sie zupfte Denise am Arm.

»Lass das, da ist nichts, hör mir zu, ich wollte dich etwas Wichtiges fragen.« Aus ihrer Stimme troff verhaltener Ärger.

»Was willst du denn? Frag schon!«

Sie standen bereits vor Denises Häuschen. Marie trottete ihr hinterher bis hinein. Ohne das offensichtliche Chaos zu bewerten, schloss sie die

Tür. »Sag mal, wann hast du Yvonne zum letzten Mal gesehen, erinnere dich bitte ganz genau. Ist das nicht schon ungefähr eine Woche her?«

»Ja, ja, kann schon sein.«

»Hör zu, ich muss dir unbedingt erzählen, was ich heute Nacht erlebt habe, du glaubst es nicht. Setz dich lieber hin.«

»Also ich schlafe nachts, du nicht?«

»Pass auf, was ich dir jetzt sage, muss unter uns bleiben, versprich es!«

»Mach schon, komm endlich zur Sache, Cherie.«

»Also das war so ...«

Haarklein berichtete Marie von den Vorkommnissen der Nacht. Dabei beobachtete sie sehr genau, welche Wirkung das Gesagte bei Denise auslöste. Eine ganze Mimikpalette von Unglauben, Skepsis, Überraschung, Ablehnung und Entsetzten, über Neugier, spiegelte sich in ihrem Gesicht. Nach Beendigung ihres Monologes seufzte Denise.

»Glaubst du wirklich, wir beide könnten herausfinden, was dahinter steckt, denkst du etwa, es geht um Mord?« Sie runzelte die Stirn, begann unruhig auf und ab zu laufen.

»Ich sage es nur dir, weil ich glaube, dass wir beide inzwischen so etwas wie Freundinnen sind. Du darfst wirklich niemandem von diesem Gespräch erzählen. Versprich es!«

Denise nickte mehrmals heftig, aber Marie war nicht sicher, wie viel von ihrer Botschaft tatsächlich bei ihr angekommen war.

Kapitel 24

So schwer hatte sich Steffen die theoretische Prüfung nicht vorgestellt. Das lag mit Sicherheit auch daran, dass abschweifende Gedanken seine akribische Vorbereitung unterminierten und um Marie kreisten. Nicht nur ihr Leben veränderte sich von Grund auf, nein, auch er wurde in dieser schweren Zeit ein Anderer. Er hing nicht mehr bis in die Morgenstunden in Kneipen herum, auch weil die Architektur-Abschlussprüfung unmittelbar bevorstand. Suchte man ihn, fand man ihn nicht wie früher in irgendeiner Kneipe, nein, er war bei Marie, an der Uni oder zu Hause, wo er an einem Modell für den Praxisteil der Prüfung arbeitete.

Er entwarf ein zu jeder Zeit erweiterungsfähiges Heim für Schwerstbehinderte, genesungsbedürftige Menschen. Maries Schicksal hatte ihn dazu inspiriert. Ans Bett gefesselten Patienten, denen ein Spaziergang in der Natur unmöglich war, wollte er ein Stück Freiheit und Lebensqualität zurückgeben. Sie sollten sich in Heilstätten an der frischen Luft, und doch geschützt, von ihren Gebrechen erholen. Das Konzept gelang ihm, indem er vorläufig einen Hauskomplex mit verschiebbaren Räumen ausstattete, auch mit Dächern, die sich öffnen und schließen ließen, ähnlich denen großer Stadien. Er nannte seinen Modellbau »Haus des Lebens«, denn anhand dieser außergewöhnlichen Architektur bestand die Möglichkeit, Patienten aus der Isolation eines vielleicht zehn Quadratmeter kleinen Zimmers zu befreien. Die Hydraulik stellte bei der Ausrichtung die größte Herausforderung dar. Lange Diskussionen mit Bühnenbauern und Mechanikern erbrachten schließlich die Lösung des Problems. In der Mitte der Anlage, als Dreh und Angelpunkt, plante er die Ambulanz ein. Von jeder Seite zugänglich enthielt der große Raum alles, was für eine Erstversorgung im Notfall gebraucht wurde. Davon ausgehend entwarf er drei Zimmer, die wie bei einem Legostecksystem doppelwandig getrennt und wieder zusammenfügt, in verschiedene Richtungen herausgleiten konnten. Der Entwurf erinnerte an das Abbild einer Krake, die ihre Tentakel ausfährt und so ein sternförmiges Muster bildet. Auch aus der Luft ergäbe das ein wunderbares Bild.

Er stellte sich einer schweißtreibenden, bis an die physischen und psychischen Grenzen gehenden Arbeit, die er zu 99 Prozent als gelungen fand. Verbesserungen gab es immer. Er war gespannt, was die Prüfer zu seinem innovativen Werk sagen würden. Der Unsicherheitsfaktor und Hemmschuh, das leugnete er keinesfalls, blieb, wie er auch rechnete, die Kostenfrage. So ein Heim ist teuer. Das Urteil der zuständigen Kommission zog auch das in Betracht und entschied letztendlich, ob er unrealistische Luftschlösser anbot oder sich als *»Master of Art Architektur«* einen lukrativen Job suchen durfte. Er liebäugelte damit, einen betuchten Interessenten zu finden, in Dubai vielleicht, da, wo das Geld wie Öl floss. Scheichs waren für ungewöhnliche Bauvorhaben jederzeit zu gewinnen.

»Ich wünsche mir, dass Marie nach überstandener Krankheit zu mir zurückkommt«, sagte er mit fester Stimme. »Dann kann ich ihr wenigstens etwas bieten.« Die Aussage, in guten wie in schlechten Tagen, war für ihn bindend. Wenn sie wieder gesund würde, wären die schlimmsten Tage bereits so gut wie überstanden. Was könnte noch passieren, jetzt, nachdem er nicht nur seine architektonische Reifeprüfung abgelegt hatte. Es war kein Mitleid, das ihn zu Marie trieb. Er spürte Liebe, glasklar, mehr denn je.

Kapitel 25

Subo Drei, Saskia Brenders, betrat das P.M.C. Sie hatte kein Auge zugetan in der Nacht. Die grauenhaften Bilder von Subo Eins, Yvonne, die in ihrer Zelle heulte, schrie und sich wie ein sterbendes Tier gebärdete, verfolgten sie. Vor allem aber der Moment, als sie sich aufbäumte, mit irrem, blutunterlaufenen Blick in die Kamera stierte, und sie direkt anglotzte. Das konnte sie nicht vergessen, niemals. Aber dann, als sie glaubte, Yvonne sei tot und die Kommandeurin sie zwang, den Computer abzuschalten, war ihr mit einem Mal leicht ums Herz. »Ich glaub es nicht!«, flüsterte sie, »wie habe ich gestern reagiert, ich hätte doch mindestens Mitleid mit Yvonne haben müssen.«

Diese Schuldgefühle, in den Kopf gegossen, hielt sie kaum aus. Aber wie hätte ich ihr helfen können?, fragte sie sich. Die schimmernde Wut ließ sie zittern. War es wirklich Hartherzigkeit oder Gefühllosigkeit, die mich aufatmen ließ? Was, wenn Yvonne tatsächlich gestorben ist? Sie stöhnte. »Hoffentlich erlaubt mir die Kommandantin, heute noch einmal in den Kerker zu schalten. Ich habe Angst davor, was ich sehen werde, aber ich will wissen, was passiert ist.« Yvonne hat wahrlich mehr als genug gebüßt für etwas, für das keine von uns Subos eine Erklärung findet.

Saskia setzte sich an ihren Computer und schaltete ihn ein. Sie hielt sich allein in der Zentrale auf. Von den anderen Subos war noch niemand gekommen. Sicher saßen sie alle beim Frühstück. Sie verzichtete heute freiwillig. Ihr Hungergefühl war nach diesen furchtbaren Bildern ausgelöscht. Die grauenhafte Sequenz lag wie Blei in ihrem Magen. Auch der Kopf revoltierte. Mit Macht drängte es sie, nachzuschauen, ob es Yvonne wieder besser ginge. War sie in Ohnmacht gefallen oder ist sie tatsächlich... Weiter zu denken wagte sie nicht. Sie fuhr den Computer hoch, der Bildschirm blieb schwarz. Ein kurzes Geräusch durchbrach die Stille ... und aus. Nichts mehr, kein Bild, kein Ton, seltsam! Ihre Finger irrten über die Tastatur, null Veränderung. Das Gerät schien defekt. Sofort schaltete sie es aus. Sie verließ eilig das P.M.C.

»Wenn ich mit den Anderen in die Zentrale zurückgehe, darf ich mir nichts anmerken lassen. Ich schalte den PC ein, spiele die Überraschte, wenn ich ihn nicht zum Laufen bringe. Nach vergeblichen Versuchen erstatte ich der Kommandantin Meldung. So ist mein Plan«, flüsterte sie beim Hinausgehen. Ihre Gedanken huschten, wie verängstige Mäuse durch ihren Kopf. War der schwarze Bildschirm etwa schon das Indiz, dass Yvonne tatsächlich gestorben ist? Aber wo ist sie jetzt? Die Kommandantin wird sie doch nicht etwa im Bunker liegenlassen und abwarten, bis sie wie der Mann aus Nazareth, am dritten Tag wieder aufersteht? Wer übernimmt die Verantwortung für ihren Tod? Und warum wurde ihr ein Finger abgetrennt? Wer gibt dieser Teufelsfrau das Recht zu solch drastischen Maßnahmen zu greifen? Sie gehört in den Kerker gesperrt, damit sie am eigenen Leib erfährt, was sie Yvonne angetan hat. Wir leben doch nicht in einem Land, in dem man bei einem Diebstahl gleich die Hand abhackt. Ist Yvonne einer Sepsis erlegen, oder hat sie den Entzug nicht gepackt? Ich verstehe das alles nicht! Wir, im P.M.C wussten, dass Yvonne den größten Teil ihres Lohnes bei Alex, in der Küche investierte, und wunderten uns, wie gut sie trotzdem ihre Arbeit erledigte. Erstaunlich ist, dass die Kommandantin keine Probleme damit hatte. Die entscheidende Frage bleibt, warum wurde Yvonne nicht in ein Krankenhaus gebracht, als sie in so einer miserablen Verfassung war? Nun ja, ihr Zustand hätte einer schwer zu findenden, plausiblen Erklärung bedurft. Saskias Gedanken sprangen in den zwei Tagen nur noch vor und zurück. Das Wort »Warum« schrie sie gnadenlos an.

Die Kommandantin hätte sie aus diesem Loch holen müssen. Saskia rief sich ins Gedächtnis, was sie sagte, als Yvonne sich nicht mehr rührte? »Hat sie sich etwa aus dem Staub gemacht?« Ihr brummte der Schädel. Die vielen Fragen, ängstigten sie sehr.

In den nächsten Tagen ging es im P.M.C auffallend ruhig zu. Die ohnehin notdürftig aufrecht erhaltene Vertrauensbasis zerbröselte wie trockenes Laub. Vielleicht auch deshalb, weil keine der Subos den Mut aufgebracht hatte, sich für Yvonne einzusetzen. Dabei gehörte sie doch zu ihnen.

Saskia wartete an der Treppe, die zum Frühstücksraum führte, bis alle herauskamen.

»Hey Saskia, warum warst du nicht beim Frühstück?«, dröhnte die rostige Stimme Assuntas von der oberen Treppe. »Wir haben dich vermisst, in erster Linie unsere Chefin, aber auch wir anderen. Ist alles in Ordnung mit dir?«

»Danke der Nachfrage, mir geht es nicht so gut, ich kann wirklich nichts essen. Wenn ich nur daran denke, muss ich würgen. Vielleicht habe ich mir einen Virus eingefangen.«

»Hör mal, geh doch zu Alex in die Küche«, riet Assunta ihr vertrauensvoll, als sie unten bei ihr ankam. »Sie findet immer das richtige Mittelchen für uns.« Sie schmunzelte.

»Daran habe ich auch schon gedacht. Ich frage sie, ob sie mir helfen kann.«

Angelina, Subo Eins, ging mit gesenktem Blick an ihnen vorbei.

Kapitel 26

»Hey Marie, stell dir vor, ich habe meine Prüfung mit Auszeichnung bestanden. Die Kommission ist begeistert von der Modellanlage. »Endlich mal etwas Neues, Besonderes«, hat ein Prüfer gemeint und mir wohlwollend auf die Schulter geklopft. Du kannst stolz auf mich sein.« Die Erleichterung in Steffens Stimme transportierte seine Worte.

Das Porzellanmädchen vor ihm reagierte immer noch nicht. Inzwischen waren einige Apparate abgeschaltet. Das Piepsen hatte aufgehört, eine lähmende Stille verdichtete die Luft. Marie atmete selbstständig, ließ sich jedoch mit dem Aufwachen Zeit. Vor ein paar Tagen holten die Ärzte sie aus dem künstlichen Koma. Sie öffnete ihre Augen, fiel aber leider in ein Wachkoma. Traurig, aber nicht hoffnungslos. Sie hatten auch den Turban entfernt. Der Wurm auf ihrem Kopf versteckte sich unter neuen Haaren, neu auch deshalb, weil sich ihre Farbe verändert hatte. Ihr Braunton war heller, mit rötlichem Kastanienschein, warm und schmeichelnd. Mit dem ehemaligen Strahlen in ihren Augen wäre man geneigt, von einer durchscheinenden Schönheit zu sprechen. Steffen sah sie jedenfalls nie schöner. Er konnte gar nicht den Blick von ihr wenden. Streichelnd und küssend, liebkoste er sie wie eine Puppe, die nichts entgegensetzen konnte. Mit Frau Sanders stand er immer in telefonischem Kontakt. So erfuhr er alle Neuigkeiten direkt aus erster Hand. Ein kurzes Klopfen, Dr. Pilar trat ein.

»Na, kann ich gratulieren?«, erkundigte er sich in chevalereskem Ton.

»Hatten Sie etwa Zweifel?«, entgegnete Steffen, und ein Strahlen huschte über seine unrasierten Wangen. Der Arzt drückte ihm beherzt die Hand. Steffen hatte mit ihm die Konstruktion seines Modells hin und wieder erörtert und über die medizinische Tauglichkeit gefachsimpelt. »So ein Heim«, war dessen Kommentar, »ist schon längst überfällig.«

»Was ist mit Marie?«, fragte Steffen ohne Umschweife. »Sie reagiert nicht, dabei sind ihre Augen offen.«

»Mit dem Aufwachen nach einem längeren Koma ist es nicht so einfach, wie viele Angehörige glauben möchten, sagte Dr. Pilar. Er erklärte ihm die neue Situation, wählte seine Worte beschwichtigend, sprach wie ein Vater zu seinem Sohn. Er mochte Steffen.

»Können Sie einschätzen, wie lange Marie in diesem Zustand bleiben wird?«

Der Doktor warf ihm einen erstaunten Blick zu. »Ich dachte, Sie hätten mich verstanden, vielleicht habe ich mich noch nicht präzise genug ausgedrückt.« Er zog Steffen beiseite, nahm auf einen Stuhl ihm gegenüber Platz.

«Es tut mir leid«, sagte er, »wir sind davon ausgegangen, dass Marie, wenn wir sie aus dem künstlichen Koma holen, aufwachen würde. Mit anderen Worten, es kann nach einer schweren Verletzung vorkommen, dass der Patient in ein Wachkoma fällt. Das ist bei Marie passiert. Ich weiß nicht wie lange der Zustand anhält. Um bei der Wahrheit zu bleiben, muss ich Ihnen sagen, dass die Möglichkeit einer Amnesie besteht.« Mit zaudernden Fingern strich er imaginäre Falten seines gestärkten Arztkittels glatt. Steffen erhob sich wie ein alter Mann. Er lief mit schweren Schritten bis zum Fenster, schaute mit leeren Augen hinaus, versuchte, das Gehörte sacken zu lassen. Mit betrübter Miene fragte er:»Wollen Sie mir erklären, dass es möglich ist, dass sie sich an nichts erinnert, auch nicht an die Zeit vor dem Unfall?«

»Richtig, vielleicht noch nicht einmal daran, wer sie ist oder wer Sie sind. Auch damit ist zu rechnen.«

»Oh mein Gott!« Steffens Hochgefühl fiel endgültig in sich zusammen.

»Geben Sie die Hoffnung nie auf. Dr. Pilar legte ihm die Hand auf die Schulter. »Ich sage nicht, dass es so kommt, aber wir müssen diese unschöne Möglichkeit in Betracht ziehen, verstehen Sie?«

Steffen schüttelte stumm den Kopf.

Kapitel 27

Sie kamen immer wieder wie lästige Schmeißfliegen, ungewollte Empfindungen, Reflexionen, zu Brei geschlagene Parasiten, die an ihr klebten wie Teer. Susannas Körper versteifte sich. Sie hatte sich aus der Opferrolle herausgemordet, stand Auge in Auge im Spiegel einer Täterin gegenüber.

»Warum fühle ich mich nicht besser?«, murrte sie. Glaskalt schaute sie sich an. Langsam, lüftete sich der Schleier. Die Erkenntnis traf sie wie eine Keule. Das Menetekel zeigte ihr, wo sie in ihrem Leben stand. Sie gehörte zu den ungeliebten, verfluchten Menschen. Fehlgelandeter Sterne gleich, fallen sie vom Himmel. Dort, wo sie liegen bleiben, formt man sie wie Teigrohlinge. Sie kommen auf die Welt mit einem genetischen Code, der bereits die Basis für alles Elend enthält. Sie können nicht aus ihrer Haut. Von dem Elterngerüst, das sie hervorbringt, gibt es keinerlei Hilfe. Sie schlittern in ein Leben, das wenig gute Perspektiven bietet. Das Einzige, was Susanna durch ihre Taten an den Frauen erfuhr, war, dass verschiedentlich sexuelle Neigungen zutage traten, die zuvor latent angelegt waren und dass Grausamkeit abrufbar ist. Zu erwartende Loyalität oder absolute Ergebenheit brachte ihr niemand freiwillig entgegen. Sie gehörte zu den fehlerhaften Individuen. Die gab es schon von jeher massenhaft. Woher sonst kamen die gebrauchsfähigen Schergen in der braunen Zeit, woher die Amokläufer, woher die, die ohne Skrupel fremdes Leben auslöschten? Angst ist ein Riesenmotivator, Machtwahn und Gier mit Sicherheit. Gehörte nicht auch die Gleichgültigkeit dazu? Es waren die Gehirnforscher, die vor nicht allzu langer Zeit ein Mördergen entdeckt haben? Susanna hatte es irgendwann gelesen. Aber wie, so fragte sie, verhalten sich Wissenschaft und Juristik mit diesem Wissen? Wie können sie Recht sprechen, wenn Gerechtigkeit schon embryonal verballhornt wird? Wo liegt die Schuld? Ein Leben lang suchte sie nach dem Positiv ihres eigenen Polaroids, aber es gab nur das Negativ. Einen Weichzeichner für ihre Vergangenheit fand sie nicht. Ihr war klar, dass jede Epoche ihre Wunden hat, und manchmal waren die Täter auch nur Opfer, aber das entschuldigte nichts.

Zum Grundprinzip der Existenz gehört die Liebe. Oh ja, die verdammte Liebe, die Susanna nicht finden konnte. Als Sex verkleidet schrammte sie immer wieder parakardial an ihr vorbei. Es ist die Leidenschaft, die uns treibt, erkannte sie, die uns wie ein reißender Fluss an Grenzen branden lässt, an die wir nicht wollen. In gewissem Sinne fühlte sie sich unschuldig.

Susanna ließ sich angekleidet und ausgebrannt auf ihr Bett fallen. Sie hatte keine Lust mehr auf diesen ganzen Mist. Steinschwer drückte sich ihr Körper in die Matratze. Die Nacht griff mit dunkler Hand an all ihre wehen Körperbuchten. Das Klagen der Muskeln und Knochen hielt sie kaum aus. Der gesuchte Schleier des Schlafes hatte deutliche Risse. Ächzend näherte sie sich dem Morgen. Mit müden Gliedern stand sie auf. Die Bewegung besänftigte ihren Schmerz. Eine Horrornacht war vorüber. Tags zuvor schleppte sie mit Juan das verfluchte Paket mindestens eine Stunde bergauf. Der steife Körper wurde mit jeder Minute unhandlicher. Drei Mal rutschte er ihr aus den Fingern. Juan trug die Schaufel unter dem Arm und fast den gesamten Leichnam, sie hielt lediglich die Beine. Sie fuhren an das andere Ende der Insel, mitten in der Nacht, über Feldwege. Irgendwann streikte der Geländewagen, sie ließen ihn stehen.

Sie stiegen aus, nahmen ihre kalte Beute, beförderten sie durch Gehölz und Gestrüpp an einen Ort, den, davon gingen sie aus, die nächsten hundert Jahre niemand betreten würde. Hier zu bauen, wäre gelinde gesagt, blanker Unsinn. Die knorrig harte Erde, dicht mit Bodendeckern bewachsen, verlangte von Juan alle Kraft, um ein Loch zu graben, das groß und tief genug war, Yvonne für alle Zeit verschwinden zu lassen. Sein rasselnder Atem zitterte durch die immer noch schwül wabernde Nachtluft. Gemeinsam ließen sie Yvonne ohne Decke in die Grube plumpsen. Susanna kramte in ihrer Tasche nach dem konfiszierten Schmuck und warf ihn hinterher. Nichts von ihr sollte im Club wieder auftauchen. Juans Arme schmerzten höllisch. Er drückte Susanna die Schaufel in die Hand.

»Fang schon mal an zuzuschaufeln«, röchelte er atemlos, »ich brauche eine Pause.« Mit harten durchdringenden Augen, die eine eventuelle Widerrede sofort eliminierte, schaute er sie an. Er legte sich auf den Boden und begann die malträtierten Glieder zu strecken.

»Auf was habe ich mich da wieder eingelassen?«, murrte er, »diese Frau ist das personifizierte Unglück.«

Ungerührt sah er Susanna zu, die unbeholfen mit Schaufel und Sand hantierte. Immer wieder warf sie ihm einen flehentlichen Blick zu, aber er blieb liegen, zehn Minuten, die ihr wie eine Ewigkeit vorkamen. Ihre Augen sagten, »komm schon, hilf mir«. Er ließ sie schmoren. Die Sterne begannen sich hinter asphaltgrauen Wolken zu verschanzen, Helligkeit schickte ihre ersten Tupfer. Teilnahmslos registrierte er, wie der Sandhaufen kaum kleiner wurde, obwohl sie die ganze Zeit am Schaufeln war. Außer, dass es Susanna viel Kraft kostete, schien es ihr nichts auszumachen, was sie tat. Sie hätte auch nicht anders agiert, wenn es darum gegangen wäre, eine Ratte zu begraben. Juan erhob sich und packte mit tauben Armen an. Nach zwei Stunden war das Grab zugeschaufelt und Bodendecker darüber gelegt. Es dauerte sicher nicht lange, bis die Wurzeln in der gelockerten Erde neuen Halt fanden.

Damit war auch diese Geschichte ein für alle Mal aus der Welt. Sie liefen zurück zum Auto. Susanna warf die Decke in den Jeep und stieg ein. Als hätte er die Beine eines Hundertjährigen, kletterte Juan in den Wagen und setzte sich ans Steuer. Auf der Heimfahrt sprachen sie kein Wort. Mittelgrau und wie zerrissener Stoff hing der Himmel über ihnen. Diesmal war er der Einzige, der ihre ruchlose Tat mit angesehen hatte.

In ihrem Heiligtum angekommen, schaffte es Susanna gerade noch, den Toilettendeckel anzuheben, bevor sie sich erbrach. Ihr war speiübel. Mit einem lauten Stöhnen wischte sie sich den Mund ab, spülte die aufsteigende Säure mehrmals aus, putzte ihre Zähne. Bleich und hohlwangig schaute sie in den Spiegel. Das harte Licht zeichnete eine Landkarte von feinsten Fältchen in ihr androgynes Gesicht. Sie kam sich alt und verbraucht vor, ausgezehrt.

»Ich bin Elena Sukerova«, sagte sie trotzig, zu ihrem Gegenüber, um das innere, revoltierende ICH zu vertreiben. Drei Morde pflastern meinen Weg, aber ich bin immer noch allein. Was hat es mir gebracht? Meine Vergangenheit habe ich wie verschlissene Kleider abgestreift. Dean hat mich aus der russischen Knute befreit, das Tor zur Welt stand mir offen. War es ein Fehler? Von einer tristen, schrecklichen Gefangenschaft habe ich mich in die schillernde, dekadente

Abhängigkeit von Senator Blackwell begeben. Das arme Herz. Mit einem Überschwang an falscher Liebe dankte ich es ihm. Es heißt doch, alle guten Dinge sind drei, gilt dieser Modus auch für die schlechten? Drei Mal war mir das Glück hold. Dass mein Gatte nicht ganz freiwillig das Feld räumte, wurde nie bewiesen. Und Murphy, der Naive, erlag praktischerweise einem bedauerlichen Unfall. Gut, dass ich vorgesorgt habe und ihn niemand mit mir in Verbindung bringen wird. Okay, was Yvonne betrifft, gebe ich zu, hätte einfach nicht passieren dürfen. So ein Fauxpas aber auch. Es war keineswegs meine Absicht, sie verrecken zu lassen. Ich hätte sie aus dem Bunker geholt, wirklich. Was kann ich dafür, dass sie so wenig aushält. Dieses Miststück! Sie hatte es doch gut bei mir. Habe ich sie nicht immer geschützt? Ich wollte sie in mein Bett holen, wenn ich mir ihrer Loyalität sicher gewesen wäre. Hat sie das denn nicht bemerkt? Musste sich dieses undankbare Aas an Marie vergreifen? Ich wollte sie für mich!

Susanna suchte keine Rechtfertigungen für ihre Lebensweise, nein, es gelang ihr nur nicht, die Welt auszuschließen und zu schlafen, nach dieser anstrengenden Nacht. Nun beschlich sie auch noch der lästige Gedanke, dass sie in Juan einen Mitwisser hatte. Und für Subo Drei sollte sie auch eine vernünftige Ausrede finden, für das, was sie mit Entsetzen auf dem Monitor mit ansah. Sie brauchte gute Argumente, um sich aus dieser chaotischen Lage herauszumanövrieren. Wieweit Subo Drei die Geschehnisse in der Kammer an die anderen im P.M.C weitergegeben hatte, wusste sie nicht. Klar, dass sie sich aus ihrer momentanen Trägheit aufraffen musste, um neue, glaubwürdige Fakten zu schaffen. Diesmal wird es nicht so einfach, da war sie sich sicher. Der dunkle Riss erweiterte sein Spektrum. Sie fühlte sich klein, hilflos wie das Kind von damals, das man aus dem lauen Nest gedrängt hatte.

Kapitel 28

»Warte, ich muss dir etwas zeigen.« Marie langte in ihre Shorts und fischte den silbernen Krebs aus der Tasche. Sie ergriff die Hand von Denise und legte ihn hinein. Sie vergewisserte sich, dass ihnen auch ja niemand dabei zusah.

»Hast du den schon irgendwo gesehen?«

»Nicht dass ich wüsste.« Denise drehte das silberne Tierchen von einer Seite auf die andere. »Wo hast du ihn denn her, gehört er nicht dir? So etwas wird an einem Armband befestigt, nicht an einer Kette, oder vielleicht doch?«

»Hör mal Denise, ist es möglich, dass der Krebs Yvonne gehört, was meinst du?«

»Nun ja, ausgeschlossen ist das nicht. Wenn ich es mir recht überlege, habe ich bei keiner der Angestellten vom Club Schmuck gesehen. Aber darauf habe ich auch nicht geachtet. Woher hast du ihn?, sag schon!«

»Eingetreten in die Erde lag er vor einem in einen Felsen geschlagen Bunker. Er blinkte kurz auf. Ich kratzte ihn aus und habe ihn eingesteckt. Stell dir vor, er wäre tatsächlich von Yvonne. Da kommt einem doch die Idee, dass sie nicht etwa abgereist ist, sondern, aus welchen Grund auch immer, in diesem Bunker festgehalten wurde.«

»Glaubst du, sie wurde entführt? Ist es möglich, dass sie dort ums Leben gekommen ist? Wie schrecklich!« Denise riss vor Entsetzen die Augen auf.

»Aber warum sollte jemand Interesse haben, Yvonne um die Ecke zu bringen, und wer sind die Personen, die ich gesehen habe? Bei dem Mann bin ich mir sicher, ich habe Carlos erkannt, den Mann, der mich hier her brachte. Aber die Frau...?«

»Wie hat sie ausgesehen?«

»Sie hatte schwarze Haare, trug eine perfekt geschnittene Pagenkopffrisur. Ich sah sie leider nur von hinten.«

»Ist dir sonst noch etwas aufgefallen?«

»Na ja, sie war groß, dünn und schwächlich.«

»Wie kommst du darauf, sie als schwächlich zu bezeichnen? Ist das alles, an das du dich erinnerst?«

»Also bei Carlos bin ich mir sicher, obwohl es unbegreiflich ist. Ich fand ihn sehr nett, damals, als er mich hierher brachte. Ich kann nicht glauben, dass dieser Mann etwas Schreckliches tun könnte. Ich mochte ihn auf Anhieb. Übrigens, mir fällt gerade ein, dass er mir beim Abschied seine Karte gegeben hat, für alle Fälle, sagte er. Meinst du, ich sollte ihn anrufen?«

Denise zuckte mit den Schultern. »Nun ja, das ist keine schlechte Idee, wenn man denn anrufen könnte. Aber du hast sicher schon bemerkt, dass man von hier oben keine Chance hat, nach draußen zu telefonieren. Merkwürdig, findest du nicht?«

»Allerdings.«

»Aber wie kommst du zu der Annahme, dass die Frau schwächlich gewesen sei?«

»Erinnerst du dich an das, was ich dir erzählt habe?«

»Ja.«

»Die beiden Verbrecher trugen einen Gegenstand oder Menschen in ein Auto, das ich zwar nicht gesehen, aber gehört habe. Die Frau half dem Mann beim Wegtragen. Einmal ließ sie diese sicher schwere Last fallen. Danach hatte sie große Mühe, das Teil wieder anzuheben. Daraus schließe ich, dass sie nicht gerade eine kräftige Person war.«

Ein hartes Klopfen schreckte Marie und Denise aus ihren Überlegungen auf. Denise legte den Finger auf den Mund, begleitet von einem leisen Psst! Ein bisschen zu laut rief sie: »Ich komme, geh schon mal voraus. Nuschelnd an Marie gewandt sagte sie: »Warte noch einen Moment, sie müssen uns nicht gleich zusammen sehen. Wir treffen uns am Swimmingpool. Später können wir nach dem Felsen suchen. Zuerst gehen wir mit zur vereinbarten Kletterpartie. Wir wollen ja schließlich nicht auffallen. Also, komm gleich nach. Schließe bitte die Tür ab. Den Schlüssel kannst du mir bei Gelegenheit heimlich zustecken. Beeile dich, denke an die Schuhe, Okay?«

»Okay«

Saskia hatte auf ihrem neuen PC alles mit angesehen, mitgehört. Mit denkbar schlechtem Gewissen leitete sie es, wie es ihre Pflicht erforderte, auf den Server der Kommandantin weiter.

Kapitel 29

»Steffen Kohler, Hallo.«

»Hallo Steffen, Jochen hier. Schade, dass du mich nicht erreicht hast. Ich war viel unterwegs in den letzten Tagen. Meine Eltern sitzen fast nur noch im Krankenhaus. Sie glauben, dass es nicht mehr lange dauern wird, bis Marie endlich aufwacht. Das wollen sie nicht verpassen. Ich bin inzwischen zum Flughafen gefahren und habe mich nach einem Last-Minute-Trip nach Ibiza erkundigt. Du weißt ja, durch eine kurzfristige Buchung kommen wir wesentlich billiger hier weg. Die Frau am Schalter machte mir bereits ein viel versprechendes Angebot. Bleibt nur noch zu klären, wie lange du mitkommen kannst, ob du eventuell schon einen Job in Aussicht hast, und ob es dir möglich ist, 500 Euro locker zu machen. Sollte dieses Budget nicht ausreichen, so haben meine Eltern versprochen, greifen sie uns unter die Arme. Na, was sagst du?« Fast, ohne Atem zu schöpfen, hatte Jochen den Text in die Muschel gerattert. Steffen hörte deutlich, wie er nach diesem Worteüberholmanöver tief Luft holte.

»Bin dabei, wann soll es losgehen?»

»Wenn du heute Abend deinen Rucksack packst, hätten wir gleich morgen früh die Möglichkeit, einen Platz in der ersten Maschine zu ergattern. Die Aussichten sind früh morgens um sechs Uhr gar nicht so schlecht, weißt du? An der Auskunft sagte man mir, dass es öfter vorkommt, dass Passagiere es nicht schaffen, so früh anwesend zu sein. Wir könnten in so einem Fall für wenig Geld deren Plätze ergattern. Die nächste Maschine, die wir kurzfristig sicher buchen könnten, fliegt vier Stunden später, um 10:15 Uhr ab. Sie ist noch nicht ausgebucht. Hast du Zeit, sagst du ja?«

»Ja klar, so machen wir es. Ich muss nur noch zum Bankautomaten Geld abheben. Als armer Student hat man nicht einfach so viele Mäuse zu Hause herumliegen. Hoffentlich ist mein Personalausweis noch gültig. Mein Reisepass ist es, glaube ich, allemal. Sag, hast du dich auch schon um eine Unterkunft bemüht?«

»Gebucht habe ich noch nicht. Die Dame am Schalter hat mir versichert, dass um diese Jahreszeit überall ein Appartement zu finden sei.«

»Was ist mit dem Geländewagen?«

»Den können wir ohne Schwierigkeiten am Flughafen in Ibiza ordern. Das ist nur unwesentlich teurer als von hier aus.«

»Weißt du auch schon, von wo aus wir unsere Recherche starten?« »Ich habe eine Karte und einen Plan. Lass uns im Flugzeug darüber reden, einverstanden?«

»Okay, wann soll ich dich abholen? Um wie viel Uhr müssen wir vor Ort sein?«

»Es reicht, wenn wir eine Stunde früher, also gegen fünf Uhr morgen früh am Flughafen sind. Mama bringt uns hin, dann müssen wir nicht noch Parkgebühren entrichten. Wir besorgen uns ein One-Way-Ticket, weil wir ja nicht wissen, wie lange wir auf der Insel bleiben. Um halb fünf holen wir dich ab, bitte sei pünktlich zur Stelle. Warte vor deiner Wohnung, damit wir nicht unnötig aufgehalten werden.«

»Zur Sicherheit stelle ich mir heute Abend zwei Wecker. Es ist ja niemand da, um mich zu wecken, sollte ich wider Erwarten verschlafen«, sagte Steffen.

»Dann haben wir ja so ziemlich alles geklärt, also mach`s gut mein Freund, bis morgen früh.«

»Tschau Jochen, bis morgen. Grüß deine Eltern von mir.«

Steffen machte sich Gedanken, was er zuerst regeln müsste. Bankautomat, Pass, Klamotten, so seine Reihenfolge. Wo ist der verdammte Rucksack, überlegte er. Mist, wenn ich jetzt noch suchen muss. Er nahm seine Jacke, fasste in die Tasche, überprüfte, ob er die Geldbörse eingesteckt hatte. Im Vorbeigehen griff er den Schlüsselbund vom Bord und eilte, die Tür fester als geplant hinter sich zuwerfend, auf die Straße. Die vorbeifahrenden Autos ließ er passieren, bevor er die Autotür aufriss, um sich mit einem Satz hineinfallen zu lassen. Während er startete, vergewisserte er sich vorschriftsmäßig mit Blick über die Schulter und in den Rückspiegel, bevor er aus der Lücke herausfuhr. Vor der Sparkasse fand er gleich einen Parkplatz. Er stieg aus, raste zum Bankautomaten, an dem Gott sei Dank um diese Zeit niemand stand. Schnell zückte er die EC Karte, informierte sich über den finanziellen

Stand des Kontos, seufzte, als er sah, dass er wieder verdächtig nah am Limit Geld abhob. Er drückte die Pin Nummer ein, wartete auf das gute Geräusch herausfallender Scheine. »Damit bin ich für diesen Monat restlos pleite«, knurrte er, »aber es ist für einen guten Zweck.«

Er hatte sich sehr beeilt, weil es schon auf 21:00 Uhr zuging und ihm der Gedanke kam, nicht wegfliegen zu können, bevor er sich von Marie verabschiedet hatte. Im Krankenhaus nahmen sie es nicht so genau mit den Zeiten, aber Steffen wusste auch, dass Besuch um diese Uhrzeit eigentlich nicht gern gesehen wurde. Er setzte sich darüber hinweg, denn er wollte Marie unbedingt noch sagen, dass sie in den kommenden Tagen nicht mit ihm rechnen könne. Sie sollte wissen, dass er in einer sehr wichtigen Mission unterwegs sei, um mit ihrem Bruder das Rätsel ihres Urlaubs zu klären. Er wollte ihr noch sagen, dass er sie liebe und wiederkommen würde, sobald sie etwas in Erfahrung gebracht hätten. Grußlos rannte er an den Schwestern vorbei. Sie musterten ihn mit erstaunten Blicken. In Maries Zimmer setzte er sich auf den Rand des Bettes, erzählte ihr alles, von dem er annahm, dass sie es wissen sollte. Ob sie verstand, was er sagte oder ob das Gesprochene sie wie warme Milch überflutete, konnte er nicht wissen. Für ihn war es jedenfalls ein Bedürfnis, Abschied zu nehmen. »Ich liebe dich«, sagte er zu ihr und »lauf ja nicht weg, ich bin bald wieder da.«

Zuhause ging er auf die Suche nach seinem Rucksack, der sich dann nach einer halben Stunde endlich in der Abstellkammer zeigte. Wie das blöde Teil ausgerechnet bei den Vorratsdosen landen konnte, ließ sich nicht mehr nachvollziehen. Hauptsache, er war endlich gefunden und mit ein paar wesentlichen Utensilien gefüllt. Steffen überprüfte auch seinen Pass und staunte, als er sah, dass er noch drei Monate gültig war. Die olle Wanduhr, ein Erbstück seiner Oma Luise, schlug die zwölfte Stunde an. Erst da merkte Steffen, wie ihm die Zeit durch die Finger glitt.

Er stellte zwei Wecker, einen auf 3:45 Uhr, den anderen auf vier Uhr, ging ins Bad, duschte, trocknete sich notdürftig ab und schlüpfte noch klamm unter die Bettdecke. Er löschte das Licht und war kurze Zeit später, in dem Gefühl, alles zur eigenen Zufriedenheit erledigt zu haben, eingeschlafen. Kaum war er eingedöst, weckte ihn das nervtötende Schrillen des einen Weckers. Er blinzelte auf die Zahlen die ihm, der kurzen Zeitspanne wegen, unwirklich erschienen und haute mit der flachen Hand darauf. »Halt die Schnauze«, brummte er und drehte sich auf die andere Seite. Nach ein paar schlaftrunken geröchelten Tönen schrie ihn der zweite Wecker unsanft an. Mit einem Schlag war er hellwach.

Er schwang sich aus der warmen Kuhle, eilte ins Bad, verschaffte seinem Morgenurin freien Auslauf, duschte kurz, rasierte sich mit aufgeregter, zittriger Hand, nicht ohne seinen Wangen kleine Schnittverletzungen zuzufügen. Das Reisefieber hatte ihn gepackt. Gleich würde Maries Mutter vor dem Haus hupen. Schnell warf er seine Kosmetikutensilien in den Beutel, eilte damit zu seinem schwer bepackten Rucksack und steckte ihn mit einiger Mühe hinein. Kaum war er in die Jacke geschlüpft, vernahm er ein Hupen. Schnell vergewisserte er sich, ob er alle technischen Geräte ausgeschaltet hatte, und stapfte nach unten.

»Guten Morgen«, rief ihm Jochen enthusiastisch entgegen.

»Guten Morgen Steffen«, sagte Frau Sanders. Die Aufregung hatte bereits Blumen auf ihren Hals gemalt.

»Guten Morgen«, grüßte Steffen, und warf den Rucksack in den Kofferraum.

»Hast du gut geschlafen?«, wollte Jochen wissen.

»Ich habe das Gefühl, ich hätte überhaupt nicht geschlafen«, entgegnete Steffen.

»Dann erging es dir nicht besser als mir.«

»Fragt mich mal, ich habe heute Nacht kein Auge zugetan. Jungs, ihr müsst mir versprechen, dass ihr euch nicht in Gefahr begebt. Wenn es brenzlig wird, verschwindet einfach, kann ich mich darauf verlassen?«

»Ja«, sagten beide synchron.

Sie reihten sich in den ausgedünnten Verkehr ein. Durch die Nachtschwärze rauschten die entgegenkommenden Autos wie dicke Käfer mit leuchtenden Augen an ihnen vorüber. Sie kamen sehr schnell voran. Am Flughafen angekommen, verabschiedeten sie sich von ihrer Chauffeurin. Sie winkten ihr noch kurz zu, danach eilten sie an den Schalter zu der netten Dame, mit der Jochen tags zuvor bereits verhandelt hatte. Sie bat sie, noch eine halbe Stunde in der Nähe Platz zu nehmen, dann könnte sie beurteilen, ob es möglich sei, noch eine

Passage für die erste Maschine zu kriegen. Unweit von ihr fanden sie aneinandergereiht starre, wenig einladende Sitzgelegenheiten, auf die sie ihr kleines Gepäck und danach sich selbst wuchteten.

»Hast du schon gefrühstückt?«, wollte Jochen wissen.

»Nein, dazu reichte meine Zeit nicht. Ich hätte noch eine viertel Stunde früher aufstehen müssen«, entgegnete Steffen.

»Ich organisiere uns mal einen Kaffee, schwarz, ja?«

Steffen nickte. Kurze Zeit später kam Jochen mit zwei dampfenden Bechern schwarzer Brühe zurück.

»Vorsicht«, sagte er, »der Kaffee ist verdammt heiß.« Während sie tranken, beobachteten sie Menschen, die missmutig, noch müde, lachend oder suchend, frotzelnd, gut gelaunt, gelangweilt oder verängstigt, mit hastigen oder lahmen Schritten, an ihnen vorüber gingen. Sie saßen an einem Ort, an dem man, ähnlich dem eines Bahnhofgebäudes, außerordentliche menschliche Verhaltensstudien betreiben konnte. Amüsant und aufschlussreich war das allemal. Sie verschlossen ihre Worte hinter den Blicken, tranken genüsslich ihren Kaffee und schraken mit einem Mal auf, als sie ihre Namen durch den Lautsprecher hörten.

»He Alter, die meinen uns«, sagte Steffen und stieß Jochen an. »Komm schon, vielleicht hat es geklappt und wir können mit der ersten Maschine fliegen.«

Jochen schlürfte den letzten Tropfen seines Getränkes und warf im Laufen den Becher mit einem gezielten Wurf in einen Abfalleimer. Die Dame am Schalter sah ihnen lächelnd entgegen und winkte mit den Tickets, die nun ein schnelles Einsteigen in die Maschine nach Ibiza erlaubten. Das Geld hatten sie abgezählt parat. Sie bezahlten und sprinteten los. Der Bus, der die Passagiere schon zum Flugzeug gebracht hatte, kam ihnen auf halber Strecke entgegen, was bedeutete, dass sie bis zu ihrem gesichteten Objekt noch mehr Gas geben mussten. Auf der Treppe nach oben ging ihnen fast die Puste aus. Der freundliche Steward erwartete sie am Eingang, führte sie mit einem »wunderschönen Guten Morgen«, und dem angefügten »Glück gehabt, meine Herren«, zu den beiden Plätzen, die frei geblieben waren.

»Schaut nur, da kommen zwei, die sich nicht rechtzeitig von ihrer Matratze losreißen konnten«, sagten ihnen ein paar spöttische Augenpaare, oder auch, »es ist unverschämt, so viele Menschen warten zu lassen.« Ein Gong ertönte, die Passagiere wurden angewiesen, sich anzuschnallen. Das Flugzeug war startbereit. Nach einem rasanten Schub, vorbei an fliegenden Lichtern, erhob sich die schwere Maschine in die Luft. In ihren Sitz gelehnt, bestaunten Jochen und Steffen die glitzernde Metropole unter ihnen, das phosphoreszierende Mekka, still, bunt, flirrend. Unglaublich, dass in solcher Schönheit Morde und andere Verbrechen geschehen konnten. Steffen riss Jochen aus seinen Gedanken.

»Du wolltest mir doch berichten, was du über unser Reiseziel herausbekommen hast.« Erwartungsvoll sah er Jochen zu, der gerade dabei war, seinen Sitz etwas nach hinten zu verschieben. Offensichtlich hatte er keinen Plan, wie er das anstellen sollte.

»Das Ding klemmt«, sagte er ärgerlich, und begann unwirsch daran zu rütteln.

»Lass mich mal ran.« Durch einen kleinen, geschickten Druck ergab sich der Sitz.

»Habe ich dir schon verraten, dass die gesamte Insel Ibiza von der UNESCO zum Kultur- und Natur-Welterbe erklärt wurde?«, fragte Jochen, und bedankte sich bei Steffen mit einem Klaps auf dessen Arm. »Die haben dort Meerwasserentsalzungsanlagen gebaut, um die knappen Wasserressourcen zu schonen. Die Meerwasserqualität ist sehr gut, auch wenn zeitweise angespültes Seegras von manchem Urlauber als Verschmutzung angesehen wird. Aber das Gegenteil ist der Fall. Das Seegras ist ein Zeichen guter Wasserqualität, wusstest du das?«

»Ich glaube nicht, dass das Meer für uns von großer Bedeutung ist«, warf Steffen ungeduldig ein, wir müssen uns vielmehr mit der bergigen Region der Insel beschäftigen. Hast du auch diesbezüglich recherchiert?«

»Klar habe ich das. Ist ja wohl logisch, dass der Club nicht in den Städten, oder direkt am Strand, zu finden ist. Was glaubst du denn, was ich alles in der Zwischenzeit ausklabustert habe. Pass auf, also, es gibt eine Firma *»ASI, Wirklich Reisen.«* Brauchst gar nicht so ungläubig zu schauen, die gibt es tatsächlich. Dort kannst du einen erfahrenen Bergwanderführer anfordern, der dir die schönsten Landschaften dieser Pinieninsel mit ihrer artenreichen Vegetation zeigt. Hört sich zwar gut an, aber ich glaube, dass wir uns das Geld sparen können. Am besten machen wir uns selbst auf die Suche.«

»Das denke ich auch, allein schon, weil wir bereits wissen, dass niemand diesen Club kennt. Eigentlich ist das unvorstellbar.« Steffen zupfte sich am Ohrläppchen. Das tat er immer, wenn er nicht weiter wusste. Jochen schaute auf seine Armbanduhr.

»In etwa zehn Minuten landen wir in Ibiza«, sagte er. »Wir suchen zuerst ein Büro, um einen Geländewagen zu ordern. Danach, dachte ich, begeben wir uns ins Landesinnere und halten nach einem preisgünstigen Zimmer in einer Finca Ausschau. Mit Nahrungsmitteln versorgen wir uns selbst. Das ist kein Problem, Supermärkte gibt es überall.«

Nach der Landung bestiegen sie den Bus, der sie zum Terminal brachte. Sie fühlten sich darin wie eingepferchte Hühner. Vielleicht dachten die Urlauber, dass man sie nur mit einem einzigen Bus abholen würde. Oder sie ärgerten sich, dass ihnen durch das Warten auf einen zweiten Bus zu viele Minuten von ihrer teuer erkauften Erholungszeit verloren gingen. Jedenfalls drückten und schoben sie mit Macht ihre nach Angstschweiß oder auch altem Schweiß, nach Parfüm und anderen Düften überfrachteten Körper, unangenehm an sie ran.

»Bin ich froh, wenn wir hier raus sind«, nuschelte Steffen seinem Freund ins Ohr. Der verdrehte nur die Augen, seine Art der Zustimmung. Sie gingen als Erste durch die Passkontrolle, da sie nicht auf Koffer warten mussten. Ihr Handgepäck erwies sich hier ganz klar als Vorteil. Vor dem Gebäude empfing sie eine strahlende Sonne, die ihnen mit geschätzten 25 Grad ihre Aufwartung machte.

»Toll, freute sich Jochen, so warm noch Ende Oktober. Das habe ich nicht erwartet.«

»Aber abends wird es kühl, warf Steffen ein. Da braucht man schon eine Jacke, habe ich gelesen.«

Sie entdeckten am Ende des Flughafengebäudes ein Schild, das auf ein Büro für Autovermietungen schließen ließ. Ihre Vermutung erwies sich als richtig. Sie traten mit einem landesüblichen »Ola« ein, suchten mit Hilfe des freundlichen Verkäufers einen günstigen Geländewagen, den sie vorläufig für eine Woche charterten.

»Und jetzt, wie geht es weiter?«

»Steig erst mal ein«, sagte Jochen. »Wir suchen zuerst einen Supermarkt und decken uns für den heutigen Tag mit Essen ein. Meine

Erfahrung ist, dass man die günstigsten Unterkünfte bei den Verkäufern in kleineren Geschäften finden kann. Wenn wir Glück haben, vermieten uns die Leute sogar ein Zimmer in ihrem eigenen Zuhause. Glaub mir, die sind dankbar für jeden noch so mageren Nebenverdienst.«

»Wo, dachtest du, ist es ratsam, mit der Suche zu beginnen?«, fragte Steffen und ärgerte sich insgeheim, dass er sich nicht besser über die Regionen der Insel informiert hatte. Dass ihm dazu wirklich die Zeit fehlte, stimmte zwar, dennoch fand er dieses Argument schal.

»Wir beginnen im Norden«, sagte sein Freund.

Kapitel 30

»Das darf doch nicht wahr sein!« Wütend warf Susanna die Tasse gegen die Wand. »Wieso läuft dieses Weib mitten in der Nacht durch die Pampa?« Sie fluchte lautstark in ihrer Kindersprache, auf Russisch. »Warum ist uns nicht aufgefallen, dass wir beobachtet wurden? Juan hat auch nichts bemerkt. Diese Marie scheint doch wacher zu sein, als ich den Eindruck hatte. Der schnöde Mond hat uns sicher erkennbar in sein Flutlicht getaucht. Verdammt! Jetzt wissen zwei Frauen Bescheid. Was, wenn sie allen anderen berichten, was hier los war?

Marie hat heute Morgen den Cocktail verweigert, ich habe es genau gesehen. Wahrscheinlich hat sie nur so getan, als würde sie ihn noch trinken, nachdem ich sie explizit dazu aufgefordert habe. Hat sie die Manipulation bemerkt? Aus dem, was sie zu Denise sagte, ging nicht hervor, dass sie von den Drogen weiß. Dennoch bleibt unbestritten, dass sie mehr gesehen hat, als für sie gut ist. Was kann ich tun, die beiden Frauen noch mehr unter Beobachtung stellen? Ab sofort beschränke ich die »geschenkten« Maßnahmen nur noch auf Marie und Denise. Mist, Mist, Mist, schon wieder so eine verfluchte Situation, die mich zwingt einzugreifen. Die anderen Frauen sind uninteressant. Ab heute lasse ich sie darauf vorbereiten, dass ihr Urlaub beendet ist. Nacheinander schicke ich sie nach Hause. Basta!«

Nachdem sie ihren verärgerten Monolog beendet hatte, betrat die Kommandantin das P.M.C.

»Sind die Frauen schon auf dem Weg?«

»Sie stehen noch am Pool«, antwortete Angelina kleinlaut.

»Ich möchte mit Subo Zwei sprechen, sofort!«

Subo Vier, Angelina, stellte die Verbindung zu Alex in der Küche her und entfernte sich diskret.

»Ja bitte, was gibt es?«

»Haben die Frauen schon alle ein Lunchpaket?«

»Ich wusste nicht«, stotterte Alex, »ich hatte keinen Auftrag, ich weiß von ...«

»Hören Sie mir genau zu«, unterbrach sie die Kommandantin. »Sie werden den Damen ein kleines Lunchpaket zubereiten, Inhalt, ein

Getränk, etwas Obst, Brot und Käse. In zwei der Getränkeflaschen mischen sie die wunderbaren Pilze, aber nicht zu stark. Ein leichtes Verzerren der Gesetzmäßigkeiten reicht aus. Ich vertraue Ihrer Kompetenz. Diese beiden speziellen Getränke sind ausschließlich für Marie und Denise bestimmt. Ich erwarte von Ihnen, dass nur diese beiden Frauen in den Genuss dieser Köstlichkeit kommen, verstanden!?«

»Ja, Kommandantin, aber die Frauen wollen doch heute an die Steilküste und wenn ...«

»Hat Sie irgendjemand nach Ihrer Meinung gefragt?« Der schroffe Ton stoppte die Bedenken von Alex, noch ehe sie ihren Mund gänzlich verließen. Susanna wusste genau, was sie sagen wollte. Einen Augenblick hielt sie inne. Janusköpfig gab sie Alex zu verstehen, dass es ihr ein Bedürfnis sei, den beiden Frauen die Schönheit der Fauna sowie die bunte Vielfalt des Gesteins der Steilküste als individuelles Erlebnis zu offenbaren. Alex nickte beschämt, mit einem missmutigen Zug um den Mund, und schluckte hart. Jetzt nur keine Widerrede, spukte es in ihrem Kopf. Die Kommandantin rief nach Angelina und gab ihr das Handy zurück, mit dem sie einen außerordentlich guten Empfang hatte.

»Wer führt die Frauen heute?«

»Sie gehen mit der Italienerin, mit Assunta. Sie kennt sich am besten auf der Insel aus.«

»Gut, gehen Sie zu ihr, fordern Sie sie auf, zu warten, bis Alex die Frauen versorgt hat.«

»Selbstverständlich!«. Angelina eilte devot davon.

Bei den Subos in der Zentrale machte sich Erleichterung breit, wenn die Kommandantin in ihrem Heiligtum verschwand. Danach schwang im P.M.C noch eine ganze Weile die von ihr inszenierte Fülle der Angst. Keine der Anwesenden äußerte, was sie dachte, jede wurde von den anderen überwacht. Das Bespitzelungsprinzip funktionierte einwandfrei.

Nach und nach hatten sich Marie, Denise, Sylvie und Assunta am Pool eingefunden.

»Auf wen warten wir noch?«, wollte Sylvie wissen.

»Ich glaube, wir sind die Einzigen, die wirkliches Interesse an dieser wunderschönen Insel haben. Die anderen liegen lieber faul am Pool. Man könnte meinen, Bräune wäre alles. Ich verstehe das einfach nicht«, maulte Assunta. »Man kann ihnen bieten, was man will. Entweder sie gackern wie blöde Hühner oder sie schlafen. Versteh einer diese Frauen.«

Alex kam um die Ecke gerannt.

»Wartet!«, schnaubte sie, »ich bringe euch Proviant. Den werdet ihr brauchen. Bei der Göttin Tanit gibt es nichts zu essen.«

»Musst du immer alles verraten!«, fauchte Assunta Alex an. »Unser Ausflug sollte doch eine Überraschung sein. Ich habe extra nicht erzählt, wohin wir gehen. Du mit deiner vorlauten Klappe machst alles kaputt.«

»Tut mir leid, ich hatte keine Ahnung.«

»Wer ist die Göttin Tanit, ich habe noch nie von ihr gehört?« Denise hatte gefragt, was alle wissen wollten. Das las sie aus ihren Gesichtern.

»Steigt erst mal in den Jeep, die Geschichte erzähle ich euch unterwegs. So viel vorweg, wir fahren in den Westen. Von dort aus könnt ihr die Insel in ihrer ganzen Schönheit erleben. Ich verspreche, es wird ein unvergessliches Erlebnis, ein Augenschmeichlererlebnis, das euch erwartet.«

»Halt!«, rief Alex. Assunta startete den Wagen, und sie drückte immer noch die Lunchpakete an die Brust. »Euer Essen, ihr habt euer Essen vergessen.« Sie übergab jeder einzelnen den Proviant, wohlweislich der Aufforderung nachkommend, dass die besonderen Pakete bei den richtigen Frauen landeten.

»Danke!«, riefen sie gemeinschaftlich und freuten sich. Bei Alex zeichneten sich Sorgenfalten ab. Sie winkte ihnen nach und schlich mit hängenden Schultern zurück in ihre Küche. »Lange mache ich das nicht mehr mit«, murrte sie, »ich bin Köchin, und als solche eingestellt worden. Kochen ist meine Leidenschaft. Es ist mir ein Rätsel, wer der Kommandantin Informationen über meine Drogenkarriere gesteckt hat. Woher weiß sie, dass ich gesucht werde? Ich habe ihr nichts erzählt und Juan hat versprochen, den Mund zu halten. Für alle Anderen bin ich auch nur eine Fremde.«

Sie hörte sofort auf, vor sich hinzubrabbeln, aber das Rädchen in ihrem Kopf ließ sich nicht stoppen. Hier wollte ich neu anfangen, endlich frei sein. Mein Dealerleben, das sowieso kein Leben war, hinter mir lassen. Die erste Zeit im Club war so schön. Ich hoffe nur, dass Denise und Marie, trotz der geheimen Zugabe, die Reise gut überstehen. Hoffentlich ist die Entscheidung, Extasy in die Flaschen zu geben, richtig? Vielleicht wäre es klüger gewesen, nur ein wenig von den magic Mushrooms zu verwenden. Ich weiß, dass sie die mystischen Fähigkeiten der menschlichen Natur viel stärker, und in einer weit mehr erleuchtenden Weise als Alkohol stimulieren. Dabei ist das physiologische und soziale Risiko außerordentlich gering. Aber ich kenne auch genügend User, die Ecstasy regelmäßig ohne größere Probleme zu sich genommen haben. Hoffentlich gehören die Beiden nicht zu den Personen, die schon nach der Einnahme einer einzigen Pille völlig ausklinken. Auch das gibt es, leider. Es ist gar nicht so einfach, sich für die richtigen Substanzen zu entscheiden, wenn man eine so speziell ausgerichtete Hexenküche hat.

Ein hauchdünnes Lächeln kräuselte ihre Lippen. Wird wohl nicht so schlimm werden. Ich habe jedenfalls die Droge genommen, von der ich mir am wenigsten Schaden erhoffe. Am liebsten hätte ich den Mädels Zucker in ihr Getränk gemischt. Aber solche Alleingänge straft man hier drastisch, siehe Yvonne. Wo ist sie nur abgeblieben?«, frage ich mich. Sie ist doch diejenige, die dem Druck am wenigsten entgegensetzen kann. Ohne Hilfsmittel kommt sie keinen Tag aus. Ich vermisse sie seit einigen Tagen. Ob sie abgereist ist? Vielleicht wurde sie wegen ihres Drogenkonsums entlassen? Dass sie abhängig ist, weiß die Kommandantin. Warum sie gerade Yvonnes Verhalten toleriert, darüber spricht niemand. Ist ja wieder mal typisch, offensichtlich weiß jeder etwas, aber keine sagt was.

Sie begannen ihre Wanderung bei San Miguel an der Steilküste. Die Insel zeigte sich ihnen wildromantisch, von ihrer schönsten Seite. Sie genossen imposante Ausblicke, die man nur erleben konnte, wenn man zu Fuß unterwegs war. Assunta hatte ihnen nicht zu viel versprochen. Sie erlebten, immer wieder begleitet von einem entzückten »Oh« und »Ah«, die wunderbar blühende Heide, liefen über Rosmarinfelder und Wiesen mit einem Meer voller Wildblumen. Unbeschreiblich sinnliche Düfte lullten sie ein. Fast zwei Stunden waren sie unterwegs, als sich die ersten Müdigkeitserscheinungen bemerkbar machten. Trotzdem gingen sie weiter. Im Norden erklommen sie den zweithöchsten Berg, der ihnen einen Rundum-Panoramablick bot. Dort legten sie eine Pause ein. Sie ließen sich auf einer Wiese nieder und aßen mit großem Appetit die mitgebrachten Speisen. Alle waren hungrig und durstig. Marie aß begierig ihr Brot mit dem Käse und den Apfel auf, zögerte jedoch, zu trinken, obwohl ihr der Gaumen trocken wie Reispapier klebte. Kaum waren sie wieder unterwegs, legte Denise ein völlig unangepasstes Tempo vor. Sie lachte und sprühte vor Begeisterung, hüpfte wie ein Kleinkind, mit schlenkernden Armen über unwegsames Gestein und Gestrüpp. Mehrmals hielten die Anderen den Atem an bei ihrem waghalsigen Unterfangen. Assunta war wütend. Über ihre Ermahnungen, vorsichtig zu gehen, lachte Denise großmäulig hinweg.

»Oh nein, hoffentlich ist sie nicht stoned«, dachte Marie verzweifelt. Konsterniert über das Verhalten von Denise zogen sie weiter. Nach endlos scheinenden Stunden erreichten sie den mit 476 Metern höchsten Berg, Atalaya Sant Vicente, mit dem Grottentempel Es Culleram, der Gedenkstätte der Göttin Tanit.

»Erzähl uns bitte die Geschichte von Tanit, du hast es versprochen!«, forderte Sylvie Assunta auf.

»Komm schon, ich möchte es auch wissen«, keuchte Denise. Marie nickte stumm.

»Ich vermute«, sagte Assunta, »es ist euch nicht aufgefallen.«

»Was meinst du?«, fragte Marie.

»Dass es hier auf der Insel keine Schlangen und giftigen Tiere gibt. Das, meine Lieben, verdanken wir der phönizischen Göttin Tanit, sagt man«, fügte sie mit Augenzwinkern hinzu. »Sie ist aber auch die Göttin der Liebe und der Fruchtbarkeit. Noch heute wird sie in dieser Höhle verehrt. Hier drin wurde einer der wichtigsten archäologischen Funde gemacht. Sie fanden die Büste der karthagischen Göttin Tanit. Seht ihr den Altarstein? Junge Paare oder solche, die einen Kinderwunsch hegen, kommen immer noch hier her um sie um ihren Segen zu bitten. Man vermutet, dass die Höhle vom 4. bis 3. Jh. v. Chr. von den Karthagern als Tempel genutzt wurde. Der Consul Insular d`Eivissa fing im Jahre 2000 an, die zerstörten Terrakotta Standbilder zu renovieren. Götzendienst sage ich da nur.«

»Aber wenn`s hilft.« Marie lachte.

Denise hatte kaum einen Blick für die Gedenkstätte. Sie torkelte aus der Höhle und brach mit einem Mal zusammen.

»Ich kann nicht mehr, mir ist so heiß, mein Herz rast, mir geht es schlecht«, röchelte sie, mit hauchdünner Stimme.

»Ach, das ist nur die Hitze und die Anstrengung. Du bist ja auch herumgehüpft wie eine Irre«, meckerte Marie.

»Das, meine Liebe, sehe ich anders. Assunta hat uns überfordert, so ist das.« Sylvie schüttelte unwirsch den Kopf.

»Leg dich hin und entspann dich«, riet Assunta. „Wir haben Zeit und sind niemandem im Weg. Hier stören wir nicht.«

»Lass mich mal deinen Puls fühlen«. Marie fasste das Handgelenk und begann zu zählen. Obwohl sie keine Uhr trug, bemerkte sie, dass der Puls von Denise raste. Ihr Körper war nass wie nach einem kräftigen Regenschauer.

»Du schwitzt ja fürchterlich, ist dir so heiß?«

»Wir schwitzen doch alle wie die faulen Pferde, siehst du das nicht!«, warf Sylvie ein, »das ist doch normal, nicht wahr? Ich frage mich gerade, ob da nicht jemand ein bisschen übertreibt.«

Assunta setzte sich neben Denise und nahm ihr die Sonnenbrille ab. Ein Blick in ihre Augen genügten ihr, zu verstehen, was mit ihr los war. Sie fluchte insgeheim und setzte ihr, bevor die anderen etwas merkten, die Brille wieder auf. Aus ihrem Rucksack griff sie sich ihre Wasserflasche. Davon schüttete sie auf ein Tuch und wischte Denise, soweit sie konnte, damit ab. Plötzlich sah sie wie ein kleines, rotes Rinnsal Denise aus ihrem Mundwinkel floss. Mit einer flüchtigen Bewegung wischte sie es weg.

»Hast du dir auf die Zunge gebissen?«, fragte sie, »lass mal sehen.«

Denise weigerte sich. »Ich habe Durst«, sagte sie stattdessen. Assunta hob ihren Kopf an und flößte ihr den restlichen Inhalt ihrer Wasserflasche ein. Sie erkannte als einzige, wie groß die Gefahr einer malignen Hyperthermie war. Offensichtlich hatte Denise eine Droge intus, die ihren Körper extrem aufheizte. Daher auch ihre verrückten Aktionen. Sie benahm sich gegen Ende der Wanderung, genaugenommen, kurz nach der Essenspause, absolut unnormal. Der Cocktail vom Morgen wirkte seit Stunden nicht mehr. Aber irgendwas hatte sie genommen. Assunta überlegte, wie sie sich in dieser Situation verhalten sollte. Ihr war klar, dass es bei einer solch anstrengenden

Wanderung und der großen Hitze, immer zu Wasserverlust und einer Austrocknung des Körpers kommen konnte.

»Wer hat noch Wasser? Denise braucht unbedingt noch Wasser, fragte sie mit zittriger Stimme.«

Sylvie reichte Assunta sofort ihre Flasche. Marie zögerte. Sie hatte auf einmal höllische Angst ihre Flasche herzugeben. Was, überlegte sie, wenn wir beobachtet wurden, als wir über die Ereignisse der Nacht sprachen? Was, wenn man uns um die Ecke bringen will? Diese Gedanken waren verdammt unangenehm. Assunta und Sylvie tranken doch aus ihren Flaschen, und nichts ist passiert. Die wussten aber auch nicht, über was sie und Denise sich am Morgen unterhalten hatten. Überhaupt, sie waren doch allein, als sie über diese Dinge redeten. Widerwillig gab sie Assunta ihre Flasche.

»Aber die ist ja noch ganz voll, hast du nicht getrunken? Marie, es ist wichtig, zu trinken, bei dieser Anstrengung. Bist du nicht durstig?«

Marie schüttelte nur den Kopf und schaute demonstrativ in eine andere Richtung.

»Behalte sie vorerst, ich glaube, im Moment hat Denise genug. Wir warten noch eine halbe Stunde. Ich denke, bis dahin hat sie sich wieder erholt und wir können den Heimweg antreten. Unterwegs brauchen wir ja auch noch Flüssigkeit für sie. Ruht euch aus Mädels, genießt die Aussicht.«

Sie versuchten es, aber irgendwie war die Stimmung getrübt.

Kapitel 31

»Wären wir nicht in geheimer Mission unterwegs«, sagte Jochen, »könnten wir hier tollen Urlaub machen.«

»Das kann ich nur bestätigen, die Strände und die Orte sind sehr einladend, wäre da nur nicht die Sache mit Marie. Ich kann mir nicht vorstellen, dass man auf einer so schönen Insel auch noch Drogen einwerfen muss, um diese Traumkulisse zu intensivieren. Solange ich Marie kenne, hatte sie wirklich nichts mit Drogen am Hut. Könnte es sein, dass unsere Trennung sie so aus der Bahn geworfen hat, dass sie aus Verzweiflung nach solch drastischen Hilfsmitteln gesucht hat?«

Jochen verkniff sich ein Lachen. »Bilde dir mal nicht so viel ein. Ich weiß, dass sie froh war, dich los zu sein. Sorry, mein Freund, aber du warst damals wirklich nicht der strahlende Held.« »Ich weiß«, seufzte Steffen, »das macht mich ja gerade so verrückt. Es tut mir aufrichtig leid, was ich ihr angetan habe. Ich verspreche ...«

»Brauchst du nicht, sag es meiner Schwester, wenn sie wach ist, und mache sie endlich glücklich, verstanden!«

Steffen nickte schuldbewusst. »Halte mal an, Jochen, da drüben ist ein kleiner Supermarkt, dort können wir uns erst einmal mit dem Nötigsten eindecken.«

»Und auch an der Kasse fragen, ob sie uns eine günstige Bleibe offerieren können. Sprichst du Espaniol, Steffen?«

»Nein, aber ich glaube, mit good old english kommt man überall zurecht.«

»Dann lass uns das mal testen.« Jochen parkte den Jeep. Im Supermarkt fanden sie alles, wonach es sie gelüstete, zu einem sehr entgegenkommenden Preis. Die Auswahl an Spirituosen war dürftig, was sie aber absolut nicht verstimmte, denn sie entschieden sich spontan für ein Sixpack landesüblichen Cervesas. An der Kasse saß eine junge, rassige, sehr ansehnliche Spanierin, die sie mit einem entwaffnenden Lächeln begrüßte. Steffen war einen Augenblick lang so geblendet, dass Jochen ihn erst durch ein leichtes Anstoßen in die Realität zurückbrachte.

»Junge, Junge«, pfiff er durch die Zähne. »Hat es dir soeben die Sprache verschlagen? Du wolltest doch nach einer Unterkunft fragen.«

Steffen bezahlte und fragte auf Englisch stotternd, mit einer leicht misstönenden Stimme, nach einer günstigen Bleibe. Zuerst schaute die Frau unsicher, denn sie verstand offensichtlich nicht so genau, was der junge Mann sie fragen wollte. Er hatte sich auch nicht sehr geschickt ausgedrückt. Für sie hörte es sich an, als frage er, ob er bei *ihr* schlafen könne. Ihr Mund stand offen, die Augen blickten groß, erstaunt, die Antwort kam nicht sogleich, sie musste erst gefunden und einsortiert werden.

Jochen, der hinter seinem Freund stand, erkannte augenblicklich, dass es sich hier um etwas Missverständliches handeln würde. Also begann er mit Händen und Füßen, mit verständlichen Gesten zu erklären, was sie beide suchten. Die Kassiererin brach in ein lautes Lachen aus, das ihrem hübschen Gesicht trotzdem ein wenig Schärfe verlieh. Zartbitterschokolade mit einem Schuss Chili kam ihr am nächsten. Sie nahm ein Stück Papier und begann eine Zeichnung anzufertigen, mit Straßennamen und Kreuzungen, sowie dem Namen einer Finca Colani, nahe der Stadt Santa Eulalia gelegen. Sie überreichte Jochen die Wegbeschreibung. Steffen schenkte sie ein leicht spöttisches Zahnpastalächeln, überstrahlt von magischem Blitzen aus dunklen Kirschaugen. Die Jungs bedankten sich artig und schafften sich aus dieser merkwürdigen Situation.

»Sag mal Steffen, hast du sie noch alle?«, fragte Jochen am Ausgang. »Was war denn das da drinnen für eine Nummer? Ich dachte, mein Englisch wäre nicht so gut, aber eben hat es mir fast die Schuhe ausgezogen.«

»Warum?«

»Du weißt wirklich nicht, was du die Frau gefragt hast?«

»Natürlich weiß ich, was ich die Frau gefragt habe. Ich wollte wissen, ob sie für uns eine Schlafgelegenheit anzubieten hätte. Was soll denn daran falsch sein? Hättest du es besser gekonnt?«

»Das glaube ich einfach nicht. Du hast dieses hübsche Geschöpf gefragt, ob du bei *ihr* schlafen könntest, das hast du gesagt. War das vielleicht ein Freudscher Fehler, oder beherrschst du die Sprache tatsächlich so schlecht?«

»Das hab ich nicht gesagt! Was unterstellst du mir da?«

»Mein lieber Freund, ich will dir gar nichts unterstellen. Aber mit deinen Fremdsprachenkenntnissen ist es wahrlich nicht so weit her. Damit kannst du uns schnurgerade ins Verderben schicken. Wir müssen umsichtig vorgehen, wenn wir hier etwas herausbekommen wollen, klar?«

»Okay, mein Fehler. Das nächste Mal redest du.«

Bald schon hatten sie Santa Eulalia erreicht. Jochen hielt den Zettel einem an der Straße stehenden Einheimischen unter die Nase. Er bekam katalanische Auskunft, durch Körpersprache durchaus verständlich gemacht. Nach weiteren zehn Minuten hatten sie Glück. Sie fanden die angegebene Finca, bekamen noch ein Zimmer mit zwei Betten zu einem sehr guten Preis, eine Unterkunft klein, schlicht und sauber. Das entsprach genau ihren Vorstellungen. Durch eine Glastür sahen sie auf einen Balkon mit einem winzigen Tisch und zwei Stühlen.

Die Vermieterin bot ihnen ein einfaches Frühstück an, für einen geringen Obolus, oder auch ein schlichtes Abendessen, wenn sie wollten. Das Frühstücksangebot nahmen sie gerne an, lehnten aber alle weiteren Offerten mit der Begründung ab, dass sie wohl den ganzen Tag unterwegs seien. Auf die zaghafte Frage Steffens, ob sie von einem Club gehört hätte, indem nur Frauen Urlaub machen würden, bedachte sie die Vermieterin mit einem ungläubigen, verneinenden Blick. Von so einer Bleibe hatte sie hier noch nie gehört. Unaufgefordert brachte sie ihnen eine Karte, auf der die Hotels und die zu mietenden Fincas ersichtlich waren.

Steffen und Jochen duschten und zogen sich Shorts und T-Shirt an. Noch brauchten sie keine Jacke, denn der Abend zehrte von der spätsommerlichen Schwüle. Sie setzten sich auf den Balkon und machten sich über die Karte her. Das Sixpack leistete ihnen erfrischende Gesellschaft, bis sie beide an dem Punkt ankamen, dass sie nur noch ins fremde Bett wollten. Der Tag war lang und anstrengend, die ruhige Nacht mehr als verdient. Morgen, in der Frühe, beschlossen sie aufzubrechen und nach diesem Club suchen, der Marie einen kostenlosen, wohl auch drogistischen Aufenthalt gewährt hatte, und ihnen jedweden Raum für Spekulationen bot.

Kapitel 32

»Kannst du gehen, Denise?« Assunta schaute sie prüfend an. Glaubst du, dass du den Weg zurückschaffst?«

»Nein, mir ist schrecklich übel. Mein Schädel ist kurz vor einer Explosion, hilf mir. Mir ist so heiß.« Die letzten Worte waren kaum verständlich. Perlen auf ihrer Stirn taten sich zusammen und liefen wie kleine Rinnsale über ihren Körper. Assunta befürchtete, dass Denise jetzt schon mit hohem Fieber rang. Sollte es weiter steigen, wäre ein Hitzeschlag ihr sicherer Tod. Nahezu verzweifelt musste sie ihre Befürchtungen für sich behalten, damit die anderen nicht in Hysterie verfielen.

»Können wir sie eventuell tragen?«, fragte Marie, und wusste in gleichem Atemzug, dass das bei dem unwegsamen, steilen Gelände unmöglich und eine Gefahr für alle bedeutete. Assunta und Sylvie bedachten sie mit einem vernichtenden Blick. Gemeinsam zogen sie Denise in den Schatten der Höhle. Vielleicht könnte ja die Göttin Tanit helfen, obwohl das nicht ihrer eigentlichen Funktion entsprach.

»Hat denn keine ein Handy dabei?«, fragte Sylvie. »Wir könnten doch die Bergwacht benachrichtigen. So etwas muss es hier doch geben, meint ihr nicht?«

»Und die schicken uns einen Hubschrauber mit einem Arzt«, ergänzte Marie, »das ist doch die Lösung.«

»Und wo glaubst du, sollte der landen? Schau dich doch mal um!« Assunta schüttelte genervt ihre braunen Locken. »Trink Denise, trink so viel du kannst. Marie bleibt bei dir. Sylvie und ich steigen ab und holen Hilfe. Mir fällt keine andere Lösung ein. Kannst du die Verantwortung, auf deine Freundin aufzupassen, übernehmen Marie?«

»Was kann ich in der Zwischenzeit für sie tun?«

»Leg ein nasses Tuch auf ihre Stirn und gib ihr zu trinken. Sie sollte viel trinken, das ist das Wichtigste. Ich fühle, dass das Fieber schon sehr gestiegen ist. Wir müssen versuchen, ihren Körper herunterkühlen, verstehst du? Ob es in der Nähe irgendeine Wasserstelle gibt, kann ich nicht sagen. Schau dich um, wenn du frisches Wasser findest, versorge sie damit. Sylvie und ich brechen sofort auf. Ich weiß, wo ich im Tal einen Arzt finden kann. Ich bringe ihn mit dem Wagen so nah wie möglich. Nach der Erstversorgung wird er uns helfen, mit Denise abzusteigen. Alles klar?«

»Ja.«

Es dauerte keine zwei Minuten, bis Assunta und Sylvie aus ihrer Sichtweite verschwunden waren. Marie tätschelte Denise die Wangen.

»Lass mich mal in deine Augen schauen. Erschrecke jetzt nicht, ich nehme dir die Brille ab. Schau mich an, bitte mach die Augen auf.«

Denise wurde im Fieberkrampf geschüttelt. Ihre Zähne klapperten. Sie öffnete für einen Moment die Augen und sah Marie mit dunklen Kugelpupillen an.

»Das dachte ich mir«, keuchte Marie. »Es hätte mir schon früher auffallen müssen. Erst springst du herum wie eine tollwütige Ratte, dann übertreibst du maßlos, wie wunderbar alles ist, was du siehst, und nun das. Hör mal, ich weiß ja nicht sicher, was mit dir los ist, aber ich glaube, sie haben uns schon wieder eine Droge untergejubelt. Ich bin mir sicher, dass sie das Teufelszeug in unsere Getränke mischen. Schau mal, meine Flasche ist noch voll. Ich bin auch durstig, das kannst du mir glauben, aber ich scheue mich das Zeug zu trinken. Irgendwer muss uns belauscht haben heute Morgen. Mist! Ich glaube, wir sind in die Schusslinie geraten. Vielleicht wollen sie uns beseitigen wie Yvonne. Da steckt bestimmt diese seltsame Clubchefin dahinter. Vielleicht war sie es, die ich in der Nacht gesehen habe. Das Beste für uns wäre von hier zu verschwinden und zur Polizei zu gehen. Kannst du aufstehen?«

Denise nahm nur ein Brausen von Worten auf. »Durst«, röchelte sie zum wiederholten Mal. Marie träufelte ihr die letzten Tropfen aus Sylvies Flasche in den Mund. Immer wieder kontrollierte sie ihr den Puls. Er raste, ihr Kopf glühte. Plötzlich zuckte sie wie bei einem epileptischen Anfall.

»Oh Gott, lass nicht sein, was ich vermute«, stöhnte Marie. Hat sie jetzt tatsächlich einen Hitzeschlag erlitten? Ich glaube, der wirkt sich so aus. Erst bekommt man Kopfschmerzen, Übelkeit und hohes Fieber. Aber was ist mit ihren Pupillen? Ich melde mich umgehend für einen Auffrischungskurs beim Roten Kreuz an, wenn ich heimkomme. Gib ihr Wasser, viel Wasser hat Assunta gesagt, aber was passiert, wenn ich Denise aus meiner Flasche trinken lasse? Wird es ihr besser oder noch schlechter gehen? Wir haben alle den gleichen Proviant erhalten. Assunta und Sylvie tranken daraus, und ihnen ist nichts passiert. Was mich abgehalten hat, kann ich nicht einmal sagen. War es Misstrauen oder Fügung? Wenn ich das Wasser getrunken hätte, läge ich dann genauso da wie meine Freundin? Ich könnte immer noch die Probe aufs Exempel machen und aus meiner Flasche trinken. Es wäre eine fifty, fifty Chance, aber könnte ich Denise danach überhaupt noch helfen? Wenn diese Aktion schiefginge, würde das beweisen, dass sie es tatsächlich nur auf uns Beide abgesehen hätten. Dann ist klar, dass man unser Gespräch am Morgen belauscht hat und dass, was ich gesehen habe, tatsächlich der Abtransport eines Menschen, nicht etwa eines Tieres oder gar einer Sache war. Liebend gern gäbe ich Denise mein Wasser, aber wenn meine Befürchtungen der Wahrheit entsprechen, was dann? Es ist zum Verrücktwerden!

Während sie panisch in sich hinein horchte, stand sie auf und lief ein Stück von Denise weg. Sie schaute sich um, sah keinen Menschen weit und breit. Eine Wasserstelle fand sie auch nicht. Trotzdem lief sie noch eine Ecke weiter bis zum höchsten Punkt und rief, so laut sie konnte, um Hilfe. Sie hoffte auf ein Echo, hoffte, dass irgendwo da unten sie jemand hören würde. Aber nichts geschah. Sie schrie in eine unberührte Kulisse, die wie ein frisch gemaltes Stillleben vor ihr lag.

Hilflos und der Verzweiflung anheim, begann sie zu beten. »Lieber Gott«, wenn du dort oben bist, oder wo auch immer, wenn du uns siehst, in dieser Not, bitte ich dich, hilf uns, hilf meiner Freundin Denise. Sag mir, was ich für sie tun kann, damit sie nicht stirbt.«

Als unterstreichende Geste ihrer Bitte reckte sie die Hände in den Himmel. Mutlos ging sie zu Denise zurück. Sofort bemerkte sie, dass diese nur noch ganz schwach atmete. Leblos lag sie an der gleichen Stelle. Verzweifelt beugte sie sich über sie und begann, sie von Mund zu Mund zu beatmen. Immer wieder pustete sie ihr den Atem ein, gutgläubig, es richtig zu machen. Nach einer Weile, nachdem sie erkannte, dass ihre Bemühungen fruchtlos blieben, versuchte sie es mit einer Herzmassage. Sie hatte es einmal in einem Film gesehen. Sie legte die Hände übereinander und drückte stets, in gleichem Rhythmus, auf die Mitte des Brustkorbes. Dreißig Mal drücken, und zweimal beatmen, daran erinnerte sie sich. Sie kämpfte in ihrer aussichtslosen Position, bis ihr klar wurde, dass sie auch so nichts für ihre Freundin tun konnte. Trotzdem hoffte sie, dass das, was sie hier tat, nicht umsonst wäre. Ihr eigenes Herz pochte, sprang ihr Brustbein an, wie ein Tier auf der Jagd. Voller Angst begann sie nun doch, ihr die Flüssigkeit aus ihrer Flasche einzuflößen, aber sie lief nur nutzlos, wie kleine Sturzbäche, an ihrem Hals herunter. Alle Versuche, Denise zurückzuholen, blieben erfolglos.

Schemenhaft, früher als geglaubt und doch so spät, kamen zwei Personen wie nebulöse Lichtgestalten auf sie zu. Durch die von Tränen zugeschwollenen Augen erkannte Marie den angeblichen Arzt nicht sogleich. Erst nachdem er sie ansprach, schaute sie in sein bekanntes Gesicht und erschrak.

Kapitel 33

»Wusstest du, dass die Insel so bergig ist? Bei den Balearen denke ich, wie die meisten Leute, immer nur an herrliche Sandstrände. Warum fliegt man auf eine Insel, wenn nicht zum Baden und Relaxen? Ich meine, das Landesinnere wird ausschließlich von Wanderern bevorzugt.«

»Ja, ja, das dachte ich auch. Ich habe mich, bevor wir hier her gereist sind, über die Örtlichkeiten informiert, wozu dir, lieber Steffen, sicherlich die Zeit gefehlt hat.«

»Davon kannst du ausgehen, was war für dich bemerkenswert?«

»Ich habe gelesen, dass es, was für uns ein Vorteil ist, nur noch in den Küstenregionen des Nordens, die uns aber weniger interessieren, Aleppokiefern gibt. Die Bäume, die zu früheren Zeiten hier gewachsen sind, wurden im Laufe der Jahrhunderte für den Schiffsbau abgeholzt. Gut, dachte ich, dann brauchen wir uns nicht erst durch dichte Wälder zu kämpfen, was der Suche nach dem mysteriösen Club sehr entgegenkommt, meinst du nicht auch?«

»Okay, und weiter?«

»Ja, schau dich mal um, hier ist Wald, wohin wir schauen, Wald in herrlicher Pracht. Ich bin davon ausgegangen, lediglich auf einsame, übriggebliebene, maximal kleine Wälder zu stoßen. Über die hiesige Fauna las ich, dass sich an der gerodeten Stelle stattdessen Ginster, Heide, Mastix und wilder Rosmarin weitverbreitet die rote Erde erobert haben. Dadurch bildet sich besonders im Juni ein duftendes Potpourri. Klang für mich gut. In Küstennähe findet man dornige Kapernsträucher, stand auch da.«

»Sind das die kleinen Knospen, die man essen kann, die es im Supermarkt in den schmalen, langen Gläsern zu kaufen gibt?«

»Ich denke schon. Die hier werden gerne in der ibizenkischen Küche verwandt.«

»Also, ich mag diese Dinger nicht. Wenn ich zurückdenke, sehe ich meinen Vater vor mir, wie er mit Begeisterung russische Eier mit Kapern isst. Ich wollte schon damals dieses Zeug nicht essen.« Angeekelt verzog Steffen das Gesicht.

»Um die Salinen herum gedeihen nur Schilf, Binsen und, warte mal wie hießen die? Ach ja, da wachsen sogenannte Halophyten. Das sind Salz liebende Pflanzen.«

»Was du alles weißt. Meine Hochachtung, Alter«, schleimte Steffen, »offensichtlich hast du deine Hausaufgaben gemacht. Aber alles, was du mir erzählst, ist, wenn ich es bedenke, überhaupt nicht relevant für unsere Suche. Du sagst doch selbst, dass wir nichts in Küstennähe finden werden.«

»Vielleicht wollte ich ein wenig angeben mit dem, was in meinem Gedächtnis hängen geblieben ist. Jochen warf prätentiös den Kopf zurück und strich sich mit einer femininen Geste durch sein Haar.

Steffen lachte schallend. »Aha, und was für Informationen verstecken sich noch unter deinen glänzenden Locken, in deinem grauen Irrgarten?«

Jochen boxte ihn kurz nicht all zu fest in die Seite.

»Hör zu«, sagte er. »Auf Ibiza wachsen Zitrusfrüchte, Kaki, Granatäpfel und die von den Arabern kultivierten Feigen. Lecker!« »Und auf den typischen, knorrigen Ölbäumen, Oliven. Alles, was ich gerne mag. Also verhungern würde ich hier nicht«, warf Steffen ein.

»Bleibt noch der Weinbau zu erwähnen, den wir vor allem auf den ebenen Feldern bei Sant Mateu im Nordwesten finden können.«

»Danke für ihre Ausführungen, Herr Professor Sanders, aber komm mal in die Puschen. Wo fangen wir mit der Suche an?«

»Ich dachte, wir fahren nach Sant Joan de Labritja in den Norden der Insel. Von dort aus haben wir die Möglichkeit, den 336 Meter hohen Puig des Mossons oder den Puig de Xarraca, der nur 228 Meter hoch ist, zu besteigen. Je nachdem, wie sich die Anstrengung bewältigen lässt, können wir es auch gleich mit beiden Bergen aufnehmen, das ist eine Konditionsfrage, meine ich. Hast du deine Wanderschuhe mit?«

»Im Rucksack.«

»Warum ziehst du sie nicht gleich an? Du brauchst sie doch nicht zu schleppen. Mach es dir leicht.«

»Hast ja recht, ich lasse die Sandalen hier. Ich dachte nur, falls wir an einer Badebucht vorbeikommen und uns nach einer kleinen Erfrischung zumute, ist, sind meine Latschen bequemer.«

»Dachtest du an eine Badebucht in den Bergen?«, spöttelte Jochen. Er schnitt eine Grimasse.

»Verarschen kann ich mich selbst!«, konterte Steffen. Er zog die Latschen aus und stellte sie in die Ecke, griff nach den Wandersocken und zog sie missmutig an. Das Gefühl, Luft an den Zehen zu spüren, hatte so gut getan. Die Strümpfe und die groben Schuhe drückten sofort unangenehm.

»Die hatte ich schon seit ewigen Zeiten nicht mehr an«, quengelte er, »ich muss mich erst wieder daran gewöhnen. Hoffentlich laufe ich mir keine Blasen.«

Jochen nahm ihm die Bedenken.

»Ich habe vorsorglich Blasenpflaster eingesteckt«, sagte er. »Jetzt mach schon, trödele nicht so rum.«

Sie warfen ihre Rucksäcke in den Jeep und fuhren Richtung Sant Joan. Einen Parkplatz zu finden war leicht. Steffen notierte sich den Straßennamen.

»Solltest du immer tun, wenn du irgendwo fremd bist.« Sein Ton war geradezu oberlehrerhaft.

»Und wenn die Demenz schon leicht anklopft«, belächelte ihn sein Freund.

Sie schulterten das Gepäck und marschierten los. Schon zu Beginn ihrer Wanderung, kaum, dass sie eine besondere Höhe erreicht hatten, boten sich ihnen grandiose Ausblicke in alle Himmelsrichtungen.

»Traumhaft«, seufzte Jochen. Steffen pflichtete ihm bei. Ein paar Minuten standen sie reglos nebeneinander und ließen die Bilder auf sich einwirken. Der weitere Weg führte sie durch einen Abwärtsschwung, an einem Feuerlöschbecken entlang, ins Mornatal, vorbei an inseltypischen Fincas und Terrassenmauern. Auch Eindrücke aus der arabischen Ära prägten ihre Wanderung. Im Tal angekommen gönnten sie sich eine kleine Pause.

»So schön habe ich mir Ibiza nicht vorgestellt«, sagte Steffen.

»Und trotzdem traue ich dem Frieden nicht«, entgegnete Jochen. »Marie muss hier irgendwo etwas Unfassbares passiert sein.«

»Aber wer sagt uns, dass sie hier an die Drogen gekommen ist? Vielleicht hat sie damit in einer Disko Bekanntschaft gemacht oder erst auf dem Heimflug, was sicher unwahrscheinlicher ist. In einer Diskothek ist es kein Problem an Liquid Ecstasy oder ähnliches Zeug zu kommen. Irgendwer könnte es ihr ins Glas getan haben, während sie tanzte.«

»Glaubst du wirklich, Marie ist so dumm, dass sie in einer Disco ihr Getränk unbeaufsichtigt stehen lässt? Nein, nein, mein Lieber, das kannst du mir nicht verklickern.«

»Aber was auch der Grund für die überzogene Zeit ihres Urlaubs und den Unfall war, die Drogen, die sie intus hatte, sind nicht wegzudiskutieren. Nur gut, dass nicht noch eine Vergewaltigung im Raum steht. Das haben die Ärzte ja glücklicherweise ausschließen können. Ich frage mich, Steffen, welchen Einfluss das auf deine Gefühle für meine Schwester hätte?«

»Was sollte sich ändern? Du brauchst mich gar nicht so eindringlich anzusehen. Ich sage dir, was dadurch anders würde. Ich könnte nicht mehr in den Spiegel schauen und müsste mit der Scham leben, durch mein mieses Verhalten, Marie fortgetrieben und in diese verfluchte Situation gebracht zu haben. Ich könnte ihr und euch nicht mehr gegenüber treten, verstehst du?«

»Und lieben würdest du sie trotzdem?«

»Immer, so viel steht fest. Aber es wäre eine Liebe aus der Ferne.«

Jochen pfiff durch die Zähne. »Junge, Junge, hast du dich gedreht. Mir bleibt nur die biblische Feststellung, vom Saulus zum Paulus, dass es sowas gibt?«

Er tätschelte Steffen die Schulter wie einem lahmen Gaul.

»Ruhig Brauner«, raunte er und merkte, wie sehr diese Fragen Steffen erregten. »Es wird alles gut, glaub daran, und hör endlich auf, dir für alles die Schuld zu geben.«

»Gut gesagt.«

»Lass uns weiter gehen, wir haben noch ein großes Stück Weg vor uns.«

Es ging wieder aufwärts und sie gelangten bald über die Anhöhe in ein weiteres fruchtbares Tal, abgelegen von Straßen und Orten. Vereinzelte Fincas strahlten eine paradiesische Ruhe aus. Nach ca. vier Stunden erreichten sie den höchsten Punkt. Ein Hotel oder einen Club fanden sie nicht.

»Jochen, hast du schon mal einen Gedanken daran verschwendet, wie wir uns verhalten, wenn wir diesen Club tatsächlich finden? Gehen wir dahin und fragen, ob Marie bei ihnen abgestiegen ist und ob man ihr die Drogen vielleicht als kleines Betthupferl avisiert hätte?«

Jochen rümpfte die Nase. »Wir müssten erst einmal in diesen Club hineinkommen. Erinnere dich, es ist ein Club nur für Frauen, hat Mama gesagt. Du glaubst doch nicht, dass sie uns da so einfach hineinspazieren lassen. Es bleibt uns nichts anderes übrig, als uns auf die Lauer zu legen und das Ganze zuerst von außen zu beäugen, verstehst du? Wenn sich die Gelegenheit ergibt, dringen wir ein und informieren uns vor Ort über die Gepflogenheiten in so einer Frauenoase.«

»Das entbehrt nicht einer gewissen Situationskomik. Wir beide auf der Lauer wie die Pfadfinder«, kritisierte Steffen.

»In der Rolle von Harry und Derrick möchte ich mich lieber sehen.« Jochen grinste.

»Aber komm mir nicht mit, »Harry hol den Wagen, auch wenn diese Floskel Kultstatus hat«, knurrte Steffen.

Sie begaben sich auf den Weg zurück zum Ausgangspunkt.

»Wenn wir unten sind«, begann Steffen, »haben wir noch genug Zeit uns in die Fluten zu stürzen und...«

»Das haben wir uns verdient«, vervollständigte Jochen den angefangenen Satz. Steffen quittierte ihn mit einem Strahlen.

Kapitel 34

Ein flüchtiges, ohne Blickkontakt hingemurmeltes »Ola, Fräulein Sanders«, war die Begrüßung von Carlos, ehe er sich zu Denise hinunter beugte und Ihren Kopf befühlte. Er hob ihre Augenlider und legte das Ohr an ihre Brust. Assunta suchte derweil den Puls, war aber so aufgeregt, dass sie ihn einfach nicht fand. Sie wandte sich Marie zu und drückte das weinende Mädchen fest an ihre Brust. Über ihren Kopf hinweg sah sie zu Carlos, der geschockt die Stirn runzelte.

Zuerst vernahmen sie ein Geräusch wie von einem Schwarm Hornissen. Bald darauf veränderten sich die Laute metallisch, rotierend. Das Rattern brachte einen festen Wind mit sich, bevor der blecherne Vogel ca. fünfzig Meter über ihnen, auf einem winzigen Wiesenstück landete. Nur ein versierter Pilot brachte dieses Kunststück zustande. Wenig später rannten zwei uniformierte Männer mit einer Trage und einer Tasche auf die kauernden Menschen zu.

»Gott sei Dank«, murmelte Assunta, »sie sind da, endlich.«

Marie ließ einen Seufzer der Erleichterung hören.

»Macht Platz, ich bin Arzt!«, rief der erste Mann schon von weitem. Daraufhin stoben die Drei auseinander und gaben sogleich den Blick auf Denise frei. Der Notarzt erkannte mit geübtem Blick, dass die Zeit des Handelns hier eigentlich schon überschritten war. Er kam zu spät, aber er wollte nichts unversucht lassen. Auch wenn Denises Vitalfunktionen nicht mehr erfassbar waren, versuchte er mit Hilfe des Sanitäters und den Einsatz eines Defibrillators, sie wiederzubeleben. Entsetzt sahen die Umstehenden zu, wie der reglose Körper gewaltsam in die Höhe schnellte, immer und immer wieder, bis der Arzt Entwarnung gab. Er hatte sie wieder, der Puls ließ sich schwach ertasten. Der Sanitäter legte Denise eine Sauerstoffmaske an. Der Arzt versorgte sie mit einer Infusion. Sie hoben Denise auf die Trage und brachten sie zum Helikopter. Wortlos, schreckensstarr sahen Carlos, Assunta und Marie den Helfern zu.

»Wohin bringen Sie Denise?«, fragte Carlos.

»Wird sie überleben?«, flüsterte Marie.

»Wir fliegen sie nach Eivissa, wir haben getan, was wir konnten. Einer oder eine von Ihnen muss auf jeden Fall mit ins Krankenhaus kommen, der Formalitäten wegen.

»Kann ich mitkommen?«, fragte Marie, und ihre Stimme hatte wieder eine festere Form. »Ich möchte gerne bei ihr sein, wenn sie aufwacht.«

»Tut mir leid«, sagte der Arzt, »aber mit dem Heli können wir nur die Kranken befördern, bitte verstehen Sie das. Kommen Sie einfach nach. Adios.«

Sie bedankten sich und der Hubschrauber flog mit ohrenbetäubendem Lärm davon. Solange sie ihn sahen, richteten sich sechs Augenpaare auf ihn. Was hinter ihren Lidern ablief war sicherlich nahezu identisch.

»Gehen wir zurück«, sagte Assunta und wischte sich verstohlen über die Augen. »Kommt schon, für heute habe ich genug. Ich möchte nur noch schlafen.«

»Und ich möchte ins Krankenhaus zu Denise«, erwiderte Marie. Wenn es ihr einigermaßen gut geht, verabschiede ich mich auf der Stelle von hier. Ich will nur noch heim. Bringen Sie mich zum Flughafen Carlos, fort von diesem unrealistischen Horrortrip. Sie haben es versprochen, damals, erinnern Sie sich? Übrigens, was machen Sie hier?«

»Er war der Erste, den ich getroffen habe, als wir vom Berg gestiegen sind«, nahm Assunta ihm die Antwort vorweg. »Der Arzt, den ich zu finden meinte, lebt nicht mehr hier. Es war ein Glücksfall, dass ich auf diesen Mann traf, der sofort die Rettungswacht benachrichtigte.«

»Ihre Freundin wartet im Jeep«, ergänzte Carlos die zu erwartende, nächste Frage Maries.

»Habt ihr zufällig noch etwas zum Trinken bei euch, ich habe mein Wasser Denise gegeben. Ich konnte keine Quelle finden, jetzt bin ich furchtbar durstig.«

»Oh, das tut mir leid Marie, ich habe kein neues Wasser geholt«, antwortete Assunta. »Es musste alles schnell gehen, der Abstieg und der Wiederaufstieg. In meiner Tasche ist noch ein Apfel, den kannst du gerne haben.«

»Aber dann hast du ja nichts mehr.«

Assunta hielt ihr den Apfel hin. »Nimm schon, er enthält wenigstens etwas Flüssigkeit.«

Marie nahm ihn dankbar an und biss herzhaft hinein. Sie begannen mit dem Abstieg. Carlos ging äußerst wortkarg voraus. Den Mädels war auch nicht zum Sprechen zumute. Sie konzentrierten sich auf ihre Schritte und sortierten das Erlebte in ihrem Gedächtnis. Was für ein Tag. Sylvie winkte schon von weitem, als sie das niedergeschlagene Häufchen Menschen kommen sah.

»Wo ist Denise?«, sprudelte es aus ihr heraus. »Wo habt ihr sie gelassen?«

»Der Heli hat sie ins Krankenhaus nach Ibiza gebracht.«

»Marie sag, geht es ihr wieder gut? Und was ist mit dir? Wie siehst du denn aus?«

»Frag lieber nicht«. Marie heulte schon wieder. Carlos verschwand mit einer knappen Verbeugung aus ihrem Gesichtsfeld und fuhr mit seiner Karre davon.

»Steigt in den Wagen, wir fahren zurück«. Assunta sprach mit ihrer rostigen Stimme, die keine weiteren Fragen zuließ. Sylvie nahm Marie in ihre Arme wie eine Mutter ihr weinendes Kind. Noch einmal nachzuhaken, was auf dem Berg geschehen war, traute sie sich nicht.

Kapitel 35

»Juan, ich erwarte dich heute Abend gegen 22 Uhr. Komm bitte, es ist äußerst wichtig.« Susanna hasste es, mit einer Maschine zu sprechen, aber sie konnte Juan nicht persönlich erreichen. Er hatte sie benachrichtigt, dass auf dem Berg etwas Unvorhergesehenes geschehen war, um das er sich kümmern würde. Es machte sie kirre, auf ihn warten zu müssen und nicht zu wissen, in wie weit der von ihr provozierte Unfall gelungen war. Sie spürte mit Macht, dass sich der Zeitpunkt zu verschwinden, nicht mehr weiter hinausschieben ließ. Schon wieder war ein klarer Schnitt fällig. Ich bin das Opfer, immer nur ich, sagte sich Susanna. Sie schlurfte durch ihre Suite, begutachtete akribisch ihren Besitz. Was nehme ich mit?, fragte sie sich, und entschied im gleichen Moment, dass es nur wenige Dinge waren. Die Kassette, musste mit, klar. Sie war das wichtigste Zeugnis ihrer Unschuld, der Filter, der die folgenden Konsequenzen ins rechte Licht setzte. Der teure Kimono sollte auch mit, aber sie konnte ihn nicht einpacken, denn sie beabsichtigte, ihn noch einmal zu tragen.

Juan traf pünktlich und ungesehen wie immer bei Susanna ein.

»Setz dich, ich muss einige Dinge mit dir regeln.«

»Aber willst du nicht erst wissen, was auf dem Berg geschehen ist?«

»Assunta hat mich bereits aufgeklärt, damit hat unser heutiges Treffen nichts zu tun. Also hör mir zu.«

»Was hat sie jetzt wieder angestellt?« Diese Frage blinkte grell in Juans Kopf auf. Argwöhnisch, die Stirn runzelnd, setzte er sich an den schweren Mahagonitisch Susanna gegenüber. Er sah sie ratlos an. Sie kam sofort zur Sache.

»Ich möchte dieses Objekt aufgeben. Es ist an der Zeit mich abzusetzen, neu anzufangen, die Insel zu verlassen. Hilfst du mir dabei?«

»Oh.« Juan hatte mit allem gerechnet, aber nicht mit so etwas.

»Es gibt zwei Möglichkeiten«, hörte er Susanna sagen. »Würdest du mir einen neuen Pass besorgen?«

»Kein Problem, und die Zweite?«

»Du könntest mir deinen Namen geben, indem wir uns von einem Standesbeamten trauen lassen.«

Spätestens jetzt hatte es Juan die Sprache endgültig verschlagen. Er war noch dabei das Gehörte sacken zu lassen, sich von der Botschaft, die ihn wie ein Bulldozer überrollte, zu erholen, als Susanna weiter sprach. Er stieß einen leisen Pfiff aus.

»Solltest du damit einverstanden sein, mich als deine Frau anzunehmen, übereigne ich dir den Club mit allem, was dazu gehört.« Dieser Satz traf ihn wie ein Paukenschlag.

»Du wolltest doch schon immer dein eigenes Restaurant. Ich biete dir einen exzellenten Club. Jetzt hast du die Gelegenheit, du musst nur noch zugreifen. Ich weiß, das hört sich nach einem Kuhhandel an, aber ich glaube, dir ist bewusst, dass es so eine Gelegenheit nur einmal im Leben gibt. Na, was sagst du?«

Atemlos, als müsse sie eine schwere Bürde abwerfen, katapultierte sie ihm symbolisch ihr Hab und Gut vor die Füße. Danach brauchte sie eine Pause. Sekundenlang starrte sie ihn mit einem verschlagenen Vogelblick an. Er sagte kein Wort.

»Ich verstehe, dass du darüber schlafen willst«, schob sie in seine Verunsicherung nach, »aber ich bitte dich, lass dir damit nicht zu viel Zeit. Du weißt, wenn ich einmal einen Entschluss gefasst habe, möchte ich ihn umgehend in die Tat umsetzen.«

Ein paar Herzschläge lang ruckelte Juan unruhig auf seinem Stuhl hin und her.

»Ich weiß nicht, was ich sagen soll«, kam es fast kleinlaut aus seinem Mund. Er strich sich nachdenklich über das Kinn. »Natürlich ist es kein Problem, dir einen neuen Pass zu besorgen, das hatten wir ja schon einmal.« Er sprach schleppend, »aber, wenn du so weiter machst, entwickelst du dich zu einer Chamäleonfrau. In einem Punkt bin ich unsicher, ob ich dich richtig verstanden habe. Vielleicht spielen mir meine Ohren gerade einen Streich oder ist dieses fehlhören eine Reaktion auf das gestrige, erschütternde Erlebnis auf dem Berg.« Kopfschüttelnd, verständnislos sah er sie an.

»Sagtest du tatsächlich, dass du mir deinen Club mit allem, was dazugehört, schenken willst? Wo ist der Haken Susanna, sei ehrlich zu mir, was hat das für einen Sinn? Ich kenne doch die Zahlen, kenne den

Wert. So etwas verschenkt man nicht uneigennützig. Was führst du schon wieder im Schilde? Ich fühle mich geehrt, dass du mir deine Hand anbietest, aber eigentlich wäre das ja wohl mein Part. Ich begreife nicht, warum ich dich heiraten soll, wenn du dich danach aus dem Staub machst?« Juans Augen verengten sich, ein misstrauischer Zug umspielte die Mundwinkel.

»Das ist nun mal mein Plan«, sagte Susanna kühl. »Glaube mir, ich werde dir in keiner Weise im Weg stehen. Du kannst die Anlage nach deinen Wünschen organisieren, wenn du möchtest, sie der breiten Masse anbieten. Ich unterbreite dir die Möglichkeit, nicht nur deinen Lebenstraum zu erfüllen, sondern auch den Lebensunterhalt zu sichern. Du kannst mit einem Schlag ein reicher Mann sein. Ich frage mich ernsthaft, was es da noch zu überlegen gibt.« Sie schnaubte verärgert und stellte sich angriffslustig vor ihn. »Außerdem«, hüstelte sie kratzig, und tippte ihm mit dem Zeigefinger auf die Brust, »könntest du als mein Ehemann, falls man uns doch wegen Yvonne auf die Schliche käme, die Aussage verweigern.«

»Aha!, na, wenn das kein durchschlagendes Argument ist.« Juans Magen revoltierte hörbar. Es kostete ihn sichtlich Mühe, Haltung zu bewahren und das seiner Aufregung geschuldete Herumgezappel zu lassen.

»Ich wäre also ein reicher, verheirateter Singlemann und mein Wissen und die Mittäterschaft bei der Entsorgung der gewissen Person würde vergoldet? Meinst du das etwa? Findest du es nicht grotesk?« Angespannt blieb er vor Susanna stehen.

»Wenn du das so siehst.«

»Ja, aber was mache ich mit dem Personal, was mit den anwesenden Gästen?«

»Das obliegt, wie alles Andere, deiner alleinigen Entscheidung«, sagte sie.

»Okay, und was ist mit deinen Altlasten«, warf er ein. »Mir fallen da verschiedene Situationen ein, die so gar nicht in einen Ferienclub passen? Was ist mit Denise?«

»Die Ärzte sagen, sie ist an einem Hitzeschlag gestorben.«

»Was, Denise ist tot? Das wusste ich ja noch gar nicht!« Juans Stimme war schrill, die Augen vor Entsetzen geweitet. Geschockt packte er

Susanna bei den Schultern. Sie wehrte seine Hände ab und wich einen Schritt zurück.

»Es war eine Hyperthermie, die zum Tode führte«, sagte sie schroff und wandte ihm den Rücken zu.

»Susanna, schau mich an, wenn ich mit dir rede! Was ist mit Drogen, sag schon, stand sie unter Drogen? Hast du ihr etwa ...«

»Bist du verrückt! Was hätte ich davon? Es war ein Unfall, ein bedauerlicher Unfall. Kapiert!«

»Soso, das habe ich schon einmal gehört. Entschuldige, wenn ich das sage, aber das stinkt doch gewaltig zum Himmel.«

Mit hochrotem Kopf und flackernden Augen schaute sie ihn drohend an.

»Denk dir, was du willst, aber überlege dir, was du tust. Bis morgen möchte ich deine Entscheidung hören, und jetzt geh!« Ihr gestreckter Zeigefinger wies ihm wie einem Schuljungen die Tür.

Juan ging auf sie zu, hielt kurz inne, bevor er fragte: »Wissen die Mädchen schon von Denises Tod?«

»Nein«, sagte Susanna, »und das soll auch so bleiben. Es sind nur noch sechs Mädchen hier. Morgen händigen wir ihnen ihre Papiere aus. Vier von ihnen kannst du um 8 Uhr früh abholen und zum Flughafen bringen. Die Tickets sind ordnungsgemäß. Ihrer Heimreise steht nichts mehr im Wege. Es ist noch eine Menge zu erledigen, wofür ich dich brauche. So, und nun hau endlich ab. Ich will dich nicht mehr sehen.« Unwirsch schob sie ihn zur Tür.

»Das sind ja die besten Voraussetzungen für eine Heirat«, konterte Juan. »Da habe ich heute Nacht mal wieder genug Material, das mir den Schlaf raubt. Bis morgen, du Teufel.«

Auf der Fahrt in seine gemütliche, kleine Wohnung überschlugen sich die Gedanken. Es konnte sich nur um einen faulen Deal handeln, den Susanna ihm anbot, das war ihm klar. Er hätte verstanden, wenn sie nur einen neuen Pass von ihm verlangt hätte, aber warum sollte er sie heiraten? Das war doch völliger Unsinn. Wenn es so wäre, dass sie ihm tatsächlich die restlichen Dokumente überschreiben und von dem Standesbeamten und einem Notar beglaubigen ließe, wäre das eine große Geste. Aber eine Anlage dieses Ausmaßes zu verschenken und dann zu verschwinden, das entbehrte einer gewissen Logik. Sie war nun mal ein seltsamer Vogel. Bei ihr wusste man nie so genau, was für krumme Ideen in ihrem Kopf herumschwirrten. Sie benutzt mich wie immer, dachte er, so, wie sie es mit allen Menschen tut und meint, sie täte etwas Gutes. Diese Frau werde ich nie verstehen, zu viele Facetten, zu viel Camouflage. Einen Pass zu besorgen ist die leichteste Übung, doch wo will sie hin? Aber wenn ich bedenke, wie nah ich meinem Traum bin, mein eigener Chef zu werden, Besitzer dieser wunderschönen Anlage, da kann ich doch nur begeistert einverstanden sein.

Juan seufzte. Dann bin ich eben ein verheirateter, allein lebender Mann, eine gute Partie, reich und begehrenswert. Hört sich doch gut an. Aber wieso tut sie das? Hier wollte sie für den Rest ihres Lebens bleiben, das sagte sie immer wieder. Am Anfang ging es ihr hier wunderbar, warum will sie, um jeden Preis, wie mir scheint, weg von hier? Ich verstehe diese Frau einfach nicht, kann sie nicht begreifen, in hundert Jahren nicht. Was weiß ich eigentlich von ihr? Wenig, wie mir scheint. Sie zieht mich körperlich an, ihre undurchdringliche Aura reizt mich. Es ist das Spiel mit dem Feuer, das mich in ihre Arme treibt. Eine Frau wie sie ist mir noch nie begegnet. Aber heiraten? Meine Ehefrau habe ich mir immer anders vorgestellt. Trotzdem wäre ich blöd, wenn ich mir eine Frau mit so einer Mitgift entgehen ließe. Ihr Angebot ist wirklich unschlagbar. Ich glaube, das kann ich tatsächlich nicht ablehnen. Es ist kaum zu fassen. Wenn ich einverstanden bin, werde ich Clubbesitzer einer traumhaften Anlage und Ehemann einer albtraumhaften Frau. Somit ergibt sich eine klassische Win-Win Situation. Juan brach in ein freudloses Lachen aus.

»Susanna, ich bin bereit!«, schrie er, wohl wissend, dass sie ihn nicht hörte. Erschöpft fiel er auf sein Bett. Er trug noch die Straßenkleidung, hatte lediglich die Schuhe abgestreift. Den Gang ins Badezimmer schaffte er heute nicht mehr. Mit dem letzten, tiefen Atemzug röchelte er: »Susanna, du kannst mich haben.«

Am nächsten Morgen kam Juan zum ersten Mal durch den Haupteingang in den Club. In der Hand hielt er einen überdimensionalen Strauß Magnolien, hinter dem er sein strahlendes Gesicht zu verbergen suchte. Die ihm entgegen kommenden Angestellten schauten ihn verwundert und etwas argwöhnisch an.

Niemand hielt ihn auf, als er geradewegs auf Susannas Haus zusteuerte. Er klopfte in gewohnter Art an die rustikale Tür. Susanna öffnete einen Spalt, schaute ungläubig, als könne nicht sein, was sie da sah. Sie ließ ihn eintreten. Er drückte ihr den beachtlichen Strauß in die Hand. Sie schnüffelte an den Blüten, verzog angewidert ihr Gesicht, schnappte sich eine große Vase und beförderte sie, ohne Wasser hinzuzufügen, hinein.

Kaum stand Juan vor ihr, nahm er ihre Hand, ging vor ihr auf die Knie und fragte mit sonorer Stimme: »Susanna Innocente, oder wer du auch immer sein magst, willst du mich heiraten?« Obwohl es ihr verdammt unangenehm war, überzog eine leichte Röte ihr Gesicht. Augenblicklich übernahm sie wieder die Regie über ihre Gefühle, indem sie Juan mit giftigem Ton aufforderte, sich zu erheben und diesen Blödsinn zu lassen. Dass sie sich bei seinem Antrag geschmeichelt fühlte, zeigte sie nicht. Sie schlossen ein Geschäft ab, mehr war da nicht. Was also sollte das. Das passende »Ja« sparte sie sich auf, für den Countdown.

»Du musst aufs Standesamt und die erforderlichen Papiere besorgen«, sagte sie stattdessen. »Vergiss nicht, einen Beamten zu finden, der bereit ist, uns in den nächsten Tagen zu trauen. Finde einen Notar für die übrigen Formalitäten. Du hast meine Vollmacht, also gib so viel Geld aus, wie du glaubst, geben zu müssen, damit wir die Transaktionen reibungslos und flott über die Bühne bringen können. Heute ist Montag, mein Flieger geht am Sonntag. Wie du siehst, haben wir keine Zeit für halbseidene Aktionen, wie sie dir in deinem südländischen Machokopf vorschweben.«

»Meine Braut, lieblich wie immer«, raunte Juan ihr ins Ohr und gab ihr einen schmatzenden Kuss, den sie augenblicklich angeekelt wegwischte.

»Begib dich ins Office, die Mädchen wissen Bescheid, wer wann abreist. Die Eine oder Andere kannst du vielleicht schon gleich zum Flughafen mitnehmen.«

»Sind Sylvie und diese Marie auch dabei? Ich denke, sie stellen mir unangenehme Fragen.«

»Dann sagst du ihnen, dass Denise an einem Hitzeschlag gestorben ist. Das hat das Krankenhaus bestätigt. Alle anderen Fragen bügelst du ab, du weißt hier von überhaupt nichts. Du bringst die Mädchen her und holst sie wieder ab, das ist alles, was du sagen kannst, klar?«

»Okay, dann gehe ich mal los. Wir brauchen auch Ringe, hast du daran schon gedacht? Soll ich sie besorgen oder willst du lieber?«

»Nein, nein, kauf du sie. Ich trage Größe 19, suche etwas Schlichtes, aus Platin vielleicht, auf das ich später einmal einen Stein setzen lassen kann. Kommst du damit klar?«

»Natürlich!«

»Allora, spute dich.«

»Bis Morgen, meine Teuerste«, verabschiedete sich Juan süffisant. Susanna warf die Tür hinter ihm zu.

Kapitel 36

Das Wasser war herrlich. Endlich am Meer angekommen warfen Steffen und Jochen ihre Rucksäcke und Klamotten in den weichen, warmen Sand und stürzten sich in die Fluten. Am späten Nachmittag hatte sich die Sonne verzogen, vereinzelte Wolken warfen erste kühle Schatten. Nur noch wenige Urlauber nutzten das erfrischende Blau. Es tat unglaublich gut, in die heranrollenden Wellen zu preschen. Minutenlang tobten sie sich aus. Ihre Sorgen trug die schäumende Gischt weit hinaus an den Rand des Horizontes. Das Wasser füllte die aufgebrauchte Energie schlagartig auf. Sie fühlten sich leicht. Mit neuem Elan sprinteten sie aus dem Wasser, zogen die immer noch angewärmten Kleidungsstücke über die vom Sommerwind aufgespielte Gänsehaut und ließen sich für ein paar wohlige Minuten im Sand nieder.

»So, das war nun wieder so ein Tag, nichts gefunden, aber viel gesehen«, resümierte Steffen. »Und jetzt ist es an der Zeit, uns zu Hause zu melden, meinst du nicht?«

»Na, dann schau mal, was ich gerade tun wollte.« Jochen holte das Handy aus seinem Rucksack. »Hoffentlich ist alles in Ordnung mit Marie. Stell dir vor, sie wäre aufgewacht.«

»Ausgerechnet, wenn wir nicht da sind? Glaub mir, ich würde auf der Stelle zurückfliegen, du doch auch«, sagte Steffen.

»Auf diese Frage erwartest du doch bestimmt keine Antwort von mir?«

Steffen rümpfte die Nase. Jochen tippte die Nummern ein.

»Vergiss nicht, die 049 für Deutschland vorzuwählen«, ermahnte ihn Steffen.

»Manchmal kommst du mir vor, als hieltest du dich für den Nabel der Welt und mich für einen Idioten.« Jochen blickte ihn scheel von der Seite an.

»Habs doch nur gut gemeint«, nuschelte Steffen.

»Du weißt schon, was das heißt, gut gemeint? Das ist das Gegenteil von,...Oh hallo Mama, hier ist Jochen. Wie geht es Marie, gibt es Neuigkeiten? Aha, also ist sie noch nicht aufgewacht? Oh, ich verstehe, und wie geht es euch? Uns geht es gut. Wir haben heute den Norden erkundet, aber leider wieder nichts gefunden, was uns weiterbringen könnte. Niemand, den wir bis jetzt fragen konnten, hat von einem Club nur für Frauen gehört. Seltsam, nicht wahr?«

»Sag liebe Grüße von mir«, mischte sich Steffen ins Gespräch.

»Okay, dann macht's mal gut. Ruft an, wenn es etwas Neues gibt und, ich soll euch von Steffen grüßen. Adios, bis bald. Ich soll dich auch grüßen«, sagte Jochen, als er das Handy zuklappte.

»Und was ist mit Marie, was hat deine Mutter gesagt?«

»Alles wie gehabt, leider gibt es noch keine Entwarnung.«

»Das wäre ja auch zu schön gewesen.«

Kapitel 37

Wenn Susanna schon am Sonntag fliegen möchte, muss spätestens bis Freitag alles über die Bühne gegangen sein. Juan überlegte, wie sie das schaffen sollten. Um heiraten zu können brauchten sie Geburtsurkunden, hatte Susanna das bedacht? Woher nehmen wir Trauzeugen, wen können wir fragen? Freunde, oder Freundinnen hat sie ja offensichtlich keine. Meine Freunde kann ich nicht bitten. Sie würden wohl kaum verstehen, warum ich eine ihnen völlig fremde Frau heirate. Es reicht schon, wenn ich ihnen irgendwann erklären muss, wo mein plötzlicher Reichtum herkommt. Bleibt auch zu klären, wo die Trauung stattfinden soll, im Club oder auf dem hiesigen Standesamt? Welchen Standesbeamten kann ich in einer so kurzen Zeit verpflichten, uns zu ehelichen? Susanna mutet mir wieder allerhand zu. Außerdem muss ich ja auch noch die Mädchen zum Flughafen bringen. Mir bleibt nichts anderes übrig, als strategisch an die Sache heranzugehen. Heute, am Mittwoch, bringe ich die letzten Frauen zum Flughafen. Wenn sie erst einmal in der Maschine sitzen, ist auch für uns der Spuk vorbei. All das, so scheint mir, ist kein allzu großes Problem. Die Einzige, die mir Sorgen bereitet, ist diese Marie aus Frankfurt. Ich glaube, sie weiß mehr als alle anderen. Zumindest ist sie ein intelligentes, skeptisches Mädchen. Ihr seltsames Verhalten auf dem Berg mir gegenüber kann ich mir nicht so recht erklären. Ich habe gedacht, dass sie mir zugetan sei, damals, als ich sie herbrachte. Gut, auf dem Berg befand sie sich wie auch die anderen in einer Ausnahmesituation, das darf ich nicht vergessen. Aber die abweisende Distanz mir gegenüber kann ich nicht leugnen. Was, wenn sie erfährt, dass Denise gestorben ist? Wie wird sie reagieren? Ob sie glaubt, dass es nur der Hitze wegen war? Eine Frau, die kombinieren kann, passt mir im Augenblick überhaupt nicht in den Kram. Vielleicht möchte Marie sich davon überzeugen, dass ihre Freundin tatsächlich nicht mehr am Leben ist. Was mache ich, wenn sie von mir verlangt, ins Krankenhaus gebracht zu werden oder vielleicht sogar zur Polizei? Dann habe ich mal wieder die Arschkarte und das nur wegen meiner lieben Fastehefrau. Wenn alles ohne weitere Blessuren über die Bühne gehen soll, muss ich mich sehr anstrengen, die richtigen Maßnahmen zu ergreifen. In der jetzigen Situation einen Fehler zu machen, wäre fatal.

Zuerst frage ich Susanna, ob sie überhaupt eine gültige Geburtsurkunde besitzt. Über ihr Leben vor unserem Kennenlernen hat sie mir fast nichts erzählt. Tatsächlich vermähle ich mich buchstäblich mit einem Geist aus der Flasche. Aber was passiert, wenn ich den Korken löse? Ich kann nur hoffen, dass keine Megäre entweicht, dass ihr Vorleben solide war, und dass sie ein solch wichtiges Dokument zur Hand hat. Falls nicht, werde ich mit Ricos, dem Fälscher sprechen. So gut wie er einen neuen Pass machen kann, wird er sicher auch in der Lage sein, eine gebrauchsfähige Geburtsurkunde für Susanna zu erstellen. Oha, das wird sicher teuer. Aber sie hat es ja, das schnöde Geld macht mir am wenigsten Sorgen. Ich frage mich, warum es Susanna so eilig hat zu verschwinden, wegen Yvonne vielleicht? Aber das kann ich nicht glauben, wir waren doch äußerst diskret. Wer kann denn wissen, was wir in dieser Nacht getan haben. Wer könnte sie finden? Kein Mensch, da bin ich mir sicher.

Juan fertigte eine Liste, auf die er alles notierte, was zu tun war. Hatte er einen Auftrag erledigt, setzte er ein Häkchen dahinter. Nur so war gewährleistet, dass er nichts vergaß. Er fand einen Standesbeamten, den er mit einigen Scheinchen überzeugen konnte, die Trauung am Freitag, nach Dienstschluss, im Rathaus von Ibiza zu vollziehen. Zwanzig Uhr war ausgemacht und Trauzeugen waren nicht von Nöten. Gott sei Dank! Juan atmete tief durch. Er war vollkommen durchgeschwitzt und seine Hände zitterten, als er sich bereitmachte die nächste Aufgabe in Angriff zu nehmen. Wie zu erwarten, hatte Susanna ihre Geburtsurkunde angeblich verloren. Wer`s glaubt. Juan jedenfalls nicht. Ricos machte sich sofort an die Arbeit ihr eine neue, unantastbare Urkunde zu fälschen. Ihren »Inocente Ausweis« konnte sie weiter benutzen, da sie ja bereitwillig Juans Namen annehmen wollte. Einen Notar zu finden, der kurzfristig Zeit hatte, war weniger aufreibend für Juan. Er bemühte den gleichen, den er mit John Murphy beim Bau der Ferienanlage ins Boot geholt hatte.

Untypisch für einen Mann in seiner Position ging dieser sehr unbürokratisch und unkonventionell vor. Wie damals stellte er keine überflüssigen Fragen. Er wurde gut bezahlt und setzte seinen Namen unter das vorbereitete Papier. So war alles hochoffiziell richtig. Da Juan bereits fast alle Dokumente beim Bau der Anlage in seinem Namen unterschrieben hatte, lag es nun an Susanna, ihm nur noch die von John Murphy signierten Urkunden auszuhändigen und vom Notar auf ihn übertragen zu lassen. Sie trat dabei auch hier erst gar nicht in Erscheinung. Warum Mr. Murphy nicht selbst anwesend war, schien den Notar wenig zu interessieren. Die Mitteilung, dieser sei längst wieder nach Australien in seine Heimat zurückgekehrt, war glaubhaft. Die Vollmacht Murphys, die er, bevor er tatsächlich in seine Heimat zurückkehren wollte, und die Susanna, wie all ihre wichtigen Dokumente, in ihrem Safe aufbewahrte, ließen keinen Zweifel aufkommen, dass alles hier rechtens war. Zeitung zu lesen gehörte offensichtlich nicht zur Prämisse dieses Notars, aber vielleicht lag es auch nur an dessen altersbedingt, flüchtigem Gedächtnis, dass er nicht weiter nachhakte.

Für anfallende Bankgeschäfte hatten beide Kontenvollmachten, so dass Juan hier lediglich den Namen seiner Frau bei dem Banker ihres Vertrauens auf seinen Namen umschreiben lassen musste. Juan fuhr nach Santa Eulalia und kaufte bei einem ortsansässigen Juwelier zwei schlichte Platinringe. Auf die Frage, warum die zukünftige Ehefrau nicht anwesend sei, erklärte er mit Bedauern, sie sei leider erkrankt. Der Juwelier bot ihm an, die Ringe umzutauschen, sollten sie der Ehefrau nicht gefallen. Mit diesem beiderseits zufriedenstellenden Geschäftsabschluss verabschiedete sich Juan von dem freundlichen Verkäufer. Er ging mit gutem Gefühl zu Ricos, der fast fertig mit seinem Werk, wieder einmal der Unmöglichkeit einen Verweis erteilt hatte. Es lief alles perfekter, als zu erwarten war. Disziplin und Intelligenz zeichnen sich eben aus. Er lächelte in sich hinein. Aber eine Sorge blieb für Juan. Was sollte er Marie und Sylvie, den beiden letzten Mädchen erklären, wenn er sie zum Flughafen brachte? Sie konnten ihm tatsächlich unangenehme Fragen stellen. Er würde sich locker geben wie damals, als er sie her brachte, aber sie hatten Seltsames erlebt bei ihrem Aufenthalt. Sicher würden sie versuchen, hinter seine Stirn zu blicken. Konnte er seine eigentlichen Gedanken sorgfältig genug tarnen? Das musste er wohl, daran kam er nicht vorbei. Sicher gab es auch dafür eine Lösung. Sie spiegelte sich ihm unangenehm. Susanna könnte sie unter

Drogen setzen, wie, das war ihre Sache. Die Rauschmittel sollten die Frauen lediglich wie nach einem Alkoholexzess benebeln, bis sie wieder in ihrer Heimat wären.

Ibiza, das ist international bekannt, ist eine Insel, auf der Drogen keine Seltenheit sind. Sie werden, wie auch anderswo in stillen Ecken unter der Hand oder in Diskotheken verkauft. Je nach Qualität und Stärke sind anhaltende, schizophrene Wirkungen nach der Einnahme eher die Regel statt die Ausnahme. Wer sollte so einem jungen Ding, das von der Partyinsel kommt, abnehmen, dass sie unfreiwillig unter Drogen stehe? Niemand! Wenn ich dieses Problem gelöst habe, rückt der ganze Schlamassel in weite Ferne. Dann ist der Status quo erreicht. Ich kann heiraten und mir auf diese Weise den Weg in eine sonnengleiche Zukunft ebnen. Ich finde das durchaus legitim. Susanna will verschwinden, wohin auch immer. Ich werde den Club von allen negativen Schwingungen reinigen, die Subos entlassen oder je nach Loyalität vielleicht auch behalten und vor allem die verdammten Überwachungskameras entfernen. Die Drogen müssen verschwinden, nicht das kleinste, atomare Pülverchen werde ich dulden. Ich stelle mir vor, den gesamten Komplex seiner eigentlichen Funktion zuzuführen, indem ich ihn wieder, wie ursprünglich geplant, reichen Leuten für einen erholsamen Urlaub anbiete. Juan qualmte der Schädel, er hatte sehr viel zu bedenken. Nichts durfte vergessen werden, denn alles, was er jetzt nicht richtig zum Abschluss bringen würde, könnte sich zu seinem Nachteil auswirken. Noch in der Nacht, denn es war spät geworden, rief er Susanna an.

»Hallo, schöne Frau, es läuft ganz gut, auf meiner Liste sind nur noch einige Punkte abzustreichen. Unserem Fest steht nichts mehr im Wege, freust du dich?«

»Dafür weckst du mich auf, das hättest du mir auch morgen sagen können.«

»Ich freue mich, aber ...

»Was denn noch?«

»Es könnte Schwierigkeiten geben, wenn ich Marie und Sylvie zum Flughafen bringe.«

»Was für Schwierigkeiten?«

»Die Sache mit Denise, muss ich dir noch mehr sagen. Die Mädels sind doch nicht blöd, sie werden Fragen stellen. Vielleicht kannst du sie ein bisschen bremsen, du kennst dich doch aus mit solchen Sachen.« Fast verhalten ließ Juan seine Gedanken anklingen, wohl war ihm bei seinen Äußerungen nicht. Mit dieser ganzen Scheiße wollte er nichts zu tun haben. Trotzdem kam er nicht umhin, wenn auch gequält und mit schweißiger Stirn, Susanna seinen Vorschlag zu unterbreiten. Er hörte nur ein tiefes Schnaufen und das leise Klicken in der Leitung. Susanna hatte aufgelegt. Ohne Worte, ohne Dank für seine Mühen, ohne Antwort, wie sie gedachte, das drohende Problem zu lösen.

Kapitel 38

»Kannst du mal aufhören hier so herumzunörgeln?«

»Wir finden diesen Club nie«, maulte Steffen. »Es wäre mir lieber, ich wäre bei Marie, anstatt durch die Pampa zu stolpern, ohne einen Plan, geschweige denn die Möglichkeit zu haben, diese ominöse Anlage zu finden. Seit Tagen laufen wir hier herum wie streunende Hunde. Wir haben die Insel in allen vier Richtungen abgelaufen, ich kann nicht mehr. Meine Füße sind von Blasen übersät, mein Kreuz schmerzt und das Schlimmste ist, ich glaube Marie wacht auf und ich bin nicht da.«

»Aber Mama gibt uns sofort Bescheid, wenn sich Maries Zustand ändert. Du wirst doch jetzt nicht die Flinte ins Korn werfen? Wir sind vielleicht näher dran, als du denkst. Steffen machte eine wegwerfende Geste.

»Wir haben die Sierra Grossa durchforstet, keine leichte Aktion, wie du weißt. Den Puig de sa Pega haben wir vergebens abgesucht. Wir sind auf den Talaiassa geklettert, umsonst, haben vergeblich den Puig Rofa bestiegen. In allen Himmelsrichtungen waren wir unterwegs, aber wir haben diesen Club nicht finden können. Glaubst du wirklich noch, dass es Sinn macht, was wir hier tun? Hast du dir mal ernsthaft überlegt, was wir täten, wenn wir den Club tatsächlich finden würden? Stürmen wir ihn wie die GSG 9, nehmen alle Anwesenden fest und durchsuchen sämtliche Räume nach Drogen oder Leichen, und wenn wir etwas finden, rufen wir mal eben die Polizei?«

Jochen schüttelte genervt den Kopf. »Du hast zu viele Krimis gesehen oder gelesen, maulte er mürrisch mit zusammengebissenen Zähnen. Insgeheim gab er zu, dass ihn ähnliche Gedanken verunsicherten. Vielleicht war es wirklich ein Hirngespinst, sich auf den Weg zu machen um etwas herauszufinden, was sich kaum oder mit Sicherheit nie, beweisen ließ. Jetzt, nachdem sich die anfängliche Euphorie gelegt hatte, bedrängte ihn die Frage, warum sie beide sich Hals über Kopf auf dieses unbefriedigende Abenteuer eingelassen hatten. Allmählich sah er die Antwort aus ihrer Transparenz heraustreten.

»Also, ich denke?«, sagte Steffen, »wir beide haben uns, in Anbetracht der Ohnmacht, Marie nicht helfen zu können, in eine Sache gestürzt, der wir einfach nicht gewachsen sind. Wer würde uns schon glauben, wenn wir als Ausländer behaupteten, die Spanier trügen die Schuld an Maries Unglück? Mittlerweile befürchte ich, dass wir uns da ganz schön verrannt haben? Wie siehst du das denn?«

»Na ja«, sagte Jochen, und sein zuckendes Auge verriet die Unsicherheit, »daran habe ich auch schon mal gedacht.«

»Und?«

»Was und?«

»Fliegen wir zurück, gleich morgen?«

»Wird wohl das Beste sein«, entgegnete Jochen, »aber dann war das eine sinnlose Mission. Wir haben absolut nichts erreicht.« Sie tauschten einen verlegenen Blick.

»Komm, lass uns checken, ob wir für morgen einen Rückflug ergattern können.«

»Okay«, sagte Steffen, ich schlage vor, dass wir jetzt absteigen und uns hier unten in der Bucht von Portinax noch ein wenig Erholung gönnen.«

Es wurde ein mühsamer Abstieg durch dicht bewachsene Abhänge, Pinienwälder und wucherndes Grün. Nach schweißtreibenden Stunden versetzte sie der Anblick reiner türkisfarbener Schönheit, in eine kleine Bucht geschmeichelt, in Entzücken.

»Wie schön, schau dir das mal an«, sagte Steffen, »das hat sich aber gelohnt. Ist das traumhaft!« Jochen legte ihm den Arm um die Schulter.

»Allerdings, das finde ich auch«, sagte er und lächelte.

Unten angekommen ging es ihnen nicht schnell genug, sich ihrer Kleidung zu entledigen. Augenblicklich preschten sie in glitzerndes, glasklares Wasser. Sie schauten bis auf den Grund. Alle Blessuren spülten die ein und auslaufenden Wellen fort. Sie jubelten vor Freude. Nach einer halben Stunde hatten sie genug.

»Nichts erreicht, aber viel Schönes gesehen«, prustete Steffen. Er schüttelte sich und die Wassertropfen bildeten eine sprühende Aura um ihn. Mit einem Seufzer ließ er sich neben Jochen auf dem Badehandtuch nieder. Jochen nickte beiläufig. Mit den Augen versuchte er gerade, der herrlichen Szenerie eine Nische in seinem Schädel zu reservieren. Dort vertraute er das Geschaute der Kraft der Erinnerung an, um es in schweren Zeiten, als eine Art Schutzschild, hervorholen zu können. Eine

Weile lagen sie schweigend nebeneinander. Bis auf einzelne Leute war der Strand menschenleer. Der Abend nahte bereits.

»Vielleicht klingt das jetzt oberflächlich in deinen Ohren«, murmelte Jochen, als spräche er doch nur zu sich selbst, »aber hierher werde ich bestimmt noch einmal kommen.«

»Das kann ich gut verstehen, ich hoffe nur, dass Marie auch hier her gekommen ist und diese wunderbare Ecke der Insel kennengelernt hat.« Steffen setzte sich auf.

»Willst du wissen, an was ich jetzt denke?«

»Sag schon!«

»Es wäre doch ein gelungener Abschluss unserer Reise, wenn wir uns, sozusagen als Highlight, ein original ibizenkisches Essen gönnen würden, was meinst du? Du bist doch bestimmt auch hungrig und unser Geld reicht noch, so sparsam wie wir waren.« Steffen beäugte Jochen von der Seite.

»Das ist eine ausgezeichnete Idee«, könnte glatt von mir sein.« Jochen freute sich.

Sie standen auf, zogen sich an, fingerten ihre nassen Haare nach Gefühl in die vertrauten Richtungen und packten ihre Habseligkeiten zusammen.

»Eins sage ich dir, Jochen, ich esse nichts mit Kapern.«

»Das brauchst du nicht. Hier gibt es mit Sicherheit auch tolle Fischgerichte. Lass dich überraschen, Spießer.«

»Was, du nennst mich einen Spießer, nur weil ich dieses Zeug nicht mag?«

»Ja, meine Mutter sagt immer, man muss erst einmal probieren, bevor man etwas ablehnt.«

Abrupt blieb Steffen stehen. »Vielleicht«, sagte er gedehnt, »hat deine Mutter ein klein wenig Recht. Wenn ich das aber wörtlich nehme, bedeutet das, dass ich Drogen erst einmal ausprobieren müsste, um zu entscheiden, ob ich sie mag oder nicht.« Er runzelte die Stirn. »Hoffentlich hat Marie nicht so gedacht.«

»Spinner!« Jochen klatschte Steffen mit der flachen Hand auf die Stirn. »Du weißt genau, wie sie das gemeint hat.«

»Schon wieder eine Beleidigung. Weißt du was? Als Wiedergutmachung für deine Frechheiten übernimmst du die Rechnung, Okay?«

»Das hast du dir aber fein ausgedacht.« Jochen setzte ein breites Grinsen auf.

Nur noch wenige Schritte trennten sie von einem kleinen Restaurant mit überdachter Gartenterrasse. Sie fanden einen Tisch mit Blick auf das Meer. Eine Menükarte lag bereits auf dem Tisch. »Kannst du mir sagen, was pescaito fritos sind?«, fragte Steffen, dessen Augen ratlos über die Karte streiften.

»Ich glaube, das sind kleine, im ganzen gebratene Fische«, eine Spezialität, weißt du? Ich überlege noch, ob ich Spanferkel oder Paella nehmen soll. Hast du dich schon entschieden, was du essen möchtest?«

»Ich nehme Paella, Spanferkel kann ich auch zu Hause essen.« Steffen schlug die Karte zu und schob sie zur Seite. Ungefragt brachte ihnen der Ober Brot, Oliven und Aioli, eine Knoblauchmayonnaise. Sie bestellten sich eine Flasche Pescador, einen leicht schäumenden, trockenen Weißwein, der hervorragend zu der von beiden georderten Paella passte. Der auf der Insel produzierte Rotwein kam für sie nicht mehr in Frage. Sie hatten ihn eines Abends auf ihrer kleinen Terrasse probiert. Leider stellten sie fest, dass er ihnen nicht mundete. Sein charakteristischer Geschmack resultierte daher, dass man ihn durch kräftige Thymiankräuter hindurch filterte. Das wussten sie vorher nicht.

»Möchten Sie einen Aperitif vorab?«, fragte sie der Ober in akzentfreiem Englisch. Es kamen viele Engländer auf die Insel. Das war ihnen auch schon aufgefallen.

»Ich empfehle Ihnen einen Jerez, das ist ein Sherry oder den ähnlich schmeckenden Manzilla.« Er blickte sie freundlich an.

Jochen entschied sich für den Manzilla, Steffen probierte den Sherry. Die Paella aus Reis, reichlich Fisch, Meeresfrüchten und Huhn war überragend. Zur Verdauung tranken sie einen Hierbas. Dieser Likör, das hatte ihnen der nette Ober erklärt, wird aus 17 verschiedenen Kräutern gebraut. Er war der würdige Abschluss eines fulminanten Gaumengenusses und einer Reise, die sie viel Kraft gekostet hatte, aber leider nicht den gewünschten Erfolg mit sich brachte. Jochen wischte sich zufrieden den Mund mit der Serviette ab, winkte dem Ober und verlangte die Rechnung. »La cuenta, por favor.«

»Ich gehe noch zur Toilette, bevor wir aufbrechen«, sagte Steffen.

Mit einer Handbewegung zeigte ihm der Ober den Weg zu den Örtlichkeiten. Als Steffen zurückkam, hatte Jochen gezahlt und die beiden Rucksäcke über die Schulter geworfen. Der Ober rief ihnen ein freundliches Gracias zu und winkte, bevor er sich den anderen Gästen zuwandte.

Auf dem Weg zum Bus, der sie zu ihrem Wagen brachte, fragte Steffen: »Was kriegst du von mir, wie hoch ist die Rechnung?«

»Übernimm du die Bustickets, ich das Essen, dann sind wir quitt, in Ordnung?« Jochen unterbrach den Einwand des Freundes mit einer brüsken Handbewegung. Müde und schweigsam genossen sie die vorbeifliegende Landschaft auf der Fahrt zu ihrem Ausgangspunkt. Mit schweren Gliedern kletterten sie in den Jeep und fuhren zur Wohnung. Ihre Vermieterin erwartete sie bereits.

»Ola.« Lächelnd, durch Gebärdensprache verständlich, fragte sie, ob sie etwas essen möchten. Sie lehnten das Angebot dankend ab und schlurften in ihr Zimmer. Wieder ging ein anstrengender Tag vorüber, aber sie hatten ihn in vollen Zügen genossen. Berauscht von malerischen Kulissen, gesättigt von kulinarischen Köstlichkeiten, die sie so noch nicht kannten, beschwipst von Wein-, Blüten und Kräuterduft hatten sie die Insel kennengelernt, wie sie die wenigsten Touristen erleben. Ihr Ausflug nach Portinax war der Höhepunkt ihrer Reise. Das Schwimmen in der fast menschenleeren Bucht sahen sie als Belohnung für ihre leider vergebliche Mühe, diesen Club für Frauen zu finden. Für sie war es eine Reise der Superlative auch, wenn sie jetzt kapitulierten. Jochen schnappte sich seinen iPod und versuchte ihren Rückflug zu ordern.

»In zwei Tagen können wir einen Flug kriegen, morgens um sieben Uhr. Soll ich buchen?«

»Mach das, dann haben wir den Wagen noch einen ganzen Tag. Zwei Stunden vor dem Abflug sollten wir am Flughafen erscheinen, richtig? Erkundige dich mal, ob es möglich ist, das Auto morgens um fünf Uhr zurückzugeben oder ob wir das schon morgen Abend tun sollten. Wenn ja, ist zu überlegen, wie wir mitten in der Nacht zum Flughafen und an unsere Tickets kommen.«

Jochen fand heraus, dass sie den Wagen am frühen Morgen ihrer Rückreise auf dem Firmengelände der Autovermietung abstellen und den Schlüssel in einen dafür vorgesehen Briefkasten einwerfen können.

»Wie läuft das mit der Bezahlung, hast du das schon geklärt?«

»Das erledigen wir morgen im Laufe des Tages. Der Vermieter will den Wagen begutachten, wegen eventueller Schäden, weißt du.«

»Wenn nicht noch ein Unglück geschieht, haben wir diesbezüglich nichts zu befürchten.“

»Mal den Teufel nicht an die Wand. Auf jeden Fall fotografiere ich das Auto von allen Seiten, zur Sicherheit.«

»Okay, und volltanken müssen wir es auch. Bleiben die Papiere im Handschuhfach oder werfen wir sie in den Briefkasten, was meinst du?«

»Im Handschuhfach liegen sie gut, denke ich.«

»Wann können wir die Tickets abholen, morgen oder erst am Abreisetag?«

»Morgen, gegen Abend, hat man mir versichert, sind sie abholbereit. Also bleibt uns noch ein Tag, den wir uns ohne Suchaktion auf der Insel gönnen können.«

Obwohl Steffen einzig daran dachte, wie schön es ist, Marie so bald wieder zu sehen, freute er sich wie sein Kompagnon auf den letzten Tag. Jochen rief zu Hause an. Leider erreichte er nur den Anrufbeantworter. Er teilte mit, wann sie den Rückflug nehmen würden, und fragte, ob es möglich sei, dass man sie am Flughafen abholen könne. Er schaltete das Handy aus.

Kapitel 39

Sie sah wirklich bezaubernd aus. Juan traute seinen Augen nicht. Er war auf eine formelle Eheschließung ohne Brimborium eingestellt, aber als er sie so vor sich sah, war er überwältigt. Obwohl er den besten Anzug trug, fühlte er sich neben ihr klein und unscheinbar. Wie ein kostbares Juwel stand sie vor ihm, wie die teuerste chinesische Vase, unantastbarer denn je. Ihr Kimono umhüllte die mädchenhafte Statur leicht und schwer zugleich. Wie er sie schon einmal gesehen hatte, waren ihre Augen rauchig umschattet, die feingeschwungenen Lippen gefüllt mit leuchtendem, feurigem Rot, dem gleichen Farbton, mit dem verschiedene filigrane Blumen in ihrer Robe bestickt waren. Sie hatte die schwarze Perücke, die er bereits kannte, kunstvoll hochgesteckt und mit Elfenbeinblüten geschmückt. Er konnte kaum sein Auge von ihr lassen. Er starrte sie an, vergaß vor Staunen, den Mund zu schließen. Diese Frau, diese wunderschöne Frau, die so sanft, so mädchenhaft anmutig vor ihm stand, wollte ihn zum Mann nehmen. Ist das zu fassen? Er hatte sich immer nur als Strohmann, als Affäre, als ihr persönlicher Handlanger für gefährliche und verrückte Aktionen gesehen. In diesem einzigartigen Augenblick dachte er, es ist mir vollkommen egal, welche Charakterfehler sie hat, nun wird sie meine Frau.

»Die Ringe, lege die Ringe auf das Tablett, der Standesbeamte wartet darauf«, raunte sie ihm zu und riss ihn aus seiner augenscheinlichen Starre. Er nahm das Kästchen aus der Brusttasche, frimelte mit zittriger Hand die Ringe heraus und legte sie auf das samtbeschlagene Tablett. Nach kurzer, schnörkelloser Zeremonie fielen die gebräuchlichen Worte: »Sie dürfen die Braut küssen.« Zaghaft, unschlüssig, was aber nur der Aufregung geschuldet war, nahm er sie in die Arme. Er küsste sie leidenschaftlich, nicht ohne dabei zu spüren, wie sie sich innerlich zurückzog.

Der Standesbeamte beglückwünschte sie und überreichte ihnen die Urkunden. Arm in Arm verließen sie das Gebäude und fuhren wortlos, als hinge jeder in einer anderen Sequenz fest, zurück in den Club, zu Susannas Heiligtum.

»Langsam, mein Schatz«, Juan sprach als Erster, »bleib stehen, ich möchte meine Braut über die Schwelle tragen.«

Mit ironischem Lächeln, dem alles Liebreizende fehlte, sah sie ihn an.

»Was soll der Quatsch, du kannst jetzt gehen«, sagte sie snobistisch, »unsere Abmachung ist erfüllt. Morgen, wenn der Notar die restlichen Dokumente schickt, bist du wieder frei. Du fährst nur noch mit Marie und Sylvie zum Flughafen, danach kannst du tun, was du willst. Ich habe mir einen früheren Flug geordert, ich fliege morgen schon ganz zeitig. Mein Taxi ist bereits bestellt. Also danke ich dir jetzt!« Dem »Jetzt« gab sie eine Betonung mit wie ein Schuss. »Ich weiß, du wirst dein Glück finden, auch ohne mich. Und nun, mein Lieber«, sie winkte ihn von ihrem Körper weg, »tritt einen Schritt zurück, ich muss ins Bett, die Nacht wird kurz.«

Kaum, dass er den verlangten Abstand eingenommen hatte, wurde ihm die Tür vor der Nase zugeschlagen, wieder einmal. Schwankend, als hätte er einen schweren Unfall erlitten, klammerte er sich am Türrahmen fest, ungläubig, dass ihm das alles widerfuhr. Er klopfte wiederholt zaghaft, dann hämmerte er an ihre Tür, aber es rührte sich nichts. Gedemütigt, schwach, wie nach einem Ohnmachtsanfall schlich er zu seinem Fahrzeug und fuhr in sein eigenes Heim. Sein Auto fegte durch die schmalen Straßen, unkoordiniert, als würde es von einem Volltrunkenen gesteuert. Immer wieder beschleunigte er, raste in der 50er Zone mit 80 km/h in eine enge Rechtskurve. Reines Glück, dass er nicht noch einen Unfall verursachte. Unter dem Eindruck des zuvor erlebten Albtraumes wurde ihm bewusst, dass ihm nicht einmal ein Andenken blieb an dieses Erlebnis, das sich drei Personen als wahrhaftiges Gewesensein teilten. Kein Hochzeitsfoto mit der schönen Susanna würde je seine Wand schmücken. Auch die Hochzeitsnacht sah sie offensichtlich für abgegolten, als Vorauszahlung oder Barscheck, den er längst bei ihr eingelöst hatte.

Zwei Mädchen sollte er noch zum Flughafen bringen, Sylvie am nächsten Morgen und Marie am Abend, gegen 23 Uhr. Damit waren für ihn, zumindest vorläufig, die größten Schwierigkeiten aus dem Weg geräumt. Die übrigen Gäste traten die Heimreise ohne besondere Vorkommnisse an. Auf Anweisung der Kommandantin wurden ihnen die benötigten Abreisepapiere ausgehändigt. Juan brachte sie zum Flughafen. Durch das letzte spendierte Geschenk, den wunderbaren, magischen Cocktail, fielen die Frauen leicht konfus auf, was aber in dem ganzen Gewimmel, das an einem Flughafen herrscht, nicht sonderlich irritierte. Herumirrende, durchgeknallte Leute sind da keine Seltenheit. Das Personal auf dem Airport hilft ihnen die jeweilige Maschine zu besteigen. Darauf ist Verlass. Alles verlief wie gewünscht. Juan rechnete damit, dass Sylvie, die er am Morgen nach der Hochzeit zum Terminal brachte, ihn nach Denise fragen würde. Das verursachte ihm erhebliches Magengrummeln. Erstaunlicherweise hüpfte sie ihm lauthals singend entgegen, umarmte ihn und warf ihm, sicher ohne Absicht in ihrer Euphorie, den schweren Koffer ans Bein.

»Junge, Junge«, sagte er, »das kann ja heiter werden. Was ist denn mit dir los?«

Auf diese Frage erwartete er keine Antwort. Statt sich zu beschweren, bugsierte er sie in den Wagen und knallte die Tür zu. Er schmiss das Gepäck in den Kofferraum und schwang sich auf den Fahrersitz.

»Anschnallen!«, forderte er Sylvie auf.

Sie dachte gar nicht daran, lag mehr, als sie saß, in Juans Jeep und trällerte erstaunlich gut den Song »Brand New Day« von Sting. Tatsächlich fragte sie nicht nach Denise.

Am Flughafen angekommen, schubste Juan sie an den richtigen Schalter, wünschte ihr einen guten Flug und verließ sie eilig. Aus den Augenwinkeln nahm er die lachenden Passagiere wahr, die Sylvie gerade wieder mit lautem Singen amüsierte. Danach schaute Juan bei seiner Ehefrau vorbei. Er klopfte an die Tür, bettelte, sie möge ihn hereinlassen, schrie, aber es kam keine Reaktion. Wahrscheinlich war sie bereits abgetaucht.

Er fuhr in seine Wohnung, nahm ein Aspirin mit einem großen Glas Wasser ein und legte sich, bebend vor Zorn, aber auch traurig, auf das Bett. Susannas Kälte trieb ihm den Schweiß auf die Stirn. Er konnte das Ausmaß der Amputation, mit dem sie ihn von sich trennte, einfach nicht begreifen. Sie ist eine Fata Morgana oder eine gespaltene Persönlichkeit, dachte er und merkte, dass ihn dieser Gedanke ein wenig entspannte. Es dauerte nicht lange, bis er in schweren Schlaf fiel.

Fünf Minuten vor 20 Uhr schrillte der Wecker. Juan schreckte auf. Sein Körper lag, wie mit Beton ausgegossen, auf dem Bett. Eine Weile gab er noch dem Gewicht nach, brauchte sichtlich Zeit, sich zu sortieren. Mühsam richtete er sich auf. Das erste Bild, das vor seinem geistigen Auge auftauchte, war Susanna, diese bezaubernde Braut, die er nun seine Frau nannte. Aber war sie es wirklich oder hatte er nur geträumt?

»Susanna, was machst du mit mir?!«, schrie er wütend und schlug mit der Faust auf die Decke, unter der er das angetraute Weib eigentlich finden sollte. Immer wieder hämmerte er auf die leere Decke. Je mehr er fluchte und schlug, umso jämmerlicher fühlte er sich. Alles was er tat, erreichte sie nicht. Von schriller Raserei verausgabt, sank er noch einmal in die Kissen, lag noch einige Minuten still, bevor er aufstehen konnte. Schlotternd bewegte er sich zum Kühlschrank, öffnete die Tür und sah sich gähnender Leere gegenüber. »Scheiße, auch das noch!«

Mit einem lauten Knall schlug er die Tür mit den einsamen Eiskristallen zu. Abtauen und auffüllen, daran sollte er denken. Der Boden zog seine Füße an und ließ die Schritte platt, im Schneckengang, Richtung Bad kriechen. Hatte Kafkas Verwandlung auch bei ihm eingesetzt? Er hätte es glauben können. Er zog die Kleider vom Vortag aus, schmiss sie in eine Ecke, stieg in die Dusche, drehte mit starren Fingern das Wasser auf. Lange stand er darunter, bevor er tat, was zu tun war. Er fühlte sich wie ein verwundetes Tier, angefahren von einem Menschen, dem jegliche Empathie fehlte. Mit dem warmen Wasser kehrten allmählich seine Lebensgeister zurück. »Bin ich verrückt?«, brabbelte er vor sich hin. »Warum tut sie mir das an? Habe ich ihr nicht jeden Wunsch erfüllt? Sie will meinen Namen, lässt mich sitzen, taucht unter und zahlt einen Preis, den ich nie gefordert habe.

Wohlhabend sein, sorglos leben zu können, eine Zukunft zu sehen, die aussichtsreich vor einem liegt, wünscht sich das nicht jeder? Ich bin keine Ausnahme. Aber warum fühlte sich Susannas Geschenk wie Verrat an? Warum tut es so weh? Während er einen Schritt aus der Dusche tat, erkannte er den Grund. Er liebte diese Frau. Was für eine groteske Eingebung. Die Liebe ist alles, ohne Liebe ist alles nichts, fiel ihm ein Kalenderspruch ein oder war es gar ein Spruch aus der Bibel, den er immer als kitschig abgetan hatte. Nackt und feucht setzte er sich an den Küchentisch, legte Arme und Kopf darauf und begann hemmungslos zu schluchzen. Mit den Tränen spülte er Giftstoffe aus, die durch die Vergehen entstanden waren, auf die er sich Susanna zuliebe eingelassen hatte. Er trug Schuld an Taten, die unrecht und strafbar waren. Bisher war er stets in der Lage, sie vor seinem Inneren abzuschirmen. Zeitweise gelang es ihm gut, wie beim plötzlichen Unfalltod von Murphy und Yvonne. Vielleicht würde er mit der Zeit auch Denise verwinden. Die Trickserei beim Bau der Ferienanlage, die Beschaffung der Drogen, ebenso die Bespitzelungsanlagen in den Häusern, hatte er billigend in Kauf genommen. Zu seinem eigenen Entsetzen quoll mit den Tränen aber auch die Erkenntnis hervor, dass er sich eventuell oder vielleicht sogar sicher, als Susannas Gehilfe, am Tod von Menschen beteiligt hatte. Er hielt sich den Bauch, ein trockenes Würgen zwang ihn an die Spüle. Dem inneren Drang nachgebend, erbrach er sich heftig. Er spülte den Mund aus, putzte die Zähne, gurgelte und wischte sich mit einem Tuch ab. Wann hatte er sich jemals so erbärmlich gefühlt? Den Blick auf die Küchenuhr gerichtet, glaubte er den Zeigern zuerst nicht, was sie ihm deuteten, erkannte aber, dass er sich sputen sollte. Im Club wartete noch eine letzte Herausforderung, Marie.

Kapitel 40

»Komm Jochen, lass uns einmal an die Cala Comte fahren. Bisher haben wir ausschließlich die bergige Region der Insel abgeklappert und kaum etwas von den schönen Buchten und Ständen gesehen. Ich habe von einer Kommilitonin gehört, wie sie von dieser Ecke schwärmte. Die Bucht liegt in einer wilden Küstenlandschaft, sagt sie, und sei noch einigermaßen unbebaut. Von dort aus habe man einen sehr schönen Blick auf malerisch vorgelagerte Inseln, von denen jedoch die größte, die Isla sa Conillera in Privatbesitz ist. Der Legende nach wurde dort Hannibal 247 v. Ch. geboren, das las ich bei meiner kleinen Recherche.«

»Toll, ich muss schon sagen, ich bin beeindruckt. Du weißt ja auch etwas von Ibiza. Ich staune, dass du dir die Namen so gut eingeprägt hast.«

»Das war nicht sonderlich schwer. Ich habe mir eine Eselsbrücke gebaut, indem ich an einen verlausten Comte dachte.«

»Wie? Das verstehe ich nicht.«

»Conchinillaläuse, schon mal gehört?«

»Du meinst die Läuse, die früher den roten Farbstoff für Lippenstifte und auch für Campari lieferten?«

»Du hast es erfasst. Gott sei Dank wird die rote Farbe heutzutage zum größten Teil chemisch nachgebaut. Vereinzelt kommt sie noch von den Läusen, die man auf großen, flachen Kakteen auf Lanzarote züchtet.«

»Okay, so viel dazu, aber weißt du auch, wie man zur Cala Comte fährt?«

»Natürlich nicht, wozu haben wir denn eine Karte?«

»Dann lass uns nachschauen.« Jochen zog die Karte aus seinem Rucksack und überprüfte die zu fahrende Strecke. »Ist gar nicht weit von hier«, erklärte er Steffen. «Schau mal, wir sind hier.« Mit dem Finger fuhr er den Straßenverlauf von Santa Eulalia in Richtung San Raffael, dann weiter nach San Antonio und ein kleines Stück bis Port des Torent. »Von hier, so scheint mir, ist es nur noch ein Katzensprung bis zur Cala Comte. Lass uns die Badesachen packen und den letzten Tag ohne Anstrengung am Meer verbringen. Bevor wir zum Strand gehen, denke ich, wäre es klug, unsere Zimmerrechnung zu begleichen, dann haben wir alles Wichtige erledigt.«

»Okay.«

Sie gingen zu ihrer Vermieterin, bedankten sich, dass sie ihnen Quartier gewährt hatte, baten um die Rechnung, bezahlten und legten ein angemessenes Trinkgeld dazu. Die Frau freute sich, tatsächlich war sie gerührt von der freundlichen Zuwendung, die sie sehr wohl gut gebrauchen konnte. Einen so großzügigen Obulus hatte sie von den Jungs nicht erwartet.

Einem ruhigen Sonnentag stand nun nichts mehr im Wege. Die Mission den Club zu finden, indem Marie ihre Ferien verbracht hatte, war zwar kläglich gescheitert, dennoch hatte diese Reise für sie eine besondere Qualität. Ihre unterbrochene Freundschaft war neu belebt, das Gefühl von Brüderlichkeit unverkennbar. Für den Heimflug hatten sie alles geregelt. Sie freuten sich, Marie endlich wiederzusehen. Durch die täglichen Telefonate wussten sie über ihren stagnierenden Zustand Bescheid. Steffen glaubte fest daran, dass, wenn er wieder bei ihr ist, sich der ganze Alptraum in Nichts auflöst.

Kapitel 41

Juan war sehr nervös am hohen Tor angekommen, kein Wunder nach allem, was ihn in den letzten Nächten massiv bedrängte. Für Freude war da kein Platz mehr. Nun musste er nur noch Marie zum Flieger bringen. Er fragte sich nicht zum ersten Mal, ob er auch an ihr schuldig geworden sei. Aber er hatte sie lediglich in den Club gebracht. Drogen gaben ihr Andere, im Auftrag des Teufels, seiner Frau, was er damals unmöglich ahnen konnte. Wie ein Ertrinkender zog er an seiner fast bis zum Filter gerauchten Zigarette und blies den Rauch mit den verfluchten Gedanken in den asphaltgrauen Himmel.

Die Sterne blitzten spärlich auf, versteckten ihre Leuchtkraft hinter wulstigen Aschegiganten, passend zu seinem ihn lähmenden dumpfen Gefühl. Plötzlich hörte er das Geräusch eines herannahenden Wagens. Das Tor öffnete sich quietschend automatisch, der Wagen hielt an. Eine der Subos stieg aus. Sie ging um das Auto herum, nahm zuerst einen Koffer heraus, stellte ihn neben Juan ab. Danach eilte sie zur Beifahrertür und half Marie, die sich in einem völlig benommenen Zustand befand, aus dem Auto. Sie hielt sie um die Taille fest und führte sie zu Juan, dem Aufregung und Entsetzen die Worte raubten. Er öffnete die Tür seines Jeeps, half Marie hinein, legte ihr wie einem Kind, den Haltegurt um. Sie schaute ihn nicht einmal an.

»Oh Gott, was haben sie dir angetan?«, fragte Juan, der nicht begreifen wollte, dass der Vorschlag, den er Susanna Tags zuvor andeutete, eine solche Resonanz gefunden hatte. Musste sie gleich so übertreiben? Marie war nicht ansprechbar. Wie sollte er sie am Flughafen abliefern, wenn sie nicht einmal fähig war allein zu gehen? Wie konnte er sich aus dieser Situation möglichst unauffällig herausmanövrieren? Er ruckelte mit ihr angespannt durch die Nacht. Sie schaute sich mit gläsernem Blick um, sprach kein Wort. Juan dachte an die angenehme Person, die er vor gar nicht langer Zeit hierhergebracht hatte. Nicht einmal ein Schatten war von ihrer Persönlichkeit geblieben. Schuldig, schuldig, schrie es in seinem Kopf. Hätte ich ihr doch diesen Club ausgeredet. Jetzt war alles zu spät. Was hatte er denn geglaubt, für wen er die Drogen in den Club schmuggelte? Für Susanna und ihn, dachte er, für ihre exzessiven

Nächte, aber doch nicht für die Touristen. Für Yvonne auch, das hatte ihm Susanna gesteckt, in Maßen, so sagte sie damals, und nicht die harten. Aber wusste er zu irgendeinem Zeitpunkt, was in dieser Ferienanlage wirklich ablief? Nein, ganz gewiss nicht. Er kannte Susannas Unberechenbarkeit, ihre schillernden Facetten, sah sie zärtlich und herrisch, leidenschaftlich und grausam, und manchmal, aber selten, erlebte er ihre unendliche Traurigkeit, die ihn jetzt beim Anblick von Marie, auch befiel.

Vor dem Terminal angekommen, hielt er den Wagen an, bedeutete Marie, noch sitzen zu bleiben, hechtete zur Ambulanz, organisierte einen Rollstuhl. Da er nicht wusste, ob sie über eine europäische Krankenversicherung verfügte, gab er den Pflegern einen geringen Obolus und versprach, den Rollstuhl sofort, nachdem er die Patientin im Flieger hätte, zurückzubringen. Ein Krankenpfleger schlug vor, sich um die junge Frau zu kümmern, er wäre froh, etwas Sinnvolles zu tun, denn im Moment sei es bei ihnen erstaunlich ruhig. Juan nahm das Angebot gerne an, übergab ihm Marie samt Papieren und Koffer, bedankte sich höflich und steckte dem freundlichen, hilfsbereiten Samariter ein paar Scheine in dessen Uniform. Sofort, um allen verfänglichen Fragen auszuweichen, drehte er sich um und flüchtete zur Tür. Der Sanitäter rief ihm etwas nach, das er geflissentlich überhörte. Für ihn war mit dieser letzten Schwierigkeit der ganze, grässliche Spuk vorbei. Jetzt, in diesem Augenblick, begann sein neues Leben, ein Leben, von dem er ahnte, dass es zuerst sehr viel aufzuräumen gab.

Der Sanitäter brachte Marie bis zum Flugzeug. Wie ein Fähnchen hing sie an ihm, als er sie die Treppe hinaufschleppte und einem Steward übergab. Der schob sie durch den schmalen Gang bis in die hintere Sitzreihe, ließ sie vorsichtig Platz nehmen, gurtete sie umgehend an. Er hüllte sie in eine weiche Decke. Sein Blick fixierte die glasigen Augen Maries, er konnte jedoch nicht feststellen, was der jungen Frau fehlte.

»Wie kann ich Ihnen helfen?«,fragte er besorgt. »Haben Sie Fieber, brauchen Sie einen Arzt? Ich kann mich umhören, ob wir einen Mediziner an Bord haben. Ist Ihnen das recht?«

Marie schüttelte nur den Kopf. »Ich habe Durst«, röchelte sie. »Wasser, ich brauche Wasser.«

»Ich bringe es Ihnen sofort, nur einen kleinen Moment«, erwiderte der freundliche Mann, verschwand hinter einem Vorhang, kam umgehend mit einem Glas Wasser zurück. Marie trank mit zittrigen Händen das Glas in einem Zug leer.

»Kann ich bitte noch eins haben?«, nuschelte sie kaum hörbar. Nachdem sie auch das zweite Glas geleert hatte, schlief sie ein. Der Steward weckte sie erst nach der Landung. Er blieb bei ihr, bis alle Passagiere das Flugzeug verlassen hatten, bot ihr vorsorglich wie ein Gentleman den Arm und führte sie bis zur Gepäckausgabe. Sie dankte ihm herzlich. Marie war sehr wackelig auf den Beinen, aber ihr Verstand begann sich zu reaktivieren. Sie erkannte den Flughafen, aber wie sie herkam, wusste sie nicht. Auf einem Stuhl in der Nähe des Fließbandes nahm sie Platz und wartete, bis nur noch wenige Gepäckstücke ihre Runden drehten. In der Zwischenzeit überlegte sie, wie sie wohl am schnellsten nach Hause kommen könnte. Ein Blick auf eine an der Wand hängenden Uhr verriet ihr, dass um diese späte Stunde wohl alle aus ihrer Familie bereits im Tiefschlaf lagen. Sie wollte sie nicht aufwecken. Es ging ihr wieder einigermaßen gut. Für die kurze Heimfahrt fühlte sie sich fahrtüchtig. Kurz entschlossen fragte sie am Schalter einer Autovermietung, ob es möglich sei, um diese späte Stunde, einen günstigen Leihwagen für einen Tag zu bekommen.

»Glauben Sie etwa, ich sitze hier zur Dekoration!«, rügte sie der mürrische junge Mann. Er übergab ihr, nachdem alle Formalitäten abgeschlossen waren, den Schlüssel zu einem Renault Twingo. Sie warf das Gepäck hinein und fuhr los. Während der Fahrt erfasste sie wellenartiger Schwindel, der alle paar Sekunden ihre mühsam aufrechterhaltene Konzentration unterbrach. Obwohl sie fast mit der Nase an der Frontscheibe hing, fehlte ihr jegliches Gespür für Abstand und Geschwindigkeit. Zudem verwandelte leichter Nieselregen die Straße in einen glänzenden Spiegel. Niemals hätte sie unter solchen Bedingungen ein Auto lenken dürfen. Auf einer langen, baumumsäumten Geraden, beschlich sie ein Gefühl, als zöge sie eine fremde Kraft in einen riesigen Staubsauger. Alles um sie herum begann zu schweben. Dann kam der große Knall. Sie prallte frontal an eine dicke Eiche und verlor sofort das Bewusstsein.

Als die Feuerwehr an die Unfallstelle kam, sahen sie nur noch die eine Möglichkeit, sie aus dem Wrack herauszuschneiden. Es dauerte sehr lange, bis Marie endlich ins Krankenhaus eingeliefert wurde.

Kapitel 42

Nachdem Juan Marie abgeliefert hatte, fuhr er zurück zum Club. Die tragischen Ereignisse, die sich noch in den frühen Morgenstunden im fernen Deutschland abspielten, hatten nichts mehr mit ihm zu tun. Sein Part war erfüllt. Mit dem Heimflug Maries beseitigte er die letzte Blockade, die ihn von einer aussichtsreichen Zukunft trennte.

Nun stand er vor der Kommandozentrale und überlegte, wie er an den Schlüssel zu Susannas Haus kommen könnte. Wie er seine Frau einschätzte, hatte sie bestimmt Anordnungen gegeben, die ihm weiterhalfen. Als er sich am Tor meldete, dauerte es nicht lange, bis geöffnet wurde und er mit dem Jeep hineinfahren konnte. Zum ersten Mal parkte er demonstrativ vor dem P.M.C. Subo Drei, Saskia Brenders stand vor der Tür. Mit einem zaghaften Lächeln grüßte sie, bat ihn, einzutreten. Er wurde offensichtlich von den Subos bereits erwartet. Assunta und Alex schauten verwundert, als sie ihn erkannten. Sie begrüßten ihn verhalten, schauten neugierig zu, als Saskia Ihm einen Schlüssel und einen Koffer übergab. Juan nutzte die Gelegenheit und stellte sich, zur allgemeinen Verblüffung, als neuer Eigentümer der Anlage vor. Er bedankte sich für ihre bisher geleistete Arbeit, erklärte geradeheraus, dass sich in der nächsten Zeit, unter seiner Leitung, einiges ändern werde.

»Ich verschaffe mir zuerst einen Überblick«, resümierte er, »und setze Sie umgehend über meine Absichten in Kenntnis.«

Ein Raunen ging durch die Zentrale. «Schlimmer kann's ja wohl nicht mehr werden«, hörte er, wusste aber nicht, wer das gesagt hatte. Er verabschiedete sich und verließ die Frauen. Als er zum ersten Mal am Vordereingang vor Susannas Haus stand, zückte er den Schlüssel, sperrte die Tür auf und trat etwas zögerlich ein. Staunend sah er sich um. Hier sah es aus wie immer. Sie hatte offensichtlich nichts mitgenommen. Bei der ersten Begutachtung fiel Ihm lediglich ein weißer Fleck an der Wand auf. Ach ja, dachte er, da hing einmal ein scheußliches Bild von einer Winterlandschaft, das so gar nicht zur übrigen Einrichtung gepasst hatte. Schade war es nicht, dass er dieses Monstrum nicht mehr sehen musste. Er hätte zu gerne gewusst, warum gerade dieses hässliche Bild für Susanna von Bedeutung war. Jetzt konnte er sie nicht mehr darauf ansprechen. Der Russenschinken war verschwunden, genau wie sie.

Er schaute in die Schränke, entdeckte überrascht, dass sie bis auf die Unterwäsche fast alle Kleider da gelassen hatte. Nur den Kimono fand er nicht. Radikal war sie, das wusste er. Bei ihr gab es immer den klaren Schnitt. Er durchstöberte die Wohnung nach einem Hinweis, wohin sie sich abgesetzt hätte, aber gründlich wie sie war, hinterließ sie keine Spuren. Als hätte es sie nie gegeben, war alles neutral unauffällig. Nicht einmal ein Hauch von ihrem teuren Parfüm war haften geblieben. Der Geist aus der Flasche war in ein Niemandsland entfleucht.

Eine Zeitlang saß Juan am Computer und versuchte, ihm Informationen zu entlocken, aber ohne Passwort war er nicht zu knacken. Er rief in der Zentrale an. Urplötzlich verspürte er Hunger und bat darum, ihm eine warme Mahlzeit in die Wohnung zu bringen. Die Frauen schauten sich ungläubig an. Alex, die Köchin, die ihm in erster Linie ihre Arbeitsstelle verdankte, schmunzelte, bereitete ihm ein fürstliches Mahl und erklärte den anderen Frauen, sie werde ihm das Essen selbst vorbeibringen. Dass sie Juan schon lange als Carlos kannte, verriet sie nicht. Er sollte sich wundern, wie sehr sie in der Zwischenzeit ihre Kochkünste optimieren konnte. Die zu erwartende Lobeshymne holte sie sich lieber selbst ab. Außerdem trieb sie die Neugier, wie es wohl im Heiligtum, diesem Reich, das keine von ihnen bisher betreten durfte, aussehen würde. Sie gestand sich ein, dass die Schlichtheit und Effizienz der Räumlichkeiten sie enttäuschten. Geheimnisvoll war hier gar nichts.

Juan bedankte sich für das Essen und gab Alex Anweisung, sie möge im P.M.C Bescheid geben, dass er um 14 Uhr gerne mit den Frauen sprechen wolle. Sie war fast an der Tür, enttäuscht über die Förmlichkeit, mit der er mit ihr sprach, als er sie bat, noch kurz stehen zu bleiben. »So gut wie heute habe ich lange nicht mehr gegessen«, sagte er und blinzelte ihr zu. Du musst bei mir bleiben, denn ich kenne niemanden, der mit so viel Fantasie und Geschmack eine vergleichbare Köstlichkeit zaubern könnte. Eine Köchin wie du es bist, braucht ein exklusiver Club. Aber du weißt, dass es unser Geheimnis bleiben soll, dass wir uns schon lange kennen. Bist du einverstanden?« Ihr breites Lächeln war Antwort genug.

In den zwei Stunden, bis er die Angestellten traf, kontrollierte er Susannas Wohnung, um brauchbare Informationen zu finden. Sie sollten ihm einen Überblick über die finanzielle Situation, die gezahlten Gehälter und den Background der einzelnen Frauen vermitteln, denn nachdem der Club eröffnet war, verwehrte ihm Susanna alle weiteren Einblicke in die Interna. Nach längerem Stöbern fand er in ihrem Büro, versteckt hinter einer Schiebewand, einen einzigen, dünnen Ordner. Er enthielt unverständliche Kürzel und ein Passwort, mit dem er endlich den Computer zum Laufen und Offenbaren brachte.

Susanna hatte jede im P.M.C arbeitende Angestellte mit einem dieser Kürzel und einer Zahl versehen. Dahinter verbargen sich die Lebensgeschichten der einzelnen Frauen und ihrer Arbeit im Club. Sie listete ihre Eigenschaften auf, wen sie loyal und vertrauenswürdig einstufte, wen sie besser im Auge behalten musste und was sich als Stärke oder Schwäche während ihres Aufenthaltes herauskristallisierte. Sie observierte sie rund um die Uhr. Er klickte auf Bezüge und erhielt die genauen Beträge, die die Angestellten erarbeitet hatten. Zu seiner Verwunderung sah er, dass die Gehälter der Frauen fast unangetastet zu ganz erheblichen Summen angewachsen waren. Wie sollte es auch anders sein, wenn keine Möglichkeit besteht, Geld auszugeben?

Die P.M.C. Frauen waren mittlerweile ganz schön betucht. Ihnen stand ein Betrag zur Verfügung, mit dem sie draußen ein angenehmes Leben führen konnten. Als Startkapital, um eine kleine Boutique oder ein Cafe einzurichten, reichte es allemal. Er suchte weiter und kam auf die Seite von Alexandra Grandessa, der Köchin, die er ja unbedingt behalten wollte. Es schockierte ihn, als er las, dass Susanna das Wissen über die Drogenvergangenheit von Alex gnadenlos ausnutzte, um die anderen Frauen in Schach zu halten. Das erklärte, warum keine jemals den Versuch machte, von hier zu verschwinden. Es war also keineswegs alleine die Angst, nicht an das von Susanna eingefrorene Kapital zu gelangen, es wurde tatsächlich durch verschleierte Gaben von Drogen fast unmöglich, von hier abzuhauen. Der magische Schlüssel war unsichtbar und sehr effektiv. Juan stellten sich vor Entsetzen die Nackenhaare auf. Den kausalen Zusammenhang von Susannas Verhalten sah er nun entsetzlich deutlich, aber wie sollte er mit diesem Wissen den Frauen gegenübertreten?

Jetzt erklärte sich ihm auch der von ihm als unangebracht empfundene Satz: «Schlimmer kann's nicht mehr werden.« Die Blicke der Subos sprachen dazu deutlich. Gegen die Überzeugung, Alkohol trinke man am besten nicht vor dem Abend, nahm er eine Flasche Wodka und ein Glas aus der Bar. Er schenkte eine ordentliche Menge ein, die jedem Eichstrich spottete und leerte es in einem Zug. Noch im Büro begann er sich zu notieren, was er zu ändern gedachte, um aus dem Scherbenhaufen, den ihm Susanna hinterlassen hatte, ein neues Ganzes zu formen.

Zuerst wollte er mit jeder Subo allein sprechen. Im Kollektiv, das sah er klar, hatte er keine günstige Position. Er rief im P.M.C. an, bat die Frauen, nacheinander zu ihm zu kommen. Alex meldete sich zuerst. Die übrigen Subos tuschelten untereinander. Sie verstanden einfach nicht, wieso dieser fremde Mann sich ihnen als Eigentümer vorgestellt hatte. Sie begriffen nicht, dass die Hexe von Chefin weg sein sollte. Alex erzählte ihnen ganz aufgeregt, sie habe sie im Heiligtum nicht angetroffen. Sollte tatsächlich noch so etwas wie ein Wunder geschehen? Ein wenig Angst beschlich sie schon. Was würde der Neue tun? Könnten sie hier weiter arbeiten? Was, wenn sie hinaus in die Welt müssten, wo sollten sie hingehen? Mit ihrem vertrackten Hintergrund wäre das noch schlimmer als hier. Sie hatten sich im Club arrangiert, im engen Spektrum, aber immerhin mit einer gewissen Sicherheit. Nicht zu viel denken zu müssen, war auch nicht so schlecht.

Alex klopfte am Heiligtum, das urplötzlich zu einer ganz gewöhnlichen Behausung geworden war. Juan Carlos bat sie hinein. »Nimm doch bitte Platz!«, forderte er sie auf und zeigte auf den Stuhl, der vor einem Schreibtisch stand. »Ich bin restlos begeistert, wie gut du kochen kannst«, begann er, nachdem sie saß. »Das Menü heute Mittag war einfach toll.«

Das zarte Lächeln, das ihre Lippen kräuselte, entging ihm nicht, aber in ihrem etwas starren Blick entdeckte er noch einen Funken Skepsis und Angst.

»Kommen wir gleich zum Punkt«, sagte er, »ich möchte dich sehr gerne weiterbeschäftigen, natürlich nur, wenn du einverstanden bist, vorerst zu den bisherigen Konditionen. Wie ich gesehen habe, ist auf deinem Gehaltskonto schon ein nettes Sümmchen angewachsen. Für ein kleines, eigenes Restaurant bietet es bereits die Basis. Ziehst du in Anbetracht der neuen Situation tatsächlich eine Selbstständigkeit vor, verstehe ich das. Es täte mir sehr leid, dich zu verlieren. Bis zum Wochenende gebe ich dir Zeit, dich zu entscheiden und mich in Kenntnis zu setzen. Eines noch vorweg, unabhängig wie deine Antwort ausfällt, verlange ich zuallererst, dass du mir in etwa einer Stunde alle im Club befindlichen Drogen aushändigst. Ich dulde nicht das kleinste Rauschmittel in meiner Anlage. Haben wir uns verstanden?«

Alex nickte mit hochrotem Kopf. Woher weiß Juan, dass ich auch hier mit Drogen hantiere, überlegte sie, wer hat ihm das gesagt?

»Okay«, sagte sie schleppend, »woher weißt du davon? Ist dir bewusst, was es für die Frauen bedeutet, einen kalten Entzug durchzustehen?«

Juan blieb ihr scheinheilig die Antwort schuldig. Sekundenlang beäugten sie sich wie Tiere in freier Wildbahn.

»Daran habe ich noch keinen Gedanken verschwendet, aber ich sorge dafür, dass ein Ersatzmittel gebracht wird. Zuerst möchte ich wissen, seit wann die Frauen süchtig sind und, was mir noch wichtiger erscheint, ob sie es aus freien Stücken sind? Den Unterlagen meiner Vorgängerin«, (er sagte nicht meiner Frau), entnehme ich, dass dieses Gift in Speisen und Getränke gemischt wurde. Untypisch, nicht wahr? Dafür kommt nur die Küche in Frage. Das Know-how dafür hast du ja. Aber sag mir, was zum Teufel hast du Marie Sanders gegeben, die ich heute Morgen zum Flughafen gebracht habe? Sie ist völlig abgedriftet. Wie lange bleibt sie in diesem Zustand?

»Ach, du bist das. Ich wusste nicht, wer die Frauen von und zum Flughafen bringt. Du heißt doch jetzt Juan Garcia, oder irre ich mich?«

»Mein vollständiger Name ist Juan Carlos Garcia. Für die Touristen bin ich Carlos.«

Alex fing an den Fingernägeln zu knabbern an und merkte es nicht einmal. Vor Nervosität begann sie zu stottern.

»Sie hat mich gezwungen, es zu tun, weißt du. Hast du eine Ahnung, wie sehr sie uns alle hier unter Druck gesetzt hat? Deine Vorgängerin, ich meine unsere Kommandantin, ist ein Teufel. Entschuldige bitte, dass ich das so unverblümt sage, aber zeitweise konnten wir ihre Schikanen kaum aushalten. Dabei wollte ich doch nur gut kochen, das ist meine Leidenschaft, wie du weißt. Ich frage mich, woher sie von meiner Drogenvergangenheit wusste und dass man mich per Haftbefehl sucht. Hast du ihr das gesteckt? Du hast mir geraten, mich zu bewerben. Ich war der glücklichste Mensch, als ich die Stelle als Köchin bekam. Ich schwöre, mit der vorausgegangenen Scheiße wollte ich nichts mehr zu tun haben. Nach einer wirklich schönen Zeit ist eine Wandlung in unserer Chefin vorgegangen, die keine der hier arbeitenden Frauen je verstehen wird. Mir blieb keine Wahl bei dem, was ich getan habe, und es tut mir ehrlich leid. Sie drohte mir ständig mich der Polizei auszuliefern, wenn ich nicht kooperiere. Es wäre wesentlich weniger vergnüglich, hinter schwedischen Gardinen die nächsten Jahre, bei Wasser und Brot zu verschimmeln, lautete ihr Standardspruch. Verstehst du mich jetzt?«

Juan schaute sie ungläubig an.

»Ja, es war meine Idee, die Kolleginnen mit dem magischen Cocktail zu versorgen. Ich dachte, es würde ihre Arbeit erleichtern. Dass zuletzt nur noch Frauen, also Touristinnen, in den Club kamen, die wie wir Subos mit Kameras überwacht wurden, grenzte an Irrsinn. Für alle mixte ich den relativ harmlosen Drink, der als Vitaminbombe angepriesen wurde, aber auch das hatte absolut nichts mit meinem freien Willen zu tun. Die Alte ist vollkommen durchgeknallt, sie ließ mir keine Wahl. Ich bin die Einzige hier, die noch einigermaßen den Durchblick hat. Die Kommandantin lieferte mir die Drogen und zwang mich, bei den Frauen für ein paar »Hallus«, wie sie meinte, zu sorgen. Sie experimentierte mit mir in der Küche, testete verschiedene Rauschmittel auf ihre Wirkung. Plötzlich waren alle Subos ihre Probanden und zum Schluss zählten auch die Gäste dazu.«

Juan hörte ohne Regung zu und tat, als sei das alles neu für ihn.

»Am Anfang hatte der Club einen anderen Namen, wusstest du das? Wir hießen *»Anei mediterran«.* 1991 war das Gebiet Es Amunts wegen seiner Ursprünglichkeit und der höchsten Erhebung der Insel zu einem Naturgebiet von besonderem Interesse erklärt worden. Anei war nur eines von zehn auf der Insel. Wie du weißt, ist dieser Küstenabschnitt sehr felsig. Es gibt nur wenige Strände, ein Grund, warum es von den Tourismusentwicklern weitgehend verschont geblieben ist. Das ist ein großes Plus für uns, die Lage macht uns einzigartig. Damals, also zu Anfang, war alles in Ordnung.

Wir hatten Gäste, die die Abgeschiedenheit und Anonymität schätzten, die weit weg von Lärm, Stress und Hektik zu sich selbst finden wollten. Drogen waren zu der Zeit nicht einmal angedacht. Wir hatten hier ein geregeltes, gutes Leben. Dann kam der Bruch. Plötzlich hießen wir nicht mehr *»Anei«, sondern »Club Sorpresa.«* Es kamen erst einmal keine Touristen mehr und danach nur noch eine Hand voll Frauen. Wir, die Subos, langweilten uns zu Tode. Zu dieser Zeit bekam ich von der Kommandantin den Auftrag, allen Frauen, später auch den wenigen Gästen, täglich den magischen Cocktail zu verabreichen, als kleine Aufmerksamkeit, als Geschenk ihrerseits, sozusagen. Wir Frauen aus dem P.M.C. aßen von da an mit den Touristinnen zusammen, um die Leere der Anlage wenigstens ein bisschen zu kaschieren, du verstehst? Alle, außer mir, tranken den Cocktail, es gab ja auch nichts mehr Weltbewegendes zu regeln. Zuerst fühlten sich die Frauen toll, nachdem sie das Zeug getrunken hatten, aber das blieb nicht lange so. Plötzlich herrschte in unserer Anlage ein völlig neues Klima. Jede misstraute der Anderen, jede der Subos hatte vor irgendetwas Angst. Darüber sprechen konnten wir nicht, denn wir standen immer unter Beobachtung.

Mittlerweile denke ich, dass nicht nur ich ein Päckchen zu tragen habe. Auch das könnte ein Grund sein, warum alle still hielten. Aber sie, diese Bestie, weiß Bescheid, keine Ahnung woher, aber dieses Wissen gibt ihr Macht. Ich meine, die Einzige, die ihr etwas bedeutete, war Yvonne, ausgerechnet unser Junkie. Sie durfte ich mit Kokain versorgen, was ich absolut nicht kapierte. Sie war abhängig, schon bevor sie bei uns anfing. Warum sie hier arbeiten durfte, verstand ich nicht, und erst recht nicht, warum sie so drastisch für einen Fehler bestraft wurde, den sich niemand erklären konnte. Stell dir vor, die Chefin ließ ihr einen Ringfinger abtrennen. Weißt du von der Geschichte? Aber nein, das hätte sie niemals erzählt. Statt Yvonne danach zu einem Arzt zu bringen, hat sie sie eingesperrt in einen überwachten Felsenkeller. Mich überläuft immer noch eine Gänsehaut, wenn ich nur daran denke. Aber«, Alex lächelte ein böses Lächeln, »Yvonne ist es gelungen, von da abzuhauen, jedenfalls haben wir nichts mehr von ihr gehört.«

»Das hört sich tatsächlich schlimm an«, sagte Juan scheinheilig. »Aber wenn wir schon mal beim Thema sind, möchte ich wissen, was du Marie vor ihrer Abreise gegeben hast und wie lange dieser Mist wirkt.«

»Ich habe ihr PCP gegeben«, gab Alex kleinlaut zu, «das ist eine ähnliche Droge wie Kokain, mit einer Mischung aus halluzinogenen und Amphetamineffekten. Je nach Art der Einnahme, der Menge und der Konstitution des Konsumenten, wirkt sie wie ein Weckamin, wie ein dämpfendes Schlafmittel, oder ein Halluzinogen, ähnlich dem Cannabis, LSD, Meskalin oder Psilocybin. Wie lange der Rausch oder der Betäubungszustand anhält, kann ich nicht genau sagen. Ich weiß aber, dass er zwischen 45 Minuten und 48 Stunden variieren kann. Ich habe Marie lediglich ein Ticktack, eine kleine Pille in ihr Essen getan.«

Alex redete nicht mehr weiter. Sie sah beschämt zu Boden, suchte mit der Spitze ihres Schuhes ein unsichtbares Hindernis wegzustoßen, ruckelte ungelenk, verkrampft, mit hochgezogenen Schultern, auf ihrem Stuhl hin und her. Juan betrachtete sie eine Weile ebenso wortlos. Bevor die Situation endgültig kippte und Alex, der in diesem Moment erst richtig bewusst wurde, was sie ihm bereitwillig preisgegeben hatte, mit einem sich anschleichenden Schreikrampf aufspringen konnte, beschwichtigte er sie mit herunterdeutenden Händen.

»So!«, schrie sie fast hysterisch, »jetzt kannst du mit mir machen, was du willst. Du kannst mich rausschmeißen oder der Polizei übergeben. Jetzt weißt du alles. Ich habe keine Wahl, die hatte ich noch nie.« Sie schnellte in die Höhe, blieb aber krumm, mit eingesunkener Brust vor ihm stehen.

»Setz dich wieder hin«, ermahnte er sie mit oberlehrerhafter Stimme. »Ich werde weder das Eine noch das Andere tun. Ich möchte dich als Köchin behalten, und zwar ausschließlich als Köchin. Ich kann nicht ungeschehen machen, was sich in den letzten Wochen abgespielt hat. Auch mir tut es leid, glaube mir. Ich will hier neu anfangen, das heißt, im Klartext, zuallererst müssen sämtliche Drogen verschwinden. Die Bespitzelungskameras lasse ich umgehend entfernen, damit die Privatsphäre wieder hergestellt ist, das verspreche ich. Nur einige davon, so habe ich gedacht, können wir an verschiedenen neuralgischen Stellen an den Außenfronten der Häuser anbringen, zur Sicherung der Anlage. Mit einer neuen Strategie, die auch diesem gebeutelten Personal entgegenkommt, sorge ich dafür, dass dieser Club entsprechend einem Nobelclub unter neuem Namen für eine gehobene Klientel wiedereröffnet wird. Kein Hauch von Illegalität darf in Zukunft durch diese Anlage wehen. Ist dir das klar?«

Alex fuhr sich verlegen mit der Hand über ihr Gesicht. Tränen liefen ihr über die Wangen, auf denen die Aufregungsflechte ihre Blüten trieb.

»Bedeutet das, ich kann bleiben?«

Juan streckte ihr die Hand entgegen. »Auf gute Zusammenarbeit« sagte er, und reichte ihr mit der anderen Hand ein Taschentuch.

»Vielen Dank, du wirst es nicht bereuen«, erklärte Alex, wischte die Nässe von ihren Augen und schnäuzte sich kräftig.

»Dann sind wir uns einig. Bitte schicke mir als nächste Saskia Brenders herein.«

Juan brachte Alex zur Tür. In ihrem Gesicht breitete sich ein zaghaftes Lächeln aus, das sie, wie aus einem fernen Land kommend, überstrahlte.

Die Frauen im P.M.C. warteten sichtlich unruhig darauf, wie Alex zurückkommen würde und vor allem, was sie zu berichten hätte. Als sie deren hochrotes fleckiges Gesicht erkannten, und die Augen, die offensichtlich übergelaufen waren, schwante ihnen nichts Gutes. Die altbekannte Angst wollte schon wieder nach ihnen greifen, aber dann sahen sie, wie Alex ihre Lippen lupfte und eine ganze Reihe krakeliger Zähne zeigte. Jetzt hielt sie nichts mehr. Sie stürmten auf sie zu und ratterten durcheinander ihre Fragen, die sie erst gar nicht beantworten konnte.

»Saskia, du bist die Nächste«, sagte sie. »Er wartet auf dich, beeil dich!«

»Muss ich mich fürchten?«

»Nein, ich denke, wir haben Glück.«

Kapitel 43

Jochens Vater holte die beiden Männer am Flughafen ab. Seinem Gesichtsausdruck nach zu urteilen gab es nichts Neues von Marie zu berichten.

»Schön dass Ihr wieder da seid«, begrüßte er sie. »Habt Ihr irgendetwas herausfinden können?« Dass das die erste Frage sein würde, war ihnen klar.

»Nein«, sagte Jochen und gab seinem »Nein« einen resignierten Touch mit. »Wir haben den Club nicht gefunden. Eine Anlage, die nur für Frauen geöffnet ist, scheint es nicht zu geben. Glaube mir, wir haben in allen Richtungen gesucht. Selbst die Einheimischen haben davon noch nie davon gehört. Es gibt wohl in den Bergen Clubs, aber keiner ist nur für Frauen.«

»Gibt es was Neues bei Marie?«, unterbrach Steffen Jochens Bericht.

»Sie ist immer noch im Wachkoma, leider. Aber ihre Organe funktionieren, das ist schon einmal ganz wichtig. Dr. Pilar lässt uns immer noch die Hoffnung, dass alles gut wird.«

»Ich kann es kaum erwarten sie zu sehen. Es kommt mir vor, als wäre ich hundert Jahre von ihr weg gewesen.«

»Na wunderbar«, spöttelte Jochen, »dann kannst du sie vielleicht, wie der Prinz bei Dornröschen, wachküssen. Das wäre doch mal eine Superaktion, meinst du nicht?«

»Ha, Ha, nichts lieber als das, aber können wir gleich zu ihr ins Krankenhaus fahren?«

»Natürlich damit habe ich schon gerechnet. Seid nicht enttäuscht, wenn ihr sie seht. Es hat sich leider nichts verändert, seit ihr weg wart.«

Sie wuchteten die Rucksäcke ins Auto und fuhren zu Marie.

»Ich hätte ihr etwas mitbringen sollen«, sagte Steffen im Auto, »wieso habe ich nicht daran gedacht?«

»Das erklärt sich doch von selbst«, spottete Jochen. »Wir waren nicht im Urlaub, wir waren zu Recherchezwecken unterwegs, schon vergessen? Außerdem, was hättest du kaufen können? Ein Ibizenkisches Püppchen, bunt bemaltes Geschirr oder irgendein Tuch von einem

Straßenhändler? Marie sieht nichts, egal was du mitgebracht hättest, begreif das!«

»Reg dich nicht auf, er hat es doch gut gemeint«, beschwichtigte Jochens Vater die beiden. Leider hast du Recht. Marie reagiert auf nichts. Trotzdem ist ihre Situation auch wenn sie im Moment noch stagniert, nicht ausweglos. Dr. Pilar hat eine Idee, aber davon erzähle ich euch später. Wir sind da, steigt hier aus, ich suche noch einen Parkplatz.«

»Liegt sie noch im gleichen Zimmer?«

Herr Sanders hatte schon den Blinker gesetzt und war aus der Haltelücke herausgefahren. Steffens Frage hatte er nicht mehr gehört.

»Das werden wir gleich sehen«, gab Jochen zur Antwort, «gehen wir.«

Sie klopften am bekannten Zimmer leise an, bevor sie es wagten einzutreten. Auf ein Herein brauchten sie nicht zu warten. Jochen öffnete die Tür, trat jedoch einen Schritt beiseite und überließ Steffen den Vortritt. Mit rasendem Puls näherte er sich Marie. Sie lag da, als schlafe sie, schön sogar ein wenig rosiger als er sie in Erinnerung hatte mit ein klein wenig längeren Haaren. Er beugte sich über sie und küsste sie fast verlegen auf die Stirn. Ihm fiel gerade noch der Spruch seines Freundes ein von wegen, er solle Marie küssen und sie so zum Erwachen bringen. Natürlich wollte er sich nicht die Blöße geben sie auf den Mund zu küssen und dann als Versager zu gelten. Männer und ihr falscher Stolz.

Jochen schmunzelte, weil seine Gedanken in die gleiche Richtung drifteten. Er nahm die Hand seiner Schwester, begrüßte sie mit, »Hallo Sister wir sind wieder da. Unsere Mission war leider nicht erfolgreich, also wird es Zeit, dass du zu uns zurückkommst, um uns die fehlenden Antworten zu liefern. Ich denke, du hast jetzt lange genug geschlafen. Wir, dabei schielte er zu Steffen, müssten mal dringend mit dir reden. Was meinst du?«

Natürlich blieb die ersehnte Antwort aus. Nichts hatte sich geändert in den paar Tagen. Es wäre auch zu viel verlangt gewesen. Das wussten auch die Männer. Aber was sagt man schon zu einer lebenden Toten? Man redet und redet und wartet umsonst auf ein Feedback. Das harte Klopfen an der Tür war nicht von Herrn Sanders. Dr. Pilar begrüßte mit freundlichen Augen die beiden selbsternannten Privatdetektive.

»Hallo, schön dass Sie wieder da sind. Haben Sie etwas entdecken können, was uns den Unfall und die Drogen erklären würde?«

»Leider nein«, entgegnete Steffen und schüttelte wie Jochen den Kopf. »Wir konnten den Club nicht finden. Daher können wir auch nicht sagen, ob Marie tatsächlich dort an die Drogen gekommen ist. Wir fanden heraus, dass es ein Leichtes ist in Ibiza Stadt Rauschmittel jeglicher Art zu kaufen. Man bietet sie überall an, in den Diskos, sogar an der Straße. Aber das ist nicht neu, bei uns läuft das leider ähnlich. Das ist jetzt auch nicht mehr wichtig. Was uns interessiert ist der momentane Zustand Maries. Gibt es eine Besserung, oder ist alles noch wie zuvor?«

»Sehen Sie sie an. Wie Sie unschwer erkennen können, ist Maries Zustand unverändert. Das ist erst einmal eine gute Nachricht. Ihre körperlichen Funktionen sind wieder intakt, die Schwellung im Gehirn vollkommen abgeklungen, die Knochenbrüche weitgehend geheilt. Ich weiß nicht, wie weit Sie über meinen Vorschlag, Marie zu den Delphinen zu bringen, informiert sind, aber ich denke, in ein paar Wochen ist das eine durchaus bedenkenswerte Option.«

Die letzten Worte hingen noch in der Luft, als Herr Sanders etwas kurzatmig das Zimmer betrat. Natürlich hatte er mitbekommen dass Dr. Pilar ihm mit der Neuigkeit, die er den Jungs selbst mitteilen wollte, zuvorgekommen war. Enttäuscht mit einem wütenden vorwurfsvollen Blick schaute er den Arzt an.

»Oh nein!« Dr. Pilar hob bedauernd die Hände. »Ich dachte, die jungen Herren wüssten bereits Bescheid. Habe ich jetzt Ihre Überraschung ruiniert? Es tut mir leid, ehrlich.«

»Bitte klären Sie uns auf, was es mit den Delphinen auf sich hat«, wandte sich Steffen ungeduldig an den Arzt. Jochen schaute verständnislos fragend drein. Dr. Pilar bat die Männer in sein Büro und ließ sie Platz nehmen. Inzwischen hatte er sich Unterlagen aus Florida besorgt mit Dr. Nathanson über seinen Fall gesprochen und abgeklärt, wie und wann man Marie zu ihm bringen könnte. Zum besseren Verständnis dieser Therapie schickte ihm die Klinik Filmmaterial zu, das er den staunenden Männern zeigen konnte. Die Drei waren zuerst sprachlos um dann, nach Beendigung des Filmes wie auf Kommando alle gleichzeitig und drängend ihre Fragen an den Arzt zu stellen. Es war ihm eine Freude zu sehen, wie die Anspannung aus ihren Gesichtern wich.

»Das nehmen wir in Angriff nicht wahr Papa«, ereiferte sich Jochen, »auch dann wenn die Krankenkasse sich weigert die Kosten zu übernehmen. Ich beteilige mich an den Auslagen, gebe dazu, was ich entbehren kann.«

»Ich auch«, schloss sich Steffen konspirativ an.

»Dann war unsere Reise tatsächlich umsonst«, resümierte Jochen. »Was meinst du Sportsfreund?«

»Ganz umsonst war sie sicher nicht, schließlich haben wir eine wunderschöne Insel wie kaum ein Tourist kennengelernt.«

»Und unserer Freundschaft hat diese Reise auch wieder auf die Sprünge geholfen. Also trotz des Misserfolgs war alles Okay.« Jochen schmunzelte. Sie bedankten sich bei Dr. Pilar, gingen noch einmal zu Marie, um sich zu verabschieden. Steffen küsste sie ohne Erwartungsdruck auf den Mund.

»Wirst sehen, es wird alles gut«, flüsterte er ihr ins Ohr. Beim Hinausgehen schaute er sich noch einmal um. Ihm war, als sähe er Marie nun mit dem Blick vorausschauender Augen, durch die er ihre Lebendigkeit wie eine aufgehende Sonne am frühen Morgen wahrnahm.

Kapitel 44

Saskia Brenders klopfte zaghaft an Juans Tür. Sie kannte ihn als Carlos Garcia, der immer die Touristen bis zum großen Tor brachte. Da er stets den Kopf geneigt hielt, wenn er die Ankunft der neuen Gäste avisierte, hatte sie noch nie so recht in sein Gesicht schauen können. Erst am Morgen als er sich als neuer Eigentümer vorstellte, sah sie ihn zum ersten Mal in Gänze. Zuvor entschwand er stets wie ein Phantom aus ihrem Gesichtsfeld. Sie fühlte sich ertappt bei ihrer heimlichen Feststellung, wie gut er aussah und wie sehr er ihr gefiel. Ein zartes Rosa überzog ihre Wangen, als sie ihm gegenüber trat. Sie senkte sofort ihren Blick.

»Hallo, Frau Brenders, ich freue mich, Sie endlich persönlich kennen zu lernen. Bitte nehmen Sie Platz.« Juan hatte keine Zeit zu verlieren, er kam sofort zum Wesentlichen.

»Erklären Sie mir bitte Ihre Funktion in diesem Club etwas näher.« Er täuschte auch hier absolute Unwissenheit vor.

»Eingestellt wurde ich als Administratorin der Anlage«, sagte Saskia nach kurzem Zögern.

«Ich organisierte und managte von der Eröffnung bis vor einigen Wochen die wesentlichen Bereiche, die in der Hotelbranche anfallen, mit viel Engagement und Freude. Was dann geschah, ist unverständlich. Die Kommandantin ließ überall Überwachungskameras installieren. Sie degradierte mich, nicht nur das Personal, sondern auch die wenigen Gäste, die von da an noch kamen, zu überwachen. Über alles, was im Entferntesten ungewöhnlich erschien, erstattete ich Meldung, das war meine Pflicht.«

Saskia wagte nicht mehr, Juan anzuschauen. Ihr Blick verlor sich in den Zirruswolken, die sich federig am Himmel vorbeischoben. Yvonne erwähnte sie wohlweislich nicht.

»Wären Sie bereit weiterhin mit mir zu arbeiten unter neutralen Bedingungen als meine persönliche Assistentin aber ohne Bespitzelungstätigkeit? Ich zahle übertariflich biete einen geregelten Urlaubsanspruch. Den Frauen, die mir ihre loyale Arbeitskraft zur Verfügung stellen, sichere ich einen neuen Arbeitsvertrag zu, der allerdings eine Verschwiegenheitsklausel enthält. Nichts was sich bisher unter der Leitung meiner Vorgängerin hier abgespielt hat, darf in die Öffentlichkeit dringen. Nach dem was ich bereits gehört habe, möchte ich unbedingt vermeiden, dass das Konzept eines seriösen Neubeginns von den Schatten dieser seltsamen Vergangenheit boykottiert wird. Und, ach ja, es ist selbstverständlich, dass ich in Zukunft keine Drogen mehr dulde. Wer nicht darauf verzichten möchte oder kann, wird mit sofortiger Wirkung entlassen. Das hat für mich äußerste Priorität. Sie haben bis zum Wochenende Zeit sich zu entscheiden.«

Er verabschiedete Saskia und bat sie, die mit dem Kürzel Subo Vier bezeichnete Angelina zu ihm zu schicken. Aus dem was Susanna über sie schrieb wurde er einfach nicht schlau. Konnte es sein, dass sie sich als gewalttätig entpuppt hatte? Aber warum sollte sie? Es dämmerte ihm langsam, dass seine Frau noch geheimnisbeladener war, als er annehmen konnte. Nachdem was er von Alex gehört hatte, war er verunsichert und sehr nachdenklich. Liebte er eine Frau, die nach den Aussagen ihrer Angestellten mehr und mehr zu einem Monster mutierte? Jetzt konnte er sie nicht mehr fragen. Aber hatte sie ihm jemals auch nur annähernd die Wahrheit gesagt? Oh ja, er hatte auch Drogen geliefert zu ihrer beider Ekstase und in kleinen Dosen. Aber sie musste noch eine Quelle haben, denn das Teufelszeug in den Drinks, ebenso das PCP kamen nicht von ihm. Er hätte gar nicht gewusst, wo er so spezielle Drogen hernehmen sollte. Über ihre Wirkungsweise hatte Alex ihn erst jetzt aufgeklärt.

»So eine Scheiße!«, entfuhr es ihm, »ich habe mich mit dem Teufel vermählt.«

Es klopfte. Er öffnete. Eine hagere Frau mit verhärmtem Gesicht stand ihm gegenüber.

»Hallo, mein Name ist Angelina Kolbert.«

Juan komplimentierte sie in sein Büro und ließ auch sie ihm gegenüber Platz nehmen. Die Augen gesenkt saß sie vor ihm mit zusammengepressten Knien und fest an den Körper gedrückten Armen. Sie wird nicht so bereitwillig Auskunft geben, wie es die beiden anderen Frauen getan hatten. Das war ihm augenblicklich klar.

»Sie müssen keine Angst haben«, sagte Juan, »ich möchte Ihnen nur ein paar Fragen stellen. Es interessiert mich, seit wann Sie schon hier beschäftigt sind, und was ihre Aufgabe ist?«

Als hätten die Worte sie erst mit Verzögerung erreicht antwortete Angelina zuerst nicht. Sie starrte immer noch ihre Knie an, würdigte Juan keines Blickes. Die Frau ist unheimlich, sinnierte er, während er auf eine Antwort wartete.

»Ich sorgte hier für Ordnung.« Ihre Worte kamen präzise, klar, monoton.

Also die werde ich bestimmt nicht behalten, dachte Juan, diese Frau gefällt mir nicht.

»Was kann ich denn darunter verstehen? Von welcher Ordnung sprechen Sie?«

»Ordnung eben, dass hier alles so läuft, wie es unsere Chefin wollte.«

»Verstehe«, sagte Juan und verstand eigentlich nichts. »Sie sprechen sicher von der Logistik.«

»Ich sagte doch, Ordnung«, gab sie zurück und schaute ihn zum ersten Mal mit verengten Augen an.

Aus der werde ich so schnell nichts herausbekommen. Sie sitzt vor mir wie ein menschlicher Panzerschrank. Was hat sie nur zu verbergen?

»Möchten Sie hier weiter arbeiten oder würden Sie lieber den Club verlassen?«, fragte er ohne Umschweife und hoffte auf die zweite Variante. »Ich kann Ihnen sofort ihr bisher erarbeitetes Gehalt auszahlen. Damit haben Sie die Möglichkeit, irgendwo anders ihr Leben zu verbringen und sich eine neue Existenz aufzubauen. Ich gebe auch Ihnen Zeit, sich bis zum Wochenende zu entscheiden. Okay?« Er hielt ihr die Hand hin, aber sie ignorierte sie, drehte sich um und ging wort- und grußlos zur Tür.

»Schicken Sie bitte die nächste Dame aus dem P.M.C zu mir, ja?«

»So schlimm ist der Neue gar nicht« sagte Angelina zu den wartenden Frauen.

»Assunta, er möchte dich sehen, geh du jetzt zu ihm, er wartet.

Assunta rannte zum Spiegel, strich sich ein paar herausgefallene Löckchen aus der Stirn, zupfte sich ihre Kleidung zurecht und verschwand leichtfüßig, als könne sie nicht erwarten, was auf sie zukommen würde. Am Heiligtum angekommen atmete sie noch einmal kräftig durch, ehe sie sich mit herzhaftem Anklopfen Gehör verschaffte.

»Treten Sie ein, es ist offen!«, hörte sie die sonore Stimme aus dem Inneren. Sie betrat den Raum, schaute sich um, verzog etwas spöttisch den Mund und registrierte erst dann den Mann, der ihr mit einer Handbewegung den Platz ihm gegenüber, und ihr zum Gruß, bot.

»Ich bin Assunta Delgado aus Italien.«

»Ich weiß, wir haben uns ja bereits kennengelernt.«

»Oh ja, sagen Sie, wie geht es der Patientin, haben Sie etwas von ihr gehört?«

»Leider nein. Die Kommandantin erwähnte kurz, dass Denise auf die Anstrengung und hohe Temperatur sehr schlecht reagierte, dass man sie, wenn sie transportfähig ist, in ihre Heimat zurückbringt.«

»Sie haben sie gesehen. Glauben Sie, dass Denise es schafft? Mein Verdacht geht in eine andere Richtung. Ich meine, es war nicht nur die Hitze und der lange Weg, aber ich möchte nicht weiter darauf eingehen. Verstehen Sie das?«

Juan verstand nur zu gut. Durch Assuntas Rede wurde ihm schlagartig klar, dass die Frauen nichts von Denises Tod erfahren hatten weder von ihr noch von Yvonne. Aber vielleicht war es nur Tarnung und sie wussten viel mehr, als sie zugaben. Ihm wurde richtig schlecht.

»Assunta, ich darf Sie doch noch so nennen, möchten Sie für mich hier weiterarbeiten?«

»Kommt darauf an.«

»Auf was?«

»Nun ja, hier sollte sich einiges ändern. Diese blöden Überwachungskameras müssten weg.«

»Ganz meine Meinung, was noch?«

»Sie können es nicht wissen aber wir vom P.M.C hatten in den letzten zwei Jahren keinen Tag frei. Wir sind allesamt junge Frauen, wir möchten auch mal shoppen gehen, möchten uns in Diskos amüsieren, möchten auch mal wieder Männer verführen, ich zumindest. Noch lebe ich und könnte mich verlieben. Die anderen und ich sind lange genug hier eingesperrt.«

»Verstehe, das lässt sich regeln. Ich gehe auch hier mit Ihnen konform. Das Geld, das Sie hier verdient haben, soll durchaus mal wieder unter die Leute. Arbeit allein macht nicht glücklich, jeder braucht auch das Vergnügen. Seien Sie unbesorgt, wenn das Ihre Forderungen sind, kann ich Ihnen versichern, dass ich alles zu Ihrer Zufriedenheit arrangiere.«

»Und was ist mit den Cocktails?«

»Ich gab Alex, der Köchin, die mich in Kenntnis gesetzt hat Anweisung, dass in Zukunft alle Rudimente, Sie wissen sicher, was ich meine, verschwinden müssen.«

»Aber es wird Nachwehen geben.«

»Ich sorge für die Frauen. Es kommt ein Arzt, der sich um sie kümmert. Bis zum Wochenende haben Sie und die anderen Subos Zeit sich zu entscheiden. Danach fangen wir hier bei Null wieder an, sauber und unter neuem Namen. Aller guten Dinge sind drei, das haben Sie sicher schon gehört.«

Assunta lachte befreit. »Bis Sonntag«, sagte sie, beugte sich über den Tisch und sah Juan Alles oder Nichts versprechend mit ihren glutvollen Augen und einem vertraulichen Zwinkern an. »Gracias«, gurrte sie, drehte sich um und ging zur Tür.

Juan war verwirrt. Die Italienerinnen die er bisweilen kennengelernt hatte, verfügten ausnahmslos über eine selbstbewusste weibliche, sehr erotische Ausstrahlung, zumindest, wenn sie jung waren. Dass sie sich später meist zu drallen Mamas entwickelten, lag an ihrem unstillbaren Hunger nach Körperlichkeit. Nach Amore zum Mann und der Liebe zum Kind frönten sie ihrer dritten Leidenschaft, der Kochkunst. Diese gehörte zum Mittelpunkt ihres Lebens aus dem sich der italienische Mann meistens schon nach wenigen Jahren, nach den Kindern und den Pfunden die sich ihre Frauen, durch sie und ihren sperminalen Einsatz zugelegt hatten, verdünnisierten. Machohaft, wie man es von ihm erwarten konnte, lenkte er nun wieder seine vitale Aufmerksamkeit der noch unverbrauchten Weiblichkeit zu. Aber die Familie war dennoch das Größte.

»Halt!«, rief er bevor Assunta die Tür von außen schloss. »Warten Sie, wir sind noch nicht fertig. Ich habe noch ein paar Fragen an Sie.«

Assunta drehte sich um, kam zurück und fixierte Juan mit strahlenden Augen. Endlich mal ein freundliches offenes Gesicht, dachte er.

»Sie haben mir noch nichts über ihre Tätigkeit im Club verraten.«

»Ich gebe Kurse«, erklärte sie, »Fitness, Aerobic, Yoga. Ich bringe die Menschen auf Kurs, wenn Sie so wollen.«

»Aha!«

Sie grinste, bevor sie weitersprach. »Leider sind in der letzten Zeit kaum noch Gäste hierhergekommen, denen ich etwas vermitteln konnte.

Die wenigen Frauen, die zuletzt kamen, lehnten größtenteils meine Angebote ab. Ich konnte sie für nichts begeistern. Das frustriert, sage ich Ihnen. Sie haben ja selbst gesehen, dass nur drei Frauen mit mir zur Göttin Tanit aufstiegen. Im Nachhinein bin ich sogar darüber froh. Die anderen lagen lieber faul am Pool.«

»Ich bin überzeugt, das hatte nichts mit Ihrer Kompetenz zu tun.«

»Ganz sicher nicht, das weiß ich auch«, sagte sie und wurde ernst. »Ich habe Denise in die Augen gesehen, da oben auf dem Berg und was ich gesehen habe, waren kugelrunde Pupillen. Muss ich noch mehr erklären?«

»Aber wieso? Woher hatte sie die Drogen und warum ausgerechnet sie?«

»Ja, wenn ich das wüsste. Immerhin ist mir aufgefallen, dass sich die Frauen, wir die Angestellten eingeschlossen, nach dem Drink, den uns die Chefin täglich so großzügig spendierte, immer seltsamer benahmen.«

»Warum haben Sie dieses Zeug getrunken, wenn es Ihnen nicht gut bekam?«

»Das mussten wir, glauben Sie mir. Alle die beim Frühstück am Tisch saßen, waren gezwungen zu konsumieren. Die Kommandantin überwachte uns mit Argusaugen. Schummeln unmöglich. Keine kam aus dem Raum, bevor sie nicht ihr Glas geleert hatte. Hört sich grotesk an, ist aber wahr. Innerhalb von Sekunden wurde aus dem müden Haufen eine muntere Gesellschaft, als hätte man uns eine Lebendigkeitsinfusion eingeflößt. Ein tolles Gefühl. Wir Frauen waren danach nicht wiederzuerkennen. Wir haben gelacht, hatten richtig Spaß. Aber der Zustand hielt nicht sehr lange an, dann war alles wieder wie vorher. Nein, ich muss mich korrigieren. Nichts war wie vorher. Neben einer fürchterlichen Lethargie kam regelrechtes Unwohlsein dazu. Wir fielen zusammen wie Blumen, die schon lange kein Wasser mehr bekommen hatten. Ehrlich, mir ging es nicht anders. Ich war gezwungen, die agile Zeitspanne zu nutzen meine Aktivitäten, an die Frauen zu bringen, für Aerobic- oder Jogastunden, Ausflüge zum Parasailing oder Klettertouren.«

»Und niemand hat protestiert. Keine der Frauen hat sich gewehrt?«

»Wie denn? Wir waren alle Marionetten, mit denen unsere Chefin spielen wollte. Aber was sie sich zuletzt geleistet hat, sprengt echt den Rahmen. Haben die Anderen Ihnen von Yvonne erzählt?«

»Andeutungsweise.«

»Oh, na immerhin, dann wissen Sie also schon, dass Angelina ihr einen Finger amputieren musste?«

»Wie bitte? Das hat mir niemand gesagt. Warum hat sie das getan? Hatte Yvonne eine Infektion? Warum brachte man sie nicht in ein Krankenhaus, man hätte doch vielleicht den Finger retten können.«

»Pah, retten können, was denn retten können?« Wütend mit vor Hass triefender Stimme setzte sich Assunta auf den Stuhl. Juan stand versteinert vor ihr.

»Yvonne fehlte nichts. Ihr Finger war vollkommen intakt. Das, was ihr geschah, passierte auf Befehl dieses Teufelsweibs, die sich Chefin nannte. Sie statuierte an ihr ein drakonisches Exempel. Es war eine vollkommen unangebrachte Strafe, für welches Vergehen, wissen wir nicht. Diese Frau ist schrecklich. Wir sind froh, dass sie weg ist. Von uns aus kann sie zum Teufel gehen, wahrscheinlich ist sie schon lange mit ihm verheiratet.« Assuntas Aussage glich purer Aggression. Ihre letzten Worte schlugen in Juans Magen ein wie eine Keule. Alles Blut wich ihm aus dem Gesicht.

»Sie hielt uns mit Rauschmitteln in Schach, stellen Sie sich das mal vor.«

Juan wünschte sich, Assunta wäre endlich still. Er fühlte sich wie ein Verräter. Sie zeigte ihm ein unsichtbares Schild. Darauf stand, »SCHULDIG, SCHULDIG! Das wollte ich nicht, wirklich nicht!«, schrie es in ihm. Er hatte Drogen besorgt, aber doch nur für Susanna und ihn. Woher hatte sie die anderen Substanzen? Kalter Schweiß strömte ihm aus allen Poren.

»Können Sie mir sagen wie die Drogen, von denen die Rede ist, in den Club gekommen sind? Wer hat sie geliefert?«

»Keine Ahnung. Vielleicht befanden sie sich in der Post, die ich manchmal, für die Chefin in der Stadt abgeholt habe.«

»Sie haben die Post geholt?«

»Nun ja ich bin die Einzige, die mit den Touristen Ausflüge machen durfte. Bei diesen Gelegenheiten ging ich zur Post und habe verschiedene Päckchen aus einem Schließfach geholt. Ich fand das nicht ungewöhnlich.«

»Oh ja, ich glaube Ihnen, aber das erklärt immer noch nicht, wer die Sachen in diesem Schließfach deponierte. Es ist also noch eine Person außerhalb des Clubs in die Angelegenheit involviert.« Juan pfiff leise durch die Zähne.

»Um wen es sich dabei handelt, muss ich umgehend herausfinden. Gibt es jemand, den Sie kennen, der dafür in Frage kommt?«

Assuntas Antwort kam schnell. »Natürlich«, sagte sie und ihr Blick hellte sich auf, »dafür kommt meiner Meinung nach nur eine in Frage. Subo Sechs, Luzia, ihren Nachnamen hab ich nie gehört. Soweit ich weiß, hatte sie den Auftrag drei unterschiedliche Frauen, nach von der Kommandantin vorgegebenen Kriterien aussuchen. Mit einem gefakten Preisrätsel lotste sie die Frauen in den Club.«

»Um welche Frauen handelte es sich und was bezweckte meine Vorgängerin damit?«

»Es ging um Marie, Denise und Sylvie. Damals, als sie Marie zu uns brachten, sagte die Kommandantin wörtlich: »Auf sie habe ich noch gewartet, jetzt sind wir vollzählig.«

»Können Sie mit dieser Aussage etwas anfangen? Also wir nicht. Hilft Ihnen das irgendwie weiter?«

»Ich denke schon. Vielen Dank für ihre Offenheit. Ich weiß das sehr zu schätzen. Ohne die Mithilfe der Subos stünde ich wahrlich hier auf verlorenem Posten. Ich wäre froh, wenn ich auf Sie zählen könnte. Bin gespannt, wie Sie sich entscheiden, also dann, machen wir es kurz, bis Sonntag. « Mit diesen Worten komplimentierte er sie hinaus.

Er blieb sehr nachdenklich allein im Büro zurück. Was für Schweinereien waren hier abgelaufen, von denen er tatsächlich nichts ahnte, an denen er sich im Traum nicht beteiligt hätte. Das Erbe, das ihm seine Frau hinterließ, schmeckte immer bitterer. Plötzlich war ihm klar, wie sehr sie auch ihn getäuscht hatte. Kein Wunder, dass sie bei Nacht und Nebel verschwunden ist. Ein Mord oder zumindest der versuchte Totschlag an Yvonne, ebenso der von ihr provozierte, durch Rauschmittel in Kauf genommene Tod von Denise, waren für ihn der blanke Horror. Mit diesem Wissen wurde sogar der Unfall, den Murphy erlitten hatte, für ihn fragwürdig. Mehr Gründe braucht wahrlich niemand um das Weite zu suchen. Er starrte an die Decke. Wenn nun aber eine der Frauen zur Polizei geht, jetzt wo die Türen sperrangelweit für sie geöffnet sind, bin auch ich verloren. Die Polizei wird die Anlage schließen, grübelte er, mich und alle die noch hier sind in die Mangel nehmen. Dann kann ich einen Neustart vergessen.

Augenblicklich überkam Juan Panik. In seinem Kopf drehten sich wirre Bilder wie ein Karussell. Er fühlte sich verdammt, die Frauen dazu zu bringen, für ihn zu schweigen. Aber wie konnte das gehen? Noch einmal nahm er sich die Mappe mit den einzelnen Kürzeln vor, setzte sich an den Computer, las die Vitas der verschiedenen Subos mit den Anmerkungen Susannas sehr aufmerksam durch. Nach gefühlten zwei Stunden lehnte er sich müde und ausgelaugt zurück. Na ja, für den Notfall, überlegte er, würde dieses Material ihm etwas in die Hand geben, mit dem er die eine oder andere Frau an sich binden konnte. Aber dieser Gedanke wurde durch das schreiende Wort »Erpressung« sofort ausgelöscht. Ich bin nicht, wie meine Frau, ich bin Juan Carlos Garcia ein verantwortungsvoller, loyaler Chef. Das ist es, was das Personal begreifen soll. Das werde ich ihnen glaubhaft vermitteln. Dann wird alles gut. Vielleicht sind meine Sorgen ja auch unbegründet.

Um das Putzpersonal brauchte er sich keine Sorgen zu machen. Sie bekamen von all dem Unzumutbaren nichts mit. An jedem Wochenende brachte er sie persönlich mit einem Bus in die Stadt zurück, von wo er sie am nächsten Wochenanfang wieder abholte und ihrer Arbeitsstätte zuführte. An den anderen Tagen lebten sie wie alle Frauen im Personaltrakt, hatten aber über ihre Arbeit hinaus, nur minimalen Kontakt mit den Subos. Wenigstens in diesem Punkt konnte er sicher sein, dass sie ihm erhalten blieben. Aber der Gedanke dass die Drogen von außerhalb kamen, ließ ihn nicht los. Die Akte mit den Personalangaben lag immer noch vor ihm auf dem Tisch. Zum wiederholten Mal schaute er hinein. Sein Blick saugte sich an einem Kürzel und einer Zahl fest die er mit keiner der Frauen, die er bereits kennengelernt hatte, in Verbindung brachte. Er hämmerte sie in die Tastatur des Computers. Daraufhin zeigte sich eine Zahlen und Buchstabenkombination. Was sollte er damit anfangen? Handelte es sich hierbei etwa um eine Kontonummer? Wahrscheinlich nicht, die dazugehörige Bankverbindung fehlte. Ist es eine Telefonnummer?, überlegte er. Seltsam. Wieso stehen die Buchstaben K nach der dritten Zahl und das P am Ende der Zahlenreihe?

Er fasste die Ergebnisse des Tages zusammen. Mit Alex hatte er ein gutes Gefühl. Sie blieb. Auch bei Saskia fühlte er sich relativ sicher, dass sie mit ihm weiterarbeiten würde. Angelina war ihm nicht geheuer. Von ihr trennte ihn eine verschlagene dumpfe Aura, die ihn abschreckte. Susanna hatte sie wohl richtig eingeschätzt. Um Assunta wollte er wenn nötig buhlen. Sie war der Sonnenschein. Gold wert, direkt, gradlinig im Wesen, bildhübsch und sexy, was will »Mann« mehr. Mit Samira Peranza hatte er inzwischen gesprochen und sich überzeugt, dass sie ihm erhalten blieb. Sie und Alex die Küchenfeen, sorgten auch weiterhin für kulinarischen Hochgenuss.

Er rief in der Firma an, die er ehemals im Auftrag seiner Frau geordert hatte, und bat schnellstens einen Mechaniker zu schicken, der sich um die Entfernung der Kameras kümmern sollte. Soweit so easy. Aber die größte Herausforderung, der er sich stellen musste, bestand darin, einen Arzt zu finden, der den Frauen den Drogenentzug erleichtern würde. Nach längerem Überlegen fiel ihm ein Doktor ein, der immer noch in Portinax lebte, aber keine Praxis mehr betrieb. Wegen eines gravierenden Fehlverhaltens wurde ihm die Approbation entzogen. In seiner Gier nach Geld hatte er Rezepte und Abrechnungen gefälscht. Betrug und Steuerhinterziehung brachten ihm zwei Jahre Knast ein, außerdem verdonnerte man ihn eine hohe Entschädigung zu zahlen. Danach war sein medizinisches Wissen nicht mehr gefragt. Die Leute auf der Insel mieden ihn, denn sie wussten Bescheid. Solche Straftaten landen immer auf Seite eins, der Boulevard Presse.

Die Telefonnummer von Dr. Constantin, der Name des Arztes war ihm Gott sei Dank noch präsent, fand er nach kurzer Suche. Ohne zu zögern, rief er ihn an. Er versprach ihn, falls er einverstanden wäre, in Portinax abzuholen und nach getaner Arbeit wieder zurückbringen. Ohne Beschönigung brachte er sein Anliegen vor, vereinbarte einen Termin für den kommenden Sonntag. Der Dr. erklärte sich einverstanden, zu helfen sei ihm immer noch ein Bedürfnis. Zeit hätte er ja zur Genüge. Ein zentnerschwerer Stein rutschte Juan vom Herzen nach diesem erfolgversprechenden Gespräch. Er stand auf und schlurfte seine müden Muskeln dehnend ein paar Runden durch das Zimmer.

Nach kurzer Verschnaufpause machte er sich daran für die Frauen die neuen Arbeitsverträge aufzusetzen. Zufrieden mit dem was er an diesem Tag erreicht hatte, streckte er seine Beine aus, blieb noch eine Weile mit geschlossenen Augen und hinter dem Kopf verschränkten Händen sitzen. Das Rädchen im Gehirn war zum Stehen gekommen, hinter seinen Augen tat sich nichts. Er atmete eine Leere, die ihm guttat. Kurz nach 19 Uhr, die Zeit war ihm wie Seife durch die Finger geflutscht, meldete sich Alex telefonisch bei ihm. Sie fragte, was er sich zum Abendessen wünsche.

»Essen Sie mit uns Frauen gemeinsam, oder soll ich das Essen ins Heiligtum bringen?«, wollte sie wissen.

»Bitte wohin?«

»Entschuldigung, aber das ist mir jetzt gerade so herausgerutscht. Wir Subos nannten das Haus immer Heiligtum, solange die Kommandantin dort residierte. Wir hatten ein absolutes Verbot ihr Heim zu betreten, deshalb diese interne Bezeichnung.«

»Aha.« Juan wollte nicht auf diese Anspielung eingehen, dafür war er viel zu müde.

»Ich möchte nur eine Kleinigkeit und bleibe in meinem Appartement. Ich habe noch sehr viel zu regeln.«

»Dann bringe ich auch gleich die gewünschte Nachspeise mit. Ist das Okay?«

»Nachspeise? Ich habe doch nicht ...«

»Ich spreche von Puderzucker und Ähnlichem.«

»Oh ja!« Erst jetzt dämmerte es Juan, was Alex meinte.

»In einer halben Stunde komme ich.« Sie legte auf.

Juan hatte eine Liste vor sich auf dem Tisch liegen, auf der er sich die noch zu erledigenden Arbeiten notiert hatte. Einiges konnte er abhaken. Aber es blieben noch große Baustellen übrig, für die er sich nicht unbedingt einen weiten Schaffensraum zugestand. Alles sollte so gut wie schnell erledigt werden, denn Zeit ist Geld, so wird es immer bleiben. Er stöhnte, als er sah, was er noch nicht in Angriff genommen hatte. Der Club brauchte einen neuen, stolzen Namen. Er benötige fantastische Bilder, um die Optik ins rechte Licht zu setzen. Konditionen und Reisezeiten mit verschiedenen guten Reiseanbietern waren auch auszuhandeln. Das alte Tor musste verschwinden, der Eingang zum

Club bedurfte dringend einer Veränderung. An alte Zeiten sollte nichts mehr erinnern. Auch die einzelnen Gästehäuser waren zu überprüfen. Der ehemals hohe Standard sollte weiterhin gewährleistet sein. Über das Startkapital, das ihm seine Frau so großzügig überlassen hatte, durfte er nicht den Überblick verlieren. Er grübelte immer noch, als er ein Klopfen an der Tür vernahm.

»Komm bitte herein.« Augenblicklich wurde ihm klar, dass Alex mit Sicherheit die Hände voll hatte. Er sprang auf und öffnete die Tür. Ein köstlicher Duft stieg ihm in die Nase. Sofort meldete sich bei ihm der Hunger, er hatte ihn schon seit Stunden verdrängt.

»Gracias«, sagte Alex und stellte das Tablett vor ihn auf den Tisch. Er hob den Deckel an, schnupperte den Hasenbratenduft und war begeistert. Hase, Rotkohl und Klöße, wann hatte er das zum letzten Mal gekostet.

»Ist das eine Kleinigkeit? Ich glaube, solch ein grandioses Essen hatte ich zuletzt bei meiner Mutter an Weihnachten. Da war ich zwölf oder dreizehn Jahre alt. Wenn es so gut schmeckt, wie es riecht, hast du mir ein großes Geschenk gemacht. Vielen lieben Dank.«

Alex wurde verlegen. Sie zupfte an ihrer Kleidung herum, blieb aber abwartend stehen.

»Ich habe noch etwas mitgebracht, du weißt doch...«

»Bitte entschuldige, das Essen hat mich wohl ein wenig abgelenkt. Zeig her, was du dabei hast.«

Alex griff unter ihre Jacke und zerrte ein DIN A 4 großes, wattiertes Paket hervor. Wortlos überreichte sie es Juan. Er öffnete es und kippte den Inhalt auf den Tisch. Vor ihm lagen Marihuana, Cannabis und Heroin, auch getrocknete Pilze, LSD, Meskalin, Speed, Kokain, verschiedenfarbige Pillen, Fläschchen mit für ihn unbekannten Tinkturen und Bestecke, um diese verfluchten Dinge an oder in den Menschen zu bringen.

»Oha!«, knurrte er und war sichtlich erschüttert. »Und über all das weißt du Bescheid?« Hast du von alldem Gebrauch gemacht?« Er sah Alex ungläubig an.

»Nein!, und es war nicht meine Idee!« Sie wurde puterrot im Gesicht. »Es tut mir so leid«, schob sie nach.

»Weißt du, was wir jetzt machen? Wir packen dieses Teufelszeug zusammen und jagen alles die Toilette runter, nichts darf mehr bleiben.«

»Bist du sicher, die Drogen sind eine Menge Kohle wert.«

Juan sah sie scharf an. Sie spülten den teuren Tod in den Kanal. Bei jedem Gramm, das sie in die Toilette kippten, wurde ihnen beiden leichter ums Herz. Das begleitende Seufzen das ihrer beider Kehle entwich, hatte keineswegs nur einen dissonanten Ton, nein, in diesen Tönen schwang auch Freude mit.

»Ich nehme mal an, dass das wirklich alles war?«

»Selbstverständlich!« Alex ärgerte sich sofort über die, wie sie fand, unangebrachte Frage. Juan ignorierte ihre gerunzelte Stirn.

»Dein Essen wird kalt!«, schnorrte sie, drehte sich um, wollte gerade den Raum verlassen, als er ihr nachrief:

»He Alex, ich habe noch eine Idee. Unsere Anlage braucht unbedingt einen neuen, gutklingenden Namen. Wie wäre es, wenn du dir mit den anderen Subos ein paar Gedanken machst wie wir uns in Zukunft nennen könnten. Bitte besprich mein Anliegen mit den Kolleginnen, die gewillt sind, auch mit mir zu arbeiten. Ich dachte an einen Namen, der aus dem üblichen Raster fällt. Und Alex, bleibe bitte vor den Anderen beim Sie, wenn Du mit mir sprichst, einverstanden?«

»Manjana«, verabschiedete sich Alex, lächelte ein unbewegtes Lächeln, und huschte zur Tür hinaus.

Juan schaute aus dem Fenster. Das letzte Licht der Abenddämmerung zog sich hinter asphaltgrauen Wolken zurück. Die aufgeblähten Riesen boten ein Bild der Ruhe. Er begab sich zu Tisch und begann seine Mahlzeit aufzuessen, die nun leider, wie Alex es vermutete, fast kalt war. Aber sie schmeckte ihm trotzdem ausnehmend gut. Er räumte das Geschirr in die Spüle, ging ins Bad, warf einen Blick auf die Toilette und konnte sich ein Schmunzeln nicht verkneifen. Die phänomenale Grundwasserverschmutzung, die er sich gerade geleistet hatte, ging ihm im besten Sinne am Allerwertesten vorbei.

»Dieses Kapitel ist endgültig beendet«, sagte er laut. Nach dem Duschen trocknete er sich sorgfältig ab, schlurfte nackt an die Bar, nahm ein Glas und schüttete ein Paar cl von Susannas teurem Whisky hinein. Im Schlafzimmer hob er das fast volle Glas gen Himmel und rief mit harter Stimme: «Salute Susanna! Auf dich, und dass du nie wieder kommst!« Er trank den Irenbrandy in einem Zug, stellte das Glas auf dem Nachttisch ab und schlüpfte in das kalte Bett. In der Nacht hatte er feuchte Träume, aber Susanna kam darin nicht vor.

Kapitel 45

Steffen saß zu Hause und schrieb Bewerbungen. Er hatte sich fünf Firmen herausgesucht, bei denen er sich vorstellen konnte zu arbeiten. Er achtete darauf, dass sein neuer Wirkungskreis nicht zu weit von Frankfurt entfernt lag. Er wollte unbedingt die Möglichkeit beibehalten, täglich zu Marie ins Krankenhaus zu kommen.

Vor ein paar Tagen war ein kleines Wunder geschehen. Während er am Bett seiner Liebsten saß und ihre Hand hielt, bemerkte er plötzlich einen leichten Druck, der von ihr ausging.

»Komm zurück, Marie!«, rief er viel zu laut, »kannst du mich hören?« Aber es kam zu keiner weiteren Reaktion.

»Das ist ein Zeichen, glauben Sie mir, es ist ganz sicher ein Zeichen. Sie wacht auf, es wird nicht mehr lange dauern, das spüre ich,« sagte er enthusiastisch zu Maries Mutter am Telefon. In den nächsten Tagen war aber alles wieder wie immer. Maries Organe funktionierten. Die Krankengymnasten gaben sich mit den Reflexen, die sie durch ihre diversen Übungen bei ihr auslösten, zufrieden. Tatsächlich stand zwischen dem durch die Monate gewohnten Bild und dem Wunder, nur noch eine dünne Membran, die nur Marie alleine durchstoßen konnte. Auf dem Weg in die Zukunft, schien sie Steffen zu hören, aber ihr fehlte noch die Kraft, sich verständlich zu machen.

Kapitel 46

Die Frauen im P.M.C waren unruhig. Es ging ihnen nicht gut. Das hatte verschiedene Gründe. Zum einen war dies der erste Tag ohne magische Substanzen, was in ihnen, noch früher als sonst, unangenehme Symptome wie Kopfschmerzen, Zittern, Schweißausbrüche und Aggressionen auslöste. Zum Zweiten begriffen sie nicht, warum die Kommandantin sie unangekündigt an diesen Juan Carlos Garcia verkauft hatte. Was durften sie von ihm erwarten, welche Ansprüche würde er stellen? Der erste Eindruck, von ihm, war durchweg gut. Sogar Angelina empfand es so. Sie saßen zusammen und besprachen wer bleiben, oder den Club verlassen wollte. Erstaunlicherweise zogen es alle vor hier weiterzuarbeiten an dem Ort den sie kannten. Keine hatte Lust sich eine andere Arbeitsstelle zu suchen. Sie hofften alle, dass die angebotene Freiheit greifen wird. Der neue Chef versprach geregelte Arbeitszeiten und dass sich an ihrem ausgesprochen guten Lohn vorläufig nichts ändern wird. Er sicherte ihnen 23 Urlaubstage jährlich zu, gewährte ihnen selbstverständlich Einsicht über die Finanzen, die sie bei der Kommandantin erarbeitet hatten. Von nun an konnten sie zu jeder Zeit über ihre Tantiemen verfügen. Das hörte sich nach einem fairen Deal an.

Alex sagte, der Chef hätte sie gebeten die Frauen aufzufordern sich bis Sonntag Gedanken zu machen wie sie den Club in der Zukunft nennen könnten. Für ihre Vorschläge sei er ihnen sehr dankbar. Zum ersten Mal erhielten sie das Vertrauen, eine wichtige Entscheidung gemeinsam mit ihm zu treffen.

Am Freitag erwartete Juan seinen Freund Petro Martinez. Der Inselfotograf erarbeitete sich einen Namen durch landesweit bekannte brillante Landschaftsbilder. Er sicherte ihm zu, sehr früh am Morgen die Anlage zu fotografieren, um das beste Licht zu nutzen. Juan holte ihn und seinen Kollegen in der Dalt Villa Ibizas ab. Er brachte sie samt der teuren Ausrüstung hinauf auf den Berg.

»Pah, das gibt es ja gar nicht!«, staunte Pedro, als er den Club betrat. »Ich muss schon sagen, nach der holprigen Anfahrt habe ich nicht im Entferntesten erwartet, auf so ein Kleinod zu treffen. Wieso weiß man nichts über diesen Club? Wann hast du diese Pracht geschaffen und was mich noch mehr interessiert, woher hattest du überhaupt das Geld dafür?«

»Ich habe geerbt, das ist alles, was ich dir an Information gebe. Übrigens gibt es den Club schon drei Jahre aber unter anderem Namen. Die vorherige Besitzerin lebte hier zuerst mit einer Handvoll Angestellten. Später wurde er für Touristen zugänglich, die uns auf einer Internetseite namens »Privilege« fanden. Irgendwann änderte sich der Name noch einmal. Der Grund dafür entzieht sich meiner Kenntnis. Warum in den letzten Monaten keine Gäste mehr kamen, ist mir ein Rätsel, das kannst du mir glauben. Jedenfalls habe ich den Club rechtlich erworben. Die Vorbesitzerin setzte sich sofort nach der Ratifizierung des Vertrages ab. Sie hätte andere Pläne sagte sie zum Abschied.«

»Ähm, erwähntest du nicht, du hättest den Club geerbt?«

»Sagte ich das? Oh, da habe ich mich wohl falsch ausgedrückt. Sorry. Ich trage die Verantwortung für alles, was jetzt passiert. Meine Aufgabe ist es den Club zu leiten und wieder profitabel zu machen. Dabei ist deine Hilfe von außerordentlicher Bedeutung für mich.«

»Das verstehe ich. Julio mein Assistent und ich suchen die besten Motive aus. Wir können sie gleich danach zusammen begutachten. Selbstverständlich liegt es bei dir, was letztendlich in Druck geht.«

»Ich brauche Flyer und eine aussagekräftige Mappe für die Reiseagenturen.«

»Lass uns unsere Arbeit machen, solange wir noch so ein schönes Licht haben. Ich bin mir sicher, du wirst begeistert sein, wenn du siehst, was ich mir ausgedacht habe.«

»Also dann!«

»So ein Glückspilz«, hörte Juan Pedro zu seinem Assistenten sagen und »manche schlägt Fortuna tot.«

Am liebsten wäre er hinterhergelaufen und hätte ihnen zu dieser Feststellung gratuliert. Stattdessen ging er nachdenklich zurück in das Büro. Er rief noch einmal den Elektroinstallateur an um nachzufragen, wann er käme, ob er sich noch an den Weg erinnere, oder ob es ihm lieber sei, wenn er ihn abholen würde.

»Ich komme gegen Mittag, der Weg ist kein Problem« sagte er.

Juan schaute auf die Armbanduhr. »Na, dann bis in einer Stunde.« Er legte auf. Mit den Arbeitsverträgen für die Frauen war er fast fertig. Er hatte sie für alle Subos ausgefertigt, nach längerem Überlegen, auch für Angelina. Großzügig wie er fand, wollte er ihr eine zweite oder dritte Chance nicht verwehren. Alle Verträge lagen vor ihm auf dem Tisch, nur die Unterschriften fehlten. Warum noch einen Tag warten dachte er, als er den Stift beiseitelegte. Ich kann doch gleich fragen, wer bleibt und wer gehen möchte. Warum unnötig aufschieben? Aus dem P.M.C ließ Saskia ihn wissen, dass alle Subos außer Alex anwesend seien.

»Sie ist noch mit den Essensvorbereitungen zugange, kommt aber auch gleich«, sagte sie. Juan packte die Verträge zusammen und begab sich zu den Frauen.

»Ola«, hörte er von allen Seiten. Er hob die Hand zur Begrüßung. Ohne Fisimatenten kam er gleich zur Sache.

»Ich dachte mir wenn sich die Eine oder Andere vielleicht schon entschieden hat, zu bleiben, dann können wir doch gleich die Formalitäten hinter uns bringen. Mir ist damit geholfen, Ihnen sicher auch. Also teilen sie mir bitte ihre Entscheidung mit. Brauchen Sie noch Bedenkzeit?« Er schaute fragend in die Runde. Saskia Brenders ergriff das Wort.

»Wir möchten gerne alle mit Ihnen weiterarbeiten unter den zuvor ausgehandelten Bedingungen. Die anderen Subos murmelten zustimmend.

»Bleiben Sie wirklich alle? Das habe ich gehofft. Vielen Dank, Sie werden es sicher nicht bereuen. Ich gebe Ihnen die Verträge, die Sie in aller Ruhe durchlesen können. Sollte noch irgendeine Unklarheit bestehen bitte ich Sie, dies mit mir zu besprechen. Er lachte befreit, gab jeder der Subos die Hand.

»Auf gute Zusammenarbeit« sagte er. Die Frauen atmeten erleichtert auf. Gut dass ich auch für Angelina einen Vertrag habe, ging ihm durch den Kopf, als er ihre Hand drückte und dabei in Augen voller Dankbarkeit blickte. Wie man sich doch täuschen konnte. So unnahbar und feindselig sie sich auch am Anfang gab, so weich erschien sie ihm heute. Wenn alles seinen Weg gehen würde, der Club wieder etabliert und seiner eigentlichen Funktion gerecht wäre, würde er sich mit Angelina auseinandersetzen müssen und diese grausame Sache mit

Yvonne klären. Aber jetzt war kein Zeitpunkt Wunden aufzureißen, die er mit Empathie und Loyalität, gerade schließen wollte. Jetzt war die Zeit des Neubeginns die Zeit der Morgenröte.

Alex kam prustend um die Ecke. »Sind Sie schon durch?«, fragte sie und fügte eine Entschuldigung an, weil sie nicht eher aus der Küche kam.

»Wissen Sie es gibt Arbeiten, da kann ich nicht einfach alles stehen und liegen lassen.« Den kleinen Vorwurf hatte Juan wohl vernommen. Er war erleichtert, dass sie ihn nicht mit dem vertraulichen »Du« angeredet hatte. Ihre Vorgeschichte musste tabu bleiben.

»Ich habe vollstes Verständnis für Sie«, lächelte er und hielt ihr den Vertrag hin. »Wenn Sie auch weiterhin als meine Küchenfee bleiben wollen, möchte ich Sie, nachdem Sie alles noch einmal überprüft haben, bitten, hier unten zu unterschreiben. Alex nickte beflissen.

»Aber ich habe noch etwas auf dem Herzen«, sagte sie. »Bisher war es ja wirklich sehr ruhig, ich könnte auch sagen, gespenstig leer hier. Für uns Subos und die wenigen Touristen zu kochen war leicht. Die Reinigungskräfte versorgen sich von je her selbst indem sie entweder für sich alleine kochen oder ihr Essen von zu Hause mitbringen. Wenn Sie vorhaben die Anlage wieder vielen Menschen zugänglich zu machen dann brauche ich in der Küche Verstärkung, das verstehen Sie doch? Für vierzig oder fünfzig Personen Essen zuzubereiten ist kein Problem. Das kann ich. Aber ich befürchte dass Sie mit dem jetzigen Personal, sei es in der Raumpflege oder in der Küche, nicht auskommen.«

»Es freut mich dass Sie sich Gedanken machen wie die nahe Zukunft aussehen könnte. Vorerst bleibt alles wie bisher. Es ist doch klar, dass wir uns zuerst einmal wieder ein Publikum erarbeiten müssen. Sie haben sicher den Fotografen und seinen Assistenten gesehen. Sie fangen gerade die schönsten Blickwinkel unserer Anlage ein, denn ich brauche neue Fotos um Partner der Reisebranche anzusprechen und für unser Vorhaben zu begeistern. Wir wollen hier nicht den Pauschaltouristen an Land ziehen. Ich rechne eher mit Menschen die schon alles gesehen haben und die sich vor allen Dingen eine luxuriöse Auszeit ohne Einwirkungen von außerhalb, gönnen wollen. Wie ich hörte, entspricht dies auch dem ursprünglichen Konzept. Ich verspreche Ihnen, ich kümmere mich rechtzeitig um Hilfe für Sie. Sicherlich brauchen sie Zeit die Leute einzuarbeiten.«

»Das wollte ich Ihnen gerade erklären. Also gut dann sind wir uns einig. Ich unterschreibe, geben Sie her.« Alex riss Juan beinahe den Vertrag aus der Hand. Als brenne der Stift kritzelte sie ihren Namen unter das Dokument. Jeder im Raum konnte ihr die Erleichterung nach diesem Gespräch ansehen. Lange Zeit wagte hier keine, Forderungen zu stellen. Bei der Kommandantin hätte schon ein Blick genügt sie zum Schweigen zu bringen.

»Morgen kommt der Arzt aus Portinax«, wandte sich Juan noch einmal an die Frauen. »Er will mit Ihnen sprechen, um die richtige Dosierung der Medizin herauszufinden. Der Abbau der gefährlichen Substanzen wird damit erleichtert. Zur allgemeinen Information teile ich Ihnen mit, dass in diesem Club nichts mehr gelagert wird, was justiziabel verwertbar ist. Ich hoffe, ich habe mich klar genug ausgedrückt.«

Man sah den Frauen ihre gemischten Gefühle regelrecht an. Trotzdem waren sie einverstanden. Juan sammelte die unterschriebenen Verträge ein und verließ das P.M.C.

»Übrigens was halten Sie von »Club Primavera« als neuem Namen?«, rief Assunta ihm nach.

»Hm, nicht schlecht.« Juan lachte. »Aber warten wir ab, was für Vorschläge die anderen Frauen noch haben. Machen Sie doch bitte eine Liste und schreiben Sie alle Namen auf, die Sie für geeignet halten. Gracias, Assunta.« Da sah er es wieder dieses herausfordernde Blitzen in ihren schwarzen Augen.

Kapitel 47

Sie sagte ihr: »In Lourdes oder Fatima und verschiedenen anderen christlichen Orten ist die Wahrscheinlichkeit, dass ein Wunder geschieht, größer als sonst irgendwo. Die Energie und Inbrunst mit der dort Millionen Menschen durch ihre Gebete die Heilige Maria anrufen ja sogar bedrängen ist greifbar.«

Es war weniger der Glaube schon eher die Hoffnung, die Maries Mutter letztendlich nach Lourdes führten. In der Sauna hatte sie durch Sybille Koster, einer sympathischen Frau in ihrem Alter, von dieser Reise erfahren. Spontan entschloss sie sich, mit ihr dorthin zu pilgern. In Frankfurt standen zwei Maschinen für die Pilger am Start. Fromme und frömmlerische Menschen fanden sich vor dem Abfertigungsschalter ein. Sie suchte nach Frau Koster und entdeckte sie auch gleich. Mit ihr würde sie sich ein Zimmer teilen denn Einzelzimmer waren auf Grund des riesigen steten Andranges rar. Frau Koster wartete bereits auf sie. Freudig ging sie ihr entgegen. Sie begrüßten sich wie alte Freundinnen, obwohl sie sich erst ein paar Wochen aus der Sauna kannten. Aber der Gedanke dass man beieinander in einem Zimmer nächtigen würde, schob die ansonsten vorhandene Distanz beiseite. Das »Sie« war ganz schnell dem »du« gewichen. Sie bekamen für den Flug Plätze nebeneinander, was nicht selbstverständlich war. Erst in der Luft löste sich bei Eleonora die Anspannung.

»Fliegst du zum zweiten oder dritten Mal nach Lourdes?«, fragte sie ihre Nachbarin.

Sybille lachte glockenhell. »Du wirst es nicht glauben, aber ich bin schon zum siebten Mal dabei.«

»Was, warum denn das?«

»Es ist die besondere Atmosphäre, du wirst schon sehen. Ich garantiere dir, wenn es dich so fasziniert wie mich wird es bei dir auch nicht bei dem einen Mal bleiben.«

»Hast du denn ein dringliches Anliegen dass du so oft dabei bist?«

»Du willst wissen, ob ich krank bin?«

»Nun ja ich gehe davon aus dass alle die hier mitfliegen, der Wunsch nach Heilung in welcher Form auch immer, antreibt. Hab ich recht?«

»Bei mir ist es etwas anderes«, entgegnete Sybille. »Weißt du, ich hatte im Leben bis jetzt großes Glück. Mein Beruf füllt mich aus. Ich habe eine tolle gesunde Familie und muss mir finanziell keine Sorgen machen. Ich denke, da ist es doch nur recht und billig sich dem Leben gegenüber dankbar zu zeigen. Ich fahre nach Lourdes helfe auf den Krankenstationen, indem ich die Liegendkranken oder Rollstuhlpatienten zur abendlichen Prozession bringe. Ich bin nicht die Einzige die so ihren Urlaub gestaltet. Lass dich überraschen.«

»Bemerkenswert!« In Eleonora stieg ein Bild hoch, das ihr zeigte, wie sie Marie in einem Rollstuhl durch die Stadt schob. Sie seufzte schwer.

»Darf ich dich fragen, was dir dein Herz drückt?«

Eleonora erzählte die ganze traurige Geschichte. Sybille griff nach ihrer Hand.

»Du bist hier genau richtig«, erklärte sie. »Wenn du erst in der Kathedrale stehst und siehst, wie viele Marmortafeln vom Fußboden bis zur Decke befestigt sind, auf denen steht, Maria hat geholfen, wirst du erkennen, welch große Chance sich dir hier eröffnet.« Eleonora hatte immer noch diesen traurigen Blick.

»Aber ich bete doch auch zu Hause und bitte die Mutter Gottes um Hilfe. Hört sie das nicht? Besteht sie etwa darauf, dass ich diese Reise mache?«

»Ich weiß ja nicht inwieweit du die Geschichte von Lourdes kennst?«

»Ich habe gelesen dass sich die heilige Maria, Bernadette, einem einfachen Mädchen gezeigt hat. An mehr erinnere ich mich nicht.«

»Ja klar sie hat diesem Mädchen aufgetragen, dafür zu sorgen, dass an der Stelle an der sie erschienen ist, eine Kirche erbaut wird. Sie sollte den Kirchenvätern erklären, dass es ihr Wunsch ist, dass die Menschen an diese Stätte pilgern sollten, um ihr zu huldigen. Bernadette war erst vierzehn Jahre alt.«

»Ganz schön viel verlangt von so einem jungen Ding.«

»Du sagst es. Die Alten glaubten ihr nicht. Aber sie ließ nicht locker. Achtzehn mal erschien ihr diese »schöne Dame«, so sagte sie. Sie gab sich ihr als die unbefleckte Mutter Jesu zu erkennen. Immer stellte sie neue Forderungen an das Mädchen.«

»Das hätte sie mit den heutigen Jugendlichen nicht machen können.«

»Das stimmt! Bernadette ehrfürchtig und bedingungslos gläubig, brachte jedes Mal dieses Verlangen vor die Kirchenleute. Zuerst erntete sie Hohn und Spott. Aber irgendwann gingen sie auf ihre Bedingungen ein. Sie errichteten genau dort oberhalb des Felsens auf dem Maria erschienen war eine Kirche. Immer wenn ich diese Geschichte höre und an Ort und Stelle sehe was da heute noch passiert bin ich tief berührt.«

»Verstehe.«

»Dieses unbedarfte Bauernmädchen löste eine gigantische Welle aus. Ich bin gespannt, wie du reagierst, wenn du da bist.«

Kaum hatte sie ausgesprochen begrüßte ein Pater die Pilger mit salbungsvollen Worten und stimmte ein Lied an das alle außer Eleonora, kannten. Im Flugzeug wurde laut und inbrünstig gesungen und gebetet. Unheimlich wenn man so etwas noch nicht erlebt hat. Eleonora war befangen. Nach der Landung brachte man die Gläubigen mit Bussen in ihr Hotel. Auf der Fahrt dahin sagte Eleonora, »ich habe mir keine Gedanken darüber gemacht, wie es in Lourdes aussieht. Wenn ich mich hier umsehe, kommt es mir vor als wären wir in einem Ferienparadies gelandet. Eine Boutique reiht sich an die andere. Überall sind Cafés und Restaurants. Die Hotels sehen auch gut aus.« Sie kam aus dem Staunen nicht heraus. »Der Ort ist wunderschön.« Sie sah Sybille mit großen Augen an.

»Ja, was hast du denn erwartet? Natürlich blieb den Bewohnern nichts anderes übrig, als sich diesem ganzen Rummel anzupassen. Heute können viele davon recht gut leben. Jedes Jahr kommen hier Millionen Menschen zusammen. Da waren sie gezwungen zu expandieren. Schau mal, das ist unser Hotel. Ich steige immer hier ab. Von hier aus ist es nicht weit zur Grotte. Weißt du was, wir bringen unser Gepäck ins Zimmer, dann zeige ich dir, warum ich so oft hierher komme.«

Die ihnen zugewiesene Unterkunft war klein und sauber. Der Zeiger der Uhr schlich auf die Abenddämmerung zu. Die zögernde Dunkelheit breitete einen grauen Schleier über den farbenprächtigen Ort. Vom Fenster aus sah Eleonora auf die Straße auf der Menschen in Massen, wie Ameisen in einer Richtung einem bestimmten Ziel zustrebten. Sie ging, ohne den Koffer auszupacken, mit Sybille nach unten und reihte sich mit ihr in die zähfließende Pilgermenge ein.

»Das ist ja schlimmer als zur Stoßzeit auf dem Frankfurter Hauptbahnhof«, nuschelte sie. Nach wenigen Minuten kamen sie an einen breiten Eingang. Dahinter bot ein erstaunlich großer Platz einer wandelnden Menschenmasse Raum. Oberhalb entdeckte Eleonora zum ersten Mal die Kathedrale, die sie aus der Erzählung Sybilles kannte. Ihre Schönheit überwältigte sie. Es fiel ihr schwer zu reden, sich zu bewegen, auf einmal blieb sie völlig verkrampft stehen und starrte die Kathedrale mit vor Staunen aufgerissenem Mund an.

»So eine schöne Kirche habe ich noch nie gesehen«, sagte sie, nachdem sie sich von dem positiven Schock erholt hatte.

»Wenn du möchtest, können wir hineingehen. Von innen ist sie genauso oder sogar noch beeindruckender als von außen«, erwiderte Sybille, die das Strahlen in Eleonoras Augen sah. »Aber wir müssen das Vorhaben auf Mitternacht oder Morgen ganz in der Frühe verschieben. Manchmal denke ich dass der Tag hier mehr als vierundzwanzig Stunden hat. Ich sage dir, in Lourdes sind die Menschen rund um die Uhr auf den Beinen. Manche von ihnen schleichen sich in der Nacht sogar über den Hügel an die Grotte um im unmittelbaren Umfeld der Mutter Gottes zu schlafen. Aber jetzt gehen wir zuerst nach oben auf die Brücke, damit wir einen guten Platz haben, wenn die Prozession beginnt. Du siehst ja wie viele Rollstühle und Betten schon in den ersten Reihen vor der Kirche stehen.«

Auf der Brücke ergatterten sie gleich vorne am Geländer einen Platz. Von dort war alles um sie herum überschaubar. Aus dieser Position entdeckte Eleonora auf der linken Seite einen Fluss, der sich still und schwarz wie ein Strich zwischen der Basilika, den Krankenanstalten, und etlichen kleinen Kirchen zog. Von der anderen Seite schoben sich Menschen ebenfalls massenhaft in die Richtung, die auf den vor ihnen liegenden Platz zielte. Von überall her tönten Gesänge in unterschiedlichen Sprachen, auch in Latein, die eine tiefgreifende Gemütsstimmung nicht nur bei Sybille und Eleonora, auslösten. Wo sie auch hinsahen, bewegten sich Menschen mit brennenden Kerzen. Ein Lichtermeer unvorstellbaren Ausmaßes, wenn man so etwas zum ersten Mal sieht. Das züngelnde Licht erhellte die Dunkelheit. Nach kurzer Zeit war der Platz vor ihnen vollständig gefüllt. Hunderte Betten mit Schwerstkranken und Rollstühle mit Menschen, die wenigstens noch sitzen konnten, fügten sich in Reihen vor ihnen. Auch Kinder waren dabei. Der inbrünstige Gesang verband die Pilger in Harmonie. Eleonora bemerkte in ihrer Ergriffenheit nicht einmal, dass sie weinte. Erst als Sybille die die ganze Zeit mitsang, ihr ein Taschentuch reichte und sie lächelnd ansah, kam sie wie aus einem Traum in die Wirklichkeit zurück. Sie schnäuzte sich, tätschelte ihrer Nachbarin dankbar den Arm und ließ sich augenblicklich wieder auf diesen Energiestrom ein. Es zerriss ihr das Herz zu sehen, wie viele kranke Menschen große Strapazen auf sich genommen hatten Maria zu ehren und auf das Wunder ihrer Heilung zu hoffen.

»Oh Maria hilf«, schallte es aus allen Ecken. Zwischen den unzähligen kranken Menschen schrumpfte das eigene Leid. Sie konnte sich nicht darauf besinnen weshalb sie eigentlich da stand. Dieses ganze Szenario hatte sie derart in den Bann geschlagen, dass sie nur noch schauen und sich wundern konnte. Viele Ordensmänner, Priester auch Kardinäle, zogen vorüber. Dann, als der Platz unter ihnen so voll war, dass keine Maus mehr dazwischen passte, wurde eine feierliche Messe zelebriert. Priester brachten eine Marienstatue und stellten sie vor der Basilika ab. Über Mikrofone hörten die Pilger die Gebete bis in den hintersten Winkel der Anlage. Die feierliche Messe wurde auf Italienisch gehalten. Immer wieder wurden Lieder angestimmt und die Menschen sangen mit. Für Eleonora war dies die monumentalste Aufführung aller Zeiten. Nach etwa einer Stunde löste sich die Menge auf. Alle strebten in verschiedene Richtungen davon.

»Komm, lass uns zur Quelle gehen«, sagte Sybille und zog Eleonora, die immer noch wie hypnotisiert auf die Pilger starrte, mit sich. Sie brauchten Geduld bis sie die Quelle erreichten. Viele Leute mit Bechern, Flaschen und Kanistern standen vor ihnen.

»Was soll das denn?«, fragte Eleonora sichtlich genervt. »Gibt es kein Trinkwasser in den Hotels?« Sybille lachte erneut in unverkennbarer Höhe.

»Ein klein wenig Vorbereitung hätte dir wahrlich nichts geschadet«, tadelte sie. »Mit einem Blick ins Internet wüsstest du, dass die Menschen Schlange stehen, um an dieses gesegnete Wasser zu kommen. Schau mal genau hin. Einige von denen machen das Ritual, das die heilige Mutter damals Bernadette aufgetragen hat. Sie füllen nicht nur Wasser ab, sie reinigen auch ihr Gesicht und die Hände. Recht so! So wollte es die Mutter Gottes. Das trug sie Bernadette bei der zweiten Erscheinung auf. Bei der ersten hatte sie von dem Mädchen verlangt, Wasser aus der Grotte zu trinken. Doch da war gar kein Wasser zu finden. Aber auch wenn keines zu sehen ist, meinte das gläubige Mädchen, wird wohl irgendwo Wasser versteckt sein. Also kratzte sie an dem Felsen und siehe da, es sprudelte Wasser heraus. Einmal so erzählt man hier, trank ein blinder Mann davon und wurde geheilt. Stell dir vor, man spricht heute von 7000 medizinisch auffälligen Heilungen. 2000 stuften die Ärzte als unerklärlich ein, 68 Wunderheilungen erkannte die Kirche an. Deine Hoffnung, hier etwas für deine Tochter tun zu können, ist durchaus berechtigt. Wenn wir in den nächsten Tagen wieder hierherkommen, das tun wir ganz bestimmt, kannst du Wasser für Marie mitnehmen.«

»Aber das kann sie doch gar nicht trinken?«

»Braucht sie ja auch nicht. Es genügt, wenn du sie damit einreibst und daran glaubst.«

Skeptisch schaute sich Eleonora um. Sie war sich nicht sicher, ob sie den nötigen Glauben aufbringen könnte, um so ein Wunder zu forcieren. Bei manchen Gesichtern in die sie schaute, dachte sie an mächtig viel Theater. Aber es würde sicher nicht schaden es den Anderen gleichzutun. Sie wusch sich das Gesicht und die Hände, drückte die Handflächen zur Schale, und trank daraus. Das Wasser schmeckte neutral.

Es ging schon auf 23 Uhr zu. Ein langer aufregender Tag neigte sich dem Ende entgegen. Die Madonna hatten sie noch nicht gesehen. Der Andrang an der Grotte war so stark, dass sich die Frauen kurzerhand entschlossen, gleich am nächsten Tag noch vor dem Frühstück aufzubrechen um Maria ihren Antrittsbesuch abzustatten. Müde schlurften sie in ihr Hotel, das beeindruckend nahe am Geschehen lag, aßen noch eine Kleinigkeit, duschten und gingen zu Bett.

»Sollen wir einen Wecker stellen?«, fragte Eleonora.

»Brauche ich nicht, meine innere Uhr ist perfekt, um sechs Uhr ist für mich die Nacht zu Ende. Wenn es dir recht ist, dusche ich zuerst, dann kannst du dich noch ein wenig ausruhen. Aber ich habe auch nichts dagegen, wenn du zuerst das Bad benutzt.«

»Ich bleibe noch liegen, um mich auf den Tag einzustimmen. Also dann, gute Nacht.« Eleonora war noch nie so schnell eingeschlafen wie in dieser Nacht. Sie träumte von Bienen, die bis zur Erschöpfung mit viel Gesumm immer wieder einen Baum umkreisten. Sie fühlte sich wie eine von ihnen.

»Hallo aufstehen!«, hörte sie durch die Bienenhaut. »Du kannst jetzt duschen, ich bin fertig.«

»Seit wann duschen Bienen?«, fragte sie sich und setzte sich benommen auf. Als sie sich umsah, entdeckte sie Sybille vor dem Spiegel die ihre langen Haare zu einem Pferdeschwanz band.

»Hab ich verschlafen?«, fragte sie und suchte nach der Armbanduhr, die sie am Abend auf den Nachttisch gelegt hatte. »20 nach sechs, so früh noch«, hüstelte sie und streckte sich.

»Das ist nicht früh, das ist sogar schon recht spät«, ermahnte sie Sybille. »Warte mal bis du die Schlange vor der Grotte siehst. Dann kannst du dir ausmalen, wie früh die anderen Pilger aufgestanden sind. Ich empfehle dir, dich zu beeilen, sonst ist das Frühstücksbuffet bereits abgegrast. Das gibt es nämlich nur bis um neun Uhr.«

»Bin ja schon auf den Beinen und Schnellduscher bin ich auch. Keine Panik in zehn Minuten bin ich fertig.« Sie schnappte sich frische Unterwäsche, die Kleider vom Vortag und verschwand im Bad. Kurze Zeit später verließen Beide das Hotel. Sie schafften es bis in die Nähe der Grotte. Leider nur in die Nähe weil mindestens 100 Menschen in einer Schlange davor standen. Nur einzeln und mit Abstand ließ man die Pilger durch die Absperrung.

In Lourdes brauchte man Geduld, sonst kam man nicht weit. Sie warteten eine geschlagene Stunde, bis sie vor das Eingangsgitter gelangten. Erst jetzt hatte Eleonora Einblick in die Grotte, auf deren Felsen die Madonna von oben auf die Menschen blickte. Die Pilger, die vor ihr hineingelangten, küssten die Felswand, und drückten Gegenstände die ihnen etwas bedeuteten daran. Vor der Quelle die recht klein aus dem Gestein sprang, hielten sie kurz inne, und vor der Statue der Maria knieten sie nieder und brachten weinend der Mutter Gottes ihre Bitte vor. Scheu strich Eleonora über den Felsen und besah sich die Quelle die ein Glaseinsatz überdeckte. Vorsichtig schritt sie der Madonna entgegen. Ein undefinierbares Gefühl hatte von ihr Besitz ergriffen das sich verstärkte und ihren Herzschlag beschleunigte je näher sie ihr kam. Sie kniete nieder. »Bitte Maria, Mutter Gottes, die du selbst Mutter bist, erbarme dich. Rette mein Kind. Hilf, dass sie zu uns zurückkommt. Ich danke dir jetzt schon dafür.« So sprach sie leise vor sich hin. Die Tränen, die ihr unaufhaltsam über das Gesicht liefen, konnte sie nicht aufhalten. Sybille und eine fremde Frau umarmten sie, als sie herauskam. Sie weinte noch mehr aber die Anteilnahme der Beiden tat ihr gut.

In Lourdes ist Liebe greifbar. Wenn die Menschen überall so miteinander umgingen, wäre die Welt gerettet. Hier gibt es noch Mitgefühl, hier wo das Elend sichtbar ist tragen die Schmerzen Aller alle mit euphorischem Gleichmaß. Wer das nicht fühlt, ist schlichtweg herzlos. Sybille und Eleonora setzten sich auf die freigewordenen Stühle vor der Grotte. Von da aus hatten sie den besten Blick auf die Madonna, die zeitlos schön auf sie herabschaute. Die Ausstrahlung von Ruhe und Zuversicht, die sie transportierte, erfasste die Gläubigen und hüllte sie in eine göttliche Membran. Vielleicht ist das das eigentliche Wunder von Lourdes, das die Menschen aus der ganzen Welt dazu bringt einträchtig zusammenzurücken.

»Komm, lass uns weitergehen.« Sybille nahm Eleonora bei der Hand und zeigte ihr hinter Gitter stehende meterhohe, brennende Kerzen, sicher von besonders Gläubigen gestiftet. Verkaufsstände für die monströsen Wachsgebilde fanden sich in unmittelbarer Nähe. Kleine Kerzen, riesige Kerzen, dicke und auch dünne Kerzen, erschwingliche und sehr teure Kerzen, erfreuten sich großer Beliebtheit.

»Also das erinnert mich fatal an den Ablasshandel früherer Zeiten. Wenn erst das Geld im Beutel klingt, die Seele aus dem Fegefeuer springt. Muss ich mir auch hier die Heilung erkaufen?« Eleonora sah Sybille skeptisch von der Seite an.

»Kommerz, so ist das immer, aus allem ist Geld herauszuschlagen. Manches ist notwendig, zum Erhalt der Kirche zum Beispiel«, erklärte Sybille und zwinkerte ihr zu. »Warte mal bis du die Boutiquen von innen siehst.«

»Warum?«

»Dort findest du nicht die üblichen Modeartikel. Fast alle Geschäfte führen hauptsächlich christliche Dinge, wie Rosenkränze, Kerzen, Plastikmadonnen zum Abfüllen mit heiligem Wasser etc.«

»Ach ich verstehe, deshalb hat hier jeder mindestens eine Kerze in der Hand. Ich gebe zu bei der Prozession beeindruckt mich das. Dort finde ich die Kerzen berechtigt. Mit den Wachsriesen kann ich mich allerdings nicht anfreunden.«

»Brauchst du ja auch nicht.«

Sie kamen an einen Platz, auf dem Menschen auf hintereinander gereihten Bänken saßen, sangen und beteten. Eleonora beobachtete mit Staunen wie die Pilger in der ersten Reihe aufstanden und in einem, mit einem Vorhang verdeckten Raum verschwanden. Die dahinter Sitzenden rückten kontinuierlich nach. »Was machen die Leute hier, wo gehen sie hin?«, fragte Eleonora.

»Die gehen ins Bad. Das kannst du auch, wenn du willst. Ich war schon sehr oft baden, ich will nicht noch einmal.«

»Wie ins Bad, waschen sie sich nicht im Hotel?«

»Was du wieder denkst«, lächelte Sybille. »Hinter den Vorhängen ist ein in den Felsen gehauenes Becken. Davor stehen Frauen, die dir, wenn es nötig ist, beim Ausziehen helfen. Danach wickeln sie dich in großes, weißes Tuch. So bekleidet trittst du vor das Becken. Zwei Frauen, eine rechts und eine links, nehmen dich bei der Hand und tauchen dich in das geheiligte Wasser. Man erzählt sich, dass schwer kranke Menschen auf diese Weise geheilt wurden. Eine gelähmte Frau, eine Französin, stand selbstständig auf und konnte wieder gehen. Maria hat geholfen. Warum schaust du so ungläubig? Glaub es, oder lass es. Ich denke, das kann jeder halten, wie er will.«

»Okay, ich möchte nicht da hinein, ich habe Hunger. Es wird Zeit zum Hotel zu gehen, sonst ist die Frühstückszeit vorbei.«

Sie sputeten sich, noch rechtzeitig in den Speiseraum zu kommen, um sich an dem wirklich dürftigen Frühstück zu laben.

»Woher kommt nur der Ausspruch »essen wie Gott in Frankreich?«, schmunzelte Eleonora.

»Du bist auf einer Pilgerreise, schon vergessen? Hör mal, ab morgen bin ich im Hospital auf der anderen Seite des Flusses angemeldet. Glaubst du, du findest dich allein zurecht?«

»Allein ist gut bei so vielen Menschen. Wenn ich etwas suche oder nicht weiter weiß frage ich mich durch. Irgendjemand wird mich sicher verstehen.«

»Das ist gut. Du kannst überall hingehen. Dir stehen alle Türen, ich meine Kirchentüren, offen. Zu jeder Zeit kannst du eine Messe besuchen. Die verschiedenen Sprachen stehen an den Portalen angeschrieben. Wenn du Lust auf ein Stück Kuchen verspürst, hast du die Möglichkeit in einem der Cafes zwischen Tarte und Tarte und wenn du Glück hast einem Eklaire wählen. Backen können sie hier wirklich nicht. Wenn wir unser Frühstück beendet haben, schlage ich vor, dass wir uns die Basilika von innen anschauen. Wir gehen in die obere und untere Kirche. Du wirst dich wundern.«

»Das meine Liebe, tue ich, seit wir angekommen sind. Was hier passiert ist fast unreal, aber man muss es erleben.«

»Du sagst es. Hast du schon zu Hause angerufen?«

»Noch nicht. Ich rufe erst an, wenn mein Mann von der Arbeit kommt.«

»Vergiss es nicht. Du schwimmst hier in einem Sog, wo Stunden wie Vögel davonfliegen und die Nacht schneller kommt als anderswo.«

»Das habe ich auch schon bemerkt«, sagte Eleonora.

Kapitel 48

»Chef oder soll ich Kommandeur zu Ihnen sagen?« Assunta schaute Juan offen ins Gesicht.

Der guckte sie verdutzt an. Darüber hatte er sich noch keine Gedanken gemacht. Er war zum ersten Mal in dieser Situation. Wenn die Frauen mich mit Chef anreden überlegte er, komme ich mir blöd vor. Aber wenn ich ihnen erlaube, mich mit Du anzureden, wird das zu vertraulich und sie machen, was sie wollen. Respekt sollten sie schon vor mir haben.

»Hm, was halten Sie von Senior Juan?«

»Hört sich vernünftig an. Damit kann ich leben und die anderen sicher auch.«

»Ist das alles, was Sie mich fragen wollten?«

»Nein. Sie baten uns doch, zu überlegen wie die Anlage in Zukunft heißen soll.«

»Ja.«

»Nun, das haben wir. Hier ist eine Liste mit Namen, die wir angemessen finden. Wir haben uns entschlossen nicht den Urheber zu nennen, damit Sie sich völlig frei für einen Vorschlag entscheiden können.«

»Dann zeigen Sie mal her.«

Assunta überreichte ihm einen Umschlag und blieb regungslos stehen.

»Danke, ich bin gespannt.« Juan drehte ihr den Rücken zu und setzte sich an den Schreibtisch. Assunta stand immer noch da, machte keine Anstalten zu gehen.

»Ist noch was?« Juan hielt in der Bemühung, das Kuvert aufzureißen inne.

»Schon.«

»Ja?«

»Ich, nein wir möchten gerne wissen, wohin die Kommandantin verschwunden ist? Warum hat sie uns nicht informiert, dass wir einen neuen Chef bekommen? Nicht dass wir ihr hinterher heulen, nein, das ganz bestimmt nicht.«

Dass er mit dieser Frage konfrontiert würde war Juan klar, aber er hatte sie nicht so früh erwartet. Welche Wahrheit sollte er den Frauen anbieten? Er kannte sie ja selbst nicht. Hatte er denn jemals gewusst, was in Susanna vorgegangen ist, warum sie dies oder jenes tat, warum sie zu den erstaunlichsten, abscheulichsten Dingen fähig war? Er rang nach einer plausiblen Erklärung. Ihm fiel nichts Besseres ein, also erklärte er, sie sei aus familiären Gründen abgereist, aus äußerst dringlichen Gründen, ohne dass er näher Auskunft geben dürfe. Das verbiete ihm die Loyalität.

Assunta gab sich mit dem Herumgeeiere leidlich zufrieden. Erstmals!

»Hasta luego«, grüßte sie und verschwand.

Juan riss den Umschlag vollständig auf und entnahm das Papier mit den Vorschlägen. Untereinandergeschrieben standen folgende Namen.

Club Miracel
Club Fortuna
Havenclub
Club Primavera
Blue
Ikarus
Phönix

Ein Name sprach ihn direkt an. Ikarus, das könnte passen. Wie Ikarus aufsteigen aus den Flammen. Alles Schlechte hinter sich lassen. Ikarus für den Neuanfang, das gefiel ihm. Aber um neu zu beginnen, musste erst einmal das Alte abgeschafft, beziehungsweise bewältigt sein. Für ihn bedeutete das, dass die Mädchen durch die medizinische Versorgung wieder ein normales, drogenfreies Leben führen konnten. Er war gezwungen die Person, die als Lieferant in das Geschehen im Club involviert war, auszuschalten und ruhig zu stellen. Die italienische Variante von seiner Frau bevorzugt kam jedenfalls nicht in Frage. Es sollte sich eine bessere Möglichkeit finden lassen, den- oder diejenige finanziell zum Schweigen zu bringen. Das sah er glasklar. Aber was für Aussichten boten sich ihm, den Dealer zu finden? Die stehen bekanntlich nicht im Telefonbuch. Ihm fiel ein dass er eine Zahlenkombination, die durch Buchstaben unterbrochen in dem ominösen Ordner mit den Kürzeln und Zahlen gefunden hatte, die sich keiner der Subos zuordnen ließ.

Er dachte nach. Wenn es sich um eine Telefonnummer handelt, wähle ich nur die Zahlen. Die Buchstaben kann ich außer Acht lassen. Er drückte die Zahlen, hörte einen unangenehmen Ton und die Worte: »Kein Anschluss unter dieser Nummer.« Das war also die falsche Fährte. Aber es konnte doch nur irgendetwas mit dieser Kombination auf sich haben, sonst hätte sie Susanna nicht in diesem Ordner notiert. Eine Weile grübelte er darüber nach bis ihm die Idee kam, dass sich eventuell jemand melden würde, wenn auch die Buchstaben Zahlen wären. Also zählte er, an welcher Stelle das K und das P in der Reihenfolge des Alphabetes zu finden war. Das K stand an der Position 11 und das P an 16. Stelle. Er wählte nun die Zahlen wie bisher bis an die Stelle, an welcher der Buchstabe K stand, und drückte dafür zwei Mal die 1. Für das P drückte er die 1 und die 6. Er lauschte hoffnungsvoll, aber er bekam wieder keinen Anschluss. Es kann nur eine Telefonnummer sein, resümierte er. Da kam ihm die Idee es noch mal zu versuchen indem er statt zweimal die 1, einmal die 2, und statt der 1 und der 6, einmal die 7 drückte. Wieder hörte er es durchläuten und plötzlich, er war tatsächlich überrascht, sagte jemand am anderen Ende der Leitung »Si?« Es war die Stimme einer Frau.

»Susanna hat mich beauftragt Sie anzurufen.«

»Aha, kenne ich nicht.«

Er erwartete, dass sie nachfragen würde, was sie liefern sollte, aber die Frau am anderen Ende war äußerst vorsichtig. Juan dachte angestrengt nach. Er wollte sicher gehen, dass er die Dealerin am Telefon hatte.

»Warum hat die letzte Lieferung nicht geklappt?«, schoss er ins Blaue. Sein Ton enthielt Schärfe.

Sekunden vertickten. Endlich fragte sie: »Welche Lieferung? Ich weiß nichts von einem neuen Auftrag.«

»Haben Sie das Päckchen noch nicht aufgegeben, das mit dem Engelsstaub?«

»Engelsstaub?, davon weiß ich nichts. Das hat sie noch nie verlangt.«

Er hörte, was er hören wollte. Die richtige Frau, die Lieferantin der hässlichen Drogen schnappte den Brocken, den er hingeworfen hatte.

»Hören Sie«, sagte er. »Susanna ist nicht mehr da. Sie sprechen mit dem neuen Besitzer des Clubs. Ich untersage Ihnen, jemals wieder etwas anzuliefern. Drogen sind hier in Zukunft absolut Tabu. Ich nehme von einer Anzeige gegen Sie Abstand, wenn Sie im Gegenzug niemals erwähnen, dass Sie hierher Drogen geliefert haben. Das ist sicher auch in Ihrem Interesse. Haben wir uns verstanden?«

Die Frau am anderen Ende der Leitung schnaubte vor Wut. Wie konnte sie sich nur auf so billige Art und Weise hereinlegen lassen.

»Und wovon soll ich in Zukunft leben?«

Dass das Gespräch diesen Verlauf nehmen könnte, hatte Juan nicht einkalkuliert.

»Ich finde es dreist, dass Sie es wagen, an mich Forderungen zu stellen.«

»Was heißt denn, hier Forderungen stellen. Wenn Sie nicht auch in diese Geschichte verwickelt wären, hätten Sie wohl kaum meine Nummer, oder irre ich mich?«

Eins zu Null für sie dachte Juan. »Was meine Vorgängerin mit Ihnen am Laufen hatte, geht mich nichts an. Ich hatte davon keine Kenntnis. Das, was ich heute weiß, habe ich durch die Frauen erfahren. Ich bin bereit«, sagte er nach einer Weile, »Ihnen, sozusagen ein Abschlusshonorar zu zahlen. Dafür erwarte ich, dass sie sich persönlich bei mir im Club vorstellen. Schließlich will ich wissen, mit wem ich es zu tun habe.«

»Sind Sie verrückt? Ich kenne den Club überhaupt nicht. Jetzt erzähle ich Ihnen mal, wie das läuft. Sie legen mir, sagen wir 10.000 Euro in einem Kuvert in das übliche Postschließfach. Wenn nicht, gehen ein paar schmutzige Details an die Kripo.«

»Haben Sie tatsächlich die Frechheit mich zu erpressen? Wer sagt Ihnen, dass ich unser Gespräch nicht aufgezeichnet habe? Gehen Sie doch zur Polizei. Nach diesen Ankündigungen kommen wir eh nicht mehr ins Geschäft. Wie ich Ihnen schon erklärte, mir können Sie gar nichts, ich habe nichts mit Drogen zu tun. Aber Ihre Position ist hervorragend geeignet, den Knast für ein paar Jahre von innen zu bestaunen. Jedenfalls haben Sie dort den Vorteil keine Miete zahlen zu müssen.« Juan schnaubte wütend ins Telefon. In der Leitung hörte er nur noch ein Klicken.

»Das glaube ich einfach nicht! Mit was für Leuten hat sich Susanna eingelassen.« Er lief unruhig auf und ab. Es dauerte eine Weile bis sein Puls im Ruhemodus ankam. Er ließ sich auf den Bürostuhl fallen und starrte minutenlang auf die gegenüberliegende Wand. Aus einem Impuls heraus nahm er die vor ihm stehende Kaffeetasse und schleuderte sie mit Wucht dagegen.

»Scherben, nichts als Scherben hast du mir hinterlassen, Susanna, du Miststück!«, schrie er und erschrak selbst bei seinem Ausbruch. Das Telefon schickte einen schrillen Ton durch den Raum. Er ließ es ein paar Mal klingen. Wird wohl kaum die Dealerin sein, überlegte er, obwohl sie mit Sicherheit diese Nummer kennt, als Ausgangspunkt für ihre »wichtige« Geschäftsverbindung. Aber nein nicht die unangenehme Person meldete sich. Es war Saskia, die wissen wollte, ob er sich schon für einen Namen aus ihrem Angebot entschlossen hätte.

»Ich komme gleich vorbei. Treffen wir uns in zehn Minuten in der Zentrale, sagte er.«

Juan ging ins Bad, wusch Hände und Gesicht und ließ das kalte Wasser noch eine Weile über die Arme laufen. Er brauchte eine Abkühlung, bevor er nach unten ging. Das Blatt mit den Namen nahm er mit. Die Subos im P.M.C sahen ihm aufmerksam entgegen. Sicher spekulierte eine jede darauf, dass er ihren Vorschlag als den besten ansah. Sie saßen in einer Runde, ein Stuhl stand frei.

»Ola«, begrüßte er sie. »Sie können es wohl nicht erwarten wie meine Entscheidung ausfällt? Ich muss schon sagen, ich habe nicht gedacht, dass Sie so viele tolle Namen finden. Vielen Dank.«

»Gern geschehen!«, kam es unisono. Die Frauen schmunzelten.

»Ein Name gefällt mir besonders gut. Leider habe ich die Bedeutung dessen nicht mehr präsent. Da ich aber überzeugt bin, dass unser neuer Name auch symbolisch von Bedeutung sein sollte, wäre ich Ihnen dankbar, wenn Sie mir dabei auf die Sprünge helfen könnten.«

»Und welcher Name ist das?«, fragte Angelina.

»Ich dachte an Ikarus.«

»Meiner«, lachte Alex, »aber eine richtige Erklärung habe ich nicht parat. Ich finde lediglich, dass er sehr schön klingt. Vielleicht kennt eine von euch die Bedeutung?«

»Ich habe ein paar Semester Geschichte studiert. Mythologie ist ein Steckenpferd von mir«, sagte Angelina.

»Was hast du? Davon hast du uns nie etwas erzählt.« Assunta reagierte überrascht. Auch die anderen schauten verwundert.

»Also das war so«, begann Angelina. Sie hatte wieder die zurückgenommene piepsige Stimme, die gar nicht in ihren Korpus passte. Alle merkten sofort, wie unangenehm sie es fand, im Mittelpunkt zu stehen. Wissbegierig hingen sie an ihren Lippen.

»Ikarus und sein Vater Dädalus wurden im Labyrinth ohne Ausgang von Minotaurus auf Kreta gefangen gehalten. Aber Dädalus bekannt als guter Techniker wollte sich das nicht gefallen lassen. Er gedachte mit seinem Sohn zu fliehen. Ihm war klar, dass es keine Möglichkeit gab, sich übers Land oder Meer davonzumachen. Also blieb für ihre Flucht lediglich der Himmel. Dort war König Minos machtlos. Darum begannen sie heimlich alle Federn zu sammeln, die sie fanden. Nachdem sie genug davon gefunden hatten, band Dädalus sie zu Flügeln zusammen. Seine Technik war einzigartig. Die großen Federn befestigte er mit Bändern, die kleinen hielt er mit Wachs zusammen. Er erprobte als erster die Flugfähigkeit dieser Konstruktion. Tatsächlich trug sie sein Gewicht und so wagte er es sie auch seinem Sohn anzuziehen. Noch bevor sie starteten, ermahnte der Vater den Ikarus nicht zu tief und nicht zu hoch zu fliegen. Durch den zu tiefen Flug würden die Federn nass und schwer und ein Absturz unvermeidbar warnte er ihn. Fliegst du zu hoch, erklärte er, wird die Hitze das Wachs schmelzen und auch dann nähme die Katastrophe ihren Lauf. Fliege mir hinterher, riet er ihm. Aber auch damals hörten die Kinder nicht bedingungslos auf ihre Eltern. Sie warteten auf eine günstige Gelegenheit und flogen davon. Eine Zeitlang ging alles gut. Aber dann wurde Ikarus übermütig und schwebte viel zu hoch in den Himmel. Das Wachs seiner Flügel schmolz und er stürzte ins Meer, das später seinen Namen erhielt. Soweit die Sage.«

Juan und die Frauen hatten aufmerksam gelauscht.

»Aber wie kann diese Geschichte zu unserem Club passen?«, fragte er. »Seht Ihr irgendwelche Parallelen? Ich dachte, wir müssten einen Namen finden, der für unseren Neuanfang stünde.« Etwas ratlos schaute er zu den Frauen.

»Ja, mein Name ist bestimmt besser geeignet«, sagte Saskia.

»Und der wäre?«

»Auch ein Sagenhafter.« Sie lachte herzhaft. »Was halten Sie von Phönix? Dessen Geschichte kennt wohl jeder.«

»Du meinst wohl wie Phönix aus der Asche?«, warf Samira ein.

»Genau, ich meine wie Phönix, der Wiedergeborene. Wie ihr sicher wisst, ist Phönix ein Reiher, der in der Glut der Morgenröte verbrennt und aus der Asche verjüngt wieder aufersteht. In der Spätantike galt er als Symbol der Unsterblichkeit. Man sprach ihm die Fähigkeit zu, sich zu regenerieren, wenn ihn Feinde verwundet hatten. Bei den Christen war er Sinnbild der Auferstehung.«

»Respekt!« Angelina nickte zustimmend.

»Und was ist mit den anderen Vorschlägen? Ich habe gedacht, einen kurzen, prägnanten Namen könnte sich jeder merken«, warf Assunta ein. »Ich habe, da wir ja fast immer unter einem blauen Himmel leben, an »Blau« gedacht. Es gibt so viele Hotels oder auch Hotelketten, die einen kurzen Namen haben, z.B. die Riu Hotels. Deshalb dachte ich, wenn es heißen würde, wir residieren im »Blau«, könnte das ein unmissverständlicher Begriff sein. Was meint ihr dazu?«

»Auch nicht schlecht, aber ich denke, Phönix klingt noch bedeutender und einprägsam ist er auch«, sagte Saskia.

»Und ich meine, er entspricht genau unserer Situation. Wir, die Verbrannten, erheben uns aus der Trübsal und dem Schatten der Kommandantin, um einen Neuanfang mit Senior Juan zu machen.«

Alex sah, dass alle ihr zustimmten, auch Juan.

»Dann ist unser neuer Name beschlossene Sache. Wunderbar, ab heute arbeiten Sie in der Clubanlage *Phönix*. Auf gute Zusammenarbeit. Ich lade Sie heute Abend ein. Das muss gefeiert werden.« Juan klatschte zufrieden Beifall.

Kapitel 49

»Hallo Schatz, ich bin`s.«

»Geht es dir gut, ich habe schon auf deinen Anruf gewartet.«

»Sag mir erst, ob sich im Krankenhaus etwas getan hat.«

»Mit einem Expresswunder kann ich leider nicht dienen, bei Marie ist alles wie gehabt. Erzähl schon, wie ist es in Lourdes?«

»Viel Eindrucksvoller als ich mir je hätte vorstellen können. Sybille und ich haben schon fast mehr erlebt, als in einen Tag passen kann. Ich sage dir, hier gibt es nur Superlativen. Hunderte Menschen sitzen in Rollstühlen, unzählige fährt man sogar in Betten zur Messe. Niemand wird allein gelassen, Hilfe ist hier greifbar. Als ich mit Sybille bei der abendlichen Prozession auf dem Balkon stand und auf die vielen kranken Menschen blickte, sah ich mich plötzlich, Marie in einem Rollstuhl schiebend, eingereiht, in diesem Szenario. Ich habe sehr geweint aber, dieses Heulen war nicht das einer wehen Seele nein, erstaunlicherweise eher ein Weinen der Zugehörigkeit. Ich könnte schon wieder anfangen zu flennen. Entschuldige.«

»Was gibt es da zu entschuldigen. Seit dreißig Jahren kenne ich dein mitfühlendes Herz und ich bin froh, dass ich nicht mit einer Frau verheiratet bin, der jegliche Empathie fehlt. Apropos fehlen, du fehlst mir.«

»Du mir auch. Es ist seltsam, wenn man morgens aufwacht und sich neben einem fremden Menschen sieht. Aber Sybille ist in Ordnung. Morgen gehen wir in die Basilika, sie soll von innen noch schöner sein, als von außen. Ich bin sehr gespannt. Liebling, ich muss jetzt Schluss machen, Sybille und ich wollen noch in eine kleine Kirche auf der anderen Seite des Flusses. Dort treffen wir einen Pfarrer, den sie schon lange kennt. Er war auch im Flugzeug, mit dem wir gekommen sind. Er hält eine deutsche Messe. In dieser kleinen Kirche sagt meine Freundin, sind nicht so viele Leute. Man kann besser zu sich und zu Gott finden. Die Reizüberflutung ist weniger enervierend. Sie geht immer da hin, hat sie mir erzählt. Nach all den ergreifenden Erlebnissen findet ihr Herz dort, Ruhe. Ich glaube das tut mir auch gut, so ein ruhiges Herz.«

»Das wünsche ich dir, Schatz. Hab dich lieb mach's gut, bis morgen.«

»Ich liebe dich auch. Grüß die Jungs und gib Marie einen Kuss. Bis morgen.« Eleonora schob ihr Handy in ihre Tasche. Sybille kam auf sie zu.

»Hast du mit deinem Mann gesprochen?«

»Ja.«

»Und wie geht es eurer Tochter?«

»Wie bisher hat er gesagt.«

»Wunder brauchen ihre Zeit, wusstest du das nicht?«

»Das hab ich schon einmal gehört«, seufzte Eleonora.

»Komm, es ist Zeit, Pfarrer Schnitzler hält in fünf Minuten die Messe. Das können wir gerade noch schaffen.«

Die Frauen liefen schnellen Schrittes durch die Menschenmassen und kamen an, als der Pfarrer die deutschen Pilger begrüßte. In der kleinen Kirche standen Bänke hintereinander aufgereiht, wie in einem Stadion. Sie setzten sich in die letzte Reihe. Der Raum sah in seiner Ausstattung improvisiert aus wie eine christliche Turnhalle weniger wie eine Kirche. Vorne in der Mitte stand ein kleiner Altar rechts und links davon einfache, etwa hüfthohe Leuchter mit brennenden Kerzen. Durch die dünne Wand vernahmen sie fremdländischen Gesang, dessen Herkunftsland sich nicht sofort eruieren ließ.

»Der große Häuserstrang auf dieser Seite«, flüsterte Sybille, »ist eingeteilt in Kirchen verschiedener Länder. Links von uns sind die Italiener, rechts die Russen, dann die Spanier, die Belgier, die Engländer und so weiter. Jede Nationalität will ihre eigenen Prediger. Mit den Jahren ist man dazu übergegangen, für fast jedes Land eine kleine Kirche einzurichten. Darum sieht es hier nicht unbedingt prunkvoll aus. Die Schlichtheit ist gewollt und wie ich finde zweckmäßig. Eleonora stimmte nickend zu. Sybille sang lautstark die Lieder mit, die Eleonora nun zum zweiten Mal hörte. Im Flieger war sie genervt, weil sie den Gesang unpassend fand, aber hier entfaltete das Ave Maria seine volle Intensität. In diesen Gebeten und dem Klang des Gesanges fühlte sich Eleonora wunderbar geborgen. Das ruhige Herz. Jetzt wusste sie, was damit gemeint war. Sybille begrüßte nach der Messe einige Leute überschwänglich und stellte ihnen Eleonora vor. Danach verließen sie das Gotteshaus und gingen zurück in ihr Hotel, wo sie sich ein dürftiges Abendessen einverleibten.

»Für das Geld, das die hier verlangen, für schlechtes minimales Essen«, moserte Eleonora, „könnte ich anderswo in einem Fünfsterne Hotel unterkommen.«

Sybille lachte ihr in das grimmige Gesicht. »Komm«, sagte sie, »lass uns noch ein wenig flanieren, damit du auf andere Gedanken kommst.« Wie Touristen schlenderten sie durch die schmalen Straßen, gingen in verschiedene Geschäfte und bemerkten nach kurzer Zeit, dass es fast überall die gleichen Dinge zu kaufen gab. Maria in Plastik, Maria in Stein, Maria in Holz, diverse Rosenkränze, Medaillons und Kreuze in verschiedenen Legierungen und Größen. Ach ja, und dann noch die Kerzen mit den Papierservietten, damit man sich nicht die Finger verbrannte, die gab es auch in allen Größen. Günstig waren sie nicht, billig war hier überhaupt nichts. Maria wurde zum bestmöglichen Preis verhökert. Um nicht als Kontrapunkt in der abendlichen Menge aufzufallen kauften sie sich ein Dutzend von den langen, dünnen Kerzen. Die gaben neben ihrem feierlichen Ausdruck ein schönes, heimeliges Licht. In einem der Straßencafés genehmigten sie sich ein Glas Rotwein bevor sie den Weg zurück ins Hotel antraten. »Sag, was ist dein Fazit für den heutigen Tag?«, fragte Sybille.

Eleonora überlegte nicht lange. »Er bescherte mir ein noch nie da gewesenes Erlebnis, sagte sie, »mit Zeitsprüngen von Hektik und Entschleunigung für die ich einen langen Atem brauchte. Ich fühle mich bereichert und gerädert. Auf mich ist heute so viel Neues eingestürzt, dass ich zuerst in Medias Res gehen muss, um die vielfältigen Gedanken zu selektieren.«

»Genau so ging es mir auch beim ersten Mal. Wenn du öfter kommst, ist dein Blick geklärter. Übrigens was ich dir noch sagen möchte, ist, dass ich morgen schon sehr früh ins Hospital gehe. Du kannst dir deine Zeit einteilen, wie du möchtest. Ich bemühe mich, leise zu sein.«

»Und wann kommst du wieder?«

»Nach der Abendprozession bin ich wieder hier. Schau dir in Ruhe die Basilika an und überlege dir, ob du nicht vielleicht doch in das Bad gehen möchtest.«

»Mach ich.«

»Dann gute Nacht.«

»Schlaf gut«, sagte Eleonora.

Als sie am nächsten Morgen ihre Augen öffnete, war Sybille tatsächlich schon fort. Sie hatte sie nicht gehört. Sie stand auf, ging ins Bad, duschte und machte sich fertig für die Herausforderungen des neuen Tages. Sie genehmigte sich eine Tasse fürchterliche schwarze Brühe, die sie hier Kaffee nannten, aß ein Croissant und verließ das Hotel. Ein schöner warmer Tag kündigte sich an. Die Sonne tauchte den Ort und die Berge, die nicht weit davon in die Pyrenäen krochen, in ein goldenes Licht. Der Weg zum neugotischen Gotteshaus war nicht weit. Viele Pilger liefen kreuz und quer. Die meisten das fiel ihr auf, hatten ein durchscheinendes Lächeln auf dem Gesicht.

In der Basilika befinden sich drei Kirchen, hatte ihr Sybille erzählt und ihr ein paar Informationen dazu geliefert. So wusste sie bereits, dass die Krypta als erstes Gotteshaus der oberen Basilika erbaut wurde. An der Weihe und ersten Messe durch Bischof Laurence hatte Bernadette noch selbst teilgenommen. In der Seitenkapelle, Chapelle St. Joseph, befindet sich ein Schrein mit Reliquien von Bernadette. Die untere Basilika ist die Rosenkranzbasilika, leicht zu erkennen, da sie sich wunderbar durch ihre goldene Krone auf der Zentralkuppel abhebt. Über der Erscheinungsgrotte hatte man die Basilika »Zur Unbefleckten Empfängnis«« erbaut. Sie fasst ungefähr 500 Pilger. Eleonora entschloss sich, jeden Tag eine der Kirchen zu besuchen. Der erste Weg führte sie in die Krypta, in der gerade eine Pilgermesse stattfand.

Sie verstand kein Wort der Predigt, die ein Pfarrer in polnischer oder russischer Sprache hielt. In der hintersten Reihe ergatterte sie einen Sitzplatz. Da es unmöglich war zu verstehen, was da vorne am Altar erzählt wurde, ergab sich für sie die Gelegenheit, inmitten der Pilger ihr Anliegen mit der heiligen Mutter zu besprechen. Das Abschalten und zur Ruhe kommen, das ihr nach Maries schlimmen Unfall nicht mehr gelingen wollte, schaffte sie hier zwischen den vielen betenden Menschen mühelos. Sie überließ sich der Meditation, die ihr eine wunderbare Leere schenkte. Die Mutlosigkeit, die sie daheim und im Krankenhaus bei Marie so oft aufzufressen drohte, verlor hier ihr Gewicht.

Nach den Stunden im Gotteshaus breitete sich auf ihrem Gesicht das gleiche selige Lächeln aus, dem sie hier schon viele Male begegnet war. Sie zückte ihre Kamera und begann zu knipsen. Die Daheimgebliebenen sollten wenigstens ein bisschen an ihrer Reise teilhaben. Eine junge Frau tippte ihr an die Schulter, sagte etwas auf Schwedisch, jedenfalls in einer nordischen Sprache, die sie nicht verstand. Durch ihre Gestik zeigte sie Eleonora ihre Bereitschaft, sie vor dieser herrlichen Kulisse, zu fotografieren. Sie stimmte freudig zu. Fast linkisch stellte sie sich vor das Gotteshaus. Die fremde Frau zeigte ihr gestikulierend, wie sie die beste Position einnehmen könnte, bevor sie ein paar Schnappschüsse machte. Eleonora bedankte sich für die Freundlichkeit. Die junge Frau schien in Maries Alter zu sein. Sie gab ihr die Kamera zurück und drückte die vor Überraschung steife Eleonora an sich. Dabei sagte sie noch etwas, was vielleicht alles Gute oder Gottes Segen oder Ähnliches bedeuten konnte. Eleonora verstand es nicht, aber die Geste zählte.

Nach dem Mittagessen schlenderte sie durch die Stadt. Sie hoffte, sie würde vielleicht Sybille treffen, aber dem war nicht so. Gegen Nachmittag suchte sie ein kleines Cafe auf, bestellte sich ein Stück Zitronentarte die, wie sie feststellte, tatsächlich wie Seife schmeckte und eine Tasse Kaffee. Sie griff in ihren Rucksack, in dem sie alles Wichtige beförderte, zog ein kleines Schreibheft und einen Kugelschreiber heraus. Alles was sie hier erlebte, wollte sie festhalten. Am Nebentisch lauschte sie einem älteren Paar, das sich über die beeindruckenden Erlebnisse ihres soeben beendeten Kreuzwegs unterhielt. Dass sie aus Sachsen kamen, war am Dialekt zu erkennen. Eleonoras Interesse war geweckt. Sie entschloss sich, das Paar anzusprechen.

»Setzen Sie sich doch zu uns an den Tisch«, forderte sie der Mann freundlich auf.

»Sie sind sicher zum ersten Mal hier«, bemerkte seine Frau.

»Oh ja und ich bin schwer beeindruckt«, sagte Eleonora.

Die Sachsen berichteten ihr von Stationen mit lebensgroßen Figuren, die den Leidensweg Jesus darstellen und von der erschreckenden Kraft, die von diesen menschenähnlichen Statuen ausgeht. Sie erzählten von weinenden Menschen, denen das Geschaute so sehr zu Herzen ging wie ihnen selbst.

»Ich glaube, das möchte ich mir auch ansehen«, sagte Eleonora.

»Der Aufgang zum Kreuzweg ist auf der rechten Seite der Basilika, er ist nicht zu verfehlen«, erklärten die Sachsen.

Nach diesem informativen Gespräch verabschiedeten sie sich. Im Hotel setzte sich Eleonora auf die winzige Terrasse und telefonierte mit ihrem Mann Walter, wie jeden Abend. Von Marie gab es keine Neuigkeiten, aber Steffen, berichtete er erfreut, hatte eine lukrative Stelle in Weinheim bei einer renommierten großen Baufirma ergattert.

»Toll!«, freute sich Eleonora, »das hat er sich verdient.« Sie umriss mit wenigen Worten die Ereignisse ihres Tages.

»Also Schatz, so viel für heute von der Heimatfront. Pass gut auf dich auf«, verabschiedete sich Walter.

»Ja, ja, schlaf gut. Bis morgen um die gleiche Zeit. Ich wünschte, du wärst bei mir. Versprich mir, wenn Marie wieder gesund ist, pilgern wir beide hierher und bedanken uns bei der Madonna. Walter, ich sage dir, seit ich hier bin, ist mein Herz ruhig. Ich bin voller Hoffnung.«

»Weißt du, an was ich schon gedacht habe?«, hakte Walter nach.

»An was?«

»Irgendwo in der Bibel steht geschrieben, ich habe dich bei deinem Namen gerufen ...«

»Und du bist mein, ich verstehe nicht?«

»Marie und Maria sind doch die gleichen Namen. Ich dachte, das wäre vielleicht so eine Art Sonderbonus.«

»Jetzt wirst du aber blasphemisch, Walter.«

»Ist schon gut, es war nur ein Gedanke. Bis morgen, mein Liebling. Ich vermisse dich.»

Kapitel 50

Vor einer Woche hatte Dr. Constantin die Frauen des P.M.C untersucht und mit Tranquilizern versorgt, um ihnen den Entzug zu erleichtern. Wie es kranke Katzen tun zogen sie sich in ihre eigenen Zimmer zurück. Die erste Phase dauerte fast vier Wochen. Dem Entzug folgte die Dekonditionierung mit Apomorphin oder Scolin. Dr. Constantin blieb während des Behandlungsprogramms ständig mit den Frauen in Verbindung. Er bat Assunta, sooft sie sich selbst in der Lage fühle, mit ihnen Entspannungsübungen zu machen.

Der Arzt führte mit den Frauen ein Selbstsicherheitstraining durch um ihre Ängste, Depressionen und das negative Selbstbild das sie, wie er meinte, in die Abhängigkeit getrieben hätte, in eine positive, rauschfreie Zukunft zu führen. Dass ihre Sucht vor allem unfreiwillig war, behielten sie für sich. So war es mit Juan ausgemacht. Er konnte sich lebhaft vorstellen, wie schlecht es ihnen im Entzug ging und ließ sie völlig in Ruhe. Alex war die Einzige, die unter der Leitung seiner Frau nicht süchtig wurde, denn für ihre Arbeit brauchte sie vor allem einen klaren Kopf. Sie versorgte die Frauen während der schlimmen Phasen mit Essen und aufmunternden Worten. Mit Juan stand sie ständig in Verbindung. Er hatte jeder der Subos ein Handy und die Nummer von Dr. Constantin gegeben, falls noch mehr Hilfe erforderlich sei. Nach vier Wochen hatten sie das Gröbste überstanden. Die Frauen krochen nach und nach aus ihren Höhlen und wandten sich langsam wieder dem Leben und ihrer Arbeit zu.

In der Zwischenzeit tat sich ebenfalls viel. Die Kameras aus der Anlage verschwanden bis auf eine am großen Eingangstor. Das zerfledderte Eisentor erlebte eine Renaissance durch einen schwarz-goldenen Anstrich. Der Rundumzaun verschwand hinter großen, blühenden Oleandergewächsen. Vorausgehend stritt Juan mit dem Gärtner, weil er die neuen Pflanzen nicht seinem Wunsch entsprechend direkt in die Erde setzen wollte. Nach längerem Disput beugte er sich zerknirscht dem Rat des Fachmannes, der die gezüchteten Gewächse vorerst in ihren Töpfen beließ. Eigentlich sah das Arrangement besser aus, als er es sich vorgestellt hatte.

Der Spabereich wurde neu gestaltet. Assunta gab Juan den Tipp überdachte Liegen, wie sie sie auf Bali gesehen hatte, im Garten vor dem gelben Raum aufzustellen. Wie beiläufig erwähnte sie, dass es sinnvoll sei, balinesische oder thailändische Masseurinnen zu engagieren, die unerreicht gut durch ihre Fertigkeiten die neue Klientel begeistern würden. Sie erklärte Juan den Unterschied zwischen einer europäischen und einer asiatischen Massage. So wusste sie, dass die typische Thaimassage aus passiven Streckpositionen und Dehnbewegungen, Gelenkmobilisationen und Druckpunktmassagen bestand. Sie hatte sich damals auf Bali am Strand das volle Programm gegönnt. An einem Tag ließ sie sich eine entspannende, vierhändige Ölmassage verabreichen, am nächsten eine Kräuterstempelmassage. Tage später, die sicher auch ihm bekannte Hot- Stone- Massage, bei der die warmen Steine entlang der Energielinien auf die entsprechenden Punkte gelegt, eine schmerzlösende Durchblutung fördern. Die Zellen und das Gewebe werden dabei vermehrt mit Sauerstoff versorgt.

»Oh ja,« sagte sie, »ich kenne mich aus mit den diversen Anwendungsgebieten. So etwas erwartet der anspruchsvolle Gast heutzutage. Mit einer nullachtfünfzehn Behandlung gibt sich niemand mehr zufrieden. Das ganze Paket muss stimmen, glauben Sie mir. Nur so erreichen wir, dass ein Rundumservice gewährleistet wird.«

Juan hörte erstaunt zu. »Das leuchtet mir ein«, sagte er nach einer Weile, »aber ich gestehe, dass ich keinerlei Ahnung habe, nach welchen Kriterien ich die dafür infrage kommenden Frauen auswählen soll. Würden Sie diese Aufgabe übernehmen?«

»Sehr gern, ich bemühe das Internet und bin gespannt, wer sich auf die Annonce meldet. Die interessierten Masseurinnen prüfe ich sorgfältig. Wenn ich mir so recht überlege, glaube ich, Sie sind nach dem Stress der letzten Monate ein perfektes Übungsmodell. Was meinen Sie?« Sie lachte kehlig.

»Wenn ich Zeit dafür habe, komme ich auf das Angebot zurück. Aber zuerst müssen Sie geeignete Leute finden die Ihren, wie mir gerade klar wird hohen Ansprüchen gerecht werden. Bis dahin«, schmunzelte er, »bleibt noch viel Arbeit, die für mich vorrangig ist. Also, hasta luego, Assunta. Der Fotograf wartet.«

Wie zu erwarten hatte Pedro brillante Fotos geschossen. Gemeinsam suchten sie die Besten aus. Damit ließ sich eine hervorragende Homepage einrichten, auf der die Anlage exklusiv in allen Einzelheiten präsentiert wurde. Durch die horrende Preisvorgabe von nahezu 1.000 Euro pro Tag erreichte Juan genau die Touristen, die mit Pauschalreisen nichts zu tun haben wollten. In den renommierten Reisebüros hatte er bereits vorgesprochen und stieß auf zustimmende Resonanz. Er beauftragte einen Fachmann, der die Computer mit einem hoteltauglichen auf die Anlage zugeschnittenen, nach neuesten Erkenntnissen ausgerichteten Programm ausrüstete. Die alte Software wurde komplett vernichtet. In Ibiza-Stadt suchte er nach zuverlässigem neuem Personal für die Küche, den Wellnessbereich, die Gartenanlage und zusätzliches Reinigungspersonal.

Er überlegte, wie er die Gäste in naher Zukunft standesgemäß befördern könnte und kam zu dem Ergebnis, dass seine Rostkarre nun absolut nicht geeignete war. Der erste Eindruck zählt, sagt man. Klar. Sollte er sich für eine weiße Stretchlimousine entscheiden? Damit würde er Eindruck machen. Aber setzte er dadurch nicht das erdachte versprochene Konzept in den Sand? Die Menschen, die sich dieses, von allem abgeschotteten Paradies aussuchten, wollten doch erst gar nicht auffallen.

Er sah ein, dass so ein elitärer Hingucker mit Sicherheit genau das Gegenteil dessen war, was die ambitionierte Kundschaft erwartete. Er entschied sich für einen silbergrauen Van der für mindestens sechs Leute und etliches Gepäck Platz bot. Ein stilisierter Reiher wurde das neue Logo des Clubs. Er ließ es auf die Seitentüren applizieren. Damit war ein weiteres vorläufiges Problem gelöst.

Nach acht Wochen harter Arbeit, die ihn oft mehr als 14 Stunden täglich in Anspruch genommen hatte, sah er endlich die Früchte seiner vorwärtstreibenden Energie. Der Club erstrahlte in neuem Glanz. Die Nachfrage war für den Anfang sehr gut bei 80 prozentiger Auslastung. Juan hatte jede Änderung mit Sorgfalt bedacht, aber Fehler gab es immer, zumal seine Ideen noch in den Kinderschuhen steckten. Das Grundkapital, das ihm Susanna so großzügig überlassen hatte, war fast gänzlich aufgebraucht, aber die neuen, sauberen Tantiemen lugten schon um die Ecke. Auf den hellen Fleck an der Wand des Wohnzimmers, an der einst das hässliche Russlandbild hing, hängte er ein großes Foto der Anlage. Kurze Zeit danach wechselte er es für eine vergrößerte Postkarte aus. Darauf sah man eine Steppe im Morgenlicht und darunter stand eine afrikanische Weisheit von »Ovambo«, die lautete: *»Nur im Vorwärtsgehen gelangt man ans Ende der Reise.«*

Er fand das Foto passend, tauschte Kälte gegen Wärme, schaute nach vorne, nicht mehr zurück. Nun stand der Eröffnung nichts mehr im Wege.

»Aber Señor Juan, wir können doch nicht gleich am ersten Tag so ganz ohne Tamtam in den Hotelalltag einsteigen. Wir alle haben in den letzten Wochen viel geleistet. Glauben Sie nicht, dass wir das mit einem gebührenden Feuerwerk feiern sollten? Die Zeit des Versteckspielens ist doch nun endgültig vorbei. Wir können, nein, wir müssen uns wieder sehen lassen, oder?«, sagte Saskia. »Ich wette daran haben Sie bestimmt auch schon gedacht.«

»Kann man Ihnen denn gar nichts verheimlichen«, schmunzelte Juan. »Das sollte doch meine Überraschung für die ersten Gäste sein und für meine Mädels, auf die ich richtig stolz bin. Also, liebe Saskia, verraten Sie mich bitte nicht, einverstanden?«

Saskia strahlte übers ganze Gesicht. »Wissen Sie eigentlich, wie gut es ist, wenn man mit seinem eigenen Namen angeredet wird und nicht mehr als Subo irgendwas?«

Juan sah sie verblüfft an.

»Sie geben uns unser Leben zurück, Señor Juan. Ich danke Ihnen im Namen aller hier arbeitenden Frauen. Vielen, vielen Dank.«

Betreten standen sie sich gegenüber. Saskia schaute Juan mit einem Lady Di-Blick von unten an. Es fiel ihm schwer, ihn auszuhalten. Um die Verlegenheit zu verscheuchen, sagte Saskia: »Übrigens, haben Sie mal in der Küche bei Alex vorbeigeschaut?«

»Warum?«

Saskia bog sich vor Lachen. »Das müssen Sie einfach gesehen haben, wie sie ihr neues Personal in die Mangel nimmt. Ich sage Ihnen, da geht es zu wie auf einem Kasernenhof. Was bitteschön soll das denn sein?«, ahmte sie die Stimme von Alex nach. »Haben Sie noch nie Gemüse geschnitten? Ich sagte, klein und fein schneiden, was haben Sie davon nicht verstanden? Sollen wir unseren Gästen vielleicht Baumstämme vorsetzen? Fräulein, so geht das nicht! Das Ganze nochmal mit einer Sorgfalt, als wollten Sie einen Gobelin besticken, klar? Feinarbeit, keine Sauhaufen oder Sie haben das letzte Mal bei mir geschnippelt!«

»Glauben Sie mir, Señor Juan, die Küchenhilfen trauen sich kaum noch, Piep zu sagen. Alex führt ein strenges Regiment. Aber wenn die Arbeit gelungen ist, nimmt sie ihre Leute auch schon mal in den Arm und lobt sie.«

»Dann ist es ja gut«, sagte Juan, der Saskia mit leichtem Grauen zugehört hatte. Nicht schon wieder, schoss ihm dabei durch den Kopf.

»Ich muss dann mal weiter.« Saskia verstand nicht, warum Juan nicht ebenso wie sie über die beschriebene Situation lachen konnte.

»Ich auch«, sagte Juan. »In wenigen Minuten erwarte ich Handwerker, die den Weg von unserer Anlage bis zum Meer durch Pfähle und Seile sichern. So wie man bisher ans Wasser gekommen ist, war das ja mehr als lebensgefährlich. Ein Wunder, dass es da keinen Unfall gegeben hat.« Er drehte Saskia den Rücken zu und verschwand in Richtung Haupthaus. Etwas verunsichert schaute sie ihm nach, sah noch, wie er ihr kurz vor dem Gebäude zuwinkte.

Kapitel 51

»Kannst du mich immer noch nicht hören? Ach Schatz, ich möchte dir so viel sagen. Mach doch endlich deine Augen auf, ich vermisse dich!«

»Was war das? Spricht da jemand? Wo bin ich, bin ich im Himmel? Nein, das kann nicht sein, alles ist schwarz. Ist der Himmel schwarz? Aber da ist doch was, ich höre eine Stimme. Spricht da jemand mit mir? Wer ist denn da? Kenne ich dich? Oh mein Gott, ich bin nicht tot, ich kann tatsächlich hören. Hallo, ich bin hier, du siehst es doch, hol mich hier raus!«

Steffen hielt Maries Hand. Sie fühlte sich lau und kindlich an. Manchmal hatte er das Gefühl dass, wenn er eines Tages zu ihr käme Marie geschrumpft, nur noch als kleiner Klumpen im Bett liegen würde. Vielleicht erginge es ihr wie Gregor in Kafkas Verwandlung. Dann schüttelte er sich vor Grauen. Er erzählte ihr immer das Neueste, was er erlebt oder gehört hatte.

»Ich muss dich doch auf dem Laufenden halten«, erklärte er ihr. Es kam selten vor, dass ihm die Resignation die Worte einsperrte, aber heute war so ein Tag, an dem er dachte, was soll's, sie hört mich ja doch nicht. Er wurde tieftraurig und sackte in sich zusammen. Minutenlang hielt er ihre kleine Hand und starrte schweigend aus dem Fenster.

»He, was ist denn jetzt los, sprich weiter, erzähl mir was, egal was es ist, aber sprich! Ich will nicht alleine sein. Bist du noch hier, bitte sag doch was. Ich muss etwas tun, damit du nicht weggehst.« Marie spürte, dass sich Verzweiflung in ihr anschlich. »Was ist denn nur los mit mir, ich möchte sehen, wer da ist, ich muss mich bemerkbar machen, irgendwie. Wie kann ich ihm ein Zeichen geben? Ich bin eingemauert, so fühlt es sich an, aber ich kann denken. Also denk nach, denk nach! Was habe ich einmal gelernt? Das Gehirn steuert die Funktionen des Körpers, so ist das doch. Man gibt Befehle, die Gliedmaßen folgen! Also: Augen auf! Ich merke nichts. Was ist, sind meine Augen jetzt offen? Nein, das hat wohl nicht geklappt, ich kann nichts sehen. Scheiße, ich lass mich jetzt nicht unterkriegen. Körper, bewege dich! Passiert was? Nichts passiert. Was ist denn nur los mit mir? Ich bin so müde. Das Denken strengt so an, ich kann nicht mehr, lasst mich doch alle in Ruhe. Ich will nur noch

schlafen, kann eh nichts bewegen. Dieser Kadaver gehorcht mir nicht, also bin ich doch tot. Wenn ich schon tot bin, kann ich auch aufhören, mich derart anzustrengen. Aber ich will leben. Du da an meinem Bett, hilf mir doch, ich kann es nicht alleine, merkst du das denn nicht?«

Zuerst fühlte er nur ein kleines Flattern, eine Berührung, ein zartes Flügelschlagen wie von einem Vögelchen, das soeben geschlüpft ist. Träumte er? Er stierte auf ihre Hand, hielt vor Überraschung die Luft an, konnte nicht glauben, was er sah. Die kleine Hand bewegte sich wie ein zitternder Funke. »Keine Einbildung«, murmelte er. »Das ist das Wunder, auf das ich schon so lange gewartet habe.« Von der Regung der Hand fasziniert, schaute er gebannt auf die Finger, die sich um seine Hand schlossen und versuchten minimalen Druck auszuüben. Steffen riss die Augen auf und lachte schallend.

»Du kommst zurück«, rief er, »ich wusste es, endlich!«

»Warum schreist Du denn so, hör auf damit, das tut mir weh.«

Steffen hob seinen Blick und sah fast mit Entsetzen, dass Marie ihre Augen geöffnet hatte. Jetzt hätte er den Knopf drücken müssen, um einen Arzt herbeizurufen. Aber das konnte er nicht. In der Kurzatmigkeit dieses Augenblicks dachte er nicht einmal daran. Er küsste sie, das war alles, was jetzt wichtig war, sein dringlichster Wunsch, ihr mit seinen Küssen Energie einzuhauchen und ihr so auf dem Weg zurück ins Dasein entgegenzukommen. Diese impulsive Handlung verwies alle Logik hintenan.

»Marie, oh mein Gott, Marie, wie lange habe ich auf dich gewartet. Bist du wieder bei mir, kannst du mich hören?«

»Ich höre dich, wer immer du bist, aber ich brauche deine Hilfe. Was ist das denn in meinem Gesicht? Sind das etwa Fliegen? Mach sie weg, ich mag das nicht!«

»Schau mich an Marie, ich bin es, dein Steffen, erkennst du mich?«

Sie zwinkerte kurz, unfreiwillig. Er wertete es als klares Ja, und streichelte ihre Wange. Ihre Augen blickten fremd wie dunkelgrünes

Flaschenglas. Seltsam. Sie sah ihn an, doch ihr unbeseelter Blick war der einer Puppe.

»Schatz, ich bin es, Steffen. Gib mir ein Zeichen.«

Kein erneutes Zwinkern. »Hörst du, was ich sage? Keine Regung, aber offene Augen. Er strich ihr wie einem artigen Kind über die Haare. Ich muss einen Arzt rufen, erkannte er plötzlich. Er fasste nach der Klingel, und drückte den roten Knopf, als wollte er das Gerät zerquetschen. Aber das tat er nur, weil ihn die Aufregung fast zerriss. Dr. Pilar war so schnell zur Stelle, dass es schon an Zauberei grenzte. Tatsächlich stand er bereits vor der Tür, um nach Marie zu sehen.

»Dr. Pilar, schauen Sie nur, Marie ist wieder da«, empfing er den Arzt.

»Irgendetwas hat funktioniert, offensichtlich, sonst würde dieser Steffen nicht so einen Affentanz aufführen. Aber wer ist Dr. Pilar? Nie von dem gehört.«

»Darf ich?« Der Arzt schob Steffen zur Seite. Er kontrollierte Maries Herzschlag und Puls, schaute in ihre Augen, prüfte durch Kneifen ihre Reflexe.

»Hallo«, begrüßte er sie, »schön dass Sie wieder bei uns sind. Ich bin Dr. Pilar, Ihr behandelnder Arzt. Können Sie mich hören und sehen?«

Marie bündelte alle Kraft, die sie noch hatte, um zu zeigen, dass sie verstand, was gesagt wurde. Ihrem Augenzwinkern folgte ein trockenes Würgen, ein Suchen und Kratzen nach Worten, die verrostet in ihrem Inneren schlummerten. Nach mehreren undeutlichen Versuchen, sich zu artikulieren, fragte sie immer noch, kaum verständlich, aber doch etwas deutlicher: *»Wo bin ich?«*

»Sie sind im Krankenhaus, Sie hatten einen Unfall. Erinnern Sie sich?«

»Wie soll ich mich an etwas erinnern, wenn ich gerade erst aus einem Tiefschlaf erwacht bin?« Marie gab keine Antwort.

»Möchten Sie sich aufsetzen? Ich helfe Ihnen«, sagte Dr. Pilar. Marie zwinkerte wieder, unfreiwillig.

»Ich kann doch auch helfen«, knurrte Steffen, der es nicht erwarten konnte, bis der Arzt ihm endlich wieder den Platz vor Marie frei machte.

»Dann gehen Sie bitte auf die andere Seite des Bettes und wir heben sie gemeinsam hoch. Manche Dinge sind so einfach, dass man sie gar nicht erkennt, dachte Steffen. Er wuselte um das Bett herum, stieß sich an der Kante das Knie an, zuckte durch den Schmerzimpuls kurz zusammen und schon schob er den Arm unter den Kopf seiner Geliebten.

»Auf drei heben wir sie gemeinsam an, verstanden!«, kam die Anweisung von Dr. Pilar. Es war ein Leichtes, Marie in eine sitzende Position zu bringen, bei ihrem Federgewicht. Aber sie mussten sie fixieren, denn sie drohte mehrmals zur Seite zu kippen. Mit starren Augen schaute sie ins Nirgendwo. Es war nicht zu übersehen, dass sie nach Worten suchte. Ihr Mund bewegte sich, knetete Buchstaben, bis sie Worte wiederfand. Plötzlich sagte sie mit heiserer, leiser, aber immer noch fremdtönender Stimme: *»Ich kann nichts sehen.«*

»Wie, erkennst du mich nicht? Ich bin es Steffen, dein Freund.« Steffen erschrak bis ins Mark, er vergaß sogar, seinen Mund zu schließen.

»Das ist völlig normal«, beschwichtigte ihn der Arzt. Die Enttäuschung in Steffens Gesicht war allzu deutlich.

»Es ist so«, erklärte ihm Dr. Pilar, »bei vielen Patienten entwickelt sich mit dem Wachwerden ein Bewusstsein, durch das sie wohl äußere Einflüsse wahrnehmen, aber sie dennoch nur in geringem Umfang verarbeiten können. Es kann passieren, dass Marie nun in immer längeren Abständen die Augen öffnet und Sie, oder ihre Angehörigen, trotzdem nicht anschauen, sprich den Blick fixieren kann. Auch wenn Marie auf lautes Klatschen, Zwicken oder Berührungen reagiert, bedeutet das noch nicht, dass sie ihre Umgebung wahrnimmt und richtig einordnen kann.«

»Von was redet der Mann? Meine Gedanken sind doch klar.

»Ich sehe nichts!«, wiederholte Marie. Die Worte kamen brüchig aus ihrem Mund.

Zuerst vernahmen die Männer nur ein leises Wimmern, dann sahen sie, wie die leblosen Augen sich mit Tränen füllten, das in kleinen Rinnsalen über Maries Wangen liefen. Aus dem Wimmern wurde ein Krächzen, das wie das Wasser in ihren Augen anschwoll und immer lauter in verzweifeltem Weinen endete. Steffen nahm sie sofort in die Arme und versuchte sie zu trösten.

»Es wird alles gut, hörst du!«, sagte er beschwörend, obwohl er die Sorgenfalten in Dr. Pilars Mimik registrierte. Plötzlich hörte sie auf zu weinen. Sie versteifte sich in Steffens Armen und war wieder reglos wie zuvor.

»Oh Gott, tun Sie doch was, sehen Sie doch, sie ist weggetreten. Ist sie nun wieder im Koma?« Steffen schrie den Arzt an. Jetzt war er erneut verzweifelt. Dr. Pilar bat ihn vor die Tür.

»Verständigen Sie bitte Maries Angehörige und sagen Sie ihnen, dass sie dabei ist aufzuwachen. Erwähnen Sie aber noch nicht, dass sie nichts sehen kann. Ob sie tatsächlich erblindet ist oder ob es sich um einen apallischen Zustand handelt, kann ich zum jetzigen Zeitpunkt noch nicht sagen.«

»Von was reden Sie da, was ist das für ein Zustand?«

»Was Koma bedeutet, haben Sie ja über viele Wochen hautnah erlebt. Ein Patient kehrt aus diesem Zustand zurück, wenn er, wie Marie es jetzt tut, die Augen immer häufiger öffnet. Idealerweise kommen mit diesem Aufwachen sämtliche geistigen Funktionen zurück. Ist das nicht der Fall, spricht die Medizin von einem apallischen Zustand. Das bedeutet, dass der Hirnmantel zerstört ist oder wesentlich seltener, die Verschaltung des Hirnmantels mit anderen Zentren des Gehirns unterbrochen ist. Dass sich Marie jetzt wieder in ihr Schneckenhaus verzogen hat, braucht Sie nicht zu beunruhigen. Wenn Sie sich vorstellen, welche Anstrengung und Stressfaktor dieses Wiedererwachen für das arme Mädchen war, dann ist doch verständlich, dass sie sich jetzt ausruhen möchte. Ich kann Ihnen versichern, Marie ist nicht wieder bewusstlos, aber sie muss noch viel neue Kraft sammeln, um länger ansprechbar zu sein. Haben Sie bitte noch Geduld. Erst jetzt ist der Zeitpunkt gekommen, an dem wir beginnen können, sie physisch und psychisch für ein neues Leben aufzubauen. Es wird sicher nichts mehr für sie sein wie vorher, aber das impliziert nicht automatisch, dass es kein gutes Leben für sie sein kann.«

»Bitte entschuldigen Sie meine Lautstärke, aber ich hatte einfach Angst, können Sie das verstehen?«

Dr. Pilar klopfte Steffen lächelnd auf die Schulter. »Nun verschwinden Sie endlich«, sagte er versöhnlich, «Sie sind schließlich der Überbringer der Frohen Botschaft. Avanti, avanti!«

Steffen bedankte sich herzlich und spurtete aus dem Krankenhaus. Euphorisch setzte er sich in seinen Wagen und brauste, leider viel zu schnell durch die Stadt zu Maries Eltern. Tatsächlich übersah er den Blitzer, der ihn auch noch mit dem Handy am Ohr ertappte. »Scheiße!«, rief er laut, »das wird teuer.« Er schaute auf den Tacho, erkannte dass er mindestens 20 Stundenkilometer zu schnell gefahren sein musste, bevor er abbremste, was nun auch nichts mehr beschönigen würde.

Normalerweise hätte ihn dieses Manöver, das ihm mit Sicherheit nicht nur ein saftiges Bußgeld einbrachte, und sicher auch Punkte in Flensburg bescherte, tierisch aufgeregt. Aber heute tangierte ihn das nicht. Die Konsequenzen berührten ihn momentan nicht. An Maries Elternhaus klingelte er Sturm, aber niemand öffnete ihm. Er schaute auf seine Uhr und haute sich mit der flachen Hand vor den Schädel. »Was bin ich doch für ein Hornochse!«, fluchte er, als er sah, dass um diese Zeit Maries Vater mit Sicherheit noch auf der Arbeit und Maries Mutter ja eh noch nicht da sein konnte, da sie erst in zwei Tagen aus Lourdes zurückkehren würde. Nun ärgerte er sich doch über das Knöllchen, das in den nächsten Tagen bei ihm im Briefkasten landen würde, denn das war sowas von unnötig. Es wäre so einfach gewesen, hätte er seine grauen Zellen eingeschaltet, bevor er diese Amokfahrt durch die Stadt unternommen hatte. Vom Krankenhaus zur Bank war es lediglich ein Katzensprung. In 10 Minuten wäre er zu Fuß ungestraft dort angekommen. Natürlich wollte er seine Botschaft persönlich überbringen. Er war gespannt, wie Herr Sanders reagieren würde, wenn er hörte, dass Marie endlich aufgewacht ist.

Kapitel 52

In Lourdes war der letzte Tag ihrer Wallfahrt angebrochen. Sybille hatte ihren Dienst abgeleistet und erschien ziemlich müde bei Eleonora.

»Hast du schon gepackt?«, fragte sie. »Wann werden wir abgeholt?«

»Gegen 19 Uhr, wir haben also noch sechs Stunden Zeit.«

»Weißt du was, ich hätte Lust, zum Abschluss unserer Pilgerfahrt noch einmal zur Grotte zu gehen. Ich habe die Erfahrung gemacht, dass in der Mittagszeit die wenigsten Touristen vor Ort sind. Kommst du mit, Eleonora?«

»Gerne, ich habe mein Anliegen zwar täglich der Mutter Gottes vorgebracht, aber ich möchte nicht versäumen, mich zu verabschieden und mich für mein ruhiges Herz zu bedanken. Gehen wir gleich?«

»Ich denke wir machen uns gleich auf den Weg. Meine wenigen Sachen sind schnell im Koffer.«

An der Grotte waren, wie es Sybille vermutet hatte, wenige Pilger. Sie konnten nach ein paar Minuten schon durch die Schleuse gehen am Felsen und der sprudelnden Quelle vorbei bis zur Marienstatue. Beide Frauen knieten nieder, verharrten einen Moment im Gebet, bevor sie weiter gingen und sich auf den vor der Grotte stehenden Stühlen niederließen. Maria war so schön. Wenn man sie längere Zeit ansah, hatte man das Gefühl, dass sie lächelte. Mit diesem Lächeln schenkte sie den Menschen Ruhe, Kraft und Zuversicht. Kein Wunder dass die ihr zu Ehren erbauten Kirchen voll mit Marmortafeln versehen waren, auf denen immer wieder stand, Maria hat geholfen.

Noch einmal spazierten sie am graugrünen Fluss entlang, schlenderten über die Brücke hinüber zur deutschen Kirche, wo sie immer irgendwelche Leute trafen, die sie inzwischen kennengelernt hatten. Alle hier waren auf fast devote Weise religiös anders als Eleonora, die dem kirchlichen, katholischen Diktat mit der ewigen Anprangerung von Schuld nichts abgewinnen konnte. Sie nannte sich einen Christ, versuchte, die zehn Gebote in das eine wahre Gebot zu bündeln, das für sie lautete: »Was du nicht willst, was man dir tut, das füg auch keinem andern zu.« Dieser Spruch, der in allen Religionen, im Christentum, Judentum, Hinduismus, Buddhismus und Islam, in abgewandelter Form, aber vom Inhalt gleich ist, dessen Ursprung der Philosoph Kant als kategorischen Imperativ bezeichnet, war für sie die eigentliche, wahre Botschaft, an die sie sich in ihrem Leben entlang hangelte. Einen ähnlichen Spruch, nur ein wenig anders formuliert, gibt es auch in der Bibel bei Matthäus, der lautet: «Alles nun, was ihr wollt, das tut auch den anderen.« Diese Aussagen implizierten für sie alles, was in ihrem Leben wichtig war. Die Pilger hier waren freundlich. Es herrschte eine gute Energie durch Gesang und Gebete. Über allem herrschte eine Trance ähnliche Gleichmäßigkeit, die den Zeitrahmen unauffällig weiterschob.

»Wir müssen gehen«, mahnte Sybille, »schau mal auf die Uhr. Wir werden schon bald abgeholt.«

Sie sputeten sich, denn im Hotel hatten sie ihren Verzehr aus der Minibar noch nicht beglichen. Sollte es anderen Abreisenden ebenso ergehen, und das lahme, französische Personal nicht einen Zacken zulegen, dann hätten sie ein Problem. Es wurde zeitlich knapp, aber der Bus wartete auf sie. Glücklicherweise waren sie nicht die Letzten, die einstiegen. Am Flughafen verlief alles reibungslos. Nach der extrem aufreibenden, emotionalen Woche freuten sie sich auf zu Hause. Eleonora schubste Sybille, die gerade in einer Zeitschrift blätterte, unsanft an.

»Au, was ist denn?«

»In der ganzen Hektik vor unserer Heimreise habe ich ganz vergessen, mit Walter zu telefonieren. Hoffentlich geht es allen gut. Was Marie wohl macht?«

»Du weißt schon, dass du im Flieger nicht mit dem Handy telefonieren darfst?«

»Natürlich weiß ich das. Ich fliege ja nicht zum ersten Mal. Aber Walter wird auf meinen Anruf warten.«

»Es dauert doch nicht mehr lange, bis ihr euch wiederseht. Dann könnt ihr alles bereden. Entspann dich, in Lourdes konntest du das doch so gut. Bleib, solange du kannst, in deiner Balance. Das wird nicht nur dir guttun, sondern auch deinen Angehörigen. Versprich mir dass du, wenn wir daheim sind, nicht wieder herumrennst wie ein aufgescheuchtes Huhn. In der Ruhe liegt die Kraft.« Sybille drückte Eleonora die Hand.

»Aber wenn es Marie in der Zwischenzeit schlechter geht?«

»Ich dachte wirklich, dein Glaube wäre stärker. Du enttäuschst mich gerade, merkst du das? Es gibt einen Spruch, den mir meine Mutter beigebracht hat, der lautet: Die Angst vor dem Morgen raubt dem Heute die Kraft! Verstehst du, was ich damit sagen will?«

Eleonora nickte. Sie schaute betreten zur Seite und fing den neugierigen Blick einer Mitreisenden auf. Daraufhin schloss sie die Augen und den Mund. Sie versuchte noch einmal, in den Zustand einzutauchen, den sie in der Rosenkapelle, inmitten der vielen lauten Christen, empfunden hatte. Es dauerte nicht lange, bis sie sich gedanklich zurückgebeamt, auf dieser harten Kirchenbank wiederfand, auf der sie, eingehüllt in einen komprimierten Ruheballon, meditativ verharrte. Allein, dass sie dazu fähig war, sah sie als ein Wunder an. Die Zeit verging schnell.

Das Flugzeug landete butterweich in Frankfurt. Die Pilger wurden von Angehörigen oder Freunden erwartet. Sie strebten mit strahlenden Gesichtern dem Ausgang zu. Eleonora entdeckte Walter sofort. Er stand mit winkenden Armen in der vordersten Reihe. Sich so in den Vordergrund zu drängen, entsprach überhaupt nicht seiner Mentalität. Entweder er hat mich sehr vermisst, oder es ist etwas mit Marie, dachte Eleonora und winkte zurück. Kaum, dass sie vor ihm stand, nahm er sie in die Arme und küsste sie wie in ihren besten Zeiten. Sie konnte kaum Luft holen.

»Was ist denn mit dir los?«, fragte sie benommen, als er sie endlich freigab.

»Sie ist aufgewacht, hörst du, Marie ist aufgewacht. Sie hat die Augen geöffnet und hat auch schon ein paar Worte gesprochen. Ich bin so glücklich. Jetzt wird alles gut.«

Eleonora sagte nichts. Ihr Gesicht hatte jegliche Farbe verloren, die Mundwinkel zuckten, ihre Augen füllten sich mit Tränen und ein Zittern schüttelte sie. Ihre Beine knickten ein.

»Maria hat geholfen«, flüsterte sie und ließ sich bereitwillig von Sybille und ihrem Mann zum Auto führen. Benommen verabschiedete sie sich von ihrer neuen Freundin und fuhr mit Walter ins Krankenhaus. Im Auto saßen sie schweigend, fast andächtig, nebeneinander.

Walter sagte: »Also, ich hätte nicht gedacht, dass Maria so großzügig ist und uns, nachdem du sie besucht hast, sofort zu Hilfe eilen würde. Du musst einen guten Draht zu ihr haben.«

»Meinst du das etwa ironisch, Walter? Dazu besteht absolut keine Veranlassung. Wenn du gesehen hättest, was ich erlebt und gesehen habe, würdest du nicht so sprechen.«

»Entschuldige, was du jetzt wieder denkst, so habe ich es nicht gemeint. Ich bin einfach hin und her gerissen, dass unser Kind zeitgleich, mit deinem Besuch in Lourdes, aufgewacht ist. Ehrlich gesagt, glaubte ich bisher genauso wenig an Wunder wie an Märchen.«

»Das hast du nun davon, du verkopfter, ungläubiger Thomas.« Eleonora spöttelte weiter, »und ich habe schon geglaubt, du hättest mich wahnsinnig vermisst, als du mich so abgebusselt hast. Mein lieber Mann, das war wie in alten Zeiten.« Beide lachten.

Im Krankenhaus eilten sie durch die Gänge, als ginge es um Leben und Tod. Die entgegenkommenden Menschen wichen aufgescheucht zur Seite. Manche riefen ihnen ärgerlich über ihr rücksichtsloses Vorpreschen etwas nach, was sie keineswegs tangierte. Bevor Walter die Zimmertür von Marie öffnete, nahm er seine Frau bei den Händen.

»Versprich mir, ruhig zu bleiben, versuche bitte, nicht zu weinen. Sei nicht enttäuscht, wenn sie dich nicht erkennt. Bedenke, sie steht noch ganz am Anfang ihrer Genesung.« Walter schaute Eleonora prüfend an. »Können wir?«

»Ja.«

Kaum, dass sie vor dem Bett standen und Eleonora in diese Augen, die noch nie so dunkel waren, hineinschaute, liefen ihr auch schon die Tränen ungebremst über ihr Gesicht. An Zurückhaltung war nicht zu denken.

»Hallo Kleines«, hüstelte sie und küsste ihr die Nässe auf beide Wangen und den Mund. Sie wollte sie ansprechen, probierte, was sie sagen könnte, aber die Worte purzelten in ihrem Kopf und fanden keinen Weg nach draußen. Nur ihre Blicke verfingen sich. Der eine traf den dunklen See, der andere ein Niemandsland. Walter hatte sich an der Seite des Bettes niedergelassen. Er streichelte Marie und fragte: »Erkennst du uns, Marie?«

Keine Antwort.

»Wer ist das denn, was wollen diese Leute von mir? Ärgerlich, immer wenn ich Besuch habe, ist etwas mit meinem Gesicht nicht in Ordnung. Was machen sie nur mit mir, es fühlt sich an, als hätte ich nasse Fliegen in meinem Gesicht. Widerlich, einfach widerlich. Wischt das weg, ich kann das nicht! Holt mich hier raus, oder haut doch einfach ab.«

Eleonora und Walter blieben eine Weile stumm vor Ergriffenheit und Staunen. Es klopfte, Dr. Pilar trat ein. Mit einem freundlichen »Hallo Marie, Hallo Herr und Frau Sanders«, begrüßte er sie. Er ging um Eleonora herum, beugte sich über die Patientin und prüfte erneut ihre Reflexe. Als er ihre Hand ergriff, bat er sie, zuzudrücken, was sie auch mit minimalem Druck tat.

»Schließen Sie bitte die Augen«, forderte er sie auf.

Sie tat es.

»Und nun möchte ich, dass Sie sie wieder öffnen, versuchen Sie es.«

Marie öffnete die Augen und schaute zur Decke. Eleonora hielt vor Überraschung die Hand vor den Mund.

Dr. Pilar schaltete eine kleine Lampe an und schwenkte sie vor Maries Augen hin und her. Sie reagierte nicht auf die Impulse, schaute weiterhin nach oben, als sähe sie etwas hoch Interessantes.

»Dr. Pilar«, fragte Eleonora, die ihre Sprache wiedergefunden hatte, »kann sie mich sehen und hören?«

»Das glaube ich schon, trotzdem bitte ich Sie, nicht allzu lange bei ihr zu bleiben. Haben Sie Verständnis und gönnen Sie ihr die Ruhe, die sie braucht, um Kraft zu tanken, in ihr altes Leben zu schlüpfen. Kommen Sie bitte in mein Büro, ich möchte mich mit Ihnen über Maries Zustand unterhalten. Ich rechne in fünf Minuten mit Ihnen, geht das in Ordnung?«

«Natürlich.«

Im Büro des Arztes nahmen sie Platz. Dr. Pilar erklärte die jetzige Situation.

»Maries Aufwachphase verläuft bisher sehr ruhig«, sagte er, »das ist nicht bei allen Patienten so. Die einen, das haben wir schon erlebt, wälzen sich wild im Bett, bevor sie zurückkommen. Sie fangen an, das Pflegepersonal abzuwehren. Manchmal schreien oder stöhnen sie. Marie wacht nur für kurze Zeit auf. Wie Sie gesehen haben, öffnet sie ihre Augen, was jedoch nicht bedeutet, dass sie auch bei vollem Bewusstsein ist.«

»Aber sie hat doch schon gesprochen«, mischte sich Herr Sanders ein.

»Ja, das stimmt, das ist ein sehr gutes Zeichen, denn es lässt erkennen, dass ihr Sprachzentrum unversehrt ist.«

»Und dass sie denken kann?«

»Auch das.«

»Aber Steffen glaubt, gehört zu haben, dass sie sagte, sie würde nichts sehen?« Während er das aussprach, schielte Herr Sanders in das entsetzte Gesicht seiner Frau.

»Entschuldige«, sagte er mit einer scheuen, fast asthmatischen Stimme, »ich wollte dir zuerst die guten Dinge zeigen.«

»Stimmt das?« Eleonora war geschockt.

»Im Moment ja. Als Arzt, der schon einige Komapatienten versorgt hat, muss ich Sie darüber aufklären, dass es gelegentlich zu dauernden Seh-, Sprach- oder Bewegungsstörungen kommt. Manchmal treten Halbseitenlähmungen oder Tetraspastiken auf. Das Gleichgewicht oder das Zusammenspiel der Körperteile kann ebenfalls gestört sein. Auch dauerhafte Ausfälle des Gedächtnisses und des Denkens, ebenso gehirnbedingte, epileptische Anfälle sind möglich. Sie müssen damit rechnen, dass Marie eventuell als behinderte Frau ein Leben lang auf Ihre Hilfe angewiesen ist. Eleonoras Gesicht hatte alle Farbe verloren.

»Brauchen Sie ein Glas Wasser, streikt Ihr Kreislauf?«

Dr. Pilar schenkte ihr Wasser ein, stand auf und prüfte ihren Puls.

»Trinken Sie und legen Sie sich bitte einen Augenblick auf die Liege«, sagte er.

»War wohl etwas zu viel Information für meine Frau.« Herr Sanders tätschelte ihre Wange.

»Machen Sie sich nicht verrückt. Wir gehen immer noch davon aus, dass alles gut wird. Niemand weiß, ob Lähmungen, Gefühlsstörungen oder psychische Veränderungen bei Marie auftreten werden. Es kommt vor, dass manche Patienten an Gedächtnisstörungen leiden. Sie können sich nicht konzentrieren, haben Probleme, sich einen Sachverhalt zu merken. Wenn es darum geht, die Dinge aus ihrer Vergangenheit zu rekapitulieren, sind sie meistens überfordert. Das leistet ihr Gehirn vielfach nicht mehr. Aber wie ich schon sagte, wir sind bei Marie guter Dinge.« Dr. Pilar versuchte ein die Situation entschärfendes Lächeln.

»Aber bedeutet das, dass sich Marie nicht nur an uns, ihre Familie, sondern auch an den Unfall nicht mehr erinnern wird. Wollen Sie uns das sagen?« Eleonora schüttelte unglücklich den Kopf.

»Das ist nicht auszuschließen. Trotzdem glaube ich immer noch, dass Marie sich mit der Zeit wieder ganz normal bewegen kann. Wir haben bei ihr keinerlei Lähmungen festgestellt, sie spricht, zwar noch nicht deutlich, was uns aber zeigt, dass ihre Sprache intakt ist und vor allem, dass sie denken kann. Das ist äußerst positiv zu bewerten. Wie weit ihre Erinnerungsfähigkeit eingeschränkt ist, müssen wir abwarten. Aber das kann man trainieren, das ist die große Aufgabe der Familie.«

»Wie können wir helfen?«, fragte Eleonora aus dem Hintergrund. Sie setzte sich langsam auf.

»Es gibt verschiedene Möglichkeiten. Versuchen Sie, Maries Erinnerung zu fördern, indem Sie ihr z.B. ihre Lieblingsmusik mitbringen. Hat sie ein Lieblingsgericht, dann kochen Sie das und füttern sie damit. Geschmack und Duft bewirken bei ehemaligen Komapatienten oft viel. Überlegen Sie, was sie alles mag, oder auch, was sie total abturnt. Schauen Sie, wie sie reagiert. Versuchen Sie, ihr bestmöglich beizustehen.«

»Das ist selbstverständlich.« Eleonora saß wieder am Tisch. »Wir wechseln uns ab. Steffen, Jochen und seine Freundin helfen uns sicher dabei.«

»Gut, dass du gerade Steffen erwähnst«, sagte Walter und wendete sich an Dr. Pilar. »Sie haben Steffen gegenüber etwas von einem apallischen Syndrom erwähnt. Was kann ich darunter verstehen?«

»Nun, ein gut geschultes, medizinisches Personal erkennt, wenn Störungen der Sprache, des Sprachverständnisses, des motorischen Bereichs, oder des Sehens, wie es momentan bei ihrer Tochter der Fall ist, vorliegen. Im ungünstigsten Fall sind diese Beeinträchtigungen so vielfältig, dass wir von einem apallischen Syndrom sprechen.«

»Wollen Sie damit sagen, Marie hat dieses Syndrom? Ist sie blind, oder ist dieses, wie sie selbst sagte, nichts sehen können, irgendwann vorbei? Ich muss das wissen.« Eleonoras Magen zog sich schmerzhaft zusammen.

»Bleiben Sie bitte positiv. So wie ich es sehe, hat Ihre Tochter sehr viel Glück gehabt. Die Prognose, dass sie wieder vollständig gesund wird, ist noch etwas gewagt, aber die Aussichten sind sehr gut.«

Leidlich beruhigt verließen die Sanders das Krankenhaus.

Kapitel 53

Endlich war es soweit. Juan hatte sich den 23. Juni als Eröffnungstag ausgewählt. Vom 21. bis 24. Juni feiert man auf Ibiza die »Feste de Sant Joan«. Verschiedene Festivitäten sind Vorboten auf den Höhepunkt, der in der Nacht des 23. mit einem grandiosen Johannisfeuer begangen wird. Überall verbrennt man große Strohpuppen, meist mit Anspielungen auf politische Ereignisse. In Santa Eularia, Sant Joan und Eivissa werfen funkelnde Feuerwerke Brokatlichter in den nachtschwarzen Himmel. Und in dieser aufregenden Nacht sah Juan den geeigneten Zeitpunkt, sich mit seinem Club der Öffentlichkeit in einer solchen Pracht vorzustellen.

Die ersten Gäste trafen bis zum frühen Nachmittag an jenem 23.6. ein. In allerletzter Minute entschloss sich Juan, sie von einem zusätzlich eingestellten Chauffeur in weinroter Livree abholen zu lassen. Was hätte es für einen ersten Eindruck gemacht, wenn der Chef des Hauses die Gäste am Flughafen persönlich in Empfang nähme, und dabei auch noch in die Rolle des Kofferträgers schlüpfen müsste? Die Frauen aus dem P.M.C fungierten als freundliches Empfangskomitee vor dem Haupthaus. In ihren neuen, meerblauen Kostümen, dem zarten Make-up und den gestylten Haaren, avancierten sie zu wahren Eyecatchern. So hatte sie niemand zuvor gesehen. Assunta sprühte vor Kreativität, es war ihre Idee, sich so herauszuputzen. Juan gab sein Einverständnis. Vor seinen Augen entwickelten sich die ehemals verunsicherten und gedemütigten Frauen zu engagierten Persönlichkeiten. Er freute sich, diesen Prozess mit in Gang gesetzt zu haben. In den Monaten der Clubrenovierung änderte sich nicht nur dessen Fassade. Die fünf Frauen, Saskia, Assunta, Alex, Angelina und Ada eilten einer Metamorphose entgegen, die ihrem Alter Ego keinen Raum mehr ließ.

Ein großartiges, raffiniert facettenreiches, für Feinschmecker arrangiertes Abendessen, erwartete die Gäste. Alex und ihre Küchengarde übertrafen sich selbst. Sie heimsten von den Touristen großes Lob ein. Mit Mühe und Not konnte Assunta einen Gast aus Holland, der in Antwerpen ein Sterne Restaurant führte, davon abhalten, in die Küche zu stürmen, um Alex für sein Haus abzuwerben. Kurz nach

22 Uhr versammelten sich auf Wunsch von Juan alle Gäste um den Swimmingpool. Der Champagner floss in Strömen, in gelöster, heiterer Atmosphäre. Juan nahm die Gelegenheit wahr, seine Gäste auf das Herzlichste zu begrüßen.

»Meine Mitarbeiter und ich setzen alles daran, ihre Wünsche augenblicklich zu erfüllen. Nur Wunder brauchen etwas länger, sagte er, das ist ja bekannt.« Dafür bat er mit einem Schmunzeln im Voraus schon um ein wenig Nachsicht. Applaus und Zustimmung begleiteten seine Rede.

»Ich habe noch eine Überraschung«, erklärte er freudig. »Sie ist nicht nur unseren geschätzten Gästen gewidmet, sondern auch ein Dankeschön an mein wunderbares Team, ohne das dieser Abend gar nicht erst zustande gekommen wäre.« Er hob die rechte Hand und zählte mit lauter Stimme »Uno, Dos, Tres.«

Die erste Rakete flog in die Luft, zerteilte mit einem lauten Knall und eisigem Licht den Himmel. Immer neue feurige Blumen und Ornamente verzierten den schwarzen Grund mit schillernden, glitzernden Farben. Aus der Ferne hörten sie Böller krachen und sahen Feuerwerke, die symphonieartig anschwollen und verebbten. Ein grandioses Schauspiel für die Sinne. Juans Gäste jubelten begeistert, überwältigt von der atemberaubenden Vielfalt des Spektakels.

Nach Beendigung der sprühenden Himmelsschau ließ Alex das traditionelle, inseltypische »churros con chocolate«, Spritzgebäck mit Schokolade überzogen, reichen. Bis in die frühen Morgenstunden feierten und tanzten alle um den Pool zu spanischer Musik. Champagnerkorken knallten, verhalten, im Gegensatz zur erlebten Geräuschkulisse am samtenen Himmelszelt. Durch die fröhliche Atmosphäre näherten sich die anwesenden Menschen an.

Die Eröffnung übertraf jegliche Erwartung. Juan konnte nicht gleich zu Bett gehen, der wohlverdiente Schlaf war ihm abhandengekommen nach diesem aufreibenden, stressigen Tag. Er setzte sich mit einem Glas Whisky auf die Terrasse des Haupthauses und beobachtete das stille Spitzenmuster der Sterne am Firmament. Glücklich und ausgepowert fühlte er sich, auf sonderbare Weise mit sich im Reinen. Der Whisky, in kleinen Schlucken genossen, tat seine Wirkung schneller als erhofft. Juan merkte, wie sich nun doch eine bleierne Müdigkeit anschlich.

Bevor er das Schlafgemach aufsuchte, erhob er das fast leere Glas gen Himmel und rief, verhalten zwar: »Salute Susanna, schade, dass du das nicht miterlebt hast. Danke für dein Geschenk. Wo immer du auch bist, mach es gut.« Er schlürfte den letzten Tropfen, warf das Whiskyglas voller Wucht an die Wand, steuerte trunken das Schlafzimmer an. Am nächsten Morgen blinkte auf dem Computer ein Brief entgegen. Sie haben Post, stand da. Augenblicklich öffnete er die Mail, die ihn wohl mitten in der Nacht erreicht hatte. Mit großen Augen, die das Geschriebene kaum fassen konnte, las er.

»Hallo Juan, Glückwunsch zur Eröffnung der neuen, alten Clubanlage, viel Erfolg! Die Wahl des neuen Namens traf mich wie ein Nadelstich, aber auch nicht mehr. Wie ich sehe, sind deine finanziellen Mittel fast gänzlich ausgeschöpft, aber das wird sich ja in der nächsten Zeit ausgleichen. Wundere dich nicht, wenn ich irgendwann darauf zurückgreife.«

Susanna!!! Das war das erste Lebenszeichen seit ihrem Verschwinden von hier. Juan las die Mail immer wieder. Er suchte zwischen den Zeilen, konnte sich nicht erklären, wie es möglich war, dass sie immer noch Interesse an den internen Vorgängen im Club hatte. Er fühlte sich gläsern und schauderte. Egal wo sie sich aufhielt, sie ließ ihn ihre Macht spüren. Das Glücksgefühl vom Abend verlor immer mehr Farbe, je länger er grübelte. Nach der Anstrengung, Susanna und ihre Machenschaften aus seinem Umfeld zu vertilgen, wurde ihm bewusst, dass es unmöglich war, sie ein für alle Mal loszuwerden. Sie wird mich auch weiterhin überwachen, lässt mich nicht zur Ruhe kommen, dachte er. Hat sie einen Spion in der Anlage? Der Keim des Misstrauens war gesät.

Kapitel 54

»Weißt du was, Walter, jetzt, da Marie nicht mehr über die Sonde ernährt wird, kann ich ihr das Gericht kochen, das wir aßen, als der Brief mit dem Gewinn bei uns eintraf. Vielleicht ist es nützlich, dort anzufangen, wo alles begann. Erinnert sie sich an den Tag, fällt ihr eventuell ein, wohin sie die Reise führte, und was dort passiert ist. Ich komme immer noch nicht damit klar, dass man Drogenspuren in ihrem Blut gefunden hat und dass sie im Rausch Auto gefahren ist. So etwas tut sie nicht!«

»Was heißt hier, sowas tut sie nicht? Sie hat es getan, das kann niemand schön reden. Wichtig wäre es zu wissen, warum sie das getan hat.« Walter schaute Eleonora mit verkniffenen Augen an. »Vielleicht hat man ihr die Drogen untergejubelt. Skrupellose Idioten gibt es überall, und Ibiza ist nun mal eine Partyinsel.«

»Aber in dem Gewinnschreiben stand doch, außerhalb gelegen, Pinienwald. Ich dachte, es handele sich um einen ruhigen, erholsamen Urlaub. Sie wollte nicht fliegen, aber ich habe sie überredet. Mein Gott, was habe ich nur getan?« Verzweifelt legte Eleonora den Kopf an Walters Schulter.

»Hör endlich auf mit diesen unnützen Vorwürfen. Wer rechnet denn damit, dass so etwas passiert? Wir müssen jetzt nach vorne schauen, verstanden! Sieh mal, sie ist doch schon fast aufgewacht.«

Eleonora wischte sich mit dem Ärmel ihrer Bluse die Tränen aus den Augen. »Tschuldigung, du hast ja Recht«, sagte sie leise. »War wirklich etwas zu viel in der letzten Zeit. Also komm, wir müssen noch einkaufen. Ich koche Spaghetti al Verde und bringe sie ihr ins Krankenhaus. Mal sehen, ob das Essen eine Erinnerung bei ihr auslöst.« Sie hakte sich bei ihrem Mann unter. Durch die Kleidung merkte er, wie sie zitterte.

Als Steffen leise das Krankenzimmer betrat, sah er, dass Jochen und Katja bei Marie am Bett saßen. Er schlich sich von hinten an, verharrte und lauschte, was sein Freund gerade seiner Schwester erzählte. Katja, die mit dem Blick zur Tür saß, blinzelte ihm entgegen. Steffen legte den Finger auf den Mund, Katja verstand.

»Weißt du, wir hatten zwar keinen Erfolg deinen Aufenthaltsort, äh, den ominösen Club zu finden, aber ich gestehe, unter besseren Voraussetzungen hätten wir einen tollen Urlaub gehabt. Schätze, du hast nicht annähernd so viel gesehen wie wir. Ganz ehrlich, ich habe mir Ibiza nicht so schön vorgestellt. Portinax war toll, warst du mal da? Ach, und das will ich dir auch noch sagen, dein Männergeschmack ist vielleicht doch nicht so schrullig, wie ich bisher dachte. Dein Steffen und ich sind mittlerweile wieder dicke Freunde. Also, wenn du ihn noch willst, kann ich dir nur gratulieren. Durch deinen Unfall ist ihm erst klar geworden, was du ihm bedeutest. Ich versichere dir, inzwischen hat er das Arschlochverhalten komplett abgelegt. Er ist ein Guter, das weiß ich jetzt.«

Steffen haute Jochen mit zwei Händen auf die Schultern.

»Da hat aber einer gerade mal so die Kurve gekriegt«, lachte er, als er sah, dass Steffen sich mit erschrockenem Gesicht ans Herz griff.

»Alter, bist du bescheuert!«, schnauzte er. »Ich habe fast einen Herzinfarkt bekommen. Willst du mich in Zukunft auch hier besuchen? Glaub mir, das ist dir beinahe gelungen.«

Katja zugewandt, knurrte er: »Du hast ihn doch gesehen, warum warnst du mich nicht vor diesem Spinner?«

Sie lachte und klatschte in die Hände.

»Komm schon, sei nicht sauer auf sie, ich wollte hören, was du Marie von unserer Reise berichtest. Dass du so wohlwollend über mich sprichst, hätte ich nie vermutet. Es tut gut, deine Meinung zu hören. Und jetzt mach mal Platz, damit ich meine Liebste begrüßen kann.«

Steffen schubste Jochen zur Seite. Er beugte sich zu Marie, die reglos, die Augen geschlossen, dalag, küsste sie auf Mund, Augen und Stirn.

»Die küssen mich, das ist es, das sind keine Fliegen in meinem Gesicht, jetzt verstehe ich! Aber dieser Steffen übertreibt, das werde ich ihm bei Gelegenheit einmal sagen.«

»Hallo, mein Schatz, weißt du, wer hier ist? Kannst du uns hören oder sehen?« Marie öffnete die Augen und stierte ins Leere. Ein Röcheln kündigte an, dass sie etwas mitteilen wollte. Nach einer Weile und mit dem Ohr an ihrem Mund, verstand Steffen das Wort »Licht«.

»Kannst du heute etwas sehen?«, fragte er aufgeregt.

»Möchte wissen, wer dieser Typ ist, er stellt vielleicht blöde Fragen. Wie kann ich ihm erklären, dass das Schwarze mir heute tatsächlich etwas heller erscheint? Ich strenge mich an, merkt er das nicht. Augen, erledigt eure Arbeit, ich will sehen, wer da ist, zeigt es mir, Pronto!« Ihre Augen gehorchten ihr nicht. Sie sträubten sich wie die Arme, die Beine und der Rest ihres nutzlosen Körpers. Es war zum aus der Haut fahren, aber das ging sowieso nicht.

»Hat sie was gesagt?« Jochen und Katja hielt es nicht mehr auf ihren Stühlen. Sie rückten dichter an Marie heran.

»Sie sagte *Licht*«.

»Aber das bedeutet doch, dass sie schon bald wieder richtig sehen kann, oder?« Katja, die gefragt hatte, verstand nicht, warum sich Steffen mit einer Antwort so viel Zeit ließ. Stattdessen vernahm sie, wie er erneut fragte, ob Marie wisse, wer bei ihr am Bett sei, und ob sie jemand erkennen könnte. Marie zwinkerte mit den Augen und schüttelte kaum merklich den Kopf.

»Hallo Sister, ich bin mit Katja hier. Erinnerst du dich an uns? Wie geht es dir, hast du noch Schmerzen?«

Erneut schüttelte sie kaum wahrnehmbar den Kopf.

»Kannst du sprechen Marie, sag doch was zu uns, du bist doch wieder da, oder?«

»Und wie ich da bin, du Spacko. Wenn ich könnte, würde ich mich ausschütten vor Lachen, über deine blöde Fragerei.« Auf einmal wurde sie gewahr, dass sie unter der Bettdecke eine Hand zur Faust geballt hatte. »Na geht doch«, sinnierte sie, »aber das merken sie mal wieder nicht.«

»Bedränge sie nicht«, ermahnte Steffen seinen Freund. »Dr. Pilar sagt, wir müssen Geduld haben. Sie ist noch sehr müde.«

»Ich dachte ja nur ...«, begann Jochen und verstummte, noch ehe Katja ihn am Ärmel fasste und zurück zum Stuhl zog.

»Wie lange könnt ihr bleiben?«, fragte Steffen. Jochen warf einen Blick auf die Armbanduhr.

»Du meine Güte, so spät schon, in einer viertel Stunde müssen wir aufbrechen, leider. Bleibst du noch bei ihr?«

»Ja, ich warte auf deine Eltern. Die kommen gegen 19 Uhr, haben sie gesagt.«

»Die verpassen wir«, bedauerte Katja, »aber uns bleibt keine Zeit mehr, ich muss zur Uni, meine Hausarbeit abgeben. Heute noch, verstehst du?«

»Klar, gibst du sie auf den letzten Drücker ab? Nun ja, du bist sicher nicht die Einzige.«

Sechs Augen fixierten auch die kleinste Regung von Marie. Unheimlich, sie vor sich zu sehen und nicht mit ihr kommunizieren zu können. Früher konnte man mit ihr über Gott und die Welt reden. Ihre Interessen waren vielseitig. Quirlig teilte sie mit, was sie gerade erlebt, oder gehört hatte. Nun lag sie vor ihnen, ein zartes, apathisches Menschlein, zerbrechlich und ruhig. Ein Anblick, der die mitgebrachte, aufgesetzte gute Laune ihrer Besucher, hinter Mutlosigkeit einsperrte. Katja und Jochen waren froh gehen zu können, zu flüchten, aus dem Dunst der Bedrückung. Jochen standen Tränen am Wimpernrand, ihr Überlaufen unvermeidbar. Katja nahm ihn in die Arme und versuchte ihn zu trösten. Aber er wehrte sie ab, wandte sich um und rannte hinaus ins Freie.

»Sie wird nie mehr wie früher!«, schrie er Katja entgegen. »Sie ist blind, und keiner hat es mir gesagt. Sie ist ein Pflegefall. Was kann sie denn noch? Sag's mir! Nach diesen endlosen Wochen kann sie gar nichts, ein Baby kann mehr als sie. Meine Schwester ist tot, für sie und für uns. Was da in diesem Bett liegt, ist nicht mehr Marie.« Er heulte hemmungslos. Katja trat näher an ihn heran, vermied aber, ihn zu berühren. Ihr brach das Herz, ihren Freund so zu sehen, mit der Gewissheit, nicht mal ihm helfen zu können. Alles kann man teilen, hatte sie immer gedacht, das Glück und den Schmerz, aber manche Schmerzen muss man alleine tragen. Das ist nun mal so. Sie gingen zum Auto.

»Soll ich lieber fahren?«, fragte Katja vorsichtig.

»Nein, das brauchst du nicht.« Jochen wischte sich die Tränen ab und schnäuzte sich kräftig. Mit rotgeränderten Augen setzte er sich ans

Steuer und fuhr los. Es blieben ihnen nur noch wenige Minuten bis zum Abgabeschluss von Katjas Arbeit.

Steffen schaute zum wiederholten Mal auf die Armbanduhr. So langsam müssten die Sanders aber jetzt erscheinen, dachte er, noch ehe er das Klopfen an der Tür vernahm. Na endlich!

»Hallo Steffen, du hast sicher schon auf uns gewartet? Entschuldige, das Kochen hat etwas länger gedauert.«

»Hm, das duftet gut«, schmeichelte er, bin gespannt, ob Marie diesen Duft erkennt.«

»Frag mich mal.« Herr Sanders zog sich einen Stuhl näher an das Bett.

»Wir tun alles, um ihrem Gedächtnis entgegenzukommen«, sagte er.

Eleonora stellte das Tablett ab. Sie hob den Deckel auf und fächelte den Duft auf Maries Nase zu. »Hallo, mein Schätzchen, riech mal, was ich dir mitgebracht habe. Spaghetti Al Verde, erkennst du den Kräuterduft?«

Marie versuchte, selbstständig den Kopf zu heben, aber mehr als ein paar Millimeter schaffte sie einfach nicht. Seit sie nicht mehr über Infusionen gespeist wurde, versuchte sie, mit Gerüchen und Geschmäckern klar zu kommen. Das war schwer. Bei dem schlichten, geschmacklosen Krankenhausessen war kaum von einer positiven Reizung des Gaumens zu sprechen. Maries Schluckreflex ließ noch zu wünschen übrig. Er hatte zu lange pausiert, so dass er immer wieder stagnierte und sie in eine bedrohliche, erstickungsanfällige Situation brachte.

Deshalb wurde ihr Essen in der Klinikküche fein püriert, um zu vermeiden, dass irgendwelche Bröckchen sich in ihrem Hals vor die Luftröhre schoben. Eleonora band Marie eine Serviette um und wollte sie gerade füttern, als die Tür aufgerissen wurde und eine Krankenschwester hereinstürmte.

»Halt!«, rief sie, »warten Sie, Marie kann so nicht essen.«

»Aber wieso denn nicht?«, fragte Eleonora entgeistert, »das ist doch ihr Lieblingsessen. Ich dachte, dass ich ihrer Erinnerung so auf die Sprünge helfen kann.«

»Ja, ja, das ist auch okay.« Die Schwester nahm ihr den Teller aus der Hand, »aber sie kann doch keine langen Spaghetti essen. Sie würde daran ersticken, verstehen Sie? Das muss alles ganz klein geschnitten oder püriert werden.«

»Oh.« Eleonora blickte schuldbewusst zu Boden. »Daran habe ich nicht gedacht.«

»Ich auch nicht,« murmelte Walter.

»Ich bin ja noch rechtzeitig gekommen«, sagte die Schwester in versöhnlichem Ton, und schnitt die Nudeln in winzig kleine Stückchen.

»Ich denke, wir müssen noch viel lernen. Entschuldigen Sie, Schwester.«

»Ist schon recht, ich lasse das feine Gericht aufwärmen und danach können Sie ihre Tochter füttern. Hätte ihr Essen nicht so gut gerochen als ich hier vorbeikam, wäre vielleicht ein Unglück geschehen.« Sie verschwand mit dem Teller. Steffen schaute wie Maries Eltern unglücklich drein. Kurz darauf erschien Schwester Karin mit der aufgewärmten Mahlzeit und reichte Eleonora den Teller und einen kleinen Löffel.

»So, versuchen Sie mal, ob Sie es auch schaffen, dass Marie den Mund öffnet. Wissen Sie, manche Patienten tun das in der Aufwachphase automatisch, aber manchmal verweigern sie sich.«

»Marie, kannst du bitte den Mund öffnen?«, fragte Eleonora. Nach der vorhergehenden Rüge von Schwester Karin schwang ein Zittern in ihren Worten mit.

»Streichen Sie ihr über den Kehlkopf, das fördert den Schluckreiz.« Schwester Karin gab ihre Anordnung von der Tür aus, mit dem Griff in der Hand, abwartend. Jetzt war Eleonora erst recht verunsichert. Sie merkte schon wieder, wie das Wasser ihrer Augen den Pegel hob. Sie flehte ihre Tochter geradezu an, den Mund aufzumachen.

Im Halbdämmer öffnete Marie ihren Mund. Aber erst, als sie fühlte, dass da etwas Wohlschmeckendes ihre Geschmacksknospen überflutete, verstand sie, dass sie aß. *»Fantastisch!«*, jubelte sie innerlich.

«Ich esse, und das schmeckt gut. Was ist das? Wann habe ich zuletzt eine so gute Nahrung gerochen, geschmeckt und geschluckt? Leute, wer auch immer ihr seid, kommt wieder!«

»Seht nur, das mag sie!«, rief Eleonora, die den Anflug eines Lächelns bei Marie entdeckte.

»Der Doktor hat recht!«, lachte ihr Mann und haute dabei Steffen heftig ins Kreuz. Der zuckte zusammen. »Au«, sagte er und tat beleidigt.

»Endlich können wir etwas für sie tun, schau dir das an Steffen, sie lächelt zwischen den Nudeln hindurch.«

Natürlich hatte auch er diesen gravierenden Fortschritt erkannt. Trotzdem rümpfte er die Nase.

»Muss Walter mir deshalb das Kreuz brechen?«

»Aber nein, entschuldige«, entgegnete Walter, der das vertrauliche Du, das Steffen soeben herausgerutscht war, wohl bemerkt hatte. »Steffen hat Recht, das »Du« ist schon lange überfällig. Was meinst du, Frau?« Er reichte Steffen die Hand. »Walter«, grinste er, »und Eleonora.« Er deutete auf seine Frau, die ganz vertieft Marie fütterte. Steffen übertünchte seine Verlegenheit mit einem strahlenden Gesicht.

Marie hatte gut gegessen, mehr als in den Wochen zuvor, in denen sie ohne Sonde ernährt wurde. Ihr Schluckreflex war nicht beeinträchtigt, ein sehr gutes Zeichen. Blieben die Augen und das Gedächtnis, die aufzuarbeitenden Baustellen. Aber auch hier konnte, sicherlich sehr langsam, Besserung eintreten. Trotz der täglichen Krankengymnastik hatte ihre Muskulatur große Defizite, aber das ist normal, wenn man solange ans Bett gefesselt ist. Inzwischen konnte sie sich mit Hilfe anderer aufsetzen und in der Sitzposition eine kurze Weile verharren. Ab und zu versuchte sie zu sprechen, meistens sehr undeutlich und unverständlich, aber das war ein Training für die Stimmbänder. Eleonora putzte ihr wie einem Kleinkind den Mund ab. Marie zeigte ihre Sättigung an, indem ihr Kopf leicht nach hinten sackte und sie die Lippen zusammenpresste.

»Das hast du sehr gut gemacht«, lobte Eleonora.

»Ich bin stolz auf dich!«, schloss sich Walter an, und ergriff ihre Hand. Wirst sehen, alles andere kriegen wir auch noch hin.«

»Ich muss los«, druckste Steffen, den Maries Eltern, wie ihm schien, ganz vergessen hatten. Er schob sich ans Bett, küsste Marie auf den Mund und sagte:

»Bis morgen, mein Schatz, um die gleiche Zeit.« Sein Zwinkern sah sie nicht. Noch nicht, dachte er. Die Gesunden verabschiedeten sich voneinander in der Gewissheit, dass sie sich noch oft hier treffen würden. In einem Punkt waren sie sich unausgesprochen einig, die Hoffnung stirbt zuletzt.

Kapitel 55

Auf einmal war sie wieder da, von der Festplatte in sein Hirn gerammt. Susanna! Während der arbeitsintensiven Wochen hatte er keinen Gedanken an sie verschwendet. Sie verschwand ohne ein Wort und kehrte virtuell zurück mit einer Ansage, die ihm Kummer bereitete. Selbstverständlich konnte er ihr Geld zukommen lassen, wenn das Unternehmen auf festen Beinen stand. Durch ihre Heirat wahrten sie mit einer Scheinehe den Schein. Sie hatte nicht durchblicken lassen, wo sie sich zurzeit aufhielt, trotzdem war ihr Zugriff auf die Firmenkasse unvermeidbar. Die gemeinsame Vollmacht hatte Bestand. Susanna verfügte über das Recht, sich jederzeit an den erwirtschafteten Tantiemen zu vergreifen. Er sollte nicht vergessen, wer die Anlage erbaut und bezahlt, also den Grundstein für sein neues Leben gelegt hatte. Offiziell war ihm der Club übereignet, angetragen, aufgehalst, mit allen Rechten und Pflichten. Er gab sein Herzblut, wieder ein Kleinod zu erschaffen, eine Hotelanlage, die nach langen, schwarzen Tagen, wieder so etwas wie Sicherheit und Ruhe bot, in deren Mauern die Freude zurückgekehrt war.

Er verstand nicht, wieso sie sich ausgerechnet jetzt bei ihm meldete. Käme sie zurück, wäre der Vertrauensbonus, den ihm die Frauen endlich entgegenbrachten, unwiederbringlich verloren. Die Geister der Vergangenheit würden sich erneut erheben, mit dem Unterschied, dass die Frauen die Möglichkeit hatten vor ihnen zu fliehen. Keine, da war er sicher, würde jemals wieder für Susanna arbeiten. Das Stockholmsyndrom hatte sich für alle Zeit erledigt. Es gelang ihm nicht herauszufinden, von wo die E-Mail abgeschickt worden war. Das Einzige, was ihm übrig blieb, war täglich die Kontenbewegungen zu überprüfen, um sich nicht irgendwann von roten Zahlen erschlagen zu lassen. Die unberechenbare Susanna bekam immer, was sie wollte. So kannte er sie. Ihn bedrängte auch noch die fürchterliche Idee, dass, sollte sie eines Tages wieder auf der Matte stehen, er nicht mehr in Sicherheit leben könnte. Sie hatte ihm ja schon bewiesen, dass es ihr nicht schwerfiel, Widersacher um die Ecke zu bringen. Spätestens dann, wenn er ihr nicht mehr dienlich wäre, ließe sie sich etwas einfallen, damit wieder alles ihr gehörte. Die unerwartete Heirat entpuppte sich lediglich als ihre Rückversicherung. Schon seit er sie kannte, lief ihr moralischer Kompass falsch herum.

Plötzlich sah er Goethes Zauberlehrling vor sich, wo es hieß: »Herr, die Not ist groß! Die ich rief die Geister, werd ich nicht mehr los.« ...wille, walle, und er fletschte die Zähne wie ein Hund. Glasklar erkannte er, dass das, was er als Liebe zu spüren glaubte, nie Liebe war. Er knallte den Deckel des Laptops zu, stand auf und schlurfte an die Bar. In ein Cognacglas füllte er reichlich Hochprozentigen als Tröster ein. Das Klopfen an der Tür überhörte er. Die Bernsteinflüssigkeit in einem Zug durch die Kehle gejagt, bescherte ihm ein angenehmes Brennen.

Erst nachdem er das Glas absetzte, vernahm er das Pochen an der Tür. Er ging hin und öffnete sie. Vor ihm stand Angelina, wie immer mit einem Sternschnuppenlächeln, das millisekündlich aufblitzte und in der Tiefe verschwand. Er bat sie hereinzukommen, zeigte auf einen Sessel im Wohnzimmer, auf dem sie sich niederlassen sollte. Bewusst zog er den neutralen Ort seinem Büro vor, denn es gab noch diese unheimliche Sache mit Yvonnes Finger zu klären. Entscheidend war für ihn, was sie dabei für eine Rolle gespielt hatte. Doch mit dem Eintauchen in den tiefen, braunen Ledersessel, dem immer noch ein markanter, schwerer Duft nach Mann und Geld anhaftete, veränderte sich Angelinas Haltung augenblicklich. Sie ging in Deckung, ihre Augenbrauen schoben leicht aufeinander zu und eine ängstliche Ahnung huschte über ihr Gesicht. Kalte Erwartung fror ihre Mimik ein. Sofort verschränkte sie ihre Beine und Arme, knotete sich selbst, demonstrierte körperlich, dass sie nicht bereit war, zurück ins dunkle Wasser zu tauchen. Ihre Vorstellung war beeindruckend.

Juan sah die Veränderung mit Staunen und wusste, dass jetzt mit Sicherheit nicht der richtige Zeitpunkt war, ihre Angst auszuhebeln. Er musste sie in Ruhe lassen, durfte das Geheimnis, das sich hinter ihrer Stirn verbarg, nicht ans Licht zerren. Also ging er zur Tagesordnung über, fragte, warum sie gekommen sei und besprach mit ihr, wie das aufgetretene Problem zu bewältigen wäre. Angelina taute aus ihrer Erstarrung auf. Sie lächelte befreit. Dieses Lächeln zog wie ein Weichzeichner über ihr Antlitz und machte sie schön. In diesem Augenblick kam es Juan vor, als sehe er sie zum ersten Mal. Tatsächlich war er doch froh, sie nicht entlassen zu haben. Ein Mensch, der tiefe Gefühle zuließ, durfte einfach nicht schlecht sein. Er schaute ihr nach, wie sie durch den Raum zum Ausgang schritt, sah, wie leicht sie ihre Füße voreinander setzte, so wie man es bei Mannequins sieht.

Sie wiegte sich mit einer Natürlichkeit in den Hüften, geschmeidig im Gehen, wie bei einem Tanz. Auch das erschien ihm neu. Noch nie war ihm aufgefallen, dass eine Frau sich so bewegte. Der Hals wurde ihm eng, er fing trocken zu husten an. Entschuldigend hob er die Hand, bevor er hinter ihr die Tür schloss. Langsam schlenderte er zum Sessel zurück, setzte sich breitbeinig hinein und presste den Rücken in die ergonomische Form.

»Was war das denn eben?«, fragte er, und schüttelte den Kopf. »He, das war Angelina«, schalt er sich. Ich weiß doch, was sie getan hat, dachte er. Selbst wenn sie es aus Angst tat, aber jemanden einen Finger abzutrennen, der vielleicht sogar ein Freund ist, das setzt doch eine extreme Kaltblütigkeit voraus. Was ist das nur für eine Frau? Einmal finde ich sie unnahbar und hässlich, dann wiederum möchte ich sie in die Arme nehmen und vor allem Bösen beschützen. Heute kam sie mir vor wie eine Auster, am Anfang unseres Gesprächs verschlossen, aber nachdem sie etwas aus sich heraus ging, entdeckte ich eine bezaubernde Perle. Bei ihrem Gang zur Tür bekam ich weiche Knie wie ein Teenager. Das ist mir noch nie passiert. Ich habe immer gedacht, es handele sich um eine Floskel, wenn ich so etwas hörte, aber eben ging es mir genauso. Dabei ist Angelina überhaupt nicht mein Typ. Sie ist mir zu groß, sie überragt mich sogar um einige Zentimeter. Das passt mir nicht. Mir gefallen die kleinen, zierlichen, quicklebendigen Frauen. Mit ihnen kann ich Spaß haben. Angelina ist anders, ganz anders. Klar, ihre Karosserie ist toll, das ist kaum zu übersehen. Damit turnt sie wohl jeden Mann an. Aber etwas, das ich nicht benennen kann, stört mich. Ich fühle eine Wand um sie herum. Manchmal öffnet sie ein Fenster, damit ich hineinschauen kann, aber ich sehe nichts. Sie ist unheimlich, aber auch unheimlich sexy. Irgendwann wird sie mir Rede und Antwort stehen, bald, bevor ich ihr gegenüber meine Sicherheit verliere.

Kapitel 56

Ein paar Tage vergingen, in die Marie hinein und hinausgedämmerte. Eines Morgens begriff sie, dass jemand an ihrem Bett saß. Aus dem Hintergrund hörte sie Musik, die ihr gefiel. Es kam ihr vertraut vor, so, als hätte sie sie schon einmal gehört. Sie lauschte, lenkte ihre Augen auf die Person, die vor ihr saß, und konzentrierte sich, so gut es ging, auf die verschwommene Form.

»Hallo, du da, ich kann dich sehen, noch nicht scharf, aber ich erkenne, dass du da bist.« Die Worte kamen stockend, gleichtönend nacheinander, wie Perlen, aufgereiht auf einer Schnur.

Die Person hob den Kopf und griff nach ihrer Hand. »Guten Morgen«, grüßte er, »was sagtest du eben? Kannst du es bitte noch einmal wiederholen?«

»Habe ich tatsächlich gesprochen? Wer auch immer du bist, kannst du mich hören?«

»Ja, Marie, ich kann dich hören, sprich weiter, weißt du, wer ich bin?«

»Nein, das weiß ich nicht, aber ich glaube, mein Augenlicht kommt zurück. Ich sehe Umrisse, schaue wie durch Milchglas, die Schwärze ist weg. Oh mein Gott, kann ich bald wieder richtig sehen?«

»Aber ja, daran glaubte ich von Anfang an. Ich weiß, dass alles gut wird, Sister.«

Mit dieser Aussage hatte Jochen zwar glatt gelogen, aber was spielte das für eine Rolle in diesem Moment.

»Warum sagst du Sister zu mir?«

»Weil ich dich immer so angeredet habe. Du konntest dich so herrlich aufregen, wegen der Anglizismen, erinnerst du dich? Ich bin Jochen, dein Bruder. Du hast dich immer geweigert, wenn englische Worte unsere schöne deutsche Sprache vertrieben haben. Dann hast du dich beschwert, hast gesagt, rede Deutsch mit mir, nicht Englisch. Damit konnte ich dich lässig auf die Palme bringen, weißt du noch? Und jetzt kannst du wirklich etwas sehen? Schau mich an. Deine Augen haben sich verändert, seltsam, sie sind nicht mehr so dunkel und trüb. Es ist toll, zu erleben, welche Fortschritte du in den letzten Wochen gemacht hast. Ich bin stolz auf dich Sis... ich meine, Schwester.« Nach Monaten der

Verzweiflung und Stagnation vernahm Jochen so etwas wie ein Glucksen aus Maries Mund.

»War das ein Lachen?«, fragte er aufgeregt.

»Ja«, rasselte Marie. Die seltsamen Laute wurden einem echten Lachen immer ähnlicher. Dabei sah Jochen etwas, was ihn fast umwarf. Mit dem Lachen bewegte sich auf einmal Maries Oberkörper, als wenn er geschüttelt würde. Die Hände, die zuvor noch leblos neben ihrem Körper lagen, streckten sich ihm entgegen. Er ergriff sie und küsste sie, dabei fing er laut an zu schluchzen.

»Du bist hier, Marie, du kannst sehen und du bewegst dich, ich bin überwältigt. Du hast so lange geschlafen, endlich haben wir dich wieder.«

»Was sagte er da, wie viel Zeit habe ich verloren, wie lange bin ich hier und warum? Was ist mit mir geschehen?, überlegte sie.

Jochen heulte wie ein kleiner Junge und legte den Kopf auf Maries Kissen. Ein kurzes, hartes Klopfen schreckte ihn auf. Schwester Karin stürmte ins Zimmer.

»Was ist passiert?«, fragte sie atemlos, »ich hörte ein lautes Weinen.«

»Marie kann reden, sie sieht mich, sie hat gelacht und sich bewegt. Sie hat meine Hände ergriffen«, schniefte er. »Muss ich noch mehr erklären?«

Schwester Karin tätschelte ihn wie einen lahmen Gaul, aber mit einem Smilyelächeln.

»Haben Sie Dr. Pilar schon Bescheid gegeben?«

»Oh, das habe ich total vergessen, entschuldigen Sie bitte.«

»Na, dann übernehme ich das mal für Sie. Schließlich sollen Sie sich nicht alleine über diese tollen Neuigkeiten freuen dürfen. Schön, dass Sie wieder da sind«, sagte sie an Marie gewandt. Routinemäßig fühlte sie ihr den Puls. »Etwas hoch«, kommentierte sie, »aber das ist kein Wunder. Ich schicke gleich den Chef vorbei.« Sie verließ das Zimmer.

»Hör mal, Marie, so wie ich das sehe, warst du nun die längste Zeit hier im Krankenhaus. Vielleicht kannst du in ein oder zwei Wochen in eine Reha gehen. Wirst sehen, im Nullkomma Nix kannst du wieder laufen, und dann wirst du nach Hause kommen und wir feiern ein großes Fest. Na, was hältst du davon?«

Marie schaute Jochen fragend an. »Nach Hause, wo ist das?« Sie hatte immer noch keinen Bezug zu diesem Menschen, der sie betatschte und in Tränen ausbrach, weil sie wieder sehen konnte. Er ist mein Bruder, hat er gesagt, aber ich kenne ihn nicht, weiß auch nicht, von was er mir die ganze Zeit erzählt hat. Er freut sich so schön, und er bringt mich zum Lachen. Ich glaube, er tut mir gut. Erneut wurde die Tür aufgerissen. Mit ausholendem Schritt eilte Dr. Pilar an Maries Bett.

»Ja, was habe ich denn von Schwester Karin gehört?«, lachte er. Er drehte sich Jochen zu, blickte ihn strahlend an und sagte: »Vielleicht erinnern Sie sich, damals, als die Situation so wenig aussichtsreich war, habe ich ihren Eltern erklärt, dass Wunder immer wieder mal geschehen können. Aber ich sagte auch, dass Wunder Zeit brauchen. Und nun sieh an, Marie ist wieder da, körperlich und geistig, und das ist wirklich ein Wunder.«

Der Patientin zugewandt sagte er: »Liebe Marie, ich freue mich sehr, dass unsere Bemühungen Sie ins Leben zurückzuholen, so erfolgreich waren. Nun kann ich mich Ihnen endlich vorstellen, ich bin Ihr behandelnder Arzt, Dr. Pilar. Aber ich bin nur ein Rädchen, einer von vielen Kollegen, denen Ihre Gesundheit und Wohlergehen wirklich am Herzen liegt. Schwester Karin hat mir berichtet, dass Sie sehen können und auch, dass ihre Beweglichkeit zurückgekehrt ist. Ist das korrekt?«

Es dauerte einen Moment, bis Marie antworten konnte. Sie räusperte sich, sprach immer noch holprig, aber durchaus verständlich.

»Ich kann Sie erkennen, mein Blick wird immer klarer. Zuerst habe ich festgestellt, dass nicht mehr alles nur schwarz ist, sondern wie in Milch getaucht aussieht. Ich erkannte Umrisse, die sich in der Zwischenzeit etwas geklärt haben. Wenn Sie bitte näher kommen, kann ich bestimmt schon ihr Gesicht sehen. Schauen Sie, meine Hände gehorchen mir, ich kann sie wieder anheben und zupacken. Ich bin überglücklich. Danke für alles.«

Aus Maries Augen liefen Tränen, die ihr Kissen aufweichten. Mit fast allen Sinnen kehrte sie zurück, von einer langen Reise durchs Niemandsland. Dr. Pilar, der Arzt, der schon vieles erlebt hatte in seiner Arbeit, nahm Jochen gegenüber auf den Stuhl Platz und ergriff Maries Hand. Dieses Wunder verschlug selbst ihm die Sprache. Er saß eine

Weile schweigend da und dankte im Stillen seinem Herrgott, der ihm stets die Kraft zum richtigen Handeln gab.

»Ich denke, es ist an der Zeit, ihre Eltern und den jungen Mann zu verständigen«, sagte Dr. Pilar zu Jochen.

»Aber natürlich, Sie haben Recht. Das tue ich sofort.« Er beugte sich zu Marie herunter, küsste sie auf die Stirn und verabschiedete sich.

»Bis später, Schwester, ich komme bald zurück und ich bringe auch Katja mit, einverstanden?«

»Wer ist Katja?«, fragte Marie, der vor Erschöpfung schon die Augen zufielen. Jochens Erklärung hörte sie schon nicht mehr.

»Schlafen Sie gut.« Dr. Pilar tätschelte Marie die Wange und verließ mit Jochen das Krankenzimmer.

»Sie weiß nicht, wer ich bin«, sagte Jochen, »ist das normal?«

»Darüber würde ich mir jetzt keinen Kopf machen. Was Maries Körper und Geist heute geleistet haben, ist eine absolute Höchstleistung, die einem Marathon entspricht. Sie braucht nun ein paar Stunden Ruhe, um ihre Kräfte neu zu bündeln. Bitten Sie ihre Angehörigen, bis zum Abend zu warten, dann können sie sich von Maries Fortschritten überzeugen. Vielleicht möchte ihre Mutter noch einmal ein leckeres Essen mitbringen, um Marie zur Feier des Tages noch ein wenig zu motivieren. Eventuell hilft es ihrer Erinnerung auf die Sprünge, auch an das, was vor dem Unfall geschah.«

»Ich richte es aus. Bis heute Abend. Vielen Dank, Herr Doktor, für alles, was Sie für meine Schwester tun.«

»Das ist mein Job, der Eid des Hippokrates, Sie wissen schon.« Dr. Pilar schmunzelte. Er verließ das Zimmer, um nach der nächsten Patientin zu sehen.

Jochen eilte zum Parkplatz. Er öffnete die Autotür und stieg ein. Aufgewühlt fuhr er nicht sofort los, seine Hände zitterten zu sehr. »Komm runter«, ermahnte er sich. Heute ist ein guter Tag, ein Tag zur Freude. Er drehte den Schlüssel um, kuppelte, gab Gas und fuhr langsam, was nicht gerade seinem üblichen Fahrstil entsprach, aus der Parklücke. Das wird ein Hallo geben, dachte er, wenn ich mit solch gravierenden, guten Neuigkeiten um die Ecke komme. Mama wird ausflippen und Papa wird kein Wort sagen können. Steffen und Katja erreiche ich sicher telefonisch, wenn nicht, schicke ich ihnen eine SMS.

Bin gespannt, wie sie reagieren. Ob Marie nur mich nicht erkennt? Es kann durchaus möglich sein, dass sie sich an ihre Vergangenheit gar nicht mehr erinnert.

Jochen bog in die Lindenstraße ein und parkte vor seinem Elternhaus. Er stieg aus, packte den Haustürschlüssel, steckte ihn ins Schloss, hielt kurz inne. Statt ihn umzudrehen, klingelte er Sturm. Walter und Eleonora, die gemütlich in der Küche bei Kaffee und Kuchen saßen, schreckten auf.

»Wer ist das denn?«, schnaubte Walter. »Der hat doch nicht alle Tassen im Schrank!«

»Schau halt mal nach«, riet Eleonora und stocherte gedankenverloren in ihrem Gebäck herum. Walter schob knirschend den Stuhl zurück und schlurfte zur Tür. Schon wieder ertönte das nervige, laute Klingeln. Er riss die Tür auf. Aus den grauen Gehirnwindungen wanderten Schimpftiraden schon bis in seinen Mund, da sah er sich seinem Sohn gegenüber stehen.

»Hast du deinen Schlüssel verloren?«, schnauzte er ihn an, »bist du verrückt, so einen Höllenlärm zu veranstalten?« Schon sah er das Glitzern in Jochens Augen.

»Junge, was ist passiert?«

»Wer ist es denn?«, rief Eleonora aus der Küche.

»Ich bin es, Mama«, antwortete Jochen.

»Warum klingelst du wie ein Verrückter? Hast du deinen Schlüssel vergessen?«

»Nein.«

»Dann verstehe ich nicht, wie du uns so erschrecken kannst. Kommt und setzt euch. Was gibt es denn?«

»Ich muss euch etwas Unglaubliches erzählen.«

»Wirst du Vater?« Eleonora lächelte. »Du weißt, Mütter erraten so etwas intuitiv.«

»Ich muss dich leider enttäuschen, dein Instinkt hat dich heute in die Irre geführt. Ich denke, ich habe noch Zeit, meine Gene zu pflanzen. Katja sieht das übrigens genauso. Ich komme gerade von Marie.«

»Oh, gibt es etwas Neues, sag schon, was ist passiert?« Eleonora war nun hellwach.

»Sie kann sehen, Marie kann wieder sehen.«

»Großartig!« Walter klatschte in die mit braunen Pigmenten gesprenkelten Hände.

»Aber das ist noch nicht alles.«

»Was noch?« Eleonora fasste sich unwillkürlich ans Herz.

»Sie hat sich bewegt, ganz von alleine. Sie hat meine Hände genommen und gedrückt, und sie spricht ganz vernünftig und normal. Gut, man muss schon genau hinhören, aber ich habe alles verstanden.«

Eleonora sprang wie elektrisiert auf. »Komm Walter, wir fahren gleich zu ihr, hast du gehört. Lass alles stehen und liegen, wir müssen zu Marie.«

»Nein, nein, ihr müsst unbedingt noch warten. Ihr könnt nicht gleich losbrausen. Dr. Pilar hat mir ausdrücklich aufgetragen, euch zu sagen, ihr sollt erst am Abend kommen. Marie hat sich so sehr angestrengt, dass sie unbedingt Ruhe braucht, um sich zu regenerieren. Er machte den Vorschlag, dass es hilfreich sei, wenn du, Mama, noch einmal etwas kochen könntest, von dem du weißt, dass Marie es gerne isst.«

»Oh ja, das werde ich, aber müssen wir tatsächlich bis heute Abend warten?«

Walter hob mahnend die Augenbrauen. »Sei vernünftig Schatz, wir haben schon so lange auf Marie gewartet, da kommt es wohl kaum auf ein paar Stunden mehr oder weniger an. Die Hauptsache ist doch, dass sie endlich wieder da ist, unser Mädchen.«

»Walter, kannst du mich mal fest in den Arm nehmen?«

»Komm, ich halte dich.«

Eleonora legte ihren Kopf an seine Schulter und atmete tief durch.

»Zusammen schaffen wir alles«, beruhigte Walter sie und sah seinen Sohn an.

»Einer für alle«, lachte Jochen, »nach dem altbewährten Prinzip.«

»Von was hat sie gesprochen? Erzähl!«, drängte Eleonora Jochen, als sie sich aus den Armen ihres Mannes gelöst hatte.

»Fakt ist, sie weiß nicht, wer ich bin. Sie kann sich auch noch nicht erinnern, an das, was vor dem Unfall war. Ihre bisherige Biographie scheint gelöscht, aber Dr. Pilar meint, das sei nicht ungewöhnlich nach einem schweren Schädel-Hirn-Trauma. Er hält es durchaus für möglich, dass alles irgendwann zurückkommt.«

»Willst du damit sagen, dass sie uns auch nicht erkennt?«, warf Walter ein.

»Damit müsst ihr rechnen.«

»Gut, dass wir das wissen, dann ist es keine allzu große Enttäuschung, wenn sie nichts mit uns anfangen kann. Das Beste wird sein, wir gehen es langsam an, um sie nicht zu sehr zu verunsichern. Kleine Schritte führen auch ans Ziel. Weiß Steffen schon Bescheid? Glaubst du, dass sie ihn erkennt?«, fragte Eleonora Jochen, und pflückte ihm gewohnheitsmäßig ein paar Fussel von der Jacke.

»Keine Ahnung. Ich rufe ihn und Katja gleich mal an. Es wäre vielleicht ratsam, dass wir uns absprechen, wer wann bei Marie auftaucht. Wir müssen sie ja nicht gleich im Rudel überfallen. Was haltet ihr davon, wenn ihr gegen neunzehn Uhr ins Krankenhaus kommt, Katja und ich eine Stunde später. Steffen, der ja mindestens bis achtzehn Uhr arbeitet, könnte als Letzter den Besuch antreten. Dr. Pilar bat ausdrücklich, die Besuchszeit kurz zu halten, versteht ihr.«

»In Ordnung«, sagte Walter, »sprich mit den Anderen.« Er reichte Jochen das Telefon. Nachdem Jochen mit den beiden die Zeiten abgeklärt hatte, schaute er auf Mutters Teller.

»Kann ich auch noch was haben?«

»Schnapp dir einen Teller und setz dich. Du wohnst zwar nicht mehr bei uns, aber wir lassen dich nicht verhungern«, schmunzelte Walter. »Wir haben doch sicher noch was übrig für den Kleinen oder, Schatz?«

»Vielleicht finde ich noch einen Kanten Brot«, spöttelte Eleonora, »einen Brosamen für die Armen sollte doch noch irgendwo herumliegen.« Sie nahm Jochen den Teller aus der Hand und legte ihm ein großes Stück Marmorkuchen darauf. »Apropos Essen. Ich könnte Marie Lachs in Cognac-Sahnesauce mitbringen, was meint ihr, darf sie so etwas essen?«

»Warum nicht, was spricht dagegen, denkst du, weil da Alkohol drin ist? Lass ihn doch einfach weg«, riet Jochen.

»Aber das ist nicht das Gleiche, dem Gericht würde die Raffinesse fehlen, verstehst du?«

»Ich glaube nicht, dass Marie den Unterschied merken wird«, mischte sich Walter in das Gespräch ein.

»Sicher hast du recht. Ich lasse den Alkohol weg. Hauptsache, es schmeckt ihr.«

Walter gab ihr einen Kuss auf die Wange. Jochen half den Tisch abzuräumen und verabschiedete sich. »Bis später, ihr wisst Bescheid.«

Als die Tür hinter ihm zugeflogen war, nahm Walter seine Frau bei den Händen. »Siehst du, es wird alles wieder gut, hab ich das nicht immer gesagt?«

»Ja, das hast du, aber ich konnte es lange Zeit nicht glauben. Danke für deine Zuversicht. Bestimmt hat uns auch Maria geholfen, was meinst du?«

»Aber ja doch.« Walters Mimik verriet, dass er immer noch zweifelte.

»Nächstes Mal fährst du mit nach Lourdes, um uns bei der Madonna zu bedanken. Dann siehst du selbst, wie oft sie schon bei anderen Kranken ihre Hand im Spiel hatte. Dann kannst du mal schön Abbitte leisten, klar!«

Walter hatte damit gerechnet, dass sie das von ihm verlangen würde. Sollte Marie tatsächlich wieder ein eigenes Leben führen können, käme er ihrer Aufforderung sehr gerne nach.

Kapitel 57

Das erste Jahr nach der Eröffnung der Ferienanlage verging rasend schnell. Die Kundenresonanz ließ zwar noch zu wünschen übrig. Der Club schrieb keine schwarzen Zahlen, aber die Gäste, die einmal hier waren, versprachen begeistert, dass sie wieder kommen. Zum ersten Mal, sagten sie, hatten sie einen Ort gefunden, nach dem sie schon lange suchten. Juan überlegte fieberhaft, wie sich der Club noch attraktiver gestalten ließ, ohne die gute Klientel zu vergraulen. Den Luxus beizubehalten, nach Möglichkeit zu steigern, hatte äußerste Priorität.

Stillstand ist tödlich, vor allem in dieser Branche. Zweimal im Monat setzte er sich mit den Frauen in der Zentrale zusammen. Sie besprachen, was es noch zu verbessern gab, ohne aus den Augen zu verlieren, dass ihre Kunden in erster Linie zum Relaxen kamen. Die gestressten Menschen wollten vor allem ihre Ruhe in einem schönen Ambiente genießen. Alex und ihre Köche verwöhnten mit immer neueren, kulinarischen Genüssen nicht nur den Leib. Ein gut ernährter Gast ist ein glücklicher Gast, das stellten sie immer wieder fest. Der Wellnessbereich war ständig ausgebucht, die Leute liebten es, sich in der freien Natur unter balinesischen Himmeln von hübschen Asiatinnen massieren zu lassen. Assunta bot neben Parasailing auch Wasserski und Windsurfing an, leider ohne großen Zuspruch. Pilates und Joga, geführte Meditationen und Rückführungen, für die sie eine ausgezeichnete Lehrerin gefunden hatte, boomten. Die esoterische Linie begeisterte. Die Gäste schätzten die Entschleunigung.

Juan arbeitete mit den Frauen in ruhiger und entspannter Atmosphäre. Trotz der vielen Anforderungen schaute er in glückliche Gesichter, die ein Strahlen überzog, wenn sie ihn sahen. Von Susanna hatte er seit ihrer E-Mail bei der Eröffnung nichts mehr gehört. Mit Argusaugen überwachte er die Kontenbewegungen, aber es wurde nichts Außergewöhnliches abgebucht. Bisher machte sie von ihrer Ankündigung keinen Gebrauch. Noch kam er nur mehr recht als schlecht über die Runden. Es gab also nichts zu holen, noch nicht. Das schien sie zu wissen.

Es kam der Tag, an dem Juan dachte, dass jetzt der richtige Zeitpunkt wäre, Angelina zur Rede zu stellen. Er wollte endlich diese Sache mit Yvonnes Finger klären. Nach der guten Zusammenarbeit und der inzwischen unterschwellig schwelenden Verliebtheit, die ihn beflügelte, aber auch quälte, wollte er, bevor er den nächsten Schritt auf sie zuging, wissen, wieso eine so besondere Frau zu einer solch grausamen Tat fähig war. Immer, wenn er sie sah, tat sein Herz einen Sprung. Seine Gelassenheit begann zu schwinden, er fühlte sich um Jahre zurückgeworfen, wie ein Teenager ohne pubertäre Pickel. Sie übte eine Anziehungskraft auf ihn aus, die sich zur Mauer verdichtete, je näher er ihr kam. So etwas hatte er noch bei keiner Frau erlebt. Schön und schrecklich lagen dicht beieinander. Machte das die Faszination aus? War sie wie Susanna? Nein, das durfte nicht sein.

Er bestellte sie in sein Büro. Zehn Minuten später schwebte sie herein wie ein Engel. Wie diese Frau sich in einem Jahr verändert hatte, war kaum zu begreifen. Juan musste daran denken, dass er sie hinauswerfen wollte, damals, nach ihrem ersten, fruchtlosen Zusammentreffen. Da hatte er ihr gegenüber nur Abscheu verspürt. Jetzt nahm sie vor ihm Platz. Wieder war er von der Art, wie sie sich hinsetzte, wie sie in leichtem Winkel ihren Kopf hielt, von ihrer stillen Autorität regelrecht berauscht. Er starrte auf ihre Hände und sein Mund wurde trocken. Er würde nicht umhinkommen dieser gelösten Atmosphäre einen Dämpfer zu versetzen. Es fiel ihm unendlich schwer, sich zu konzentrieren.

Nach einem kurzen geschäftsmäßigen Gespräch fasste sie sich ein Herz und fragte: »Warum haben Sie mich wirklich hier her bestellt?« Bei dieser Frage sah sie merkwürdig aus, mit Augen, die nichts verrieten. Juans Anliegen kam ins Wanken. Sollte er diese angenehme Stimmung zerstören? Reichte es, wenn er nur Andeutungen machte, oder würde sie von sich aus reden? Aber nein, das würde sie nicht. Könnte er ihr doch in den Kopf schauen. Wie gerne würde er ihr beim Denken zusehen. Er müsste keine unangenehmen Fragen stellen. Er wusste, die Neuronenforschung war ein großes Feld. Man war schon recht weit gekommen auf dem Weg zum Menschen als gläserne Zelle. Würde daraus Glück oder Horror? Aber diese ganze Kognitionswissenschaft stand ihm nicht zur Verfügung. Seine Feinfühligkeit, ein heißes Eisen anzufassen, ohne sich die Finger zu verbrennen, war hier gefragt.

»Angelina, Sie wissen, wie sehr ich Sie schätze«, fing er an, und geriet dabei fast ins Stottern. »Wir arbeiten nun schon eine ganze Weile zusammen, und ich fühle mich sehr zu Ihnen hingezogen.« Nein, das durfte er so nicht sagen. Honig am Anfang, konnte zwar gut sein, aber das traf nicht den Kern.

»Angelina«, sagte er diesmal laut, »es fällt mir schwer, Sie das zu fragen, aber ich muss wissen, was damals passiert ist. Was ist das für eine Geschichte zwischen Ihnen und Yvonne?«

Mit dieser Frage zog in das sonnige Zimmer mit einem Schlag der Frost ein. Angelina schaute ihn offenen Mundes sprachlos an. Die alte Bitterkeit, der Fluch und die Schmach, aber auch die Scham, warum sie sich nicht gewehrt hatte, kamen in ihr hoch. Sie hatte die düsteren Tage inzwischen tief in sich vergraben. Nun kam dieser Mann, dem sie sich heimlich verbunden fühlte, als Totengräber zu ihr. Schon im Begriff aufzustehen und zu verschwinden, erfüllte sie ein Zorn, wie sie ihn noch nie erlebt hatte. Die bis hierhin gedeckelte Wut brach aus ihr heraus.

»Was wissen Sie denn schon?«, griff sie ihn an. »Wollen Sie sich aufspielen als mein Richter? Sind Sie schon einmal gezwungen worden, Dinge zu tun, die Sie nicht wollten? Hat man Sie vergewaltigt, immer und immer wieder, entmündigt, geschlagen, vertrieben und ausgegrenzt? Meine Hoffnung, ein neues Leben zu beginnen, entpuppte sich als reiner Betrug. Eins habe ich hier gelernt. Du kannst nicht fliehen, du trägst dein Schafsgesicht überall hin. Die Menschen schauen dich an und wissen, was sie dir antun können, ohne dass du dich wehrst. Du bist ein Nichts, ein Instrument, gebrauchsfähig für alle Schweinereien. Ich bin es leid, geschunden zu werden, bin es leid, ein Opfer zu sein. Die Kommandantin hat mich sofort durchschaut. Diese Frau ist der personifizierte Teufel. Sie zwang mich, Yvonne, der sie eine schwere Verfehlung vorwarf, drastisch zu bestrafen. Ich musste ihr den Ringfinger abtrennen. Was sollte ich tun? Ich wollte schreien, wollte das Skalpell in die Ecke werfen. Aber was hätte dieser Teufel dann mit mir gemacht? Ich hatte Angst, ja, und ich war feige. Der Blick von Yvonne wird mich mein Leben lang verfolgen. Sie hatte mir doch nichts getan. Wir alle im P.M.C fürchteten den Zorn unserer Chefin. Hätte ich nicht gehorcht, wäre ich wie Yvonne im Bunker gelandet, und wer weiß, ob ich dann noch einmal Tageslicht gesehen hätte.«

»Aber was hat Yvonne denn getan, dass sie so schrecklich bestraft wurde?«

»Das entzieht sich unserer Kenntnis. Sie glauben doch nicht etwa, dass unsere Kommandantin erklärt hätte, was ihren rigiden Umgang mit uns rechtfertigten würde. Oh nein, dieses Miststück gab lediglich Befehle. Möge sie in der Hölle schmoren!«

»Ich verstehe, dass, wenn jemand einen Fehler macht, man ihn darauf hinweist, sein Handeln zu überdenken, aber von so etwas habe ich ja noch nie gehört. Das ist kriminell. Fingerabschneiden, pah, das ist ja wie bei der Mafia.«

»Unter uns Frauen wurde gemunkelt, dass Yvonne und die Kommandantin sich näher standen, verstehen Sie, was ich meine? Yvonne hatte wesentlich mehr Freiheiten als wir. Sie wurde eingestellt, obwohl sie süchtig war, und das nicht nur nach Marihuana. Alex musste ihr das teure Zeug beschaffen. Manchmal war sie einen oder auch mehrere Tage verschwunden. Niemand wusste, wo sie war. Wenn sie dann wieder aufgetaucht ist, schwieg sie. Wir hatten einen Verdacht. Wo kann man denn schon hingehen, wenn alle Ausgänge verrammelt sind und überwacht werden? Bleibt doch nur ein kamerafreier Raum.«

»Kann ich davon ausgehen, dass Sie annehmen, sie sei bei der Kommandantin untergetaucht? Aber warum?«

»Sind Sie wirklich so schwer von Begriff?«

Die verengten Augen von Angelina negierend, atmete Juan hörbar tief aus.

»Wollen Sie mir gerade weismachen, Susanna, ich meine, ihre Chefin, sei lesbisch?«

»Das liegt doch nahe, oder?«

Mit allem hatte Juan gerechnet, aber niemals damit, dass Susanna auch auf Frauen stehen würde. Aber er hatte allzu oft erlebt, dass sie sich mit keinem Maßstab messen ließ. Gerade das hatte ihn immer erregt.

»Ich möchte zu gern wissen, wie Yvonne aus dem Bunker geflüchtet ist«, sagte Angelina in seine Gedanken. »Sie hätte sich ja mal bei uns melden können um uns mitzuteilen, wie es ihr in der Freiheit ergeht. Andererseits kann ich nachvollziehen, dass sie mit dem Elend hier, ich meine natürlich vor ihrer Zeit, nichts mehr zu tun haben will.«

»Nach dieser Erfahrung glaube ich das auch«, sagte Juan scheinheilig. Es fiel ihm schwer, Angelina jetzt noch in die Augen zu sehen. Deshalb sagte er mit belegter Stimme:«Ich meine, am besten ist es, dieses schwarze Kapitel ein für alle Mal abzuschließen, was denken Sie?«

»Sie können sich nicht vorstellen, wie sehr ich das möchte. Ich bin froh, dass Sie nun wissen, dass nicht ich das Monster bin. Gut, unschuldig bin ich nicht. Nichts und niemand wird mir diese Bürde abnehmen, aber das sage ich Ihnen, ich lasse mich nie wieder in so eine Ecke drängen. Lieber gehe ich selbst drauf. Die beiden Seiten der Grausamkeit habe ich erlebt, die des Opfers und die des Henkers. Als Empirikerin weiß ich, dass ich nie mehr auf einer dieser Seiten stehen werde. Habe ich damit ihre Neugierde gestillt?«

»Danke für Ihre Offenheit. Ich hätte dieses Gespräch sehr gerne vermieden, aber dann wäre immer eine undurchdringliche Wand zwischen uns. Das wäre wirklich sehr schade, denn ich mag Sie sehr.«

So, nun war es raus. Juan hatte Angelina mit diesem Geständnis völlig überrumpelt. Es kam zur falschen Zeit und am falschen Ort. Sie hatte sich nichts sehnlicher gewünscht, als dass er sie als Frau wahrnehmen und ihr nicht nur die üblichen, geschäftsmäßigen Gefühle entgegenbringen würde. Aber hier und jetzt überforderte sie das Geständnis. Sie starrte ihn ein paar Sekunden an, erhob sich mit versteinertem Gesicht und verließ, ohne ein Wort, die Wohnung.

»Oh Scheiße!«, rief Juan, als die Tür zuknallte, »hätte ich doch meinen Mund gehalten. Wie blöd bin ich, zu diesem Zeitpunkt mit einem Liebesgeständnis daherzukommen. Wie dilettantisch unromantisch.« Der Ärger über sich selbst durchflutete noch seine Synapsen, als sein Blick auf den Bildschirm des Computers fiel. Er hatte eine neue Mail. Fast stenografisch stand da: Buche 50.000 Euro ab, melde mich bald wieder.

»Wie, buche mal eben 50.000 Euro ab, was denkt sie sich denn? Ich brauche das Geld. Sie kann doch nicht, so mir nichts, dir nichts, auf unsere eiserne Reserve zugreifen. Was ist, wenn wir hier einen Engpass bekommen? Es ist meine Pflicht, das Hotel und die Angestellten abzusichern. Das ist ja mal wieder typisch für Susanna«, knurrte Juan mit zusammengebissenen Zähnen.

Sofort loggte er sich auf der Bank ein und überprüfte die Konten. Tatsächlich fehlte die avisierte Summe. Sie hatte das Recht Geld abzuheben, wann immer sie wollte, aber hätte sie ihn nicht kontaktieren können, bevor sie es tat? Juan wurde schwindelig. Egal, wie weit er sich aus ihrem Dunstkreis zu befreien suchte, Susanna beförderte ihn, in welchem Teil der Welt sie sich auch aufhielt, immer wieder auf den harten, realistischen Boden der Tatsachen. Und Tatsache war nun einmal, dass er mit ihr verheiratet war, rechtlich auf dem Papier. Und ebenfalls war es eine Tatsache, dass er, als bezahlter Akteur, doch nicht alles ohne sie ausrichten konnte. Durch die Heirat und der damit einhergehenden festgelegten Regelung, blieb er an sie gebunden. An Scheidung konnte er zwar denken, wollte er jedoch alleiniger Besitzer der Anlage bleiben, müsste er sie großzügig auszahlen, was zum jetzigen Zeitpunkt einer absoluten Tragödie gleichgekommen wäre.

Über Susannas Vermögen vor ihrer gemeinsamen Zeit war er sich nicht im Klaren. Er hatte sie kennengelernt als reiche Witwe, die sich jeden Wunsch erlauben konnte. Sie hatte viel Geld investiert in diesen Luxusclub, war eine gewiefte Geschäftsfrau, die mit Sicherheit auch über ein nicht unerhebliches finanzielles Polster in der Schweiz oder auf den Caymaninseln verfügte. Wenn sie also jetzt schon nach einem Jahr Geldsorgen hatte, musste etwas Gravierendes geschehen sein. Er würde es wohl nie erfahren. Wenn ich nur wüsste, wohin sie sich abgesetzt hat, fragte er sich, und spürte sogleich, dass ihm das eigentlich, reichlich am Allerwertesten vorbeiging. Früher hätte er für diese Frau die Welt umgestülpt, aber jetzt konnte er sich selbst nicht mehr begreifen. Aufgeladen mit Erinnerungen, dachte er an die gemeinsame Zeit. Statt der gelebten Ekstasen sah er nur die Frauen vor sich, an denen er sich durch seine Beteiligung mitschuldig gemacht hatte. Yvonne war tot, Denise ebenfalls, aber was war mit Marie? Bestimmt ist sie heil zu Hause angekommen. Da bisher noch niemand am Club und den vergangenen Machenschaften polizeiliches Interesse gezeigt hatte, war er sich sicher, dass es Marie gut ging. Er hätte sie gerne einmal kontaktiert, aber was hätte er sagen können?

Kapitel 58

In Frankfurt, da wo Juans Gedanken gerade hin drifteten, betraten Maries Eltern auf Zehenspitzen das Krankenzimmer ihrer Tochter. Sie trafen Dr. Pilar auf dem Gang. Er informierte sie, dass Marie noch schlafen würde. Sie möchten bitte leise sein.

»Der heutige Tag war anstrengend für sie«, erklärte er, »aber sicher wird der verlockende Duft ihrer mitgebrachten Speise genügen, sie aufwecken. Darf ich fragen, was Sie ihr Leckeres gekocht haben, das riecht ja himmlisch. Meine Nase sagt mir, Sie sind eine hervorragende Köchin.«

»Davon können Sie ausgehen«, pflichtete ihm Walter bei.

»Na dann, viel Spaß mit Marie. Mein Dienst ist für heute beendet. Meine Frau wartet bestimmt auch schon mit dem Essen auf mich.«

Sie schlug die Augen auf und schaute zu diesen Menschen, die so oft an ihrem Bett saßen, die sie aber immer noch nicht zuordnen konnte. Auch jetzt, als sich der Schleier über ihren Augen fast gänzlich gelüftet hatte, wusste sie nicht, wer diese Leute waren.

»Hallo Marie, schön dass du aufgewacht bist«, sagte die Frau und tätschelte ihr die Wange. »Riech mal, ich habe dir dein Lieblingsessen mitgebracht. Bist du hungrig?«

Marie rieb sich die Augen, um die verbleibenden Spinnweben, die ihren Blick noch einschränkten, wegzuwischen, was ihr aber noch nicht gelang.

»Hm, das riecht aber gut«, sagte sie, und ihre Stimme klang selbst in ihren Ohren blechern und falsch.

»Na, mein Schatz, wie geht es dir heute?« Den Mann, der ihr diese Frage stellte, hatte sie irgendwo schon mal gesehen, und doch war sein Gesicht ihr fremd. Nur die warme, dunkle Stimme brachte etwas in ihr zum Klingen. Er gehörte sicher in ihre Vergangenheit, aber sie fürchtete sich, danach zu fragen.

»Es geht mir gut«, sagte sie, »ich kann euch sehen.«

»Dann erkennst du uns?«

Marie zögerte ihr »Nein« ein wenig hinaus. Zuerst wollte sie die Frau nicht vor den Kopf stoßen. Als sie es dann doch endlich sagte, sah sie, wie sich die Augen der Frau mit Tränen füllten.

»Marie, wir sind deine Eltern«, sagte der Mann, um die Spannung, die den Raum beherrschte, zu brechen. Er sah seine Frau vorwurfsvoll an.

»Dr. Pilar ist sehr zufrieden mit mir. Er meint, dass ich nächste Woche das Krankenhaus verlassen darf, um mich in einer Rehaklinik zu stabilisieren. Ich kann euch gar nicht sagen, wie sehr ich mich freue, endlich etwas anderes als dieses Zimmer zu sehen.«

»Oh, das sind wirklich tolle Neuigkeiten. Du kannst bestimmt ein paar Tage zu uns nach Hause, bevor du ...«

»Du sollst nicht schon wieder dem Arzt vorgreifen«, rügte Walter seine Frau. »Deine Mutter«, sagte er, »kann es mal wieder nicht abwarten, bis du nach Hause kommst. Du bist ja auch schon lange genug weg von uns.«

»Nun geh doch mal zur Seite, Walter! Wenn du noch lange da stehst, wird das Essen kalt. Lass mich jetzt zu Marie!« Eleonoras Stimme klang schroff. Sie hasste es, wenn Walter sie vorführte. Sie setzte sich ans Bett und fütterte ihre Tochter mit ganz winzigen Stückchen. Nicht mehr durch die Sonde ernährt zu werden, hieß noch lange nicht, selbstständig essen zu können.

In den letzten Tagen hatte sich Marie so positiv entwickelt, dass sie die sie behandelnden Ärzte ins Schwärmen brachte. Ihre geistige Kapazität war unversehrt, sie begriff, was man ihr sagte, und arbeitete intelligent mit. Die Spasmen ihrer Gliedmaßen bedurften noch weiterer intensiver Behandlungen. Einer Besserung stand nichts im Wege. Dass sich jede Anstrengung lohnte, hatte die Patientin schon längst begriffen. Ein Manko blieb. Marie erinnerte sich weder an ihre Vergangenheit, noch an die Menschen, die sie ständig umlagerten und mit Schatz oder Liebling ansprachen. Inzwischen erkannte sie, dass die Fliegen in ihrem Gesicht Küsse sind, Liebkosungen, die sie unangenehm empfand. Sagen wollte sie es nicht, denn die Menschen, die es gut mit ihr meinten, denen sie so offensichtlich am Herzen lag, wollte sie nicht vor den Kopf stoßen.

»Und wenn sie die Reha hinter sich hat und noch ein bisschen Nachhilfe benötigt«, sagte Walter, als spräche er zu sich selbst, »bringen wir sie zu Dr. Natanson nach Florida.«

»Bitte, wer ist ...?« Marie beendete ihren Satz nicht. Ein Hustenanfall stoppte sie. Sie hatte sich verschluckt. Walter sah die Panik in den Augen seiner Frau. Er eilte zu Marie und klopfte ihr behutsam auf den Rücken.

Eleonora hatte schon die Klingel in der Hand. »Soll ich läuten?«, fragte sie, aber Marie bekam wieder Luft. Der Anfall lief glimpflich ab.

»Ist ja noch mal gut gegangen, iss langsam weiter«, sagte Walter.

»Du wolltest wissen, von was dein Vater vorhin gesprochen hat?«

Marie nickte.

»Dr. Pilar hat uns vor einiger Zeit einen Film und Fotos von einer Anlage in Florida gezeigt, in der Patienten mit Bewegungsstörungen im Wasser mit Delfinen schwimmen. Wir sind begeistert von den Erfolgen, die dort durch die Tiere erreicht werden. Stell dir vor, die Delfine erkennen die krankhaften Schwingungen der Menschen, schwimmen um sie herum, bringen es tatsächlich fertig, dass sich Spasmen lösen und die Patienten gesund nach Hause fliegen können. Ist das nicht toll?« Eleonoras Augen leuchteten.

»Und warum kann ich statt der Reha nicht gleich nach Florida?«

»Das wird dir Dr. Pilar am besten selbst erklären«, sagte Walter.

»Du hast gut gegessen«, freute sich Eleonora und putzte Marie den Mund ab.

Es klopfte. Steffen kam.

»Hallo zusammen, na, wie geht es dir heute?« Er lugte um die Eltern herum, damit er Marie sehen konnte.

»Es geht ihr ausgezeichnet«, erwiderte Eleonora eifrig. »Sieh mal, sie hat fast alles aufgegessen.«

»Wir haben schon auf dich gewartet, stimmt`s, Marie?«

Marie fühlte ein seltsames Gefühl in sich aufsteigen. Sie erkannte mit einem Mal, dass sie sauer war. Auch wenn diese Menschen es gut mit ihr meinten, jetzt, da sie wussten, dass sie sprechen und denken konnte, sollten sie es gefälligst unterlassen, sie wie eine Idiotin zu behandeln. Sie konnte wieder alleine antworten. Und wer wüsste besser als sie, wie es ihr ging. Eleonora packte ihre mitgebrachten Utensilien zusammen, gab Marie noch einen Schmatzer, den diese zu gern augenblicklich abwischen wollte, und machte Steffen Platz. Auch er beugte sich zu ihr hinunter und küsste sie auf die andere Wange.

Könnt ihr das nicht einmal lassen!, tobte es in ihr. Zu sagen, traute sie es nicht. Als ihr Vater sich auch noch, mit den, im Schnurrbart versenkten Lippen, ihrem Gesicht näherte, drehte sie den Kopf zur Seite.

»Was hat sie denn?«, fragte er beleidigt in die Runde.

»Habt ihr das gesehen?«, freute sich Steffen. »Marie hat soeben selbstständig ihren Kopf gedreht.«

»Du hast Recht!« Walter klatschte in die Hände und wirkte beseelt.

»Wunderbar«, säuselte Eleonora, »Schatz, kannst du das noch einmal? Ich habe es nicht gesehen.«

Aber dazu hatte Marie nun überhaupt keine Lust. Bin ich im Zirkus, dachte sie, obwohl sie selbst glücklich jede kleinste Bewegung registrierte, die ihr der immer noch versehrte Körper gestattete.

»Ich bin sehr müde, ich möchte schlafen«, sagte sie und schaute den Besuchern, die ihr Bett umlagerten, ungerührt in die Augen.

»Na gut, dann schlaf mal schön, Liebes. Wir kommen morgen wieder.« Eleonora wandte sich um und ging zur Tür. Walter folgte ihr.

»Macht`s gut, ihr Beiden, und träum was Schönes, Marie«, sagte er, bevor er die Tür hinter sich zuzog.

»Möchtest du, dass ich auch gehe?« Irgendwie sah Steffen bei dieser Frage unglücklich aus. Er tat ihr leid, wie er da saß, den Rücken gekrümmt, ein nervöses Zucken um den Mund, die Gesichtszüge angespannt. Sicher hatte er einen hektischen Tag hinter sich gebracht.

»Erzähle mir von früher, bitte.«

»Sag mal, stört es dich, wenn ich zuerst ein bisschen Sauerstoff ins Zimmer lasse? Ich finde es sehr stickig hier.« Marie war einverstanden.

»Weißt du noch, wie wir damals in der Pianobar Tango getanzt haben?«, fragte Steffen, als er wieder an ihrem Bett saß. »Du trugst ein rotes, ziemlich offenherziges Kleid, das hauteng wie auf den Körper gemalt wirkte. Alle haben dich angestarrt, bewundert, würde ich sagen. Den Kerlen sprang der Neid auf mich förmlich aus den Augen. Ich war der stolzeste Tänzer im Universum. Erinnerst du dich auch, was dann passiert ist?«

Marie schaute ihn ausdruckslos an.

»Du weißt es wohl nicht mehr. Wir beide waren die Attraktion an diesem Abend. Alle Augen schauten auf uns. Der Tanzkurs hat sich gelohnt, dachte ich. Ich bog dich galant nach hinten. Zuerst hörte ich einen Ratsch, gleich darauf einen Schrei, deinen Schrei, und in diesem Schrei das Gelächter der ganzen umherstehenden Meute. Die mittige Naht, die deinen Rock zusammenhielt, war geplatzt und gab den Rand deiner süßen Pobacken frei. Sexy, aber peinlich. Du hast nur noch mit beiden Händen versucht, das Fiasko zu verbergen, hast mich aufgefordert, dicht hinter dir die Tanzfläche zu verlassen, was ich dann auch, wie an der Leine gezogen, tat.

Das Gelächter der Leute verfolgte uns bis nach draußen. »Da gehen wir nie wieder hin!«, hast du geschimpft und warst kurz vorm Heulen. Und weil ich das Lachen auch nicht mehr unterdrücken konnte, mir liefen schon die Tränen bis in den Hemdkragen, warst du auch sauer auf mich.

»Fahr mich sofort heim!«, hast du gebrüllt, in einem Ton, der mir bis dato fremd war. Ich fand den Abend Klasse, du warst nur noch hysterisch. Schade eigentlich. Ein paar Tage später fandest du die Situation auch zum Kringeln und hast mir verziehen. Weißt du noch?«

Marie war eingeschlafen und Steffen hatte es nicht bemerkt. Er war so sehr in die alte Zeit gerutscht, dass er immer noch lachte. Leise nahm er seine Jacke vom Stuhl, warf sie über den Arm, beugte sich zu Marie hinunter und küsste sie ganz zart auf den Mund. Es war nur ein Hauch, der sich wie transparente Gaze auf sie niederlegte.

»Schlaf gut, mein Liebling«, flüsterte er ihr ins Ohr und schlich aus dem Zimmer.

Marie machte täglich gute Fortschritte, dennoch kam sie ohne Hilfe keineswegs zurecht. Die Fähigkeit zu denken kehrte in vollem Umfang zurück. Körperlich stabilisierte sie sich zunehmend. Durch ihr holpriges Gangbild wirkten ihre Beine wie Stöcke, mit äußerster Willenskraft in Bewegung gepusht. Sie bediente sich eines Rollators, oder ging am Stock, langsam, einen wackeligen Fuß vor den anderen setzend. An Tanzen, oder Auto fahren, war im Traum nicht zu denken. Die Wiederaufnahme des Studiums rückte in weite Ferne. Alles bis dahin Erlernte schien durch das Loch im Kopf entfleucht. Das Interesse für Psychologie blieb konstant. Es konnte sich als hilfreich erweisen, sich der ursprünglichen Person zu nähern, die sie einmal war. Durch die Erfahrung ihrer eigenen Zerbrechlichkeit versuchte sie, die ihr entgegengebrachte Solidarität zu adaptieren. Es gelang ihr nur bedingt.

Endlich war sie wieder zu Hause, aber in einem Umfeld, das ihr wie Neuland erschien. Mit der Zeit gewöhnte sie sich an die Umgebung, wie auch an die sie betüttelnden Menschen. Sie akzeptierte die ungewohnten Verhältnisse mit einer inneren Distanz. Auch an Steffen musste sie sich wieder gewöhnen. Er war nun einmal da, er tat ihr gut, aber Verliebtheit wollte sich ihrerseits einfach nicht einstellen, egal, wie sehr sie sich bemühte. Es war nicht schön, ihn unglücklich zu sehen, aber das setzte nicht automatisch voraus, dass sie ihm auch nur einen Schritt entgegenkam. Es ging einfach nicht. Oft schnappte sie sich Alben, betrachtete Bilder aus vergangenen Tagen, rekonstruierte ihr nun nacktes Leben, versuchte krampfhaft, sich in den alten Rahmen wieder zu finden. Aber nur fremde Personen lächelten ihr glanzvoll entgegen. Eine sah aus wie sie, unmöglich sich darin einzuleben. Was sie über sich erfuhr, war merkwürdig, aber auch ein Anfang, der sie dem Leben entgegen schubste. Okay, sagte sie sich, wenn ich es so akzeptieren muss, sollen es die anderen auch. Jochen zeigte ihr die Fotos, die er mit Steffen in Ibiza geschossen hatte.

»Oh, wie schön«, sagte Marie mit glänzenden Augen, »da möchte ich auch einmal hin.«

Jochen lief ein kalter Schauer den Rücken hinunter. Nach einer Woche im Elternhaus sah sich Marie einer neuen Herausforderung gegenüber.

Kapitel 59

Der Abreisetag in die Rehaklinik war gekommen. In Ablehnung einer Ambulanz wurde sie von ihren Eltern an den Bodensee gebracht. Dr. Pilar selbst hatte dieses Haus vorgeschlagen. Die motorischen Erfolge, die dort erreicht wurden, sprachen für sich. Ihr Aufenthalt sollte sich auf sechs bis acht Wochen belaufen, was ihr wie eine Ewigkeit vorkam. Sie lebte sich schneller ein, als sie zuerst glaubte. Das Personal in dieser Klinik war überaus nett, das Ambiente sauber und modern, eher wie ein Sternehotel, nicht wie eine Klinik. Urlaub mit Anwendungen, die oftmals schlauchten, deren Resultate den Drill rechtfertigten.

Marie nahm an einer Gruppentherapie, aber auch an Einzelsitzungen teil. Ein übers andere Mal wurde sie rot vor Wut und Scham, weil die Therapeuten es fertigbrachten, sie immer wieder aus der Reserve zu locken. Sie erinnerte sich nicht, wie ihr Wesen von Hause aus gestrickt war, aber hier erlebte sie sich als temperamentvolle Streiterin. In der ersten Gruppensitzung, in der sieben Personen im Kreis saßen, sah sie sich zwei Psychologen gegenüber, einem Mann und einer Frau, die sich an der Flanke des Halbkreises niedergelassen hatten. Ihre Augen schweiften über die Patienten. Sekundenlang verharrten sie mit eingefrorener Mimik in einem jeden Gesicht, bevor sie sich die weiteren Probanden vornahmen. Nach beendetem Rundumblick ihrerseits, legten sie die Hände auf das mitgebrachte Schreibmaterial und sagten kein Wort. Eine unangenehme Sprachlosigkeit lag wie zäher Schleim auf den Anwesenden. Manche scharrten mit den Füßen, andere rutschten auf ihren Stühlen hin und her. Einzelne ergaben sich einer Lethargie, schlafähnlich mit gelegentlichem Blinzeln auf die Armbanduhr. Marie schaute sich das Szenario eine Weile an, bis ihr der Kragen platzte.

»Warum sitzen Sie vor uns, wollen Sie uns helfen oder sind Sie nur Dekoration?« Obwohl ein heiseres Kratzen immer noch ihre Stimme begleitete, war der Fehdehandschuh, den sie den Therapeuten zuwarf, gut artikuliert.

»Und was glauben Sie?«, fragte der Mann. Er hatte nur darauf gewartet, dass eine oder einer der Gruppe den Mund aufmachte. Der Handschuh war aufgehoben, das Seelenprozedere eröffnet. Dr. Casparie, der Psychologe bombardierte Marie mit ausgewählten W-Fragen, die sie so sehr in Verlegenheit brachten, dass sie drauf und dran war, den Raum zu verlassen. Was, Wer, Wo, Wann, Warum Fragen konnte sie nicht beantworten. Ihr Leben war ein weißes Blatt, was hätte sie erzählen können? Sie wollte als Mensch gesehen und anerkannt werden, und nicht als Neutrum. Sie hatte sich in die Welt zurückgekämpft, was ging es fremde Leute an, was ihr passiert war. Sie hätten höchstens Mitleid mit ihr. Das lehnte sie kategorisch ab, und wie sollte es sie weiterbringen, wenn man sie als Mensch ohne Vergangenheit präsentierte?

»Warum sind Sie hier?«, fragte die Psychotante, Frau Nussbaum.

»Blöde Frage, das sieht man doch.« Maries Antwort.

»Was ist Ihnen passiert?«

»Ein Unfall.«

»Wo war das?«

»Keine Ahnung.«

»Und wann war das?«

»Keine Ahnung.«

Ein Raunen und leises Lachen begleiteten das abgehackte Gespräch.

»Warum lassen Sie uns nicht an Ihrer Geschichte teilnehmen?«

»Aber das hab` ich doch!« Marie wurde wütend.

»Haben Sie denn nicht meine Akte gelesen?«, schnauzte sie die Therapeuten an, und sowas wie Sie habe ich einmal werden wollen!«, rief sie mit tieftönender, rauer Stimme. Das breite Grinsen in den Gesichtern der Psychologen entdeckte sie nicht sofort, und die Bedeutung ihrer herausgepolterten Bemerkung drang noch nicht in ihr Bewusstsein. Erst als sie sich ein wenig beruhigte, schaute sie nach vorne. Die Therapeuten ließen ihr Zeit, sich zu sammeln.

»Woher kommt dieses überzeugte Wissen, dass Sie einmal in unsere Fußstapfen treten wollten?«, fragte Frau Nussbaum und strahlte Marie mit offenem Blick an.

»Keine Ahnung«, sagte Marie kleinlaut, »aber es kommt mir stimmig vor. Es ist, als hätte sich gerade ein Fenster zu meiner Vergangenheit geöffnet. Ihre Provokation war wohl hilfreich. Entschuldigen Sie bitte.«

Spätestens jetzt richtete sich die Aufmerksamkeit aller Anwesenden auf Marie. Hier war soeben etwas Gravierendes passiert, sie sahen es in den Gesichtern der drei streitenden Personen. Die eigenen Probleme rückten für Momente in den Hintergrund. Marie war der Fixpunkt, dem sie ihre Aufmerksamkeit schenkten. Nun war sie es, die unruhig auf ihrem Stuhl herum wackelte.

»Wissen Sie was«, sagte sie unangemessen aufgebracht, »ich gehe jetzt, mir wird das hier gerade zu viel. Entschuldigen Sie mich.« Mühsam zog sie sich von ihrem Stuhl hoch, packte den Rollator und schlurfte, schrecklich instabil, nach draußen. Dabei würdigte sie niemand eines Blickes.

»Himmel Herrgott, sie haben mir schon im Krankenhaus erzählt, dass ich Psychologie studiert habe, aber ich habe es erst heute als Tatsache empfinden können«, murrte sie. »Die beiden Quacksalber haben mich auflaufen lassen, die waren nicht nur Dekoration. Dieses desinteressierte Verhalten hat Methode. Von den anderen Patienten hat keiner den Mund aufgemacht, die sind alle schon länger hier, kennen die Vorgehensweise. Nur ich bin ihnen auf den Leim gegangen. Jetzt wollen mich bestimmt alle ausquetschen, Scheiße, Scheiße, Scheiße!« Von der Sitzung irritiert, bemerkte Marie nicht einmal, dass sie Selbstgespräche führte.

»Was meinen Sie, kann ich Ihnen helfen?«, sagte ein Mann, den sie mit dem Rollator beinahe umfuhr.

»Ach lassen Sie mich doch in Ruhe!«, schnauzte sie ihn an, »ich hab überhaupt nichts gesagt, schon gar nicht zu Ihnen.«

»Ist ja schon gut, Mädchen, ist wohl heute nicht dein Tag, ich habe es nur gut gemeint.«

»Ja, ja, gut gemeint, das sagen alle.«

»Oh, oh, also Ihre Probleme möchte ich wirklich nicht haben«, erklärte der Mann und machte sich davon.

»Das ist auch besser so!«, schrie sie ihm hinterher, und wurde sich erst jetzt ihres aggressiven Verhaltens bewusst. Sie schlurfte in ihr Zimmer, schrammte den Rollator an die Wand und ließ sich auf ihr Bett fallen. Eigentlich hätte sie sich freuen müssen, dass endlich ein Puzzle aus ihrem Leben vor dem Unfall an den richtigen Platz gefallen war. Ihr Körper hatte in den Wochen, in denen sie wach war, sehr gute Fortschritte gemacht. Sie konnte einfache Dinge wieder alleine bewältigen.

Mittlerweile führte sie ein einigermaßen selbstbestimmtes Leben. Sie duschte alleine, ging mit Krücken oder dem Rollator ohne fremde Hilfe, aß selbstständig, realisierte Dinge und verstand. Alles, was sie tat, lief noch nicht rund, aber dass sie es tun konnte, war schier unglaublich. In der jetzigen versehrten Gegenwart war sie mit allen Sinnen angekommen, sah auf ihr Leben wie auf eine Fotografie. Das Positiv hatte ein paar Flecken, das Negativ war bis heute schwarz, aber am Rand hatte sich nach der Sitzung ein kleiner grauer Schatten aufgetan. Es dauerte nur ein paar Minuten, dann schlief sie tief und fest. Der schrille Ton des Telefons weckte sie.

»Frau Sanders, kommen Sie bitte, wir warten auf sie. Heute ist ihre erste KBT-Sitzung, haben Sie das vergessen? In fünf Minuten geht es los. Wir treffen uns in Zimmer 204, zweiter Stock links. Ist bei Ihnen alles in Ordnung?«

»Ja, ja«, sagte sie verschlafen, »ich mache mich auf den Weg.« Ein Klicken beendete das Gespräch. Marie war im ersten Stock untergebracht. Sie schlurfte zum Aufzug und fuhr nach oben. Unter dem Begriff Konzentrative Bewegungstherapie konnte sie sich kein Bild machen, aber sie würde gleich erleben, um was es sich dabei handelte. Im Trainingsraum hatten sich bereits sechs oder sieben Leute versammelt.

»Frau Sanders, wir haben schon auf Sie gewartet«, begrüßte sie der Therapeut.

»Schön, nun können wir anfangen.«

Marie, die zum ersten Mal in diesem Raum war, schaute sich ungläubig um. Hier sah es aus, als wäre sie in einem Kindergarten gelandet. Überall lagen Bälle, Steine, Seile und Hocker wie für Kinder, Kissen in allen Größen und Farben, sowie Musikinstrumente und ein Kofferradio.

»Bitte ziehen Sie alle ihre Schuhe und Strümpfe aus, wir laufen im Kreis. Wie schnell oder langsam, ebenso in welche Richtung, spielt keine Rolle. Ich möchte, dass Sie dabei ganz konkret darauf achten, wie Sie ihren Fuß aufsetzen. Erspüren Sie den Untergrund, auf dem Sie gehen, erkunden Sie, ob Sie zuerst mit der Ferse auftreten, oder mit den Zehen, wie Sie den Fuß abrollen, oder nicht. Richten Sie ihre ganze Aufmerksamkeit auf das Gehen und fühlen Sie sich in die Bewegung ein.

Danach achten Sie mal darauf, welche Teile ihres Körpers bei diesem Vorgang mitspielen, welche Muskeln dabei beansprucht werden. Frau Sanders, versuchen Sie es doch einmal ohne ihren Rollator. Ich gebe ihnen zur Sicherheit meine Hand, einverstanden?«

Marie nickte. Die Anderen spürten schon eine geraume Zeit ihren Empfindungen nach, bis Marie sich allein ihrer Schuhe und Strümpfe entledigt hatte. Dabei war der Zeitfaktor für sie unwesentlich, sie brauchte für jeden Handgriff lange, aber das verstanden alle. Mit dem Therapeuten, der sich als Herr Carstensen vorgestellt hatte, lief sie ein paar Runden Hand in Hand, bis ihr im Innersten klar wurde, was sie hier tat. Gehen ist eine selbstverständliche Handlung, solange man nicht eingeschränkt ist. Den Akt der Bewegung nimmt der Gesunde nicht mehr wahr. Beim aufmerksamen Gehen begreift man erst, was für ein Geschenk uns unser Körper macht. Ohne Fußbekleidung ist die Erdverbundenheit erlebbar.

Nach etwa drei sehr unsicheren Runden setzte sich Marie. Für mehr reichte ihre Kraft einfach noch nicht aus. Eine Weile schaute sie den Anderen zu, die sich lautlos in sich versunken, wie Schilf im Wind bewegten. Alle schlichen zum ersten Mal körper-, beziehungsweise fußbewusst umher. Carstensen löste nach ein paar Minuten die Übung auf. Er bat sie, sich für die nächste Übung einen Partner zu suchen. Die Paare sollten sich Rücken an Rücken stellen. Der Therapeut schob ihnen einen Ball zwischen die Schultern, den sie, trotz gegenteiliger Bewegungen, festhalten sollten. Das setzte voraus, dass sie sich aufeinander einließen und anpassten. Leicht war das nicht, aber es war lustig. Marie blieb sitzen. Die ganze Veranstaltung kam ihr vor wie ein Kindergeburtstag, obwohl sie keinerlei Anhaltspunkte fand, einen wie diesen schon einmal erlebt zu haben. Aus ihrer Sicht waren die Übungen kindisch und wenig hilfreich. Ein junger Mann, etwa in Maries Alter, kam mit einem Ball auf sie zu und bat sie, seine Partnerin zu sein.

»Ich bin Kai, möchtest du es mit mir versuchen?« Er strahlte sie an. Marie ließ sich Zeit, bevor sie einwilligte. Noch nie war ihr so ein schöner Mann begegnet.

Die neue Übung hörte sich einfacher an, als sie tatsächlich war. Marie und Kai saßen dabei auf einem Hocker, die anderen Patienten blieben stehen, was die Sache noch mehr erschwerte. Um den Ball nicht zu verlieren, war es nötig, gezielt Druck und Gegendruck auszubalancieren. Erstaunlicherweise kam man sich dabei sehr nahe. Marie konnte diesen engen Kontakt nicht ertragen. Es fühlte sich falsch an, was sie hier tat.

Augenblicklich beugte sie sich nach vorne und gab dem Ball seine Freiheit. Kai fing ihn, wollte es erneut versuchen, aber Marie lehnte ab. Sie wollte ihn nicht vor den Kopf stoßen, aber so viel Nähe ertrug sie nicht. Etwas in ihr sträubte sich. Zum Ende der ersten Stunde, die viel zu schnell vorüber ging, befragte der Psychologe jeden der Anwesenden, welche Gefühle sich bei ihm eingestellt hätten. Alle sprachen von überraschenden Erfahrungen und freuten sich auf das nächste Mal. Mürrisch und unmotiviert schwankte Marie noch in ihrer Meinung.

»Bevor Sie den Raum verlassen, möchte ich Ihnen etwas erklären«, sagte Herr Carstensen. »Bitte setzen Sie sich noch einen Augenblick. Was für einige Patienten heute wie der Besuch eines Spielplatzes angemutete, ist die Möglichkeit, durch konzentrierte Hinwendung auf das eigene Erleben zu blicken, Erinnerungen wachzurufen, die sich körperlich in Haltung, Bewegung und Verhalten ausdrücken. Diese Erinnerungen können bis in die nonverbale Zeit zurückgehen. Durch die konzentrative Bewegungstherapie erspüren wir unseren Körper im Hier und Jetzt. Diese Wahrnehmung setzt sich zusammen aus Sinnesempfindung und Erfahrung. Immer dann, wenn wir äußerlich etwas wahrnehmen, wird gleichzeitig auch eine innere Bewegung ausgelöst. Wenn wir mit Personen oder Materialien arbeiten, können wir zu einem differenzierten Bewusstsein unserer eigenen Einstellungen und Verhaltensweisen in verschiedenen Zeiten oder Situationen gelangen.

Wir haben im Umgang mit unterschiedlichen Gegenständen und Partnern die Möglichkeit, Erlebtes zu erproben und zu vergleichen. Fixierte Haltungen und Fehlererwartungen können dadurch abgebaut werden, in dem Sie spielerisch eine Situation gestalten. Durchschauen Sie, wie viel Makulatur sich über ihr eigentliches Wesen abgelagert hat, das zu Ihren krankhaften Störungen führte. Das Verleugnen einer stolzen Selbstbestimmung, das Kappen von Wünschen und Träumen, brachte Sie letztendlich hierher. Aber mit dem unmaskierten Erkennen lassen sich neue Programme, wie bei einem Computer, erlernen und installieren. Das ist ein Schlüssel zur ganzheitlichen Genesung. Sie werden sich wundern, was durch diese einfachen Übungen an Erinnerung in Ihnen wachgerufen wird.«

»Okay, Erinnerungen, mein Schlüsselwort«, sagte sich Marie. Vielleicht sind diese seltsamen Kinderspiele tatsächlich so etwas wie ein Türöffner, der mir endlich zeigt, wer ich bin, und was mich zu dem gemacht hat, was ich heute erlebe. Das wäre ja mal etwas Wünschenswertes. Beim nächsten Mal verschließe ich mich nicht mehr. Was diesen Kai angeht, bin ich unsicher, und möchte zu gern wissen, warum er hier ist. Vielleicht sollte ich meine Vogel-Strauß Mentalität ablegen und selbst mal Fragen stellen. Aber zuerst beobachte ich, was sich hier im Allgemeinen tut. Eine psychosomatische Kur ist in meinem Fall die absolut richtige Entscheidung. Es ist wohltuend, zu sehen, dass die Leute, die hier sind, überwiegend mit körperlichen Ausfällen verschiedensten Ausmaßes zu kämpfen haben. Ich bin nicht alleine der Freak.

Marie hörte erst wieder zu, als Herr Carstensen sagte: »Wie Sie Ihrer Verordnung entnehmen können, treffen wir uns morgen eine halbe Stunde früher. Ich wünsche Ihnen einen schönen Tag und freue mich, Sie morgen wiederzusehen.«

Die kleine Gruppe löste sich auf. Diejenigen, die sich schon etwas kannten, schwatzten wild drauf los, erzählten ungehemmt von ihren Gefühlen, die sie beim KBT immer wieder erstaunten. Eine rothaarige kleine Frau ging still an Maries Seite. Das Schlurfen ihrer Füße verriet, dass sie wohl auch eine schwere Krankheit hinter sich hatte, deren Folgen sie hier auskurierte.

»Entschuldige bitte meine direkte Frage«, sagte Marie, »hattest du auch einen Autounfall?«

»Ja«, sagte die Rothaarige, und ein Schimmer ihrer Haarfarbe huschte über ihr Gesicht. Ob es Unsicherheit war, oder ob sie nur nicht mit dem schmerzhaften Erlebnis konfrontiert werden wollte, ergab sich nicht aus ihrer minimalen Antwort. Sicher erging es ihr wie Marie. Sie hatte ihren Türöffner wohl auch noch nicht gefunden. Die Frau war ihr auf Anhieb sympathisch.

»Ich bin Marie. Wenn ich könnte, würde ich dich mit Handschlag begrüßen, aber du siehst ja.« Sie deutete mit dem Kopf auf ihren Rollator.

»Kenne ich nur zu gut«, sagte die Frau. »Ich bin Renate. Hast du noch Zeit, oder musst du zur nächsten Anwendung?«

»Warte, ich schaue mal auf meinen Plan. Wie ich sehe, habe ich eine halbe Stunde, bevor es zur Wassergymnastik geht.«

»Möchtest du mit mir einen Kaffee trinken? Die Cafeteria ist gleich um die Ecke. Ich sage, das nur, weil ich dich noch nie dort gesehen habe. Weißt du, wenn du hier nicht vereinsamen willst, solltest du diesen Ort kennen. Dort trifft sich alles, was noch halbwegs beweglich ist.«

»Ich komme gerne mit. Ich bin erst eine Woche. Bisher zog ich es vor, immer gleich nach den Anwendungen auf mein Zimmer zu gehen, teils aus Schwäche, aber auch, um niemand Rede und Antwort stehen zu müssen.«

»Das tue ich auch die meiste Zeit. Ich habe erst eine Frau hier kennengelernt, bei der unsere Wellenlänge übereinstimmt. Sie heißt Andrea. Wenn sie hier unten ist, stelle ich sie dir vor, wenn dir das recht ist. Andrea kommt aus Berlin und ist eine taffe Karrierefrau. Lass dich davon nicht abschrecken. Sie ist toll und geistreich und redet absolut druckreif.«

»Du schwärmst ja geradezu von ihr. Bist du etwa ...?«

»Lesbisch? Das wäre sicher besser gewesen. Nein, ich bin ganz gewöhnlich.«

Die Cafeteria war gut besucht. Sie setzten sich an einen Tisch in der Ecke, von wo sie einen guten Überblick hatten.

»Hier sitze ich oft«, raunte Renate. »Das ist mein Beobachtungsposten. Du glaubst ja gar nicht, was sich hier alles abspielt. Da brauchst du kein Kino mehr. Ich sage dir nur eines, wehe, wenn sie losgelassen.«

Renate lachte lautlos, erkennbar nur an ihren Gesichtszügen, die sich, durch einen kurzen Aufwärtsschwung in Bewegung setzten. »Was möchtest du trinken?«, fragte sie, »ich lade dich ein.«

»Nein, bitte lass mich das machen, ich hatte soeben den gleichen Gedanken«, erwiderte Marie. «Ich bin wirklich froh, hier endlich einem vernünftigen Menschen zu begegnen. Bringst du mir bitte einen Latte Macchiato mit?«

»Gerne! Übrigens, wenn du unbedingt zahlen möchtest, ergeben sich bestimmt noch mehr Möglichkeiten. Wie lange bleibst du hier?«

»Acht Wochen sind geplant, aber was heißt das schon, wenn man fast ein Jahr im Krankenhaus gelegen hat.« Renate pfiff durch die Zähne.

»Versteh mich jetzt nicht falsch, aber ich finde das gut. So wie ich es sehe, sind meine sechs Wochen dadurch auch gerettet. Egoistisch von mir, nicht wahr?« Diesmal lachte Renate laut. »Können wir trotzdem Freunde sein?«

»Sehr gerne, meine Freunde sind mir nämlich alle abhanden gekommen.« Marie kicherte. Diese Feststellung tat ihr zum ersten Mal nicht mehr weh. Renate brachte die Getränke und setzte sich zu ihr. Eine Zeit lang ließen beide ihre Augen über die Mitpatienten schweifen, die sich vergnügt miteinander unterhielten.

»Wenn man die Anderen beobachtet, glaubt man nicht, dass ihnen etwas fehlt. Schau, wie sie lachen und sich necken.« Marie schüttelte den Kopf.

»Glaub mir«, sagte Renate, »ich bin schon ein paar Tage hier, ich weiß, alle hier tragen ihr Päckchen. Aber es tut ihnen gut, es für eine Weile in einer ziemlich heilen Welt ablegen zu dürfen. Was passiert, wenn sie zu Hause wieder mit ihren Problemen konfrontiert werden, ist fraglich. Manchmal denke ich, einige Patienten sind nur hier her gekommen, um sich gesund zu stoßen, du weißt, was ich meine. Wenn du siehst, wer mit wem sein Spielchen treibt, und wie sie sich am Wochenende verhalten, wenn die Familie zu Besuch kommt, kannst du dich nur noch wundern. Ich will hier nicht den Moralapostel mimen, aber es ist schon erschütternd, was hier abläuft. Kaum sind die Angehörigen mit den Kindern um die Ecke, wird wieder mit dem Kurschatten geknutscht, was das Zeug hält. Ich finde das grässlich.«

»Nun ja, ich verstehe«, sagte Marie, »wenn eine Frau oder ein Mann daheim lieblos und respektlos behandelt wird, wenn liebe Worte oder Gesten schon längst ein Novum sind, dass solche Leute für Komplimente und Anderes offen sind. Ich finde, sie haben absolut das Recht, sich hier, wenn auch nur für kurze Zeit, von Fremden gesund lieben zu lassen.«

»Und was kommt danach?«

»Danach wird sicher einiges zur Aussprache gebracht. Im günstigsten Falle entdeckt man sich neu, im schlechtesten trennt man sich.«

»Und die Kinder?«

»Glaubst du, dass Kinder in einem lieblosen Haus gute Perspektiven finden, ihr eigenes Leben zu gestalten?«

»Ich stimme dir zu, diese Frage ist berechtigt, die Antwort darauf sicher vielschichtig. Die einen sehen, was sie besser machen können, die anderen gehen mit Schuhen und Strümpfen unter, wenn sie keine Hilfe bekommen oder annehmen wollen.«

»Ja, und dann landen sie wieder hier.« Marie schaute auf ihre Armbanduhr. »Verzeih«, sagte sie, »ich könnte noch Stunden mit dir plaudern, aber ich muss ins Wasser. Schön, dich kennengelernt zu haben, danke für deine Unterstützung.«

»Dito!«

Marie hatte Mühe, aufzustehen und schob sich wackelig zum Aufzug. Ihr blieben nur noch ein paar Minuten, bis sie das Schwimmbad erreichte. Zum Glück waren ihre Utensilien schon in der Tasche, sodass sie nicht noch erst in ihr Zimmer musste. Trotzdem kam sie ein paar Minuten zu spät, eine schlechte Angewohnheit, die sie sich hier abgewöhnen wollte. Sie war nicht mehr im Krankenhaus, wo sich alle nach ihrem Befinden richteten. Hier gehörte sie zu einer Gruppe, in der Disziplin herrschte.

Da war er wieder. Kai, in Badeshorts, braun gebrannt, sicher ein Steckdosenfreak, für April etwas zu dunkel geraten. Sein Körper durchtrainiert, haarlos, mit gut definierten Muskeln, aber kein Athlet, bei dem sich der Gedanke aufzwang, »reißt mir die Arme runter.« Bei Kai, diesem Adonis aus Fleisch und Blut, begannen die Frauen unwillkürlich zu seufzen. Marie spürte seinen Blick, mit dem er ihre zarte, mädchenhafte Figur scannte. Schon wieder befiel sie ein seltsames Gefühl, dieses Mal war ihr sogar seine abschätzende Aufmerksamkeit lästig. Und doch gestand sie sich ein, dass er sie interessierte. Als er sich umdrehte und mit einem Kopfsprung ins Wasser sprang, sah sie, dass seine ihr nun zugewandte Seite einmal fast völlig verbrannt war. Die Haut hatte eingeflickte Stellen, sicher dorthin operiert, wo es die größten Verletzungen gegeben hatte. Der Rest der Seite sah gekräuselt, leicht rosafarben aus. Sofort bekam Kai bei Marie einen anderen Stellenwert. Was muss er ausgehalten haben?, fragte sie sich spontan. Wie sehr hat er gelitten? Plötzlich erkannte sie, dass ihre Sicht auf sein gockelhaftes

Verhalten völlig unangebracht war. Der versehrte Kai hatte sich sein Selbstbewusstsein bewahrt, so konnte man auch argumentieren. Gut für ihn. Als er wieder auftauchte, hatte sie ein Lächeln für ihn und, als er ihr zuzwinkerte, war er wieder da, dieser Funke Erinnerung. Vor ihrem Unfall gab es einen Mann, mit dem Kai irgendeine Ähnlichkeit aufwies und dieser Mann war braun gebrannt, mit dunklen Haaren. Also mit Steffen hatte das nichts zu tun. Selbst wenn sie, wie man ihr sagte, drei Jahre Steffens Freundin war, hatte er dennoch keinen Abdruck in ihrer Seele hinterlassen.

»Kann ich dir ins Wasser helfen?«, fragte Kai, der ihr entgegen schwamm.

»Nein danke, ich möchte selbst klarkommen.«

Kais Blick verdunkelte sich.

»Komm schon, trau dich, schwimmen ist wie Radfahren, das verlernt man nicht!« Er hielt ihr trotz ihrer Ablehnung eine Hand entgegen, denn ihre Unsicherheit entging ihm nicht. Sie fasste danach und bewegte sich vorsichtig, Stufe um Stufe nehmend, wie es kleine Kinder tun. Im Wasser gab Kai sie frei.

»Schwimm los! Ich bleibe an deiner Seite, du brauchst keine Angst zu haben. Okay?«

»Okay.« Marie wunderte sich, wie leicht sie sich im Wasser fühlte. Zum ersten Mal empfand sie ihren Körper nicht mehr als Belastung. Ihre Freude war einfach unbeschreiblich. Sie lachte herzhaft. Nach Monaten im Koma und den vielen Knochenbrüchen, bewegte sie sich, als wäre ihr nie etwas Schlimmes geschehen. Kai hatte Recht. Schwimmen verlernt man nicht, wenn man es einmal konnte. Ein großartiges Gefühl überschwemmte sie, im wahrsten Sinne des Wortes.

»Schau an, du kannst sogar lachen«, spöttelte Kai. »Das macht dich ja noch schöner!«

»Willst du mich verarschen?« Marie schluckte Wasser und musste sich am Beckenrand festhalten, um abzuhusten. Kai hängte sich neben sie.

»Jetzt reicht's!«, sagte er und tat beleidigt, »ich möchte wissen, was du gegen mich hast. Bin ich dir irgendwie auf die Füße getreten, warum bist du so kratzbürstig zu mir?«

Marie wurde sehr verlegen. »Es tut mir leid, ich will dich nicht verletzen, aber es ist lange her, dass ein Mann mir so nahe kam. Ach, ich weiß ja auch nicht.« Sie schaute betreten an ihm vorbei. Kai fasste sie am Kinn und drehte ihr Gesicht in seine Richtung.

»Ich habe deine Narben auch gesehen, die äußerlichen, und ich sah deinen Blick, als dir meine verbrannte Seite aufgefallen ist. Glaub mir, die äußere Seite von uns ist eine Sache, die innere eine andere. Ich spüre, dass du etwas erlebt hast, das dich hemmt. Aber vorhin hast du kurz losgelassen, da ist ein Teil deiner ursprünglichen Persönlichkeit ans Licht gekommen. Ich habe es mit eigenen Augen gesehen. Ich stelle mir vor, wie du warst, bevor dir das Schicksal, oder wer auch immer, ein Bein gestellt hat. Wir beide sollten uns einmal unterhalten, vielleicht in einer trockeneren Umgebung, was meinst du? Sehen wir uns nach dem Abendessen?«

»In Ordnung.«

»Komm zur Rezeption. Ich stehe mit meinem Auto davor. Gegen 18:30 Uhr hole ich dich ab. Dann zeige ich dir ein sehr gemütliches Weinlokal hier im Ort. Dort können wir uns in Ruhe unterhalten.«

Marie nickte. »Ich komme«, versprach sie.

»Soll ich dir aus dem Wasser helfen?«

»Danke, ich schaffe das alleine. Bis zur nächsten Anwendung habe ich noch eine halbe Stunde Zeit. Außerdem sind ja noch andere Leute da, die mir, sollte es notwendig sein, sicher helfen werden. Danke Kai.«

»Bis später«, verabschiedete er sich und verschwand in die Umkleidekabine.

Am Abend war Marie sehr aufgeregt. Es ist kein Date, sagte sie sich immer wieder, und doch fühlte es sich so an. Bis sie endlich schlüssig war, was sie anziehen wollte, war schon einige Zeit vergangen. Als der Spiegelblick endlich sein Okay gab, war sie schon wieder reichlich spät dran. Sie aß nur eine Kleinigkeit. Den Rollator ließ sie stehen, schlurfte auf Krücken zum Ausgang. Sie spähte durch die Cafeteria, ob sie eventuell Renate entdecken würde, aber sie fand sie nicht. Vor der Klinik wartete Kai in einem schwarzen BMW, einem älteren Modell, bereits auf sie. Als er sie kommen sah, stieg er aus, öffnete die Beifahrertür, nahm ihr die Krücken ab und half ihr einzusteigen.

»Ja, ja«, witzelte Marie, »es ist nicht so leicht, mit einem Krüppel auszugehen.«

Kai warf ihr einen scharfen, tadelnden Blick zu. »Meinst du jetzt mich oder dich?«

»Entschuldige, aber ich habe dabei nur an mich gedacht.«

»Schön blöd!«, schnorrte Kai. »Mit der Einstellung kommst du nicht weit, das ist dir hoffentlich klar.«

»Entschuldige...«

»Hör auf mit deinen Entschuldigungen, denk lieber einmal nach, bevor du so hohle Sprüche von dir gibst.«

Am liebsten wäre Marie wieder ausgestiegen. Sie hatte sich auf einen schönen Abend mit einem schönen Mann gefreut, und nun das. Das Schlimmste war, dass Kai auch noch Recht hatte. So konnte es wirklich nicht weitergehen. Sie hatte schon so viel mit unglaublich großer Mühe geschafft. Anstatt auf sich stolz zu sein, bezeichnete sie sich selbst als Krüppel. Wie traurig war das denn? Ein bisschen Dankbarkeit dem wiedergewonnenen Leben gegenüber war mehr als angebracht.

Auf der kurzen Strecke bis zu dem avisierten Lokal schauten sie aneinander vorbei.

»Wir sind da«, sagte Kai. Er half ihr aus dem Wagen und brachte sie zu einem Tisch in der hintersten Ecke des Lokals, damit sie sich ungestört unterhalten konnten.

»Was möchtest du trinken?«, fragte Kai. Die Bedienung stand mit am Tisch, um die Bestellung aufzunehmen.

»Ich möchte bitte ein Glas Rotwein, einen Barolo, wenn Sie haben?«

»Sehr gerne«, sagte die freundliche Frau und hatte nur Augen für Kai. Charmant wie er war, erwiderte er ihr Lächeln. Er bestellte sich ein Pils. Als sie sich entfernt hatte, sagte Marie, »anscheinend warst du schon öfter hier. Ich glaube, die Frau hat ein Faible für dich. Du bist ein echter Womanizer.«

Kai verzog seinen Mund, bremste sein Lachen, zeigte nur kurz seine makellosen Zähne. Marie stand auf schöne Zähne. So, wie manche Menschen auf Hände oder Hintern guckten, so schaute Marie grundsätzlich auf Zähne. Einen Mann mit schlechten Zähnen hätte sie niemals küssen können. Für sie wurde er immer interessanter, auch, weil er in keine Schublade passte. Er spielte mit seinem guten Aussehen, wusste ganz genau, es gewinnbringend einzusetzen. Er erzählte ihr von seinem Motorradunfall, von der Explosion der Maschine, wobei auch er in Brand geriet. Statt Schmerz entdeckte sie Stolz in seinen Augen. Mit viel Glück hatte er diesen schweren Unfall überlebt. Nun saß er strahlend vor ihr. »Ich liebe meine kaputte Seite«, hörte sie ihn sagen.

Das konnte sie mit dem besten Willen nicht nachvollziehen.

»So, wie ich jetzt aussehe«, erklärte er, »bin ich vollständig. Ich bin nicht mehr der eingebildete Beau, der jede Frau flachlegt und danach wegwirft, bin nicht mehr das Arschloch erster Güte. Ja, zugegeben, ich flirte immer noch gerne, aber wenn heute eine Frau mit mir ins Bett geht, die meine verbrannte Seite kennt, kann ich viel eher sicher sein, dass sie den Menschen Kai, und nicht nur den Schönling, meint. Für die Frauen bin ich oft auch nichts anderes als eine Trophäe gewesen. Hast du einen Freund?«, fragte er unvermittelt.

»Ich glaube ja«, sagte Marie und kam sich blöd vor.

»Also, das verstehe ich nicht. Hast du einen, oder ist da jemand, den du gerne zum Freund hättest?«

Marie schaute Kai fest in die Augen. Er hielt ihrem Blick stand.

»Jetzt sag schon«, forderte er sie heraus.

»Ich erzähle dir meine Geschichte, aber nur, wenn du mir versprichst, nicht damit zu hausieren, ja?«

»Großes Ehrenwort, ich bin keine Plaudertasche, das wirst du noch merken. Alles was wir beide einander verraten, bleibt unter uns. Okay?«

Marie trank einen Schluck Rotwein. Sie berichtete Kai, soweit ihre Erinnerung reichte, von ihrem schrecklichen, vergangenen Jahr. Die Rede kam auch auf Steffen, mit dem sie drei Jahre vor ihrem Unfall offensichtlich liiert war, an die sie sich aber in keiner Weise erinnern konnte. »Er ist für mich wie ein Bruder, tiefergehende Gefühle kann ich für ihn leider nicht aufbringen. Monatelang hat er an meinem Bett gesessen, haben mir meine Eltern erzählt. Er hat um mich gebangt und gebetet. Diese Erkenntnis bereitet mir ein miserables Gewissen, weil er mich offensichtlich liebt, ich aber eine unvorstellbare Aversion hege, die ich ihm gegenüber kaum verbergen kann. Und diese Menschen, die immer wieder sagen, dass sie meine Familie sind, sind mir total fremd. Meine Vergangenheit ist durch den mysteriösen Autounfall ausradiert. Mit den Fakten, von denen man mir erzählt, kann ich nichts anfangen. Aber du, Kai, hast etwas in mir heraufbeschworen, das mit meinem

Vorleben in Zusammenhang stehen könnte. Es ist nur ein vages Gefühl, aber ist es möglich, dass wir uns schon einmal begegnet sind?«

»Also beim besten Willen, dir entgegenkommen zu wollen, ich habe dich hier zum ersten Mal gesehen. Aber, ich fühlte ich mich schon beim ersten Blick von dir angezogen. Wir könnten Seelenverwandte sein. Vielleicht empfinde ich das aber auch, weil ich gespürt habe, dass du, ebenso wie ich, eine außergewöhnlich schmerzhafte Erfahrung hinter dir hast.«

»Nun ja, aber wenn das so ist, dann kenne ich wohl einen Mann, der in meinem Unterbewusstsein herumschwirrt, und mit großer Wahrscheinlichkeit, mit der Zeit vor meinem Unfall zu tun hat. Weißt du, nach dieser gewonnenen Ibizareise, von der mir meine Leute berichteten, befinde ich mich auf völlig unbekanntem Terrain. Ich hoffe, dass ich hier, vielleicht durch das KBT der Vergangenheit auf die Spur komme. Ich versuche es zumindest.«

»Manchmal ist es sinnvoll, dahin zurückzukehren, wo alles begann. Vielleicht solltest du, wenn du wieder ganz sicher auf deinen Beinen stehst, und die medizinische Betreuung nicht mehr so sehr im Vordergrund ist, noch einmal auf die Insel reisen. Es ist durchaus denkbar, dass du dort findest, wonach du suchst.«

Marie hatte Kai alles erzählt, bis auf die Drogengeschichte. Da sie bis zum heutigen Tag keine Ahnung hatte, wann und wie sie daran gekommen ist, fehlten ihr einfach die Details dazu. Drogen hatten mit ihr nichts zu tun, das wusste sie mit 100 prozentiger Sicherheit.

Kurz vor 22 Uhr tanzten sie wieder in der Klinik an. Gerade noch rechtzeitig, einer Abmahnung zu entgehen. Die Zeit war so schnell verflogen, dass es sie selbst wunderte.

»Sehen wir uns morgen wieder beim KBT?«

»Ja.«

»Darf ich dich, als meine Partnerin aussuchen, oder schickst du mich wieder weg?«

»Morgen wird es anders sein.« Marie drehte Kai den Rücken zu, damit er das Strahlen ihrer Augen nicht sah.

»Also dann, bis morgen. Danke für den schönen Abend.« Er schickte ihr noch einen Handkuss, deutete lächelnd eine Verbeugung an, und verschwand.

Bevor Marie endlich zur Ruhe kam und die Augen schloss, ließ sie den Abend Revue passieren. Kai war ihr sympathisch, vielleicht sogar ein wenig mehr. Fest stand, sie hatte sich schon lange nicht mehr so wohl gefühlt. Mit einem Lächeln schlief sie ein. Kurz vor oder in der Aufwachphase, spiegelte sich ihr ein männliches Gesicht. Kai war es nicht, aber dieser Mann hatte dennoch eine gewisse Ähnlichkeit mit ihm. Seine Haare waren ebenfalls dunkel, wellig und etwas länger, sein Teint noch stärker gebräunt als der von Kai, und sein Lächeln zeigte strahlend weiße Zähne. Er bot ihr eine Zigarette aus einem zerknautschten Päckchen an, das er aus der Hosentasche zog. Vielleicht hatte er sich versehentlich daraufgesetzt. Sie lehnte mit einer flüchtigen Handbewegung ab. Auch im Traum war sie Nichtraucherin. Die Augen des Mannes faszinierten sie, der offene Blick war freundlich. Sie erwachte mit einem verschwommenen Traumbild, aber ganz sicher, diesem Menschen schon einmal begegnet zu sein. Fragte sich nur wo.

Kapitel 60

Juan erwachte mit einem Lächeln. Ich sollte nichts mit einer Angestellten anfangen, dachte er, und räkelte sich genüsslich. Das warme Bett mit der seidigen Wäsche lag zerwühlt, die Decke auf dem Boden, das Laken ausgehebelt. Es sah ein bisschen nach Kampf aus. Von tiefen Gefühlen übermannt, nötigte ihn dennoch die Zeit, sich aus einer Umarmung zu reißen, die er immer noch körperlich spürte, obwohl sie sich seit Stunden hätte verflüchtigen müssen. Den Veilchenduft von Angelinas Haaren roch er auch mit geschlossenen Augen, der warme Duft ihrer Haut hatte sich in seine Haut eingeprägt. Sie waren sich sehr nahe gekommen an diesem Abend, zu nahe, wie er sich nun, mit erwachender Skepsis, eingestand.

Angelina, die er zuerst verabscheute, die er am liebsten aus seinem Umfeld eliminiert hätte, die in einem Jahr in seiner Nähe für ihn zum Fixstern wurde, sie hatte ihn geküsst. Und wie sie ihn geküsst hatte! Gut, ein paar Gläser Rotwein flossen voraus. Vielleicht die Ouvertüre zu einer Begegnung, die er niemals mehr vergessen würde. Zum entscheidenden Akt ist es nicht gekommen. Bis dato hatte er aber auch nicht geahnt, dass Küsse um so viel intimer sein konnten als so mancher Beischlaf. Den teilte er mit einigen Frauen, aber keine durchbrach seinen inneren Schutzwall, wie es die zauberhafte, umwerfende, begehrenswerte Angelina tat.

Diese Frau wollte er haben, so sehr, dass es weh tat. Es bedurfte großer Anstrengung, nicht mit ihr zu schlafen. Trotz der leidenschaftlichen Umarmungen wuchs das kurze Aufflackern seines Gewissens zwischen ihnen zu einer uneinnehmbaren Wand. Die neue Liebe durfte er nicht mit Lügen beginnen. Er wagte nicht, daran zu denken, was geschehen wird, wenn er ihr gestand, dass er mit ihrer größten Feindin verheiratet war, ausgerechnet mit der Frau, die ihr so viel zugemutet, ja, angetan hatte. Wie sollte er die Schmierenkomödie, die er allen Frauen aus dem P.M.C aufgetischt hatte, begründen, ohne als egoistisches, gemeingefährliches Arschloch dazustehen? Würde Angelina ihm danach noch glauben, dass ein Mensch, wie er überhaupt liebesfähig sei? Diese Gedanken lähmten ihn und verschlangen den Elan der vergangenen

Nacht. Wie sollte er seiner Traumfrau auf Augenhöhe begegnen, wenn Susanna jederzeit aus ihrem Schatten treten und ihre rechtlich gesicherten Ansprüche stellen konnte? Auf was hatte er sich bei ihr nur eingelassen? Mit der Unterschrift fixierte er seine Abhängigkeit. Nie war ihm das so drastisch bewusst wie jetzt.

Wäre Susanna für ihn greifbar, würde er sich von ihr zu trennen. Sie müsste ihn auszahlen und bekäme dafür eine rund erneuerte Anlage, die nach ihrer Renaissance von den Reichen und Schönen begehrt wurde, wie nie zuvor. Mit dem Geld, das ihm für seine Arbeit zustand, könnte er an anderer Stelle eine neue Anlage schaffen. Die bis dato gemachten baulichen Erfahrungen kämen ihm zugute. Aber wenn Susanna tatsächlich auftauchen würde, ließe sie sich nicht so einfach abservieren, geschweige denn ausgerechnet gegen Angelina austauschen, stellte er frustriert fest. Sie würde sich einen Plan zurecht legen, sie beide aus dem Weg zu schaffen. Dass sie dazu fähig war, wusste er nur zu gut. Vielleicht gelänge es ihr, ihm alle Scheußlichkeiten in die Schuhe zu schieben. Auch das war eine Möglichkeit. Durch die Mitwisserschaft, und erst recht durch seine Mithilfe bei der Beseitigung der Leiche von Yvonne, war er jederzeit erpressbar. Angelina und er hatten keine Zukunft. Um das zu sehen, brauchte er nicht einmal eine Glaskugel.

Kapitel 61

Die Zeit in der Reha wurde täglich stressiger. Mit dem Behandlungsplan in der Hand wankte Marie, inzwischen sogar ohne ihre Krücken, von Anwendung zu Anwendung. Die Pausen reichten gerade mal zu einem kleinen Plausch. Sie war, seit sie hier war, immer in Eile. Wer zu spät zu einer Anwendung kam, fing sich einen Rüffel ein vor den anderen Mitpatienten. Die Geleise, die sie hier durchlief, waren sehr eng gefasst. Man zwang sie, auf dem Sprung zu sein, damit auch nicht ein Hauch Bequemlichkeit in ihre Knochen kroch.

Die Therapeuten sahen sie nach sechs Wochen körperlich überwiegend als wiederhergestellt an und spulten bei ihr, wie bei jedem anderen Patienten, ihr Programm ab. Vielleicht war aber genau das die Voraussetzung für ihre Erfolge nach der Methode, fordere und wachse. Die KBT-Sitzungen brachten eine erholsame, tränenreiche Ruhe mit sich. Einige ihrer Mitpatienten konnten durch die Auseinandersetzung mit der neu gewonnenen Körpererfahrung und den verbalen Interpretationen, Klärung zu erreichen, die aus den Tiefen ihrer Lebensgeschichte auftauchten. Maries Deckel ihrer Wunderlampe blieb weiterhin geschlossen, die Gestalten aus ihrer Vergangenheit unsichtbar. Sie fühlte sich wohl in der hier gelebten Gegenwart, nur ihre Seele hinkte ein wenig hinterher. Dabei spielte Kai auch eine Rolle, wenn auch nur peripher. Liebend gerne hätte sie ihn immer in ihrer Nähe gesehen, aber ihre Wege kreuzten sich eher selten. Die Anwendungsgebiete waren zu verschieden. Wenn sie sich sahen, strahlten sie sich an, wechselten ein paar Worte, und schon ging es wieder weiter, der eine zum Fango, der andere zur Wassergymnastik oder Ähnlichem.

Für einen abendlichen Ausflug fand sich keine Möglichkeit. Marie war dazu viel zu müde. Sie saß nach dem Abendessen noch kurz bei Renate und Andrea, mit denen sie auch gerne mehr Zeit verbracht hätte, wäre ihr noch ein Rest an Kraft geblieben. Sie schaffte es gerade noch unter die Dusche, kroch danach ins Bett und schlief augenblicklich ein. Mehrmals wurde sie durch das aufdringliche Klingeln des Telefons geweckt. Entweder riefen ihre Eltern an, oder Steffen war am Apparat. Meist wurde es ein kurzes, schlaftrunkenes Gespräch. Sie wollten sie besuchen, um ihre Fortschritte zu begutachten, sie sprachen von Sehnsucht. Marie bat darum, sie in Ruhe zu lassen. Sie wollte die Zeit nutzen, sich ganz auf sich und ihre Heilung zu konzentrieren. Natürlich reagierten ihre Familie und Steffen pikiert, aber sie respektierten ihren Wunsch.

Obwohl der Sommer nach regenreichen Wochen endlich zurückkehrte, schaffte es Marie noch nicht, einen Spaziergang durch den Park zu machen, der direkt an die Klinik grenzte. Ihre Miniterrasse bot ihr einen wohltuenden Ausgleich. In einem bequemen Sessel räkelte sie sich, wenn sie ausgepumpt von ihren Anwendungen zurückkam. Der gelbe Ballon, der sie in den letzten Tagen so zuverlässig mit Wärme beschenkte, machte für sie aus der puristischen Betonfläche einen Rückzugsort der Freiheit, an dem niemand etwas von ihr verlangte. Kaum waren fünf Minuten vergangen, schlief sie tief und fest. Auch die schönsten Vogelarien hielten sie nicht wach. Kraft zu tanken gelang ihr hier mühelos. Manchmal schreckte sie auf, aus dem Schlaf oder Traum. Durch Zuckungen, vergleichbar denen der Gewitterblitze, pulsten Wahrnehmungen und Reflexionen von Bildern aus der Tiefe an die Oberfläche. Altes Material, gab ihr das Gefühl, es gelebt zu haben. Es konnte sich nur um Wiederholungen handeln. Die Bilder waren ihr vertraut. In der nächsten Einzelsitzung besprach sie sich mit ihrem Therapeuten.

»Freuen Sie sich, das ist sehr gut«, ermunterte er sie, »Sie sind auf dem richtigen Weg, Sie spulen ein Stück zurück in die Vergangenheit.«

»Das ist also ein gutes Zeichen«, stellte sie erfreut fest. »Vor ein paar Tagen ist es geglückt, nun, glauben Sie, wird die Erinnerung wiederkommen?«

»Aber ja, es ist, wenn ich das so sagen darf, ein kleiner Erfolg.«

Immer öfter versuchte sie, zu den verschütteten Bildern zu gelangen, aber der Erinnerungsdeckel blieb geschlossen. Eine Unterscheidung zwischen Vorstellungskraft und Fantasie wollte ihr nicht gelingen und auch Manipulationen brachten sie nicht weiter. Ihre Vergangenheit steckte in einem Labyrinth, einen Ausgang zu finden, lag jenseits ihrer derzeitigen Möglichkeiten. Ihr Innerstes verlangte nach Kai, ein seltsames, neues Gefühl war das. Das Kribbeln im Bauch, wenn sie an diesen Mann dachte, konnte sie nicht leugnen, ebenso die Annahme, jemals mit einem Mann intim gewesen zu sein. Aber dass sie dieses Alter noch als Jungfrau beschritt, schien unwahrscheinlich zu sein.

Ich sollte mal mit Jochen reden, sinnierte sie. Steffen zu fragen, also Information aus erster Hand zu erbitten, wäre für beide wohl mehr als peinlich. Das wollte sie sich und ihm ersparen. Aber wozu hat man einen großen Bruder?

Die Telefonnummern von all denen, die sich ihre Familie nannten, hatte sie sich vor ihrem Aufbruch aufgeschrieben. Sie kramte in ihrer Tasche, zog ihr Notizbuch heraus, fand auch gleich die richtige Nummer und rief Jochen an. Er freute sich sichtlich, von ihr zu hören.

»Hey Sister«, rief er in den Apparat, »mit dir habe ich wahrlich nicht gerechnet. Schön, dass du anrufst, wie geht es dir?«

»Es geht mir sehr gut. Ich laufe schon ohne Krücken, da staunst du, was?«

»Oh, das ist toll. Wie lange bleibst du noch in der Reha, können wir dich endlich mal besuchen?«

»Dr. Kleinschmitt hat mir gestern Morgen eine Verlängerung von zwei Wochen angeboten. Die Krankenkasse hat ihr Einverständnis gegeben. Was meinst du, soll ich annehmen?«

»Das entscheidest du ganz alleine, Sister, dazu kann ich nur sagen, wenn es dir guttut, nimm an.«

»Ach, und was deine zweite Frage betrifft, kann ich dir sagen, dass ich mich freuen würde.«

»Okay, dann werde ich die Familie zusammentrommeln und besprechen, wie und wann wir dich im Rudel überfallen, abgemacht?«

»Tu das. Ach, und Jochen, ich habe noch eine etwas heikle Frage, aber ich wüsste sonst niemand, dem ich sie stellen könnte.«

»Ja, dann schieß mal los.«

Marie räusperte sich, aber sie ließ kein Schweigen aufkommen. »Jochen«, fing sie an und ihre Stimme verlor an Gewicht, als ob sie sich davor hüten würde, dass fremde Ohren ihre Worte aufnehmen könnten. »Jochen, weißt du, ob ich noch Jungfrau bin?«

Jochen glaubte im ersten Moment, sich verhört zu haben. Er hielt sich die Hand vor den Mund, um nicht laut loszulachen, aber ihm war sofort klar, warum sie diese Frage stellte.

»Es besteht absolut kein Zweifel daran, dass du es nicht mehr bist. Du warst drei Jahre mit Steffen, der auch mein Freund ist, wie du bestimmt noch weißt, zusammen. Es wäre, gelinde gesagt, für einen Mann eine Zumutung, wenn er sich während so langer Zeit nicht seinem Objekt der Liebe, auch in physischem Sinne, nähern dürfte. Glaub mir, das hält kaum ein Mann so lange aus, ohne Sex. Steffen definitiv nicht, und du auch nicht.«

»Aha«, sagte Marie, »schade, dass ich mich nicht erinnern kann.«

»Aber das hat doch auch einen Vorteil. Beim nächsten Mann ist für dich alles aufregend und neu. Sag mal, gibt es da jemand, der dir in deinem hübschen Köpfchen herumschwirrt? Für Steffen täte es mir leid, aber für dich würde ich mich sehr freuen.«

»Nein, nein«, wiegelte Marie rasch ab, und erbrachte durch ihre doppelte Verneinung gerade den Gegenbeweis. Jochen lachte schallend.

»Hör mal.« Er gluckste immer noch. »Tu dir bloß keinen Zwang an. Alles was dich weiterbringt, ist in Ordnung. Es ist dein Leben, schau nicht zurück. Wenn dir deine Vergangenheit etwas zu sagen hat, wird sie es früher oder später tun, glaub mir. Genieße einfach, dass du wieder da bist. Schaff dir neue Formen, neue Rituale, wenn du sie brauchst. Wir alle, deine Familie und deine Freunde helfen dir dabei. Dir soll es gut gehen, das ist das Einzige, was wir wollen. Und wenn du dich verliebt hast, ist das wunderschön. Du hast viel durchgemacht. Du warst so stark. Wenn eine verdient hat, glücklich zu sein, dann bist sicher du es. Stell ihn mir mal vor, wenn ich dich besuche, ja?«

»Aber da ist doch niemand, ich weiß gar nicht, was du wieder denkst.«

»Sister, ich kann auch zwischen den Zeilen hören. Dein Herz klopft bis in mein Ohr, also, leugnen ist zwecklos.« Wieder lachte er.

»Das wird mir jetzt zu bunt, du nimmst mich nicht ernst, und sag nicht immer *Sister* zu mir.«

»Weißt du was, du konntest es noch nie hören, wenn ich so zu dir gesagt habe. Wehte da gerade ein Erinnerungswölkchen zu mir?«

»Du bist blöd!«, moserte Marie. »Kann ich mich wenigstens darauf verlassen, dass dieses Gespräch unter uns bleibt?«

»Aber sicher, Marie, großes Bruderehrenwort.«

»Na gut, sag bitte allen einen lieben Gruß, und ruf mich an, wann ihr kommen könnt. Bis bald, großer Bruder, ist gar nicht mal so schlecht, einen wie dich zu haben.«

»Das will ich doch hoffen, bis bald Marie.«

Kapitel 62

Juan sah ungläubig auf seinen Server. Er las zum dritten Mal die gleichen Worte, als würde es ihm so gelingen, sie auszulöschen. Aber egal wie intensiv er die Buchstaben fixierte, auch ein „Hex-Hex" oder die Löschtaste, könnten sie nicht mehr aus seinem Kopf tilgen. Susanna hatte sich gemeldet, kurz und prägnant, mit wenig Information, die ihn hätte weiterbringen können. Sie brauche nochmal 50.000 Euro, schrieb sie, und verriet so nebenbei, dass sie in Brasilien lebe, es ginge ihr gut, was sie auch von ihm erfahren hätte. (Von wem erfahren?) Er solle nicht vergessen, wem er sein bequemes Leben zu verdanken habe. Süffisant, wie er fand, hatte sie unterschrieben: Kuss, deine Ehefrau.

Was will sie denn in Brasilien, war das Erste, was ihm durch den Kopf ging. Wieso braucht sie schon wieder so viel Geld? Das kann doch nicht wahr sein! Aber was ihn am meisten aufregte, war der Satz, dass er immer daran denken sollte, wem er sein bequemes Leben zu verdanken hätte. Er hörte ihre Drohung heraus. Noch beunruhigender fand er die Andeutung, dass sie wusste, dass es ihm gut ging. Wer war ihr Informant, wer beobachtete ihn heimlich? Konnte er sich überhaupt noch sicher fühlen? Hatte sie womöglich auch Kenntnis von seiner Zuneigung zu Angelina? Auf einmal schrillten alle Alarmglocken in seinem Kopf. Niemand durfte mitbekommen, was ihn und Angelina verband. Vielleicht waren sie beide schon in Lebensgefahr? Er musste mit Angelina sprechen, sofort, daran führte nun kein Weg mehr vorbei. Zuvor checkte er seine Konten und tatsächlich waren die angekündigten 50.000 Euro bereits abgebucht. In der Zeile »Verwendungszweck« sah er wie beim letzten Mal lediglich ein fettes **S**.

Er rief in der Zentrale an und bat, man möge Angelina, wenn möglich gleich, zu ihm schicken. Bis sie kam, waren kaum mehr als zehn Minuten vergangen. Für ihn dauerte diese kurze Zeitspanne eine gefühlte Stunde. In dieser Zeit lief er von Ängsten geplagt hin und her und her und hin. Kalte Schauer rieselten über seinen Rücken, während er im Geiste nach den richtigen Worten suchte, die das Wesentliche offen legen und das Gefährliche mildern könnten. Wie viel Wahrheit vertrug Angelina? Wie weit war sie bereit, mit ihm zu gehen? Was, wenn sie nach seinem

Geständnis zur Polizei ging? Sein Vertrauen zu ihr stand auf tönernen Füßen. Sofort negierte er seine Gedanken. Wie könnte sie ihn anschwärzen wo sie doch Yvonne eiskalt den Finger abgetrennt hatte? Was wusste er überhaupt von ihr? War diese Person, in die er sich überraschend verliebt hatte, ein besserer Mensch als er, oder war auch sie nur ein Produkt erzwungener Fehlentscheidungen? Er würde ihren Blick aushalten müssen, wenn er ihr seinen Status gestand. Wie würde sie wohl reagieren? Es klopfte schwach, ja zurückhaltend.

»Angelina!«, rief er ein bisschen zu laut, als er ihr die Tür öffnete. Sie schaute ihn mit einem fragenden Lächeln an.

»Komm herein.« Er schloss so rasch die Tür hinter ihr, dass sie einen großen Schritt nach vorne tat, um nicht dazwischen zu geraten.

»Ist etwas passiert?« Sie schaute ihm offen ins Gesicht.

»Ja, setz dich bitte.«

Angelina nahm Platz. Plötzlich schnürte ihr die Erwartung dessen, was nun auf sie zu kam, den Hals zu. Er will mich doch nicht, schoss es ihr durch den Kopf. Er bereut bereits, dass wir uns geküsst haben. Ich sehe es in seinen Augen. Juan lachte ein unnatürliches Lachen. Er lief immer noch ruhelos durch den Raum. »Was ist denn, nun sag schon! Du kannst mir ruhig sagen, wenn du mich nicht willst. Ich werde es überstehen, ich habe schon so manches überlebt. Habe ich vielleicht ...«

»Nein, nein, das ist es nicht«, fiel ihr Juan ins Wort, »gerade weil ich dich so mag, fällt es mir schwer, zu sprechen, aber ich habe keine Wahl. Es muss ein Ende haben, so geht es nicht mehr weiter. Es ist zu viel, ich will reinen Tisch machen mit dir, aber nur mit dir.«

»Willst du mich entlassen, bist du mit meiner Arbeit nicht mehr zufrieden?«

»Angelina, nein, das ist es nicht. Es ist viel schlimmer.«

»Mein Gott, sag doch endlich, was los ist, du machst mich ganz kirre.«

Juan zerrte einen Stuhl vom Tisch und setzte sich Angelina gegenüber. Er nahm ihre Hände. Auf das nervöse Flackern seiner Augen hatte er keinen Einfluss. Hörbar atmete er ein und aus.

»Versprich mir, nicht hysterisch zu werden, wenn ich dir jetzt etwas sage, ja?«

Angelina schüttelte vage den Kopf. Juan erzählte ihr in kurzen Sprüngen, wie er Susanna kennengelernt hatte. Er schilderte sie als kluge, einsame, reiche Frau, die nicht wusste, wohin sie gehörte.

»Sie war auf der Suche nach einem Domizil, wo sie heimisch werden wollte«, berichtete er. »Ich habe ihr diesen Ort gezeigt und sie brach sofort in Begeisterung aus. Von Anfang an habe ich alles für sie geregelt. Nun ja, nicht gerade alles, aber fast alles. Durch meine Kenntnis der Branche konnte ich vieles zu Susannas Zufriedenheit erledigen. Wir trafen uns ausschließlich nachts, das war ihr ausdrücklicher Wunsch. Verstanden habe ich es nicht, aber sie hat mich gut bezahlt, und so war ich einverstanden. Manchmal, wenn sie sehr einsam war, rief sie mich an. Ich gebe zu, dass ich sie das ein oder andere Mal getröstet habe.«

»Du hast mit ihr geschlafen?«

»Ja, aber das ist noch nicht alles. Ich wollte, ich könnte die Zeit ausradieren, aber ich war schwach und diese Frau ...«

»Du meinst wohl diese Hexe!« Angelina zog spontan ihre Hände zurück.

»Du hast ja Recht, aber wenn du mich immer unterbrichst, verlässt mich der Mut und dann weiß ich nicht, wie es weitergehen soll mit uns.«

»Okay, ich bin still.«

»Susanna ist ein ruheloser, unsteter Mensch. Auch unberechenbar, das konnte ich nach etlichen Monaten feststellen, und das wissen alle, die mit ihr zu tun hatten. Kurz bevor sie von der Bildfläche verschwunden ist, hat sie mir einen Heiratsantrag gemacht. Zuerst war ich fassungslos. Ich hielt das für eine Laune, du kennst ja ihre Launen. Sie hat mir erklärt, sie wollte keine Ehe im klassischen Sinn, ihr ginge es nur um meinen Namen. Sollte ich einverstanden sein, würde sie mir im Gegenzug den Club formell überschreiben. Ich wäre für die Öffentlichkeit der neue Besitzer, sie wollte im Hintergrund als stille Teilhaberin fungieren. Ich könnte schalten und walten, wie ich wollte, sie würde sich aus allem heraushalten. Mit einem Schlag wäre ich ein reicher Mann.«

»Du willst mir doch nicht etwa sagen, dass du dieses Monster geheiratet hast?«

»Schuldig!«

Angelina sprang auf. Aus ihrem Gesicht war jegliche Farbe gewichen. Als sie sich wortlos umdrehte und einen Schritt auf den Ausgang zumachte, sprang auch Juan auf und hielt sie fest.

»Bleib stehen, bitte!«, flehte er, und versperrte ihr breitschultrig die Tür. »Hör mir zu, bitte. Diese Ehe besteht doch lediglich auf dem Papier. Erzähle es niemand, versprich es mir!«

»Was soll ich noch hier!«, schnaubte Angelina verächtlich. »Scheißkerle wie dich habe ich zu haufenweise kennengelernt. Mein Bedarf ist mehr als ausgereizt.«

Sie riss sich von ihm los, drängte ihn mit erstaunlicher Kraft zur Seite, öffnete die Tür und stürzte mit unverständlichen Flüchen hinaus. Juan sah ihr mit dem Gesichtsausdruck eines kleinen Jungen nach, dem man gerade sein Spielzeug geklaut hatte. Er kämpfte mit den Tränen. Dass seine Ehrlichkeit ein quälendes Unterfangen würde, das hatte er schon geahnt, dennoch drängte ihn die Hoffnung, Angelina könnte ihn verstehen. Geschockt von ihrer heftigen, unzugänglichen Reaktion, schlich er an die Bar und schenkte sich einen Cognac, in doppelter Menge, ein. Alkohol, immer wieder gern genommen, als Tröster der Unglücklichen, war auch seine erste Wahl. Unschlagbar in der Wirkung überdeckte er so manche Wunde, obwohl der Kater danach nicht unbedingt lange auf sich warten ließ.

»Das war`s also«, lallte er nach den kurz hintereinander hinunter gekippten Gläsern. »Von wegen, Ehrlichkeit währt am längsten. Ha, ha, ha, wer hat denn diesen Schwachsinn erfunden? Juan, du Vollidiot, hast einfach kein Glück bei den Frauen, Prost!«

Kapitel 63

Marie traute ihren Augen nicht. Ist das wirklich Kai, was tut er da? Wer ist denn die Frau? Sie küssen sich in aller Öffentlichkeit, als gäbe es kein Morgen. Hat er mir nicht erzählt, er wäre frei? Habe ich mir nur eingebildet, dass zwischen uns etwas ist? Wie hat er sich ausgedrückt: »Wir sind Seelenverwandte.« Mist, und ich habe mir eingebildet, er wäre in mich verliebt. Das ist wohl der klassische Fall von »Denkste!« Aber wer ist diese Frau? Zugegeben, sie sieht umwerfend aus. Ich weiß nicht, ob ich überhaupt schon einmal eine so perfekte Frau gesehen habe. Sie könnte Model sein. Klar, dass sie in sein Beuteschema passt. Der alte Beau ist also zurück. Von wegen nur noch flirten. Einmal Aufreißer, immer Aufreißer. Gut, dass wir uns nur noch selten über den Weg laufen. Von jetzt an werde ich einen großen Bogen um ihn machen. Die Enttäuschung sah man Marie schon von Weitem an, da half auch kein professionelles Make-up.

»Geht es dir nicht gut?«, fragte Renate, die in beachtlichem Tempo um die Ecke geschossen kam.

»Warum fragst du, sehe ich so bescheiden aus?«

»Aber nein, nur glücklich sieht anders aus.«

»Kann ich mal mit dir reden?«

»Oh, es tut mir leid, aber ich habe einen Termin zur Massage, ich bin jetzt schon fünf Minuten zu spät. Wenn du willst, können wir uns in einer halben Stunde in der Cafeteria treffen, dann habe ich ein wenig Luft.«

»Oder wir sehen uns heute Abend, was meinst du? Wir hätten dann beide den Rücken frei.«

»Gut, also bis nach dem Abendessen, Tschüss.«

Es eilt ja auch nicht, sagte sich Marie. Warum mache ich so einen Aufriss. Ich habe mir eindeutig etwas vorgemacht. Warum soll ich jetzt verrücktspielen? Was ich Kai sagen wollte, meine gedachten Worte, vereinsamen wie ich, körperlos, wie leichte Schwergewichte, ohne Papier. Der Adressat hat sich verweigert. Der Kopf kann wollen, das Herz fügt sich, aber das bedeutet offenbar für Jeden etwas anderes, das ist mir jetzt klar. Seelenverwandte müssen sich nicht zwangsweise lieben. Aber wie ich gerade feststelle, sind solche Kastraten der Gefühle auch von Vorteil. Sie eignen sich hervorragend als außergewöhnliche Entscheidungshilfe. Für mich steht eindeutig fest, ich werde den Aufenthalt in dieser Institution nicht verlängern, ich möchte heim. Wenn meine Leute eintreffen, teile ich ihnen mit, dass ich sofort mit nach Hause komme. Mal sehen, wie sie darauf reagieren.

Marie steuerte umgehend das Verwaltungsbüro an und teilte der Sekretärin ihren so plötzlich gefassten Entschluss mit.

»Wir müssen aber zuerst ein Abschlussgespräch mit unserem Chefarzt anberaumen, das wissen Sie bestimmt, oder?«, erklärte sie beflissen.

»Ja!«

»Ihre offizielle Zeit ist in fünf Tagen abgelaufen, entnehme ich Ihrer Akte. Eigentlich haben wir angenommen, dass Sie die Anschlusswochen, die Ihnen ihre Krankenkasse zugesteht, nutzen. Sie haben sich bis jetzt nicht geäußert. Ich gehe davon aus, dass es für Ihren plötzlichen Abbruch Gründe gibt?«

»Ja«, sagte Marie kleinlaut, »die gibt es.«

Die Sekretärin schaute sie fragend an, aber Marie ignorierte ihren Wissenwollenblick.

»Sie können am Montag um acht Uhr zur Abschlussuntersuchung kommen. Geht das für Sie in Ordnung? Dann trage ich Sie ein.«

»Kann ich das Gespräch nicht schon am Freitag führen? Am Samstag kommt meine Familie zu Besuch. Ich könnte mit Ihnen zurückfahren. Das käme meiner Krankenkasse auch zugute.«

»Sie meinen morgen? Also das halte ich für ausgeschlossen. Ich kann den Ärzten nicht einfach ihr Programm durcheinanderbringen. Stellen Sie sich vor, jeder Patient hätte Sonderwünsche, dann bekämen wir hier gar nichts mehr geregelt.«

»Aber es wäre doch einen Versuch wert, bitte,« flehte Marie und setzte ihren Dackelblick auf. »Ich war über ein Jahr im Krankenhaus und danach so viele Wochen hier, ich kann nicht mehr. Ich brauche meine Familie, verstehen Sie das?«

»Na gut«, gab die Sekretärin klein bei, »ich schaue, was ich für Sie tun kann. Wir halten hier niemanden fest. Ich lege Ihnen heute Abend einen Zettel in ihr Fach, damit sie wissen, ob es morgen in Ordnung geht oder nicht.«

»Vielen herzlichen Dank.« Marie verließ mit hängendem Kopf das Zimmer. Die ersten Zweifel beschlichen sie, kaum, dass sie um die Ecke gehumpelt war. Hier, in diesem Haus, hatte sie zum ersten Mal, seit sie aus dem Koma erwachte, das Gefühl, daheim zu sein. Sie schloss Freundschaften mit netten Leuten und lernte mit ihrer Behinderung umzugehen. An diesem Ort füllte sich ihr Lebensalbum mit Bildern, die für hoffentlich alle Zeit, zu ihren wertvollen Erinnerungen zählten. Ein »Weißt du noch?« bekam dadurch Bestand. Und all das warf sie hin wegen einem offensichtlichen Missverständnis. Wie lächerlich! Sie ging auf ihr Zimmer und wählte die Nummer ihrer Eltern. Als ihre Mutter sich meldete, sagte Marie:

»Hallo, ich bin es, Marie. Besteht die Möglichkeit, mich am Samstag mit nach Hause zu nehmen, oder spricht etwas dagegen?«

»Das ist ja großartig«, freute sich Eleonora. »Wie kommt es, dass du ein paar Tage früher abreisen kannst? Sind deine Fortschritte tatsächlich so gut? Hast du uns nicht von einer zweiwöchigen Verlängerung erzählt? Möchtest du nicht das volle Programm der Klinik ausnutzen?«

Marie hatte keine Gelegenheit, ihrer Mutter zu antworten. Ihre Worte flogen ihr wie im Schleudergang um die Ohren. Eleonoras Enthusiasmus war kaum zu stoppen.

»Ich freue mich so sehr auf dich«, rief sie ihr gerade ins Ohr, »Walter und ich haben schon alles für dich vorbereitet, wenn wir dich endlich wieder haben. Du wirst staunen.«

»Wann, denkst du, seid ihr morgen hier?«, unterbrach Marie ihren Redeschwall.

»Wir fahren schon sehr zeitig los, gegen fünf Uhr in der Frühe. Walter sagt, dann ist der Verkehr noch nicht so enervierend. Übrigens, Steffen kommt auch mit. Es ist dir doch recht?«

»Natürlich«, log Marie. Nichts wollte sie weniger als das. Aber dann kam ihr der Gedanke, dass es vielleicht gar nicht mal so schlecht wäre, wenn Steffen mitkäme. Sollte sich Kai auch nur in der Nähe befinden, würde sie ihm zeigen, wie unwichtig er für sie ist. Sie würde es über sich bringen, Steffen so zu küssen, wie sie es bei Kai und dieser schönen Frau gesehen hatte. Mal schauen, ob ihm das gefällt. Voller Erwartung öffnete sie am Abend ihr Schließfach. Die Sekretärin hatte ihr Versprechen gehalten, Marie fand einen Zettel. Als sie ihn öffnete, las sie,

Abschlussuntersuchung und Gespräch, morgen 7:30 Uhr, Zimmer 312. Es hat also geklappt, freute sie sich, trotz diesem mulmigen Gefühl in der Magengegend. Dann werde ich schon mal meinen Koffer packen. Von Renate und Andrea muss ich mich auf jeden Fall verabschieden. Wir könnten noch unsere Adressen und Handynummern austauschen. Es wäre wirklich nett, wenn wir uns irgendwann wiedersehen könnten. Und Kai? Soll ich mich auch von ihm verabschieden, oder soll ich einfach aus seinem Leben verschwinden? Kann ich den Mann, der mir dieses wahnsinnig gute Kribbeln im Bauch bescherte, einfach übergehen, aus meiner neuen Vita streichen? Nein, das ist ungerecht. Er hat ja nichts getan, außer mir ein paar falsche Signale zu senden, und meine empfundene Unschuld ins Wanken zu bringen. Es ist nicht seine Schuld, dass ich unsere »Seelenverwandtschaft«, wie er sie nannte, für erotische Annäherung hielt. Ich bin nicht kindisch, ergo verabschiede ich mich auch von ihm. Basta! Ach ja, der Kuss für Steffen ist vielleicht doch nicht so eine gute Idee. Es ist sowieso verfrüht, Pläne zu machen, bevor mir der Chefarzt wirklich grünes Licht gibt.

Marie fand ihre Freundinnen wie immer am Abend in der Cafeteria. Sie erzählte von ihrer Abreise. Die Beiden reagierten mit Bestürzung. Sie tauschten Adressen und Handynummern aus und versprachen, sich nicht aus den Augen zu verlieren.

»Sollten wir uns morgen nicht mehr sehen«, sagte Renate, »wünsche ich dir für die Zukunft alles erdenklich Gute.«

»Weiterhin Gesundheit und einen tollen, treuen Mann an deiner Seite«, ergänzte Andrea und breitete ihre Arme aus. »Komm, lass dich zum Abschied mal richtig von mir knuddeln.«

»Ich will auch!«, drängelte Renate. »Es ist schön, dich kennengelernt zu haben, ich werde dich vermissen.«

»Ich vermisse euch jetzt schon.« Marie hatte Tränen in den Augen. Der Abschied fiel ihr schwerer als gedacht.

»Wann erwartest du deine Eltern?«, fragte Andrea.

»Ich denke, wenn alles gut läuft, sind sie so gegen acht Uhr hier.«

»Oh, das ist gut. So früh habe ich morgen keine Anwendung. Dann kann ich dich doch nochmal sehen.«

»Ich sollte um diese Zeit beim Frühsport sein«, moserte Renate. »Aber vielleicht bin ich einfach mal unpässlich.«

»Das wäre toll!« Marie freute sich.

»Eine für alle, ihr wisst ja«, sagte Andrea nonchalant. Sie saßen noch eine Weile zusammen und ließen ihre Erfahrungen Revue passieren, bevor sie sich herzlich voneinander verabschiedeten. Alle Drei sahen es als Glück an, dass sie sich hier gefunden hatten. Vieles war dadurch leichter, die Schinderei ein wenig erträglicher. Maries körperliche Fortschritte waren großartig, die Erinnerung an die vergangenen Jahre eine Supernova.

In der Nacht schlief sie sehr unruhig. Geplagt von dem Gedanken, dass es vielleicht doch ein Fehler sei, hier früher abzuhauen, warf sie sich hin und her. Sie hatte ihren Wecker auf sechs Uhr eingestellt, was eigentlich gar nicht nötig war, denn schon um fünf Uhr saß sie kerzengerade auf ihrem Bett. Freundinnen, dachte sie, ich hatte doch bestimmt vor meinem Unfall irgendwelche Freundinnen. Wo sind sie jetzt, da ich sie brauche? Svenja besuchte sie ein oder zweimal im Krankenhaus, aber sie konnte keine Verbindung zu ihr aufbauen. Sie fand es rätselhaft, was sie mit dieser Frau verband. Offensichtlich hatte Svenja Schwierigkeiten, sich mit einer Gedächtnislegasthenikerin zu unterhalten, wo alles, was sie ihr erzählte, auf Unverständnis traf. Dass sie so selten kam, konnte man ihr wahrlich nicht ankreiden. Mit Andrea und Renate verhielt es sich ganz anders. Sie beschrieben das erste Blatt in ihrem neuen Leben. Und Kai war darin das Ausrufezeichen. »Ach«, seufzte sie, »ich möchte mich doch von ihm verabschieden, aber ich forciere nichts. Hoffentlich läuft er mir noch einmal über den Weg.«

Marie duschte, schlüpfte in ihre Kleider und schaute sich sicherheitshalber in ihrem Zimmer um, überprüfte, dass sie nichts vergessen hatte, einzupacken. Das leise Klopfen an ihrer Zimmertür überhörte sie zuerst. Nachdem sie es endlich vernahm, ging sie hin und öffnete. Vor ihr stand Kai. Er sah sie vorwurfsvoll mit hochgezogener Augenbraue an, bevor er sie ansprach.

»Guten Morgen, meine Schöne«, begrüßte er sie.

Maries Herzschlag wechselte den Takt, es schlug schneller und lauter, sie hörte es bis in die Ohren. Im Bauch spürte sie ein Flattern. »Was willst du denn hier?«, fragte sie mit verschlackter Stimme.

»Darf ich hereinkommen?«

Marie wich zur Seite und ließ ihn eintreten.

»Glaubst du wirklich, du kannst heimlich abreisen, ohne dich von mir zu verabschieden?« Sein Blick wirkte verletzt.

»Wer hat es dir gesagt?«

»Spielt das eine Rolle?«

»Nein, ich kann es mir schon denken.«

»Die ganze Zeit merke ich schon, dass du mir aus dem Weg gehst. Kannst du mir erklären, was mit dir los ist?«

»Ich habe euch gesehen, das ist los«, flüsterte Marie und ärgerte sich sofort, über diesen Satz, mit dem sie sich gerade outete. Kai pfiff durch die Zähne.

»Ah, daher weht der Wind. Bist du etwa eifersüchtig, meldest du gerade Besitzansprüche an? Wir beide sind ...« Weiter kam er nicht.

»Sag es nicht!«, schimpfte Marie, »mittlerweile reagiere ich allergisch auf dieses Wort. Ich möchte es nicht mehr hören.«

Kai grinste. »Du hast dich doch nicht etwa in mich verliebt?«

»Wo denkst du hin, du arroganter Arsch. Unter Einbildung scheinst du nicht zu leiden, oder? Glaubst du, jede Frau müsste dir verfallen?«

»Und warum regst du dich so auf? Du hast mich mit Mariana gesehen, stimmt's? Sie ist eine alte Flamme von mir. Sie hat mich besucht, wollte sehen, wie es mir hier geht.«

»Und da steckst du ihr die Zunge in den Hals, als gäbe es kein Morgen?«

Kai lachte schallend. »Ich weiß zwar nicht, warum ich das tue, aber hiermit entschuldige ich mich bei dir für meinen öffentlichen Rückfall in die Steinzeit. Mariana ist eine sehr anziehende Frau, aber wenn du mal hinter die wunderbar gepinselte Fassade blickst, erwartet dich nur ein großflächiges Nirwana. Verstehst du das? Sie ist für mich lediglich ein Relikt aus vergangenen Tagen. Als ich sie geküsst habe, tat ich das nur, um dich zu testen. Ich habe dich kommen sehen. Mariana war nichts als ein Amuse-Gueule. Ich wollte dich heiß machen, dich, nicht sie. Ich habe Mariana mein Vorhaben erklärt, und sie hat bereitwillig mitgespielt. Du bist mein Hauptgang.

»Super, mich mit einem Essen zu vergleichen.«

»Stell dich nicht so an, ich wollte dich nicht verletzen, begreif das doch! Ich wollte alles richtigstellen, wenn wir uns wiedergesehen hätten. Niemals wäre ich auf die Idee gekommen, dass du gleich einen so krassen Rückzieher machst. Ich dachte, uns bliebe noch genug Zeit für Annäherung, die nach deiner Geschichte, das ist mir glasklar, nur in Miniaturschritten erfolgen kann. Wenn du keinerlei Erinnerung an Männer hast, beziehungsweise wenigstens an einen, mit dem du mehr erlebt hast als bloßes Zusammensein, dann darf ich, als erfahrener Mann, mich dir nur behutsam nähern. Du bedeutest mir sehr viel. Ich habe noch nie so offen über mich und das, was mir passiert ist, geredet. An diesem Abend, du weißt schon, ist zwischen uns eine Verwobenheit entstanden, die ich noch mit keiner Frau erlebt habe. Wir haben uns beide verletzlich gezeigt. Ich hielt Offenheit immer für Schwäche. Bei dir war das anders. Durch diesen blöden Kuss, mit dem ich deine Reaktion testen wollte, den du gründlich missverstanden hast ...«

»Nur missverstehen konnte!«

»Ja, missverstehen konntest, habe ich dein Vertrauen verloren. Es tut mir so leid. Kannst du mir verzeihen? Du bist mir sehr wichtig. Du darfst nicht einfach abhauen, ich habe mich in dich verliebt.«

Damit setzte er den Kontrapunkt. Marie wurde auf einmal schwindelig. In ihrem Bauch zog sich alles zusammen. Mit weichen Knien setzte sie sich auf ihr Bett. Sie schaute in braune Augen, sah diesen herrlichen Mann, der leicht verlegen ihre Hände ergriff. Er zog sie in die Höhe, umschlang sie und küsste sie leidenschaftlich. Sie spürte seine Kraft und die Hitze dieses athletischen Körpers. In seinen Augen war ein Funkeln, ein sinnliches Begehren. Er presste den Körper an sie, hüllte sie in seinen Duft, nahm sie für sich ein, auf nie gekannte Art. In dem Gefühl zu schweben, erwiderte sie seinen Kuss. Ihr Puls raste, sie zitterte, alles geriet außer Kontrolle. So ist das also, wenn man verliebt ist. Sofort erkannte sie, sie wollte mehr davon.

Mit rauer, berührender Stimme fragte er: »Wann ist dein Termin beim Arzt?«

Die Worte rissen sie in die Wirklichkeit. Sie schaute auf ihre Armbanduhr. »Oh Gott, ich hätte schon vor zehn Minuten da sein sollen.«

»Ich begleite dich«, sagte Kai. »Vielleicht kannst du die Verlängerung doch noch annehmen. Du weißt ja, dass ich auch noch zwei Wochen hierbleibe. Eine entsetzlich lange Zeit, in der wir uns nicht sehen, wenn du fährst. Willst du das?«

Marie schüttelte den Kopf. Wie hätte sie widersprechen können, nach dieser Erfahrung. Kai nahm Marie in die Arme und küsste sie noch einmal. Sie konnte ein Stöhnen nicht mehr unterdrücken. Der Mann ist unglaublich, dachte sie. So schnell sie konnte, lief sie mit ihm zum Chefarztzimmer. Zaghaft klopfte sie an die Tür.

»Ja bitte!«

Sie warf Kai einen letzten Blick zu und trat ein.

»Entschuldigung«, hauchte sie, und sah sehr wohl die Verärgerung im Blick des Chefarztes.

»Da sind Sie ja endlich, schien er zu sagen, obwohl er seine Lippen wie zwei Blatt Papier zusammengepresste. Er räusperte sich geräuschvoll, bevor er ihr mit einer lapidaren Handbewegung andeutete, sie möge sich setzen.

»Sie möchten also das großzügige Angebot ihrer Krankenkasse nicht annehmen?« Die Frage knallte rhetorisch an die Wände. »Hat es Ihnen bei uns nicht gefallen? Wie ich sehe, können Sie sich alleine, ohne Hilfsmittel, fortbewegen. Auch sonst, das entnehme ich ihren Akten, sind die erbrachten Ergebnisse mehr als befriedigend. Ich kann sogar sagen, sie sind hervorragend. Ich kenne zwar nicht den Grund, warum Sie nicht noch ein Weilchen bei uns bleiben möchten, aber wir halten niemanden gegen seinen Willen fest, das versteht sich von selbst. Wir sind schließlich kein Gefängnis.«

Er schielte von den Unterlagen hoch, um zu sehen, welchen Eindruck seine rotzig gesprochenen Worte auf Marie machten, aber sie schaute nur stoisch geradeaus.

»Ich kann Sie ruhigen Gewissens gehen lassen«, sprach er weiter, »obwohl ich Ihren Entschluss bedauere. Aber Ihnen scheint es ja außerordentlich wichtig zu sein, von hier wegzukommen.«

Spätestens jetzt war der Vorwurf in seiner Stimme nicht mehr zu überhören. Marie rutschte immer tiefer in ihren Stuhl. Am liebsten hätte sie gesagt, ich habe es mir anders überlegt, aber wie würde das denn aussehen?

»Es hat mir sehr gut bei Ihnen gefallen, und ich bin Ihnen dankbar«, erwiderte sie, »aber ich bin nun schon über ein Jahr von zu Hause weg. Ich möchte einfach wieder ohne Anordnungen leben, als freier Mensch, der ich einmal war.«

Der Chefarzt nickte.

»Ich möchte mit meinen Eltern heimfahren. Sie kommen morgen und bleiben noch einen Tag. Geht das für Sie in Ordnung, oder ist das ein Problem?« So, dachte sie, noch während sie sprach, jetzt haben meine Worte meine eigentlichen Wünsche aufgefressen. Kai wird enttäuscht sein. Aber was sind schon zwei Wochen? Wenn ihm etwas an mir liegt, sehen wir uns wieder. Der Arzt unterschrieb schwungvoll die notwendigen Papiere und reichte sie Marie.

»Ich wünsche Ihnen für die Zukunft alles Gute.« Seine Stimme war merklich weicher, sein Händedruck kraftvoll, als er sie verabschiedete. Vor der Tür erwartete sie Kai mit fragenden Augen. Marie schüttelte den Kopf.

»Du hast nicht verlängert?«

»Nein.«

»Aber warum nicht?«

»Weil ich meine eigenen Entscheidungen treffe, von jetzt an, und für den Rest meiner Tage.«

»Gute Idee, aber schade.« Kai war enttäuscht.

»Kannst du mich verstehen?«

»Wenn nicht ich, wer dann?« Er lächelte sie an. »Können wir wenigstens deinen letzten Tag miteinander verbringen, oder hast du schon etwas Anderes vor?«

»Meine Koffer sind gepackt, deinem Wunsch steht nichts mehr im Wege. Lass uns gehen. Ich denke, bis meine Eltern da sind, haben wir noch ein paar Stunden. Vielleicht ergattere ich für sie hier in der Klinik ein Zimmer für eine Nacht. Ich erkundige mich. Danach bleibt noch Zeit für uns, leider nur, bis sie eintreffen, denn dann habe ich andere Verpflichtungen.«

»Du hast doch sicher noch nicht gefrühstückt? Glaubst du, dass du es schaffst, durch den Park in die Stadt zu laufen, oder ist das noch zu anstrengend für dich? Ich kenne da ein süßes, kleines Café, da sind wir ungestört. Hast du Lust? Ich kann auch den Wagen nehmen, wenn dir das lieber ist.«

»Nein, nein, ich laufe gern. Ich möchte mir wenigstens ein Mal die Anlage ansehen. Da stehen doch bestimmt auch Bänke, auf denen ich mich ausruhen kann, sollte ich einmal schwächeln, oder?«

»Natürlich, und wenn wir keine finden, trage ich dich.«
»Soweit kommt`s noch!«, protestierte Marie.

Kapitel 64

Angelina ging Juan aus dem Weg. Er verstand sie nur zu gut, aber er litt sehr unter ihrer Ablehnung. Ein paar Tage musste er mitansehen, wie sie bereit war, wieder in ihre alte Schale zu schlüpfen, gehemmt, verschlossen, leicht aggressiv den Anderen gegenüber. So durfte es nicht weitergehen. Er wollte noch einmal mit ihr sprechen, vielleicht könnte er ihr plausibel machen, dass nichts so war, wie es sich im Augenblick spiegelte. Die Gegenwart ist die Vergangenheit der Zukunft, ist wie ein Zug, der weiterfährt, ohne anzuhalten, sagte er sich. Trotzdem müssen wir eine Station finden, uns zu treffen. Der Bahnhof war das Büro, nicht unbedingt neutrales Gelände, wohin er sie zu kommen ersuchte. Als sie eintrat, sah er, dass sie geweint hatte, vor Zorn oder Enttäuschung, sicherlich vor beidem.

»Bitte nimm doch Platz«, forderte er sie mit ernster Miene auf. »Ich stehe lieber«, sagte sie mit zusammengebissenen Zähnen. Er sah keinen Sinn darin, ihr mit Geplänkel gegenüber zu treten, also kam er gleich zur Sache.

»Angelina, ich liebe dich. Du bist die Frau, mit der ich mir eine Zukunft vorstellen kann.«

Abwehrend hob sie die Hände.

»Angelina, bitte glaube mir, wenn ich wüsste, wo sich Susanna aufhält, würde ich sofort die Scheidung einreichen. Aber sie ist verschwunden, einen Tag, nachdem wir dieses Abkommen geschlossen haben.«

»Und die Hochzeitsnacht, war sie schön?«

»Ob du mir glaubst oder nicht, die gab es nicht. Sie hat mich weggeschickt, gleich nachdem wir den formellen Akt hinter uns hatten.«

»Dann hast du also nicht mit ihr geschlafen?«

Jetzt hätte sich eine Lüge als Weichspüler geeignet, aber etwas in Juan sträubte sich dagegen. Diese ganze Verlogenheit musste ein für alle Mal aufhören.

»Doch« sagte er, »vorher, sonst hätte sie mich nicht überreden können. Susanna tat nichts ohne Hintergedanken. Sie zeigte sich mir mit allen Facetten. Manchmal war sie wie ein schüchternes, hilfsbedürftiges Mädchen, das ich einfach beschützen wollte, dann wieder eine Femme

Fatale. In manchen Nächten starb sie fast vor Einsamkeit, doch nach meinem Trost führte sie sich wie ein Diktator auf. Ich war hin und her gerissen, was sollte ich tun? Heute weiß ich, dass ich einfach nur zu blöd war, sie zu durchschauen. Sie brauchte meinen Namen, sonst nichts.«

»Den brauchte sie sicherlich, weil sie etwas verstecken wollte, habe ich recht?«

»Ja, aber da ich auf ihren Wunsch stets im Hintergrund blieb, wusste ich nichts über den rüden Umgang mit den Angestellten oder auch mit den Gästen. Ich kam nur nachts zu ihr. Auch von Drogen, die sie euch gegeben hat, hatte ich keine Ahnung. Was du für sie tun musstest, finde ich grauenhaft, ja, unmenschlich.«

»Was ist mit Yvonne passiert und mit Denise und Marie, weißt du das?«

Das war die Frage, die er am allermeisten fürchtete, und die er nur halbseiden beantworten konnte, sonst wäre der Himmel auf ihn herabgestürzt.

»Von Yvonne weiß ich nichts«, log er, wobei sich sein Magen schmerzhaft zusammen zog. »Denises Zusammenbruch ist allgemein bekannt. Soweit ich informiert bin, ist sie an einem Hitzeschock gestorben. Marie habe ich persönlich an den Flughafen gebracht, von ihr habe ich nichts mehr gehört.«

Juan sah, dass sich Angelina merklich entspannte.

»Gestatte mir noch eine Frage. Hast du diese Frau geliebt?«

»Ich habe es geglaubt, am Anfang vielleicht. Aber jetzt, nachdem wir beide uns näher gekommen sind, habe ich erkannt, dass es keine Liebe war. Vielleicht war es Susannas Verrücktheit, ihre Unberechenbarkeit, auch ihr Körper, das gebe ich zu, hat einen fatalen Reiz auf mich ausgeübt. Für mich war das alles neu. Es hat mich verwirrt und gebannt, anders kann ich es nicht erklären. Aber dich fühle ich auf einer ganz anderen Ebene. Du hast mich mit allen Sinnen berührt. Das ist Liebe, wie sie sein soll. Mit dir möchte ich alt werden.«

»Aber ich fange nichts mit verheirateten Männern an«, betonte Angelina und schmunzelte.

»Das wird sich hoffentlich bald ändern«, erwiderte Juan. Ich habe einen Detektiv beauftragt, Susanna zu suchen.«

»Hört sich gut an, wir können ja bis dahin schon mal ein wenig üben, wie es sein wird, wenn du wieder Single bist.« Sie ging auf Juan zu und schloss ihre Arme um ihn. Bevor er sie küssen konnte, schaute sie ihn schelmisch an.

»Und was ist, wenn ich dich nie mehr loslassen möchte?«

»Ist das eine Drohung oder ein Angebot?« Angelina biss Juan leicht in die Unterlippe.

»Mein Gott«, feixte er, »habe ich mich schon wieder in ein menschenfressendes Ungeheuer verliebt?«

»Kann schon sein«, herzte Angelina ihn. »Laber nicht, nun küss mich endlich!«

Sie küssten sich lange und innig, es war eine Herz zu Herz fließende Verbindung.

»Ich möchte mit dir schlafen«, sagte Juan und sein Ton war rau. »Ich kann es kaum erwarten«, flüsterte Angelina.

Mit einem völlig unerwarteten Griff schnappte sich Juan Angelina, hievte sie über die Schulter, was keine leichte Aufgabe war, und trug sie ins Schlafzimmer. Wenig galant ließ er sie auf das Bett fallen. Sie rissen sich förmlich die Kleider vom Leib. Es ging ihnen nicht schnell genug, sich zu vereinigen. Die angestaute Lust brach wie ein Vulkan aus ihnen hervor. Mit lautem Stöhnen erreichten sie den Höhepunkt, zu schnell, zu wild, als Vorbote, um Platz zu schaffen, für eine gefühlvollere Verschmelzung, dem genussvollen Erkunden dieses neuen Menschen und seiner Bedürfnisse.

»Ich möchte in dich hineinkriechen«, seufzte Angelina mit glücklichen Tränen in ihren Augen.

»Dann tu es doch, ich halte still, für immer und ewig«, erwiderte Juan.

Nach dieser Nacht ersparten sie sich die Heimlichkeiten. Juan und Angelina luden die im Club arbeitenden Frauen zu einer kleinen Feier ein. Die Überraschung war nicht so groß, wie sie dachten, als sie nach einem guten Essen ihre Verlobung bekannt gaben. Allein Angelinas Veränderung im letzten Jahr und ihre Stimmungsschwankungen hatten schon so manche Spekulation ausgelöst. Natürlich durfte keine der Frauen wissen, dass Juan in Wirklichkeit noch der Ehemann von Susanna war. Aber dieser Unheilsstrick, der ihm immer noch den Hals zuschnürte, würde sich, davon waren er und seine Geliebte felsenfest überzeugt, in naher Zukunft für immer lösen. Bisher hatte der Detektiv noch keine Erfolgsmeldung landen können, Brasilien ist schließlich riesengroß. Dort jemanden, der untergetaucht ist, wiederzufinden, erforderte nicht nur eine rigorose Vorgehensweise, sondern auch Geld und Glück. Susanna hatte sich nicht wieder gemeldet, auf diese Weise erholten sich die Firmenkonten. Man schrieb erneut schwarze Zahlen. Angelina zog bei Juan ein und mit ihr eine Gemütlichkeit und Harmonie, von der sie beide nicht mehr zu träumen wagten. Bis hierhin war alles gut.

Kapitel 65

Schweren Herzens hatte sich Marie in der Reha von ihren neuen Freundinnen und von Kai verabschiedet und fuhr mit ihren Eltern nach Hause. Steffen war erst gar nicht mitgekommen. Er hatte es sich anders überlegt, da Marie nur selten nach ihm fragte. Wenn sie miteinander telefonierten, spürte er durch die Leitung, dass sie seine Anrufe eher als Störung denn als sehnsüchtig erwartetes Gespräch wertete. Es stand etwas zwischen ihnen, das sie weiter denn je entfernte. Nach langen fruchtlosen Bemühungen resigniert er. Von Marie war keine Liebe mehr zu erwarten. Aber wenigstens sollten sie Freunde bleiben, auch, wenn es ihm das Herz zerriss. Jochen begrub sein letztes Hoffnungsflirren mit verlegenen, unsicheren Worten. Sie beide kannten sich zu gut. Jede Lüge hätte sofort zu blinken begonnen.

Daheim hatte der Sandersclan die Wohnung mit Willkommensbändern und Blumen geschmückt. Es herrschte eine weihnachtliche Stimmung, obwohl der Herbst erst einen zaghaften Anlauf nahm, die Blätter zu färben. In dieser Zeit froren am frühen Morgen Wassertropfen an Spinnennetzen fest, ein zarter Schmuck, wie mit Diamanten. Marie fühlte sich erneut zwangsversetzt, in einen falschen Film. Mit diesen Menschen, die ihr so viel Liebe entgegenbrachten, wollte sie sich arrangieren. Sie wollte für sie die Tochter und Schwester sein, die sie durch den schrecklichen Unfall verloren hatten. Wie ihr das gelingen würde, konnte sie nur erahnen, aber sie nahm sich vor, es zu versuchen.

Sie fieberte dem Tag entgegen, an dem Kai endlich wieder vor ihr stehen und sie in die Arme schließen würde. Erst dann bekäme sie tatsächlich die Möglichkeit, ein neues Leben zu beginnen. Kai und sie führten täglich stundenlange Gespräche am Telefon.

15 Tage nach ihrer räumlichen Trennung stand er mit einem Strauß Sonnenblumen vor ihrer Tür. Den etwas skeptischen Blick Maries auf die Blumen sah er wohl. »Wenn du Rosen erwartet hast, muss ich dich enttäuschen«, sagte er. »Diese Sonnenblumen schienen mir am besten auszudrücken, was ich dir von Herzen wünsche. Von nun an soll in deinem Leben immer nur noch die Sonne scheinen, und an dem Tag, an

dem du mir dein Jawort gibst, wird es Rosen regnen, das verspreche ich.«

»Dazu musst du mir erst einen Antrag machen.«

»Zu gegebener Zeit tue ich das auch. Vielleicht sollten wir uns noch ein wenig besser kennenlernen. Was meinst du?«

Marie überging die Frage. Wie eine Katze schmiegte sie sich an ihn. Sie standen Minuten lang an der Tür und küssten sich.

»Marie, willst du deinen Kai nicht endlich hereinbitten?«

Eleonora nahm Kai die Blumen ab. Er begrüßte sie herzlich. Wie Mütter im Allgemeinen sind, erkannte sie auf Anhieb, dass dieser Mann einmal ihr Schwiegersohn werden würde. Dass Marie mit ihm glücklich war, sah sie.

Drei Monate danach schrieb sich Marie erneut an der Uni für die Fächer Psychologie und Kunstgeschichte ein. Die Vorgehensweise der Psychologen in der Rehaklinik hatten ihr sehr imponiert. Vielleicht, so dachte sie, würde man ihr die Zeit vor ihrem Unfall anrechnen. Dann hätte sie die ungeliebten Statistiken, an die sie sich jedoch kein Stück erinnern konnte, hinter sich.

Kai zog von Hannover in Maries Nähe. Er fand eine Wohnung in Frankfurts Außenbezirk. In der City sprengten die Mieten für eine adäquate Wohnung sein Budget, aber er hatte Glück. Sein neues Domizil lag in Sachsenhausen. Mit Maries Hilfe richtete er die Wohnung ein. Nach kurzer Suche fand er eine Anstellung bei einem renommierten Unternehmen. Natürlich war es Schicksal oder Fügung, dass sie gerade jetzt einen Chemiker suchten. Sein Arbeitsprofil passte zu ihrer Philosophie, und er konnte sich über einen gut dotierten Job freuen. Da sie beide in jeder freien Minute beieinander hockten, bat Kai Marie, bei ihm einzuziehen.

Ein Jahr danach erfolgte der ersehnte Heiratsantrag. In der Wohnung standen überall Sträuße mit roten Rosen. Überglücklich nahm Marie seinen Antrag an. Das Leben war perfekt.

Das Liebespaar heiratete im Frankfurter Dom, Marie in einen weißen Traum gehüllt, ihr Bräutigam im schwarzen Smoking, ganz traditionell. Andrea und Renate kamen auch zur Hochzeit, nur Steffen hatte nicht die Kraft, sich dieses Glück anzusehen. Die Hochzeit, so sagt man, soll der schönste Tag im Leben sein, und das war er, in jeder Hinsicht für die

Beiden. Während der Hochzeitsvorbereitungen hatte Kai Marie gefragt, wohin sie ihre Hochzeitsreise machen möchte. Spontan sagte sie: »Ich möchte gerne nach Ibiza. Vielleicht kommt dort meine Erinnerung zurück.«

Kai hielt es für eine gute Idee. Bei Maries Eltern fiel ihr Wunsch nicht gerade auf fruchtbaren Boden. Das Einzige, was ihre Gänsehaut besänftigte, war das Wissen, dass sie diesmal nicht alleine reisen würde. Mit ihrem Mann an ihrer Seite würde sie sicher sein.

Kai buchte ohne Maries Zustimmung das Hotel El Corsario auf Ibiza in der Dalt Villa, für 14 Tage. Via Internet war er auf dieses Haus gestoßen. Deutsche Besitzer verwandelten den 1642 erbauten Korsarenpalast in ein kleines, ganzjährig geöffnetes Hotel. Sogar Onassis und Jacky hatten hier schon genächtigt. Das schien ihm der richtige Rahmen für eine Hochzeitsreise zu sein. Auf Anraten Jochens mietet er für die Zeit ihres Aufenthaltes bereits am Flughafen ein Auto. Damit ersparten sie sich die nervende Warterei auf den Bus, der sie über mancherlei Umwege zu ihrem Hotel bringen würde. Außerdem konnten sie damit jederzeit die Insel erkunden. Ob Marie tatsächlich etwas wiedererkennen würde, war inzwischen zweitrangig.

Die Tage auf der weißen Insel waren wunderbar. Sie genossen die Sonne, die sie Mitte Mai schon beachtlich wärmte, ohne die Haut zu verbrennen. Das Meer schockte mit frischer Temperatur erst ein wenig die Badenden. Nachdem das Frösteln überwunden, und der Körper sich an die Nässe gewöhnt hatte, fühlten sie sich herrlich erfrischt. Marie konnte ihr Glück immer noch nicht fassen. Das Leben hatte sie wieder, sie genoss es intensiv. Zu weiten Spaziergängen fühlte sie sich immer noch nicht in der Lage. Wenn sie ins Wasser ging, war Kai an ihrer Seite.

Am letzten Wochenende ihres Urlaubs fand das Mittelalterfest, Eivissa Medival, statt. Das dreitägige Festival ist ein beeindruckendes Ereignis, mit Musik des Mittelalters und der Renaissance, mit Gauklern und Theatervorstellungen, wozu namhafte Musiker und Truppen, auch aus dem Ausland, eingeladen sind. In den Straßen der Altstadt bieten viele Händler ihre Waren feil. Ein buntes Sammelsurium von allem ist hier käuflich. Kleine Cafés laden ein, sich von der Anstrengung und Vielfalt zu erholen. Marie und Kai fanden nach längerer Suche noch einen freien Tisch in einem Restaurant, das in den verwinkelten, ansteigenden

Gässchen nicht so leicht zu finden war. Der Aufstieg und die vielen Menschen, die an ihnen vorüber zogen, ermüdeten sie sehr. Erleichtert bedankten sie sich bei einem Paar, das ihnen ihren Platz anbot. Zum Essen bestellten sie sich das Tagesmenü, Menü del Dia, das Vorspeise, Hauptspeise und einen Nachtisch beinhaltete. Dazu tranken sie einen Rioja. Sie speisten vorzüglich. Die Gäste des Restaurants wechselten ständig. Kein Stuhl blieb auch nur eine Minute unbesetzt. Ob dieses Lokal immer so stark frequentiert war, konnten sie nicht wissen. Dass es hier heute wie in einem Taubenschlag zuging, war in Anbetracht der vielen Besucher des Festes nicht verwunderlich. Die gute spanische Küche war sicher ein Argument, hier her zu kommen.

»Hm, war das lecker, das war der beste Fisch, den ich jemals gegessen habe«, sagte Kai.

»Und erst die Nachspeise«, rühmte Marie. »Wenn ich doch nur annähernd so gut kochen könnte.« Versonnen schaute sie über die Gäste. Plötzlich fiel ihr Blick auf ein Paar, das sich in der hinteren Ecke lachend und gestikulierend unterhielt. Immer wieder küssten sich die beiden. Verliebtheit sprang aus ihren Augen. Sie zupfte Kai am Arm.

»Schatz«, sagte sie eindringlich, »ich glaube, ich kenne diese Leute, die dort am Fenster sitzen. Aber ich bin nicht im Stande, sie irgendwo einzuordnen. Ich finde, der Mann sieht dir ähnlich. Als ich dich in der Reha zum ersten Mal gesehen habe, hast du mich an einen Mann erinnert, weißt du das noch? Ich traue mich kaum, es auszusprechen, aber ich glaube, dass es dieser Mann war, an den du mich erinnert hast. Von irgendwoher kenne ich ihn. Schau mal, wie er den Kopf hält, und sieh mal die Hände mit den schönen langen Fingern. Jetzt lacht er. Hast du die Zähne gesehen, strahlend weiß und ebenmäßig. Die Haare, meine ich, waren damals länger, aber die Farbe ist die gleiche.«

»Na ja, ich will dich ja nicht verunsichern, aber diese Dinge, die du gerade aufgezählt hast, treffen auf mindestens 90 Prozent der Südländer zu.«

»Aber es könnte doch sein, dass er mit meinem verhängnisvollen Urlaub in Verbindung steht. Auch die Frau an seiner Seite kommt mir irgendwie bekannt vor. Ob ich sie mal ansprechen sollte. Was meinst du?«

»Das kannst du versuchen, aber versprich dir nicht so viel davon. Du könntest dich täuschen, schließlich ist seit diesem Urlaub schon viel Zeit vergangen. Weißt du was, ich zahle die Rechnung, dann gehen wir an den Beiden vorbei. Wenn du sie aus der Nähe betrachtest, und immer noch als einen Schatten aus der Vergangenheit erkennst, sprichst du sie einfach an. Wir werden ja sehen, wie sie reagieren.«

»Gute Idee«, pflichtete Marie ihm bei. Kai erkannte einen Anflug von Hilflosigkeit in ihren Augen.

»Keine Angst«, beschwichtigte er sie, »ich bin ja bei dir.«

Die Nachmittagsonne warf kurze Schatten an die Wände und tauchte die Gesichter in matt strahlende Hälften. Marie erhob sich langsam. Ihre Beine schmerzten, die Hüften taten ihr weh. Bevor sie einen Schritt machen konnte, blieb sie ein paar Sekunden am Tisch stehen und hielt sich daran fest. Kai kannte das schon. Er ließ ihr Zeit, sich über die Schmerzen hinweg zu dehnen, die ihr immer noch, mal mehr und mal weniger, dass Leben schwer machten. Er nahm ihre Hand und sie steuerten auf den Tisch in der Nische zu.

»Was soll ich sagen?«, wisperte Marie.

»Schau dir die Beiden an und frag, ob sie dich kennen.«

»Ola«, sagte Marie, als sie vor ihnen stand. Sie versuchte, in den Gesichtern der Beiden zu lesen.

»Ist es möglich, dass wir uns schon einmal begegnet sind?«

Der Mann zeigte eine flüchtige Regung, ein unwillkürliches Zucken der Mundwinkel, aber die Frau ergriff das Wort.

»Perdon, No«, sagte sie und verschloss ihre Miene wie eine Auster. Ihr Geliebter gab überhaupt nichts preis, saß mit einem Mal stocksteif da, als hätte er weder Stimme noch Bewegung. Eine Sekunde lang wirkte dieses Verhalten auf Marie wie ein Schock.

»Warum sind Sie so unfreundlich zu mir«, murrte sie, »haben Sie mich nicht verstanden? Ich wollte doch nur wissen, ob wir uns kennen!«

Die Gesichter der Beiden versteinerten. Sie schauten an Marie vorbei und sprachen kein Wort mehr.

»Schatz, du siehst doch, sie verstehen dich nicht. Sie wollen nicht, dass wir sie stören. Die beiden sind verliebt. Komm schon, lassen wir sie in Ruhe.«

Marie entschuldigte sich flüchtig, bevor Kai sie nach draußen zog. Aus den Augenwinkeln sah sie, dass der Mann ein verknautschtes Päckchen Zigaretten aus seiner Hosentasche zog und auf den Tisch legte.

»Pall Mall«, sagte sie und trat Kai, der kurz stehen blieb, von hinten auf die Fersen. »Und ich kenne sie doch!«, entrüstete sie sich.

»Lass gut sein, Schatz, was willst du beweisen? Du siehst ja, dass du hier keine Hilfe erwarten kannst. Dein Unfall war in Deutschland, dafür kannst du die Spanier nicht zur Verantwortung ziehen.«

»Aber die Drogen.«

»Welche Drogen?«

Marie hatte vergessen, dass Kai nichts wusste, von den Drogen, die sich nach dem Unfall in ihrem Blut zeigten. Diese Sache sollte ihr Geheimnis bleiben. Sie wollte vor ihm nicht wie ein Junky stehen.

»Na ja«, druckste sie verlegen, »im Krankenhaus haben sie in meinem Blut Drogen gefunden. Aber ich schwöre dir«, warf sie hastig ein, »ich habe nie welche genommen. Man hat sie mir untergejubelt. Das kann nur hier passiert sein, so viel steht fest!«

»Warum hast du mir das nicht vorher erzählt?«

Marie schaute betreten drein. »Das liegt doch auf der Hand«, sagte sie, und ihr kleines Lächeln misslang.

»Lass gut sein«, beschwichtigte sie Kai. »Vielleicht ist es ein guter Schutz, wenn man sich nicht an alles erinnern kann.«

Marie stimmte ihm zu aber, ein Zweifel blieb.

»Wir haben ein neues Leben geschenkt bekommen, meinst du nicht, es wäre an der Zeit, es in vollen Zügen zu genießen?«

»Für alles gibt es eine Zeit«, entgegnete Marie, »für das Lachen und das Weinen, für Verzweiflung und das Glück. Ab jetzt zelebrieren wir das Glück.«

»Und niemand und nichts soll uns daran hindern«, ergänzte Kai.

»Das war doch Marie, oder irre ich mich? Glaubst du, sie hat uns erkannt?«

»Ich hoffe nicht«, entgegnete Juan. Ein Lächeln glitt über sein Gesicht.

»Gott sei Dank, sie lebt, und wie es scheint, geht es ihr gut. Da hat Susanna wohl nicht ihr Ziel erreicht, was auch immer das war.«

»Hat sie sich noch einmal gemeldet?«

»Nein«, sagte Juan, »aber die Fahndung läuft.«

Ende

Danksagungen:

Ein herzliches Dankeschön gilt meinem Mann für seine Geduld. Außerdem danke ich meinem Lektor Horst Buch und unserem geschätzten Freund und Autor Joachim Hausen, ohne dessen Hilfe ich so manches Mal aufgegeben hätte. Danke Lisa dafür, dass du mir Deinen Mann für gewisse Stunden, wohlgemerkt Arbeitsstunden, ausgeliehen hast. Danke Steven, dass du mir immer wieder aus meinen Computerkapriolen herausgeholfen hast. Die Maschinen und ich sind nicht unbedingt kompatibel. Nicht zuletzt möchte ich der wunderbaren Rita danken, die aus meinem Gemälde ein fantastisches Cover gestaltet hat.

Nachtrag:

Alle Angaben, Drogen betreffend, stammen aus dem Buch : Handbuch der Rauschdrogen von Wolfgang Schmidbauer und Jürgen vom Scheid. Die medizinischen Fakten im Bereich „Koma“ entnahm ich dem Internet.

Fast alle im AAVAA Verlag erschienenen Bücher sind
in den Formaten Taschenbuch und
Taschenbuch mit extra großer Schrift
sowie als eBook erhältlich.

Bestellen Sie bequem und deutschlandweit
versandkostenfrei über unsere Website:

www.aavaa.de

Wir freuen uns auf Ihren Besuch und informieren Sie gern
über unser ständig wachsendes Sortiment.

AAVAA
VERLAG

www.aavaa-verlag.com